EXPLORACIONES
CURSO INTERMEDIO

ENHANCED EDITION

MARY ANN BLITT
College of Charleston

MARGARITA CASAS
Linn-Benton Community College

MARY T. COPPLE
Kansas State University

CENGAGE
Learning

Australia • Brazil • Mexico • Singapore • United Kingdom • United States

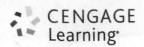

EXPLORACIONES curso intermedio
Enhanced Edition
Blitt | Casas | Copple

Senior Product Director: Monica Eckman

Senior Product Manager: Lara Semones

Senior Content Development Manager:
   Katie Wade

Associate Content Developer: Julie Allen

Senior Content Project Manager:
   Esther Marshall

Marketing Manager: Patricia Velázquez

Manufacturing Planner: Betsy Donaghey

Production Service: Lumina Datamatics, Inc.

Senior Art Director: Brenda Carmichael

Text Designer: Shawn Girsberger/Polo Barrera

Cover Designer: Brenda Carmichael

Rights Acquisition Specialist: Christina
   Ciaramella

Cover Credit: ©Christian Vinces/
   Shutterstock.com

Compositor: Lumina Datamatics, Inc.

For product information and technology assistance, contact us at
Cengage Learning Customer & Sales Support, 1-800-354-9706
For permission to use material from this text or product,
submit all requests online at **www.cengage.com/permissions**
Further permissions questions can be emailed to
permissionrequest@cengage.com

Library of Congress Control Number: 2016953791

Student Edition:
978-1-337-39399-7

Loose Leaf Edition:
978-1-337-39401-7

Cengage Learning
20 Channel Center Street
Boston, MA 02210
USA

Cengage Learning is a leading provider of customized learning solutions with
office locations around the globe, including Singapore, the United Kingdom,
Australia, Mexico, Brazil, and Japan. Locate your local office at
www.cengage.com/global

Cengage Learning products are represented in Canada by Nelson Education, Ltd.

To learn more about Cengage Learning, visit **www.cengage.com**

Purchase any of our products at your local college store or at our preferred
online store **www.cengagebrain.com**

Printed in the United States of America
Print Number: 01   Print Year: 2016

DEDICATORIA

Con cariño para mi familia: mis padres (los mejores del mundo), mi esposo, Gordon, mis hermanos Luis, Alfonso y Fernando, mi cuñada Patricia y mis tres sobrinos. También les dedico este libro con gratitud a todos nuestros estudiantes -nuestra razón para escribir-.
(Margarita)

To my mom, for all her love and encouragement, and for keeping me balanced
To my dad, for being my greatest mentor
Para mis estudiantes, la fuente de mi inspiración
(Mary Ann)

To my parents, whose love of travel inspired my own interest. And to my students, past and present, those learning Spanish and those learning to teach it.
(Mary)

Scope and Sequence

Chapter	Learning Objectives	Vocabulary
CAPÍTULO 1 2 Generaciones y relaciones humanas 	At the end of the chapter, you will be able to: • Discuss personal relations and cultural values • Improve your ability to narrate past events. **Estrategia para avanzar:** Marking time with verb endings	**Family and terms related to personal relationships 4**
CAPÍTULO 2 36 Costumbres, tradiciones y valores 	At the end of the chapter, you will be able to: • Discuss traditions and celebrations • Describe cultural values and aspects of relationships • Express opinions • Express desires and give recommendations **Estrategia para avanzar:** Using circumlocution	**Traditions, customs, and values 38**
CAPÍTULO 3 72 A la mesa 	At the end of the chapter, you will be able to: • Discuss eating habits • Express your opinions on what is healthy • Express preferences and make recommendations in regard to food • Compare and contrast eating habits across cultures **Estrategia para avanzar:** Recognizing and using sentence connectors	**Eating habits, food, diet, and measurement terms 74**

To the student xii   Acknowledgments xiv   Maps xviii–xxi

Grammar	Culture	Video	Literature and Writing
A perfeccionar: Preterite and imperfect 10 **Estructuras 1:** Pronominal verbs (reflexive **se** and process **se**) 16 **Estructuras 2:** Reciprocal verbs 22	**Las nuevas generaciones y el cambio** Conexiones a la economía: Los tiempos cambian 14 Comparaciones: De generación en generación 15 Cultura y comunidad: Cambia el mapa de familias mexicanas 20	▶ **Video:** *Abuelos chilenos bailaron porque burlaron a la muerte* 8 ▶ **Cortometraje:** *Sirenas de fondo* 28	**Literatura:** *La foto,* por Enrique Anderson Imbert (Argentina) 30 **Redacción:** Un blog 26
A perfeccionar: Commands 44 **Estructuras 1:** Subjunctive with impersonal expressions 51 **Estructuras 2:** Subjunctive with verbs of desire and influence 56	**Cultura, lengua y tradición** Conexiones a la antropología: La lengua como parte fundamental de una cultura 49 Comparaciones: Los apellidos: tradición y cultura 50 Cultura y comunidad: Artesanías del mundo hispanohablante 54	▶ **Video:** *España: ¿el ocaso de los matrimonios?* 42 ▶ **Cortometraje:** *Rogelio* 62	**Literatura:** *La zarpa,* por José Emilio Pacheco (México) 64 **Redacción:** Ensayo informativo 60
A perfeccionar: Ser, estar, and hay 80 **Estructuras 1:** Subjunctive with verbs of doubt 86 **Estructuras 2:** Subjunctive with expressions of emotion 92	**La cultura de la comida** Conexiones a la gastronomía: El pan dulce: ¿una tradición en peligro? 84 Comparaciones: La hora del café 85 Cultura y comunidad: La comida y los valores culturales 90	▶ **Video:** *Nutrición: el secreto de la mejor dieta* 78 ▶ **Cortometraje:** *La suerte de la fea a la bonita no le importa* 98	**Literatura:** *Sobrecitos de azúcar* por Hjalmar Flax (Puerto Rico) 100 **Redacción:** Descripción 96

Scope and Sequence

Chapter	Learning Objectives	Vocabulary
CAPÍTULO 4 106 Héroes y villanos 	At the end of the chapter, you will be able to: • Discuss and analyze the role of historical figures from different perspectives • Narrate and describe past events **Estrategia para avanzar:** Rehearsing past or future narratives	**Social changes, political terms, national identity 108**
CAPÍTULO 5 140 Sociedades en transición 	At the end of the chapter, you will be able to: • Discuss contemporary issues • Talk about what you have done • Discuss opinions and emotional reactions to current and prior events **Estrategia para avanzar:** Noticing your mistakes and self-correcting	**Contemporary society, technology, civil rights and actions 142**
CAPÍTULO 6 174 Entretenimiento... ¡de película! 	At the end of the chapter, you will be able to: • Narrate and report past actions with more accuracy • Express and support opinions about films and other forms of entertainment **Estrategia para avanzar:** Watching Spanish language movies to experience how native speakers use various tenses to narrate in the past	**Film and entertainment 176**

Grammar	Culture	Video	Literature and Writing
A perfeccionar: Preterite vs. imperfect II 114 **Estructuras 1:** Imperfect subjunctive 120 **Estructuras 2:** Subjunctive with adjectives 126	**Figuras controversiales** Conexiones a la historia: ¿Héroe o villano? 118 Comparaciones: La Malinche 119 Cultura y comunidad: La cultura de los antihéroes 124	▶ **Video:** *El Salvador no olvida a Romero* 112 ▶ **Cortometraje:** *Lo importante* 132	**Literatura:** *La honda de David,* por Augusto Monterroso (Guatemala) 134 **Redacciòn:** La biografía 130
A perfeccionar: Present perfect 148 **Estructuras 1:** Present perfect subjuntive 154 **Estructuras 2:** Subjunctive with adverbial clauses 160	**Sociedades cambiantes** Conexiones a la sociología: Los migrantes y las nuevas gencraciones 152 Comparaciones: Las redes sociales en Hispanoamérica 153 Cultura y comunidad: Participación social y evolución de la sociedad 158	▶ **Video:** *¿Cómo es la nueva generación de hispanos en EE.UU.?* 146 ▶ **Cortometraje:** *Connecting People* 166	**Literatura:** *Imposible escribir con tanto ruido,* por Antonio Requeni (Argentina) 168 **Redacción:** Ensayo argumentativo 164
A perfeccionar: Past perfect 182 **Estructuras 1:** Past perfect subjunctive 188 **Estructuras 2:** Reported speech 194	**La industria del entretenimiento** Conexiones a la economía: El fútbol y la industria del entretenimiento 186 Comparaciones: El entretenimiento y las nuevas generaciones 187 Cultura y comunidad: El nuevo cine latinoamericano 192	▶ **Video:** *La diversión sobre ruedas en Ciudad de México* 180 ▶ **Cortometraje:** *Ana y Manuel* 200	**Literatura:** *Telenovela,* por Rosario Castellanos (México) 202 **Redacción:** La reseña 198

Chapter	Learning Objectives	Vocabulary
CAPÍTULO 7 210 **Ganarse la vida** 	At the end of the chapter, you will be able to: • Discuss work and finances • Talk about what might happen **Estrategia para avanzar:** Distinguishing register	**Work and finances 212**
CAPÍTULO 8 244 **El campo y la ciudad** 	At the end of the chapter, you will be able to: • Compare and contrast rural and urban life • Discuss hypothetical situations **Estrategia para avanzar:** Avoiding linguistic breakdown by simplifying the task	**Describing and navigating urban and rural areas 246**
CAPÍTULO 9 278 **Sigue el ritmo** 	At the end of the chapter, you will be able to: • Discuss music preferences • Change the focus of a sentence using a passive structure • Distinguish conditions that are results of an action from passive structures **Estrategia para avanzar:** Using music to help increase the speed of your speech	**Musical instruments and basic terms to talk about music 280**

Grammar	Culture	Video	Literature and Writing
A perfeccionar: Future tense 218 **Estructuras 1:** Conditional tense 224 **Estructuras 2:** Future perfect and conditional perfect 230	**El trabajo en España y Latinoamérica** Conexiones a los negocios: El alquiler de lavadoras a domicilio genera ganancias 222 Comparaciones: El desempleo y la juventud 223 Cultura y comunidad: El Nacional Monte de Piedad 228	▶ **Video:** *La carrera de los restaurantes privados en Cuba* 216 ▶ **Cortometraje:** *La lista* 236	**Literatura:** *La pobreza,* por Pablo Neruda (Chile) 238 **Redacción:** Una carta de solicitud de empleo 234
A perfeccionar: Comparisons 252 **Estructuras 1: Si** clauses (possible) 258 **Estructuras 2: Si** clauses (hypothetical) 264	**Ciudades latinoamericanas** Conexiones al arte y a la arquitectura: Arte en las ciudades 256 Comparaciones: La organización de las ciudades 257 Cultura y comunidad: El grafiti: arte y voces urbanas 262	▶ **Video:** *Los peligros de ser peatón en Lima* 250 ▶ **Cortometraje:** *A la otra* 270	**Literatura:** *Algo muy grave va a suceder en este pueblo,* por Gabriel García Márquez (Colombia) 272 **Redacción:** Comparación y contraste 268
A perfeccionar: Uses of **se** (passive, impersonal and accidental) 286 **Estructuras 1:** Passive voice 292 **Estructuras 2:** Resultant state vs. passive voice 298	**La música en Latinoamérica** Conexiones a la música: ¿Música latina o música latinoamericana? 290 Comparaciones: Música y poesía 291 Cultura y comunidad: Música para el cambio 296	▶ **Video:** *Los nuevos sonidos de la música indígena latinoamericana: el ritmo combativo del hip hop mapuche* 284 ▶ **Cortometraje:** *El árbol de la música* 304	**Literatura:** *El violinista,* por Felipe Fernández (Argentina) 306 **Redacción:** Un poema 302

Scope and Sequence

Chapter	Learning Objectives	Vocabulary

CAPÍTULO 10 314

El mundo literario

At the end of the chapter, you will be able to:

- Discuss literary texts
- Build interpretation and analysis skills
- Develop longer, complex sentences by integrating related ideas

Estrategia para avanzar: Building your vocabulary to help yourself become an advanced speaker

Terms related to literature, types of writing, and reading 316

APPENDICES

Appendix A: Almanaque del mundo hispano 348

Appendix B: Acentuación 392

Appendix C–F: Verb Charts 393–398

Appendix G: Supplemental Structures 399

Grammar Glossary 403

Functional Glossary 410

Spanish–English Vocabulary 413

English–Spanish Vocabulary 424

Index 434

Grammar	Culture	Video	Literature and Writing
A perfeccionar: Relative pronouns 322	**La literatura y la lengua**	▶ **Video:** *Argentina: la cárcel abre las puertas a la literatura* 320	**Literatura:** *XXIX* y *XLIV*, por Antonio Machado (España) 342
Estructuras 1: Cuyo and **lo que...** 328	**Conexiones** a la literatura: El Boom latinoamericano 326	▶ **Cortometraje:** *Un producto revolucionario* 340	**Redacción:** Una narración 338
Estructuras 2: Stressed forms of possessive pronouns 334	**Comparaciones:** Las academias de la lengua y la preservación del idioma 327		
	Cultura y comunidad: El día mundial del libro y la lectura entre los hispanohablantes 332		

Most people who study another language would like to be able to speak it. *Exploraciones curso intermedio* will help you do just that. You'll learn to talk about yourself, your community, and the world around you. You'll start out speaking in sentences and will eventually be able to produce paragraphs, in addition to improving your use of appropriate verb tenses, building your vocabulary, and expanding your abilities to negotiate, to compare and contrast, and to express opinions. At the same time, you'll see authentic videos—news clips and short films—and read poems and short stories by Hispanic authors.

In order to become a successful language learner, it's important to analyze the language and develop the ability to figure out rules and patterns for yourself. In the grammar sections of *Exploraciones curso intermedio*, you'll be guided through a process of observing the language in use and deducing the rules and patterns. Eventually, you'll sharpen this skill, and be able to use it beyond this program as you continue to develop proficiency.

You can't learn a language without studying the cultures of the people who speak it. In every chapter you'll learn about the practices of Spanish speakers and the countries in which they live. This will enable you to make cultural comparisons, finding both similarities and differences between their cultures and your own. We hope that you'll find the study of the Spanish language exciting and fun, and that it opens many doors for your future.

Organization of *Exploraciones curso intermedio*

Exploraciones curso intermedio has ten chapters that are identical in organization. Each chapter starts with an outline of the chapter and provides a strategy to help you progress toward advanced proficiency. All of the chapters include the following sections.

Vocabulario
You will be given a list of vocabulary words along with a culturally relevant illustration. Then, in the **A practicar** section, you will work through a series of activities that will allow you to progress from understanding the words in context to more open-ended communicative activities.

Video
You will improve your listening skills and learn more about the Spanish-speaking world while viewing BBC news clips in Spanish, and then practice the language while giving your opinion about the topics covered.

A perfeccionar
Because learning Spanish is a cumulative process, you will have the opportunity to review grammar concepts presented previously and see how they connect to the new grammar points to be covered in the chapter. Combining the practice in this section with the online grammar tutorials will help you build a better foundation.

Conexiones / Comparaciones
This section presents short informational texts to help you better understand Spanish-speaking cultures through comparisons to your own culture and connections to other disciplines. The activities encourage you to go beyond the reading and apply critical thinking and research skills.

Estructuras

You will be guided through the discovery of the rules and patterns for Spanish grammar by examining an excerpt from an interview with a person from a Spanish-speaking country. An audio recording of the excerpt provides additional listening practice and will also help you become more familiar with a range of native Spanish accents while you learn the grammar. This section is followed by **A comprobar,** in which you can compare your conclusions with the explanation of the rules. Then in the **A practicar** section, you will practice the grammar concept in a variety of activities.

Cultura y comunidad

The cultural reading allows you to learn more about the culture of Spanish-speaking countries while improving your reading skills. For additional aural comprehension practice, you can also listen to this reading. The **Comunidad** section provides interview questions to ask a native Spanish speaker so that you can use the Spanish language outside of class.

Redacción

At the end of each chapter, you will develop your writing skills through process writing, in which you are guided to brainstorm, write a draft, and revise. You will also have the opportunity to create a blog that you can update throughout the course.

A escuchar

In this section you will listen to native Spanish speakers discuss a particular aspect of their country's culture related to the chapter theme. The accompanying activities guide you through the process of listening, comprehension, and critical analysis.

Cortometraje

These short films allow you to hear authentic language in the context of contemporary Hispanic culture. The accompanying activities will help guide you through the film in order to better understand it.

Literatura

At the end of every chapter, a literary selection will introduce you to a different writer from the Spanish-speaking world through a sample of his or her work. You will improve your reading skills while learning introductory literary terms as well as the basics of literary analysis, a skill necessary for those intending to major in the language.

Enlaces

This section is intended to help you put together what you have learned and to better prepare you for the demands of later courses. The first two activities allow you to integrate the three grammatical concepts learned within the chapter or to combine them with concepts from previous chapters for more authentic language use. The **Avancemos más** is a step-by-step activity that requires you to use the language to negotiate and come to consensus, pushing you to a more advanced level of speaking proficiency.

Strategies for Success

1. **Study every day.** For most students, it is more effective to study for 15 to 20 minutes three times a day than to spend one full hour on the subject.

2. **Listen to the audio recordings.** When studying the vocabulary, take time to listen to the pronunciation of the words. This will help your pronunciation as well as help you learn to spell correctly.

3. **Get help when you need it.** Learning a foreign language is like learning math; you will continue to use what you have already learned and build on that knowledge. If you find you don't understand something, be sure to see your instructor or a tutor right away.

4. **Participate actively in class.** In order to learn the language, you have to speak it and learn from your mistakes.

5. **Make intelligent guesses.** When you are reading, listening to your instructor, or watching a video, make intelligent guesses as to the meaning of words that you do not know. Use the context, cognates (words that look or sound like English words), intonation, and, if available, visual clues, such as body language, gestures, facial expressions or images, to help you figure out the meaning of the word.

6. **Study with a friend or form a study group.** Not only might you benefit when your friend understands a concept that you have difficulty with, but you will have more opportunities to practice speaking as well as listening.

7. **Find what works for you.** Use a variety of techniques to memorize vocabulary and verbs until you find the ones that are best for you. Try writing the words, listening to recordings of the words, and using flash cards.

8. **Review material from previous lessons.** Because learning a language is cumulative, it is important to refresh your knowledge of vocabulary, verbs, and structures learned in earlier lessons.

9. **Avoid making grammar comparisons.** While it is helpful to understand some basic grammar concepts of the English language, such as pronouns and direct objects, it is important not to constantly make comparisons when learning the new structures.

10. **Speak Spanish.** Try to use Spanish for all your classroom interactions, not just when called on by the instructor or answering a classmate's question in a group activity. Don't worry that your sentence may not be structurally correct; the important thing is to begin to feel comfortable expressing yourself in the language.

Acknowledgments

We would like to express our most sincere gratitude and appreciation to everybody who has played a role in the making of *Exploraciones curso intermedio,* and to those who have supported us. In particular, we are grateful to the instructors and students who used the introductory Spanish program *Exploraciones* and whose input was invaluable to the development of *Exploraciones curso intermedio.*

We would also like to thank the Kansas State University faculty and graduate teaching assistants who so graciously gave their time for interviews to create the authentic language samples: María Teresa Depaoli, Yasmín Díaz, Lucía Garavito, Milagros Huang, Marcos Mendez, Salvador Oropesa, Verónica Pozo, and Silvia Sauter.

We wish to express a giant thank-you to the wonderful people who have worked so hard at Cengage Learning to make this project become a reality. We would like to give a very special thank-you to Denise St. Jean and Kim Beuttler, our content developers; we are most grateful for their thoughtful revisions and the insight that they brought to *Exploraciones curso intermedio.* Their patience, humor, and enthusiasm were invaluable to us. We would also like to thank Lara Semones, our product manager who believed in our vision for *Exploraciones curso intermedio* and brought it to fruition. A huge thank-you goes to Esther Marshall—we do not know how the project would have been completed without her. Our thanks also go to Patricia Velázquez, Brenda Carmichael, Julie Allen, Andrew Tabor, and Christina Ciaramella; Dave Sullivan on behalf of PMG for the great illustrations; Lisa DeWaard for her exceptional work on the Student Activities Manual; Katy Gabel and Steve McDonald from PMG for their dedicated work and professional contributions; and the other freelancers who worked on this project: Poyee Oster, Melissa Flamson, Luz Galante, Margaret Hines, Lupe Ortiz, and Pilar Pacevedo.

Contributors and Reviewers

The authors and the Cengage team would like to acknowledge the ideas, input and creative contributions of the following colleagues to *EXPLORACIONES curso intermedio*.

Advisory Board Members

Anne Cummings Hlas, University of Wisconsin- Eau Claire

Chi Chung, Northwestern University

Laura Ruiz-Scott, Scottsdale Community College

Peggy McNeil, Louisiana State University

Ryan N. Boylan, Gainesville State College

Wayne C. Steely, University of St. Joseph

Contributors

Ben Galina, Vanderbilt University, Diagnostic Quizzes

Bethany Sanio, University of Nebraska, Testing Program

Jason Fetters, Purdue University, PowerPoints

Joseph Menig, Valencia College, Web Quizzes

Luz Escobar, Tarrant County College, Testing Program

Marie Blair, University of Nebraska, Testing Program

Megan Myers, Vanderbilt University, Diagnostic Quizzes

Mercedes Meier, Coastal Carolina Community College, Hybrid Syllabus

Ryan Lebrozzi, Bridgewater State University, Comprehension questions

Shannon Hahn, Durham Technical Community College, Sample Syllabus

Vernonica Gutierrez, James Madison University, Nadia Rizzi

Reviewers and Focus Group Participants

Adriana Merino, Villanova University

Alba Breitenbucher, Maranatha High School

Alicia Lorenzo, Vanderbilt University

Alma Alfaro, Walla Walla U

Alma Ramirez-Trujillo, Emory & Henry College

Amanda Wilson, Appalachian State University

Ana Hansen, Pellissippi State

Ana Menendez-Collera, Suffolk County Community College

Andrea Topash-Rios, University of Notre Dame

Andrew Gordon, Colorado Mesa University

Angela Carlson-Lombardi, University of Minnesota - Twin Cities

Angela Cresswell, Holy Family University

Angela Palacios, Oregon State U

Anne Hlas, University of Wisconsin Eau Claire

Ava Conley, Harding University

Bethany Sanio, University of Nebraska-Lincoln

Bryan Jones, University of Pennsylvania

Carmen Jany, California State University, San Bernardino

Carmen King, Arizona State U- Downtown

Castro Esther, San Diego State University

Catherine Hebert, Indiana U South Bend

Catherine Wiskes, University of South Carolina

Cecilia Herrera, Lawrence University

Chesla Ann Bohinski, Binghamton University

Christine Garst-Santos, South Dakota State U

Chyi Chung, Northwestern University- Evanston

Clara Pascual-Argente, Rhodes College

Claudia Mendez, Christopher Newport U

Dan Hickman, Maryville University

Danielle Richardson, Davidson County Community College

David Detwiler, MiraCosta College

David Faught, Angelo State U

Debora Rager, Simpson University

Deborah Kessler, Bradley U

Debra Andrist, Sam Houston

Dee Sundell, Hunter High School

Dennis Harrod, Syracuse U

Diana Garcia-Denson, City College of San Francisco

Elizabeth Olvera, University of Texas at San Antonio

Esther Castro, Mount Holyoke College

Eva Copeland, Dickinson College

Felipe Gomez, Carnegie Mellon University

Florencia Henshaw, University of Illinois, Urbana Champaign

Fowler-Cordova Katherine, Miami University

Frances Alpren, Vanderbilt University

Francesca Biundo, Heartland CC

Gabriela Segal, Arcadia University

Geoffrey Mitchell , Maryville University

Geraldine Ameriks, University of Notre Dame

Gillian Lord, University of Florida

Gloria Velez-Rendon, Purdue University Calumet

Greg Briscoe, Utah Valley U

Gregory Thompson, Brigham Young University

Hector Enriquez, University of Texas at El Paso

Hugo Moreira, James Madison U

Idoia Elola, Texas Tech U

Jacqueline Nanfito, Case Western Reserve U

Jacqueline Ramsey, Concordia University

Jane Stribling, Pellissippi State

Jeanette Ellian, SUNY at Fredonia

Jennifer Rogers, Metropolitan CC - Blue River

Jill Gomez, Miami U Hamilton

Joan Easterly, Pellissippi State

Joe Terantino, Kennesaw State U

Jonathan Arries, College of William and Mary

Jorge Cubillos, University of Delaware

Jose Fraga, Caldwell College

Joshua Hoekstra, Bluegrass Community and Technical College

Joy Renjilian-Burgy, Wellesley College

Judy Berry-Bravo, Pittsburg State U

Karen Berg, College of Charleston

Karoline Manny, Eastern Kentucky University

Katherine Fowler Cordova, Miami University

Kathleen Jeffries, Loras College

Kathleen Priceman, Aurora University

Kathryn Quinn-Sanchez, Georgian Court U

Kristin Kiely, Francis Marion U

Kristin Routt, Eastern Illinois U

Lance Lee, Durham Technical Community College

Laura Ruiz-Scott, Scottsdale Community College

Laura Valentin, Texas Tech University

Lawrence A Whartenby III, PACE U

Lea Ramsdell, Towson University

Lester Sandres, Valencia College East Campus

Lester Rapalo, Valencia College

Lionel Chan, New York U

Lisa DeWaard, Clemson University

Luis Delgado, Olive-Harvey College

Luis Latoja, Columbus State CC

Luz Maria Alvarez, Johnson County CC

Luz Marina Escobar, Tarrant County Southeast

Manel Lacorte, University of Maryland-College Park

Marcia Payne Wooten, University of North Carolina at Greensboro

Margaret Eomurian, Houston Community College - Central

Maria Alegre-Gonzalez, Towson University

Maria Garcia, Texas Southern University

Maria Luque, DePauw U

Maria Manni, University of Maryland Baltimore County

Maria Rivero-Davila, Pellissippi State

Maria Sills, Pellissippi State

Maria Teresa Moinette, University Of Central Oklahoma

Mariam Manzur Leiva, Univeristy of Southern Florida

Mariche Garcia-Bayonas, University of North Carolina at Greensboro

Marie Blair, University of Nebraska -Lincoln

Marilyn Harper, Pellissippi State

Marilyn Palatinus, Hardin Valley Main Campus

Mariola Perez, Western Michigan U

Mark Harpring, University of Puget Sound

Marlene Gottlieb, Manhattan College

Mary Hartson, Oakland U

Mary Horley, University of North Carolina at Greensboro

Melany Bowman, Arkansas State U

Melissa Ibarra, Northern Kentucky U

Mercedes Meier, Coastal Carolina Community College

Nancy Minguez, Old Dominion University

Nancy Smith, Allegheny College

Nieves Knapp, Brigham Young University

Nina Shecktor, Kutztown University

Nohelia Rojas-Miesse, Miami University

Octavio Delasuaree, William Paterson U

Oksana Nemirovski, Tarrant County College S.E.

Olivia Yanez, College of Lake County

Olmanda Hernández-Gue..., Eastern Carolina University

Oscar Fernandez, Portland State U

Peggy McNeil, Louisiana State University

Peggy Patterson, Rice University

Phoebe Vitharana, UW-Parkside/ Syracuse University/ LeMoyne College

Rafael Arias, Los Angeles Valley College

Raychel Vasseur, University of Iowa

Regina Roebuck, University of Louisville

Roman Santos, Mohawk Valley CC

Rosa-Maria Moreno, Cincinnati State Technical and CC

Ryan Boylan, Gainesville State College

Sandra Watts, University of North Carolina Charlotte

Sanio Bethany, UNL Univ of Nebraska Lincoln

Silvia Byer, Park U

Stephanie Katz, Lehigh U

Susana Blanco-Iglesias, Macalester College

Talia Bugel, Indiana University-Purdue University Fort Wayne

Teresa Arrington, Blue Mountain College

Terry Hansen, Pellissippi State

Todd Hughes, Vanderbilt University

Tulio Cedillo, Lynchburg College

U. Theresa Zmurkewycz, Saint Joseph's University

Veronica Gutierrez, James Madison U

Victor Palomino, Heartland CC

Victoria Uricoechea, Winthrop U

Virginia Shen, Chicago Satte U

Waldir Sepulveda, Vanderbilt

Wayne Steely, University of Saint Joseph, Connecticut

Wendy Bennett-Turner, Pellissippi State

Wendy Caldwell, Francis Marion U

William Deaver, Armstrong Atlantic State University Savannah Georgia

Zulema Lopez, University of Denver

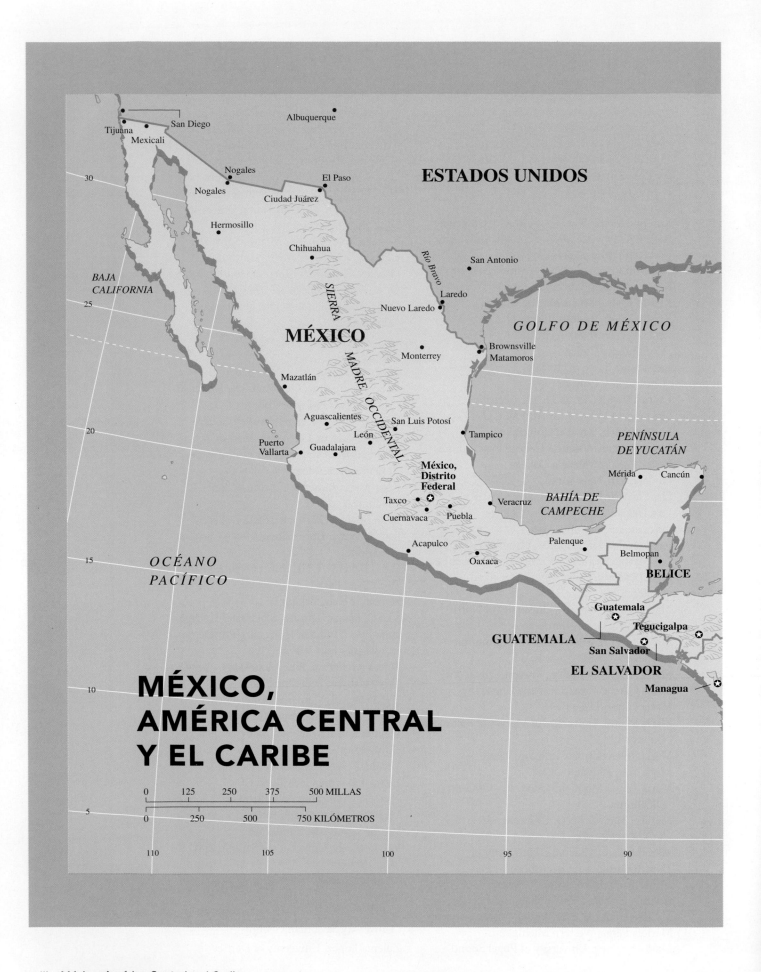

MÉXICO, AMÉRICA CENTRAL Y EL CARIBE

ESTADOS UNIDOS

San Diego
Tijuana
Mexicali
Albuquerque
Nogales
Nogales
El Paso
Ciudad Juárez
Hermosillo
Chihuahua
San Antonio

BAJA CALIFORNIA

SIERRA
MADRE OCCIDENTAL

MÉXICO

Río Bravo
Laredo
Nuevo Laredo
GOLFO DE MÉXICO
Monterrey
Brownsville
Matamoros

Mazatlán

Aguascalientes
León
San Luis Potosí
Tampico
Puerto Vallarta
Guadalajara

México, Distrito Federal
Taxco
Cuernavaca
Puebla
Veracruz

PENÍNSULA DE YUCATÁN
Mérida
Cancún
BAHÍA DE CAMPECHE

Acapulco
Oaxaca
Palenque
Belmopan
BELICE

OCÉANO PACÍFICO

GUATEMALA
Guatemala
Tegucigalpa
San Salvador
EL SALVADOR
Managua

| 0 | 125 | 250 | 375 | 500 MILLAS |
| 0 | 250 | 500 | 750 KILÓMETROS |

110   105   100   95   90

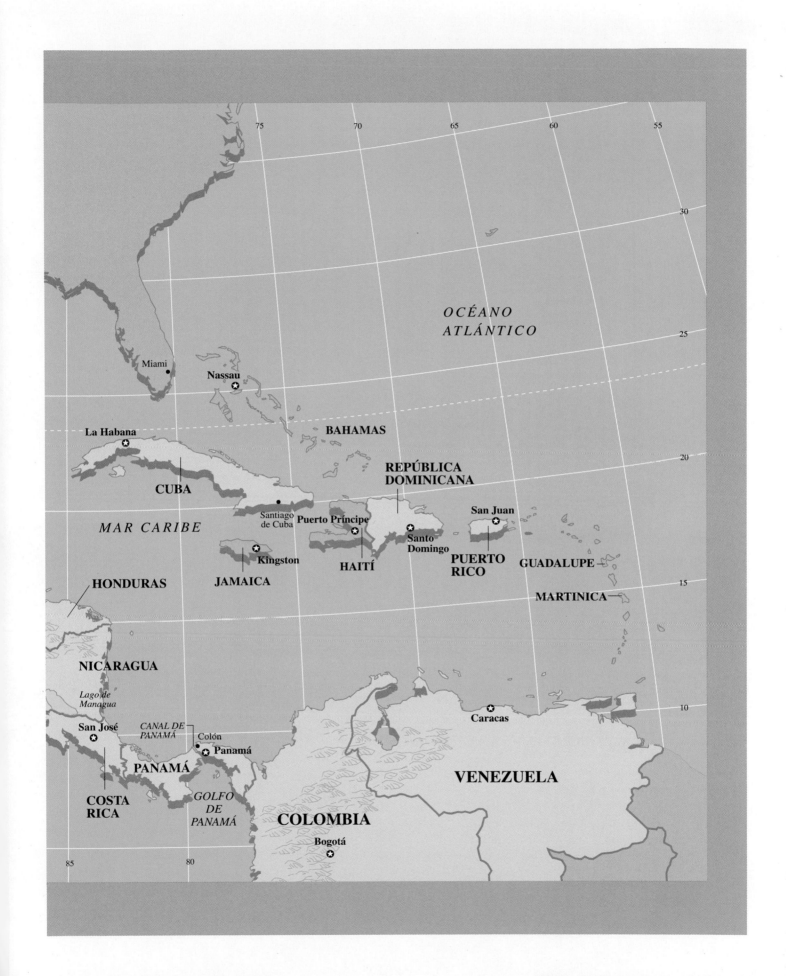

OCÉANO
ATLÁNTICO

MAR CARIBE

Miami

Nassau

BAHAMAS

La Habana

CUBA

Santiago
de Cuba

Puerto Príncipe

REPÚBLICA
DOMINICANA

San Juan

Santo
Domingo

HAITÍ

PUERTO
RICO

GUADALUPE

Kingston

JAMAICA

MARTINICA

HONDURAS

NICARAGUA

Lago de
Managua

San José

CANAL DE
PANAMÁ

Colón

Panamá

PANAMÁ

COSTA
RICA

GOLFO
DE
PANAMÁ

COLOMBIA

Bogotá

Caracas

VENEZUELA

AMÉRICA DEL SUR

MAR CARIBE

OCÉANO
ATLÁNTICO

Lago de
Managua

Barranquilla
Maracaibo
Cartagena

Caracas

Lago de
Maracaibo

San Cristóbal

Río Orinoco

Georgetown
Paramaribo

EL SALVADOR

Medellín

VENEZUELA

GUAYANA

SURINAM

Cayena

GUATEMALA

PANAMÁ

Bogotá

Boa Vista

ECUADOR

COSTA RICA

Cali

COLOMBIA

GUAYANA
FRANCESA

ISLAS
GALÁPAGOS

Quito

ECUADOR

Río Amazonas

Guayaquil

Cuenca

Iquitos

A M A Z O N A S

PERÚ

BRASIL

Lima

Ayacucho

Cuzco

BOLIVIA

Brasilia

Lago
Titicaca

La Paz

Santa Cruz

Sucre
Potosí

Río Paraná

CHILE

PARAGUAY

Río de Janeiro

São Paulo

Asunción

Iguazú

OCÉANO
ATLÁNTICO

LOS ANDES

Río Uruguay

Córdoba

URUGUAY

OCÉANO
PACÍFICO

Viña del Mar
Valparaíso

Montevideo

Santiago

Buenos Aires

Río de
la Plata

NIGERIA

ÁFRICA

Concepción

ARGENTINA

Bahía Blanca

CAMERÚN

Malabo

Viedma

GUINEA
ECUATORIAL

GABÓN

| 0 | 250 | 500 | 750 | 1,000 MILLAS |

| 0 | 500 | 1,000 | 1,500 KILÓMETROS |

ÁFRICA

ISLAS
MALVINAS (Br.)

Estrecho
de Magallanes
TIERRA DEL FUEGO

| 0 | MILLAS | 500 |

| 0 | KILÓMETROS | 750 |

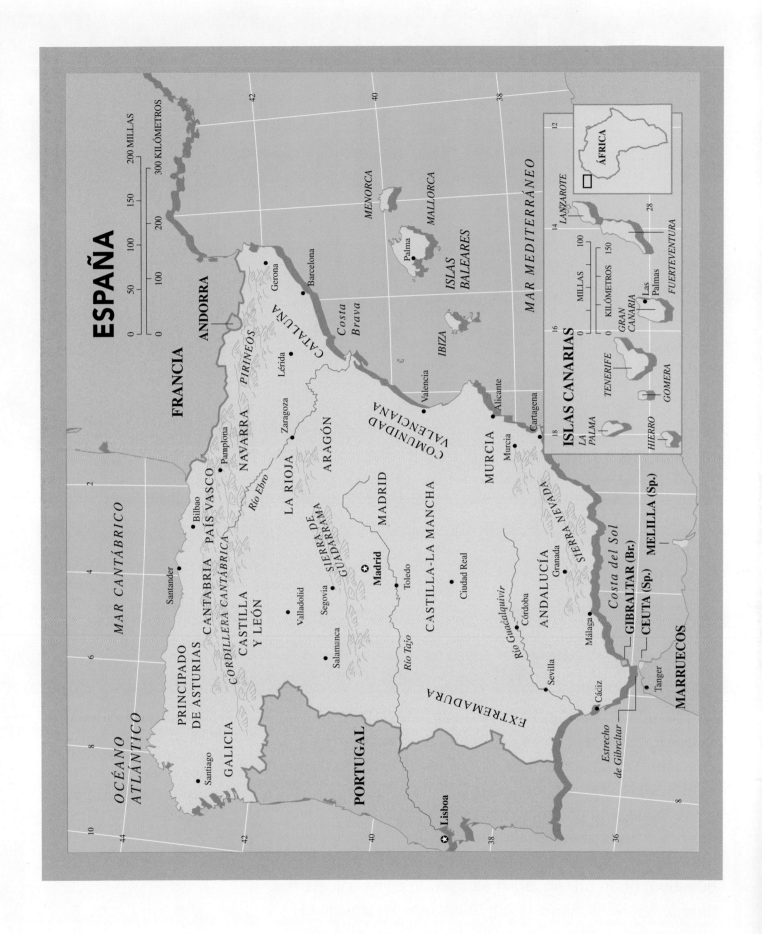

ESPAÑA

CAPÍTULO 1

Estrategia para avanzar

Most students want to achieve advanced proficiency in Spanish, but what does that entail? Each chapter will describe a characteristic of advanced speech and then outline a practice strategy for you.

Language is naturally redundant—features like "time" are often expressed in multiple ways. Beginning speakers often rely on context (for instance, another person's question) or an adverb, such as **ayer,** to communicate the time of an event. As you work to become an advanced speaker, focus on consistently marking time using verb endings.

In this chapter you will learn how to:

- Discuss personal relations and cultural values
- Improve your ability to narrate past events

Generaciones y relaciones humanas

Un grupo diverso de estudiantes

© Aldo Murillo/istockphoto

Estructuras

A perfeccionar: Preterite and imperfect

Pronominal verbs (Reflexive **se** and process **se**)

Reciprocal verbs

Conexiones y comparaciones

Las nuevas generaciones y el cambio

Cultura y comunidad

Cambia el mapa de familias mexicanas

Literatura

La foto, por Enrique Anderson Imbert

Redacción

Un blog

A escuchar

Los ancianos y su papel en la familia

Video

Abuelos chilenos bailaron porque burlaron a la muerte

Cortometraje

Sirenas de fondo

Vocabulario

¿Qué tienen en común los jóvenes de antes con los de hoy?

🔊

La familia y las relaciones personales

la adopción   adoption
la amistad   friendship
antaño   in the old days (adv)
el asilo de ancianos   retirement home
el (la) bisabuelo(a)   great-grandparent
el (la) bisnieto(a)   great-grandchild
la brecha generacional   generation gap
el cambio   change
la cita   date, appointment
el compromiso   engagement, commitment
el divorcio   divorce
la generación   generation
hoy en día   nowadays
el (la) huérfano(a)   orphan
el matrimonio   marriage, married couple
el noviazgo   relationship between a boyfriend and a girlfriend
el (la) novio(a)   boyfriend / girlfriend
el papel   role
la pareja   couple, partner
los parientes   relatives
el (la) prometido(a)   fiance(é)
el reto   challenge
el (la) tatarabuelo(a)   great-great-grandparent
el (la) tataranieto(a)   great-great-grandchild

la tercera edad   old age
la vejez   old age

La familia política/modificada

el (la) cuñado(a)   brother/sister-in-law
el (la) hermanastro(a)   stepbrother / stepsister
el (la) hijastro(a)   stepson / stepdaughter
la madrastra   stepmother
la nuera   daughter-in-law
el padrastro   stepfather
el (la) suegro(a)   father/ mother-in-law
el yerno   son-in-law

Adjetivos

desintegrado(a)   broken (family)
enamorado(a) (de)   in love (with)
moderno(a)   modern
obsoleto(a)   obsolete
tradicional   traditional
unido(a)   tight, close (family)
vigente   current, updated

Estados civiles

casado(a)   married
divorciado(a)   divorced
separado(a)   separated
soltero(a)   single
la unión civil   civil union

la unión libre   a couple living together, but without legal documentation
viudo(a)   widower/widow

Verbos

abrazar   to embrace, to hug
besar   to kiss
cambiar   to change
casarse (con)   to marry
convivir   to live together in harmony
coquetear   to flirt
crecer   to grow up
criar   to raise, to bring up
divorciarse (de)   to divorce
enamorarse (de)   to fall in love (with)
envejecer   to age, to get old
llevarse (bien/mal/regular)   to get along (well/poorly/okay)
nacer   to be born
odiar   to hate
querer (a)   to love (a person)
respetar   to respect
romper   to break up
salir con (una persona)   to go out with
saludar   to greet
separarse (de)   to separate (from)

© Cengage Learning

A practicar

1.1 **Escucha y responde.** Observa la ilustración y responde las preguntas que vas a escuchar.
🔊 1-2

1.2 **Definiciones** Relaciona las definiciones de la primera columna con la palabra que definen.

1. Es el abuelo de tu abuelo.
2. Es el estado civil de una persona cuyo (whose) esposo murió.
3. Es la acción de terminar una relación de noviazgo.
4. Descripción de una familia en la que los miembros son cercanos.
5. Es la esposa de tu hijo.
6. Es la acción legal de criar a un niño que nació en otra familia.
7. Son los miembros de la familia.
8. Es el estado civil de una pareja que no está casada pero vive junta.

a. nuera
b. unión libre
c. tatarabuelo
d. adoptar
e. unida
f. viuda
g. romper
h. parientes

1.3 **No tiene sentido.** Algunas de las ideas listadas abajo no son lógicas. Trabaja con un compañero para identificarlas y corregirlas.

1. En un matrimonio dos personas viven en unión libre.
2. El hermano de mi esposa es mi cuñado.
3. Mis abuelos adoptaron a mi madre, que era huérfana.
4. Mi cuñada y su esposo son solteros.
5. Mi esposo y yo nos divorciamos el año pasado y ahora somos viudos.
6. Yo rompí con mi novio porque no nos llevábamos muy bien.
7. Un asilo de ancianos es una institución adonde van a vivir las personas de la tercera edad.

INVESTIGUEMOS EL VOCABULARIO

In Mexico the word **novio(a)** is used to refer to a boyfriend or a girlfriend, whereas in Peru the word **enamorado(a)** is used. In Spain the word **novio(a)** is used to refer to a very serious relationship; otherwise, they simply refer to a boyfriend or a girlfriend as **un(a) amigo(a)**.

Expandamos el vocabulario

The following words are listed in the vocabulary. They are nouns, verbs, or adjectives. Complete the table using the roots of the words to convert them to the different categories.

Verbo	Sustantivo	Adjetivo
besar		
	cambio	
		unido
	divorcio	

Vocabulario | cinco   5

1.4 **La familia desde tu perspectiva** Trabaja con un compañero. Observen la ilustración en la página 4 y respondan las preguntas.

1. ¿Cuántos parientes hay en la primera familia? ¿y en la segunda? ¿Qué generaciones puedes identificar?

2. La segunda familia es más pequeña que la primera y hay solamente un niño. ¿Cuál crees que es la relación entre el niño y las dos mujeres?

3. En la primera familia la generación de los abuelos y la de los padres parece de una edad cercana. ¿Cómo se puede explicar esto?

4. ¿Crees que estas familias son unidas? ¿Por qué?

5. Imagina una reunión familiar para cada una de estas familias. ¿Cómo son las reuniones? ¿Dónde? ¿Qué hacen?

1.5 **Experiencias personales** Trabaja con un compañero para preguntar y responder las siguientes preguntas.

1. En tu opinión ¿qué significa "familia"?

2. En tu opinión ¿cuál es el papel *(role)* de una familia? Dentro de una familia ¿cuál es el papel de los abuelos?

3. ¿Cómo es tu familia? ¿Qué miembros hay? ¿Es una familia unida?

4. ¿Sabes dónde vivían tus abuelos cuando eran jóvenes? ¿En qué trabajaban? ¿De dónde vinieron tus tatarabuelos o tus antepasados?

5. ¿Cómo puedes definir el concepto de "brecha generacional"? ¿Cuál es un ejemplo?

6. Piensa en los años de tu niñez. ¿Había actividades en las que participaba toda la familia o una parte? ¿Qué actividades?

Una mascota *(pet)* es también miembro de la familia.

© sonyae/iStockphoto

1.6 Citas ¿Están de acuerdo sobre las siguientes citas sobre la familia y las relaciones humanas? Expliquen sus opiniones.

- Por severo que sea un padre juzgando (*judging*) a su hijo, nunca es tan severo como un hijo juzgando a su padre. (Enrique Jardiel Poncela, escritor español, 1901–1952)

- ¡Cuán grande riqueza es, aun entre los pobres, el ser hijo de buen padre! (Juan Luis Vives, humanista y filósofo español, 1492–1540)

- La familia es el elemento natural y fundamental de la sociedad y tiene derecho a la protección de la sociedad y del Estado (Artículo 16, parágrafo 3, de la Declaración Universal de los Derechos Humanos, Naciones Unidas, 1948)

- Tener hijos no lo convierte a uno en padre, del mismo modo en que tener un piano no lo vuelve pianista. (anónimo)

- No es verdad que los hombres casados vivan más años que los solteros, lo que ocurre es que el tiempo se les hace (*seems*) más largo. (Marco Antonio Almazán, humorista mexicano, 1922–1991)

- Patrimonio es un conjunto (*collection*) de bienes. Matrimonio es un conjunto de males. (Enrique Jardiel Poncela, escritor español, 1901–1952)

- La sangre es más espesa que el agua. (dicho popular, anónimo)

1.7 La historia de estas familias Trabaja con un compañero para crear la historia de una de las familias de las fotografías. Para guiar la información, pueden usar las siguientes preguntas: ¿De dónde es la familia? ¿Quiénes son los miembros? ¿Cuál es el estado civil de sus miembros? ¿Cómo se llaman y a qué se dedican? En qué trabajan o qué estudian? ¿Cómo se llevan entre sí? ¿Cómo es la personalidad de dos miembros de esta familia?

© lev radin / Shutterstock.com

© Rob Marmion / Shutterstcck

© Tudor Catalin Gheorghe/ Shutterstock

Abuelos chilenos bailan porque burlaron a la muerte

Antes de ver

Piensa en las tradiciones de tu país. ¿Hay tradiciones en las que participan más las personas mayores? ¿Qué tradiciones prefieren los jóvenes? ¿Tú has dejado de participar en alguna tradición y comenzado a tomar parte en otras? Explica.

Vocabulario útil

festejar   *to celebrate*   **los pasos**   *steps*
las galas   *best clothes*   **pesado(a)**   *heavy, difficult*
mortífero(a)   *lethal*

Video still supplied by BBC Motion Gallery

¿Qué ves en la fotografía? ¿Quiénes piensas que son las personas? ¿Qué hacen y por qué?

Comprensión

1. ¿Qué festejan estos abuelos chilenos?
2. ¿Cuándo es el festejo?
3. ¿Cuántas personas participaron?
4. ¿Cómo afecta el mes de agosto a las personas de la tercera edad?

Después de ver

En grupos, respondan las preguntas para dar sus opiniones.

1. Observa las dos fotos. ¿Qué edades piensas que tienen las personas, aproximadamente? ¿Hay igual número de hombres que de mujeres? ¿Qué ropa visten? ¿Por qué? ¿Te parece que se divierten? ¿Por qué?

2. ¿Qué piensas de la celebración de estos abuelos? ¿Piensas que te gustaría *(you would like)* participar algún día?

3. ¿Por qué piensas que bailan en vez de *(instead of)* hacer otra actividad?

Más allá

Habla con un compañero de sus opiniones sobre las siguientes preguntas.

1. ¿Qué hacen las personas de la tercera edad para entretenerse en los Estados Unidos?

2. ¿Hay organizaciones que se dedican a darles servicios a los ancianos?

3. ¿Cómo imaginas que va a ser tu vida durante tu vejez?

4. ¿Piensas que a las personas mayores se les trate de forma diferente en culturas diferentes? Explica.

A investigar

En Colombia y en Chile se celebra el "mes del adulto mayor" así como el día internacional de las personas mayores. Investiga en Internet cuándo se celebra y qué tipo de actividades se realizan. ¿Piensas que es una buena idea tener el "mes del adulto mayor"? ¿Hay alguna celebración equivalente en los Estados Unidos?

Una pareja aprende a patinar en línea.

A perfeccionar

A analizar

Elena compara las experiencias de su madre con sus propias experiencias. Mientras escuchas el audio, lee el párrafo y observa los verbos en negritas y en letra cursiva. Luego contesta las preguntas que siguen.

> ### ¿Cómo fueron diferentes las oportunidades que tuvo tu mamá comparadas con las de tu vida?
>
> 🔊 Mi mamá nunca **fue** a la escuela y ella *tenía* que quedarse en la casa con mi abuela ayudándole
> 1-3 con los quehaceres de la casa. Solo **estudió** hasta segundo de primaria. Ella **se fue** para Bogotá cuando *tenía* dieciséis años. Ella **empezó** a trabajar en un jardín de niños y por mucho tiempo **cuidó** a niños especiales, niños con retardo mental o con alguna discapacidad. Luego, pues cuando mi mamá **tuvo** sus hijos, ella nos **envió** al colegio. Entonces yo **fui** a un colegio católico, un colegio de monjas, y **estuve** interna varios años hasta octavo. A mí me *gustaba* mucho este colegio porque *era* muy seguro y *estaba* con muchas niñas de mi misma edad. Pero cuando ya *tenía* dieciséis años, yo ya *quería* tener un poco más de libertad. Entonces **fui** al mismo colegio, pero *estaba* externa. *Iba* todas las mañanas al colegio y *salía* por la tarde y *regresaba* a mi casa. Todos nosotros **estudiamos, terminamos** el bachillerato y la universidad.
>
> —Elena, Colombia

1. ¿En qué tiempo *(tense)* están los verbos en negritas? ¿En qué tiempo están los verbos en letra cursiva?

2. ¿Por qué los verbos en negritas están en este tiempo? ¿Por qué aparecen los verbos en letra cursiva en otro tiempo? ¿Cómo son diferentes estos dos grupos de verbos?

> **INVESTIGUEMOS LA GRAMÁTICA**
>
> Throughout the textbook, you will be given examples of structures in Spanish and asked to analyze them. When you figure out the pattern and how the structure is used, you are more likely to remember its use and will develop important skills such as inference and pattern recognition that will make you a better language learner.

A comprobar

El pretérito y el imperfecto I

El pretérito

1. To form the preterite of regular verbs as well as **-ar** and **-er** verbs that have stem changes, add the following endings to the stem of the infinitive.

hablar	
hablé	hablamos
hablaste	hablasteis
habló	hablaron

volver	
volví	volvimos
volviste	volvisteis
volvió	volvieron

escribir	
escribí	escribimos
escribiste	escribisteis
escribió	escribieron

2. Verbs ending in **-car, -gar,** and **-zar** have spelling changes in the first person singular (**yo**) in the preterite. Notice that the spelling changes preserve the original sound of the infinitive for **-car** and **-gar** verbs. For a complete list of stem-changing and irregular preterite verbs, see Appendix G.

-car	c → qué	tocar	yo **toqué**, tú **tocaste**...
-gar	g → gué	jugar	yo **jugué** , tú **jugaste**...
-zar	z → cé	empezar	yo **empecé**, tú **empezaste**...

3. The preterite of **hay** is **hubo** (*there was, there were*). There is only one form in the preterite regardless of whether it is used with a plural or singular noun.

> **Hubo** un problema con la adopción.
> *There was a problem with the adoption.*

> **Hubo** varias discusiones sobre el divorcio.
> *There were several discussions about divorce.*

4. To talk about how long ago something happened, use the preterite with the following structure:

> **hace** + period of time (+ **que**)

> Se casaron **hace dos años**.
> *They got married **two years ago**.*

> **Hace una hora (que)** salió la pareja.
> *An hour ago the couple left.*

¡OJO! This structure cannot be used with a specific time, such as **las tres de la tarde** or **el 8 de abril.**

5. There are a number of ways to ask how long ago something happened:

> **¿Hace cuánto tiempo (que)** la conociste?
> *How long ago did you meet her?*

> **¿Cuánto tiempo hace que** la conociste?

> **¿Hace cuánto** la conociste?

El imperfecto

6. To form the imperfect, add the following endings to the stem of the verb. There are no stem-changing verbs in the imperfect. All verbs that have changes in the stem in the present or the preterite are regular.

-ar verbs

respetar	
respet**aba**	respet**ábamos**
respet**abas**	respet**abais**
respet**aba**	respet**aban**

-er verbs

crecer	
crec**ía**	crec**íamos**
crec**ías**	crec**íais**
crec**ía**	crec**ían**

-ir verbs

dormir	
dorm**ía**	dorm**íamos**
dorm**ías**	dorm**íais**
dorm**ía**	dorm**ían**

7. Only **ser, ir,** and **ver** are irregular in the imperfect.

ser	
era	éramos
eras	erais
era	eran

ir	
iba	íbamos
ibas	ibais
iba	iban

ver	
veía	veíamos
veías	veíais
veía	veían

El uso del pretérito y del imperfecto

8. When narrating in the past, the preterite is used to express an action that is *beginning* or *ending* while the imperfect is used to express an action *in progress (middle)*. Here is an overview of how the two tenses are used:

Preterite

a. A past action or series of actions that are completed as of the moment of reference

> Lucía y Alfredo **se enamoraron** y **se casaron.**

b. An action that is beginning or ending

> **Empezamos** a salir en junio.

> **Finalizaron** la adopción después de dos años.

c. A change of condition or emotion

> **Estuve** feliz cuando me propuso matrimonio.

Imperfect

a. An action in progress with no emphasis on the beginning or end of the action
> **Llovía** y **hacía** viento.

b. A habitual action
> Siempre **peleaba** con sus hermanos.

c. Description of a physical or mental condition
> **Era** soltero y **estaba contento** con su vida.

d. Other descriptions, such as time, date, and age
> **Eran** las cinco de la tarde.
> **Era** 2010 y **tenía** veinte años.

9. As with action verbs, using the imperfect with a verb that expresses a mental or physical condition implies an ongoing condition, whereas using it in the preterite indicates the beginning or end of the condition.

Mi abuelo estaba en el hospital porque **se sentía** mal. *My grandfather was in the hospital because he **felt** ill.* (an ongoing condition)

Se sintieron tristes cuando escucharon de su muerte. *They **felt sad** when they heard about his death.* (a change in emotion)

A practicar

1.8 **Familias famosas** Lee las siguientes afirmaciones y complétalas con el número de años correcto.

Modelo En 1980 Selena y sus dos hermanos formaron el grupo Selena y los Dinos.
Selena y sus dos hermanos formaron el grupo Selena y los Dinos hace ___??___ años.

1. En 2011 William Levy y su pareja Elizabeth Gutiérrez se separaron.
2. En 2004 Marc Anthony se divorció de su primera esposa, Dayanara Torres.
3. En 1984 Oscar de la Renta adoptó a su hijo Moisés.
4. En 1952 murió Eva Perón, esposa del presidente argentino.
5. En 1523 Hernán Cortéz y Doña Marina (La Malinche) tuvieron a su hijo, el primer mestizo.
6. En 1469 se casaron Isabel y Fernando para unir a España.

1.9 **En busca de...** Circula por la clase y pregúntales a tus compañeros si hicieron las siguientes actividades. Habla con un compañero diferente para cada actividad. Cuando encuentres a alguien que responda sí, debes preguntarle hace cuánto tiempo que lo hizo. **¡OJO!** Las preguntas iniciales requieren el presente indicativo y las otras requieren el pretérito.

Modelo Ser estudiante de español (empezar a estudiar español)

Estudiante 1: *¿Eres estudiante de español?*
Estudiante 2: *Sí, soy estudiante de español.*
Estudiante 1: *¿Hace cuánto tiempo que empezaste a estudiar español?*
Estudiante 2: *Empecé a estudiar español hace tres años.*

1. Estar casado (casarse)
2. Llevar *(to have been)* más de un semestre en esta universidad (comenzar a estudiar en esta universidad)
3. Tener un trabajo (conseguir trabajo)
4. Tener un auto (comprar auto)
5. Tener novio (conocer al novio)
6. Vivir en un apartamento (mudarse *(to move)* al apartamento)
7. Tener un diploma de la escuela secundaria (graduarse)
8. Gustarle viajar a otros estados o países (hacer un viaje a otro estado o a otro país)

INVESTIGUEMOS LA GRAMÁTICA

The verb **llevar** can be used to tell how long someone has been in the place or situation he or she is currently in.

Llevo dos horas aquí.   *I **have been** here for two hours.*

Ellos **llevan** seis meses de casados.   *They **have been** married for six months.*

1.10 La fiesta sorpresa Trabaja con un compañero y miren el dibujo. Túrnense para describir lo que pasaba cuando llegó la pareja. **¡OJO!** Deben usar el imperfecto.

1.11 Diferencias de generación Hilda habla de las diferencias entre su generación y la de su hija. Completa las oraciones con las formas apropiadas del pretérito y del imperfecto.

1. Cuando yo _____ (ser) adolescente, las chicas no _____ (llamar) a los chicos para invitarlos a salir. En cambio mi hija siempre _____ (sentirse) bien llamando a un muchacho.

2. Mi esposo _____ (ser) amigo de mi hermano, y él nos _____ (presentar). En cambio mi hija _____ (buscar) pareja por Internet.

3. Después de que mi esposo me _____ (proponer) matrimonio, le _____ (pedir) mi mano a mi padre. En cambio mi hija _____ (estar) feliz viviendo con su pareja y _____ no casarse.

4. Mi primer hijo _____ (nacer) cuando yo _____ (tener) 20 años, pero a los 37 años mi hija _____ (adoptar) a un niño.

1.12 Experiencias personales Habla con un compañero sobre sus experiencias completando las oraciones. Atención al uso del pretérito y del imperfecto.

1. Mis padres / Mis abuelos se conocieron porque...
2. Cuando yo nací...
3. Cuando era niño, mi familia y yo...
4. Tuve mi primer novio cuando...
5. En una cita que tuve...
6. Conozco a alguien que se divorció porque...

1.13 Avancemos Habla con un compañero de tu niñez *(childhood)*. Primero describe cómo eras cuando eras niño. Incluye tanto tu personalidad como tu aspecto físico. Luego cuéntale una anécdota de algo que ocurrió o qué hiciste en tu niñez. Atención al uso del pretérito y del imperfecto.

Modelo *Yo era una niña rubia con ojos azules. Era delgada y alta. Siempre tenía el pelo largo y me gustaba llevar ropa rosada. Una vez, cuando tenía 8 años, fui a la tienda con mi mamá. Quería mirar las Barbies, entonces fui a buscarlas. De repente me di cuenta de que mi mamá no estaba conmigo y empecé a llorar. Mi madre me encontró y me puse muy contenta.*

Antes de leer

¿Te gusta la misma ropa que les gustaba a tus abuelos? ¿Escuchas la misma música que ellos oían?

Los tiempos cambian

Los tiempos cambian, no hay duda ¿pero qué harán las generaciones anteriores si ya no pueden comprar lo que les gustaba? Esta es una pregunta que se están haciendo muy seriamente los habitantes del centro de Santa Ana, en California, que por décadas había sido el corredor comercial latino del condado de Orange. Hoy en día, sin embargo, muchos de sus comercios tradicionales están desapareciendo rápidamente. La zona se está transformando, alentando[1] así la llegada de nuevas tiendas dedicadas a un público diferente y angloparlante *(English-speaking)*. Y es que los hijos de aquellos inmigrantes son jóvenes que nacieron en los Estados Unidos y cuya primera lengua es el inglés. Sus gustos son diferentes, y están dispuestos a gastar su dinero en artículos muy diferentes a aquellos que sus padres compraban. Aunque los comerciantes tradicionales de la zona piensan que el proyecto de "regeneración urbana" es un plan para desplazarlos, aquellos que trabajan en este plan piensan que estos cambios son solo el reflejo de los cambios demográficos: un número creciente de jóvenes de origen hispano, pero nacidos en territorio estadounidense, que quieren consumir productos diferentes a los que sus padres consumían.

Un recorrido por la calle 4 es ilustrativo: ya no hay mariachis y los tacos están desapareciendo. Ahora se venden hamburguesas. Sin embargo, destaca el negocio de Rudy Córdova, un hijo de inmigrantes mexicanos: él decidió mudar su local al nuevo centro y ahora vende artesanías mexicanas de estética moderna. ¿Sobrevivirán también los negocios de quinceañeras o las otras taquerías?

Como señala Valeria Perasso en su artículo sobre el centro de Santa Ana, "la última palabra, parece, la tendrá el mercado".

El distrito comercial en Santa Ana, California

Source: *BBC Mundo.*

---

[1] *encouraging*

Después de leer

1. ¿Estás de acuerdo con los comerciantes de Santa Ana en que este es un plan para desplazarlos?

2. ¿Qué tipos de negocios hay en tu comunidad para las generaciones jóvenes? ¿y para las personas de la tercera edad? ¿Hay alguno que sea para todas las edades? ¿Tienes tú una tienda favorita? ¿Qué venden?

3. De los negocios en tu comunidad ¿cuáles crees que ganan más dinero? ¿Por qué?

4. ¿Te gusta la moda de las generaciones anteriores —la de las décadas setenta u ochenta, por ejemplo? ¿Dónde puedes comprar ropa de esa moda?

Comparaciones

Antes de leer

¿Qué haces para pasar el tiempo? ¿Qué hacían tus abuelos?

De generación en generación

Como dice la canción de Mercedes Sosa, todo cambia. Aunque se considera la responsabilidad de los jóvenes el cuestionar las tradiciones de la generación anterior y proponer cambios, a veces los cambios no son producto del espíritu de innovación, sino de cambios sociales, económicos o tecnológicos. ¿Puedes imaginar una sociedad sin computadoras y sin teléfonos celulares? Los jóvenes de antes se divertían saliendo con sus amigos y charlando[1] en persona. Es más probable que los jóvenes de ahora se comuniquen con amigos sin juntarse, a través de teléfonos y computadoras. La

La televisión es muy popular en la mayoría de los países donde se habla español.

© Deklofenak/ Shutterstock

televisión también es más prominente ahora que en el pasado. En muchos países hispanohablantes es una de las formas de entretenimiento más popular. En las zonas urbanas de Argentina, por ejemplo, un niño ve televisión un promedio de 3 horas al día. En los Estados Unidos, en promedio, la televisión permanece encendida por más de 7 horas todos los días, pero cada adulto le dedica solo 15 minutos a la interacción personal.

En contraste con la popularidad de la televisión, los periódicos están en peligro de desaparecer y la lectura de libros está a la baja en muchos países. Una de las cuestiones que más preocupa a los adultos contemporáneos es la percepción de que a las nuevas generaciones no les interesa la política ni comprometerse con la sociedad. Existe la creencia de que a los jóvenes de ahora les interesa solamente su situación personal. Si esto es cierto, no cabe duda de que en el futuro próximo vendrán cambios importantes en la forma en que operen la política y la sociedad de cada país.

---

[1]*chatting*

Después de leer

1. ¿Cuáles de los cambios mencionados tiene el efecto más negativo en la sociedad? ¿Cuál tiene el impacto más positivo?

2. ¿Cómo se comparan tus hábitos con los que se mencionan en el artículo sobre Argentina?

3. De acuerdo a lo que sabes ¿qué actividades les gustan a los jóvenes españoles y latinoamericanos? ¿Hay semejanzas en las actividades que prefieren los jóvenes estadounidenses? ¿Cuáles son?

4. ¿Piensas que a los jóvenes estadounidenses les interesa la política? ¿Por qué?

INVESTIGUEMOS LA MÚSICA

Mercedes Sosa (1935–2009) fue una cantante argentina muy popular en toda Latinoamérica, en particular por la corriente latinoamericana conocida como el canto nuevo. Busca su canción *Todo cambia* y escúchala. ¿Cuáles son tres cosas que cambian, según la letra? ¿Qué es lo único que no cambia?

A analizar

Milagros describe la formación de una relación sentimental. Mientras escuchas el audio, lee el párrafo y observa los verbos en negritas y en letra cursiva. Luego, contesta las preguntas que siguen.

¿Cómo se desarrolla una relación sentimental?

🔊 1-4 Primero, conocer a la persona. *Conoces* a la persona, y **te relacionas** con ella, la vas conociendo más. Luego **te vuelves** amigo con la persona, es una persona especial con la que *sales* más. Luego de repente una cogida de manos, de repente un beso, pero no lo lleves a tu casa. ¡Ay no! ¡Dios mío! Que mi mamá **se persigna** (*crosses herself*). En mi caso, por lo menos, tienen que pasar seis meses para que me traiga a mi casa (*bring me home*). Entonces seis meses más, llega a un año y ya se ganó el respeto de mi madre, *puedo* traerlo a la casa, pero solamente al sillón a **sentarse** a conversar por una hora. Luego una vez que **se involucra** (*gets involved*) más y pasa más el tiempo, entonces se entiende que ya *queremos* algo serio y que *estamos* enamorados. Más o menos como en dos años es algo normal que las personas se comprometan para casarse y tener algo más serio, más formal.

—Milagros, Perú

1. ¿Qué tienen en común las formas de los verbos en negritas? ¿Cómo son diferentes los verbos en letra cursiva?

2. Como sabes, un pronombre reflexivo implica que la persona que hace la acción también recibe la acción. ¿Cuál(es) de los verbos en negritas se usa(n) de esta manera? ¿Qué significado tienen en común los otros verbos con un pronombre reflexivo?

A comprobar

Verbos pronominales

1. Pronominal verbs are verbs that appear with a reflexive pronoun. Reflexive pronouns are often used when the subject performing the action also receives the action of the verb. In other words, they are used with verbs to describe actions we do to ourselves. It is very common to use reflexive pronouns when discussing your daily routine.

> Ella **se pone** un vestido azul.
> She **puts on** (herself) a blue dress.
>
> Yo **me levanto** temprano.
> I **get** (myself) **up** early.

2. Verbs used to discuss your daily routine, as well as many other verbs, can be used with or without a reflexive pronoun, depending on who (or what) receives the action. The following verbs can be used with a reflexive pronoun or not.

INVESTIGUEMOS LA GRAMÁTICA

Remember that it is necessary to use a personal **a** when the direct object of the verb is a person or a pet.

El niño despertó **a** su hermanito.
The child woke his brother up.

---

callar(se)	*to quiet (to be quiet)*
lastimar(se)	*to hurt (oneself)*
meter(se) (en)	*to put (to go [in], to get [in], to meddle)*
separar(se) (de)	*to separate*

Él **se separó** de su esposa después de 8 años de matrimonio.
*He **separated** from his wife after 8 years of marriage.*

In your first year of Spanish, you likely learned most of the following reflexive verbs to discuss your routine:

acostar(se)* (ue, o)   *to put to bed (to go to bed)*
afeitar(se)   *to shave (oneself)*
arreglar(se)   *to get (oneself) ready*
bañar(se)   *to bathe (oneself)*
cepillar(se)   *to brush (oneself)*
despertar(se)* (ie, e)   *to wake (oneself) up*
ducharse   *to shower*
lavar(se)   *to wash (oneself)*
levantar(se)   *to get (oneself) up*
poner(se)   *to put on (oneself) (clothing)*
quitar(se)   *to take off (clothing) (of oneself)*
secar(se)   *to dry (oneself)*
ver(se)   *to see (oneself), to look at (oneself)*
vestir(se)* (i, i)   *to dress (oneself)*

*stem-changing verbs

acostumbrarse (a)	*to get used (to)*
burlarse (de)	*to make fun of*
comerse	*to eat up*
decidirse	*to make one's mind up*
despedirse* (i, i)	*to say good-bye*
darse cuenta (de)	*to realize*
divertirse* (ie, i)	*to have fun*
irse	*to go away, to leave*
mudarse	*to move (residences)*
preguntarse	*to wonder*
quedarse	*to stay*
quejarse	*to complain*
reconciliarse (con)	*to make up (with)*
reírse* (de) (i, i)	*to laugh (at)*
relacionarse	*to get to know, to spend time with socially*
reunirse	*to get together*
sentirse* (ie, i) + (bien, mal, triste, feliz, etc.)	*to feel (good, bad, sad, happy, etc.)*

*stem-changing verbs

3. The reflexive pronoun may be placed in front of a conjugated verb or attached to the end of an infinitive. The pronoun can also be attached to the present participle, but you must add an accent to maintain the original stress. The reflexive pronoun always agrees with the subject of the verb, regardless of whether the verb is conjugated.

> Mi hijo **se** lastimó durante el recreo.
> *My son hurt himself during recess.*

> **Nos** estamos divorciando. / Estamos divorciándo**nos**.
> *We are divorcing.*

> Cuidado, vas a meter**te** en problemas.
> *Careful, you're going to get into trouble.*

4. Some Spanish verbs need reflexive pronouns, although they do not necessarily indicate that the action is performed on the subject. In some cases, the reflexive pronoun changes the meaning of the verb, for example, **ir** *(to go)* and **irse** *(to leave, to go away)*.

Hacerse, **ponerse**, and **volverse** all mean **to become**, but have slightly different uses. Generally, **ponerse** is used with conditions or emotions (like the verb **estar**). **Volverse** is often used with long-term or permanent conditions. **Hacerse** is used with adjectives that express characteristics of a person or thing (like the verb **ser**).

Se puso triste. *He became sad.*
Se volvió ciego. *He became blind.*
Se hizo abogada. *She became a lawyer.*

5. Reflexive pronouns can also be used with verbs to indicate the process of physical, emotional, or mental changes. In English, this is often expressed with the verbs *to become* or *to get*.

aburrirse	*to become bored*
alegrarse	*to become happy*
asustarse	*to get scared*
casarse	*to get married*
divorciarse	*to get divorced*
dormirse (ue, u)	*to fall asleep*
enamorarse	*to fall in love*
enfermarse	*to get sick*
enojarse	*to become angry*
frustrarse	*to become frustrated*
hacerse	*to become*
ponerse + (feliz, triste, nervioso, furioso, etc.)	*to become (happy, sad, nervous, furious, etc.)*
sentarse (ie, e)	*to sit down*
sorprenderse	*to be surprised*
volverse	*to turn into, to become*

> **Me puse triste** cuando mis padres **se divorciaron.**
> *I became sad when my parents got divorced.*

> Mis dos hijos **se enfermaron.**
> *My two children got sick.*

A practicar

1.14 **¿Cuándo?** ¿En qué circunstancias hace uno las siguientes actividades?

Modelo se divorcia

Uno se divorcia cuando hay problemas en el matrimonio y no puede encontrar una solución.

1. se mete en problemas con la policía
2. se muda a otra casa
3. se queja en un restaurante
4. se siente celoso

5. se divierte en la universidad
6. se reúne con toda la familia
7. se queda en un hotel de lujo *(luxury)*
8. se ríe muy fuerte

1.15 **Entre familia** Completa el siguiente texto con la forma apropiada del pretérito del verbo lógico entre paréntesis. Atención al uso del pronombre reflexivo.

La rutina de mi hermana y la mía son muy diferentes. Esta mañana ella
(1.) _____ (despertar/despertarse) tarde y (2.) _____ (meter/meterse) al baño por una hora. Allí (3.) _____ (duchar/ducharse), _____ (peinar/peinarse) y (4.) _____ (maquillar/maquillarse). Cuando por fin salió del baño, (5.) _____ (ir/irse) a su dormitorio donde (6.) _____ (vestir/vestirse). (7.) _____ (poner/ponerse) una falda y una blusa.

En cambio, yo (8.) _____ (levantar/levantarse) temprano. (9.) _____ (despertar/despertarse) a mis dos hijos. Ellos (10.) _____ (arreglar/arreglarse) para ir a la escuela, y luego bajaron para desayunar. Después de desayunar nosotros (11.) _____ (cepillar/cepillarse) los dientes. Ellos (12.) _____ (poner/ponerse) las chaquetas y (13.) _____ (despedir/despedirse) de mí.

1.16 **Con qué frecuencia** Con un compañero hablen de la frecuencia con la cual hacen las siguientes actividades. Den información adicional.

Modelo ducharse por la noche

Estudiante 1: *Yo nunca me ducho por la noche. ¿Y tú?*
Estudiante 2: *Yo a veces me ducho por la noche, cuando salgo a correr.*

1. enfermarse
2. acostarse después de medianoche
3. reunirse con los tíos y los primos
4. quejarse del jefe o de los profesores

5. divertirse en un club
6. ponerse ropa elegante
7. dormirse en clase
8. quedarse en un hotel

> **INVESTIGUEMOS EL VOCABULARIO**
>
> To tell how often you do something, use the word **vez**.
>
> **una vez a la semana** *once a week*
>
> **dos veces al mes** *twice a month*

1.17 **La vida en pareja** Con un compañero hablen de sus reacciones en las siguientes situaciones con su pareja. Deben explicar cómo se sienten y qué hacen.

Modelo Tu pareja te llama al trabajo y te dice que está muy enfermo.

Estudiante 1: *Me siento preocupado y voy a verlo. ¿Qué haces tú?*
Estudiante 2: *Yo también me siento preocupado y lo llevo al hospital.*

1. Tu pareja invita a unos amigos a la casa sin decírtelo primero.
2. Tu pareja te busca después del trabajo y te lleva al aeropuerto sin decir adónde van.
3. Tu pareja te prepara una cena romántica, pero quema *(burn)* la comida.
4. Tu pareja baila con otra persona en una fiesta.
5. Tu pareja te dice que quiere adoptar a un niño.
6. Tu pareja tiene un accidente y el auto queda destrozado.
7. Tu pareja te compra un auto nuevo para tu cumpleaños.
8. Tu pareja llega tarde para una cita y no te llama.

1.18 **En busca de un compañero** Imagina que necesitas buscar un compañero de casa. Entrevista a alguien de la clase para determinar si sería *(would be)* un buen compañero de casa. Cuando respondas las preguntas, da información adicional. Al final de la entrevista decidan si serían buenos compañeros de casa o no, y compartan su decisión con la clase, explicando por qué.

Modelo acostarse tarde

Estudiante 1: *¿Te acuestas tarde?*
Estudiante 2: *Sí, normalmente me acuesto a medianoche.*

1. levantarse muy temprano
2. reunirse con amigos en casa con frecuencia
3. dormirse en la sala con la tele prendida
4. irse de la casa sin limpiar la cocina
5. quejarse mucho
6. divertirse sanamente *(healthily)*
7. enfermarse con frecuencia
8. quedarse en el baño mucho tiempo para arreglarse

1.19 **Avancemos** En parejas, túrnense para contar en el pasado (pretérito e imperfecto) la historia de esta pareja. Deben incluir muchos detalles y usar algunos de estos verbos pronominales: **alegrarse, casarse, comprometerse, divertirse, divorciarse, enamorarse, enojarse, frustrarse, quejarse, sentirse.**

Cultura y comunidad

Antes de leer

¿Cómo ha cambiado *(has changed)* la familia en los últimos 20 años? Explica tu respuesta.

Cambia el mapa de familias mexicanas

🔊 MÉXICO, D.F. Hace 20 años, Manuel Bonilla
1-5 vivía con su esposa, sus dos hijas y su perro en una casa que compró a crédito en el Estado de México. Él trabajaba, ella era ama de casa y las niñas asistían a escuelas públicas. Los fines de semana solían salir a pasear en su coche y veían películas en el sofá de la sala. Eran una familia tradicional.

Pero cinco años después, su vida cambió. Hoy Manuel vive solo porque un día, sin más motivo que el desamor, su esposa emigró con sus dos hijas a los Estados Unidos y formó una nueva familia en ese país. Él, ahora de 62 años, vendió al perro y aprendió a cocinar.

© Ariel Skelley/Getty Images

Muchos viven solos

Los Bonilla, como muchas otras familias mexicanas, han cambiado a lo largo de los años. Mientras aumentan los hogares* conformados por una sola persona, las familias tradicionales se han ido haciendo menos.

homes

Optan por tener pocos hijos

Édgar y su esposa Berenice tienen dos años de casados. Ellos decidieron tener un solo bebé porque, aunque a veces piensan en la posibilidad de tener un segundo hijo, optan por ponerse a hacer cuentas. El costo de los partos*, de las colegiaturas*, de los alimentos y de la ropa suelen desalentarlos* a buscar convertirse en una familia más numerosa.

births / tuition
discourage

Familia extensa: Los Andrade Loyo

Cuando la familia Andrade Loyo se sienta a comer se sirven 41 raciones de comida. En 2000, había en México 6,8 millones de hogares extensos integrados por personas de por lo menos tres generaciones, entre padres, hijos, hermanos, cuñados, yernos, suegros y nietos.

Familia monoparental: Los Munguía

Tania es mamá y papá. En junio del año pasado, en el colegio de su hijo, le celebraron el Día del Padre porque la mayor parte de los padres de familia eran madres solteras y su número a nivel nacional crece. Tania se separó de su esposo "por incompatibilidad de caracteres" y desde entonces se hace cargo de su hijo Emilio.

Familia en unión libre:

Estas familias crecen a un mayor ritmo en comparación con las parejas que se casan.
En 1970, 45,1% de la población en México era casada y en 2000, 45,6% vivía en esa
condición. Esto quiere decir que en 30 años, la población casada creció solo 0,5%.
En cambio, en la década de 1970, 7,9% de las parejas vivía en unión libre y, en 2000,
aumentó a 10,4%.

	1970	1990	2000	2005	2009
Familias tradicionales	75%	69%	–	68%	–
Hogares unipersonales	–	–	6,3%	7,5%	9,7%
Tamaño de la familia	5,2	5,1	4,5	3,8	–
Familias extensas	–	–	24,5%	23,6%	–
Familias monoparentales	–	–	14,6%	16%	–
Parejas en unión libre	7,9%	–	10,4%	–	–

© Cengage Learning

Adapted from *El Siglo de Torreon*, 1/14/2009.

Después de leer

1. ¿Qué ha pasado con las familias tradicionales en México?
2. ¿En qué porcentaje disminuyó el número de familias tradicionales entre 1970 y el 2005?
3. ¿Por qué familias como la de Édgar y Berenice decidieron tener solo un hijo?
4. ¿Cómo está cambiando la unión libre en México?

Comunidad

Busca a una persona en tu comunidad que sea de un país hispanohablante y hazle una
entrevista con las siguientes preguntas: ¿Cuántas personas hay en tu familia? ¿Quiénes
son? ¿Son muy unidos? ¿Viven en tu país de origen? ¿Con qué frecuencia los ves?
Después repórtale la información a la clase.

© fotoluminate/Shutterstock

Estructuras 2

A analizar

La manera en que se saluda a una persona es algo cultural. Mayté describe las convenciones en México. Mientras escuchas el audio, lee el párrafo y observa los verbos en negritas. Luego, contesta las preguntas que siguen.

¿Cuáles son las convenciones para saludar a alguien en México?

🔊 1-6 Cuando una persona es presentada, aunque no conozcas bien al hombre que te es presentado, los dos **se besan** para saludarse y para despedirse. Es algo que no se hace en los Estados Unidos, ¿verdad?, pero que se hace todo el tiempo en México. Aunque no lo conozcas, si no se besan, es un poco como de mala educación. Si me encuentro en la calle con una buena amiga, siempre **nos besamos** en la mejilla. He visto que en los Estados Unidos es más común **abrazarse**. En México es más común **besarse**, también entre un hombre y una mujer. **Se besan** y **se saludan**. **Se pueden** dar la mano y **besarse** al mismo tiempo. Entre dos hombres, nunca se besan, ellos nada más **se dan** la mano. Depende de la situación, creo que los hombres mayores **se palmean** más en la espalda, pero los jóvenes solamente **se dan** la mano.

—Mayté, México

1. Todos los verbos en negritas tienen un pronombre. ¿Tienen un significado reflexivo?
2. ¿Los sujetos de estos verbos son singulares o plurales?
3. ¿Qué significa el pronombre en estos casos? ¿Es igual para los infinitivos?

A comprobar

Verbos recíprocos

1. In the **Estructuras 1** section, you reviewed the use of reflexive pronouns when the subject of the sentence does something to himself or herself. The reflexive pronouns are also used in order to communicate the English expressions *each other* and *one another*. These are known as reciprocal verbs.

   > Ellos **se miraron** con amor.
   > *They **looked at each other** with love.*

   > **Nos comprendemos.**
   > *We **understand each other**.*

2. Only the plural forms (**nos, os,** and **se**) are used to express reciprocal actions as the action must involve more than one person.

   > Los amigos **se abrazan.**
   > *Friends **hug each other**.*

   > Mi amiga y yo **nos escribimos** por muchos años.
   > *My friend and I **wrote to each other** for many years.*

3. It is usually evident by context whether the verb is reflexive or reciprocal. However, if there is need for clarification **el uno al otro** can be used. The expression must agree with the subject(s); however, if there are mixed sexes, the masculine form is used.

   > Se cortan el pelo **la una a la otra.**
   > *They cut **each other's** hair.*

   > José y Ana se presentaron **el uno al otro.**
   > *José and Ana introduced themselves to **each other**.*

   > Todos se respetan **los unos a los otros.**
   > *They all respect **each other**.*

4. With infinitives, the reflexive pronoun may be placed before the conjugated verb or be attached to the infinitive.

   > **Nos** vamos a amar para siempre.
   > *We will love each other forever.*

   > Quieren **conocerse.**
   > *They want to meet each other.*

A practicar

1.20 **Una relación** Pon en orden las siguientes oraciones para indicar el posible desarrollo (*development*) de una relación.

1. Se besan.
2. Se reconcilian.
3. Se conocen.
4. Empiezan a llamarse por teléfono.
5. Se casan.
6. Se enamoran.
7. Se pelean.

Comunicarse bien puede ser difícil.

© Scott Griessel/iStockphoto

1.21 **Una historia de amor** Completa el párrafo, usando los verbos de la lista en la forma apropiada del pretérito o del infinitivo.

casarse	despedirse	presentarse
comprometerse	enamorarse	saludarse
conocerse	mirarse	sonreírse

Adela estaba en un restaurante con una amiga cuando vio a un hombre alto y guapo sentado a una mesa cercana. Él levantó la mirada y los dos (1.) _____ y (2.) _____. Carlos se levantó y se acercó a la mesa donde estaban Adela y su amiga. (3.) _____ y (4.) _____. Las dos amigas lo invitaron a sentarse con ellas y él aceptó. Cuando terminaron de cenar, Carlos le pidió su número de teléfono a Adela y (5.) _____.

Durante los siguientes meses, salieron y empezaron a (6.) _____ muy bien y finalmente (7.) _____. Al final del año Carlos le compró un anillo y (8.) _____ y el verano siguiente (9.) _____.

1.22 **¿Quiénes?** Menciona quiénes hacen las siguientes actividades.

Modelo quererse mucho

Mis padres se quieren mucho.
Mi novio y yo nos queremos mucho.

1. llamarse todos los días
2. abrazarse al verse
3. darse regalos
4. mandarse textos con frecuencia
5. pelearse mucho
6. odiarse
7. verse solo una o dos veces al año
8. llevarse muy bien
9. saludarse en la universidad
10. mirarse mucho en el espejo

¿Se caen bien?

1.23 **Relaciones** Relaciona el verbo con la situación o el lugar y explica quién lo hace.

Modelo darse regalos – en Navidad

Los amigos se dan regalos en Navidad.

1. besarse	**a.** en una fiesta
2. ayudarse	**b.** en la clase de español
3. divorciarse	**c.** en casa
4. conocerse	**d.** en la oficina
5. darse la mano	**e.** en la corte *(court)*
6. hablarse en español	**f.** en una boda

1.24 **Tu mejor amigo y tú** En parejas, túrnense para entrevistarse sobre su relación con su mejor amigo, usando las siguientes preguntas. **¡OJO!** Algunas de las preguntas se refieren al presente y otras al pasado.

Modelo Estudiante 1: *¿Cómo se saludan tu mejor amigo y tú?*

Estudiante 2: *Nos saludamos con un abrazo.*

1. ¿Cuándo se conocieron tú y tu mejor amigo? ¿Dónde?
2. ¿Con qué frecuencia se comunican? ¿Cómo prefieren comunicarse: por teléfono, por correo electrónico o por mensajes?
3. ¿Con qué frecuencia se ven? ¿Dónde se encuentran?
4. ¿Se dan regalos? ¿Cuándo?
5. ¿Se ayudan con sus problemas? ¿Cómo se ayudan?
6. ¿Se pelean de vez en cuando? ¿Alguna vez dejaron de hablarse?

1.25 **Avancemos** Vas a trabajar con un compañero y cada uno va a escoger a dos personas del dibujo. Luego van a contarse el uno al otro la historia de amor de la pareja.

Modelo *Se conocieron en un partido de fútbol profesional. Él jugaba en el equipo del hermano de ella, y se conocieron después de un partido. Se enamoraron porque a los dos les encantan los deportes. Después de casarse, van a abrir una academia de deportes para niños que viven en el centro de la ciudad.*

Deben incluir lo siguiente:

• ¿Cómo se conocieron?
• ¿Por qué se enamoraron?
• ¿Cómo va a ser su futuro?

Atención al uso del pretérito y del imperfecto.

© Cengage Learning

Un blog

ESTRATEGIA

As you go through each of the **Pasos** of the writing process, be sure to do them in Spanish rather than English so that you are drawing on what you already know in Spanish. Then, as you write your essay, you can look up any additional words you need.

A blog is generally an informal piece of writing in which the author records his or her thoughts, experiences, and opinions.

Imagine that you have gone to study in a Spanish-speaking country and are keeping a blog so that your friends will know what you are doing. You have just arrived in the house or apartment where you will be living with a family and want to share your experience and thoughts in your blog entry.

Paso 1 Decide which Spanish-speaking country you will write about, and pick a major city within the country. Find a website that sells or rents residences using the search words **casa** and **venta.** Select a residence and imagine that it is where you will be living.

Paso 2 Imagine what the family you will live with might be like. Jot down a few things to include: Who lives in the house? How old are they? What are they like?

Paso 3 Imagine your arrival and jot down a few ideas of what might happen when you first arrive. Think about the following: How were you welcomed into their home? How did you feel when you met the family? What did you do upon getting settled?

Paso 4 Write your initial paragraph in which you tell your readers where you are studying. Then describe the house where you will be staying using the information from **Paso 1.** Be sure to give a detailed description. **¡OJO!** Despite the informal nature of a blog, you will still need to use proper grammar and mechanics in your writing: organization in paragraphs, complete sentences, punctuation, etc.

Paso 5 Using the information from **Paso 2,** tell your readers about your host family. Remember that, because you are an intermediate student, this paragraph should be more detailed than one you might have written in your beginning Spanish course.

Paso 6 Finally, tell your readers about your arrival using the information you generated in **Paso 3.** Be sure to include a reaction such as your overall impression or how you felt.

Paso 7 Edit your blog:

1. Did you include lots of details?
2. Does each adjective agree with the person or object it describes?
3. Does each verb agree with the subject?
4. Did you use the preterite and the imperfect appropriately in your last paragraph?
5. Did you check your spelling, including accents?

Share It!

Paso 1 On the Internet, find a blog in Spanish about a topic that interests you. The blog may be from the country you just wrote about or another country or city. Choose a post to read and look up key words you don't understand.

Paso 2 Write a summary of the blog post and add your own thoughts.

Paso 3 Edit your entry for both grammar and content and go to Share It! to post your summary.

Los ancianos y su papel en la familia

Antes de escuchar

👥 En parejas, hablen de los ancianos en los Estados Unidos y contesten las preguntas.

1. ¿Tus abuelos viven/vivían cerca de tu familia? ¿Son/Eran independientes o necesitan/necesitaban ayuda?

2. Si se enferman tus abuelos o tus padres en el futuro, ¿dónde van a vivir? ¿Quién los va a cuidar?

3. ¿Has visitado un asilo de ancianos? ¿Cómo era? ¿Qué hacían las personas que vivían allí? ¿Qué opinas de los asilos de ancianos?

A escuchar

🔊 Mayté va a hablar del papel de los ancianos en la sociedad mexicana. Toma apuntes
1-7 sobre lo que dice. Después compara tus apuntes con un compañero y organiza la información para contestar las siguientes preguntas.

1. ¿Por qué es importante mostrarles mucho respeto a las personas de la tercera edad?

2. ¿Cuándo se lleva a un familiar a un asilo de ancianos? ¿Es bien visto esto? *(Is this viewed as acceptable?)*

3. ¿Dónde viven normalmente los ancianos?

4. Si los ancianos viven con su familia, ¿qué responsabilidades tienen?

5. A los ojos de la sociedad, ¿cuál es la mejor opción si uno tiene un abuelo que no puede vivir independientemente?

Después de escuchar

1. Comparado con lo que sabes de los Estados Unidos, ¿son muy diferentes las costumbres en México? ¿Cómo son semejantes? ¿Cómo son diferentes? ¿Era diferente en los Estados Unidos en el pasado?

2. Decidir dónde va a vivir un ser querido cuando ya no puede vivir independientemente es difícil. ¿Qué factores se tienen que considerar antes de tomar esta decisión?

Un juego de cartas en el parque

© Diego Cervo/Shutterstock

Sirenas de fondo

dirigido por Arcadi Palerm-Artis

Doña Milita parece *(seems)* **estar muy enferma y tiene pocas posibilidades de recuperarse. Varios miembros de su familia la cuidan, pero ¿tienen intenciones sinceras?**

(México, 2007, 10 min.)

Antes de ver

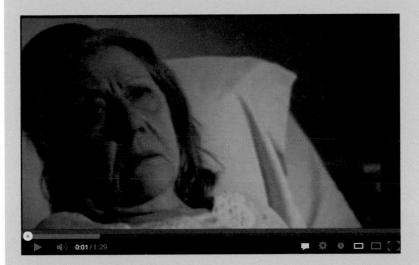

👥 Habla con un compañero sobre las siguientes preguntas.

1. ¿Qué puede hacer una persona para entretenerse si debe pasar mucho tiempo con alguien que está enfermo?

2. ¿Crees que un nieto u otros miembros de una familia puedan acercarse a su abuelo si pasan mucho tiempo cuidándolo?

Vocabulario útil

la caja *box, coffin*	**la esperanza de vida** *life expectancy*
calvo *bald*	**hacerse a la idea de** *to get used to the idea of*

0:01 / 1:29

Comprensión

Escoge la conclusión correcta para las siguientes oraciones.

1. El nieto piensa que la abuela va a morir porque...

   a. está enferma.   **b.** es vieja.

2. Doña Milita dice que su yerno Chema es...

   a. más calvo.   **b.** más gordo.

3. El papá cuenta de un hombre que muere en un refrigerador de...

   a. hipotermia.   **b.** asfixia.

4. Doña Milita se molesta porque su hija siempre la visita durante la hora de...

   a. la comida.   **b.** la telenovela.

5. El muchacho pierde el volado *(coin toss)* y tiene que...

   a. llevarle un catálogo a la abuela.   **b.** leerle a la abuela.

Después de ver

1. ¿Cuál es la gran mentira *(lie)* de la familia de doña Milita? ¿Por qué?

2. ¿Piensas que el plan puede funcionar *(work)*? ¿Por qué?

Literatura

Nota biográfica

Enrique Anderson Imbert (1910–2000), escritor argentino, escribió cuentos, novelas y ensayos. Fue muy respetado como crítico literario. Trabajó durante varios años como profesor en la Universidad de Michigan y luego en Harvard. Entre sus obras literarias, es más conocido por sus "microcuentos", cuentos muy breves en los cuales él mezcla la fantasía y el realismo mágico.

APROXIMÁNDONOS A UN TEXTO

Before reading a text, consider the title. How might the words in the title reflect the content of the story? Why might the author have chosen this title?

Antes de leer

Con un compañero, comenten las siguientes preguntas.

1. ¿En qué ocasiones tomas fotos? ¿Qué intentas captar cuando tomas una foto?

2. ¿Cómo cambia el valor o el significado de una foto con el paso de tiempo? ¿Hay unas fotos más significativas que otras?

3. ¿Qué fotos tienes colgadas en tu casa/apartamento? ¿Por qué?

La foto

1   Jaime y Paula se casaron. Ya durante la luna de miel fue evidente que Paula se moría. Apenas unos pocos meses de vida le pronosticó el médico. Jaime, para conservar ese bello *face* rostro*, le pidió que se dejara fotografiar. Paula, que estaba plantando una semilla de *sunflower / flowerpot* girasol* en una maceta*, lo complació: sentada con la maceta en la falda sonreía y...

© Aleksandr Markin/Shutterstock

5   ¡Clic!
      Poco después, la muerte. Entonces Jaime hizo ampliar la foto —la cara de Paula era
glass / frame bella como una flor—, le puso vidrio*, marco* y la colocó en la mesita de noche.
small spot   Una mañana, al despertarse, vio que en la fotografía había aparecido una manchita*.
      ¿Acaso de humedad? No prestó más atención. Tres días más tarde: ¿qué era eso? No una
sprout 10 mancha que se superpusiese a la foto sino un brote* que dentro de la foto surgía de la maceta.
strangeness   El sentimiento de rareza* se convirtió en miedo cuando en los días siguientes comprobó que la fotografía vivía como si, en vez de reproducir a la naturaleza, se reprodujera en la naturaleza. Cada mañana, al despertarse, observaba un cambio. Era que la planta fotografiada crecía. Creció, creció hasta que al final un gran girasol cubrió la cara de Paula.

Anderson Imbert, Enrique, *Dos mujeres y un Julián, Cuentos 4, Obras Completas*, Buenos Aires, Corregidor, 1999. Used with permission.

Terminología literaria

el (la) autor(a) *author*
el cuento *short story*
el (la) escritor(a) *writer*

la metáfora *metaphor*
los personajes *characters*

Comprensión

1. ¿Quiénes son los personajes? ¿Qué tipo de relación tienen?

2. ¿Por qué Jaime le tomó la foto a Paula?

3. ¿Qué les pasó a la foto y a la imagen de Paula con el tiempo?

Análisis

1. El autor empleó el título "La foto" para su cuento. ¿Por qué es apropiado?

2. Lo que pasa con la foto es una metáfora. ¿Qué representa la foto? ¿Qué pasa con los recuerdos con el tiempo? ¿Cómo representa esto el autor?

3. Según FTDflores.com, "el significado del girasol varía de una cultura a otra. Para algunos, el girasol promete poder, calor y alimento: todos los atributos propios del sol mismo. Otros, sin embargo, sostienen que el aspecto majestuoso del girasol denota altanería *(arrogance)* y falsas apariencias, o un amor infeliz". ¿Por qué piensas que el autor escogió un girasol? ¿Cómo representa varios aspectos del amor entre Paula y Jaime?

A profundizar

1. El autor explora los recuerdos y el efecto del tiempo en este cuento. ¿Qué ideas comunica? ¿Estás de acuerdo o no?

2. El poeta Thomas Moore escribió "el corazón que ha amado de verdad nunca olvida, sino que ama de verdad hasta el final, fiel como el girasol, que observa irse a su dios con la misma mirada con que lo ve aparecer". ¿Cómo puede cambiar la interpretación del cuento después de leer esta representación del girasol?

3. ¿Qué emoción te evoca este cuento? ¿Es chistoso? ¿melancólico? ¿triste? ¿irónico?

En esta sección, vas a practicar los usos de los pronombres que se han presentado hasta este punto. Recuerda que:

- Los pronombres pueden comunicar un significado **reflexivo** si el sujeto es la persona que también recibe la acción.
- Los pronombres **se** y **nos** pueden comunicar un significado **recíproco** si es una acción que las personas hacen juntas.
- Los pronombres también pueden comunicar que hay un **cambio de estado** o que un **proceso de cambio** ha ocurrido.
- Los pronombres pueden aparecer al final de un infinitivo, o antes de un verbo conjugado en diferentes tiempos verbales.
- Recuerda que se usa:
  - pretérito para acciones del pasado que empiezan, terminan o ocurren en secuencia;
  - imperfecto para acciones, condiciones o estados del pasado que están en progreso, que son habituales, o que tienen función descriptiva;
  - presente para acciones habituales o estados del presente.

1.26 **¿Cómo se desarrolla una relación sentimental?** Mayté habla sobre cómo **era** y sobre cómo **es ahora** el noviazgo tradicional en México. Decide si es necesario usar el pronombre y después llena el espacio con la forma apropiada del verbo en el presente, el pretérito, o el imperfecto según el contexto.

Tradicionalmente en el pasado las relaciones sentimentales en México se daban *(took place)* en el plano familiar, y toda la familia (1.) _____ (conocer/conocerse) al pretendiente *(suitor)* de la chica al mismo tiempo. Cuando un chico (2.) _____ (interesar/interesarse) por una chica, ellos empezaban a (3.) _____ (comunicar/comunicarse) por medio de cartas. En mi caso (hace unos veinticinco años), el chico tuvo que pedirles permiso a mis padres para visitarme en casa. Entonces una vez que (4.) _____ (llegar/llegarse) a casa el muchacho y fue recibido y fue aceptado por mi familia, nosotros (5.) _____ (sentar/sentarse) en la sala y pudimos (6.) _____ (hablar/hablarse), pero no pudimos (7.) _____ (besar/besarse), porque esto no era de buen gusto, por lo menos dentro de la casa. Después pudimos salir para ir al cine, y si (8.) _____ (caminar/caminarse) por la calle o íbamos a un restaurante, podíamos (9.) _____ (tomar/tomarse) de la mano, y eso era aceptable.

Bueno, generalmente cuando avanza la relación y los chicos (10.) _____ (estar/estarse) pensando ya en casarse, entonces el chico tiene que (11.) _____ (pedir/pedirse) la mano de la chica, llevando a sus padres a la casa de la chica. Ya cuando están comprometidos, pueden besarse enfrente de los padres si (12.) _____ (querer/quererse). El chico le da un anillo de compromiso a la chica enfrente de la familia. Hay una fiesta, y después de un tiempo prudente, ya pueden (13.) _____ (casar/casarse). El tiempo varía, pero no es recomendable que el compromiso dure más de un año. No es bien visto (14.) _____ (divorciar/divorciarse) en la cultura mexicana, aunque cada vez (15.) _____ (hacer/hacerse) más normal divorciarse y casarse otra vez.

> **MOMENTO METALINGÜÍSTICO**
>
> Para cada verbo en el primer párrafo, explica por qué escogiste la forma con o sin pronombre, y cómo decidiste entre pretérito e imperfecto.

1.27 **¿El tiempo trae cambios?** Ahora Mayté y Milagros describen otros aspectos de las relaciones sentimentales y familiares. Con un compañero, comenten si cada situación es igual en los Estados Unidos o si era igual en el pasado y por qué. Empleen los siguientes verbos en la conversación. **¡OJO!** Cuidado con el uso del presente, del pretérito y del imperfecto.

acostumbrarse	darse cuenta	divertirse	relacionarse	quejarse
comprometerse	decidirse	frustrarse	mudarse a	quererse

1. Casi siempre los chicos asisten a una universidad local, entonces siempre viven con los padres.
2. Antes los hijos no se iban de la casa de sus padres hasta que se casaban, pero ahora hay jóvenes que viven solos después de terminar la universidad.
3. En el pasado no pasaba, pero hoy en día se oye de novios que viven juntos antes de casarse.
4. El compromiso puede durar entre seis meses y un año, pero si dura solo tres meses, es muy sospechoso *(suspicious)*.
5. El divorcio en el pasado era poco común y aún ahora no pasa frecuentemente.

Padre e hijo

© Monkey Business Images/Shutterstock

1.28 **Avancemos más** Con un compañero hablen del papel de la familia.

Paso 1 Habla con un compañero sobre las siguientes preguntas: ¿Es importante ser parte de una familia? ¿Qué determina que alguien sea parte de la familia?

Paso 2 Escribe una lista de ocho actividades que los miembros de una familia hacen el uno para el otro. Luego compara tu lista con la de un compañero. Entre los dos, decidan cuáles son las cinco actividades más importantes.

Paso 3 Habla con tu compañero sobre las siguientes preguntas:

1. ¿Por qué creen que son las actividades más importantes?
2. En tu vida personal ¿son siempre los parientes quienes hacen esto para ti? ¿Quién lo hace?

Paso 4 Compartan con la clase su lista de las actividades que hacen los miembros de una familia el uno para el otro y expliquen por qué.

1

🔊 Generaciones y relaciones humanas

La familia y las relaciones personales

la adopción *adoption*	el matrimonio *marriage; married couple*
la amistad *friendship*	el noviazgo *relationship between a boyfriend and a girlfriend*
antaño *in the old days (adv)*	
el asilo de ancianos *retirement home*	el (la) novio(a) *boyfriend / girlfriend*
el (la) bisabuelo(a) *great-grandparent*	el papel *role*
el (la) bisnieto(a) *great-grandchild*	la pareja *couple, partner*
la brecha generacional *generation gap*	los parientes *relatives*
el cambio *change*	prometido(a) *fiance(é)*
la cita *date, appointment*	el reto *challenge*
el compromiso *engagement, commitment*	el (la) tatarabuelo(a) *great-great-grandparent*
el divorcio *divorce*	el (la) tataranieto(a) *great-great-grandchild*
la generación *generation*	la tercera edad *old age*
hoy en día *nowadays*	la vejez *old age*
el (la) huérfano(a) *orphan*	

La familia política/modificada *Extended/blended families*

el (la) cuñado(a) *brother/sister-in-law*	la nuera *daughter-in-law*
el (la) hermanastro(a) *stepbrother / stepsister*	el padrastro *stepfather*
el (la) hijastro(a) *stepson / stepdaughter*	el (la) suegro(a) *father/mother-in-law*
la madrastra *stepmother*	el yerno *son-in-law*

Adjetivos

desintegrado(a) *broken*	tradicional *traditional*
enamorado(a) (de) *in love (with)*	unido(a) *tight, close (family)*
moderno(a) *modern*	vigente *current, updated*
obsoleto(a) *obsolete, out of date*	

Estados civiles

casado(a) *married*	la unión civil *civil union*
divorciado(a) *divorced*	la unión libre *a couple living together, but without legal documentation*
separado(a) *separated*	
soltero(a) *single*	viudo(a) *widower / widow*

Verbos

abrazar *to hug, to embrace*	decidirse *to make one's mind up*
aburrirse *to become bored*	despedirse (i, i) *to say good-bye*
acostumbrarse (a) *to get used (to)*	darse cuenta (de) *to realize*
alegrarse *to become happy*	divorciarse (de) *to get divorced (from)*
asustarse *to get scared*	divertirse (ie, i) *to have fun*
besar *to kiss*	dormirse (ue, u) *to fall asleep*
burlarse (de) *to make fun of*	enamorarse (de) *to fall in love (with)*
cambiar *to change*	enfermarse *to get sick*
casarse (con) *to marry*	enojarse *to become angry*
comerse *to eat up*	envejecer *to age, to get old*
convivir *to live together in harmony*	frustrarse *to become frustrated*
coquetear *to flirt*	hacerse *to become*
crecer *to grow up*	irse *to go away, to leave*
criar *to raise, to bring up*	

llevarse (bien/mal/regular)   *to get along (well/poorly/okay)*
mudarse   *to move (residences)*
nacer   *to be born*
odiar   *to hate*
preguntarse   *to wonder*
ponerse + (feliz, triste, nervioso, furioso, etc.)   *to become (happy, sad, nervous, furious, etc.)*
quedarse   *to stay*
quejarse   *to complain*
querer (a)   *to love (a person)*
reconciliarse (con)   *to make up (with)*
reírse (de) (i, i)   *to laugh (at)*

relacionarse   *to get to know, to spend time with socially*
respetar   *to respect*
reunirse   *to get together*
romper   *to break up*
salir con (una persona)   *to go out with*
saludar   *to greet*
sentarse (ie, e)   *to sit down*
sentirse (ie, i) (bien, mal, triste, feliz, etc.)   *to feel (good, bad, sad, happy, etc.)*
separarse (de)   *to separate (from)*
sorprenderse   *to be surprised*
volverse   *to become*

Terminología literaria

el (la) autor(a)   *author*
el cuento   *short story*
el (la) escritora   *writer*

la metáfora   *metaphor*
los personajes   *characters*

Diccionario personal

_____

_____

_____

_____

_____

_____

_____

_____

_____

_____

_____

_____

_____

CAPÍTULO 2

Estrategia para avanzar

All speakers have trouble retrieving the right word at times, which is a form of linguistic breakdown, but advanced speakers can talk their way around the problem word and continue to express their thoughts. This skill is called circumlocution. As you work to become an advanced speaker, focus on using circumlocution to describe concepts for which you don't know the word or for words that have slipped your mind. When you read a text, try to paraphrase the main ideas using words that are different from those the author used. Try not to resort to English at all and you'll find yourself thinking more consistently in Spanish.

In this chapter you will learn how to:

- Discuss traditions and celebrations
- Describe cultural values and aspects of relationships
- Express opinions
- Express desires and give recommendations

Costumbres, tradiciones y valores

El Día de los Muertos en San Miguel de Allende, México

Estructuras

A perfeccionar: Commands

Subjunctive with impersonal expressions

Subjunctive with verbs of desire and influence

Conexiones y comparaciones

Cultura, lengua y tradición

Cultura y comunidad

Artesanías del mundo hispanohablante

Literatura

La zarpa, por José Emilio Pacheco

Redacción

Ensayo informativo

🔊 A escuchar

¿Cómo son las fiestas?

▶ Video

España: ¿el ocaso del matrimonio?

▶ Cortometraje

Rogelio

¿Qué sabes de las tradiciones que se representan en los dibujos?

© Cengage Learning

Costumbres, tradiciones y valores

los antepasados *ancestors*

las artesanías *handicrafts*

el asado *barbecue*

el Carnaval *Carnival (similar to Mardi Gras)*

la celebración *celebration*

la cocina *cuisine*

la costumbre *habit, tradition, custom*

la creencia *belief*

el desfile *parade*

el Día de los Muertos *Day of the Dead*

la fiesta *holiday*

el folclor *folklore*

el gaucho *cowboy from Argentina and Uruguay*

el hábito *habit*

la herencia cultural *cultural heritage*

la identidad *identity*

los lazos *bonds*

el legado *legacy*

el lenguaje *language*

el nacionalismo *nationalism*

la Noche de Brujas *Halloween*

la ofrenda *offering (altar)*

el parentesco *relationship (family)*

la práctica *practice*

el pueblo *people*

las relaciones *relationships*

el ser humano *human being*

el valor *value*

el vaquero *cowboy*

la vela *candle*

Verbos

celebrar *to celebrate*

conmemorar *to commemorate*

disfrazarse *to dress up for a masquerade, to disguise oneself*

festejar *to celebrate*

heredar *to inherit*

recordar (ue) *to remember*

respetar *to respect*

sacrificarse *to sacrifice oneself*

INVESTIGUEMOS LA CULTURA

El Día de los Muertos is an ancient celebration in México and Central America. It combines prehispanic traditions with Catholic ones. It is a day dedicated to those who have passed away. Their favorite foods are prepared, and an **ofrenda** is created in their honor. It is not a sad celebration, but a festive one.

Carnaval is celebrated throughout the Spanish-speaking world, although it differs from country to country. In the few days before Lent, there is a big celebration, often including music, dancing, costumes, and floats. Like **Día de los Muertos**, **Carnaval** combines Christian traditions with older, pagan celebrations.

A practicar

2.1 **Escucha y responde.** Observa la ilustración y decide si las ideas que vas a escuchar son ciertas o falsas.

🔊 1-8

2.2 **¿Qué significa?** Busca la palabra de la segunda columna a la que se refiere la definición de la primera columna.

1. Es una relación de familia.
2. Es semejante a una herencia.
3. Son ideas que consideramos ciertas o verdaderas.
4. Es una expresión para hablar de la relación que une a dos personas.
5. Son expresiones de tradiciones populares.
6. Significa que cierta idea nos viene a la mente (mind).

a. una creencia
b. folclor
c. recordar
d. un legado
e. un parentesco
f. los lazos

2.3 **Ideas incompletas** Lee las siguientes ideas y complétalas con una palabra lógica del vocabulario.

1. La _____ típica de Costa Rica incluye platillos (dishes) como Gallo Pinto y Casado.
2. Un sinónimo de "hábito" es _____.
3. Muchos _____ precolombinos se alimentaban principalmente del maíz.
4. En muchas culturas se espera que los padres les den todo lo que puedan a sus hijos, trabajando muy duro por ellos y renunciando a muchas cosas. En otras palabras, los padres _____ por sus hijos.
5. El _____ es la cultura popular de los pueblos, como sus canciones, sus dichos, sus costumbres, sus artesanías y su música.
6. Nuestros _____ son los familiares que vivieron varias generaciones antes que nosotros.
7. El cariño y la sangre son dos de los _____ que unen a una familia.
8. Las _____, como la cerámica y los textiles, son diferentes en cada región de un país.

2.4 **Definiciones** Piensa en una definición para cada uno de los siguientes conceptos, y después compáralas con las de un compañero. ¿Están de acuerdo en sus respectivas definiciones? ¿Cómo se pueden mejorar?

1. disfrazarse
2. desfile
3. la herencia cultural
4. los valores
5. heredar
6. nacionalismo

Expandamos el vocabulario

The following words are listed in the vocabulary. They are nouns, verbs, or adjectives. Complete the table using the roots of the words to convert them to the different categories.

Verbo	Sustantivo	Adjetivo
conmemorar		
	herencia	
		respetado
	celebración	

2.5 **Las tradiciones desde tu perspectiva** Observa las ilustraciones al inicio de este capítulo y trabaja con un compañero para comentar sus respuestas a las siguientes preguntas.

1. ¿Reconoces las tradiciones que se representan en las ilustraciones? ¿En qué países se celebran las diferentes tradiciones que se ven en las tres imágenes?

2. ¿Quiénes participan en cada una de estas tradiciones? ¿Puedes pensar en otras tradiciones que se observen en algún país donde se hable español?

3. ¿Por qué crees que las personas participan en las tradiciones que vemos en las ilustraciones?

4. ¿Crees que las celebraciones de las ilustraciones son muy antiguas? ¿Piensas que se originaron en otro lugar del mundo? Explica.

5. ¿Piensas que los jóvenes de ahora ya no están interesados en continuar las tradiciones de sus antepasados? Explica.

6. ¿Cuál es el legado que te dejaron tus antepasados?

7. ¿Piensas que haya valores universales entre los seres humanos? ¿Cuáles? ¿Alguno de estos valores aparece en las ilustraciones al inicio del capítulo?

8. ¿Por qué crees que es importante para algunas personas conmemorar ciertas fechas?

9. ¿Cuándo se conmemora la independencia de por lo menos tres países donde se hable español?

10. ¿Dónde creciste? ¿Cómo te influenció crecer en este lugar? ¿Hay costumbres o tradiciones típicas de este lugar? ¿Cuáles?

11. ¿Crees que cada nacionalidad tenga una cultura única? Explica.

2.6 **Citas** ¿Están de acuerdo sobre las siguientes citas sobre las tradiciones? Expliquen sus opiniones.

- Un pueblo sin tradición es un pueblo sin porvenir *(futuro)*. (Alberto Lleras Camargo, político, periodista y diplomático colombiano, 1906–1990)

- La tradición es la herencia que dejaron nuestros antepasados. (Anónimo)

- El que vive de tradiciones jamás progresa. (Anónimo)

- Mi manera de pensar se refleja en mi trabajo, que tiene gran respeto por la tradición. A la vez, es una expresión moderna y contemporánea de la pintura. (Fernando Botero, pintor colombiano, 1932–)

- La tradición de todas las generaciones muertas oprime *(oppresses)* como una pesadilla *(nightmare)* el cerebro *(brain)* de los vivos. (Karl Marx, economista, filósofo y revolucionario alemán, 1818–1883)

- Nada hay de bárbaro ni de salvaje en esas naciones; lo que ocurre es que cada cual llama barbarie a lo que es ajeno *(foreign)* a su costumbre. (Montaigne, escritor francés, 1533–1592)

INVESTIGUEMOS LA MÚSICA

Busca la canción "Mestizaje" del grupo español Ska-P (pronunciado "escape") en Internet. ¿Cuál crees que sea el mensaje de la canción?

2.7 **Encuesta** Trabajen en grupos para saber qué tradiciones festejan y cómo lo hacen. Después repórtenle la información a la clase.

1. ¿Festejan su cumpleaños generalmente? ¿Cómo?
2. ¿Festejan el Año Nuevo ? ¿Qué hacen? ¿Con quién?
3. ¿Qué hacen el Día de la Independencia? ¿Por qué?
4. ¿Cuál es la celebración más antigua en la que participan?
5. Si tienen hijos, o cuando tengan hijos en el futuro, ¿qué tradiciones quieren heredarles y por qué?

2.8 **Festivales** Las siguientes fotografías muestran algunos festivales, carnavales o tradiciones importantes del mundo hispano. Túrnense para describir cada fotografía y decir lo que saben sobre el evento. Si no saben nada, hagan suposiciones lógicas sobre la celebración. Pueden hablar de dónde se hace la celebración, por qué, en qué época del año, quién participa y cuál es la función social del evento.

Las Fallas de Valencia

© FCG / Shutterstock.com

Procesión de Viernes Santo en Antigua

© Gg/age fotostock

Festival de la Tomatina

© Raga Jose Fuste/age fotostock

Corpus Christi en Cuzco

© Alfredo Cerra/Shutterstock.com

España: ¿el ocaso de los matrimonios?

Antes de ver

Una de las instituciones de más importancia y arraigo *(root)* hoy en día es la del matrimonio. El matrimonio es una relación reconocida legalmente por la sociedad, con obligaciones y derechos legales. La palabra matrimonio tiene su origen en el latín, y entre los romanos era un contrato para establecer el derecho de una mujer a ser madre y establecer una familia legítima —nótese la raíz de la palabra *matrimonio* y *madre*.

Los casamientos se popularizaron a partir de la Edad Media entre las clases más ricas, para proteger su poder *(power)*, o aumentarlo. Con el tiempo la práctica del matrimonio se extendió a todas las clases sociales, y hoy se considera como una base de nuestras sociedades. Sin embargo, parece que hoy en día el matrimonio es menos popular que en el pasado. Trabaja con un compañero para escribir una lista de ideas sobre por qué creen que los matrimonios son menos populares ahora.

> **ESTRATEGIA**
>
> Remember to focus on general ideas the first time you watch the video. You will not be able to understand everything, but you can make educated guesses from the words that you do understand. You can also form a good idea of what the video is about by looking at the **Vocabulario útil**.

Vocabulario útil

casamientos *weddings*	**situación de paro** (Spain) *unemployed*
gasto *expense*	**tasa de desempleo juvenil** *rate of*
independizarse *to become independent*	*unemployment among youth*
mayor *older*	**tasa de nupcialidad** *marriage rate*
piso *flat, apartment*	**vivienda** *housing*

BBC MUNDO

▶ ◀) 0:01 / 1:29

Video supplied by BBC Motion Gallery

¿Qué están haciendo las personas de la foto? ¿Qué edad crees que tiene la pareja? ¿De qué crees que hablan estas personas?

Comprensión

1. ¿Desde hace cuánto empezaron a disminuir los matrimonios en España?
2. ¿A qué le dan prioridad las mujeres españolas hoy en día?
3. ¿Por qué independizarse es una utopía para los jóvenes en España?
4. ¿Cómo se compara el número de matrimonios en España con relación a otros países europeos?
5. ¿Qué tipo de relación ha aumentado?

Después de ver

Antes de ver el video escribiste algunas ideas sobre por qué los matrimonios son menos populares ahora. ¿Aparecieron tus ideas en el video?

Más allá

 Habla con tus compañeros acerca de sus opiniones sobre las siguientes preguntas: ¿Piensan que la institución del matrimonio esté cambiando en su país? ¿Qué puede pasar si desaparece la institución del matrimonio? En su opinión, ¿es importante?

🌐 A investigar

En el video se describe la taza de nupcialidad de España como una de las más bajas de Europa. Investiga en Internet cuál es la tasa de nupcialidad de Estados Unidos, y si está disminuyendo o aumentando. ¿Crees que los jóvenes de los Estados Unidos se encuentran en una situación semejante a la de los jóvenes en España?

Una pareja comparte más que una vivienda.

© auremar/Shutterstock

A perfeccionar

A analizar

Salvador recuerda las preparaciones de su familia para ir a la Misa de Gallo. Mientras escuchas el audio, lee el párrafo y observa los verbos en negritas. Presta atención al sujeto de los verbos. Luego contesta las preguntas que siguen.

> ### ¿Qué instrucciones te daba tu mamá el día de la Navidad?
>
> 🔊 Cuando era niño, el día de la Navidad nos levantábamos temprano y siempre mi madre me decía:
> 1-9 "**Báñate, ponte** las mejores ropas y <u>no</u> **te olvides** de llevar una sudadera *(sweatshirt)* porque es invierno. **Cuida** a tu hermana pequeña". Teníamos que estar listos para la cena, todos vestidos y arreglados para después ir a la iglesia, a la Misa del Gallo. Antes de salir para la misa, nos decía a mí y a mi hermana: "**Lleven** dinero para poder darlo en la iglesia cuando pidan el dinero. **Súbanse** al carro y **espérennos** allí a papá y a mamá".
>
> —Salvador, España

1. ¿Qué diferencias puedes observar entre la conjugación de **tú** en el presente del indicativo y las que observas en el texto aquí?

2. ¿Hay algo diferente con las formas de **ustedes**?

3. Una de las instrucciones es negativa. ¿Dónde se pone el pronombre en esta oración? ¿Dónde se ponen los pronombres en las otras oraciones?

> **INVESTIGUEMOS LA CULTURA**
>
> **Misa de Gallo** is the Catholic Mass celebrated at midnight on Christmas Eve.

A comprobar

El imperativo

1. When you tell someone to do something, you use commands known as **imperativos** or **mandatos**. Formal commands are used with people you would address with **usted** and **ustedes**. To form these commands, drop the -o from the present tense first person (**yo** form) and add the opposite ending (-e(**n**) for -**ar** verbs and -a(**n**) for -**er** and -**ir** verbs). As in English, personal pronouns (**tú, usted, ustedes, nosotros**) are omitted when using commands in Spanish. Negative formal commands are formed by placing **no** in front of the verb.

present tense first person		formal command
hablo	→	hable(**n**)
hago	→	haga(**n**)
escojo	→	escoja(**n**)
sirvo	→	sirva(**n**)

*Notice that verbs that have a stem change or are irregular in the present follow the same pattern in formal commands.

Decore la sala.
Decorate the room.

Pongan las flores en el altar.
Put the flowers on the altar.

No encienda las velas ahora.
Don't light the candles now.

2. Infinitives that end in -**car** and -**gar** have spelling changes in order to maintain the same sound as the infinitive. Infinitives that end in -**zar** also have a spelling change.

-car	buscar	→	bus**que**(n)
-gar	llegar	→	lle**gue**(n)
-zar	empezar	→	empie**ce**(n)

3. The following verbs have irregular command forms.

dar	**dé (den)**
estar	**esté(n)**
ir	**vaya(n)**
saber	**sepa(n)**
ser	**sea(n)**

4. Nosotros commands are the equivalent of the English *Let's* and are used to make suggestions. These commands are very similar to formal commands. Drop the **-o** from the present tense first person and add **-emos** for **-ar** verbs, and **-amos** for **-er** and **-ir** verbs.

infinitive	formal command	*nosotros* command
sacar	saque(n)	saqu**emos**
beber	beba(n)	beb**amos**
venir	venga(n)	veng**amos**

> **Miremos** el desfile.
> ***Let's watch** the parade.*

> **Volvamos** a la plaza.
> ***Let's go back** to the square.*

5. The irregular verbs are also similar in the **nosotros** form. While **vayamos** can be used for both affirmative and negative commands, the present tense form **vamos** is often used for affirmative commands.

dar	**demos**
estar	**estemos**
ir	**vayamos/vamos**
ser	**seamos**
saber	**sepamos**

> **Vayamos** a la iglesia. / **Vamos** a la iglesia.
> ***Let's go** to the church.*

> **No vayamos** tan temprano.
> ***Let's not go** so early.*

6. -Ar and **-er** verbs with stem changes do not change in **nosotros** commands. However, **-ir** verbs do have a stem change.

infinitive	present tense	*nosotros* command
cerrar	cerramos	ce**rremos**
volver	volvemos	vo**lvamos**
pedir	pedimos	p**idamos**
dormir	dormimos	d**urmamos**

7. Informal commands are used with individuals you would address with **tú.** Unlike formal commands, informal **tú** commands have two forms, one for negative commands and one for affirmative commands. Negative informal **tú** commands are similar to formal commands; you use the formal **usted** command and add an **-s.**

infinitive	*usted* command	negative *tú* command
ayudar	**ayude**	**no ayudes**
poner	**ponga**	**no pongas**
conducir	**conduzca**	**no conduzcas**
decir	**diga**	**no digas**
ir	**vaya**	**no vayas**

> **No llegues** tarde.
> ***Don't arrive** late.*

> **No seas** irrespetuoso.
> ***Don't be** disrespectful.*

8. To form the affirmative informal **tú** commands, use the third person singular (**él/ella**) of the present indicative.

infinitive	affirmative *tú* command
celebrar	celebra
beber	bebe
servir	sirve*

> **Compra** tamales para la celebración.
> ***Buy** tamales for the celebration.*

> **Recuerda** la historia de tus antepasados.
> ***Remember** the history of your ancestors.*

*Notice that stem-changing verbs keep their changes in the informal command forms.

9. The following verbs have irregular forms for the affirmative informal **tú** commands.

decir	**di**
hacer	**haz**
ir	**ve**
poner	**pon**
salir	**sal**
tener	**ten**
venir	**ven**

10. When using affirmative commands, the pronouns are attached to the end of the verb.

Ponla en la mesa.
Put it on the table.

Hazlo ahora mismo.
Do it now.

Prepara la comida y **tráemela.**
*Prepare the food and **bring it to me.***

When adding the pronoun(s) creates a word of three or more syllables, an accent is added to the syllable where the stress would normally fall.

come	cómelos
comienza	comiénzala
da	dámelo

11. When using negative commands, the pronouns are placed directly before the verb.

No te acuestes antes de terminar las preparaciones.
Don't go to bed before finishing the preparations.

No los olviden.
Don't forget them.

INVESTIGUEMOS LA GRAMÁTICA

In Spain, the **ustedes** commands are formal. To give commands to two or more friends or family members, the informal **vosotros** commands are used. **Vosotros** affirmative commands are formed by dropping the **-r** from the infinitive and replacing it with a **-d.** Negative commands are formed by using the base of the **usted** commands and adding the **vosotros** ending (**-éis, -áis**).

infinitive	affirmative *vosotros* command	negative *vosotros* command
cerrar	cerr**ad**	**no cerréis**
hacer	hac**ed**	**no hagáis**
ir	**id**	**no vayáis**

A practicar

2.9 **¿Cliente o amigo?** Héctor es agente de viajes. Como organiza muchos viajes a España, tanto sus clientes como sus amigos le hacen preguntas sobre lo que deben hacer mientras estén en España. Lee sus respuestas y decide si habla con un cliente (**usted**) o con un amigo (**tú**).

1. Duerma la siesta porque en Andalucía hace mucho calor por la tarde.

2. No comas mucho por la noche; come más a mediodía.

3. Aprende a bailar sevillanas; es divertido.

4. En reuniones de negocios no le dé besos al saludar a la otra persona.

5. No alquile *(rent)* un auto; camine o tome un taxi.

6. No se acueste temprano; los españoles suelen acostarse tarde.

7. Compra una botella de vino; España produce muy buenos vinos tintos.

8. Ve al banco por la mañana porque no están abiertos por la tarde.

2.10 **El Día de los Muertos** El Día de los Muertos es una celebración en la cual se recuerda a las personas queridas que han muerto. Marianela quiere poner una ofrenda para el Día de los Muertos y necesita la ayuda de su esposo y de sus dos hijos. Completa las oraciones con la forma apropiada del mandato del verbo entre paréntesis.

A su esposo (**tú**):

1. _____ (Comprar) las flores de cempasúchitl *(marigolds)*.

2. _____ (Traer) la foto de tu madre para ponerla en la ofrenda.

3. No _____ (beber) el tequila y _____ (ponerlo) en la ofrenda.

4. No _____ (olvidarse) de poner el pan de muerto.

5. _____ (Ir) a la cocina por las frutas.

A sus hijos (**ustedes**):

6. _____ (Venir) a ayudar a poner la ofrenda.

7. No _____ (comer) las calaveras (*candy skulls made from sugar*); son para la ofrenda.

8. _____ (Darme) el papel picado (*tissue paper cut with decorative designs*).

9. _____ (Buscar) las velas y _____ (encenderlas).

10. No _____ (jugar) con los fósforos (*matches*).

2.11 **El Día de Acción de Gracias** Estás organizando una cena para el Día de Acción de Gracias con algunos estudiantes internacionales. Usando los mandatos en forma de **tú** y de **ustedes**, diles a los otros lo que tienen que hacer.

Modelo Ronaldo / cocinar
Ronaldo, cocina unas papas.

1. Javier / traer
2. Aracely y Sebastián / prepararnos
3. Magdalena / no olvidarse de
4. Jaime / comprar
5. Lucero / hacer
6. Osvaldo y Alex / conseguir
7. Enrique y Alicia / poner
8. Leticia / no invitar a

© Bochkarev Photography/Shutterstock

2.12 **Querida Alma** Con un compañero túrnense pidiéndose consejos y respondiendo. Deben darle dos sugerencias a su compañero, usando los mandatos formales. ¡Presten atención a la forma del verbo!

1. Soy estudiante de español y quiero mejorar mi uso del español. ¿Qué me aconseja?

2. Quiero viajar a Puerto Rico, pero no lo conozco ni conozco a nadie allí. ¿Qué me sugiere?

3. Mi esposa y yo somos de El Salvador y vivimos en Chicago ahora. Queremos que nuestros hijos sean bilingües, pero ellos solo quieren hablar inglés. ¿Qué podemos hacer?

4. Yo soy estadounidense y mi novio es guatemalteco. Queremos casarnos, pero tenemos un poco de miedo de tener problemas por las diferencias culturales. ¿Qué nos recomienda?

5. Voy a cumplir 15 años en el verano. Mis padres quieren organizar una fiesta de quinceaños para mí, pero prefiero hacer un viaje con mis amigas. ¿Qué debo hacer?

6. La familia de mi novio es de Argentina y ellos comen carne una o dos veces al día. Me gusta compartir con ellos, pero yo soy vegetariana y es difícil comer juntos. ¿Qué hago?

2.13 **Mandatos lógicos** Con un compañero hablen de quiénes son las personas en los dibujos y expliquen qué pasa. Luego decidan qué mandatos se podrían escuchar en cada situación. **¡Ojo!** Presta atención a la forma (**tú, usted, ustedes**).

2.14 **Avancemos** Es difícil saber lo que se debe hacer y lo que no se debe hacer cuando viajas a otro país. Con un compañero van a crear una lista de recomendaciones para un estudiante de otro país que viene a estudiar en su universidad.

Paso 1 Escribe una lista de ocho hábitos o costumbres que sean típicos de tu región. Piensa en la universidad, en lugares públicos, en tradiciones, etcétera. Luego compara tu lista con la de tu compañero. ¿Tienen algunas ideas en común?

Paso 2 Con tu compañero decidan cuáles son los cinco hábitos o costumbres más importantes que un estudiante extranjero debe saber, y escriban cinco recomendaciones en forma de mandatos. Luego compartan sus recomendaciones con la clase.

Antes de leer

¿Qué nos hace identificarnos como parte de un grupo social o de una cultura? ¿Cuál es tu identidad y a qué grupos consideras que perteneces *(belong)*?

La lengua como parte fundamental de una cultura

El ser humano es un animal social en esencia. Desde pequeños, los niños aprenden los comportamientos[1] y valores del grupo en el que crecen, así como las tradiciones de sus antepasados. Aunque los grupos o sociedades humanas pueden variar en cuanto a tamaño[2], prácticas o valores, hay quien piensa que hay aspectos que se repiten dentro de todos los grupos. En el campo de la antropología evolucionista se desarrolló el concepto de universales humanos para referirse a valores y conductas que son semejantes en todas o en la gran mayoría de las sociedades humanas, como las relaciones de amistad y de parentescos y gestos como la sonrisa. Por otra parte, la corriente de antropología relativista niega[3] la existencia de los universales humanos y considera todo como conductas aprendidas. Ya sea que se esté de acuerdo con uno o con otro de estos puntos de vista, lo que es claro es que hay grandes variaciones en el peso[4] y tratamiento de los diferentes valores. Por ejemplo, en muchas culturas hispanohablantes el valor de los lazos familiares tiene más peso en la sociedad que cualquier otro, lo que puede explicar por qué el divorcio fue ilegal en Chile hasta el 2004. A veces las reglas no son legales, sino convenciones sociales. Por ejemplo, en muchos países hispanos, la gente se saluda besándose en la mejilla. Si no se saluda con un beso a los amigos, se pensará que está enojado, posiblemente los amigos se ofendan y dejen de invitarlo.

Dos amigas se saludan en la calle.

Para facilitar el análisis de una cultura, los antropólogos crearon el concepto de cultura material (objetos físicos) y cultura inmaterial (elementos intangibles, como las creencias, la moral y el lenguaje). El lenguaje es uno de los rasgos culturales de mayor influencia, pues a través de un idioma describimos nuestras percepciones del mundo. Los idiomas son una herramienta fundamental para la comprensión de una cultura.

---

[1]*behaviors* [2]*size* [3]*denies* [4]*importance*

Después de leer

1. ¿Puedes dar un ejemplo de un valor cultural evidente en una expresión (de inglés o de español)? ¿Qué valores se consideran los más importantes en la cultura con la que más te identifiques?

2. ¿Piensas que es acertado hablar de una cultura de "hispanohablantes" o de una cultura de "anglohablantes"? ¿Por qué?

3. ¿Has encontrado alguna diferencia cultural que sea evidente entre el idioma inglés y el español? Explica.

Comparaciones

Antes de leer

¿Qué representa tu apellido *(last name)* para ti?

Los apellidos: tradición y cultura

Aunque el uso de nombres para distinguir a una persona de otra viene de tiempos muy remotos, fue durante la Edad Media cuando se empezó a documentar la identidad de una persona con un nombre de pila[1], su lugar de origen y el nombre de su padre. Por eso, los notarios comenzaron a poner al lado del nombre de pila información sobre el nombre del padre, su profesión o apodo[2], los que terminaron por convertirse en los apellidos que hoy conocemos. Muchos de los apellidos modernos son toponímicos, es decir que están basados en el lugar de origen de una persona (Arroyo, Costa, Cuevas, Montes, Nieves). Otros apellidos se originaron en las profesiones de los padres (Manzanero, Herrero, Zapatero), y aún en descripciones físicas (Calvo, Bello, Delgado).

El directorio incluye los números de teléfono en orden alfabético, empezando con el primer apellido.

En la España medieval también se hizo común el uso de apellidos patronímicos, es decir, apellidos que se originaron a partir de un nombre propio. Los sufijos "ez", "is" e "iz" se usan en Galicia, Cataluña y el País Vasco respectivamente para significar "hijo de". Por ejemplo, el apellido "Pérez", uno de los más comunes del idioma español, significaba originalmente "hijo de Pedro".

Algunas familias, sobre todo de nobles, comenzaron a usar apellidos compuestos —aquellos que combinan dos linajes en uno— para distinguirse de otras familias. Se piensa que familias de otros estratos económicos comenzaron a usar el apellido materno junto al paterno para crear el efecto de nobleza de los apellidos compuestos. Surgió así el uso simultáneo de los dos apellidos. El orden tradicional en el que se listan los apellidos es usar primero el apellido paterno, seguido por el apellido materno. Sin embargo, este método está cambiando. En España, a finales del 2010, se aprobó una reforma al registro civil que permite a los padres de un niño decidir el orden de los apellidos. Es otro caso en el que la transformación social y cultural de España transforma sus leyes.

---

[1] *first name* [2] *nickname*

Después de leer

1. ¿De dónde viene(n) tu(s) apellido(s)? ¿Significa(n) algo?

2. ¿Sabes cómo se originaron los apellidos en inglés? ¿Hay apellidos topográficos, geográficos o relacionados con alguna profesión? ¿Cuáles son los apellidos más comunes en inglés?

3. ¿Conoces a alguien en los Estados Unidos que use los dos apellidos? ¿Sabes por qué los usa? ¿Cuáles son las ventajas y las desventajas de usar uno o dos apellidos?

4. ¿Qué valores culturales crees que se demuestran al usar dos apellidos?

Estructuras 1

A analizar

Salvador describe la celebración de la feria en su pueblo natal. Mientras escuchas el audio, lee el párrafo y observa los verbos en negritas y en letra cursiva. Luego contesta las preguntas que siguen.

Describe una celebración de tu pueblo.

🔊 1-10 Durante la feria que se celebra en el verano para las festividades de la patrona *(patron saint)*, *es probable* que **haya** mucha gente en el pueblo. *Es normal* que ese día los padres y los hijos **salgan** por la tarde a ver la procesión y a ver los juegos que hay para todos. *Es raro* que la gente **se quede** en casa, no es normal. *Lo normal es* que **haya** mucha gente, que la gente **pasee,** que la gente **beba** refrescos o una cerveza, y que también que **coma** algunas tapas. También *es lo habitual* que las personas por la noche **vayan** a oir la música. Tal vez juguemos a la tómbola y ganemos un premio.

—Salvador, España

1. ¿Qué expresan las frases en letra cursiva?
2. ¿Qué palabra aparece después de estas frases en la mayoría de los casos?
3. ¿Qué observas con los verbos en negritas? ¿Cómo son diferentes de las formas del presente que conoces?

> **INVESTIGUEMOS LA CULTURA**
>
> **Tómbola** is a game where there are several simple prizes, like toys or stuffed animals. People purchase tickets, which indicate whether or not they have won a prize.

A comprobar

El subjuntivo con expresiones impersonales

The verb tenses you have previously studied (present, preterite, imperfect) have been in the indicative. The indicative is an objective mood that is used to state facts and to talk about things that you are certain have occurred or will occur.

> **El 6 de enero es el Día de los Tres Reyes Magos.**
> *January 6 is the Day of the Three Kings.*

In contrast, the subjunctive is a subjective mood that is used to convey uncertainty, anticipated or hypothetical events, or the subject's wishes, opinions, fears, doubts, and emotional reactions.

> **Es importante que la familia se reúna.**
> *It is important that the family get together.*

The present subjunctive

1. The present subjunctive verb forms are very similar to formal commands. To form the present subjunctive, drop the **-o** from the first person (**yo**) present tense form and add the opposite ending. Add the **-er** endings for **-ar** verbs, and the **-ar** endings for **-er** and **-ir** verbs.

hablar		comer		vivir	
hable	hablemos	coma	comamos	viva	vivamos
hables	habléis	comas	comáis	vivas	viváis
hable	hablen	coma	coman	viva	vivan

2. Verbs that are irregular in the first person present indicative have the same stem in the present subjunctive.

> Es triste que muchos niños **crezcan** sin las tradiciones de sus antepasados.

3. In the present subjunctive, stem-changing **-ar** and **-er** verbs follow the same pattern as in the present indicative, changing in all forms except the **nosotros** and **vosotros** forms.

> Es necesario que todos **piensen** en la importancia de preservar las tradiciones.

4. Stem-changing -ir verbs follow the same pattern as in the present indicative, but there is an additional change in the **nosotros** and **vosotros** forms. The additional stem change is similar to that in the third person preterite (e —→ i and o —→ u).

> Es probable que no **durmamos** para celebrar el fin del año, pero quiero que mis hijos se **duerman** a la medianoche.

5. You will recall that the formal commands of verbs whose infinitives end in **-car, -gar,** and **-zar** have spelling changes. These same spelling changes occur in the subjunctive.

> Es posible que **lleguen** tarde al desfile.
>
> No es necesario que **saques** tantas fotos.

6. These verbs are irregular in the present subjunctive: **dar (dé), estar (esté), haber (haya), ir (vaya), saber (sepa),** and **ser (sea).** You will notice that once again the subjunctive forms are similar to the formal command forms.

> Es imposible que **vayamos** a la celebración.
>
> Es interesante que **haya** tantas tradiciones con raíces indígenas.

7. Impersonal expressions do not have a specific subject and can include a large number of adjectives: **es bueno, es difícil, es importante, es triste,** etc. They can be negative or affirmative. The following are some examples of impersonal expressions:

es buena/mala idea	**es mejor**	**es recomendable**
es horrible	**es necesario**	**es ridículo**
es imposible	**es posible**	**es terrible**
es increíble	**es probable**	**es una lástima** *(it's a shame)*
es justo *(it's fair)*	**es raro**	**es urgente**

8. When using an impersonal expression to convey an opinion or an emotional reaction, it is necessary to use the subjunctive with it. While in English the conjunction *that* is optional, in Spanish it is necessary to use the conjunction **que** between the clauses.

> **Es una lástima que se pierdan** algunas tradiciones.
> *It is a shame (that) some traditions are lost.*

9. When there is no specific subject, the infinitive is generally used after an impersonal expression.

> **Es increíble ver** los bailes folclóricos.
> *It is incredible to see the folk dances.*

A practicar

2.15 **El Año Nuevo** ¿Qué sabes de la celebración del Año Nuevo en Latinoamérica? Lee las oraciones y decide si se practica la tradición en Latinoamérica o no.

1. Es típico que todos cenen en familia.
2. Si uno quiere dinero para el año que empieza, es necesario que lleve ropa interior verde.
3. Es tradicional que se coman 12 uvas a la medianoche.
4. Es posible que se queme *(burn)* una efigie del año pasado.
5. Es importante que todas las puertas y las ventanas estén cerradas.
6. Es común que se escuche la canción "Auld Lang Syne".

2.16 **Es buena idea** Adrián y Aida van a ver las procesiones de Semana Santa por primera vez. Su amigo Rigoberto les hace las siguientes recomendaciones.

1. Es necesario que ustedes _____ (saber) a qué hora comienzan.
2. Es mejor que _____ (llegar) temprano.
3. Es mala idea que _____ (ir) en auto porque hay mucho tráfico.
4. Es importante que _____ (tener) cuidado porque habrá mucha gente.
5. Es buena idea que _____ (sacar) muchas fotos.
6. No es recomendable que _____ (llevar) a su perro.

2.17 Reacciones Escuchas los siguientes comentarios de tus amigos. Reacciona o haz una recomendación, usando las expresiones impersonales y el subjuntivo.

> **Modelo** Quiero ir al desfile para el 4 de julio.
> *Es buena idea que no conduzcas porque siempre hay mucho tráfico.*
> *Es necesario que llegues temprano.*

1. Quiero asistir a una fiesta para el Año Nuevo, pero no quiero conducir.
2. No me gusta el Día de San Valentín porque no tengo novio.
3. Quiero hacer una gran fiesta para mi cumpleaños.
4. No sé qué disfraz *(costume)* llevar para la Noche de Brujas.
5. Siempre recibo muchas invitaciones para el Día de Acción de Gracias y no sé qué hacer.
6. No tengo mucho dinero para comprar regalos de Navidad.

2.18 La fiesta de San Juan En Paraguay se celebra la fiesta de San Juan el 24 de junio con varias actividades, algunas de las cuales requieren de fuego. En parejas lean la siguiente información y túrnense para expresar sus reacciones y recomendaciones usando expresiones impersonales y la forma necesaria del presente del subjuntivo.

> **Modelo** Se juega con fuego.
> *Es interesante que haya una fiesta con fuego.*

1. Se paga para entrar en la fiesta y el dinero ayuda a organizaciones y escuelas.
2. Se juega con la pelota tatá, una pelota de fuego.
3. Algunas personas caminan sobre brasas *(burning coals)*.
4. Se trepa *(climb)* un poste muy alto y enjabonado *(soapy)* para conseguir un premio.
5. Los niños rompen una piñata para conseguir dulces.
6. Se venden comidas típicas hechas con mandioca *(a root similar to yucca)* como el mbeyú y pastel mandi'o.
7. Las mujeres hacen juegos para saber si se van a casar.
8. Muchas veces hay danzas folclóricas.

AFP/Getty Images

INVESTIGUEMOS LA CULTURA

La fiesta de San Juan is Paraguay's largest festival, encompassing both the Catholic feast of Saint John the Baptist and pagan traditions celebrating the solstice. The festival originated in Spain, and although traditions vary, fire is at the center of the celebration, blending the pagan tribute to the sun with the biblical recounting of Zacharias announcing the birth of his son John with a bonfire.

2.19 Avancemos Imagina que tienes que explicarle unas celebraciones de los Estados Unidos a alguien de otro país. Con un compañero túrnense para hablar de las siguientes celebraciones. Expliquen cuándo es la celebración, descríbanla y digan lo que se hace ese día, y luego expresen sus opiniones o den recomendaciones, usando las expresiones impersonales con el subjuntivo.

1. El Día de Acción de Gracias
2. El Día de San Valentín
3. El Día de San Patricio
4. La Noche de Brujas
5. El Día de la Independencia
6. Memorial Day
7. La Pascua *(Easter)*
8. April Fool's Day

Antes de leer

1. ¿Qué es una artesanía? ¿Cómo se relaciona con el arte? ¿Qué artesanías conoces de algún país hispanohablante? ¿Qué artesanías se producen en tu país? ¿y en la región donde vives?

2. ¿Por qué crees que a los turistas les gusta comprar artesanías como recuerdos de sus viajes y como regalos?

Artesanías del mundo hispanohablante

🔊
1-11   Pocos objetos son tan representativos de una comunidad como las artesanías, testigos[1] de la historia, tradición y economía de una cultura. Una artesanía es un objeto producido a mano por un artesano. Por eso, cada artesanía es ligeramente diferente a otras, a diferencia de objetos producidos industrialmente. Más allá del valor artístico de las artesanías y de su papel en la preservación de las tradiciones, estas tienen también un papel económico importante en algunas comunidades. Desafortunadamente cada vez quedan menos artesanos, ya que hoy en día tienen que competir con empresas que fabrican productos "artesanales" industrialmente, mucho más baratos[2], que incluso pueden provenir de otros países. La siguiente es una lista muy breve con ejemplos de artesanías de varios países hispanohablantes.

Bolivia: En este país existe gran variedad de artículos artesanales producidos en cooperativas compuestas muchas veces por familias. Miles de familias bolivianas viven del trabajo artesanal. Entre los productos textiles sobresalen los gorros tejidos, los ponchos y los aguayos, un textil andino de origen precolombino, cuyos colores y diseños hablan de la historia de la comunidad.

Colombia: Colombia es otro país que se distingue por su diversidad de culturas y, con ella, de tradiciones y artesanías. Entre las más destacadas está la mochila arhuaca, o tutu iku, tejida por mujeres de la etnia arhuaca. La mochila es una bolsa decorada en colores de la tierra (como café o beige). Aunque originalmente se hacía con fibras naturales nativas, tras la llegada de los europeos se empezó a elaborar con lana de oveja[3]. Se decora con representaciones indígenas de animales y cada diseño identifica a la familia de la que procede.

Costa Rica: La artesanía más conocida de Costa Rica es la carretilla[4], símbolo del trabajo costarricense, y decorada en colores vistosos. Está hecha de madera[5] y simboliza el trabajo, la paciencia, el sacrificio y la constancia. La carretilla tiene su origen en las plantaciones de café, donde se usaba un tipo de carretilla con ruedas macizas[6] para evitar que se acumulara el barro[7] en las ruedas.

Nicaragua: Uno de los centros artesanales más importantes es la ciudad de Masaya, donde se produce gran variedad de artesanías entre las que destacan las coloridas hamacas elaboradas a mano. Las técnicas para producir las hamacas se han pasado de una generación a otra, y aunque los

© William Bello/age fotostock

Mochila arhuaca colombiana

[1]*witnesses* [2]*cheap* [3]*lana… lamb's wool* [4]*cart* [5]*wood* [6]*ruedas… solid wheels* [7]*mud*

materiales con que se hacen han cambiado, muchos de los diseños han permanecido intactos.

Panamá: El producto artesanal más conocido de Panamá son las molas, diseños en tela[8] hechos de muchos pedazos de tela y con figuras geométricas que representan generalmente animales marinos. Las molas son la vestimenta tradicional de las mujeres kunas, en el archipiélago de San Blas. La palabra mola significa, precisamente, "camisa" o "ropa". En algún momento de la historia de Panamá, el gobierno intentó prohibirles a las mujeres Kunas vestirse con ellas, lo que culminó en una rebelión.

Mujer kuna que viste una mola.

---

[8]*fabric*

Después de leer

1. ¿Cuál es la diferencia entre una artesanía y un objeto producido industrialmente? ¿Con quién tienen que competir los artesanos?

2. ¿Qué tipo de artesanías son muy importantes en Bolivia? ¿Y en Costa Rica?

3. ¿Qué ciudad de Nicaragua es famosa por sus hamacas?

4. ¿Por qué se rebelaron los Kunos en Panamá?

5. ¿Compras artesanías cuando viajas? ¿Por qué?

6. Piensa en una artesanía de tu país. ¿Quién la hace? ¿Con qué materiales? ¿Está en peligro de desaparecer? ¿Por qué?

7. Los famosos sombreros de Panamá no son originarios de Panamá, ni las piñatas lo son de México. Investiga en Internet para averiguar dónde se originaron estos productos.

Comunidad

Busca a alguien de un país hispano y pregúntale cuáles son las artesanías más típicas de su país. ¿De qué se hacen? ¿Quién las compra? ¿Para qué sirven? Después, pregúntale qué artesanías de los Estados Unidos conoce, y cuáles ha comprado alguna vez.

Las carretillas son artesanías típicas de Costa Rica.

Estructuras 2

A analizar

En todas las culturas los padres se preocupan por la conducta de sus hijos. Elena describe unas reglas impuestas a los adolescentes colombianos. Mientras escuchas el audio, lee el párrafo y observa los verbos y los verbos en negritas y en letra cursiva. Luego, contesta las preguntas que siguen.

¿Qué reglas les imponen los padres a sus hijos adolescentes?

🔊 1-12 Cuando los adolescentes empiezan a salir con sus amigos, a socializar más, e ir a más fiestas, entonces los padres empiezan a darles muchas recomendaciones a sus hijos. Muchas veces ellos *prohíben* que sus hijos **lleguen** a casa después de las doce de la noche. También los padres *prefieren* que sus hijos **hagan** las fiestas en la casa de ellos porque así ellos pueden controlar un poco más la situación. Los padres nunca *dejan* que sus hijos **manejen** sus carros. El chico tiene que tener más de dieciocho o veinte años para poder manejar el carro. También *insisten* mucho en que los hijos **hagan** las tareas y los quehaceres de la casa antes de salir con sus amigos, antes de ir a fiestas. Y a veces *prohíben* que sus hijos **salgan** a socializar los fines de semana si ellos no han hecho las tareas o si sacan malas notas en las clases.

—Elena, Colombia

1. ¿Qué observas con los verbos en negritas?
2. ¿Qué tienen en común los verbos en letra cursiva?
3. ¿Quién es el sujeto en la primera cláusula de estas oraciones? ¿Y el sujeto de la segunda cláusula?

A comprobar

El subjuntivo con verbos de deseo e influencia

1. When expressing the desire to do something, you use a verb of desire or influence such as **querer** or **preferir** followed by an infinitive.

> **Prefiero ir** a la procesión contigo.
> *I prefer to go to the procession with you.*

> **Él quiere reunirse** con su familia.
> *He wants to get together with his family.*

2. When expressing the desire for someone else to do something, you use a verb of influence plus **que** followed by the subjunctive. You will notice that when there are two different subjects, the verb in the main clause is in the indicative, and the verb in the second clause (the dependent clause) is in the subjunctive.

Main clause		Dependent clause
Prefiero	**que**	**vayas** a la procesión conmigo.
I prefer	*(that)*	*you go to the procession with me.*
Él quiere	**que**	**su familia se reúna.**
He wants		*his family to get together.*

3. Other verbs besides **querer** and **preferir** express desire or influence. These verbs also require the use of the subjunctive when there are different subjects in the two clauses.

aconsejar	to advise
dejar	to allow
desear	to desire
esperar	to hope, to wish
insistir (en)	to insist
mandar	to order
necesitar	to need
pedir (i, ie)	to ask for, to request
permitir	to permit, to allow
preferir (ie)	to prefer
prohibir	to prohibit, to forbid
recomendar (ie)	to recommend
sugerir (i, i)	to suggest

Edwin **espera que ellos vayan** a Puerto Rico para el festival de San Sebastián.
*Edwin **hopes that they will go** to Puerto Rico for the San Sebastian Festival.*

Sus padres **prohíben que él estudie** fuera del país.
*His parents **forbid him to study** out of the country.*

4. **Ojalá** is another way to express hope. This expression does not have a subject and therefore does not change forms. It always requires the use of the subjunctive in the dependent clause; however, the use of **que** is optional.

Ojalá (que) tus valores no **cambien**.
*I hope (that) your values don't **change**.*

INVESTIGUEMOS EL VOCABULARIO

The word **ojalá** originated from the Arabic expression *God (Allah) willing*. There are many words of Arabic influence in Spanish due to the Muslim rule of Spain from 711 to 1492.

A practicar

2.20 **Los cumpleaños** Hay diferentes maneras de celebrar un cumpleaños. Usa lo que has aprendido en este capítulo y un poco de lógica para relacionar las dos columnas para saber cómo quieren celebrar su cumpleaños estas personas.

1. Julia es mexicana y espera que su novio...
2. Vilma es dominicana y prefiere que sus amigos...
3. Piedad es española y quiere que ella y sus amigas...
4. Lázaro es uruguayo y desea que su esposa...
5. Leo es estadounidense y les pide a sus amigos que...

a. prepare un asado.
b. le lleve una serenata.
c. vayan a un bar con él para bailar country.
d. salgan por tapas y sangría.
e. hagan una fiesta para poder bailar merengue.

2.21 **Visita a El Salvador** Laura vive en los Estados Unidos y va a El Salvador para pasar el verano con sus abuelos. Completa las oraciones con la forma apropiada del subjuntivo del verbo entre paréntesis.

1. Sus padres recomiendan que _____ (conocer) sus raíces *(roots)*.
2. Su profesor de español espera que _____ (mejorar) su vocabulario.
3. Su abuela insiste en que _____ (aprender) de la cocina salvadoreña mientras esté en El Salvador.
4. Su novio desea que _____ (volver) pronto.
5. Sus hermanos prefieren que ella _____ (quedarse) en El Salvador.
6. Su mejor amiga le pide que le _____ (comprar) una artesanía.

2.22 **Situaciones** Imagina que te encuentras en las siguientes situaciones. Con un compañero túrnense para completar las oraciones expresándose sus recomendaciones o deseos.

Modelo Tu hija va a cumplir quince años y le vas a organizar una fiesta.

Estudiante 1: Prefiero que... *reserves un salón muy elegante.*
Estudiante 2: Deseo que... *sea una fiesta increíble.*

1. Tu compañero y tú van a dar una fiesta para celebrar el Día de los Reyes Magos. ¿Qué quieres que haga tu compañero para ayudarte?
   a. Quiero que...
   b. Te pido que...

2. Tu amigo quiere saber más de sus antepasados. ¿Qué le recomiendas?
   a. Te recomiendo que...
   b. Te sugiero que...

3. Tus amigos van a casarse. ¿Qué les deseas?
   a. Espero que...
   b. Ojalá...

4. Tu hijo va a asistir a una fiesta de Año Nuevo. ¿Qué esperas de él?
   a. Insisto en que...
   b. Necesito que...

2.23 **¿Qué quieren?** En parejas hablen sobre lo que las personas indicadas quieren que los otros hagan o no hagan en los siguientes días festivos.

Modelo el Día de la Acción de Gracias (los padres)

Estudiante 1: *Los padres esperan que toda la familia se lleve bien.*
Estudiante 2: *Si los hijos no pueden estar con su familia, los padres quieren que alguien los invite a comer.*

1. el Día de la Madre (una madre)
2. el Día del Amor y la Amistad (San Valentín) (un novio)
3. Navidad (los niños)
4. el Día del Estudiante (los estudiantes)
5. la Noche de Brujas (los niños)
6. en su cumpleaños (el cumpleañero)

2.24 **¿Qué me recomiendas?** Con un compañero túrnense para expresar los siguientes deseos y recomendarse cómo alcanzar estas metas *(achieve these goals)*. Luego cada uno debe expresar una meta personal y recomendarle a su compañero cómo alcanzarla.

Modelo tener éxito en la clase de español
Estudiante 1: *Quiero tener éxito en la clase de español.*
Estudiante 2: *Te recomiendo que estudies mucho, que hagas la tarea y que asistas a clase todos los días.*

1. saber más de la cultura de los países donde se habla español
2. viajar a un país hispanohablante
3. conocer a más gente hispana
4. tener una boda espectacular
5. comprar el regalo ideal para un amigo en su cumpleaños
6. enseñarles a los hijos las tradiciones familiares
7. aprender a cocinar una comida tradicional

2.25 **Avancemos** Trabaja con un compañero para explicar lo que pasa en los dibujos. Luego usen los verbos indicados y la expresión **ojalá** para explicar: 1) lo que quiere hacer cada persona y 2) lo que quiere que haga otra persona. ¡Presten atención al uso del subjuntivo!

desear   esperar   necesitar   pedir   querer   ojalá

Redacción

Ensayo informativo

The purpose of expository writing is to explain something to the reader, in other words, to provide information on a topic. In this essay, you will explain a tradition common in a Spanish-speaking country.

Paso 1 Do a little research to find out about some of the traditions or celebrations important to some of the Spanish-speaking countries. Choose one that interests you and investigate it a little further. Be sure to answer the questions: Why is it celebrated or important? What is the historical background? How is it practiced or celebrated?

Paso 2 Look over your information and find an interesting piece of information that might intrigue a reader. Then use it to write an introductory paragraph that grabs your reader's attention. Now introduce your topic. Do not begin with: *Voy a explicar la celebración de...*

> **Modelo** *La fiesta de San Juan en Paraguay es una de las celebraciones más peligrosas. El 24 de junio los paraguayos celebran con diferentes tipos de actividades, pero todas incluyen el fuego.*

Paso 3 In the second paragraph, give a brief explanation of the historical background of the celebration/tradition.

Paso 4 In the next paragraph or two, explain the principal practices associated with the celebration/tradition. Remember this is not a full-length research paper but only a brief introduction to the topic.

Paso 5 For the conclusion, you have a couple of options.

1. You can write your thoughts as to why the celebration/tradition is important.
2. You can make a prediction as to the future of the celebration/tradition.
3. You can state whether or not you would want to participate and explain why.

Paso 6 Be sure to include a bibliography for the source you used to find your information.

Paso 7 Edit your informative essay:

1. Did you use the appropriate verb tenses?
2. Does each adjective agree with the person or object it describes?
3. Does each verb agree with its subject?
4. Did you check your spelling, including accents?

Share It!

Paso 1 You have already written an essay on a celebration or tradition from the country you have chosen. Is there a similar celebration in your own country? What are some of the similarities and differences?

Paso 2 Imagine something that you might do or see during the celebration, and create a mini-outline of the incident. Think about what happens first, second, third, etc.

Paso 3 Create a blog entry in which you share some basic information about the celebration or tradition. Then, narrate something you did or saw while participating in the celebration. Be sure to include a reaction, such as your overall impression or how you felt.

A escuchar 🔊

¿Cómo son las fiestas?

Antes de escuchar

👥 Con un compañero de clase, hablen de las fiestas en los Estados Unidos y contesten las preguntas.

1. ¿Cuándo se necesita llevar un regalo a una fiesta? ¿Qué tipo de regalo es apropiado? ¿Dónde se puede conseguir un regalo?

2. ¿Qué costumbres se asocian con las fiestas? ¿Quiénes pagan todos los gastos *(expenses)*? ¿Qué hace la gente en una fiesta? ¿Hay algo que se deba hacer un invitado al entrar a y salir de una fiesta?

A escuchar

🔊 Elena va a hablar de las costumbres asociadas con las fiestas en Colombia. Toma
1-13 apuntes sobre lo que dice. Después compara tus apuntes con un compañero y organiza la información para contestar las siguientes preguntas.

1. Según Elena, ¿qué tipo de regalo es mejor? ¿Cómo ha cambiado esta tradición? ¿Es bueno este cambio?

2. ¿Cuándo se debe llegar a una fiesta? ¿Por qué?

3. ¿Cuáles son las convenciones para una persona cuando llega a o sale de una fiesta?

4. ¿Se necesita traer algo a la fiesta?

5. ¿Cuál es una de las actividades principales de una fiesta en Latinoamérica?

Después de escuchar

Comparando con lo que sabes de las fiestas en los Estados Unidos, ¿son muy diferentes las costumbres en Colombia? ¿Cuáles son semejantes? ¿Cuáles son diferentes?

Los dulces se comen en muchas fiestas.

© Akiko Aoki/Getty Images

Cortometraje ▶

Rogelio

dirigido por Juan Duarte

Rogelio, un muchacho que murió, regresa a este mundo. ¿Cuál será la reacción de sus familiares y amigos?

(México, 2006, 5 min.)

© Dmitry Berkut/Shutterstock

Antes de ver

Hay muchas creencias diferentes sobre lo que pasa después de la muerte. Imagina que puedes regresar a la Tierra (*Earth*) después de morir.

1. ¿A quiénes vas a visitar?

2. ¿Qué vas a hacer?

Vocabulario útil

aparecer   *to appear*
atropellado(a)   *run over (adj.)*
enterrar (ie)   *to bury*
la fosa   *grave*
incinerar   *to incinerate*

el panteón   *cemetery*
percatarse   *to notice*
¡Salud!   *To your health!*
sepultado(a)   *buried*

`0:01 / 1:29`

Comprensión

Ve el cortometraje y decide si las siguientes oraciones son ciertas o falsas. Corrige las ideas falsas.

1. Rogelio no quería aceptar que estaba muerto.

2. Rogelio murió hace un año.

3. Rogelio prefería visitar a sus amigos y no veía a su familia.

4. Rogelio y su amigo pasaron una noche en el cementerio divirtiéndose.

5. La mujer que vieron en el cementerio visitaba a su esposo muerto.

Después de ver

1. ¿Quién narra la historia?

2. Al final de la película el narrador menciona que nunca vio a Rogelio otra vez. ¿Por qué?

3. La película está dedicada a "todos los muertos que no debieron morir". Habla con un compañero sobre el significado de esta dedicatoria.

Literatura

Nota biográfica

José Emilio Pacheco (1939–) es un escritor mexicano que es conocido por sus libros de poesía, pero también escribe ensayos, cuentos y novelas. Se considera uno de los poetas mexicanos principales del siglo XX. Empezó a publicar sus obras a los veinte años y ha ganado varios premios literarios durante su carrera.

> **APROXIMÁNDONOS A UN TEXTO**
>
> When reading a text, you will encounter words that you do not recognize. Before resorting to a dictionary, use the surrounding context or break the word into parts to help you identify its word class (noun, verb, etc.) and meaning.

Antes de leer

Con un compañero contesten las siguientes preguntas.

1. ¿Qué cualidades buscas en los amigos? ¿Es importante que tengan los mismos valores o las mismas opiniones que tú? ¿Es importante su apariencia física?

2. ¿Los amigos de tu niñez siguen siendo tus amigos ahora? ¿Por qué? ¿Qué tipos de problemas pueden arruinar una amistad? ¿Son realmente nuestros amigos todas las personas a las que llamamos "amigos"?

3. ¿Las cualidades que valoras en un amigo han cambiado de niño a adulto? ¿Cómo?

La zarpa* (fragmento)

claw

A Fernando Burgos

to trust

large parks in Mexico City

pre-school

mal… poorly distributed

disobedient/ ill-tempered

Padre, las cosas que habrá oído en el confesionario y aquí en la sacristía… Usted es joven, es hombre. Le será difícil entenderme. No sabe cuánto me apena quitarle tiempo con mis problemas, pero ¿a quién si no a usted puedo confiarme*? De verdad no sé cómo empezar…

5　　Mire, Rosalba y yo nacimos en edificios de la misma calle, con apenas tres meses de diferencia. Nuestras madres eran muy amigas. Nos llevaban juntas a la Alameda y a Chapultepec*. Juntas nos 10　enseñaron a hablar y a caminar. Desde que entramos en la escuela de párvulos* Rosalba fue la más linda, la más graciosa, la más inteligente. Le caía bien a todos, era amable con todos…

15　　Ay, padre, ¿por qué las cosas están mal repartidas*? ¿Por qué a Rosalba le tocó lo bueno y a mí lo malo? Fea, gorda, bruta, antipática, grosera, díscola*, malgeniosa*.

© auremar/Shutterstock

20 En fin… Ya se imaginará lo que nos pasó al llegar a la preparatoria cuando pocas mujeres alcanzaban esos niveles. Todos querían ser novios de Rosalba. A mí que me comieran los perros: nadie se iba a fijar* en la amiga fea de la muchacha guapa…   *notice

Qué injusticia ¿no cree? Nadie escoge su cara. Si alguien nace fea por fuera la gente se las arregla para que también se vaya haciendo horrible por dentro. A los quince años,
25 padre, ya estaba amargada*. Odiaba a mi mejor amiga y no podía demostrarlo porque   *bitter
ella era siempre buena, amable, cariñosa conmigo. Cuando me quejaba de mi aspecto me decía: "Qué tonta eres. Cómo puedes creerte fea con esos ojos y esa sonrisa tan bonita que tienes". Era solo la juventud, sin duda. A esa edad no hay quien no tenga su gracia…

Aún no terminábamos la preparatoria cuando ella se casó con un muchacho bien que
30 la había conocido en una kermés*. Se la llevó a vivir al Paseo de la Reforma* en una casa   *outdoor fair/festival/ Paseo… *one of the main boulevards of Mexico City/ demolished/ maid
elegantísima que demolieron* hace mucho tiempo. Desde luego me invitó a la boda pero no fui. "Rosalba, ¿qué me pongo? Los invitados de tu esposo van a pensar que llevaste a tu criada"*.

Tanta ilusión que tuve y desde los dieciocho años me vi obligada a trabajar, primero
35 en El Palacio de Hierro* y luego de secretaria en Hacienda y Crédito Público. Me quedé   El… *a Mexican department store/ abandoned/ neighborhood
arrumbada* en el departamento* donde nací, en las calles de Pino…

Pasamos mucho tiempo sin vernos. Un día Rosalba llegó a la sección de ropa íntima, me saludó como si nada y me presentó a su nuevo esposo, un extranjero que apenas entendía el español. Ay, padre, aunque no lo crea, Rosalba estaba más linda y elegante que
40 nunca, en plenitud, como suele decirse. Me sentí tan mal que me hubiera gustado verla caer muerta a mis pies. Y lo peor, lo más doloroso, era que ella, con toda su fortuna y su hermosura, seguía tan amable, tan sencilla de trato como siempre.

Prometí visitarla en su nueva casa de Las Lomas. No lo hice jamás. Por las noches rogaba a Dios no volver a encontrármela. Me decía a mí misma: Rosalba nunca viene a El
45 Palacio de Hierro, compra su ropa en Estados Unidos, no tengo teléfono, no hay ninguna posibilidad de que nos veamos de nuevo…

Se fueron los años. Sería época de Ávila Camacho o Alemán* cuando una tarde en que   Ávila… *president from 1940–1946 and 1946–1952, respectively
esperaba el tranvía bajo la lluvia la descubrí en su gran Cadillac, con chofer de uniforme y toda la cosa. El automóvil se detuvo ante un semáforo. Rosalba me identificó entre la gente
50 y se ofreció a llevarme. Se había casado por cuarta o quinta vez, aunque parezca increíble. A pesar de tanto tiempo, gracias a sus esmeros*, seguía siendo la misma: su cara fresca de   *careful efforts
muchacha, su cuerpo esbelto, sus ojos verdes, su pelo castaño, sus dientes perfectos…

Me reclamó que no la buscara, aunque ella me mandaba cada año tarjetas de Navidad. Me dijo que el próximo domingo el chofer iría a recogerme para que cenáramos en su
55 casa. Cuando llegamos, por cortesía la invité a pasar. Y aceptó, padre, imagínese: aceptó. Ya se figurará la pena que me dio mostrarle el departamento a ella que vivía entre tantos lujos y comodidades. Aunque limpio y arreglado, aquello era el mismo cuchitril* que   *small and dirty room
conoció Rosalba cuando andaba también de pobretona. Todo tan viejo y miserable que
60 por poco me suelto a llorar de rabia y de vergüenza.

Rosalba se entristeció. Nunca antes había regresado a sus orígenes. Hicimos recuerdos de aquellas épocas. De repente se puso a contarme qué infeliz se sentía. Por eso, padre, y fíjese en quién se lo dice, no debemos sentir envidia: nadie se escapa, la vida es igual de terrible con todos. La tragedia de Rosalba era no tener hijos. Los hombres la ilusionaban

65 un momento. En seguida, decepcionada, aceptaba a algún otro de los muchos que la pretendían. Pobre Rosalba, nunca la dejaron en paz, lo mismo en Santa María que en la preparatoria o en esos lugares tan ricos y elegantes que conoció más tarde.

Se quedó poco tiempo. Iba a una fiesta y tenía que arreglarse. El domingo se presentó

doorbell el chofer. Estuvo toca y toca el timbre*. Lo espié por la ventana y no le abrí. Qué iba a

old maid 70 hacer yo, la fea, la gorda, la quedada, la solterona*, la empleadilla, en ese ambiente de riqueza. Para qué exponerme a ser comparada de nuevo con Rosalba. No seré nadie pero tengo mi orgullo...

Usted me preguntará, padre, qué me hizo Rosalba. Nada, lo que se llama nada. Eso era lo peor y lo que más furia me daba. Insisto, padre: siempre fue buena y cariñosa conmigo.

sank 75 Pero me hundió*, me arruinó la vida, solo por existir, por ser tan bella, tan inteligente, tan rica, tan todo.

plazo... time that does not end/ debt Yo sé lo que es estar en el infierno, padre. Sin embargo, no hay plazo que no se cumpla* ni deuda* que no se pague. Aquella reunión en Santa María debe de haber sido en 1946. De modo que esperé un cuarto de siglo. Y al fin hoy, padre, esta mañana la vi en la esquina de

70 Madero y Palma. Primero de lejos, después muy de cerca. No puede imaginarse, padre: ese cuerpo maravilloso, esa cara, esas piernas, esos ojos, ese cabello, se perdieron para siempre

fat/ wrinkles/ double chin/varicose veins/ white hairs/mascara/ pestañas... false eyelashes en un tonel de manteca*, bolsas, manchas, arrugas*, papadas*, várices*, canas*, maquillaje, colorete, rímel*, dientes falsos, pestañas postizas*, lentes de fondo de botella.

Me apresuré a besarla y abrazarla. Había acabado lo que nos separó. No importaba lo

75 de antes. Ya nunca más seríamos una la fea y otra la bonita. Ahora Rosalba y yo somos iguales. Ahora la vejez nos ha hecho iguales.

D. R. © Pacheco, José Emilio, *El principio del placer*, Ediciones Era, México, 1997.
Used with permission.

Comprensión

1. Aunque el cuento tiene forma de monólogo, la narradora habla con alguien. ¿Con quién habla? ¿Cuál es el escenario? ¿Por qué están allí?

2. ¿Cómo se caracteriza la narradora? ¿Su aspecto físico y su personalidad? ¿Y la caracterización de Rosalba? ¿Cómo le afecta esta diferencia a la narradora?

3. ¿La vida de la narradora fue una vida fácil/buena o no? ¿La de Rosalba?

4. ¿Por qué las dos amigas no tuvieron mucho contacto durante años? ¿Por qué se abrazan al final?

Análisis

1. El nombre "Rosalba" viene de las palabras "rosa" y "alba". ¿Por qué es apropiado este nombre para este personaje?

2. Ninguno de los dos personajes tenía la vida que quería. El autor describe los lugares donde vivían las dos mujeres. ¿Cómo refleja la vida de la narradora el lugar donde vivía? ¿Pasa lo mismo con la casa de Rosalba? ¿Qué quiere decir el autor con esto?

3. ¿Piensan que la narradora ve a la Rosalba verdadera o a una Rosalba idealizada durante la mayor parte del cuento? ¿Al final del cuento?

4. En su opinión, ¿el autor presenta una imagen realista de las amistades? ¿Es esta una buena amistad?

A profundizar

1. El autor explora las apariencias y los celos en este cuento. ¿Qué valor se da a las apariencias? ¿Están de acuerdo o no? ¿Es posible sostener una amistad o una relación romántica en la que una persona está celosa de la otra?

2. ¿Qué otros problemas pueden arruinar una amistad? ¿Es posible en estos casos renovar la amistad?

3. La narradora habla en todo el cuento, solo escuchamos su voz, su perspectiva. Imaginen que Rosalba es la que cuenta el cuento. ¿Cómo cambiaría la caracterización de las dos mujeres? ¿Cómo se explicaría Rosalba la falta de contacto con la narradora?

Enlaces

En esta sección, se integran objetivos gramaticales de los primeros dos capítulos. El enfoque es el uso del presente del subjuntivo, pero el uso de los pronombres y los imperativos figura también. Recuerda que:

- El presente del subjuntivo se usa después de verbos de influencia y con unas expresiones impersonales.
- En los imperativos negativos los pronombres aparecen antes del verbo, pero en los afirmativos los pronombres aparecen después y forman una sola palabra con el verbo.

2.26 **La influencia de mi familia** Liliana va a dar una breve presentación en su clase de español sobre la influencia de su familia en su vida. Completa el texto, usando la forma apropiada del verbo (subjuntivo o imperativo).

Los lazos familiares son el resultado de muchas interacciones y conversaciones. De cada persona en mi familia he aprendido algo que ha formado mis valores, mis creencias, y mi identidad. De mi abuelo, aprendí que es importante que yo (1.) _____ (graduarse) con honores de la universidad porque esto resulta en un trabajo mejor. Nos decía a mis hermanos y a mí muchas veces: "(2.) _____ (Estudiar) mucho y (3.) _____ (hacer) su mejor esfuerzo en cada una de sus clases". Mi abuela insiste en que mis hermanos y yo (4.) _____ (llevarse) bien. Nos dice: "Niños, no (5.) _____ (dormirse) hasta resolver cualquier conflicto que exista entre ustedes". Mi mamá quiere que todos nosotros (6.) _____ (reconocer) la responsabilidad que tenemos dentro de la familia. Ella espera que mis hermanos y yo (7.) _____ (recordar) que la familia es todo, y que a veces uno (8.) _____ (sacrificarse) para el bien de todos. Yo sé que esto es verdad para mi papá. Es normal que él (9.) _____ (trabajar) todo el día y que después (10.) _____ (llegar) a casa a hacer quehaceres. Mi padre desea que mis hermanos (11.) _____ (aprender) a mantener una casa, así que permite que ellos lo (12.) _____ (ayudar) con sus tareas *(work)*. Mis papás *(parents)* insisten en que la familia (13.) _____ (reunirse) todas las noches para la cena, que (14.) _____ (abrazarse) antes de acostarnos, y que (15.) _____ (respetarse) cuando nos hablamos. De ellos, he aprendido que las amistades pueden y deben existir dentro de una familia.

INVESTIGUEMOS LA MÚSICA

Busca la canción "Los caminos de la vida", del grupo colombiano La Tropa Vallenata en el Internet. ¿Qué ha aprendido de la vida? ¿Quién lo motiva para seguir adelante? ¿Por qué?

MOMENTO METALINGÜÍSTICO

Vuelve a mirar los verbos en la actividad 2.26 e identifica los verbos en el imperativo. Aunque su forma es idéntica a la del subjuntivo explica cómo es diferente el uso.

La graduación es un día importante para toda la familia.

2.27 **¿Están de acuerdo?** Después de la presentación, Liliana le pide su opinión a la clase sobre otras observaciones. Usando por lo menos una expresión impersonal y/o un verbo de influencia, respondan a lo que les dice Liliana.

Modelo A veces tu familia espera demasiado de ti.

> Estudiante 1: *Es posible que mi familia espere demasiado, pero eso me hace trabajar más.*
> Estudiante 2: *Mis padres quieren que saque buenas notas, y yo no quiero decepcionarlos.*

1. Los hábitos (buenos y malos) se aprenden de la familia.
2. El legado más importante que tenemos de nuestras familias son nuestras creencias.
3. Los hijos rebeldes causan problemas para los padres.
4. Los amigos tienen más influencia que los padres.
5. Cuando hay problemas graves, a veces los amigos desaparecen, pero la familia queda.
6. Las tradiciones de un país empiezan con las tradiciones de cada familia.
7. La identidad individual empieza con la identidad familiar.
8. Cada generación trae cambios a las creencias de una familia.

2.28 **Avancemos más** En parejas van a planear una fiesta para la clase de español.

Paso 1 Habla con tu compañero y decidan cuándo y dónde va a ser la fiesta, qué van a servir para comer y beber y si van a tener decoraciones o música para bailar.

Paso 2 Decidan quién va a hacer qué en cuanto a las preparaciones. ¡Atención al uso del imperativo y del subjuntivo!

Paso 3 Compartan sus planes con el resto de la clase.

© Andrejad/Dreamstime.com

🔊 Costumbres, tradiciones y valores

Nombres

los antepasados *ancestors*
las artesanías *handicrafts*
el asado *barbecue*
el Carnaval *Carnival (a celebration similar to Mardi Gras)*
la celebración *celebration*
la cocina *cuisine*
la costumbre *habit, tradition, custom*
la creencia *belief*
el desfile *parade*
el Día de los Muertos *Day of the Dead*
la fiesta *holiday*
el folclor *folklore*
el gaucho *cowboy from Argentina and Uruguay*
el hábito *habit*

la herencia cultural *cultural heritage*
la identidad *identity*
los lazos *bonds*
el legado *legacy*
el lenguaje *language*
el nacionalismo *nationalism*
la Noche de Brujas *Halloween*
la ofrenda *offering (altar)*
el parentesco *relationship (family)*
la práctica *practice*
el pueblo *people*
las relaciones *relationships*
el ser humano *human being*
el valor *value*
el vaquero *cowboy*
la vela *candle*

Verbos

aconsejar *to advise*
celebrar *to celebrate*
conmemorar *to commemorate*
dejar *to allow*
desear *to desire*
disfrazar *to dress up for a masquerade, to disguise*
esperar *to hope, to wish*
festejar *to celebrate*
heredar *to inherit*
insistir (en) *to insist*

mandar *to order*
necesitar *to need*
pedir (i, i) *to ask for, to request*
permitir *to permit, to allow*
preferir (ie, i) *to prefer*
prohibir *to prohibit, to forbid*
recomendar (ie) *to recommend*
recordar (ue) *to remember*
respetar *to respect*
sacrificarse *to sacrifice oneself*
sugerir (ie, i) *to suggest*

Expresiones impersonales

es buena/mala idea *it's a good/bad idea*
es horrible *it's horrible*
es imposible *it's impossible*
es increíble *it's incredible*
es justo *it's fair*
es mejor *it's better*
es necesario *it's necessary*
es posible *it's possible*

es probable *it's probable*
es raro *it's rare*
es recomendable *it's recommended*
es ridículo *it's ridiculous*
es terrible *it's terrible*
es una lástima *it's a shame*
es urgente *it's urgent*
Ojalá (que) *I hope that, Let's hope that*

Terminología literaria

la caracterización *characterization*
caracterizar *to characterize*
el escenario *setting*

el monólogo *monologue*
el (la) narrador(a) *narrator*

Diccionario personal

_____
_____
_____
_____
_____
_____
_____
_____
_____
_____
_____
_____
_____
_____
_____
_____
_____
_____
_____
_____
_____
_____
_____
_____
_____
_____
_____
_____

CAPÍTULO 3

Estrategia para avanzar

Advanced speakers differ from intermediate speakers in the quantity of language they produce—they function at a "paragraph" level rather than a "sentence" level. This means that their spoken utterances are connected to each other in the same way that written sentences within a paragraph are connected. As you work to become an advanced speaker, listen for phrases that speakers use to connect one sentence to another in different contexts (for example, **sin embargo** (however) to indicate a contrast, **entonces** or **primero** to indicate chronological sequence, **en fin** or **de todos modos** to introduce a conclusion).

In this chapter you will learn how to:

- Discuss eating habits
- Express your opinions on what is healthy
- Express preferences and make food recommendations in regard to food
- Compare and contrast eating habits across cultures

A la mesa

Dice un dicho "A *comer*, beber, bailar y gozar que el mundo se va a acabar".

© Rafael Ben-Ari/Chameleons Eye/Newscom

Estructuras

A perfeccionar: *Ser, estar*, and *hay*

Subjunctive with verbs of doubt

Subjunctive with expressions of emotion

Conexiones y comparaciones

La cultura de la comida

Cultura y comunidad

La comida y los valores culturales

Literatura

Sobrecitos de azúcar, por Hjalmar Flax

Redacción

Descripción

🔊 A escuchar

¿Cómo son las dietas en otros países?

▶ Video

Nutrición: el secreto de la mejor dieta

▶ Cortometraje

La suerte de la fea a la bonita no le importa

Vocabulario

¿Vivir para comer o comer para vivir?

© Cengage Learning

La alimentación

las calorías calories
los carbohidratos carbohydrates
los cereales grains
el colesterol cholesterol
la comida chatarra junk food
la dieta diet
la fibra fiber
la grasa fat
las harinas flour
los lácteos dairy
las legumbres legumes
los mariscos seafood
el mate a tea popular in Argentina
  and other South American
  countries
la merienda light snack or meal
los minerales minerals
la porción portion
las proteínas proteins

el sodio sodium
las vitaminas vitamins

Medidas para comprar productos

la bolsa bag
la botella bottle
el frasco jar
el gramo gram
el kilo kilo
la lata can
la libra pound
el litro liter
el paquete packet, box

Adjetivos

congelado(a) frozen
descremado(a) skimmed
dulce sweet
embotellado(a) bottled
magro(a) lean
picante spicy

salado(a) salty
saludable healthy (food, activity)
vegetariano(a) vegetarian

Verbos

adelgazar to lose weight
asar to grill
aumentar to increase
consumir to consume
disfrutar to enjoy
eliminar to eliminate
engordar to gain weight
evitar to avoid
freír (i, i) to fry
hornear to bake
limitar to limit
ponerse a dieta to put oneself on a diet
prescindir to do without
probar (ue) to taste
reducir to reduce

A practicar

3.1 **Escucha y responde.** Observa la ilustración y responde las preguntas que vas a escuchar.

🔊
1-14

3.2 **¿Cómo se pide?** Empareja cada producto con el tipo de envase o la modalidad en la que se compra.

1. el vino
2. la mermelada
3. papas fritas
4. el atún
5. galletas (cookies)
6. la leche
7. el queso
8. manzanas

a. la lata
b. el litro
c. la botella
d. el paquete
e. la bolsa
f. el frasco
g. un kilo
h. 250 gramos

3.3 **La palabra lógica** Completa las ideas con una palabra del vocabulario que sea lógica.

1. Cuando quiero adelgazar, prefiero beber leche _____.
2. Para preparar la carne con menos _____ podemos asarla.
3. Nuestro cuerpo necesita _____ como la A, B, C y D.
4. En una dieta saludable se deben _____ los azúcares y las harinas muy refinadas.
5. La comida enlatada por lo general contiene mucho _____.
6. Los lácteos proveen al cuerpo de _____.
7. En un _____ hay mil gramos.

INVESTIGUEMOS EL VOCABULARIO

The concept of **la merienda** varies throughout the Spanish-speaking world. In Spain, it is often a light snack in the afternoon, whereas, in Mexico, it is often in the evening and could be considered a light dinner. In Argentina and Uruguay, it is the afternoon tea during which they would have something hot to drink, along with bread, pastries, or cookies.

Expandamos el vocabulario

The following words are listed in the vocabulary. They are nouns, verbs, or adjectives. Complete the table using the roots of the words to convert them to the different categories.

Verbo	Sustantivo	Adjetivo
embotellar		
	lata	
		merendado
alimentar		

3.4 La comida desde tu perspectiva Observa la ilustración una vez más y responde las preguntas, trabajando en parejas.

1. En tu opinión, ¿cuál de estos grupos de personas come mejor? ¿Por qué?

2. Piensa en tus hábitos alimenticios. ¿Te identificas con alguna de las personas de la ilustración? ¿Por qué?

3. ¿Tienes algún consejo para mejorar la dieta de cada una de estas personas?

4. ¿Qué tipo de bebidas toman en las diferentes escenas? ¿Te parece aceptable consumir agua embotellada? ¿Por qué?

5. ¿Comes comida de vendedores ambulantes? ¿Por qué?

6. ¿Alguien come solo en la ilustración? ¿Comes tú en compañía de alguien generalmente? ¿Crees que comer en compañía es más agradable que comer solo? ¿Por qué?

7. ¿Piensas que es caro comprar comida de los vendedores en la calle? ¿Crees que todas las clases sociales de un país acostumbran comer en la calle? ¿Por qué?

3.5 Relaciones Túrnense para explicar la relación entre las palabras de cada grupo. Después, elijan una de las palabras y úsenla en una oración.

1. adelgazar   engordar   ponerse a dieta
2. legumbres   vitaminas   proteínas
3. vegetariano   descremado   magro
4. aumentar   prescindir   eliminar
5. bolsa   gramo   litro

3.6 Tus experiencias Trabajen en grupos de tres para responder las preguntas. Den mucha información y comenten las respuestas de todos los integrantes del grupo.

1. ¿Prestas atención al contenido de calorías de tu comida? ¿Por qué?

2. ¿Tomas vitaminas o minerales? ¿Por qué?

3. ¿Meriendas con frecuencia? ¿Cuál es tu merienda favorita?

4. ¿Evitas algún alimento? ¿Cuál? ¿Por qué?

5. ¿Por qué crees que hoy en día hay problemas de obesidad en muchos países?

6. En tu opinión ¿es más importante comer sanamente o comer para disfrutar?

3.7 Opiniones personales Trabaja con un compañero para comentar si están de acuerdo con las afirmaciones. Deben dar razones.

1. Ser vegetariano no es natural. Necesitamos los nutrientes que hay en la carne.

2. Las comidas enlatadas son tan buenas como las congeladas.

3. Cuando hago una fiesta, me gusta tener mucha comida para mis invitados. Es la obligación de un anfitrión (host).

4. En la mayoría de los países se come mejor que en los Estados Unidos.

5. Para mí es normal comer en mi automóvil.

6. Es fácil y barato comer alimentos nutritivos y buenos para la salud.

3.8 Citas Lean las siguientes citas sobre la comida y determinen qué significan. Digan si están de acuerdo y por qué.

- A buen hambre no hay mal pan.
- La papaya no pare *(bear)* guayabas.
- Tripa [estómago] vacía, corazón sin alegría.
- Una barriga *(belly)* hambrienta no tiene oídos.
- Aceite de oliva, todo mal quita.
- Al dolor de cabeza, el comer lo endereza [cura].
- Al freír, se da el reír.
- Al que nace para tamal, del cielo le caen las hojas *(leaves, used to prepare tamales)*.
- Del plato a la boca se cae la sopa.
- El amor nunca muere de hambre, con frecuencia de indigestión.

3.9 Haz una entrevista Elige una ilustración y escribe seis posibles preguntas acerca de ella. Después, entrevista a un compañero con tus preguntas y respóndele las suyas.

Modelo Estudiante 1: *¿Piensas que al niño le gusta la comida?*
Estudiante 2: *No, no creo que...*
Estudiante 1: *¿Qué está pensando su mamá?*
Estudiante 2: *Probablemente desea que su hijo termine de comer porque tiene otras cosas que hacer.*

© Anneka/Shutterstock

© Michael Pettigrew/Shutterstock

© Bochkarev Photography/Shutterstock

Nutrición: el secreto de la mejor dieta

👫 Antes de ver

Vas a ver un reportaje que habla sobre la buena nutrición. En tu opinión ¿qué significa "comer saludable"? Con un compañero, hagan una lista de hábitos que ayudan a comer saludablemente.

Vocabulario útil

el cloruro de sodio *sodium chloride*   **la regla** *rule*
los consejos *advice*   **el tamaño** *size*
la plaga *plague*

BBC MUNDO
▶ 🔊 0:01 / 1:29

Still from video supplied by BBC Motion Gallery

Basándote en los alimentos que se ven en la fotografía ¿de qué crees que se va a hablar en el video? ¿Qué piensas que van a decir específicamente sobre las frutas y verduras de la foto?

Comprensión

1. ¿Cuál es la primera regla básica para una alimentación sana, según el nutricionista?

2. ¿Cuántos gramos hay en una porción de fruta?

3. Según el nutricionista ¿cuántas piezas de brócoli son una porción?

4. ¿Por qué hay que observar el contenido de la comida pre-envasada?

5. ¿Qué dice el nutricionista sobre el azúcar?

6. ¿Por qué es difícil limitar el consumo de sal?

7. ¿Cuáles son, en resumen, las tres reglas para una dieta saludable?

Después de ver

1. ¿Aparecieron tus ideas en el video?

2. ¿Qué ideas importantes se mencionaron que tú no anticipaste?

3. En el video hablaron sobre un paquete de pasta con espinaca. ¿Cuáles fueron los problemas que mencionó el nutricionista sobre este alimento? ¿Comes tú pasta con frecuencia?

4. Mira la fotografía al inicio de esta sección. ¿Faltan alimentos que te parezcan muy importantes para tu alimentación y la de tu familia?

Más allá

Hablen en grupos para dar sus opiniones sobre las siguientes preguntas: ¿Creen que se necesita mucho dinero para comer bien? ¿Por qué piensan que muchas personas en el mundo comen mal? ¿Qué pueden mejorar ustedes de su dieta personal, basándose en la información que aprendieron en el reportaje?

A investigar

Investiga acerca de un alimento que sea muy popular en un país que te interese. Después investiga en Internet cuál es su valor nutritivo y su contenido de sodio, azúcar y calorías. Basándote en las recomendaciones de los expertos ¿es un alimento recomendable? Ahora compáralo a tu platillo (dish) favorito. ¿Cuál es mejor para tener una dieta saludable?

¿Se puede enseñar a los niños a comer saludablemente desde pequeños?

© Goodluz/Shutterstock

A perfeccionar

A analizar

La comida es más que sustento (*sustenance*)— ¡es cultura! Elena habla del ajiaco, un plato tradicional de su país. Mientras escuchas el audio, lee el párrafo y observa el uso de los verbos en negritas. Luego contesta las preguntas que siguen.

¿Cuál es un plato típico de Colombia?

🔊 1-15 En Bogotá, **hay** como cinco o seis platos típicos, pero el más popular **es** el ajiaco, **es** una sopa de papa. Como en la Sabana de Bogotá **hay** muchos tipos de papas, esta sopa usa principalmente tres tipos de papa. Una **es** la papa roja y luego la papa sabanera que nunca puedo encontrar cual **es** su equivalente estadounidense. Y la tercera papa **es** la papa criolla, y esa no la **hay** en los Estados Unidos. **Es** una papa muy especial porque **es** una papa pequeña, amarilla, y con una textura indescriptible. **Es** una papa que se deshace en tu boca, y además le da un sabor muy, muy especial. Los ajiacos **son** deliciosos. Este ajiaco siempre **está** caliente, tienes que tener cuidado de no quemarte la lengua. Cuando mi mamá prepara el ajiaco, yo siempre le digo "Oooooh, mami, este ajiaco **está** deliciosísimo". Mi mamá prepara el mejor ajiaco del mundo. Y en Bogotá también tú encuentras muchos restaurantes donde la comida principal **es** el ajiaco. Por ejemplo, en la Plaza de Bolivar, **está** el restaurante con el mejor ajiaco del mundo, cerca de la Alcaldía de Bogotá.

—Elena, Colombia

1. Identifica los usos de **ser** y **estar** en el fragmento.

2. ¿Qué tienen en común los tres usos de **hay**? ¿Cómo son diferentes de los usos de **ser**?

> **INVESTIGUEMOS LA CULTURA**
>
> **Ajiaco** is a classic Colombian soup made with chicken, potatoes, corn on the cob and a local herb called **guascas**. It is usually served with small bowls of rice, onions, cilantro, capers, sour cream, and avocado so that each person can garnish as he or she chooses.

A comprobar

Ser, estar, y hay

1. **Hay,** a form of the verb **haber,** is used to mean *there is* or *there are*. It indicates the existence of something. It is used with the indefinite article (**un**) or a plural subject, never with a definite article (**el**).

   Hay muchas calorías en ese pastel.
   There are a lot of calories in that cake.

   En el paquete solo **hay** una galleta.
   In the package there is only one cookie.

2. The verb **ser** is used in the following ways:

   a. to describe general characteristics of people, places, and things

   La ensalada de fruta **es** muy saludable.
   Fruit salad is very healthy.

   b. to identify something or someone

   El mate **es** un té.
   Mate is a tea.

   c. to identify a relationship or occupation

   Santiago **es** mi hermano y **es** cocinero.
   Santiago is my brother and he is a chef.

   d. to express origin and nationality

   Dario **es** peruano y **es** de Lima.
   Dario is Peruvian and is from Lima.

   e. to express possession

   La botella de agua **es** de Angélica.
   The bottle of water belongs to Angélica.

   f. to give time and dates

   Es dos de abril y **son** las seis.
   It is the second of April, and it is six o'clock.

   g. to tell where or when an event is taking place

   La fiesta **es** en la casa de Paco.
   The party is (taking place) at Paco's house.

   La cena **es** a las nueve.
   The dinner is (taking place) at nine o'clock.

3. The verb **estar** is used in the following ways:

   a. to indicate location

   Los mariscos **están** en el refrigerador.
   The seafood is in the refrigerator.

b. to express an emotional, mental, or physical condition

Mi primo **está** cansado porque **está** enfermo.
My cousin is tired because he is sick.

c. in the present progressive

Mi tía **está** preparando la merienda.
My aunt is preparing the afternoon snack.

4. It is important to remember that the use of **ser** and **estar** with some adjectives can change the meaning of the adjective. The use of **ser** indicates a characteristic or a trait, while the use of **estar** indicates a condition. Some common adjectives that change meaning are **aburrido, alegre, feliz, bueno, malo, guapo, listo,** and **rico.**

Algunas legumbres **son** ricas en proteína.
Some legumes are rich in protein.

Esta comida **está** muy rica.
This food is very delicious.

La comida chatarra no **es** buena para la salud.
Junk food is not good for one's health.

Esta sopa de verduras **está** buena.
This vegetable soup is (tastes) good.

A practicar

3.10 **Una foto** Francisco le muestra una foto a su amiga Lola de unos amigos participando en un concurso *(contest)* de cocina. A Lola le parece muy interesante y le hace muchas preguntas a Francisco. Relaciona sus preguntas con las respuestas. Hay una respuesta que no se necesita.

1. ¿Quiénes son?
2. ¿De dónde son?
3. ¿Dónde están?
4. ¿Qué están preparando?
5. ¿Qué hay en la paella?
6. ¿Por qué es tan grande?

a. Son de Valencia.
b. Es una paella.
c. Hay arroz y mariscos.
d. Están en el festival de Las Fallas.
e. Son mis amigos Manuel, Javier y Nuria.
f. Están muy ocupados.
g. Es un festival muy grande y siempre hay mucha gente.

3.11 **¿Ser o estar?** Decide cuáles son las frases que mejor completan las oraciones. Es posible que haya más de una opción para cada oración.

1. Mary Ely está…
   a. interesada en la cocina. **b.** a dieta. **c.** vegetariana.

2. Carlos es…
   a. chef. **b.** preocupado por su salud. **c.** comiendo cereal.

3. Paco está…
   a. diabético. **b.** preparando la comida. **c.** en la cocina.

4. Rocío es…
   a. una buena cocinera. **b.** enfrente de la estufa. **c.** alérgica a los mariscos.

5. En la cocina hay…
   a. la carne. **b.** muchas verduras. **c.** una bolsa de mate.

3.12 En el extranjero Lee sobre la experiencia de un estudiante en Paraguay y completa el párrafo con la forma apropiada del verbo **ser, estar** o **haber.**

Yo (1.) _____ Ricky y (2.) _____ de San Francisco. Ahora (3.) _____ en Asunción, Paraguay donde (4.) _____ estudiando español y viviendo con una familia paraguaya. La verdad, yo (5.) _____ muy feliz aquí. La señora Ortiz (6.) _____ una buena cocinera y su comida (7.) _____ muy rica. La comida más fuerte (8.) _____ al mediodía y siempre (9.) _____ carne porque la industria del ganado *(cattle)* (10.) _____ muy importante aquí en el cono sur de Sudamérica. (11.) _____ varias comidas típicas paraguayas que me gustan mucho, como las chipás y la sopa paraguaya. La sopa paraguaya no (12.) _____ una sopa, sino *(but rather)* un pan parecido *(similar)* al pan de maíz que (13.) _____ en los Estados Unidos. Bueno, tengo que irme. (14.) _____ la hora de comer y la comida (15.) _____ lista.

INVESTIGUEMOS LA GRAMÁTICA

You have learned that the word **pero** means *but*. However, after a negative clause, it is necessary to use the word **sino** when the word or phrase that follows corrects the initial statement. **Sino** means *but* (in the sense of *rather*) in a negative sentence.

No es salado **sino** dulce.
*It isn't salty **but (rather)** sweet.*

3.13 En busca de... Primero decide qué verbo necesitas usar en cada oración. Luego busca ocho compañeros diferentes que respondan afirmativamente a una de las siguientes preguntas. Recuerda hacerles la pregunta adicional.

1. (Ser/Estar) vegetariano. (¿Desde *(Since)* cuándo?)
2. (Ser/Estar) un buen cocinero. (¿Cuál es su especialidad?)
3. (Ser/Estar) ocupado y tiene poco tiempo para cocinar. (¿Qué come?)
4. (Ser/Estar) alérgico a alguna comida. (¿A qué?)
5. (Ser/Estar) cliente frecuente de restaurantes. (¿Qué tipo de restaurantes?)
6. (Ser/Estar) pensando en comer en un restaurante este fin de semana. (¿Cuál?)
7. (Ser/Estar) interesado en la cocina de otros países. (¿Cuáles?)
8. (Ser/Estar) una persona sana. (¿Por qué se considera sano?)

¿Te gusta comer en restaurantes?

© gosphotodesign/Shutterstock

3.14 **¿Qué opinas?** Con un compañero túrnense para completar las siguientes oraciones con la forma apropiada del verbo necesario. Luego explícale a tu compañero lo que opinas tú y por qué.

1. La comida orgánica (ser/estar/haber) muy cara.

2. (Ser/Estar/Haber) muy buenos restaurantes en donde vivo.

3. Una dieta saludable debe (ser/estar/haber) basada en una variedad de comidas.

4. La carne (ser/estar/haber) la mejor fuente *(source)* de proteínas.

5. Una dieta sin carbohidratos (ser/estar/haber) mejor para la salud.

6. Hoy en día (ser/estar/haber) muchas personas que se fijan *(take notice)* en la calidad de los productos que consumen.

7. Algunas personas creen que muchos casos de cáncer (ser/estar/haber) relacionados con el consumo de la comida procesada.

8. El sodio y el azúcar (ser/estar/haber) muy malos para la salud y se deben eliminar por completo de la dieta.

3.15 **Avancemos** Con un compañero de clase, túrnense para describir las escenas. Usando los verbos **ser, estar** y **haber** cuando sea posible, contesten las siguientes preguntas: ¿Quiénes son estas personas? ¿Cuál es su relación? ¿Dónde están? ¿Cómo son? ¿Cómo están? ¿Qué está pasando? ¡Sean creativos!

Antes de leer

¿Cuál es tu comida favorita del día (desayuno, comida, merienda, cena)? ¿Por qué?

El pan dulce: ¿una tradición en peligro?

Pocos alimentos han sido tan importantes en la historia de la humanidad como el pan. Latinoamérica no es la excepción y tiene una rica tradición de elaboración de panes, muchos de ellos llegados de Europa, pero modificados por la cultura de cada país. Entre estos panes, el pan dulce goza de gran predilección en todo el continente. Ya sea el desayuno o la cena, es probable que una cesta de pan dulce acompañe la taza de café, de chocolate caliente, atole[1] o té. Se conoce como pan dulce a una gran variedad de panes elaborados con harina, huevos y azúcar. Entre las variedades más conocidas se encuentran las conchas, los churros, las orejas, las banderillas, los buñuelos y los cuernos (también llamados medias lunas[2]).

El pan dulce acompaña la taza de café o té.

La tradición panadera llegó a América con los españoles tras la introducción del trigo[3] y el azúcar. A México llegaron unas 200 variedades de pan, pero con el tiempo se llegaron a elaborar más de mil tipos diferentes, gracias a la influencia indígena y a la creatividad de los panaderos. La tradición del pan dulce es fuerte también en otros países hispanos, como Uruguay, donde se le conoce como bizcocho. En este país es tradición acompañar el mate con un bizcocho.

El pan dulce o bizcocho es un producto barato, de consumo frecuente que se encuentra en las mesas de todas las clases sociales. Aunque es una tradición de gusto popular, hoy en día crece el número de personas que lo evitan[4], preocupadas por su contenido de calorías y grasas. Una pieza de pan dulce tiene generalmente entre 300 y 500 calorías. Las famosas media lunas que se consumen tanto en Argentina y Chile tienen en promedio 300 calorías y un alto contenido de grasas. ¿Será posible que las viejas tradiciones culinarias sean malas para la salud?

---

[1]*thick hot drink made with corn starch* [2]*croissants* [3]*wheat* [4]*avoid*

Después de leer

1. ¿Has probado el pan dulce? ¿Qué es lo más parecido al pan dulce que se consume en los Estados Unidos?

2. ¿Puedes mencionar tres comidas que sean típicas de los Estados Unidos? ¿Son buenas para la salud? ¿Por qué?

Antes de leer

¿Bebes café? ¿Cuándo y dónde lo bebes?

La hora del café

¿Qué imaginas cuando escuchas la palabra "café"? ¿Piensas en un gran vaso desechable[1] que bebes mientras conduces, o piensas en una taza humeante que bebes en compañía de un amigo? Tu respuesta probablemente depende de la cultura en la que vives.

En muchos países, la invitación a beber un café es una invitación a pasar por lo menos una hora y media charlando[2] con los amigos. En los restaurantes se conoce bien esta tradición y es común que los meseros llenen la taza de sus clientes una y otra vez (aunque en tiempos recientes, por cuestiones económicas, algunos cafés han limitado el servicio a dos tazas).

Si hay tiempo después de la comida, el café de sobremesa es otra oportunidad para conversar con la familia o los amigos, con la ventaja adicional de que el café ayuda a mejorar la digestión.

En una página de una red social muy popular se lanzó la pregunta "¿Qué es para ti tomar café?" Las siguientes fueron algunas de las respuestas.

"Muchas horas de charla con buenas amigas delante del mismo café".

"Para mí tomar un café es: acabar de comer y estar lista para el dulce... charlar con los amigos... empezar la digestión e ir a hacer la siesta...[...]".

"Café = platicar[3] de todo y de nada. Para mí cada vez que se sirve un café es momento de hablar. Pueden ser momentos dulces o amargos, justo como el café, je je."

"Detrás de un café hay mucho mundo... Es lo que se dice siempre cuando queremos quedar con alguien: '¿Tomamos un café?'[...]."

"¡¡El café!! ¡es conversar... es poesía... es reconciliarme con el mundo!"

Además de ser un rito social muy popular, el café es un modo de vida para cientos de miles de personas involucradas[4] en su producción y distribución... ¡Que viva el café!

© CREATISTA/Shutterstock

---

[1]_disposable_ [2]_chatting_ [3]conversar en persona [4]_involved_

Después de leer

1. ¿Qué es para ti tomar café?
2. ¿Con qué frecuencia vas a un café para conversar con amigos?
3. ¿Qué prácticas sociales alrededor de la comida hay en tu comunidad?
4. En los Estados Unidos se puede comprar un producto para inhalar cafeína equivalente a una taza de café. ¿Qué opinas de este producto? ¿Tendría éxito en Latinoamérica? ¿Por qué?

INVESTIGUEMOS LA MÚSICA

Busca la canción "Ojalá llueva café" del cantante dominicano Juan Luis Guerra en Internet. ¿Cómo se muestra al café de una manera diferente?

A analizar

Salvador habla de la aparición de la comida chatarra en la dieta española. Mientras escuchas el audio, lee el párrafo y observa las expresiones en cursiva y los verbos en negritas. Luego, contesta las preguntas que siguen.

¿Cómo es la dieta en España?

🔊 Yo *creo* que la comida en España **es** saludable, en general, pero últimamente han aparecido
1-16 tendencias nuevas. *No estoy seguro* de que estas tendencias **sean** buenas para la salud de los españoles porque ahora la gente come comida chatarra. Entonces, *no supongo* que **sea** bueno el comer hamburguesas o el pedir pizzas a Telepizza, que es la compañía principal de pizza. *Pienso* que lo que la gente **debe** hacer es volver a la comida tradicional, sobre todo a las sopas y los potajes. *No pienso* que la gente hoy en día **coma** muchas sopas o muchos potajes.

—Salvador, España

1. Identifica los verbos en negritas que están en el subjuntivo. ¿Por qué se utilizó el subjuntivo?

2. ¿Por qué no se utilizó el subjuntivo en las otras oraciones?

> **INVESTIGUEMOS LA CULTURA**
>
> **El potaje** is a vegetable and legume-based stew seasoned with onion, garlic, tomato, pepper and, depending on the cook, egg, chorizo, meat, or spinach.

A comprobar

El subjuntivo con expresiones de duda

1. When expressing doubt or uncertainty about an action or a condition, you must use the subjunctive. The following are some common expressions of doubt that require the use of the subjunctive. **¡OJO!** The expressions **negar** (*to deny*) and **dudar** (*to doubt*) always require the subjunctive; however, there is some variation in the use of **no negar** and **no dudar**. With these expressions, some speakers will use the subjunctive (indicating a margin of doubt) or the indicative (indicating certainty), depending upon their intention.

> **(no) dudar que**
> **(no) negar (ie) que**
> **no creer que**
> **no parecer que**
> **no pensar (ie) que**
> **no suponer que**
> **no estar seguro(a) que**
> **no ser cierto/verdad/obvio/evidente que**

Dudo que tenga muchas calorías.
I doubt that it has a lot of calories.

No pienso que sea una buena idea.
I don't think that it is a good idea.

2. When using the following expressions to affirm a belief or to express certainty, you must use the indicative.

constar que	*to be apparent (having witnessed something)*
creer que	*to believe that*
parecer que	*to seem that*
pensar (ie) que	*to think that*
suponer que	*to suppose that*
estar seguro(a) de que	*to be sure that*
ser cierto/verdad/ obvio/evidente que	*to be certain/true/obvious/ evident that*

Creo que la carne **tiene** mucha grasa.
I believe that the meat has a lot of fat.

Es obvio que les **gustan** los tamales.
It is obvious that they like the tamales.

When using the verb **constar,** the indirect object will indicate the person to whom something is evident while the verb will generally be conjugated in the third person singular form. When expressing an opinion, it is also very common to use the indirect object pronoun with the verb **parecer.**

Al médico **le consta** que no comen lo suficiente.
It is evident to the doctor that they don't eat enough.

Me parece que es una dieta saludable.
It seems to me that it is a healthy diet.

3. When using the verbs **pensar, creer,** and **parecer** in a question, it is possible to use the subjunctive in the dependent clause as you are not affirming a belief.

¿Crees que sea muy picante?
Do you think it is very spicy?

¿Te parece que haya suficiente comida?
Does it seem (to you) that there is enough food?

4. The following words and phrases are used to express possibility. Because they express doubt rather than an affirmation, they should be followed by a verb in the subjunctive.

posiblemente	*possibly*
puede (ser) que	*it might be*
quizá(s)	*maybe*
tal vez	*maybe*

Tal vez Carlota **deba** ponerse a dieta.
Maybe Carlota should go on a diet.

Puede ser que no **consuma** suficientes calorías.
It might be that he doesn't consume enough calories.

A practicar

3.16 **¿Estás de acuerdo?** El profesor Medina enseña una clase de nutrición y hoy durante una discusión, unos estudiantes hicieron los siguientes comentarios. Decide si estás de acuerdo o no y explica por qué.

1. Matilde: No creo que la comida chatarra sea tan mala como todos dicen.
2. Uriel: Me parece que muchos de los productos procesados contienen demasiado sodio.
3. Gerardo: Pienso que las comidas orgánicas son mejores.
4. Nuria: No dudo que muchos restaurantes sirvan porciones demasiado grandes.
5. Sandra: Puede ser que el agua embotellada tenga contaminantes como el agua del grifo *(faucet)*.
6. Lorenzo: Supongo que una persona vegetariana puede tener una dieta poco saludable.

3.17 **La nutricionista** Olga y Max van a casarse en el verano y quieren perder peso. Hablan con su médica para saber cómo hacerlo. Completa la conversación con la forma apropiada del indicativo o del subjuntivo del verbo entre paréntesis.

Olga: Doctora, ¿cree que nosotros (1.) _____ (poder) perder 5 kilos antes de nuestra boda?

Doctora: Estoy segura de que (2.) _____ (ser) posible, pero van a tener que cambiar su forma de comer. Supongo que ustedes, como muchas personas, (3.) _____ (salir) a comer con frecuencia.

Olga: Sí, es cierto, pero no creo que nosotros (4.) _____ (tener) muchas opciones porque los dos trabajamos y no tenemos tiempo para cocinar.

Doctora: No dudo que ustedes (5.) _____ (estar) ocupados, pero quizá
(6.) _____ (poder) encontrar tiempo durante el fin de semana para
preparar comida para la semana.

Max: No pienso que yo (7.) _____ (ir) a querer comer en casa todos los
días. Me encanta salir a restaurantes.

Doctora: Tal vez ustedes (8.) _____ (deber) limitarse a comer en un restaurante
una vez a la semana.

Max: Me parece una buena solución.

3.18 **¿Qué crees?** Decide si son ciertas o no las siguientes oraciones. Luego habla con
un compañero y usen las expresiones de duda para expresar sus creencias *(beliefs)*.
Deben explicar por qué. **¡OJO!** Usa el presente del subjuntivo solo si tienes duda.

Modelo Beben mate en Nicaragua.

Estudiante 1: *Dudo que beban mate en Nicaragua porque es una bebida argentina.*
Estudiante 2: *Estoy de acuerdo. Me parece que solo beben mate en Argentina y Uruguay.*

1. En El Salvador se sirven tacos con frecuencia.

2. Las papas forman una parte importante de la dieta boliviana.

3. En Perú se puede encontrar la quinoa fácilmente.

4. Hay muchos vegetarianos en Argentina.

5. La comida más importante en Chile es por la noche.

6. Se comen muchos mariscos en la República Dominicana.

7. Tienen tamales tanto en México como en Centroamérica.

8. A los españoles les gusta la comida picante.

La quinoa, un grano muy nutritivo

Ildi Papp/Shutterstock

3.19 **Oraciones incompletas** Completa las siguientes oraciones, expresando tus ideas
sobre la comida. ¡Ojo al uso del indicativo y del subjuntivo!

Modelo Supongo que los restaurantes (tener) que…
Supongo que los restaurantes tienen que servir una variedad de comidas.

1. Tal vez los supermercados (poder)…

2. No creo que los niños (enfermarse) por comer…

3. Pienso que mi dieta (ser)…

4. Dudo que un buen cocinero (usar)…

5. Quizás alguien que quiere bajar de peso (deber) comer…

6. Me parece que una dieta saludable (consistir) en…

3.20 **¿Qué te parece?** Trabaja con un compañero. Miren los dibujos y describan la situación. Luego expresen sus opiniones, usando expresiones de duda y certeza y el presente del subjuntivo o del indicativo, según la expresión.

© Cengage Learning

3.21 **Avancemos** Con un compañero van a planear una cena para cuatro personas.

Paso 1 Haz una lista de cuatro personas a quienes quieres invitar a una cena y anota las restricciones o preferencias alimenticias para cada uno (si no las sabes, invéntalas). Luego tu compañero y tú deben compartir sus listas y decidir los cuatro a quiénes van a invitar, dos de cada lista.

Paso 2 Expresen sus opiniones sobre lo que deben servir, tomando en consideración las restricciones y preferencias de los invitados.

Paso 3 Repórtenle a la clase lo que van a servir y por qué.

Cultura y comunidad

Antes de leer

Comer es más que un acto de supervivencia: es una práctica social. Por ejemplo, la gente puede comer sola, pero muchos prefieren comer con alguien más. ¿Por qué a mucha gente no le gusta comer sola? ¿Por qué la gente se reúne para hacer una barbacoa? ¿Qué prácticas asocias con hacer una barbacoa?

La comida y los valores culturales

🔊 Cuando se habla de comida, se
1-17 habla de prácticas que identifican a cada cultura. Se puede aprender mucho de una sociedad visitando uno de sus mercados. En muchos países hispanos, la idea de comer mientras se maneja es algo extraño. En estas culturas, comer es socializar, empezando por las comidas con la familia, tan importantes para muchos. Otros ejemplos típicos de prácticas culturales basadas en la comida son el caso de la yerba mate en Argentina y Uruguay, el tapeo en España, o la hora del café en muchas naciones latinoamericanas: son prácticas que reúnen a los amigos. A continuación se explican dos de estas tradiciones.

Hierbas refrescantes para hacer yuyo

© Roger-Viollet / The Image Works

La yerba mate

La yerba mate, de gran consumo en Argentina y Uruguay, es de particular importancia social porque es una bebida que se comparte con los amigos y que implica tomar tiempo para salir del ajetreo[1] de la vida y pasar un rato agradable entre amigos. En Argentina es más común beberlo a la usanza tradicional —en una taza hecha de la piel de calabazas[2] y con una bombilla[3]. En Uruguay muchas personas prefieren llevar su mate en un termo y lo beben a lo largo del día.

Una modalidad del mate menos conocida es una bebida llamada tereré, popular en Paraguay, el norte de Argentina y parte de Brasil, y que desde el 2010 es considerada patrimonio cultural de Paraguay. Este té tradicional se bebe a todas horas en Paraguay. Cuando se bebe durante el día se acostumbra agregarle algunas hierbas refrescantes o medicinales. En ese caso, se conoce como "yuyo", y lo venden las "yuyeras", mujeres que caminan por las calles ofreciendo el té en sus diferentes versiones.

El tapeo

Las tapas es el nombre con el que se conoce a un grupo de bocados o aperitivos que se sirven en los bares o restaurantes de España. Algunos ejemplos de tapas son la tortilla española, aceitunas y mariscos. Las tapas se sirven para acompañar las bebidas alcohólicas, y el tapeo es la costumbre de ir de bar en bar con los amigos, bebiendo y comiendo tapas.

[1]bustle [2]gourds [3]straw

Hay muchas versiones acerca del origen de las tapas, algunas son románticas y muy antiguas. Una versión sostiene que la tradición surgió para vender más, ya que al servirle un bocado salado a los comensales[4], estos tendrán más sed y consumirán más bebidas. Otra explicación es que antes se acostumbraba tapar[5] las bebidas en los bares o posadas con un plato para protegerlas de los insectos, y en este plato se ponían pequeñas raciones de comida para acompañar las bebidas. La mayoría de las explicaciones sobre el origen de las tapas se remontan a la Edad Media. Cualquiera que haya sido su origen, en la España tradicional el tapeo es de gran importancia cultural: es un momento para reunirse con los amigos. Los conceptos de "tapas", "tapeo" y "tapear" son fundamentales en la sociedad española contemporánea.

Después de leer

1. ¿Qué se necesita para beber mate? ¿Cuáles son tres países en los que se bebe mate?

2. ¿Cuál es una versión sobre el origen de las tapas? ¿En qué consiste la práctica de tapear?

3. ¿Sabes qué comidas o bebidas se consideran patrimonio cultural de tu país?

4. ¿Qué alimentos puedes nombrar que tengan importancia social como el mate o el tereré?

5. ¿Hay en tu cultura algún equivalente social a beber mate o tapear?

---

[4]*guests at the table* [5]*cover*

Comunidad

Busca una persona en tu comunidad que sea de un país hispanohablante y hazle una entrevista con las siguientes preguntas: ¿En qué consiste la comida tradicional de su país o región? ¿Cómo se prepara? ¿Qué le gusta de la comida en los Estados Unidos? ¿Qué no le gusta? ¿Cuáles son las diferencias más grandes? ¿Hay frutas o vegetales que se coman en su país, pero no se encuentren fácilmente en los Estados Unidos? ¿Cuáles?

© carlosdelacalle/Shutterstock

Las tapas que se sirven en España varían de región a región.

Estructuras 2

A analizar

Elena habla de cómo se debe portar *(behave)* a la mesa. Mientras escuchas el audio, lee el párrafo y observa los verbos en negritas y las expresiones que los preceden. Luego contesta las preguntas que siguen.

Si uno está invitado a la casa de alguien para comer, ¿qué se debe saber?

🔊 Creo que algo muy importante en los países hispanos son los modales en la mesa. Es muy
1-18 importante que todas las personas sepan usar los modales y se comporten adecuadamente en la mesa. Entonces desde pequeños nos enseñan sobre los modales. Por ejemplo, a mi papá *le disgusta* mucho que nosotros **pongamos** los codos sobre la mesa. Nosotros tenemos que tener los brazos sobre la mesa, pero de la mitad del brazo para abajo, el codo *(elbow)* nunca puede estar sobre la mesa. Y a mi mamá *le frustra* que nosotros **hagamos** ruido cuando masticamos *(chew)*, que **chasqueemos**. Entonces mi mamá siempre *está feliz* de que **usemos** muy bien todos los cubiertos, y que no **hagamos** ruido en la mesa, ni que **hablemos** con la boca llena, que **comamos** con la boca cerrada. Pero *me siento frustrada*, cuando estamos en la mesa y estamos comiendo, de que mi mamá a toda hora **esté observándonos**.

—Elena, Colombia

1. ¿En qué forma están los verbos en negritas?
2. ¿Qué tienen en común las expresiones que preceden a esos verbos?

A comprobar

El subjuntivo con expresiones de emoción

1. When expressing an emotion or feeling about something, it is necessary to use the subjunctive if the subject in the first clause is different from the subject in the second clause. As with the other uses of the subjunctive you have learned, the verb in the main clause is in the indicative, and the verb in the second (dependent) clause is in the subjunctive.

Main clause		Dependent clause
Me alegra	que	mis hijos **coman** bien.
El doctor tiene miedo de	que	su paciente no **siga** su dieta.

2. The following are some common ways to express emotions:

estar contento (triste, frustrado, preocupado, etc.) de
to be pleased; to be content (sad, frustrated, worried, etc.)
sentir (ie) *to be sorry, to regret*
temer *to fear*
tener miedo (de) *to be afraid (of)*

Siento que no **haya** más sopa.
I am sorry that there isn't any more soup.

Están cansados de que su doctor les **prohíba** el sodio.
They are tired of their doctor forbidding them sodium.

> **INVESTIGUEMOS LA GRAMÁTICA**
>
> The reflexive verb **sentirse** means *to feel* and is used with an adverb or an adjective. This would also require the subjunctive if there are two subjects.
>
> **Me siento bien de** que la familia **esté comiendo** más saludable ahora.
> *I feel good that the family is eating healthier now.*

3. The following verbs are used with an indirect object pronoun to express an emotion or a reaction:

alegrar	*to make happy*
asustar	*to scare*
disgustar	*to dislike, to upset*
emocionar	*to thrill, to excite*
encantar	*to love*
enojar	*to make angry*
frustrar	*to frustrate*
gustar	*to like*
importar	*to be important*
molestar	*to bother*
parecer bien/mal	*to seem good/bad*
preocupar	*to worry*
sorprender	*to surprise*

A la gente **le encanta** que el nuevo producto **tenga** más proteína.
*The people **love** that the new product **has** more protein.*

Me parece bien que quieras reducir tu colesterol.
*It **seems good** (a good idea) **to me** that you want to lower your cholesterol.*

Me alegro de que **vayas** a cenar con nosotros.
*I **am happy** that you **are going** to have dinner with us.*

A su madre **le preocupa** que ellos no **coman** suficientes cereales.
*Their mother **worries** that they don't **eat** enough grains.*

4. If there is only one subject, the **que** is not necessary and the infinitive is used with the expression of emotion rather than the subjunctive.

Sentimos no poder asistir a la cena.
*We **regret not being able to** attend the dinner.*

Me sorprende ver cuántos productos tienen mucha azúcar.
*It **surprises me to see** how many products have a lot of sugar.*

INVESTIGUEMOS LA GRAMÁTICA

Verbs that express an emotion such as **alegrar, asustar, enojar, frustrar,** and **sorprender** can be used with the pronoun **se** (conjugated like a reflexive verb) to indicate that one feels a particular emotion. They must be used with the preposition **de** and will require the subjunctive if there are two subjects.

Se alegra de que haya una buena selección de frutas.
***She is happy that there is** a good selection of fruit.*

A practicar

3.22 **¿De dónde es?** Algunos estudiantes latinoamericanos están estudiando en una universidad estadounidense y hablan de sus preferencias en una reunión. Lee sus reacciones ante la comida e identifica de dónde son.

Argentina	Cuba	El Salvador	España	México	Perú

1. Laura: A mí no me gusta que a veces me sirvan comida sin carne de res.
2. Nuria y Humberto: Nos emociona que vayan a abrir un nuevo restaurante de tapas.
3. Vanesa: Me gusta que me den tortillas de harina con mi comida.
4. Yenisleidys: Me encanta que algunos restaurantes tengan una buena selección de ron.
5. Alberto: Me sorprende que no haya mucha variedad de papas en los Estados Unidos.
6. Fernando y Violeta: Nos frusta que muchas personas no conozcan las pupusas.

3.23 **Preferencias** Completa las siguientes oraciones con la forma apropiada del verbo entre paréntesis. ¡OJO! Algunos verbos deben estar en el subjuntivo y otros en el infinitivo.

1. A Jorge le gusta que la comida _____ (ser) muy picante.
2. A Paola le parece bien que la etiqueta _____ (dar) la información nutricional.
3. A Gustavo le preocupa que el chef _____ (preparar) la comida con mucha sal.
4. A Rosaura no le gusta _____ (comer) muchos carbohidratos.
5. A Daniela le molesta que las tiendas _____ (vender) tanta comida chatarra.
6. A Ernesto no le importa _____ (consumir) muchas calorías.
7. A Cynthia le disgusta _____ (cocinar) con mucha grasa.
8. A los niños les encanta que los postres _____ (tener) chocolate.

3.24 **¿Cómo reaccionan?** En un programa de televisión hablan sobre nutrición. Imagina la reacción de las personas de la audiencia y explica por qué reaccionan así. Luego expresa tu reacción. Usa los siguientes verbos: **alegrar, asustar, enojar, disgustar, emocionar, encantar, frustrar, gustar, importar, molestar, parecer bien/ mal, preocupar, sorprender.**

Modelo En muchos restaurantes en los Estados Unidos sirven porciones muy grandes. (un mesero)

Al mesero le encanta que sirvan porciones muy grandes porque la comida cuesta más, y así gana más de propina. A mí me gusta que sirvan porciones grandes porque llevo parte de la comida a casa para comerla más tarde en la semana.

1. La comida chatarra cuesta menos que la comida saludable. (una madre)
2. Los supermercados venden más productos orgánicos. (un científico)
3. Hay mucho sodio en la comida procesada. (un doctor)
4. El chocolate oscuro tiene antioxidantes que son buenos para el cuerpo. (un niño)
5. Más restaurantes están comprando productos locales. (un granjero *[farmer]*)
6. La información nutricional de los alimentos no siempre dice la verdad. (un nutricionista)
7. Los restaurantes tienen que informar del contenido de calorías, grasas y sodio de todos sus platillos. (un dueño *[owner]* de un restaurante)
8. Los puestos ambulantes de comida son peligrosos. (el dueño de un puesto ambulante)

¿Es cierto que la comida chatarra cuesta menos que la comida saludable?

© Aaron Amat/Shutterstock

3.25 **¿Te gusta o no?** Con un compañero hablen de sus gustos. Si no tienes preferencias, siempre puedes usar la expresion **no importarle.** Deben explicar por qué.

Modelo   una bebida – tener mucha azúcar

> Estudiante 1: *No me gusta que una bebida tenga mucha azúcar porque soy diabético.*
> Estudiante 2: *A mí tampoco me gusta que una bebida tenga mucha azúcar porque no me gustan las bebidas muy dulces. / No me importa que una bebida tenga mucha azúcar o no.*

1. la comida
   a. ser muy picante
   b. tener mucha grasa
   c. estar enlatada
2. un restaurante
   a. servir porciones muy grandes
   b. cobrar *(to charge)* por volver a llenar el vaso
   c. no tener una barra de ensaladas
3. los cocineros
   a. cocinar con mucha sal
   b. usar productos orgánicos
   c. poder preparar platos que no están en el menú
4. un supermercado
   a. vender verduras y frutas locales
   b. ofrecer clases de cocina y nutrición
   c. mandarles un volante *(flyer)* con ofertas a los clientes

---

3.26 **En la cafetería** Con un compañero miren la escena frente a un colegio y túrnense para explicar lo que pasa y las reacciones de las diferentes personas.

© Cengage Learning

3.27 **Avancemos** Con un compañero van a decidir qué aspectos de comer saludablemente les importan.

Paso 1 Hoy en día se habla mucho sobre la importancia de comer saludablemente. Escribe una lista de 10 hábitos que en tu opinión son importantes en una dieta saludable. Piensa en lo que deben comer y en lo que no deben comer, cuándo comerlo y cómo.

Paso 2 Compara tu lista con la de un compañero. Luego hablen de los puntos que más les importan y escojan los cinco más importantes para ti y para tu compañero. Compartan sus listas con la clase y expliquen por qué les importan los puntos.

Redacción

Descripción

Descriptive writing is usually detailed and appeals to the senses. You will discuss your own eating preferences and describe one of your favorite dishes.

Paso 1 Think about your eating habits. What types of foods do you prefer? What do you not like? Do you have any allergies or dietary restrictions?

Paso 2 Choose one of your favorite dishes, and jot down some ideas about what makes the dish special. Think about the following questions: Where or whom is the recipe from? Does it have a particular ingredient that you especially like? When is it served?

Paso 3 Think about how you would describe the dish, appealing to as many of the senses as possible. What does it look like? How is it served? Is it hot or cold? Is it juicy or crunchy? Is it chewy or does it melt in your mouth? Is it sweet, salty, or spicy?

Paso 4 Write an introductory paragraph in which you discuss your eating habits using the information you generated in **Paso 1.**

Paso 5 Write a second paragraph in which you introduce your reader to your favorite dish using the information you generated in **Paso 2.**

Paso 6 Using the information you generated in **Paso 3,** write a third paragraph in which you describe the dish in as much detail as possible so that your reader will be able to imagine the dish.

Paso 7 Write a concluding paragraph in which you give a final commentary about your dish. Think about the final impression you want to leave your reader with.

Paso 8 Edit your descriptive essay.

    1. Do all sentences in every paragraph support their topic sentences?

    2. Are your paragraphs cohesive?

    3. Does each verb agree with its subject?

    4. Have you used **ser, estar,** and **hay** appropriately?

    5. Do adjectives and articles agree with the nouns they describe?

> **ESTRATEGIA**
>
> Be careful with the use of idiomatic expressions because they do not always translate literally, for example, the English phrase *Don't cry over spilled milk* would be **A lo hecho, pecho** in Spanish. Pick a key word or two to look up in the dictionary such as *milk* in this case.

 Share It!

Paso 1 Research when meals are typically eaten in the country you have chosen, as well as what the meals are generally like, what foods are commonly eaten, and some of the typical dishes. Pick one of the dishes and find some information about it: any history or interesting facts about the dish, whether it is particular to a certain region, and how it is prepared.

Paso 2 Create the first paragraph of your blog entry in which you discuss the foods and eating habits of the country you have chosen, including some comments as to how their habits/food are similar and/or different to your own.

Paso 3 Write a second paragraph in which you discuss a typical dish and add your own personal comment, imagining that you have tasted the dish.

96   *noventa y seis* | **Capítulo 3**

A escuchar 🔊

¿Cómo son las dietas en otros países?

Antes de escuchar

👥 Con un compañero de clase, hablen de la comida principal del día en los Estados Unidos (típicamente la cena). Llenen la columna correspondiente del cuadro con esta información.

	EE.UU.	Bolivia	España
Los platos servidos en la comida principal del día			
Las otras comidas y costumbres asociadas con ellas			

A escuchar

🔊 Vas a escuchar a dos personas que hablan sobre los hábitos alimenticios en dos países
1-19 hispanos. Primero, Silvia describe las costumbres en Bolivia. Después, Salvador habla de las de España. Toma apuntes sobre lo que dice cada uno en otra hoja de papel. Después compara tus apuntes con los de un compañero y organiza la información en la columna apropiada de la tabla.

Después de escuchar

1. ¿En que se asemejan (son parecidas) las costumbres en España y Bolivia? ¿Cómo son diferentes?

2. Comparado con lo que sabes de los Estados Unidos, ¿son muy diferentes las costumbres en Boliva y/o España?

En Bolivia se comen empanadas rellenas de carne.

© Ildi Papp/Shutterstock

La suerte de la fea a la bonita no le importa

dirigido por Fernando Eimbcke

Susy, una joven que quiere adelgazar descubre a su hada madrina, quien le va a conceder tres deseos. ¿Por fin tendrá la apariencia que quiere?

(México, 2002, 8 min.)

Antes de ver

👥 Habla con un compañero sobre las siguientes preguntas.

1. En español existe un refrán que dice "La suerte de la fea la bonita la desea". ¿Qué crees que significa y cómo es diferente al título de este cortometraje?

2. Muchas personas tienen algún dilema con la comida, ya sea ético, emocional o físico. ¿Cuáles son algunos de los más comunes?

3. Muchas personas no están conformes (*satisfied*) con su apariencia física. ¿Cuáles son algunas de las quejas (*complaints*) comunes?

Vocabulario útil

aparecer	*to appear*	**flaco(a)**	*skinny*
la belleza	*beauty*	**el hada madrina**	*fairy*
el (la) cirujano(a)	*surgeon*		*godmother*
conceder	*to grant*	**las nalgas**	*buttocks (vulgar)*

Comprensión

Ve el cortometraje y después contesta las siguientes preguntas.

1. ¿Por qué está frustrada Susy?

2. ¿Quién es el hada madrina que aparece para concederle tres deseos?

3. ¿Por qué Susy no puede comer su sushi?

4. ¿Por qué el hada madrina tiene un cuerpo "tan bueno"?

5. ¿Qué hace que Susy sea la mujer más bella del mundo?

Después de ver

1. En tu opinión ¿cuál es el mensaje del cortometraje?

2. ¿Qué recomendaciones le darías (*would you give*) a la protagonista?

Literatura

Nota biográfica

Hjalmar Flax (1942-) es un poeta puertorriqueño. Actualmente reside en San Juan. Al terminar sus estudios de literatura estudió para ser abogado en la Universidad de Puerto Rico y ejerció esta profesión por muchos años. Sin embargo, considera que la poesía es su vocación y ha escrito nueve libros de poesía, además de ensayos y artículos. Ha recibido premios del Instituto de Literatura Puertorriqueña, del PEN Club de Puerto Rico y del Instituto de Cultura Puertorriqueña. Entre los temas que Flax contempla en su obra están la memoria, la soledad y el amor.

© iStockphoto/Thinkstock

Antes de leer

Con un compañero, comenten las siguientes preguntas.

1. ¿Te gusta tomar el café o el té caliente? ¿Cuándo empezaste a tomarlo? ¿Por qué (no) te gusta? ¿Cómo te sientes al tomarlo?

2. Para muchas personas el café es un rito *(ritual)*. Cuando te preparas el café u otra bebida, ¿siempre sigues los mismos pasos? ¿Lo tomas con crema o azúcar o con otro condimento? ¿Sueles comer algo cuando lo bebes?

3. ¿Conoces una persona con quien asocies el café o el té? ¿Asocias alguna comida con una persona en particular?

4. ¿Cómo le explicas la palabra **poema** a otra persona? ¿Qué intenta hacer un poeta al escribir un poema? ¿Te gusta escribir poemas? ¿Te gusta leer poesía? ¿Por qué?

APROXIMÁNDONOS A UN TEXTO

When reading a text, do not focus on understanding every word or translating word-for-word. Try to picture the scene or image in your mind and add in details as the poem unfolds. The activities that follow will help you understand the message of the poem more clearly.

Packets	# Sobrecitos* de azúcar
	### *(para Ángela)*
gather, stack	Recuerdo cómo juntas* tres,
shake	cómo los sacudes* (suave sonido),
all at once, in one go	¹ cómo los abres de un tirón*
	y haces llover azúcar en tu taza de café.
	Aprendí a juntarlos,
	a sacudirlos (suave sonido),
	⁵ a abrirlos de un tirón
	y hacer llover azúcar en mi taza de café.
	Hoy, en este lugar que te conoce,
	los sacudo, uno a uno.
	Oigo el suave sonido.
sweetens	¹⁰ Miro llover azúcar que no endulza*
	el suave son ido de tu ausencia.

Hjalmar Flax, "Sobrecitos de azúcar," from *Abrazos partidos y otros poemas*. Reproduced with permission of the author.

Terminología literaria

la obra *collection of work during a
    writer's career*

el poema *poem*

la poesía *poetry, poem*
el (la) poeta (poeta/poetisa) *poet*

Comprensión

1. ¿Qué hace la persona antes de tomar su taza de café?

2. Al final del poema, ¿qué emoción siente la persona? ¿Por qué?

3. En este poema, hay un "tú" y un "yo" (la persona que habla). ¿Cuáles son las palabras que nos permiten llegar a esta conclusión?

Análisis

1. ¿Piensas que la persona que se describe como "tú" cambiaba su rito para preparar el café de vez en cuando? ¿Por qué?

2. La poesía a veces se puede interpretar de distintas maneras. En tu opinión, ¿qué relación (novios, esposos, hijo/a y madre/padre, mejores amigos) existía entre el "tú" y el "yo" del poema? ¿Por qué piensas esto? ¿Hay palabras en el poema que apoyen tus ideas?

3. Basándose en la misma relación que eligieron en la pregunta 2, ¿piensas que la relación terminó bien? ¿Dónde está el "tú" ahora? ¿Por qué piensas esto?

4. El poeta habla del "suave sonido" del azúcar, pero al final es "el suave *son ido* de tu ausencia". ¿Por qué juega con la palabra **sonido** de esta manera? ¿Cómo son diferentes los significados de las palabras **son** e **ido**? (Puedes usar un diccionario si lo necesitas.) ¿Qué comunica el poeta con este pequeño cambio?

A profundizar

1. Piensas que el rito del café es igual para el "yo"? ¿Cómo han cambiado las emociones que asociaba con el rito? ¿Piensas que va a seguir practicando el rito de la misma manera?

2. ¿Hay ritos así de definidos en tu vida? ¿Cómo o de quiénes aprendiste estos ritos? ¿Qué valor personal tiene el compartir estos ritos con otra(s) persona(s)?

3. Haz una lista de unos ritos o prácticas que existen en nuestra sociedad. Después comparte tu lista con las de los otros compañeros. ¿Tienen ritos o prácticas en común?

Enlaces

En esta sección, vas a practicar múltiples objetivos gramaticales de los primeros tres capítulos al mismo tiempo. Te vas a enfocar en *(focus on)* seleccionar entre el presente del indicativo o del subjuntivo, pero nota que el uso de **ser, estar** y **haber** figura también. Recuerda que el indicativo y el subjuntivo ocurren en contextos diferentes.

- Presente del indicativo: expresa hechos (información que se puede verificar), eventos o estados actuales o habituales.
- Presente del subjuntivo: se usa después de indicar una emoción, una opinión, falta de certeza o duda sobre un evento actual o del futuro.

3.28 **Somos lo que comemos.** Rodrigo necesita tu ayuda para terminar su ensayo sobre sus hábitos alimenticios. Completa el texto, usando la forma apropiada del indicativo, del subjuntivo, o el infinitivo del verbo indicado.

Mi dieta (1.) _____ (ser/estar/haber) muy diferente de la de mis abuelos. Ellos prefieren (2.) _____ (comer) las verduras de su propia huerta *(vegetable garden)* y (3.) _____ (comprar) la carne de los granjeros locales en el mercado. (4.) _____ (ser/estar/haber) importante para mi abuela (5.) _____ (utilizar) ingredientes locales. Cuando los ingredientes (6.) _____ (ser/estar/haber) frescos, le parece que le (7.) _____ (dar) más sabor a la comida. Ella no piensa que la comida sabrosa (8.) _____ (resultar) de ingredientes inferiores. De ella yo (9.) _____ (ser/estar/haber) aprendiendo el valor de la comida nutritiva y local porque ella me (10) _____ (ser/estar/haber) enseñando a cocinar.

Por otra parte, (11.) _____ (frustrarme) que no (12.) _____ (ser/estar/haber) posible que mis amigos y yo (13.) _____ (comer) bien en la universidad. Es verdad que muchos de mis amigos de la universidad (14.) _____ (subsistir) con comida chatarra y comida procesada. No es importante para ellos que esta comida les (15.) _____ (hacer) daño *(hurt)*. Les importa más que la comida (16.) _____ (ser/estar/haber) rápida y barata porque ellos (17.) _____ (ser/estar/haber) estudiantes sin mucha plata *(col. dinero)*. Es posible que (18.) _____ (ser/estar/haber) opciones saludables en el campus, ¡pero no (19.) _____ (ser/estar/haber) opciones de comida ni económica ni rica! (20.) _____ (Ser/Estar/Haber) varios restaurantes que sirven hamburguesas, papas fritas o pizza, y esos (21.) _____ (ser/estar/haber) los lugares donde comemos. (22.) _____ (Ser/Estar/Haber) avergonzado *(embarrassed)* de que mi dieta no (23.) _____ (ser/estar/haber) más sana, y (24.) _____ (ser/estar/haber) bueno que mi abuela no lo (25.) _____ (saber).

Por sus mercados se conoce una cultura.

3.29 **¿Tiene razón?** A continuación aparecen otras ideas que Rodrigo no incluyó en el ensayo de la actividad anterior. Con un compañero escojan la forma correcta del subjuntivo o del indicativo, o el infinitivo para expresar su opinión. Después expliquen por qué opinan así. No se olviden de usar **que** cuando sea necesario.

Modelo   Los jóvenes comen mucha comida chatarra.

> Estudiante 1: *Es verdad que los jóvenes comen mucha comida chatarra para no tener que cocinar.*
> Estudiante 2: *No creo que todos la coman porque puede ser muy cara.*

1. Los estudiantes no comen suficiente proteína.
2. Muchos estudiantes no comen muchos carbohidratos refinados.
3. Mis amigos no comen muchas verduras o frutas.
4. Mi familia siempre come junta.
5. Mi abuela dice que la conversación ayuda a la digestión.
6. Es importante consumir muchos líquidos diariamente, ya sea café, agua, refrescos o bebidas energéticas.
7. Mi abuela nunca come en restaurantes porque esa comida la hace engordar.
8. Según mis amigos, comer bien siempre requiere mucho tiempo y mucho dinero.

MOMENTO METALINGÜÍSTICO

¿Por qué usaste la forma que escogiste para responder a cada declaración en la actividad 3.29?

3.30 **Avancemos más** En grupos de tres o cuatro estudiantes van a decidir dónde van a comer.

Paso 1 Piensa en un restaurante que te guste y escribe una lista de los detalles del restaurante, incluyendo lo siguiente: qué tipo de restaurante es, dónde está, cómo es la comida, cómo son los empleados y el ambiente *(atmosphere)*, cuál es tu plato preferido, por qué te gusta, etcétera.

Paso 2 Forma un grupo con dos o tres compañeros, asegurándose de haber descrito *(to have described)* diferentes restaurantes. Cada estudiante debe mencionar algo que le parece importante al escoger un restaurante (precio, comida, ubicación *[location]*, etcétera). Luego cada uno debe proponer su restaurante, dando una muy buena descripción con la información que generó antes y explicando por qué deben ir a comer allí.

Paso 3 Considerando lo que es importante para todos, decidan en cuál de los restaurantes van a comer. Luego compartan su decisión con la clase y explíquenle por qué decidieron comer allí.

🔊 A la mesa

La alimentación

las calorías *calories*	**las legumbres** *legumes*
los carbohidratos *carbohydrates*	**los mariscos** *seafood*
los cereales *grains*	**el mate** *a tea popular in Argentina, and other South American countries*
el colesterol *cholesterol*	
la comida chatarra *junk food*	**la merienda** *light snack or meal*
la dieta *diet*	**los minerales** *minerals*
la fibra *fiber*	**la porción** *portion*
la grasa *fat*	**las proteínas** *proteins*
las harinas *flour*	**el sodio** *sodium*
los lácteos *dairy*	**las vitaminas** *vitamins*

Medidas para comprar productos

la bolsa *bag*	**la lata** *can*
la botella *bottle*	**la libra** *pound*
el frasco *jar*	**el litro** *liter*
el gramo *gram*	**el paquete** *packet, box*
el kilo *kilo*	

Adjetivos

congelado(a) *frozen*	**picante** *spicy*
descremado(a) *skimmed*	**salado(a)** *salty*
dulce *sweet*	**saludable** *healthy (food, activity)*
embotellado(a) *bottled*	**vegetariano(a)** *vegetarian*
magro(a) *lean*	

Verbos

adelgazar *to lose weight*	**frustrar** *to frustrate*
alegrar *to make happy*	**gustar** *to like*
asar *to grill*	**hornear** *to bake*
asustar *to scare*	**importar** *to be important*
aumentar *to increase*	**limitar** *to limit*
constar *to be apparent (having witnessed something)*	**molestar** *to bother*
	negar (ie) *to deny*
consumir *to consume*	**parecer (bien/mal)** *to seem (good/bad)*
creer *to believe*	**pensar (ie)** *to think*
disfrutar *to enjoy*	**ponerse a dieta** *to put oneself on a diet*
disgustar *to dislike, to upset*	**preocupar** *to worry*
dudar *to doubt*	**prescindir** *to do without*
eliminar *to eliminate*	**probar (ue)** *to taste*
emocionar *to thrill, to excite*	**reducir** *to reduce*
encantar *to love*	**sentir (ie)** *to be sorry, to regret*
engordar *to gain weight*	**sorprender** *to surprise*
enojar *to make angry*	**suponer** *to suppose*
evitar *to avoid*	**temer** *to fear*
freír (i, i) *to fry*	**tener (ie) miedo (de)** *to be afraid (of)*

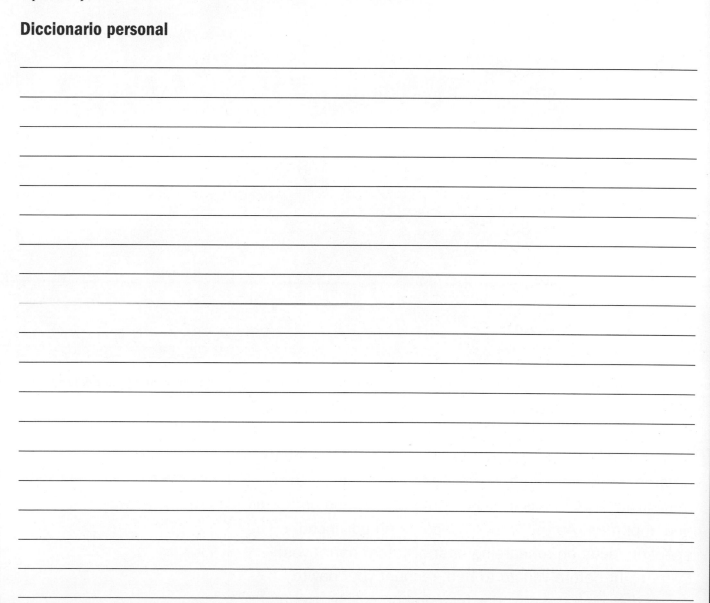

Expresiones adicionales

estar contento (triste, frustrado, preocupado, etc.) de   *to be pleased; to be content (sad, frustrated, worried, etc.)*
estar seguro(a)   *to be sure*
posiblemente   *possibly*

puede (ser) que   *it might be*
quizá(s)   *maybe*
ser (cierto/verdad/obvio/evidente)   *to be (certain/true/obvious/evident)*
tal vez   *maybe*

Terminología literaria

la obra   *collection of work during a writer's career*
el poema   *poem*

la poesía   *poetry, poem*
el (la) poeta (poeta/poetisa)   *poet*

Diccionario personal

_____

_____

_____

_____

_____

_____

_____

_____

_____

_____

_____

_____

_____

_____

_____

_____

_____

_____

_____

_____

CAPÍTULO 4

Estrategia para avanzar

You've probably realized that clearly expressing the time of an event makes your speech more easily understood; however, expressing time is difficult for learners. Advanced speakers easily and automatically differentiate present, past, and future in their speech, although they may struggle with aspect—the contrast between preterite and imperfect. As you work to become an advanced speaker, focus on rehearsing past or future narratives. Every night before you go to bed, recount your day to yourself or plan the next day focusing on mixing events, the setting of those events, and your feelings about both.

In this chapter you will learn how to:

- Discuss and analyze the role of historical figures from different perspectives
- Narrate and describe past events

Héroes y villanos

Los líderes de un país tienen grandes responsabilidades y el potencial de convertirse en héroes... o en villanos.

Estructuras

A perfeccionar: Preterite vs. imperfect

Imperfect subjunctive

Subjunctive with adjectives

Conexiones y comparaciones

¿Héroe o villano?

Cultura

La cultura de los antihéroes

Literatura

La honda de David, por Augusto Monterroso

Redacción

La biografía

🔊 A escuchar

¿Fue heroína o villana la Malinche?

▶ Video

El Salvador no olvida a Romero

▶ Cortometraje

Lo importante

Vocabulario

¿Conoces a estos personajes históricos?

1 Cristóbal Colón

2 Francisco Pizarro

3 General Francisco Franco

4 General Augusto Pinochet

5 Eva Perón

6 Alberto Fujimori

© Cengage Learning

La historia y la política

el (la) asesor(a) advisor
la Conquista the Conquest
el crecimiento económico economic development
el (la) criminal criminal
la defensa defense
la democracia democracy
la derecha right wing
el derecho legal right
la derrota defeat
los desaparecidos disappeared people
el desarrollo development
la dictadura dictatorship
el ejército army
las elecciones elections
la estabilidad stability
la ética ethics
el fortalecimiento strengthening
el gobierno government
el golpe de estado coup d'état
el héroe hero
la heroína heroine
la injusticia injustice

la izquierda left wing
la justicia justice
la ley law
el (la) líder leader
el liderazgo leadership
la nacionalización nationalization
el (la) narcotraficante drug dealer
el partido (político) (political) party
la patria homeland, motherland
el tráfico de drogas drug traffic
el valor bravery
el (la) villano(a) villain

Adjetivos

abnegado(a) selfless
cobarde cowardly
débil weak
dedicado(a) dedicated
egoísta selfish
fuerte strong
heroíco (a) heroic
honesto(a) honest
humilde humble
idealista idealist

justo(a) fair
leal loyal
poderoso(a) powerful
traidor(a) traitorous
valiente brave
violento(a) violent

Verbos

apoyar to support
asesinar to assassinate, to murder
derrocar to overthrow
durar to last
elegir (i, i) to elect
lograr to achieve
luchar to struggle, to work hard in order to achieve something
vencer to defeat
votar to vote

Expresiones adicionales

tener/gobernar con mano dura to be strict, to govern with a firm hand
a costa de lo que sea at all cost

A investigar

Investiga más sobre estas seis personalidades para aprender detalles importantes de su vida y saber por qué son héroes para algunos, pero villanos para otros. Después comparte la información con tus compañeros para que todos sepan algo de estas personalidades y puedan usar la información en otras actividades del capítulo.

A practicar

4.1 **Escucha y responde** Vas a escuchar algunas afirmaciones sobre las personas en la ilustración. Escribe el nombre de la persona a la que se refieren y después compáralas con un compañero.

4.2 **La palabra lógica** Relaciona las dos columnas para encontrar la definición de cada palabra.

1. Lo opuesto a la justicia
2. Cuando las personas votan para elegir representantes
3. No se sabe dónde está esta persona.
4. Lo opuesto de débil
5. Verbo que significa lograr una victoria
6. Persona que gobierna un país por muchos años, sin ser elegida
7. Lo opuesto a un héroe
8. Un partido o una tendencia liberal
9. Organización militar que existe para defender a un país; ni Costa Rica ni Panamá tienen uno
10. Cuando no hay cambios frecuentes e inesperados

a. desaparecida
b. vencer
c. dictador
d. injusticia
e. fuerte
f. villano
g. ejército
h. elecciones
i. estabilidad
j. izquierda

4.3 **Diferencias y semejanzas** Túrnense para explicar las semejanzas y las diferencias entre cada par de palabras. Después, elijan una de las palabras y úsenla en una oración.

1. democracia — dictadura
2. votar — elegir
3. héroe — villano
4. fortalecimiento — fuerte
5. partido de izquierda — partido de derecha
6. estabilidad — desarrollo
7. lograr — luchar
8. justo — honesto

Expandamos el vocabulario

The following words are listed in the vocabulary. They are nouns, verbs, or adjectives. Complete the table using the roots of the words to convert them to the different categories.

Verbo	Sustantivo	Adjetivo
votar		
	elecciones	
desaparecer		
	fortalecimiento	

¿Es posible que la gente de los partidos de izquierda y la de la derecha estén de acuerdo en algo?

© Peter Scholz/Shutterstock

4.4 **Héroes y villanos desde tu perspectiva** Al principio de este capítulo identificaste a algunas personas importantes en la historia de España y en la de varios países latinoamericanos. A continuación aparecen algunas afirmaciones sobre ellas. Túrnense para decidir si son ciertas o falsas, y corrijan las ideas falsas.

1. Alberto Fujimori fue dictador del Perú.
2. Evita Perón fue la primera mujer presidente de Argentina.
3. Francisco Franco gobernó España durante más de treinta años.
4. Francisco Pizarro derrotó a los aztecas.
5. Cristóbal Colón llegó a América en 1521.
6. Pinochet fue un dictador argentino.
7. Alberto Fujimori consiguió controlar al grupo terrorista de Sendero Luminoso.

4.5 **Opiniones: Un poco de todo** Habla con un compañero y compartan sus respuestas sobre las siguientes preguntas.

1. ¿Admiras a alguien? ¿Por qué?
2. En tu opinión ¿cuáles son las cualidades importantes de un líder?
3. En tu opinión ¿puede justificarse un golpe de estado para derrocar a alguien que fue elegido democráticamente?
4. ¿Puede considerarse una democracia un sistema aun cuando la mayoría de las personas no participe en las elecciones? ¿Por qué crees que mucha gente no vota en algunos países?
5. En tu opinión ¿cuáles son derechos humanos fundamentales?
6. Países como Costa Rica y Panamá están entre unos pocos en el mundo que no tienen ejército. ¿Cómo crees que esta decisión afecta a estos países?

4.6 **Citas** Las siguientes citas son opiniones de personas que se han destacado en la política de España o Latinoamérica. ¿Están de acuerdo con ellas? Expliquen por qué.

- El arte de vencer se aprende en la derrota. (Simón Bolívar, libertador de varios países sudamericanos, 1783–1830)
- Estamos comenzando a mirar lo que el padre Libertador imaginaba: una inmensa región donde debe reinar la justicia, la igualdad y la libertad, ¡fórmula mágica para la vida de las naciones y la paz entre los pueblos! (Hugo Chávez, presidente de Venezuela, 1954–2013)
- El gobierno o individuo que entrega los recursos naturales a empresas extranjeras, traiciona a la patria. (Lázaro Cárdenas, expresidente mexicano, 1895–1970)
- Los ejércitos son el más grande apoyo (support) de las tiranías. (Pancho Villa, revolucionario mexicano, 1878–1923)
- En circunstancias especiales, el hecho debe ser más rápido que el pensamiento. (Hernán Cortés, conquistador español, 1485–1547)
- El respeto al derecho ajeno (other) es la paz. (Benito Juárez, expresidente mexicano, 1806–1872)
- El conocimiento nos hace responsables. (Ernesto [Che] Guevara, revolucionario argentino, 1928–1967)
- Donde existe una necesidad nace un derecho. (Eva Perón, primera dama argentina, 1919–1952)
- El hombre bajo todo gobierno será el mismo, con las mismas pasiones y debilidades. (José de San Martín, libertador, 1778–1850)

INVESTIGUEMOS LA MÚSICA

Busca la canción "Héroe", del cantante español Enrique Iglesias en Internet. ¿A quién le habla? ¿Por qué quiere ser su héroe?

4.7 **Un héroe imaginario** Trabaja con un compañero y elijan una de las personas de las ilustraciones. Decidan si es héroe o villano y después hagan una breve biografía de la persona, citando al menos cinco ideas sobre lo que hizo. Después compartan la biografía con la clase, y la clase adivinará de cuál de las personas se habla.

©Jeff Morin/Shutterstock

© brushingup/Shutterstock

©CABO/Shutterstock

© andrewshka/Shutterstock

El Salvador no olvida a Romero

Antes de ver

A lo largo de la historia muchas personas religiosas han sido protagonistas importantes. Dos ejemplos son Fray Pedro de Córdoba, quien defendió los derechos de los indígenas en el territorio de La Española (la isla donde se encuentran la República Dominicana y Haití), y el cura Miguel Hidalgo, quien inició el movimiento de independencia de México. Óscar Romero (1917–1980) también fue de gran importancia en la historia de su país, El Salvador, ya que participó activamente en la lucha por los derechos humanos. En una ocasión, Romero dijo: "La misión de la Iglesia es identificarse con los pobres, así la Iglesia encuentra su salvación". ¿Estás de acuerdo con sus palabras?

Vocabulario útil

el arzobispo *archbishop*	**matar** *to kill*
el asesinato *murder*	**la misa** *Mass*
azotar *to beat, to lash*	**Monseñor** *Monsignor*
beatificar *to beatify*	**el púlpito** *pulpit*
derramar *to spill*	**resucitar** *to resurrect, to rise from*
los fieles *faithful, believers*	*the dead*
marcar *to signal*	

0:01 / 1:29

Still from video supplied by BBC Motion Gallery

Mira la fotografía. ¿Quién piensas que fue Romero, el hombre cuya *(whose)* **foto aparece en las mercancías** *(merchandise)*? **¿Por qué**

Comprensión

Después de ver el video, decide si las ideas son ciertas o falsas. Corrige las ideas falsas.

1. Óscar Romero fue un político de El Salvador.
2. Romero fue asesinado mientras celebraba una misa.
3. Algunas personas consideran que Romero es un santo.
4. Romero es muy popular todavía porque defendió la democracia.
5. Algunas personas consideran a Romero un líder político.
6. El expresidente de El Salvador, Alfredo Cristiani, piensa que Monseñor es un ícono comercial.

Después de ver

1. En el video se puede ver a una chica que lleva puesta una camiseta con la foto del Arzobispo Romero. ¿Quiénes son otros héroes o líderes que se han comercializado? ¿Qué mercancías se venden con su foto (camisetas, carteles, pegatinas *(stickers)*, etcétera)?
2. ¿Consideras que es ético comercializar la fotografía de alguien que fue asesinado?
3. ¿Por qué crees que Monseñor Romero se convirtió en héroe?
4. En base a lo que aprendiste sobre Monseñor Romero, ¿piensas que fue un ícono religioso o político? ¿Por qué?

Más allá

1. ¿Crees que una figura religiosa pueda llegar a ser un héroe nacional? ¿Por qué?
2. En tu opinión ¿deben las figuras religiosas intervenir en la política? ¿Por qué?
3. En muchos países las figuras políticas se separan completamente de temas religiosos y prefieren mantener su fe *(faith)* en privado. ¿Cómo se puede explicar esto? ¿Es así en los Estados Unidos?

A investigar
Investiga más sobre la vida de Monseñor Romero en Internet, o viendo la película que se hizo sobre su vida: *Romero*. Toma nota de dos hechos de su vida que te parezcan interesantes, y compártelos con la clase.

El primer Papa latinoamericano es ya un héroe para muchos en Argentina.

© MattiaATH/Shutterstock

A analizar

Mayté habla de la Malinche, una figura histórica que algunos consideran heroína y otros traidora. Mientras escuchas el audio, lee el párrafo y observa los verbos en negritas. Luego contesta las preguntas que siguen.

¿Puedes hablar de una figura ambigua de la historia mexicana?

🔊 2-3 La Malinche **era** una mujer indígena que le fue obsequiada a Cortés cuando él **llegó** a conquistar a México. Ella **podía** comunicarse en náhuatl y en un idioma maya porque **sabía** esos idiomas, **era** multilingüe. **Fue** un instrumento en la Conquista de Cortés porque **fue** la manera en la que él **pudo** comunicarse con Moctezuma. Sucedió que Cortés **tuvo** mucha suerte porque en una exploración anterior un padre español, Gerónimo de Aguilar, fue capturado por los indígenas en la región de Yucatán y aprendió un idioma maya. Cuando Cortés **llegó** a la región **encontró** a Gerónimo de Aguilar y lo **liberó**. Después de esto, **se descubrió** que la Malinche **podía** comunicarse con Aguilar en el idioma maya. Entonces **fue** cómo **ocurrió** la comunicación cuando **llegaron** al Imperio Azteca —la Malinche **se comunicaba** con Moctezuma en náhuatl, y después esto **se lo comunicaba** a Aguilar en el idioma maya, y después Aguilar **se comunicaba** con Cortés en español. La Malinche siempre **estuvo** presente en las interacciones entre Cortés y los aztecas.

—Mayté, México

1. ¿Cuáles de los verbos en negritas están en pretérito? ¿Cúales están en el imperfecto?
2. ¿Puedes explicar por qué se usó el pretérito o el imperfecto en cada caso?

A comprobar

El pretérito y el imperfecto II

1. When narrating in the past, the point of reference or perspective is important. While the duration of an action or a condition varies, it technically has a beginning, a middle, and an end. You will recall from **Capítulo 1** that the preterite is used to express an action that is *beginning* or *ending* while the imperfect is used to express an action *in progress (middle)*.

Preterite (beginning/ending)

a. When narrating a series of actions, the focus is on the idea that each of the actions has taken place (either begun or ended) before the next action occurs.

La rebelión **comenzó** a las diez de la mañana y una hora más tarde el ejército **entró** al palacio y **capturó** al dictador.

b. When the focus is on the duration or the period of time as a whole, the action or condition is perceived as completed.

Él **fue** uno de los mejores líderes de ese país.

Su gobierno **duró** solo tres años.

c. When expressing a change of condition or emotion, the focus is on the beginning of the new state.

Tuve miedo cuando escuché en la radio sobre el golpe de estado.

El país **estuvo** tranquilo después del cambio de presidente.

d. When an action interrupts another action, the focus is on the beginning of the interrupting action.

Mientras ella le hablaba a la gente, **empezaron** a aplaudir.

Imperfect (middle)

a. Description of a physical or mental condition as well as time, date, and age do not place emphasis on the beginning or the end of the action. Instead, the focus is on the condition in progress at a particular point in time.

Era el tres de febrero y **eran** las cinco de la tarde.

El nuevo presidente **tenía** sesenta años, y **era** un hombre fuerte.

El pueblo **estaba** frustrado con el gobierno.

b. When expressing a habitual action, the focus is on the action as ongoing. There is no emphasis on the beginning or the end.

~~Si~~ ~~luchaba~~ ~~por los derechos humanos.~~

Todos los años le **daba** un discurso al pueblo.

c. When expressing simultaneous actions, the focus is on the two or more actions in progress at the same time. Similarly, when an action is interrupted by another action, the focus is not on the beginning or the end of the interrupted action, but rather on the action in progress.

La gente **protestaba** mientras la policía **arrestaba** a los estudiantes.

Mientras ella le **hablaba** a la gente, empezaron a aplaudir.

2. The imperfect of the periphrastic future (**ir** + **a** + infinitive) is used to express past plans or intentions that were not completed.

Iba a votar, pero no llegué a tiempo por el tráfico.

3. The verbs **conocer, saber, haber, poder, querer,** and **tener que** are commonly used to express mental or physical states. Notice that the English meanings of the verbs in the preterite focus on the beginning and/or end of the state, while the meanings of the imperfect verbs are considered ongoing conditions.

	imperfect (middle)	preterite (beginning/end)
conocer	to know, to be acquainted with	to meet (for the first time)
saber	to know (about)	to find out
haber	there was/were (descriptive)	there ~~was~~
poder	~~was able to~~ (circumstances)	succeeded, successfully
no poder	was not able to (circumstances)	failed to (do so)
querer	wanted (mental state)	tried to (do something)
no querer	didn't want (mental state)	refused to (and did not do something)
tener que	was supposed to (but didn't necessarily do something)	had to do something (and did it)

Cuando llegué no **sabía** del asesinato; lo **supe** al ver las noticias.
*When I arrived, I **did not know** about the assassination; I **found out** when I saw the news.*

A practicar

4.8 **Figuras históricas** Relaciona el nombre de la persona con lo que hizo. Usa la lógica y el proceso de eliminación para las personas que no conozcas.

Simón Bolívar   Che Guevara   el padre Hidalgo   la Malinche   Ponce de León

1. Era indígena e interpretaba para Hernán Cortés, quien no hablaba náhuatl.
2. Llamó a los habitantes de Dolores a la iglesia donde los animó a rebelarse contra el gobierno de los peninsulares (españoles).
3. Cuando llegó a Florida, buscaba nuevas tierras y riquezas.
4. Mientras viajaba de Argentina a Guatemala, mantenía un diario en el que escribía sus pensamientos.
5. Liberó Nueva Granada (Panamá, Colombia, Venezuela y Ecuador) de España, y más tarde nombraron a la República de Bolivia en su honor.

4.9 **Emiliano Zapata** Emiliano Zapata fue una figura importante en la Revolución mexicana. Para informarte sobre sus raíces *(roots)*, completa el párrafo con las formas apropiadas del pretérito o del imperfecto de los verbos entre paréntesis.

Emiliano Zapata (1.) _____ (nacer) en 1879 en un pueblo de Morelos, México. Su padre (2.) _____ (vender) caballos, y (3.) _____ (mantener) bastante bien a su esposa y a sus 10 hijos. Cuando Emiliano (4.) _____ (tener) 17 años, su padre (5.) _____ (morir) y él (6.) _____ (asumir) la responsabilidad de su familia.

En 1909 (7.) _____ (llegar) a ser alcalde *(mayor)* de su pueblo, Anenecuilco. Aunque (8.) _____ (ser) muy joven, los habitantes del pueblo (9.) _____ (tener) mucha confianza en él. Por varios años, Zapata (10.) _____ (defender) los derechos de los campesinos *(peasants)* contra el gobierno, el cual (11.) _____ (querer) robarles su tierra *(land)*. Cuando Zapata no (12.) _____ (ver) resultados de las negociaciones con el gobierno, (13.) _____ (decidir) recurrir a las armas.

Por otra parte, en 1910, Porfirio Díaz (14.) _____ (ganar) las elecciones contra Francisco I. Madero. Madero (15.) _____ (pedir) que los mexicanos se rebelaran contra el gobierno de Díaz. Así, Zapata (16.) _____ (unirse) a las fuerzas *(forces)* de Madero, buscando la posibilidad de obtener justicia para los campesinos.

4.10 **Eventos** Túrnense para hablar de los siguientes eventos.

Modelo Algo divertido que hubo en tu comunidad recientemente

> Estudiante 1: *Hubo un concierto el fin de semana pasado.*
> Estudiante 2: *Hubo una celebración para el cuatro de julio.*

1. Algo que querías hacer pero no pudiste
2. Alguien simpático que conociste recientemente
3. Alguien de la clase a quien ya *(already)* conocías antes del comienzo del semestre
4. Algo que tuviste que hacer esta semana
5. Algo interesante que supiste recientemente
6. Algo que alguien te pidió hacer pero no quisiste

4.11 **Baldoa, un héroe canino** Baldoa es un perro que salvó la vida de su dueña *(owner)*. Con un compañero miren los siguientes dibujos y túrnense para narrar lo que pasó usando el pretérito y el imperfecto. Den muchos detalles.

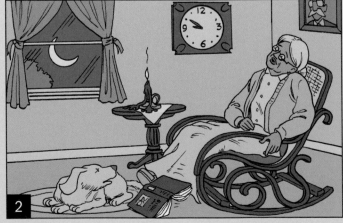

Baldoa!

4.12 **Pequeños actos heróicos** Trabaja con un compañero para contarse sobre un momento en su vida cuando mostraron su buena voluntud *(will)*. Escojan uno de los siguientes temas o piensen en otro que muestre su carácter. Den muchos detalles. ¡Ojo con el uso del pretérito y del imperfecto!

1. Una vez que ayudaste a alguien que necesitaba ayuda
2. Una vez que sacrificaste lo que querías hacer por lo que otra persona quería hacer
3. Una vez que trabajaste como voluntario
4. Una vez que hiciste algo especial para alguien
5. Una vez que querías hacer algo malo, pero tu conciencia te lo impidió
6. Una vez que apoyaste a un amigo en crisis

4.13 **Avancemos** En parejas van a escoger a la persona que mejor demuestre su idea de un héroe.

Paso 1 Escribe una lista de características que piensas que son importantes en un líder. Luego compara tu lista con la de tu compañero. Entre los dos decidan cuáles son las tres cualidades más importantes.

Paso 2 Escribe una lista de tres personas que piensas que demuestran las características que los dos eligieron. Luego compara tu lista con la de tu compañero, y entre los dos decidan quién personifica mejor su imagen de un héroe. Deben hablar de hechos *(actions)* específicos que hicieron que demuestran las características.

Antes de leer

Piensa en una figura controversial de tu país. ¿Quién es y por qué es controversial? ¿Qué opinas tú de esa persona?

¿Héroe o villano?

Una de las personas más controversiales de los últimos tiempos fue el narcotraficante colombiano Pablo Escobar, el jefe de la mafia más poderosa de la historia de Colombia, quien se convirtió en uno de los hombres más ricos de todo el mundo y a quien las autoridades colombianas vinculan[1] con la muerte de más de diez mil personas en ese país. Cabe[2] preguntarse entonces ¿Por qué es controversial y cómo puede ser considerado bueno por alguien? La respuesta se encuentra en algunas de sus obras.

Pablo Escobar, el jefe de la mafia más poderosa de la historia de Colombia

De origen pobre, Escobar tuvo que dejar la escuela secundaria para trabajar y ayudar a su familia. Sus trabajos, sin embargo, no eran legales. Empezó extrayendo esmeraldas de terrenos prohibidos y robando automóviles en Medellín. Comenzó a comerciar con drogas y fundó el famoso Cartel de Medellín en los años setenta. Al mismo tiempo se relacionó con figuras públicas para conseguir una imagen respetable y ampliar su influencia política y económica.

Como un Robin Hood moderno, Escobar ayudaba a los pobres. Construyó iglesias, canchas de fútbol, escuelas y hogares para personas sin casa. Con estas acciones consiguió los votos que lo hicieron teniente de alcalde[3] del Ayuntamiento de Medellín, y otros puestos políticos.

Sin embargo, en esos años Escobar estuvo abiertamente vinculado con el tráfico de drogas, y por ello tuvo que dejar la política y pasar a la clandestinidad total. En 1993 fue asesinado a tiros[4] por la policía. A su funeral asistieron miles de personas, especialmente aquellos a quienes benefició en los barrios pobres de Medellín.

Aunque se discuta si Escobar fue un héroe o un villano, lo que nadie discute es que Colombia fue una antes de Pablo Escobar, y otra muy diferente a partir de él.

---

[1]link [2]It is fitting [3]lieutenant mayor [4]asesinado… shot to death

Después de leer

1. ¿Qué opinas tú sobre Escobar? ¿Crees que sea válido compararlo a Robin Hood?
2. ¿Sabes de personas en tu país que se consideren malhechores (criminals) por la ley, pero son ídolos de algún grupo? ¿Quién y por qué?

 A investigar

Investiga más sobre Pablo Escobar en Internet, donde puedes encontrar documentales acerca de su vida, como *Pecados de mi padre*, un documental argentino con la participación del hijo de Pablo Escobar, o música inspirada en su vida.

Antes de leer

¿Conoces la historia de alguna mujer controversial en la historia de tu país? En parejas, hagan un recuento de lo que saben.

La Malinche

Se sabe que el nombre de la Malinche era originalmente Malintzín. Aunque hay diferentes versiones acerca de ella, se acepta en general la versión de Bernal Díaz del Castillo, un historiador que viajó con Hernán Cortés durante la conquista de América. De acuerdo a su versión, Doña Marina (como llamaron los españoles a Malintzín) era hija de un noble azteca. Cuando el padre de Malintzín murió, su madre volvió a casarse y el padrastro de Malintzín la convenció de regalar[1] a su hija. Así la joven se convirtió en esclava[2] y llegó a vivir a Tabasco, donde aprendió varios dialectos mayas.

Hernán Cortés con Malintzín

Cuando Hernán Cortés llegó a Tabasco, antes de la conquista, recibió como regalo a varias esclavas entre las que estaba Malintzín. Cortés se enteró de que Malintzín hablaba náhuatl (la lengua de los aztecas) y varias lenguas mayas. Por eso le ofreció su libertad a cambio de[3] su ayuda como intérprete.

Malintzín se transformó así en doña Marina, ayudando a Hernán Cortés como intérprete y usando sus conocimientos de las culturas indígenas para negociar mejor con los pueblos indígenas. Malintzín se enamoró de Cortés e incluso tuvieron un hijo, quien es considerado el primer mestizo (mezcla de europeos e indígenas). Por esto, la Malinche representa a la madre de México, un país de mestizos, pero su nombre es también sinónimo de traición porque prefirió ayudar a los españoles en vez de[4] a sus hermanos indígenas.

Al finalizar la conquista Cortés se deshizo[5] de doña Marina casándola con uno de sus hombres, Juan Jaramillo. A partir de ese punto, la Malinche y su hijo desaparecieron de la historia.

---

[1]give away [2]slave [3]a… in exchange for [4]instead of [5]got rid of

Después de leer

1. ¿Qué piensas tú: La Malinche fue heroína, víctima o traidora?

2. Otro personaje histórico controversial fue Pocahontas. ¿En qué se parece o se diferencia la historia de la Malinche a la de Pocahontas? ¿Crees que la imagen de Pocahontas sea positiva hoy en día? ¿Por qué?

INVESTIGUEMOS LA MÚSICA

Busca en Internet el corrido "La maldición de la Malinche" escrito por Gabino Palomares. ¿Qué dice sobre el pasado? ¿Qué se dice sobre el presente? ¿En qué consiste la maldición de la Malinche?

A analizar

Elena no ve a la Malinche como traidora, sino como heroína. Mientras escuchas el audio, lee el párrafo y observa los verbos en negritas. Luego, contesta las preguntas que siguen.

¿Qué opinas de la Malinche?

🔊 Creo que ella fue un elemento fundamental para que Cortés *conquistara* a los aztecas. Pero yo la
2-4 veo a ella más como una heroína. Yo no creo que ella *deseara* que Cortés **ganara** la Conquista.
Creo que ella *esperaba* que Cortés **entendiera** más a los indígenas, que **fuera** una persona un poco
más amable con ellos y que él **tratara** de integrarse más a los aztecas y que los **conociera** un poco
más. Yo no creo que ella *llegara a imaginarse* que él la **utilizara** en sus planes de conquista. Pues,
desafortunadamente, la historia demuestra otra cosa, todos los hechos la condenan, pero yo lo que
creo es que su intención fue otra.

—Elena, Colombia

1. Mira las expresiones en cursiva. ¿El verbo que sigue debe estar en el indicativo o el subjuntivo? ¿Por qué?
2. Los verbos en negritas son parecidos a otra forma. ¿A cuál?
3. Si **fuera** es la forma para el verbo **ser**, ¿cuál es la forma para el verbo **tener**? ¿y el verbo **dar**?

A comprobar

El imperfecto del subjuntivo

1. In the last two chapters, you learned to use the present subjunctive. You will notice in the following examples that the verb in the main clause is in the present tense and that the verb in the dependent clause is in the present subjunctive.

Main clause		Dependent clause
Espero	que	Villalba **gane** las elecciones.
Es posible	que	la situación del país **cambie.**

2. When the verb in the main clause is in the past (preterite or imperfect), the verb in the dependent clause must be in the imperfect subjunctive.

Main clause		Dependent clause
El presidente les **pidió**	que	**llegaran** a un acuerdo.
Era necesario	que	el ejército **entrara.**

3. The imperfect subjunctive is formed using the third person plural (**ellos, ellas, ustedes**) of the preterite. Eliminate the -**on** and add the endings as indicated below. You will notice that the endings are the same, regardless of whether the verb ends in -**ar, -er,** or -**ir.** Verbs that are irregular in the preterite are also irregular in the imperfect subjunctive.

	hablar	tener	pedir
yo	hablara	tuviera	pidiera
tú	hablaras	tuvieras	pidieras
él, ella, usted	hablara	tuviera	pidiera
nosotros(as)	habláramos*	tuviéramos*	pidiéramos*
vosotros(as)	hablarais	tuvierais	pidierais
ellos, ellas, ustedes	hablaran	tuvieran	pidieran

*Notice that it is necessary to add an accent in the **nosotros** form.

4. The imperfect subjunctive form of **haber** is **hubiera.**

No creía que **hubiera** tantas personas.
I didn't think that there would be so many people.

5. In general, the same rules that apply to the usage of the present subjunctive also apply to the past subjunctive. Remember that, except with expressions of doubt, there must be two subjects.

To express an opinion using impersonal expressions:

Era importante que **habláramos** con el pueblo.
*It **was important** that we **spoke** with the people.*

To express desire:

Él **esperaba** que el movimiento **lograra** un cambio.
*He **hoped** that the movement **would achieve** a change.*

To express doubt:

El presidente **dudaba** que **eligieran** al candidato de la derecha.
*The president **doubted** they **would elect** the right-wing candidate.*

To express an emotional reaction:

Me **gustó** que al final el bien **triunfara**.
*I **liked** that in the end good **triumphed**.*

INVESTIGUEMOS LA GRAMÁTICA

The imperfect subjunctive can also be conjugated with **-se** rather than **-ra**. Of the two imperfect subjunctive forms, the **-ra** form is the more frequently used, particularly in speech. You will most likely encounter the **-se** form in written texts.

hablase	tuviese	pidiese
hablases	tuvieses	pidieses
hablase	tuviese	pidiese
hablásemos	tuviésemos	pidiésemos
hablaseis	tuvieseis	pidieseis
hablasen	tuviesen	pidiesen

A practicar

4.14 ¿Cierto o falso? Decide si las oraciones son ciertas o falsas.

1. Cristóbal Colón le pidió a la Reina Isabel que <u>pagara</u> su viaje para llegar a las Américas.

2. A Diego Colón, hijo de Cristóbal Colón, no le gustó que Juan Ponce de León <u>tuviera</u> el permiso del Rey Fernando de explorar y colonizar la isla de San Juan Bautista.

3. Era posible que el Padre Hidalgo <u>gritara</u> "¡Viva México!" al llamar a su pueblo a luchar contra España.

4. Francisco Pizarro quiso que los aztecas le <u>dieran</u> mucho oro a cambio de Moctezuma, capturado en una batalla.

5. Para Simón Bolívar era importante que se <u>formara</u> la Federación de los Andes, uniendo la Gran Colombia, Bolivia y Perú.

4.15 En la historia Completa las oraciones con la forma apropiada del imperfecto del subjuntivo.

1. El Che Guevara esperaba que _____ (haber) más igualdad en Latinoamérica.

2. Era imposible que Hernán Cortés _____ (entender) a los indígenas sin la ayuda de la Malinche.

3. Cristóbal Colón les pidió a los Reyes Católicos que le _____ (dar) el dinero para su viaje.

4. Eva Perón deseaba que las mujeres _____ (tener) el derecho de votar.

5. Francisco Franco no dudaba que en España _____ (hacer) falta un gobierno con mano dura.

6. Fue sorprendente que por primera vez un expresidente, Alberto Fujimori, _____ (ser) condenado (*convicted*) por violación a los derechos humanos.

7. El subcomandante Marcos siempre llevaba un pasamontañas (*ski mask*) porque no quería que nadie _____ (saber) quién era.

4.16 **Mamá y papá... nuestros héroes** Cuando somos niños muchas veces nuestros padres son nuestros héroes. Luis habla con su hijo sobre lo que él quería que sus padres hicieran cuando era niño. Usando el imperfecto del subjuntivo menciona lo que le dijo.

> **Modelo** mamá – cuidarlo
>
> *Luis quería que su mamá lo cuidara.*

1. mamá

   a. curarlo
   b. enseñarle a leer
   c. proteger de los monstruos

2. papá

   a. arreglar la bicicleta
   b. contruir una casa de madera *(wood)*
   c. ayudarlo a nadar

4.17 **Héroes modernos** Con un compañero túrnense para hablar de las fotos. Mencionen quién fue el héroe y qué querían los otros de él o ella. Luego usen una expresión impersonal para describir la situación.

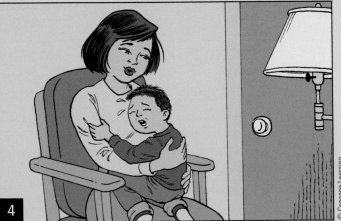

4.18 **El profesor... ¿héroe o villano?** En parejas, hablen de las clases que más les han gustado *(have liked)* y de las que menos les han gustado. Pueden ser clases en cualquier nivel de su educación.

1. La clase que más me ha gustado es...

   a. El maestro/profesor quería que nosotros...
   b. Permitía que nosotros...
   c. Me gustaba que el maestro/profesor...
   d. Para el maestro/profesor era importante que...

2. La clase que menos me ha gustado es...

   a. El maestro/profesor quería que...
   b. Prohibió que nosotros...
   c. No me gustaba que el maestro/profesor...
   d. El maestro/profesor no creía que...

4.19 **Avancemos** Con un compañero hablen de las personas importantes en su vida al responder las siguientes preguntas. ¡Ojo al uso del presente/pasado, del indicativo y del subjuntivo!

1. Cuando eras niño o adolescente ¿quiénes eran tus amigos? ¿Qué características eran importantes en tus amigos? ¿Qué querías que hicieran contigo?

2. ¿Había un adulto que fuera un "héroe" para ti? ¿Por qué lo considerabas un héroe? ¿Qué quería que hiciera por ti?

3. Ahora ¿qué tipo de amigos quieres? ¿Qué esperas de ellos?

¿Quién era tu héroe?

© Zurijeta/Shutterstock

Cultura y comunidad

Antes de leer

 1. ¿Qué es un superhéroe? ¿Puedes dar algunos ejemplos de ellos? ¿Has visto películas o leído cómics de algún superhéroe?

   2. ¿En qué se diferencia un héroe de un superhéroe?

   3. ¿Qué piensas que es un antihéroe?

La cultura de los antihéroes

🔊
2-5

En cada cultura hay héroes reales así como superhéroes ficticios a quienes se atribuyen superpoderes, a quienes los niños pueden admirar y de quienes pueden aprender valores como la honestidad y el concepto de justicia.

Algunos superhéroes de países hispanos han trascendido fronteras y se conocen en todo el mundo. Unos son héroes de las tiras cómicas, otros de películas o de la televisión. Un tipo de héroe que es particularmente popular en el mundo hispano es el antihéroe, definido como una parodia humorística en la que el héroe, siempre de buenas intenciones, defiende la justicia enfrentándose a villanos, pero todo le sale mal.

Mortadelo y Filemón

Mortadelo y Filemón son personajes de historietas (tebeos[1]) de España. Son creación de Francisco Ibáñez, y se publicaron por primera vez en 1958. Desde entonces, estos dos detectives (ahora agentes secretos) han resuelto cientos de crímenes y misterios. Sus aventuras se distinguen por sus equivocaciones[2] y malos entendidos. Mortadelo y Filemón se originaron como una parodia de Watson y Sherlock Holmes, pero su mundo era el de la gente común de la calle, sin muchos recursos[3]. Con el tiempo, sus historias evolucionaron para reflejar los cambios de la sociedad. En la actualidad sus aventuras ocurren en eventos y lugares reales, como los juegos olímpicos y los campeonatos mundiales de fútbol.

El superpoder de Mortadelo es su capacidad de inventar artefactos, y el de Filemón es su facilidad para disfrazarse. Como típicos antihéroes, sus misiones siempre fallan[4] de una manera cómica.

© Francisco Ibáñez. ©Ediciones B, S. A.

---

[1]*comics* [2]*errors* [3]*resources* [4]*fail*

El Chapulín[6] Colorado

Igual que Mortadelo y Filemón, el Chapulín Colorado es la parodia de un héroe a quien todo le sale mal. El Chapulín nació como un segmento de un programa de televisión mexicana en 1970 y todavía puede verse en los canales de televisión de prácticamente todos los países hispanoamericanos.

El Chapulín viste un traje rojo (colorado) ajustado[7] y una capa —como Supermán o Batman— y se aparece para ayudar cada vez que alguien en problemas hace la pregunta: "Y ahora ¿quién podrá ayudarme?". Su superpoder consiste en reducir su tamaño para hacerse tan pequeño como un ratón. El lema[8] con el que se le presenta es: "Más ágil que una tortuga... más fuerte que un ratón... más noble que una lechuga... su escudo[9] es un corazón... es ¡el Chapulín Colorado!". Gran parte del éxito de este personaje se debe a su humor blanco —es decir, un humor que es adecuado para toda la familia.

Es muy probable que estos antihéroes se hayan hecho tan populares gracias a su capacidad de reflejar e identificarse con las clases populares, así como por su humor blanco, poco común hoy en día.

---

[6]cricket [7]tight [8]motto [9]emblem

Photo archive property of Televisa S.A. de C.V., and Grupo Chespirito S.A. de C.V. Photographers: Carlos Rosas Gallástegui and others

Después de leer

1. ¿Cuál es la diferencia entre un héroe y un antihéroe?
2. ¿A qué se dedican Mortadelo y Filemón? ¿Cuáles son sus superpoderes?
3. ¿Cuál es el superpoder del Chapulín?
4. ¿A qué se atribuye el éxito del Chapulín Colorado?
5. ¿Por qué crees que los antihéroes sean a veces más populares que los superhéroes?
6. ¿Hay algún antihéroe que conozcas? ¿Te cae bien? ¿Por qué?
7. ¿Compras o comprabas de niño productos de superhéroes o antihéroes? ¿Por qué?

Comunidad

Entrevista a un hispanohablante y pregúntale quiénes son sus héroes favoritos de la televisión o de las historietas y por qué.

¿Quiénes son tus héroes favoritos?

A analizar

Todos quieren que su líder tenga cualidades de un héroe. Milagros no es la excepción. Mientras escuchas el audio, lee el párrafo y observa los verbos en negritas. Luego, contesta las preguntas que siguen.

¿Qué cualidades son necesarias en un buen presidente?

((•)) Yo personalmente para presidente quisiera una persona que **sea** honesta, justa y comprometida
2-6 (*dedicated to*) con mi país. Que sea comprometida porque una vez en el gobierno ellos ven tanto dinero y tanto poder que se olvidan de sus promesas. Quisiera que el candidato que **tengamos** en Perú **sea** alguien con muchos estudios, no un inexperto que **pretenda** ser presidente por el hecho de tener poder y dinero. No se vale estar solamente con asesores, y él no sabe nada, pero sus asesores saben todo. Y quisiera finalmente un candidato o un presidente que no **mienta**, que **diga** la verdad, y que **luche** por el pueblo.

—Milagros, Perú

1. ¿Los verbos en negritas están en el indicativo o el subjuntivo?

2. Todos estos verbos forman parte de cláusulas que describen un sustantivo. Identifica los sustantivos que describen.

3. Considerando lo que sabes del uso del subjuntivo, ¿por qué crees que se usó el subjuntivo en estas cláusulas?

A comprobar

El subjuntivo con cláusulas adjetivales

1. Adjective clauses are dependent clauses used to describe a noun. They often begin with **que** or **quien.** When using an adjective clause to describe something that the speaker knows exists, the indicative is used.

   Hay muchas personas que no **votan.**

   There are many people that don't vote.

   Tenemos un gobierno que **es** corrupto.

   We have a government that is corrupt.

2. However, when using an adjective clause to describe something that the speaker does not know exists or believes does not exist, the subjunctive is used. The subjunctive is also used when the speaker does not have something specific in mind.

   Quiero tener un gobierno que **sea** fuerte pero justo.

   I want a government that is strong but fair.

   ¿Hay alguien a quien le **moleste** la violencia?

   Is there anyone bothered by the violence?

   No había nada que **pudiéramos** hacer.

   There was nothing we could do.

3. Some common verbs used with adjective clauses that can require either the subjunctive or the indicative are **buscar, necesitar,** and **querer.**

   Queremos un candidato que **sea** honesto.
   We want a candidate that is honest.

   Queremos al candidato que **es** honesto.
   We want the candidate that is honest.

   In the first sentence the person does not have a specific person in mind and does not necessarily know if one exists (note the use of the indefinite article **un**), while in the second sentence he/she has a specific person in mind (using the definite article **el**).

4. When asking about the existence of something or someone, it is necessary to use the subjunctive, as you do not know whether or not it exists.

¿Conocías a alguien que **fuera** un criminal?
Did you know anyone that was a criminal?

¿Hay dictaduras que **sean** necesarias?
Are there dictatorships that are necessary?

5. When using a negative statement in the main clause to express the belief that something does not exist, it is also necessary to use the subjunctive in the adjective clause.

No conocía a nadie que **fuera** un criminal.
I didn't know anyone that was a criminal.

No hay ninguna dictadura que **sea** necesaria.
There is no dictatorship that is necessary.

6. When you do not have a specific person in mind or do not know if someone exists, it is not necessary to use the personal **a** in the main clause, except with **alguien** or **nadie.**

El pueblo buscaba un líder que pudiera remediar la situación.
The people were looking for a leader that could remedy the situation.

No encontraron a nadie que tuviera suficiente experiencia.
They didn't find anyone that had enough experience.

A practicar

4.20 **El presidente** Muchas personas perciben al presidente como algún tipo de héroe que debe solucionar sus problemas. Es tiempo de elecciones y un grupo de estudiantes ha expresado sus esperanzas para el nuevo presidente. ¿Estás de acuerdo con ellos?

1. Laura quiere un presidente que gaste menos en programas sociales.
2. Nuria y Humberto prefieren tener un presidente que apoye la educación.
3. Vanesa espera tener un presidente que sea honesto.
4. Yenisleidys prefiere un presidente que entienda la economía global.
5. Fernando y Violeta quieren un presidente que tenga mucha experiencia en política.
6. Alberto prefiere un presidente que sepa escuchar al pueblo.

4.21 **Necesitamos más héroes** Conjuga los verbos en el presente del subjuntivo para completar las ideas.

Necesitamos más personas que...

1. (ser) valientes.
2. (tener) valores.
3. (ayudar) a los otros sin tener beneficio personal.
4. (querer) tomar riesgos *(risks)*.
5. no (pensar) solo en sus necesidades.
6. (estar) dispuestos *(willing)* a actuar, y no simplemente a mirar.
7. (dedicarse) al servicio de otros.
8. no (callarse) cuando ven una injusticia.

Hay muchos tipos de héroes.

4.22 **Villanos de la niñez** ¿Te acuerdas de los villanos de los cuentos de hadas (*fairy tales*)? Con un compañero túrnense para preguntarse sobre los villanos. **¡OJO!** Algunas respuestas son negativas porque no ocurren en ningún cuento de hadas.

> **Vocabulario útil**
>
> **la bruja** *witch*
> **el hada** *fairy*
> **el lobo** *wolf*

Modelo comer a una abuelita

> Estudiante 1: *¿Había un villano que se comiera a una abuelita?*
> Estudiante 2: *Sí, un lobo se comió a la abuela de una chica con ropa roja.*

> llevar a una princesa a una isla desierta

> Estudiante 1: *¿Había un villano que llevara a una princesa a una isla desierta?*
> Estudiante 2: *No había ningún villano que llevara a una princesa a una isla desierta.*

1. darle a alguien una manzana envenenada (*poisoned*)
2. soplar y tumbar (*blow down*) unas casitas
3. prenderle fuego (*fire*) a la casa de su hijastra (*stepdaughter*)
4. no permitirle a su hijastra asistir a un gran baile
5. hacer dormir a una princesa
6. encerrar a unos niños en una jaula (*cage*)
7. querer perder a sus hijastros en el bosque (*forest*)
8. poner a una princesa en un barco (*boat*) sola en medio del océano

---

4.23 **Lo ideal** Con un compañero hablen de cómo quieren estas personas que sean los otros.

Modelo una mascota / un dueño (*owner*)

> *Una mascota quiere un dueño que la quiera y juegue con ella.*

1. un hijo / un padre
2. un estudiante / un maestro
3. una persona / un amigo
4. un trabajador / un jefe
5. un empleado / un compañero de trabajo
6. una persona / un líder

4.24 **Preferencias** Completa las siguientes oraciones con tus preferencias. Luego busca un compañero que esté de acuerdo contigo.

1. Me gustan las películas que...
2. Prefiero leer un libro que...
3. Quiero viajar a un lugar que...
4. Me gustaría tener un trabajo que...
5. Prefiero conducir un coche que...
6. Quiero vivir en un lugar que...
7. Prefiero tener una pareja que...
8. Me gusta pasar tiempo con personas que...

Me gusta conducir un auto que siempre funcione bien.

© AXL/Shutterstock

4.25 **Avancemos** Con un compañero túrnense para explicar lo que pasó en los siguientes dibujos. Luego, usando el imperfecto del subjuntivo con una cláusula adjetival, explica qué tipo de "héroe" necesitaban para solucionar su problema. ¡Ojo con el uso del pretérito, del imperfecto del indicativo y del imperfecto del subjuntivo!

© Cengage Learning

Redacción

La biografía

While a biography tells the story of a person's life, a biographical sketch focuses on specific times or incidents that illustrate who a person is/was.

Paso 1 Think of someone whom you admire, maybe someone you consider a role model or a mentor. Jot down the qualities that you admire in that person.

Paso 2 Find some information about the person you have chosen to write about. If he/she is famous, you can research online or in the library. If not, you can interview him/her or someone that knows/knew the person. Think about their accomplishments, major events in life, and impact on others or society.

Paso 3 Once you have completed your research, decide which two or three aspects of his/her life illustrate the quality that you find admirable about the person and that you would like to highlight in your paper.

Paso 4 Write an introductory statement in which you introduce your reader to the person. You should include a thesis statement that tells why this person is to be admired. Do <u>not</u> simply tell your reader what you are going to do: "En esta composición, voy a describir a..."

Paso 5 Using the information from **Pasos 2** and **3**, write the body of your paper in which you narrate two or three events that demonstrate why this person is admirable.

Paso 6 Write a concluding paragraph. You should restate your thesis in a different manner and include a final commentary on the person you admire.

Paso 7 Edit your biographical sketch:

1. Is your paper clearly organized?
2. Did you narrate the events in detail?
3. If you looked up any words, did you double-check in the Spanish-English section of your dictionary for accuracy of meaning?
4. Do adjectives agree with the person or object they describe?
5. Did you use the preterite and imperfect appropriately?
6. Did you use the imperfect subjunctive when necessary?
7. If you used books or online resources, did you cite the sources?

Share It!

Paso 1 Do some research to find out who was a historical hero in the country you have chosen as well as what that person did.

Paso 2 Write a paragraph in which you introduce the reader to the hero you have chosen. Be sure to include birth and death dates and place (if applicable), any interesting background information (where he/she lived, marital status, etc.), and what he/she did that makes him/her a hero.

Paso 3 In a second paragraph, briefly describe the event of one of his/her heroic moments.

¿Fue heroína o villana la Malinche?

Antes de escuchar

En la sección **A perfeccionar,** Mayté habló de la Malinche. También leíste acerca de ella en la sección de **Comparaciones.** Con un compañero de clase, contesta estas preguntas sobre ella.

1. ¿De dónde era? ¿Qué lenguas hablaba?
2. ¿Cómo conoció a Cortés? ¿Qué hizo para ayudarlo?
3. ¿Por qué se considera a la Malinche polémica o controversial?

A escuchar

🔊 Ahora vas a escuchar el discurso entero de Mayté y a aprender más sobre sus
2-7 impresiones y opiniones personales sobre la Malinche. Toma apuntes sobre lo que dice. Después compara tus apuntes con los de un compañero y organiza la información para contestar las siguientes preguntas en forma de párrafo.

1. ¿Quién fue Gerónimo de Aguilar? ¿Cómo facilitó la comunicación entre Cortés y la Malinche? ¿Por qué no fue necesaria su ayuda después de un tiempo?
2. ¿Cómo logró Cortés conquistar a los aztecas con pocos soldados españoles? ¿Qué papel tuvo la Malinche en esto?
3. ¿Cuál era la percepción de la Malinche durante el período colonial? ¿Cómo cambió el mito de la Malinche después de la Independencia?
4. ¿Considera Mayté que la Malinche sea una heroína o una villana? ¿Por qué?

Después de escuchar

Combinando la información de la lectura y la de la grabación, ¿qué opinas de la Malinche? ¿Fue heroína, villana o víctima? Explica tu respuesta.

Hernán Cortés aparecía en el billete de 1000 pesetas antes de que España empezara a usar el euro.

Lo importante

dirigido por Alauda Ruiz de Azúa

Lucas es un muchacho que es miembro de un equipo de fútbol. El entrenador es muy exigente *(demanding)*, pero Lucas se esfuerza *(makes every effort)* para poder jugar en un partido. ¿Tendrá la oportunidad?

(España, 2006, 12 min.)

Antes de ver

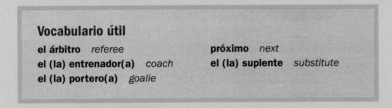 Trabaja con un compañero para responder las siguientes preguntas.

1. ¿Cuáles son los beneficios de participar en un equipo deportivo?

2. ¿Te acuerdas de algún partido en el que una jugada crucial convirtiera a un jugador en el héroe del equipo? ¿Qué pasó?

> **Vocabulario útil**
>
> **el árbitro** *referee*   **próximo** *next*
>
> **el (la) entrenador(a)** *coach*   **el (la) suplente** *substitute*
>
> **el (la) portero(a)** *goalie*

Comprensión

Ve el cortometraje y decide si las siguientes oraciones son ciertas o falsas. Corrige las oraciones falsas.

1. El entrenador les dice a los jugadores que lo importante es ganar.

2. El entrenador le promete a Lucas que puede jugar en el próximo partido.

3. Cuando el entrenador ve a Lucas practicando por la noche, hace un comentario sobre su progreso.

4. En el partido final Lucas sabe que no va a jugar y se va para llamar a su madre.

5. El árbitro le dice al entrenador que necesita un suplente para el jugador herido *(injured)*.

Después de ver

1. En el partido final Lucas tiene la oportunidad de ser el héroe. Explica sus acciones al final de la película.

2. ¿Qué significa el título de la película?

Literatura

Nota biográfica

Augusto Monterroso (1921–2003) fue un escritor guatemalteco que luchó contra la dictadura de Jorge Ubico. Por su activismo político tuvo que exiliarse a México en 1944. Cuando se terminó la dictadura poco después, se hizo diplomático, representando a Guatemala en México, Bolivia y Chile. En 1956 volvió a México y trabajó como académico y editor mientras seguía escribiendo. Se considera una figura importante del "Boom literario" de Latinoamérica, una generación de escritores que experimentaron con la literatura y tuvieron gran éxito crítico y comercial. En sus obras se mezclan distintas técnicas literarias y temas universales. Monterroso es conocido por sus cuentos, uno de los cuales se presenta aquí.

> **APROXIMÁNDONOS A UN TEXTO**
>
> Identifying the word class of unknown words may help in "decoding" them. In Chapter 2, breaking a word into its parts was presented as a way to help discover a word's meaning and its word class (noun, verb, etc.). Another way to determine to what class a word belongs is to look at the words that surround it and where it is placed relative to them. For example, adjectives often follow or precede nouns, adverbs may follow or precede verbs, and nouns may follow prepositions.

Antes de leer

Con un compañero contesten las siguientes preguntas.

1. A veces los niños no se portan bien. ¿Qué hacías tú cuando te portabas mal de niño?

2. ¿Cómo reaccionaban tus padres cuando hacías algo malo? ¿Cómo te sentías después?

3. ¿Piensas que el comportamiento de los niños inspira su comportamiento como adultos? ¿Por qué?

La honda* de David

slingshot

markmanship
slingshot

1   Había una vez un niño llamado David N., cuya puntería* y habilidad en el manejo de la resortera* despertaba tanta envidia y admiración en sus amigos de la vecindad y de la escuela, que veían en él —y así lo comentaban entre ellos cuando sus padres no podían escucharlos— un nuevo David.

5   Pasó el tiempo.

tiro… target shooting/ stones
gifted
undertook

Cansado del tedioso tiro al blanco* que practicaba disparando sus guijarros* contra latas vacías o pedazos de botella, David descubrió que era mucho más divertido ejercer contra los pájaros la habilidad con que Dios lo había dotado*, de modo que de ahí en adelante la emprendió* con todos los que se ponían

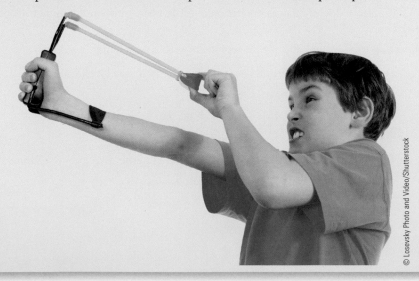

© Losevsky Photo and Video/Shutterstock

10 a su alcance, en especial contra Pardillos*, Alondras*, Ruiseñores* y Jilgueros*, cuyos *linnets / skylarks/*
cuerpecitos sangrantes caían suavemente sobre la hierba, con el corazón agitado aún por *nightingales/*
el susto* y la violencia de la pedrada* . *goldfinches/fright/*
blow from stone
     David corría jubiloso hacia ellos y los enterraba cristianamente.
     Cuando los padres de David se enteraron* de esta costumbre de su buen hijo, se *found out*
15 alarmaron mucho, le dijeron que qué era aquello, y afearon* su conducta en términos tan *criticized*
ásperos y convincentes que, con lágrimas en los ojos, él reconoció su culpa, se arrepintió* *was sorry*
sincero y durante mucho tiempo se aplicó a disparar exclusivamente sobre los otros niños.
     Dedicado años después a la milicia, en la Segunda Guerra Mundial David fue
ascendido a general y condecorado con las cruces más altas por matar él solo a treinta y
20 seis hombres, y más tarde degradado y fusilado* por dejar escapar con vida una Paloma *shot/ Paloma…*
mensajera* del enemigo. *messenger pigeon*

Augusto Monterroso, "La honda de David," *La oveja negra y demás fábulas*, p. 81. Biblioteca Era, 1996. Used with permission.

Terminología literaria

irónico(a) *ironic*   **el tono** *tone*
la ironía *irony*   **la trama** *plot*
la referencia *reference*   **referirse a** *to refer to*

Comprensión

1. ¿Cuál es el talento especial de David? Cuando empieza a aburrirse, ¿cómo ejerce su talento?

2. ¿Cómo reaccionan sus amigos al ver su talento? ¿Cuál es el punto de vista de sus padres?

3. Obviamente David aprende algo del regaño (*scolding*) que recibe de sus padres. ¿Qué aprende? ¿Qué no aprende?

4. La trama del cuento es muy simple. ¿Cuáles son los eventos claves de la trama? ¿Hay eventos inesperados en la trama? ¿Cuáles?

Análisis

1. El título del cuento es "La honda de David". ¿A qué historia famosa se refiere Monterroso? ¿Cómo son semejantes estos dos Davides? ¿Cómo son diferentes?

2. ¿Es irónico el final del cuento? Explica tu opinión.

3. El tono es la actitud del escritor (o narrador) hacia el cuento. ¿Cómo se podría describir el tono del cuento? ¿Por qué piensas esto?

4. ¿Cómo es la actitud del narrador hacia David y sus acciones? ¿Se presenta a David como héroe o villano? Usa ejemplos del texto para apoyar tu opinión.

A profundizar

1. ¿Qué cualidades heróicas tiene David? ¿Qué cualidades le faltan (*lack*)? ¿Qué defectos de villano tiene? Explica tu opinión.

2. Piensa en otro caso de héroe (o villano) literario ambiguo. ¿Qué hizo este personaje? ¿Por qué se considera una figura ambigua? ¿Es semejante al caso de David?

Enlaces

Ahora vas a practicar las formas verbales que has estudiado hasta este punto. Te vas a enfocar en seleccionar correctamente el tiempo verbal (presente, pretérito o imperfecto) y el modo (subjuntivo o indicativo). Recuerda que:

- El indicativo se usa para expresar hechos o información:
  - pretérito (acciones del pasado que empiezan, terminan o ocurren en secuencia),
  - imperfecto (acciones, condiciones o estados del pasado que están en progreso, que son habituales o que tienen función descriptiva),
  - presente (acciones o estados del presente).
- El subjuntivo se usa después de verbos de influencia, verbos que expresan duda, opiniones, o emociones, y después de unas expresiones impersonales o en cláusulas adjetivales cuando el hablante no sabe si existe lo descrito:
  - imperfecto (contextos del pasado),
  - presente (contextos del presente o del futuro).

4.26 Alberto Fujimori En la sección **A analizar** en la página 126, Milagros describió las características de un candidato presidencial ideal. Ahora habla de Alberto Fujimori, expresidente peruano. Completa el texto, usando la forma apropiada del verbo indicado.

Alberto Fujimori (1.) _____ (ser/estar/haber) el presidente de Perú desde 1990 hasta 2000. Cuando (2.) _____ (salir) reelegido la tercera vez, se dijeron muchas cosas sobre su reelección, como que (3.) _____ (ser/estar/haber) fraude. Entonces lo (4.) _____ (derrocar), y (5.) _____ (convocar) a nuevas elecciones. Sin embargo, durante su primer gobierno Fujimori (6.) _____ (hacer) muchas cosas buenas. Por ejemplo, (7.) _____ (acabar) con el terrorismo y (8.) _____ (capturar) al cabecilla *(leader)* de Sendero Luminoso, que (9.) _____ (ser/estar/haber) un grupo revolucionario que (10.) _____ (poner) bombas en Perú. Después de que lo capturaron, (11.) _____ (ser/estar/haber) mucha su popularidad. El pueblo (12.) _____ (querer) que él (13.) _____ (volver) a postularse para la reelección en 1995. Durante la presidencia de Fujimori, Vladimiro Montesinos (14.) _____ (ser/estar/haber) asesor de Fujimori. Montesinos (15.) _____ (comprar) la línea editorial de varios canales para favorecer la imagen de Alberto Fujimori. Posteriormente (16.) _____ (descubrirse) que Montesinos (17.) _____ (tener) en su posesión videos de personas importantes que habían recibido sobornos *(bribes)* de él mismo para apoyar a Fujimori. Una vez descubiertos estos videos, el pueblo (18.) _____ (alzarse) en protesta porque no quería que Fujimori (19.) _____ (seguir) como presidente. Luego (20.) _____ (salir) nuevas acusaciones en su contra por otros crímenes. Actualmente *(Currently)* Fujimori (21.) _____ (encontrarse) preso en una cárcel peruana. Él dice que no (22.) _____ (saber) lo que (23.) _____ (hacer) Vladimiro Montesinos.

En 2011 su esperanza fue que su hija Keiko (24.) _____ (ganar) las elecciones presidenciales; él esperaba que ella lo (25.) _____ (poder) indultar *(perdonar)*. Sin embargo, Keiko no (26.) _____ (salir) elegida, así que ahora no (27.) _____ (ser/estar/haber) posible que Fujimori (28.) _____ (salir). (29.) _____ (Seguir) en la cárcel y (30.) _____ (tener) cáncer. ¿Es héroe o villano?

MOMENTO METALINGÜÍSTICO

Para 10 de los verbos en la actividad 4.26, explica por qué usaste el subjuntivo si lo usaste, o cómo decidiste entre el presente, el pretérito o el imperfecto.

4.27 ¿Qué opinan de Fujimori? Usando el presente o el imperfecto del subjuntivo o el indicativo (presente, pretérito o imperfecto) según sea necesario, expresa tus opiniones sobre las siguientes ideas.

> **Modelo** Los políticos que abusan de su poder merecen estar en la cárcel.
>
> > Estudiante 1: *Es bueno que los traten como otras personas.*
> > Estudiante 2: *Creo que depende del caso y lo que hizo la persona y por qué.*

1. Fujimori deseaba eliminar el terrorismo en Perú, pero cometió crímenes para hacerlo.
2. Los políticos son responsables por lo que hacen sus asesores, aun si no tienen conocimiento de sus acciones.
3. Se le deben perdonar sus debilidades a los políticos que traen buenos cambios.
4. Montesinos fue más culpable que Fujimori porque hizo los sobornos *(bribes)*.
5. El dinero y el poder cambian a los políticos aun si empiezan con buenas intenciones.
6. A Fujimori se le puede considerar héroe.

4.28 Avancemos más Con un compañero van a elegir a alguien que piensen que es el peor de los villanos.

Paso 1 Escribe una lista de personas de la historia que consideres como villanos. Luego compara tu lista con la de un compañero. ¿Tienen algunos nombres en común?

Paso 2 Escoge tres de las figuras que tienen en común y hablen de por qué las incluyeron en su lista. (Si no tienen tres en común, deben elegir a tres para hablar de ellos.) Luego decidan cuál de ellos es el peor de los villanos en su opinión.

Paso 3 Las parejas deben darle el nombre de su villano al profesor, quien va a escribirlo en la pizarra. Luego cada pareja va a explicarle a la clase por qué ellos escogieron a esa persona. Al final, la clase decidirá con una votación quién es el peor de los villanos.

¿Quién es el peor villano?

© Comstock/Thinkstock

🔊 Héroes y villanos

La historia y la política

el (la) asesor(a)   *advisor*
la Conquista   *The Conquest*
el crecimiento económico   *economic development*
el (la) criminal   *criminal*
la defensa   *defense*
la democracia   *democracy*
la derecha   *right wing*
el derecho   *right*
la derrota   *defeat*
los desaparecidos   *disappeared people*
el desarrollo   *development*
la dictadura   *dictatorship*
el ejército   *army*
las elecciones   *elections*
la estabilidad   *stability*
la ética   *ethics*
el fortalecimiento   *strengthening*

el gobierno   *government*
el golpe de estado   *coup d'état*
el héroe   *hero*
la heroína   *heroine*
la injusticia   *injustice*
la izquierda   *left wing*
la justicia   *justice*
la ley   *law*
el (la) líder   *leader*
el liderazgo   *leadership*
la nacionalización   *nationalization*
el (la) narcotraficante   *drug dealer*
el partido (político)   *(political) party*
la patria   *homeland, motherland*
el tráfico de drogas   *drug trafficking*
el valor   *bravery*
el (la) villano(a)   *villain*

Adjetivos

abnegado(a)   *selfless*
cobarde   *cowardly*
débil   *weak*
dedicado(a)   *dedicated*
egoísta   *selfish*
fuerte   *strong*
heroíco(a)   *heroic*
honesto(a)   *honest*

humilde   *humble*
idealista   *idealist*
justo(a)   *fair*
leal   *loyal*
poderoso(a)   *powerful*
traidor(a)   *traitorous*
valiente   *brave*
violento(a)   *violent*

Verbos

apoyar   *to support*
asesinar   *to assassinate, to murder*
derrocar   *to overthrow*
durar   *to last*
elegir (i, i)   *to elect*

lograr   *to achieve*
luchar   *to struggle, to work hard in order to achieve something*
vencer   *to defeat*
votar   *to vote*

Expresiones adicionales

tener/gobernar con mano dura   *to be strict / to govern with a firm hand*

a costa de lo que sea   *at all cost*

Terminología literaria

la ironía   *irony*
irónico(a)   *ironic*
la referencia   *reference*

referirse a   *to refer to*
el tono   *tone*
la trama   *plot*

Diccionario personal

CAPÍTULO 5

Estrategia para avanzar

Everyone makes a slip of the tongue or a mistake every now and then. Re-starts and self-correction therefore are common features in everyday conversation. As you work to become an advanced speaker, listen for how proficient speakers "fix" these mistakes or clarify their point. If you hear yourself make a mistake, try to fix it. After all, noticing your mistakes is a big step toward being able to improve your speech.

In this chapter you will learn how to:

- Discuss contemporary issues
- Talk about what you have done
- Discuss opinions and emotional reactions to current and prior events

Sociedades en transición

Tecnópolis: una feria de ciencia, arte y tecnología en Buenos Aires

Estructuras

A perfeccionar: Present perfect

Present perfect subjunctive

Subjunctive with adverbial clauses

Conexiones y comparaciones

Sociedades cambiantes

Cultura y comunidad

Participación social y evolución de la sociedad

Literatura

Imposible escribir con tanto ruido, por Antonio Requeni

Redacción

Ensayo argumentativo

🔊 A escuchar

La inmigración en Argentina

▶ Video

¿Cómo es la nueva generación de hispanos en EE.UU.?

▶ Cortometraje

Connecting People

Vocabulario

¿Cuáles son los mayores retos de la sociedad actual?

La sociedad moderna

la cárcel *jail*

la causa *cause*

la clase baja/media/alta *lower/middle/ upper class*

el conflicto *conflict*

la distribución de ingresos *income distribution*

el empleo *job, employment*

el (la) esclavo(a) *slave*

la esclavitud *slavery*

la evolución *evolution*

el feminismo *feminism*

la globalización *globalization*

la guerra *war*

la huelga *strike*

la huelga de hambre *hunger strike*

los impuestos *taxes*

la innovación *innovation*

la libertad *freedom*

la manifestación *demonstration*

la marcha *march (protest)*

la migración *migration*

la modernidad *modernity*

el movimiento ecologista *environmental movement*

el movimiento pacifista *pacifist movement*

el movimiento social *social movement*

la muchedumbre *crowd*

la opinión pública *public opinion*

la participación *participation, involvement*

la petición *petition*

el progreso *progress*

la reforma *change, reform*

la revolución *revolution*

La tecnología

el archivo *file*

el blog *blog*

la computadora portátil *laptop*

la contraseña *password*

el correo electrónico *e-mail*

el lector electrónico *e-book reader*

las redes sociales *social networks*

el reproductor de DVD *DVD player*

Adjetivos

actual *current*

contemporáneo(a) *contemporary*

convencional *conventional*

igualitario(a) *egalitarian*

Verbos

adjuntar *to attach*

bajar archivos *download files*

descargar archivos *download files*

borrar *to delete, to erase*

chatear *to chat online*

comprometerse *to make a commitment, to agree formally, to promise*

conseguir (i, i) *to get, to obtain*

donar *to donate*

ejercer *to exercise (a right, an influence), to practice (a profession)*

empeorar *to get worse, to deteriorate*

enterarse *to find out*

evolucionar *to evolve*

firmar *to sign*

grabar *to record, to burn (a DVD or CD)*

hacer clic (en) *to click (on)*

involucrarse (en) *to get involved (in)*

mejorar *to improve*

subir archivos *to upload files*

valorar *to value*

A practicar

5.1 **Escucha y responde.** Observa la ilustración y responde las preguntas que vas a escuchar.

🔊 2-8

5.2 **Explicaciones** A continuación aparecen explicaciones de varias palabras del vocabulario. Decide cuál es la palabra a la que se refiere cada explicación.

1. Es una persona típica, que se comporta de forma tradicional.
2. Es un verbo que significa lo opuesto de empeorar.
3. Es un fenómeno que ocurre cuando la gente se va a vivir a un lugar diferente en otra región.
4. Es un cambio gradual, como el que ocurre en los animales después de muchas generaciones.
5. Es un verbo que explica cuando una persona practica activamente sus derechos.
6. Es un adjetivo para describir aquello que es nuevo y actual.

Un joven se dirige a un grupo de manifestantes.

© killis//iStockphoto

5.3 **Tus definiciones** Con un compañero, túrnense para escoger una palabra de la lista y explicarla sin decir cuál es.

adjuntar	donar	guerra	muchedumbre
archivo	ecologista	huelga	progreso
cambios	empleo	lograr	reformas
comprometerse	esclavitud	marcha	reto
conflicto	feminismo	movimiento	valorar
contraseña	globalización		

5.4 **Opiniones** Lee las siguientes afirmaciones y decide si estás de acuerdo con ellas o no. Después comenta tus respuestas con otros compañeros en grupos de tres. Estén preparados para reportarle a la clase los resultados de su conversación. Den razones para fundamentar sus opiniones.

1. Ya no es necesario el feminismo porque vivimos en una sociedad igualitaria.
2. El ideal de un país debe ser que la mayoría de sus habitantes sea de la clase media.
3. Las guerras son necesarias. El pacifismo es una utopía.
4. Antes las personas se involucraban más en la política.
5. La globalización es positiva para la economía.
6. El movimiento ecologista no es muy importante.
7. La sociedad contemporánea es peor que las sociedades de hace 50 años.
8. Ejercer el derecho al voto es una obligación, más que un derecho.

Expandamos el vocabulario

The following words are listed in the vocabulary. They are nouns, verbs, or adjectives. Complete the table using the roots of the words to convert them to the different categories.

Verbo	Sustantivo	Adjetivo
innovar		
	progreso	
valorar		
		comprometido
firmar		

5.5 **La participación cívica desde tu perspectiva** Habla con un compañero sobre sus respuestas a las preguntas.

1. ¿Has participado (*Have you participated*) en alguna manifestación como la de la ilustración? ¿Cuándo, dónde y por qué? ¿Hubo resultados?

2. En las ilustraciones se pueden ver una manifestación y una petición en una red social. ¿Cuál crees que sea más efectiva y por qué?

3. En una de las ilustraciones unas jóvenes piden firmas. ¿Cuáles son algunas causas que los jóvenes de hoy defienden?

4. ¿Has firmado (*Have you signed*) alguna petición en línea? ¿Qué causas te parece importante defender?

5. ¿Simpatizas con algún movimiento social? ¿Cuál?

5.6 **¿Con qué frecuencia?** En grupos de tres, averigüen con qué frecuencia usan la tecnología. Después repórtenselo a la clase.

¿Con qué frecuencia...?

1. participar en redes sociales

2. descargar archivos

3. olvidar su contraseña para entrar a alguna página en Internet

4. adjuntar archivos a un correo

5. usar una computadora portátil

6. grabar música para sus amigos

¿Con qué frecuencia usas una computadora portátil?

© Blend Images/Shutterstock

5.7 **Cambios** ¿Ha cambiado (*Has changed*) mucho la sociedad? Piensa en los siguientes aspectos: cómo son ahora y cómo eran hace cincuenta años. ¿Qué cambió?

Modelo Las familias → *Hace cincuenta años las familias eran más grandes. Ahora son más pequeñas.*

1. el gobierno
2. la tecnología
3. la forma de socializar
4. la forma de viajar
5. el entretenimiento (*entertainment*)
6. la política
7. el matrimonio
8. los movimientos sociales
9. la salud de la gente
10. la esperanza de vida (*life expectancy*)

5.8 **Opiniones diferentes** Trabaja en un grupo de tres o cuatro para responder las preguntas. Toma notas para reportarle a la clase después.

1. En tu opinión ¿quiénes están interesados en lograr cambios sociales? ¿Por qué?

2. ¿Cuál es un movimiento social actual que es importante en tu opinión?

3. ¿Cuál fue el cambio social más importante de los últimos cincuenta años?

4. ¿Qué hizo la generación anterior para mejorar la sociedad?

5. ¿Qué crees que vaya a hacer la nueva generación de jóvenes para lograr cambios positivos? ¿Te consideras progresista o conservador? ¿Por qué?

6. ¿Trabajaste alguna vez como voluntario para alguna organización? ¿Crees que es importante? ¿Por qué?

7. ¿Qué sabes sobre el feminismo?

8. ¿Cuáles piensas que son los grandes retos del futuro?

9. En tu opinión ¿qué hace que una sociedad cambie?

5.9 **Citas** En parejas, lean las siguientes citas sobre la juventud y la sociedad y expresen si están de acuerdo o no.

- Nuestra sociedad es masculina, y hasta que no entre en ella la mujer no será humana. (Henrik Ibsen, dramaturgo noruego, 1828–1906)

- No se nace joven, hay que adquirir la juventud. Y sin un ideal, no se adquiere. (José Ingenieros, físico, filósofo y ensayista argentino, 1877–1925)

- Las personas debemos el progreso a los insatisfechos. (José Ingenieros, físico, filósofo y ensayista argentino, 1877–1925)

- Puede juzgarse el grado de civilización de un pueblo por la posición social de la mujer. (Domingo Sarmiento, presidente, escritor e intelectual argentino, 1811–1888)

- El progreso consiste en el cambio. (Miguel de Unamuno, escritor español, 1864–1936)

- Solo cabe progresar (*It is only possible to make progress*) cuando se piensa en grande, solo es posible avanzar cuando se mira lejos. (José Ortega y Gasset, filósofo y ensayista español, 1883–1955)

- El verdadero progreso es el que pone la tecnología al alcance de todos. (Henry Ford, industrial estadounidense, 1863–1947)

- La juventud es el suplemento vitamínico de la anémica rutina social. (Fernando Savater, filósofo español, 1947–)

5.10 **Una video-carta para el futuro** En parejas, miren las fotos. Después imagínense que están grabando un mensaje para la generación de sus nietos, quienes todavía no nacen. Háblenles de lo bueno y lo malo del mundo que recibieron de sus padres. ¿Cómo es? Después hablen del mundo que desean que sus nietos reciban. Incluyan sus ideas sobre el medio ambiente, los recursos, la tecnología y las ciudades.

© Sara Berdon/Shutterstock

© dcwcreations/Shutterstock

© Nejron Photo/Shutterstock

¿Cómo es la nueva generación de hispanos en EE.UU.?

Antes de ver

¿Qué diferencia hay entre los términos "latinoamericano", "hispano", "latino" y "estadounidense"? ¿Cuáles son algunas diferencias entre los hispanos nacidos y criados en los Estados Unidos y los que llegaron ya adultos?

Vocabulario útil

el derecho al voto   *right to vote*
la deserción escolar   *dropping out of school*
dominar el inglés   *to speak English proficiently*

la pandilla   *gang*
pertenecer   *to belong*
la persistencia   *perseverance*
los recursos limitados   *limited resources*

Expresiones coloquiales

agarrar (tomar)   *to obtain*
los grados [Spanglish] (notas, calificaciones)   *grades*
nomás (nada más)   *only*

BBC MUNDO

► 🔊 0:01 / 1:29

Video supplied by BBC Motion Gallery

¿Qué edad tienen los niños de la fotografía? ¿Qué se aprende en la escuela a esta edad? ¿Crees que un niño a esta edad puede aprender otro idioma fácilmente?

Comprensión

1. ¿A qué generación pertenece la mayoría de los hispanos hoy?
2. ¿Qué los diferencia de sus padres?
3. ¿De qué dependerá el éxito de los niños de la segunda generación?
4. ¿Cuál es el índice de deserción escolar para la primera generación? ¿y para la segunda?
5. ¿Qué porcentaje de niños en las escuelas públicas es latino?

Después de ver

 Habla con un compañero para responder las siguientes preguntas.

1. ¿Por qué piensan que la segunda generación valora la educación más?

2. ¿Qué cambios predicen para las siguientes generaciones?

3. Observa la fotografía. ¿Por qué protesta la gente de la foto? ¿Qué sabes de este movimiento? ¿Qué opinas tú?

Estudiantes manifestándose a favor del *Dream Act*

© MCT via Getty Images

Más allá

 Habla con un compañero sobre las siguientes preguntas.

1. ¿De dónde inmigró tu familia originalmente?

2. ¿Eres de la segunda o de la tercera generación?

3. ¿Tus abuelos, tus padres o tú hablan el idioma de sus ancestros?

4. ¿Tus retos son diferentes a los de tus padres?

A investigar

Elige un país donde se hable español e investiga en Internet qué grupos han inmigrado a ese país, y cómo se han adaptado a la sociedad. ¿Cómo es diferente la primera generación de la segunda?

A perfeccionar

A analizar

La inmigración sigue transformando a muchas sociedades. Marcos describe a los inmigrantes que han ido a la Argentina durante los últimos 30 años. Mientras escuchas el audio, lee el párrafo y observa los verbos en negritas. Luego contesta las preguntas que siguen.

¿Cómo ha cambiado la inmigración a la Argentina durante los últimos veinte años?

🔊 Dentro de los últimos 20 o 30 años **ha inmigrado** gente de Bolivia mayormente porque **se ha**
2-9 **necesitado** el trabajo en las granjas *(farms)*. Y el cambio de dinero favorece a los bolivianos. Entonces muchos hombres de Bolivia **han venido** en los últimos veinte años para trabajar la tierra. Se lo ve mucho ahora sobre todo en las partes rurales más que nada, afuera de las ciudades. En los últimos cinco años **ha inmigrado** un montón de gente de China. Hay un convenio *(agreement)* que el gobierno argentino tiene con China en el que los chinos no pagan impuestos. En realidad nuestra alianza siempre **ha sido** más con países europeos, pero últimamente estamos tratando de formar alianza con China.

—Marcos, Argentina

1. ¿Los verbos en negritas hacen referencia al pasado, al presente o al futuro?
2. ¿Puedes identificar el infinitivo de cada verbo? ¿Cómo se ha transformado?

A comprobar

El presente perfecto

1. The present perfect is used to express actions that you have or have not done. It combines the present tense of the verb **haber** with the past participle.

hablar	
yo	he
tú	has
él, ella, usted	ha
nosotros(as)	hemos
vosotros(as)	habéis
ellos, ellas, ustedes	han

2. To form the regular past participle, you need to add -**ado** to the end of the stem of -**ar** verbs, and -**ido** to the stem of -**er** and -**ir** verbs. The past participle of verbs with changes in the stem in either the present tense or the preterite do not have stem changes.

hablar	hablado
tener	tenido
servir	servido

The following verbs have accents in the past participles:

creer	**creído**
leer	**leído**
oír	**oído**
traer	**traído**

El papel de la mujer **ha cambiado.**
*The role of women **has changed.***

Las víctimas **han pedido** justicia.
*The victims **have asked for** justice.*

3. When using the participle with **haber,** it is part of the verb phrase and does not agree with the subject.

La situación **ha empeorado** en los últimos años.

Ellos **han firmado** el contrato.

4. The following are the most common irregular past participles:

abrir	**abierto**	morir	**muerto**
decir	**dicho**	poner	**puesto**
devolver	**devuelto**	romper	**roto**
escribir	**escrito**	ver	**visto**
hacer	**hecho**	volver	**vuelto**

5. Direct object, indirect object, or reflexive pronouns are placed in front of the conjugated form of **haber.**

> No **se** han comprometido todavía.
> *They have not yet made a commitment.*

> Ya **lo** he visto.
> *I have already seen it.*

6. In Spanish, the present perfect is generally used as it is in English to talk about something that has happened or something that someone has done. It is usually either unimportant when it happened or it has some relation to the present.

> Es la segunda vez que **he participado** en una manifestación.
> *This is the second time **I have participated** in a protest.*

> Las condiciones **han mejorado.**
> *Conditions **have gotten better.***

7. The following expressions are often used with the present perfect.

alguna vez	*ever*
todavía no	*not . . . yet, still . . . not*
nunca	*never*
recientemente	*recently*
ya	*already*

> **Ya** han organizado la marcha.
> *They have **already** organized the march.*

> **Todavía** no han hablado.
> *They have not spoken **yet.***

> **¿Alguna vez** has participado en una huelga?
> *Have you **ever** participated in a strike?*

INVESTIGUEMOS LA GRAMÁTICA

In some areas of Spain, it is much more common to use the present perfect than the preterite when referring to events that happened that same day.

Hemos llegado a un acuerdo esta mañana.
***We arrived** at an agreement this morning.*

A practicar

5.11 **Los logros** Lee las oraciones y decide cuál de las organizaciones o los movimientos lo ha hecho.

Amnistía Internacional	**Organización de Alimentación y Agricultura**
Comercio Justo	**UNICEF**
Greenpeace	**World Wildlife Organization**

1. Ha protegido a millones de niños de la violencia y el abuso.
2. Ha conseguido mejores precios para los productos de países en vías de desarrollo.
3. Ha trabajado para reducir el número de personas hambrientas en el mundo.
4. Ha llamado la atención a los abusos de los derechos humanos.
5. Ha interferido en actividades que consideran dañinas para el medio ambiente.
6. Ha luchado por la protección de la fauna.

5.12 **El medio ambiente** En los últimos años ha surgido un movimiento para promover la concientización sobre el medio ambiente. Menciona si tú o alguien a quien conoces ha hecho las siguientes actividades.

Modelo (reducir) la cantidad de carne que consume

> *Mi hermana ha reducido la cantidad de carne que consume.*
> *Mi novia y yo hemos reducido la cantidad de carne que consumimos.*

1. (poner) una huerta (jardín con verduras) al lado de su casa
2. (ir) al mercado para comprar frutas y verduras
3. (dejar) de comprar agua en botellas
4. (comprar) un auto que consuma menos gasolina
5. (ver) un documental relacionado con el medio ambiente
6. (hacer) abono *(compost)*
7. (comenzar) a reciclar más
8. (utilizar) el transporte público para usar menos gasolina

5.13 **En busca de...** Las siguientes actividades son maneras de mejorar la sociedad. Circula por la clase para buscar personas que las hayan hecho. Encuentra una persona diferente para cada una. Luego pídeles información adicional.

Modelo firmar para una petición (¿para qué?)

> Estudiante 1: *¿Has firmado una petición?*
> Estudiante 2: *Sí, he firmado una petición.*
> Estudiante 1: *¿Para qué?*
> Estudiante 2: *Para prohibir el uso de bolsas de plástico.*

1. trabajar como voluntario (¿para qué organización?)
2. participar en una marcha o una protesta (¿por qué?)
3. asistir a un evento para una causa benéfica *(charitable)* (¿cuál?)
4. hacer servicio comunitario (¿qué hiciste?)
5. donar dinero para una causa (¿cuál?)
6. votar en una elección presidencial (¿cuándo?)
7. ser una buena influencia en la vida de alguien (¿de quién?)
8. escribirle a un representante en el gobierno (¿por qué?)

5.14 **Sondeo** En grupos de tres o cuatro estudiantes hagan un sondeo para saber si son expertos en tecnología. Túrnense para hacer las preguntas, y después repórtenle sus resultados a la clase. ¿Cuál de los grupos es más experto?

Modelo ver una película por Internet

> *¿Quiénes han visto una película por Internet?*

1. bajar música de Internet
2. mandar mensajes
3. subir un video a YouTube
4. crear una página en Facebook
5. hacer investigación *(research)* en Internet para una clase
6. chatear usando Skype
7. abrir una cuenta de Twitter
8. leer un libro con un lector electrónico
9. utilizar Instagram
10. escribir una definición en Urbandictionary.com

5.15 **Logros personales** Habla con un compañero sobre los logros que tú, tu familia o tus amigos hayan realizado en las siguientes áreas.

Modelo familia

Estudiante 1: *Mi esposa y yo hemos tenido un hijo.*
Estudiante 2: *Mis padres han estado casados por 25 años.*

1. educación
2. relaciones personales
3. deportes
4. trabajo
5. comunidad
6. salud
7. dieta
8. ¿?

5.16 **Avancemos** Con un compañero túrnense para describir los dibujos. Incluyan la siguiente información: ¿Quiénes son las personas? ¿Dónde están? ¿Qué están haciendo? ¿Qué ha pasado para causar la situación?

Conexiones . . . a la sociología

Antes de leer

¿Quiénes han inmigrado a España y a los diferentes países latinoamericanos? ¿Por qué han inmigrado?

Los migrantes y las nuevas generaciones

Las sociedades están siempre evolucionando y la inmigración es uno de los aspectos que más influye en los cambios sociales de cualquier país. Se calcula que hay 200 millones de inmigrantes en el mundo —alrededor de un 3% de la población.

© AFP/Getty Images

Entre los motivos más comunes para emigrar se cuentan la búsqueda de mejores oportunidades laborales, educativas o de salud. Sea cual sea la razón por la que una persona deja su país, los inmigrantes traen diversidad cultural a su nueva comunidad y son un factor importante de cambio social. La inmigración viene acompañada de cambios socioculturales como la apertura de restaurantes étnicos y publicaciones en otros idiomas.

Los países hispanohablantes han recibido a muchos grupos de inmigrantes a través de su historia. El estado de Chihuahua, en México, por ejemplo, tiene la comunidad menonita más grande del mundo.

Los detractores de la inmigración argumentan que los migrantes no adoptan la cultura de su nuevo país, pero no es realista exigirle a una persona que abandone su identidad cultural y que inmediatamente adopte hábitos diferentes. Adaptarse a un nuevo país es un proceso que toma tiempo —a veces más de una generación. Otra crítica que se les hace a los inmigrantes es que muchos no aprenden el idioma del país. La realidad es otra: En el caso de los Estados Unidos, por ejemplo, las estadísticas muestran que la primera generación de inmigrantes batalla más con el idioma, especialmente cuando son personas de edad avanzada. Sin embargo, para la segunda generación, la gran mayoría habla inglés con fluidez. Al llegar a la tercera generación, solo un pequeño porcentaje habla el idioma de sus abuelos.

Ya sea que se esté a favor o en contra de la inmigración, es un hecho que juega un papel importante en la transformación de nuestras sociedades.

Source: Centro Hispano Pew

Después de leer

La inmigración tiene un impacto no solo sobre la nueva comunidad de los migrantes, sino también sobre el lugar de donde vienen. ¿Cuáles son algunas de estas consecuencias?

Antes de leer

¿Usan ustedes o sus amigos cercanos redes sociales? ¿Por qué y para qué las usan? ¿Con qué frecuencia? ¿Cuánto tiempo pasan en las redes sociales?

Las redes sociales en Hispanoamérica

Uno de los factores que tiene una gran influencia sobre las sociedades es la tecnología, la cual afecta cada rincón de la experiencia humana: desde cómo y qué comemos hasta nuestra forma de socializar. Un ejemplo de estos cambios son las maneras en las que la gente busca pareja. Hasta hace pocos años, se veía raro a las personas que decidían buscar pareja mediante páginas en Internet. Hoy en día es algo normal. Redes sociales como Google+, Facebook, Myspace y Hi 5 han cambiado las relaciones sociales de los jóvenes. Estas redes sociales le han permitido a la gente restablecer contacto con viejos conocidos y hacen que amigos cotidianos[1] estén bien informados de todas sus actividades. El impacto también es económico y político, ya que la información recaudada[2] por estas redes se usa para fines de mercadotecnia[3], para apoyar y promover causas políticas ¡y hasta para la litigación de divorcios!

Los cibercafés son muy populares en toda Latinoamérica y hacen el acceso a Internet fácil y barato.

Latinoamérica y España no han permanecido ajenas[4] a estos cambios, como se puede ver en las siguientes estadísticas.

- La mitad de los 10 mercados principales del mundo (por tiempo consumido en sitios de redes sociales) está en América Latina. Argentina ocupa el primer lugar de la región.
- La Ciudad de México es la ciudad con más usuarios de Facebook de todo el mundo. Argentina, México, Brasil y España están en la lista de países con más usuarios de Google+.
- El 88% de los usuarios de Internet en Latinoamérica usan redes sociales. En el 2011, México contaba con más de 27 millones de usuarios de Facebook, seguido por Argentina y España, con más de 16 y 14 millones respectivamente.
- En Argentina, el uso de las redes sociales es la actividad más popular en Internet para más del 90% de los usuarios.

Source: comScore; FasttrackMedia.

---

[1]*everyday* [2]*gathered* [3] *marketing* [4]permanecido... *remained unaware*

Después de leer

1. ¿Se comportan de forma diferente en Internet a cuando están frente a frente con una persona? Expliquen.
2. ¿Tienen amigos en otros países en sus redes sociales? ¿Han usado estas redes en español?
3. Averigua qué porcentaje de personas usa redes sociales en los Estados Unidos y cuánto tiempo pasa en ellas. ¿Cómo se compara a las estadísticas que se mencionan en este artículo?

Estructuras 1

A analizar

España ha sufrido varios cambios durante la crisis económica global. Salvador reacciona a algunas de las consecuencias de esta crisis. Mientras escuchas el audio, lee el párrafo y observa los verbos en negritas. Luego, contesta las preguntas que siguen.

¿Cómo ha afectado a España la crisis económica?

🔊 Recientemente, por la crisis económica, la pobreza ha aumentado en España. No creo que **haya habido** anteriormente tantas personas haciendo colas para recibir comida. Tampoco creo que **hayan ido** niños al colegio sin haber desayunado. Espero que **se haya creado** en la sociedad española una consciencia de que estamos ante un problema nuevo. Es probable que **hayamos vivido** una de las crisis más traumáticas recientemente, pero es importante que aprendamos a vivir con ella.

—Salvador, España

1. Los verbos en negritas están en el subjuntivo. ¿Qué frase indica el uso del subjuntivo para cada verbo?
2. Comparen estos verbos con los del presente perfecto. ¿Cómo son diferentes?

A comprobar

El presente perfecto del subjuntivo

1. Just as there is a present and imperfect form of the subjunctive, there is also a present perfect form of the subjunctive. It consists of using the subjunctive form of the verb **haber** along with the past participle.

haber	
yo	haya
tú	hayas
él, ella, usted	haya
nosotros(as)	hayamos + past participle
vosotros(as)	hayáis
ellos, ellas, ustedes	hayan

Me alegra que él **haya aceptado** ayudarnos.
*I am happy that he **has agreed** to help us.*

No creo que **hayan visto** ese documental.
*I doubt that they **have seen** that documentary.*

Es posible que **haya mejorado** la situación.
*It is possible that the situation **has improved**.*

2. You have learned to use the subjunctive to indicate doubt or a lack of certainty, to express emotions, desires, and influence, and to indicate that something is indefinite (nonspecific). The present subjunctive is used to refer to an action that either takes place in the present or in the future.

Busco una organización que **tenga** una buena reputación.
*I am looking for an organization that **has** a good reputation.*

Esperamos que les **guste** el cambio.
*We hope they **will like** the change.*

No creo que todos **voten** este año.
*I don't believe everyone **will vote** this year.*

Me sorprende que **haya** tanta gente en la manifestación.
*It surprises me that **there are** so many people in the demonstration.*

The present perfect subjunctive is used in these same circumstances; however it is used when the main clause expresses doubt, emotions, desires, opinions, or uncertainty about something that has already happened or that someone has already done. Notice that the verb in the main clause is in the present indicative.

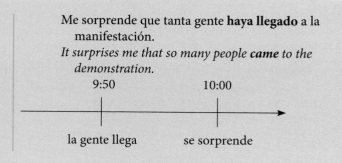

Busco una organización que **haya existido** por más de 5 años.
*I am looking for an organization that **has existed** for more than 5 years.*

Esperamos que **les haya gustado** el cambio.
*We hope that they **liked** the change.*

No creo que todos **hayan votado** este año.
*I don't believe everyone **voted** this year.*

Me sorprende que tanta gente **haya llegado** a la manifestación.
*It surprises me that so many people **came** to the demonstration.*

9:50   10:00

la gente llega   se sorprende

A practicar

5.17 **¿Estás de acuerdo?** Lee las siguientes oraciones y menciona si estás de acuerdo o no. Explica tus respuestas.

1. No dudo que se haya conseguido que los hombres y las mujeres tengan derechos iguales.

2. Es posible que el cambio del papel *(role)* de la mujer haya tenido un efecto negativo en la familia.

3. Dudo que el feminismo haya impactado mucho la relación entre hombre y mujer.

4. Quizás la liberación de la mujer no haya reducido la objetización de la mujer.

5. No creo que la situación social de la mujer haya cambiado mucho en los últimos 20 años.

6. Es probable que los conceptos de "masculino" y "femenino" hayan cambiado durante las últimas décadas.

5.18 **¿Es probable?** Eduardo no es muy amante de (*fond of*) la tecnología. Decide si es probable o no que él haya hecho las siguientes actividades y completa las oraciones con la forma necesaria del presente perfecto del subjuntivo.

Es probable que…

1. (no) resistirse a comprar un teléfono inteligente

2. (no) aprender a navegar Internet

3. (no) escribir un blog

4. (no) mantener contacto con sus amigos por teléfono

5. (no) conocer a su esposa en línea

6. (no) conservar su colección de CDs

7. (no) recibir un lector electrónico como regalo

8. (no) mandar tarjetas (*cards*) electrónicas para la Navidad

Eduardo no es muy amante de la tecnología.

5.19 Twitter Imagina que ves la siguiente información sobre estas celebridades en Twitter. Usando el subjuntivo del presente perfecto y las expresiones de duda o de emoción, expresa tu reacción.

Modelo Marc Anthony y Jennifer López se casaron otra vez.
> *No creo que Marc Anthony y Jennifer López se hayan casado otra vez.*
> *Me alegra que Marc Anthony y Jennifer López se hayan casado otra vez.*

1. Brad Pitt y Angelina Jolie adoptaron a otro niño.
2. El gato Garfield murió.
3. Stephenie Meyer recibió el Premio Nobel de Literatura.
4. El príncipe Guillermo se divorció de Kate.
5. Oprah Winfrey perdió su fortuna.
6. Arrestaron a Paris Hilton por posesión de drogas.
7. Santa Claus despidió *(fired)* a todos los enanos *(elves)*.
8. Enrique Iglesias canceló todos sus conciertos.

5.20 ¿Conoces a alguien? Con un compañero túrnense para preguntar y contestar las preguntas. Si responde positivamente, identifica a la persona a quien conoce y añade un poco más de información.

Modelo tener un televisor en blanco y negro
> Estudiante 1: *¿Conoces a alguien que haya tenido un televisor en blanco y negro?*
> Estudiante 2: *No conozco a nadie que haya tenido un televisor en blanco y negro. /*
> *Si, mi padre tenía un televisor en blanco y negro cuando era niño.*

¿Conoces a alguien que... ?

1. tener problemas con su pareja por poner información en una red social
2. escribir un blog
3. nunca mandar mensajes de texto mientras conduce
4. nunca comprar un teléfono celular
5. vender algo por Internet
6. perder un documento porque su computadora falló *(crashed)*
7. no aprender a usar computadoras
8. conocer a su pareja en Internet

5.21 Este año Con un compañero comenten sus actividades en diferentes aspectos de su vida durante el año pasado. Luego reaccionen a los comentarios de su compañero.

Modelo la diversión
> Estudiante 1: *No pude ir al concierto de Pitbull.*
> Estudiante 2: *Es una lástima que no hayas podido ir al concierto de Pitbull. Yo salí a bailar con mi novia el fin de semana pasado.*
> Estudiante 1: *Me alegra que hayas salido con tu novia el fin de semana pasado.*

1. los estudios
2. los viajes
3. las relaciones personales
4. el trabajo
5. la familia
6. ¿?

5.22 Avancemos Trabaja con un compañero para describir uno de los dibujos. Cada uno debe escoger un dibujo diferente y explicar las circunstancias y la reacción ante lo que pasó. Den todos los detalles posibles.

Antes de leer

1. ¿Qué hace que una sociedad cambie? Piensa en cómo se lograron los grandes cambios del siglo XX: Cómo se eliminó la esclavitud, cómo consiguieron las mujeres el voto, o cómo se derrocó a algún dictador. ¿Quién lo hizo posible y cómo?
2. ¿Qué cambios hacen falta todavía en el mundo?

Participación social y evolución de la sociedad

🔊 Las sociedades no cambian sin una razón. Con frecuencia el deseo de cambiar
2-11 está motivado por razones económicas, éticas o ideológicas. La tecnología es otra fuerza de cambio, asociada a los aspectos económicos.

Para examinar el tema del cambio social en países de habla hispana, observemos dos ejemplos: uno histórico y uno moderno. Un ejemplo histórico ocurrió durante la colonia española, cuando se esclavizó a la mayoría de los indígenas de las colonias con el pretexto religioso de evangelizarlos. A esta forma de esclavitud se le llamó "encomienda", es decir, a los propietarios españoles se les encomendaban[1] los indígenas para convertirlos al cristianismo. Los españoles explotaron el trabajo de los indígenas a cambio de esa conversión religiosa. Había razones económicas poderosas para oponerse a la liberación de los indígenas, ya que proporcionaban enormes riquezas a los españoles bajo esta organización social. Algunos testigos de los maltratos a los indígenas —como Fray[2] Bartolomé de las Casas— se opusieron y documentaron los abusos, aunque sin muchos resultados en aquella época. Fray Bartolomé de las Casas (1474?–1566) luchó fervientemente por defender a la población indígena y, con su ayuda, eventualmente se limitaron los abusos a la población nativa. Desafortunadamente los europeos trajeron de África a millones de esclavos para substituir a los indígenas.

No todos los cambios sociales son violentos ni tienen oposición. Un cambio puede ser pacífico y bienvenido, particularmente en casos de emergencias. Un ejemplo de participación social reciente se dio en Chile a partir del terremoto de febrero del 2010 —uno de los más fuertes en la historia de la humanidad. En este caso, cientos de jóvenes se organizaron para llevar ayuda a miles de damnificados[3]. Dos jóvenes instalaron una carpa[4] de ayuda afuera de una estación del metro. En pocas horas empezaron a recibir comida, pañales[5] y otros artículos. Lo anunciaron en Twitter y de allí se hizo un reportaje en la televisión. La organización se consolidó con la ayuda de Facebook, y en cuestión de días tenían a más de 400 voluntarios para llevar la ayuda recaudada[6]. Se probó el viejo dicho de que "en la unión está la fuerza[7]". Cuando el gobierno de una nación no está preparado para hacer frente a una emergencia,

[1]entrusted [2](religious) Brother [3]victims [4]tent [5]diapers [6]obtained [7]strength

Monumento a Fray Bartolomé de las Casas en Guatemala

BARTOLOMÉ DE LAS CASAS

© John Mitchell / Alamy

la participación social es la única solución. La fuerza de esta unión se hace presente hoy en día entre los jóvenes de muchos otros países, principalmente para exigir democracia, o la creación de oportunidades justas para la nueva generación.

Los cambios no son posibles sin la participación social. Para bien o para mal, los medios de comunicación y las redes sociales de hoy en día han comenzado a facilitar una participación importante y espontánea por parte de las masas. Aunque es pronto para entender las repercusiones sociales de estos movimientos y de la tecnología que los impulsa, lo que queda claro es que sin la participación social no hay cambios y que sin la participación social la mejor democracia no es más que una dictadura.

Después de leer

1. Según el texto ¿qué hace que una sociedad cambie?
2. ¿Qué hizo Fray Bartolomé de las Casas? ¿A qué se oponía?
3. ¿Participas tú en tu comunidad? ¿Por qué? ¿Cómo?
4. ¿Te interesa la política? ¿Por qué?
5. ¿Sabes de alguna manifestación o protesta que haya cambiado una situación? Explica.

Comunidad

La migración es un fenómeno social que tiene mucho impacto en las sociedades y las cambia. Busca a una persona en tu comunidad que sea de un país hispanohablante y hazle una entrevista con las siguientes preguntas: ¿Por qué emigró? ¿Cuáles son las diferencias más grandes de la sociedad de donde era y la sociedad donde vive ahora? ¿Mejoró su vida después de emigrar? Repórtale las respuestas a la clase.

Ahora es ciudadana.

Courtesy of Vilma de León

A analizar

La tecnología introduce cambios al nivel social tanto como individual. Salvador describe cómo la tecnología ha cambiado su vida. Mientras escuchas el audio, lee el párrafo y observa las expresiones en cursiva y los verbos en negritas. Luego, contesta las preguntas que siguen.

¿Cómo ha cambiado tu vida la tecnología?

🔊 Ahora tengo un iPhone, un iPod y un Kindle. *Antes de que* yo **tuviera** estos aparatos, mi vida era 2-12 tan feliz como ahora. Pero estos aparatos han cambiado mi vida *para que* yo ahora **pueda** hacer más cosas en diferentes lugares *siempre y cuando* los **lleve** conmigo. Siempre están en mi mochila. No puedo estar en casa con la familia *sin que* **haya** una computadora o un objeto electrónico encendido. *Antes de que* **llegue** la hora de comer se puede ver en la cocina de mi casa a mis hijas o a mi esposa o a mí mismo mirando el correo electrónico o leyendo las noticias. La única manera de comer sin ser interrumpidos es eliminando estos objetos del comedor.

—Salvador, España

1. ¿En qué forma(s) están los verbos en negritas?
2. Mira las frases en letra cursiva. Considerando lo que sabes del uso del subjuntivo ¿por qué piensas que se usa el subjuntivo después de estas frases?

A comprobar

El subjuntivo con cláusulas adverbiales

Adverbial clauses are dependent clauses that tell where, when, why, or how, and begin with a subordinating conjunction.

1. The following adverbial conjunctions always require the subjunctive. Because they indicate that the action is contingent upon another action, the outcome is unknown.

a fin de que	*in order that, so that*
a menos que	*unless*
antes (de) que	*before*
con tal (de) que	*as long as; in order that, so that*
en caso de que	*in case*
mientras que	*as long as*
para que	*in order that, so that*
siempre y cuando	*as long as, provided that*
sin que	*without*

La situación va a empeorar **a menos que hagamos** algo.
*The situation is going to get worse **unless** we **do** something.*

Firmé la petición **para que** nuestros representantes **supieran** de las injusticias.
*I signed the petition **so that** our representatives **would know** about the injustices.*

2. Note that the expressions **con tal de que, mientras que,** and **siempre y cuando** translate as *as long as* in English, yet their uses differ. While **con tal de que** and **siempre y cuando** both communicate that a condition must be met in order to obtain a positive end result, **con tal de que** generally implies that the subject doesn't really want to do it but is willing to because of the end result. **Mientras que,** however, generally refers to a situation that currently exists.

Javier va a tener dos empleos **con tal de que** sus hijos puedan estudiar.
*Javier is going to have two jobs (although he really doesn't want to) **so that** his children can study.*

Javier va a continuar con dos empleos **siempre y cuando** sus hijos sigan estudiando.
*Javier is going to continue to have two jobs **as long as** his children continue to study.*

Javier va a seguir trabajando para la compañía **mientras (que)** gane un buen sueldo.
*Javier is going to continue working for the company **as long as** he earns a good salary (he currently does).*

3. With the exception of **a menos que,** the preceding adverbial conjunctions are often used with the infinitive if there is no change of subject. The **que** after the preposition is omitted.

> **Antes de votar,** debes informarte.
> *Before voting, you should become informed.*

> No podemos simplemente mirar **sin hacer** nada.
> *We can't simply watch **without doing** anything.*

4. These adverbial conjunctions require the indicative because they communicate something that is perceived as a fact.

porque	*because*
puesto que	*since, as*
ya que	*since, as*

> **Ya que** tienes Internet, debes participar en las redes sociales.
> *Since you have Internet, you should participate in social networks.*

> **INVESTIGUEMOS LA GRAMÁTICA**
>
> **Porque** cannot be used to begin a sentence. Instead, use **como**.
>
> **Como** tienes Internet, puedes buscar la información.
> *Because you have Internet, you can search for the information.*

5. The following temporal (time) adverbial conjunctions require the subjunctive when referring to future events or actions that have not yet occurred. When referring to actions that already took place or that are habitual, they require the indicative.

cuando	*when*
después (de) que*	*after*
en cuanto	*as soon as*
hasta que*	*until*
tan pronto (como)	*as soon as*

*If there is no change of subject, it is possible to omit the **que** from the expressions **Después de que** and **hasta que** and use the infinitive.

Indicative

> **Tan pronto como llega** a casa, mi hermano prende su computadora.
> *As soon as he gets home, my brother turns on his computer.*
> **Cuando estábamos** en España, vimos las protestas de "los indignados".
> *When we were in Spain, we saw the protests of **los indignados.***

Subjunctive

> **En cuanto llegues** a casa, puedes mirar tu correo.
> *As soon as you get home, you can check your e-mail.*
> **Cuando vayamos** a Bolivia, quiero ver todo.
> *When we go to Bolivia, I want to see everything.*

6. The following adverbial conjunctions require the indicative when referring to something that is known or is definite. However, when referring to something that is unknown or indefinite, they require the subjunctive.

aunque	*although, even though, even if*
como	*as, how, however*
(a)donde	*where, wherever*

> Quiero ir **aunque es** peligroso.
> *I want to go **even though** it **is** dangerous.*

> Quiero ir **aunque sea** peligroso.
> *I want to go **even if** it **may be** dangerous.*

> **Adonde vamos** hay crimen.
> *Where we are going, there is crime.*

> **Adonde vayamos** hay crimen.
> *Wherever we may go, there is crime.*

A practicar

5.23 **¿Lo sabe?** Las siguientes personas hablan sobre dónde quieren vivir. Lee las oraciones y decide si la persona habla de un lugar específico o no.

1. Édgar: Quiero vivir donde no haya pobreza.
2. Rebeca: Quiero vivir en la comunidad donde tienen un buen sistema de educación.
3. Martín: Quiero vivir donde los derechos humanos sean respetados.
4. Ángel: Quiero vivir donde pueda fumar en lugares públicos.
5. Manuela: Quiero vivir en el estado donde se permite la posesión de un arma.

5.24 **Promesas** Durante las elecciones los candidatos siempre hacen promesas de lo que van a hacer para mejorar el país. Completa las promesas de estos candidatos, eligiendo el adverbio más lógico y conjugando el verbo en la forma apropiada del presente del subjuntivo.

1. Voy a reducir los impuestos (para que / antes de que) la gente _____ (tener) más dinero para gastar.

2. Quiero reforzar las fuerzas armadas *(military)* (sin que / en caso de que) _____ (haber) una guerra.

3. Pienso crear nuevas leyes (a menos que / a fin de que) los criminales _____ (pasar) más tiempo en la cárcel.

4. No voy a aumentar los impuestos (sin que / para que) el pueblo _____ (votar) por un aumento.

5. Prometo encontrar una solución al problema de la inmigración (antes de que / con tal de que) el primer año de la presidencia _____ (terminarse).

6. Voy a hacer grandes cambios (en caso de que / a menos que) el congreso no me _____ (apoyar).

5.25 **¿Estás de acuerdo?** Completa las siguientes oraciones con el presente del subjuntivo del verbo entre paréntesis. Luego menciona si estás de acuerdo o no y explica por qué.

Se va a poder reducir la violencia...

1. después de que el gobierno (empezar) a controlar la venta de armas.

2. en cuanto las personas (dejar) de jugar videojuegos violentos.

3. tan pronto como nosotros (reducir) el uso de drogas ilegales.

4. cuando las cárceles (ser) realmente un castigo *(punishment)*.

5. cuando los padres (prohibir) a sus hijos mirar programas violentos.

6. tan pronto como todos (aprender) a comunicarse mejor.

5.26 **¿Cuándo?** Con un compañero túrnense para hacer y responder las preguntas. Deben usar uno de los siguientes adverbios en sus respuestas: **antes de que, cuando, después de que, en cuanto, hasta que** y **tan pronto como**. Atención al uso del subjuntivo y del indicativo.

Modelo a. Estudiante 1: *¿Cuándo adoptaste a tu primera mascota?*
Estudiante 2: *La adopté cuando tenía 6 años.*
b. Estudiante 1: *¿Cuándo vas a adoptar una mascota?*
Estudiante 2: *Voy a adoptar una mascota cuando viva en una casa.*

1. **a.** ¿Cuándo conseguiste tu primer trabajo?

   b. ¿Cuándo vas a buscar un nuevo trabajo?

2. **a.** ¿Cuándo te mudaste a la casa o el apartamento donde vives ahora?

   b. ¿Hasta cuándo vas a vivir allí?

3. **a.** ¿Cuándo compraste tu auto?

   b. ¿Hasta cuándo piensas usar el mismo auto?

4. **a.** ¿Cuándo llegaste a esta universidad?

   b. ¿Cuándo vas a terminar tus estudios aquí?

5.27 **El futuro** ¿Hay maneras de resolver los problemas sociales de hoy? Completa las oraciones con tus opiniones.

1. Va a existir el tráfico de drogas hasta que…
2. No va a ser posible eliminar la pobreza sin que…
3. Va a haber guerras mientras que...
4. Se va a reducir la tasa *(rate)* de crimen en cuanto…
5. Se va a reducir el número de personas sin empleo cuando…
6. Siempre va a haber división de clases a menos que…
7. Se va a poder empezar a reparar el daño *(damage)* hecho al medio ambiente tan pronto como…
8. No se va a solucionar el problema de la inmigración ilegal a países antes de que…

5.28 **Avancemos** Con un compañero escojan uno de los dibujos y expliquen las circunstancias, mencionando quiénes son las personas, qué hacen y qué va a pasar más tarde. Usen algunas de las expresiones adverbiales y decidan si se requiere el indicativo o el subjuntivo.

a fin de que	cuando	hasta que	sin que
a menos que	después de que	mientras que	
antes de que	en caso de que	para que	

Modelo   *El hombre está en la cárcel porque robó varias casas. Como tiene que quedarse en la cárcel por cinco años, decidió estudiar para terminar los estudios universitarios. Quiere buscar un buen trabajo después de que salga de la cárcel. A menos que tenga una educación, va a ser muy difícil que encuentre trabajo. Cuando termine su sentencia, él va a ser un miembro productivo de la sociedad.*

Redacción

Ensayo argumentativo

A persuasive essay attempts to convince the reader of a particular point of view.

Paso 1 Think of an issue that interests you. It can be local, national, international, or societal, such as the importance of buying organic produce or the negative effects of television.

Paso 2 Write a list of the specific reasons that explain why you feel that way.

> **Modelo** *Los miembros de la familia no hablan mucho porque pasan mucho tiempo mirando la tele.*
>
> *Muchos padres usan la tele para cuidar a los niños.*

Paso 3 Write a thesis statement that will present the issue and interest your reader.

> **Modelo** *A causa de los medios de comunicación, y en particular la televisión, la familia se está desintegrando.*

Paso 4 Develop your introductory paragraph, using your thesis statement, in which you present your belief. Then, choose two or three of the reasons you listed in **Paso 2,** and briefly state the arguments that you plan to develop in your paper.

Paso 5 Write two or three supporting paragraphs in which you elaborate on the stated reasons for your belief. There should only be one idea in each paragraph, and the entire paragraph should support that idea.

Paso 6 Write a concluding paragraph in which you bring together your ideas and express the importance or relevance of what you have discussed.

Paso 7 Edit your essay.

1. Does the introduction clearly state what you believe?
2. Do all of the sentences in each of the paragraphs support their topic sentences?
3. How well have you explained your reasons for believing as you do? Are they logical?
4. Have you avoided overgeneralizations or fallacies as support for your thesis?
5. If you looked up any words, did you double-check in the Spanish-English section of your dictionary for accuracy of meaning?
6. Does each verb agree with its subject?
7. Did you check your spelling, including accents?
8. Did you use the subjunctive where necessary?

 Share It!

Paso 1 On the Internet, find an article from a national or regional newspaper of the Spanish-speaking country you have chosen. The article should discuss an important current event from the country. Keep in mind that you may need to do a little background research to get a better understanding of the article.

Paso 2 Write a summary of the event on your blog and add your own commentary.

Paso 3 Edit your entry for both grammar and content.

La inmigración en la Argentina

Antes de escuchar

👥 Con un compañero de clase, compartan información sobre sus experiencias con inmigrantes para contestar las preguntas.

1. ¿Hay muchos inmigrantes en el lugar donde vives (o estudiantes internacionales en tu universidad)? ¿Por qué piensas que vinieron al lugar donde vives o a tu universidad?

2. ¿Han tenido los inmigrantes (o los estudiantes internacionales) algún impacto en la economía? ¿Hay tiendas o restaurantes que se hayan abierto? ¿Hay eventos o celebraciones culturales que antes no se celebraban?

3. Los Estados Unidos se conoce como un país de inmigrantes. ¿Sabes algo de las distintas olas (waves) de inmigrantes a los EE.UU.?

A escuchar

🔊 Marcos va a hablar de tres olas de inmigrantes que han venido a la Argentina durante
2-13 los siglos XX y XXI. Toma apuntes sobre lo que dice. Después compara tus apuntes con los de un compañero y organiza la información para contestar las siguientes preguntas.

1. ¿Cuándo y por qué vino la ola más grande de inmigrantes? ¿Qué evento provocó su inmigración? ¿De dónde vino?

2. ¿Qué impacto tuvo este grupo de inmigrantes en el país? ¿Por qué?

3. ¿De dónde y cuándo vinieron las otras dos olas de inmigrantes? ¿Hay algo que provocó su inmigración?

4. ¿Cómo eran/son diferentes estos dos grupos en comparación con la primera?

5. Marcos describe "un patrón" de la inmigración. ¿Cómo es?

6. ¿Pertenece la familia de Marcos a una de estas olas? ¿Cuál?

Después de escuchar

¿Qué opinas del convenio entre China y la Argentina? ¿Cuáles son los beneficios para cada país? En tu opinión ¿cómo cambia la experiencia del inmigrante un convenio así?

Hay ventajas y desventajas de inmigrar a otro país.

© Ryan Rodrick Beiler/iStockphoto

Connecting People

Dirigido por Álvaro de la Hoz

Dos jóvenes solteros quieren encontrar su pareja ideal. ¿Podrán encontrar el amor?

(España, 2008, 6 min.)

Antes de ver

Habla con un compañero sobre las siguientes preguntas.

1. El título de la película es "Connecting People". ¿Cómo ayuda la tecnología a conectar a las personas?

2. ¿Cómo y dónde se puede conocer una pareja?

Vocabulario útil

la cobertura *(satellite) coverage*

colgar *to hang up*

la manía *obsession, fixation*

la Nochebuena *Christmas Eve*

la peli *(short for película)* *movie (slang)*

tranquilo *calm*

0:01 / 1:29

Comprensión

Ve el cortometraje y decide si las siguientes oraciones son ciertas o falsas. Corrige las oraciones falsas.

1. Ella lleva la camiseta del pijama debajo de su blusa.

2. En la noche es probable que él se acueste temprano.

3. En la noche ella cenará con amigos.

4. Ella quiere ir a la casa de su amiga.

5. Él quiere tener una novia muy activa a quien le guste salir mucho.

6. A ella le gusta el tipo de chico que está en el bar con un café y un libro.

7. A los dos les gusta leer libros de Stephen King.

8. Él tiene una nueva compañía de celular y es mejor que la otra.

Después de ver

1. ¿Por qué se pueden considerar irónicas las acciones de los personajes *(characters)*?

2. ¿Por qué piensas que el corto se llama "Connecting People"?

3. En tu opinión ¿cuál es el mensaje de la película?

Literatura

Nota biográfica

Antonio Requeni (1930–) nació en Buenos Aires. En 1958 empezó a trabajar como periodista y luego se distinguió como el editor de *La Prensa,* periódico argentino. Sirvió de corresponsal cultural para "La Voz de las Américas", una cadena latinoamericana de radio en los Estados Unidos. Aunque es más conocido como poeta, es también autor de ensayos, crónicas de viaje y cuentos de niños. Entre sus publicaciones se encuentran unos doce libros de poesía.

Antes de leer

Con un compañero, respondan las siguientes preguntas.

1. Cuando necesitas concentrarte mucho, ¿qué tipo de ambiente buscas?

2. ¿Hay distracciones peores que otras?

3. ¿Qué haces para poder concentrarte? ¿Vas a cierto lugar? ¿Comes o bebes algo? ¿Trabajas solo o con otra persona?

© Everett Collection/Shutterstock

> **APROXIMÁNDONOS A UN TEXTO**
>
> When reading a poem, look at how the author chose words to appeal to the different senses. This will help you understand how the author communicates his/her message.

Imposible escribir con tanto ruido

clamor, noise	1 El vocerío* de los vecinos,
	sus radios y televisores,
	no me dejan escribir este poema.
ring	La campanilla* del teléfono,
simulation, farce	5 los simulacros* de la música,
	los relatores de partidos de fútbol,
respite, rest	no dan tregua* al silencio.
din, noise	El estrépito* de los automóviles,
drums	los discursos, los bombos*, los megáfonos,

guffaws and howls	10 se unen al coro tumultuoso de risotadas y alaridos*. Triviales o terribles decibeles han invadido el mundo. Y las palabras,
turtles / cautious	viejas tortugas* cautelosas*, 15 esconden sus cabezas, no se animan a comer de mi mano.

Antonio Requeni, "Imposible escribir con tanto ruido," from *Antonio Requeni: antología poética*. Fondo Nacional de las Artes, 1996. Used with permission of the poet.

Terminología literaria

los (cinco) sentidos	*the (five) senses*	**el oído**	*hearing*
		el olfato	*smell*
el gusto	*taste*	**el tacto**	*touch*
la imagen	*image*	**la vista**	*sight*

Comprensión

1. ¿De qué situación se queja el poeta?

2. ¿Dónde piensas que vive el poeta? ¿Por qué piensas esto?

3. ¿A cuál de los cinco sentidos apela Requeni? ¿Por qué es más apropiado este sentido que los otros para esta situación?

4. ¿Cuáles son las consecuencias para el poeta a causa de esta situación?

Análisis

1. Requeni emplea varias palabras para caracterizar al ruido *(noise)*. ¿Puedes encontrar ejemplos? ¿Cómo son diferentes estas palabras? ¿Qué tienen en común?

2. Ahora vas a examinar unas palabras más detalladamente. ¿Por qué escogió Requeni estas palabras en lugar de "ruido"? ¿Qué significado comunican estas palabras que el simple "ruido" no comunica?

   - el vocerío
   - el estrépito
   - coro tumultuoso
   - decibeles

3. ¿Por qué caracteriza Requeni las palabras como tortugas que esconden sus cabezas? ¿Es apropiada esta imagen? ¿Por qué?

4. ¿Qué quiere decir con "no se animan a comer de mi mano"?

A profundizar

1. En tu opinión ¿el poeta presenta una imagen realista de la incapacidad *(inability)* de concentrarse? ¿Por qué? ¿Hay algo que falte?

2. ¿Qué distracciones afectan a los otros sentidos? ¿Cuál les parece más apropiado? ¿Qué palabras se podrían usar?

3. Escribe un poema breve en el cual describas distracciones que afecten a otro sentido.

Enlaces

En esta sección se integran los objetivos gramaticales de los últimos dos capítulos. ¡OJO! Presta atención al control del tiempo/aspecto (pasado —pretérito e imperfecto—, presente) y del modo (indicativo, subjuntivo). Recuerda que:

- El presente del subjuntivo se usa después de un verbo en **presente** o en **futuro** que exprese duda, una opinión, una emoción, algo indefinido o un deseo sobre un evento del **presente o del futuro.**

- El imperfecto del subjuntivo se usa después de un verbo en **pretérito o imperfecto** que expresa duda, una opinión, una emoción, algo indefinido o un deseo sobre un evento del **pasado.**

- El presente perfecto del subjuntivo se usa después de un verbo en **presente** que expresa duda, una opinión, una emoción, algo indefinido o un deseo sobre un evento del **pasado.**

5.29 **Trabajo de organizador** Enrique espera publicar un ensayo sobre sus experiencias como organizador. Completa el texto usando la forma necesaria del verbo indicado (subjuntivo o indicativo). Considera también el tiempo y el aspecto del verbo.

Hace cinco años, yo (1.) _____ (empezar) a trabajar como organizador. Me sorprende ahora que (2.) _____ (trabajar) tanto tiempo en esto porque el sueldo *(salary)* no es mucho, pero (3.) _____ (aprender) que el dinero no lo es todo. Las personas de mi comunidad con quienes trabajo me (4.) _____ (enseñar) que las voces unidas pueden lograr cambios necesarios. Me alegro de que nosotros (5.) _____ (tener) varias oportunidades de efectuar cambios positivos en nuestro vecindario.

Un ejemplo (6.) _____ (ser/estar) cuando empezamos a ofrecer clases de computación en la biblioteca hace dos años. Hasta ahora, ver a mis vecinos ancianos aprender a conectarse con el mundo por medio de Internet (7.) _____ (ser/estar) una de mis experiencias favoritas. Fue mi propio abuelo quien me (8.) _____ (sugerir) que (9.) _____ (organizar) estas clases y que (10.) _____ (haber) clases especiales para los jubilados *(retirees)*. Él (11.) _____ (ser/estar) uno de los primeros estudiantes en "graduarse" del programa. Ahora estoy orgulloso de que él (12.) _____ (ayudar) a sus amigos a aprender a usar la computadora. Me emociona que ellos (13.) _____ (chatear) con familiares de sus países de origen, y así (14.) _____ (poder) restablecer estos lazos tan importantes.

Nuestro próximo proyecto es una guardería infantil *(day care center)* para madres solteras. Nunca se (15.) _____ (establecer) una que (16.) _____ (ser/estar) segura, moderna y de precio módico. ¡Espero que nosotros lo (17.) _____ (lograr)!

MOMENTO METALINGÜÍSTICO

Vuelve a mirar el segundo párrafo en la actividad 5.29 y explica por qué elegiste las formas de los verbos.

5.30 **¿Qué opinan?** Enrique y los miembros de su comunidad han contemplado varios proyectos. Imaginen que son miembros de esa comunidad y ofrezcan comentarios sobre las ideas usando las frases adverbiales entre paréntesis. Cuidado con el uso del subjuntivo y del indicativo según la expresión.

Modelo   un jardín público (antes de que, siempre y cuando)

> Estudiante 1: *Me gusta la idea de un jardín público, pero antes de que podamos empezarlo, necesitamos buscar el dinero.*
> Estudiante 2: *A mí me gusta también siempre y cuando todos tengamos acceso al jardín.*

1. clases de natación para los niños menores de 5 años (sin que, después de que)
2. un mercado local (a fin de que, puesto que)
3. actividades por la tarde para los niños de la escuela primaria (a menos que, en caso de que)
4. más aceras *(sidewalks)* y un carril *(lane)* de bicicletas (porque, antes de que)
5. plantar más árboles en los parques (para que, ya que)
6. centro de comida (en cuanto, sin que)
7. programa de reciclaje (tan pronto como, con tal de que)
8. programas culturales (hasta que, para que)

Es importante que haya actividades por la tarde para los niños.

© Golden Pixels LLC/Shutterstock

5.31 **Avancemos más** En un grupo de tres o cuatro estudiantes van a decidir cuál ha sido uno de los inventos más importantes.

Paso 1 Escribe una lista de 8 inventos que consideras muy importantes para la sociedad. ¡Sé específico! Luego compara tu lista con las de tus compañeros. ¿Hay algunos inventos que todos hayan escrito en sus listas?

Paso 2 Cada uno debe escoger un invento en su lista que crea que ha sido el más importante o el más impactante y explicarles a los otros sus razones. Luego pónganse de acuerdo sobre cuál es el invento más importante.

Paso 3 Repórtenle a la clase el invento que escogieron y expliquen por qué.

VOCABULARIO DEL CAPÍTULO 5

🔊 Sociedades en transición

La sociedad moderna

la cárcel *jail*
la causa *cause*
la clase baja/media/alta *lower/middle/ upper class*
el conflicto *conflict*
la distribución de ingresos *income distribution*
el empleo *job, employment*
la esclavitud *slavery*
el (la) esclavo(a) *slave*
la evolución *evolution*
el feminismo *feminism*
la globalización *globalization*
la guerra *war*
la huelga *strike*
la huelga de hambre *hunger strike*
los impuestos *taxes*
la innovación *innovation*

la libertad *freedom*
la manifestación *demonstration*
la marcha *march (protest)*
la migración *migration*
la modernidad *modernity*
el movimiento ecologista *environmental movement*
el movimiento pacifista *pacifist movement*
el movimiento social *social movement*
la muchedumbre *crowd*
la opinión pública *public opinion*
la participación *participation, involvement*
la petición *petition*
el progreso *progress*
la reforma *change, reform*
la revolución *revolution*

La tecnología

el archivo *file*
el blog *blog*
la computadora portátil *laptop*
la contraseña *password*

el correo electrónico *e-mail*
el lector electrónico *e-book reader*
las redes sociales *social networks*
el reproductor de DVD *DVD player*

Adjetivos

actual *current*
contemporáneo(a) *contemporary*

convencional *conventional*
igualitario(a) *egalitarian*

Verbos

adjuntar *to attach*
bajar archivos *download files*
borrar *to delete, to erase*
chatear *to chat online*
comprometerse, *to make a commitment, to agree formally, to promise*
conseguir (i, i) *to get, to obtain*
descargar archivos *download files*
donar *to donate*
ejercer *to exercise (a right, an influence), to practice (a profession)*

empeorar *to get worse, to deteriorate*
enterarse *to find out*
evolucionar *to evolve*
firmar *to sign*
grabar *to record, to burn (a DVD or CD)*
hacer clic (en) *to click (on)*
involucrarse (en) *to get involved (in)*
mejorar *to improve*
subir archivos *to upload files*
valorar *to value*

Adverbios

a fin de que *in order that, so that*
alguna vez *ever*
a menos que *unless*
antes (de) que *before*
con tal (de) que *as long as; in order that, so that*
cuando *when*
después (de) que *after*

en caso de que *in case*
en cuanto *as soon as*
hasta que *until*
mientras que *as long as*
todavía *still*
todavía no *not yet*

nunca *never*
para que *in order that, so that*
porque *because*
puesto que *since, as*
recientemente *recently*

siempre y cuando *as long as, provided that*
sin que *without*
tan pronto (como) *as soon as*
ya *already*
ya que *since, as*

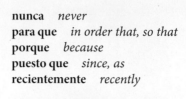

Terminología literaria

los (cinco) sentidos *the (five) senses*
el gusto *taste*
la imagen *image*
el oído *hearing*

el olfato *smell*
el tacto *touch*
la vista *sight*

Diccionario personal

_____

_____

_____

_____

_____

_____

_____

_____

_____

_____

_____

_____

_____

_____

_____

_____

CAPÍTULO 6

Estrategia para avanzar

Watching movies can allow you to hear and have time to analyze how speakers narrate and naturally switch between different timeframes in speech without the pressure that you would encounter in normal conversation to understand and respond accordingly. When characters discuss their pasts or recount important events, listen for how they intertwine the preterite, imperfect, imperfect subjunctive, and other past forms. You can rewind as many times as you need and turn on subtitles if necessary.

In this chapter you will learn how to:
- Narrate and report past actions with more accuracy
- Express and support opinions about films and other forms of entertainment

Entretenimiento... ¡de película!

©Alexandr Kolupayev/Shutterstock

Hacer películas es un arte que requiere del talento de muchos profesionales.

Estructuras

A perfeccionar: Past perfect

Past perfect subjunctive

Reported speech

Conexiones y comparaciones

La industria del entretenimiento

Cultura y comunidad

El nuevo cine latinoamericano

Literatura

Telenovela, por Rosario Castellanos

Redacción

La reseña

A escuchar

La censura española y el cine americano

Video

La diversión sobre ruedas en Ciudad de México

Cortometraje

Ana y Manuel

Vocabulario

¿Cuál de los eventos te parece "de película"?

© Cengage Learning

El entretenimiento

el acto act
la actuación performance
el (la) aficionado(a) fan
el (la) aguafiestas party pooper
el anfitrión / la anfitriona host
el baile dance
la balada ballad
la banda sonora soundtrack
la butaca seat (at a theater or movie theater)
la canción song
el (la) cantante singer
la cartelera billboard
el chiste joke
el circo circus
el (la) comediante comedian
el cortometraje short film
la crítica review of a film
el (la) crítico(a) critic
el (la) director(a) director
los efectos especiales special effects
la escena scene
el espectáculo show, performance
el estreno premiere
el éxito success
el final ending

la fotografía photography
el fracaso failure
la función show
las golosinas sweets, snacks
el intermedio intermission
el largometraje feature-length film
el medio tiempo halftime
las palomitas de maíz popcorn
la pantalla screen
el parque de diversiones amusement park
el partido game (sport), match
el payaso clown
la peña a venue to eat and listen to folk and traditional music
el premio prize, award
el (la) protagonista protagonist
el público audience
el salón de baile ballroom
el talento talent
la taquilla box office, ticket office
la trama plot
la velada soirée

Adjetivos

emocionante exciting, thrilling
gracioso(a) funny

Verbos

actuar to act
comentar to comment
conmover (ue) to move (emotionally)
entretener to entertain
estrenar to premiere, to show (or use something) for the first time
exhibir to show (a movie)
filmar to film
innovar to innovate
pasársela bien/mal to have a good/bad time
producir to produce

Clasificación de películas

la película... movie, film
    animada / de animación animated
    clásica classic
    cómica funny, comedy
    de acción action
    de aventuras adventure
    de ciencia ficción science fiction
    de horror horror
    de misterio mystery
    de suspenso suspense
    documental documentary
    dramática drama
    romántica romantic

INVESTIGUEMOS EL VOCABULARIO

The expression "two thumbs up" doesn't exist in Spanish. It is possible to express the same idea saying that it is recommendable (**es muy recomendable**), or that it is worth it (**vale la pena**). Likewise, one would use the word **emocionante** to say that something is exciting, as the adjective **excitante** has sexual connotations. **¡De película!** is used colloquially in Mexico to express that an event such as a party, vacation, trip, or romantic date was very good.

A practicar

6.1 **Escucha y responde.** Observa la ilustración y decide si las ideas que vas a escuchar son ciertas, falsas o si no se sabe.

🔊 2-14

6.2 **¿Qué es?** Completa las ideas con una palabra del vocabulario que sea lógica.

1. El asiento en donde nos sentamos cuando vamos al cine o al teatro se llama _____.

2. En el cine se usan los _____ para ser realistas. Algunos ejemplos son las explosiones, o la sangre que brota (*flows*) de una persona cuando está herida.

3. Las películas de aventuras generalmente son muy _____ porque hay mucha acción.

4. Escribir _____ de cine debe de ser un trabajo muy divertido.

5. Una película que no tiene éxito de taquilla y no les gusta a las personas es una película que _____.

6. Las obras de teatro generalmente se dividen en _____.

7. Para triunfar como actor se debe tener _____.

8. En una película _____ la trama es sobre el amor.

9. Los _____ son parte del entretenimiento de un circo, y a veces de las plazas y las fiestas para niños.

10. Una persona que no sabe divertirse y arruina las fiestas es un _____.

6.3 **Diferencias y semejanzas** Túrnense para explicar las semejanzas y las diferencias entre cada par de palabras.

1. película de horror   película de misterio
2. actor   protagonista
3. éxito   fracaso
4. cartelera   taquilla
5. escena   fotografía
6. canción   cantante
7. comentar   criticar
8. función   acto

Expandamos el vocabulario

The following words are listed in the vocabulary. They are nouns, verbs, or adjectives. Complete the table using the roots of the words to convert them to the different categories.

Verbo	Sustantivo	Adjetivo
actuar		
	estreno	
	final	
filmar		
entretener		

6.4 **El entretenimiento desde tu perspectiva** Comenta con un compañero sus respuestas a las preguntas. Recuerden que el objetivo es tener una pequeña conversación, dando información adicional cuando sea posible.

1. ¿Cuál de los espectáculos en las ilustraciones crees que sea más popular entre tus amigos? ¿Cuál de estos tipos de entretenimiento prefieres tú?

2. En una de las ilustraciones unos jóvenes están en un concierto en una plaza. ¿Qué tipo de música piensas que escuchan? ¿Por qué? ¿Has asistido a un concierto al aire libre? ¿De quién?

3. Una de las ilustraciones muestra al público de un cine. ¿Crees que se están divirtiendo? ¿Hay personas mayores en el público? ¿Por qué? ¿Qué comen? ¿A ti te gusta ir al cine?

4. ¿Quién crees que está jugando en el partido de fútbol que se muestra en la ilustración? ¿Por qué lo crees? ¿Has asistido a algún partido de fútbol? ¿Sabes qué hace la gente para entretenerse durante el medio tiempo?

5. En una de las escenas unos amigos están reunidos en la casa de uno de ellos. ¿De qué crees que hablan? ¿Qué haces tú con tus amigos cuando se reúnen?

6.5 **Ideas incompletas** En parejas, túrnense para completar las siguientes ideas con sus opiniones personales.

1. Las mejores películas son...

2. La peor película que he visto...

3. Un actor/actriz muy talentoso(a) es...

4. Pienso que los críticos...

5. Un éxito de taquilla reciente fue...

6. Mi cantante favorito es...

7. Este mes en la cartelera hay...

8. Una película muy emocionante es...

6.6 **Tus experiencias** En grupos de tres, hablen sobre sus experiencias con el entretenimiento.

1. ¿Qué tipo de entretenimiento es tu favorito? ¿Por qué?

2. ¿Has ido a alguna obra de teatro o a algún otro espectáculo en un teatro?

3. ¿Has visto películas de España o Hispanoamérica? ¿Cuáles?

4. ¿Conoces actores o actrices de España o Hispanoamérica? ¿Quiénes? ¿Qué opinas de ellos?

5. ¿Qué tipo de películas prefieres y por qué? ¿Puedes recomendar una?

6. ¿Cuál fue la última película que viste? ¿Dónde la viste? ¿Te gustó? ¿Por qué?

7. ¿Quiénes son tus cantantes favoritos? ¿Has asistido a algún concierto? Explica.

8. ¿Te gustan los circos? Explica.

6.7 **El sentido del humor** En las reuniones de amigos es común contar chistes, pero el sentido del humor es diferente en cada cultura. ¿Te parecen graciosos los chistes y acertijos (*riddles*) que aparecen a continuación? Después de leerlos, trabaja con un compañero y cuéntale un chiste en español.

1. — ¿Qué le dijo un pez a otro pez?

— Nada.

2. —¿En qué se parecen una "boda" y un "divorcio"?

— En que en la boda todo es arroz y en el divorcio todo es "paella".

3. — ¿Cuál es el único país que se puede comer?

— Chile.

4. —Jaimito, ¿tú no rezas (*pray*) antes de comer?

— No, mi madre es buena cocinera.

5. Iban dos ratas paseando por la calle, cuando pasa por encima un murciélago *(bat)*.

—¿Qué es eso? —dice una de ellas.

— Mi novio, que es piloto.

6. Un hombre va al médico.

— Doctor, mi familia cree que estoy loco.

—¿Por qué?

— Porque me gustan las salchichas *(sausages)*.

— No entiendo, a mí también me gustan.

— Pues tendría que ver mi colección. ¡Tengo miles!

6.8 **Citas** ¿Están de acuerdo sobre las siguientes citas acerca del entretenimiento? Expliquen lo que piensan que significan las citas, y después digan si están de acuerdo o no y por qué.

- Al pueblo, pan y circo. (Julio César, emperador romano, 100 a.c. –44 a.c.)
- El entretenimiento es la felicidad de los que no saben pensar. (anónimo)
- En los cines, lo último que queda de buen gusto, son las palomitas. (Mike Barfield, artista estadounidense, 1978–)
- La televisión ha acabado con el cine, el teatro, las tertulias *(literary gatherings)* y la lectura. Ahora tantos canales terminan con la unidad familiar. (Antonio Mingote, dibujante y humorista español, 1919–2012)
- Los matrimonios jóvenes no se imaginan lo que deben a la televisión. Antiguamente había que conversar con el cónyuge *(spouse)*. (Isidoro Loi, escritor chileno, 1940–)

6.9 **Un día en la vida de...** En parejas, imaginen que son una de las personas de la ilustración y que llegan a casa después de un día difícil. Cuéntenle a su familia lo que les ocurrió durante el día.

La diversión sobre ruedas en Ciudad de México

Antes de ver

En muchas ciudades hay poco espacio para crear lugares para recrearse y divertirse. En tu opinión ¿qué espacios de una ciudad se pueden adaptar para que los habitantes los usen como espacios culturales?

Vocabulario útil

acariciar *to caress*	**difundir** *to spread*
acercarse *to get close to, to approach*	**la hilera** *row*
acudir *to attend*	**el lector** *reader*
agarrarse *to hold on*	**la relajación** *relaxation*
autodidacta *self-taught*	**la rueda** *wheel*
brindar *to toast*	**el trolebús** *trolley bus*

Video supplied by BBC Motion Gallery

Mira la foto. ¿Dónde está esta persona? ¿Cómo piensas que se divierte?

Comprensión

1. ¿Dónde está el teatro-trolebús?
2. ¿Qué hacen los actores con los espectadores en el trolebús?
3. ¿De qué tiene miedo la actriz?
4. ¿Qué país donó los autobuses?
5. ¿En qué se especializa la biblioteca móvil?
6. ¿Cuántas personas han usado la biblioteca móvil desde marzo?
7. ¿Cuál es el objetivo principal de estos vehículos?

Después de ver

1. ¿Te parece una buena idea usar trolebuses como teatros o bibliotecas? ¿Por qué?

2. ¿Cómo crees que reaccionan los espectadores cuando los artistas se sientan en sus piernas o los tocan? ¿Cómo reaccionarías tú?

3. Observa la foto de uno de los autobuses convertidos. ¿Para qué actividades crees que se puede usar este espacio?

Más allá

1. ¿Irías a una función de teatro en un trolebús? ¿Por qué?

2. En donde tú vives ¿hay espacios culturales establecidos? ¿Cuáles son? ¿Hay otros espacios culturales que los habitantes han creado? ¿Cuáles?

El interior de uno de los vehículos donados que se usan en este proyecto cultural

Video supplied by BBC Motion Gallery

🌐 A investigar

Una forma favorita de entretenimiento que también ocurre en autobuses son las fiestas. Algunas ciudades latinoamericanas ofrecen fiestas móviles en autobuses llamados "Chivas" que se pueden alquilar por horas y que recorren las avenidas más populares de una ciudad. ¿Qué ventajas tiene una fiesta móvil? ¿Qué desventajas puede tener? Investiga en Internet en qué ciudades se pueden encontrar estas fiestas móviles, cuánto cuesta el servicio y qué incluye.

A perfeccionar

A analizar

Lucía explica que preparar una obra de teatro requiere mucho trabajo. Mientras escuchas el audio, lee el párrafo y observa los verbos en negritas y en letra cursiva. Luego, contesta las preguntas que siguen.

> **Dado que tu campo es la crítica del drama, ¿cómo ayudaste al grupo de teatro para preparar la obra?**
>
> 🔊 Cuando *fui* a verlos, ellos ya **habían hecho** mucho del trabajo. Ya **habían escogido** el vestuario, ya **habían**
> 2-15 **practicado** sus parlamentos (*lines*). También **habían investigado** el contexto socio-histórico-político. Y **habían tomado** decisiones con respecto a la decoración del escenario. Todas esas cosas ya estaban listas. Entonces, solo *tuve* que hacer un par de cosas. En primer lugar, les *di* sugerencias sobre la música, y también les *propuse* un nuevo juego de luces (*lighting plan*) para ayudarlos a que la escena estuviera preparada.
>
> —Lucía, Colombia

1. ¿Cómo se forman los verbos en negritas? ¿A qué otra forma verbal se parece?
2. Todos los eventos son del pasado, pero ¿qué eventos ocurrieron primero: los de los verbos en negritas o los de los verbos en letra cursiva?

A comprobar

El pluscuamperfecto

1. Similar to the present perfect, the past perfect (also known as the pluperfect, or **el pluscuamperfecto** in Spanish) combines the imperfect form of the verb **haber** with the past participle (such as **cantado, comido, vivido**).

haber	
yo	**había**
tú	**habías**
él, ella, usted	**había**
nosotros(as)	**habíamos** + participle
vosotros(as)	**habíais**
ellos, ellas, ustedes	**habían**

La **habían filmado** en Nicaragua.
*They **had filmed** it in Nicaragua.*

¿**Habías visto** la película antes?
Had you seen the movie before?

2. The past perfect is used to express a past action that already took place before another past action.

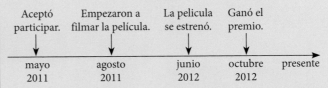

Aceptó participar.	Empezaron a filmar la película.	La película se estrenó.	Ganó el premio.	
↓	↓	↓	↓	
mayo 2011	agosto 2011	junio 2012	octubre 2012	presente

Camilo ya **había aceptado** participar en la película cuando empezaron a filmar.
*Camilo **had** already **accepted** to participate in the film when they began filming.*

Antes de ganar el premio, la película se **había estrenado**.
*Before winning the award, the movie **had premiered**.*

3. Remember the irregular past participles from **Capítulo 5**.

abrir	**abierto**
decir	**dicho**
devolver	**devuelto**
escribir	**escrito**
hacer	**hecho**
morir	**muerto**
poner	**puesto**
romper	**roto**
ver	**visto**
volver	**vuelto**

4. As done with the present perfect, direct object, indirect object, and reflexive pronouns are placed in front of the conjugated form of **haber.**

No **se** habían ido cuando llegué.
They hadn't left when I arrived.

Ya **lo** habíamos visto.
We had already seen it.

A practicar

6.10 **Conclusiones lógicas** Relaciona las dos columnas para encontrar la conclusión lógica a cada situación.

1. El director no recibió ningún premio porque...
2. Le dieron un trofeo porque...
3. Todos se rieron porque...
4. Yo estaba contento durante la película porque...
5. El aficionado se enojó porque...
6. Los padres de Fonchito lo llevaron al circo porque...

a. había comprado golosinas antes de entrar.
b. ella había contado un chiste muy gracioso.
c. se lo habían prometido.
d. su equipo había perdido el partido.
e. su equipo había ganado todos los partidos.
f. la película había fracasado.

6.11 **¿Y antes?** Todas estas personas lograron la fama, ¿pero qué habían hecho antes?

Gael García Bernal   Enrique Iglesias   Jennifer López   Shakira

Penélope Cruz   William Levy   Marc Anthony   Sofía Vergara

Logró la fama, pero antes...

1. recibir una beca (*scholarship*) para jugar al béisbol en la universidad
2. competir en atletismo (*track*) a nivel nacional
3. ser estudiante de negocios en la Universidad de Miami
4. enseñar a leer a la gente indígena
5. casarse
6. estudiar el baile clásico por 9 años
7. ser rechazada (*rejected*) para el coro (*choir*) de la escuela
8. cantar como corista (*back-up*) para el grupo Menudo

6.12 **¿Qué habías hecho?** Habla con un compañero sobre lo que habías hecho antes de los diferentes momentos en tu carrera académica.

Modelo Cuando cumplí diez años ya...

Estudiante 1: *Cuando cumplí diez años, ya había vivido en Europa.*
Estudiante 2: *Cuando cumplí diez años, ya había viajado en avión.*

1. Cuando comencé la escuela primaria, ya...
2. Cuando terminé la escuela primaria, ya...
3. Cuando me gradué de la escuela secundaria, ya...
4. Cuando empecé a estudiar español, ya...
5. Cuando entré a la universidad, ya...
6. Cuando empezó el semestre, ya...
7. Cuando llegué a clase esta mañana, ya...

6.13 **Problemas en el escenario** Filiberto es productor y está trabajando en una nueva película. Tuvo una filmación ayer, pero no fue un buen día. Explica lo que había ocurrido.

Modelo   Varios actores no llegaron. —→ *Habían decidido no trabajar en la película.*

1. El productor llegó tarde para la filmación.
2. La maquillista no pudo maquillar a los actores.
3. El actor principal no tenía voz *(voice)*.
4. El camarógrafo tuvo que ir al hospital.
5. Se apagaron las luces *(lights)* durante la filmación.
6. Uno de los actores no sabía lo que tenía que decir.
7. La directora tuvo que salir temprano.
8. Descubrieron que no se grabó la escena.

6.14 **En busca de...** Circula por la clase para buscar a un compañero que haya hecho las siguientes actividades durante el último año. Cuando encuentres a alguien que responda que sí, averigua *(find out)* si había hecho la otra actividad antes.

Modelo   filmar una película (escribir el guion *[script]* antes de la filmación)

Estudiante 1: *¿Filmaste una película durante el último año?*
Estudiante 2: *Sí, filmé una película con mis amigos.*
Estudiante 1: *¿Habías escrito el guion antes de la filmación?*
Estudiante 2: *No, pero un amigo lo había escrito.*

1. ir a un concierto (asistir antes a otro concierto de este artista)
2. hacer una fiesta en casa (hacer muchas preparaciones antes de la fiesta)
3. asistir a un evento deportivo (tener un picnic en el estacionamiento antes del partido)
4. ver una película basada en un libro (leer el libro antes)
5. ir al teatro (cenar en un restaurante antes de la función)
6. ir a bailar (tomar lecciones de baile antes)
7. ver una película en casa de amigos (hacer palomitas antes)
8. hacer una presentación (de canto, baile, teatro, etcétera) (practicar mucho antes de la presentación)

¿Hiciste una presentación durante el último año?

6.15 **Avancemos** Los siguientes dibujos son escenas de diferentes películas. Con un compañero túrnense para explicar lo que pasó en las situaciones usando el pretérito y el imperfecto, y lo que había pasado antes, usando el pluscuamperfecto. Deben dar muchos detalles.

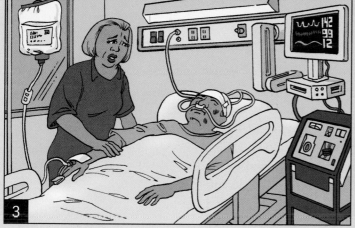

Antes de leer

1. ¿Cuánto dinero gastas cada mes en entretenimiento?

2. ¿Asistes a eventos deportivos?

3. ¿Compras ropa con logotipos de clubes deportivos?

El fútbol y la industria del entretenimiento

Los deportes no solo están entre los entretenimientos más populares en el mundo, sino también entre las industrias más lucrativas del planeta. Los aficionados a los deportes generan grandes ganancias[1] mediante los precios de las entradas a un estadio, la venta de productos con logotipos de los equipos y hasta con apuestas[2].

El fútbol es una pasión mundial. Aquí, Ecuador juega contra México.

Un deporte que genera pasión entre millones de personas es el fútbol. Según un informe de la Federación Internacional de Fútbol Asociado (FIFA), más de 265 millones de personas practican este deporte de manera federada, incluyendo fútbol masculino, femenil y juvenil. Además, la popularidad de este deporte sigue en aumento. En los Estados Unidos hay 24,4 millones de futbolistas, en Brasil más de 13 y en México 8,4.

Históricamente, en varios países europeos se jugaron deportes parecidos al fútbol durante toda la Edad Media. Se considera que el fútbol moderno nació en 1863, en Inglaterra, cuando se promovió en Londres un código[3] de fútbol universal aceptado por todos. El deporte se extendió primero por Europa, y luego por el mundo entero, llegando a tener gran popularidad en Latinoamérica. La FIFA fue creada en 1904 y la Federación Sudamericana de Fútbol en 1916, año en que se creó La Copa América —el torneo internacional de selecciones más antiguo. La primera Copa del Mundo se jugó en 1930 en Uruguay.

Aunque es cierto que los clubes de fútbol alrededor del mundo y la FIFA dejan una derrama económica[4] muy importante, también es cierto que la FIFA y algunos clubes devuelven algo a la sociedad: Desde 1999 la FIFA trabaja con la UNICEF con propósitos benéficos, aportando dinero para el desarrollo del deporte en zonas donde las carencias[5] lo hacen difícil. Además, organiza partidos amistosos para recaudar[6] fondos de beneficencia. Muchos clubes deportivos realizan también sus propios eventos para ayudar a su comunidad. Así, todos ganan con el deporte.

[1]*earnings* [2]*bets* [3]*rules* [4]derrama... *earnings* [5]*lack, shortage* [6]*to gather*

Source: FIFA; *Diario Uruguay.*

Después de leer

1. ¿Has jugado al fútbol? ¿Conoces a alguien que lo practique o que sea aficionado?

2. ¿Por qué crees que el fútbol sea el deporte más popular en el mundo?

3. ¿Crees que el deporte ayude a una comunidad de alguna otra manera? Explica.

Antes de leer

¿Cuántas horas al día ves televisión? ¿Qué tipo de programas prefieres ver?

El entretenimiento y las nuevas generaciones

Las actividades que una persona elige para su entretenimiento varían significativamente, dependiendo de su edad, su nivel socioeconómico, su educación y sus intereses personales. Hay más semejanzas en el entretenimiento de personas de una misma generación que entre dos personas del mismo país pero de edad diferente.

Las actividades más populares entre los adolescentes de hoy en día parecen ser la música, el cine y los videojuegos. Un dato interesante que se desprende[1] de un estudio reciente realizado en México es que el 74% de los jóvenes encuestados usa Internet para escuchar música, y un 55% lo utiliza para jugar videojuegos en línea. Según el mismo estudio, la televisión ya no es el principal medio de entretenimiento de las nuevas generaciones ya que solo el 35% de los niños de 6 a 9 años la prefirió, contra un 40% que prefirió Internet. Los videojuegos ocuparon el puesto más alto de popularidad, con un 51%. Los teléfonos celulares también ocuparon un lugar preponderante como fuentes de entretenimiento. En España, según otro estudio, el 22% de los jóvenes pasa más tiempo entreteniéndose con la computadora que con la televisión, y los jóvenes argentinos son los latinoamericanos que más tiempo pasan en línea.

Las computadoras y los teléfonos celulares son fuentes de entretenimiento para la juventud hispana.

En un estudio similar en los Estados Unidos las cifras parecen indicar las mismas tendencias. En promedio[2] las personas de la tercera edad, ven casi cinco horas de televisión diariamente. Esta cifra es de solo 2.2 horas para jóvenes entre 15 y 19 años, quienes pasan dos veces más que el grupo de los mayores jugando en sus computadoras. Los mayores de 75 años dedican diez veces más tiempo a la lectura que los jóvenes de 15 a 19 años. ¿La conclusión? Dime cuántos años tienes y te diré cómo te entretienes.

---

[1]*comes from* [2] En... *On average*

Source: *Vanguardia;* Bureau of Labor Statistics, *American Time Use Survey;* foros.softfonic.com.

Después de leer

1. ¿Cómo pasas tu tiempo libre? ¿Eran diferentes tus actividades hace cinco años?
2. ¿Usas tú también tu teléfono celular como forma de entretenimiento?
3. ¿Estás de acuerdo con que la televisión ha perdido su papel como principal medio de entretenimiento?
4. ¿Cómo piensas que será el futuro del entretenimiento?

A analizar

Como forma de entretenimiento, la televisión ha cambiado con los años. Elena compara las experiencias de su familia con la televisión. Mientras escuchas el audio, lee el párrafo y observa los verbos en negritas y las expresiones en letra cursiva. Luego, contesta las preguntas que siguen.

¿Cómo ha cambiado la experiencia de ver la televisión?

🔊 La televisión llegó a Colombia en el año de 1954 e inicialmente todos los televisores eran en
2-16 blanco y negro. Recuerdo cuando mi mamá me contó que su primer televisor había dejado de funcionar y que ella *estaba tan feliz* de que ese televisor viejo, en blanco y negro, **se hubiera dañado** y que **hubiera tenido** que comprar uno nuevo. Eso fue un gran acontecimiento en mi casa. Cuando yo era adolescente, teníamos un televisor de 20 pulgadas en color y *no creía* que en el pasado la gente **hubiera tenido** que ver sus programas favoritos en blanco y negro. Para mí, *era imposible* que mi mamá **hubiera visto** sus telenovelas favoritas en un televisor de 12 pulgadas y en blanco y negro. Ahora tengo un televisor LED de 46 pulgadas y cuando pienso en mi adolescencia me *parece increíble* que me **hubiera gustado** ver televisión en un televisor tan pequeño y sin control remoto. Los tiempos han cambiado y no siempre es cierto esa frase que dice "todo tiempo pasado fue mejor".

—Elena, Colombia

1. ¿Qué modo debe seguir las expresiones en letra cursiva: indicativo o subjuntivo?

2. ¿En qué tiempo aparecen las expresiones en letra cursiva: presente, pasado o futuro?

3. ¿Los verbos en negritas describen eventos que ocurrieron antes o después del tiempo de las expresiones?

A comprobar

El pluscuamperfecto del subjuntivo

1. You have learned the present perfect form of the subjunctive. There is also a past perfect, or pluperfect, form of the subjunctive. It consists of using the imperfect subjunctive form of the verb **haber** along with the past participle.

haber		
yo	hubiera	
tú	hubieras	
él, ella, usted	hubiera	
nosotros(as)	hubiéramos	+ participle
vosotros(as)	hubierais	
ellos, ellas, ustedes	hubieran	

Me alegré de que él **hubiera aceptado** ayudarnos.
*I was happy that he **had accepted/agreed** to help us.*

No creía que lo **hubieran hecho.**
*I didn't believe that they **had done** it.*

Era posible que se **hubieran quedado.**
*It was possible that they **had stayed.***

2. You have learned to use the subjunctive to indicate a lack of certainty or doubt about an event, as well as to indicate that something is indefinite or is dependent on a condition. The imperfect subjunctive is used to refer to an action that takes place in the past, but at the same time or after the action in the main clause.

Me molestaba que ella siempre **llegara** tarde.
*It bothered me that she always **arrived** late.*

Dudábamos que **entendieran** la película.
*We doubted that they **understood** the movie.*

Era posible que nos **dieran** el premio.
*It was possible that they **would give** us the award.*

The past perfect subjunctive or pluperfect subjunctive is used in these same circumstances when talking about something that occurred prior to the action in the main clause. Notice that the verb in the main clause is in the preterite or the imperfect indicative.

Me molestó que **hubiera llegado** tarde.
*It bothered me that she **had arrived** late.*

Dudábamos que **les hubiera gustado** la película. *We doubted that they **had liked** the movie.*

Era posible que **hubieran ido** a ver otra película. *It was possible that they **had gone** to see another movie.*

3. **Ojalá** is used with the past perfect subjunctive to express a wish that something had happened differently (contrary to fact) in the past.

Ojalá nuestro equipo **hubiera ganado.** *I wish our team **had won.***

Ojalá **hubieras ido** al partido conmigo. *I wish you **had gone** to the game with me.*

A practicar

6.16 **Clasificación** Las siguientes descripciones son escenas de diferentes películas. Léelas y decide qué tipo de película es.

1. Víctor dudaba que los extraterrestres hubieran llegado en son de paz *(peace)*.
2. Isabel empezó a creer que era posible que Héctor no le hubiera sido infiel *(unfaithful)* y que realmente la amara.
3. Rafael tenía miedo de que el monstruo hubiera matado a su amigo.
4. A los siete enanos les enojó que la madrastra de Blanca Nieves le hubiera dado una manzana envenenada *(poisoned)*.
5. El detective no creía que Leo hubiera cometido el crimen, pero tenía que buscar evidencia.
6. Antes de investigar, los científicos dudaban que los virus hubieran sido la causa de la contaminación del agua.

6.17 **Un mal fin de semana** Vanesa y su novio Bruno tuvieron un fin de semana muy decepcionante *(disappointing)*. El lunes ella habla con una amiga y le cuenta de su fin de semana. Termina sus ideas, expresando lo que le habría gustado *(she would have liked)* que hubiera pasado.

Modelo El viernes salí del trabajo tarde.

Ojalá hubiera salido del trabajo más temprano.

1. El viernes Bruno y yo fuimos a un restaurante italiano y descubrimos una cucaracha en la sopa.
2. Teníamos entradas para una obra de teatro. Llegamos tarde y perdimos el primer acto.
3. El sábado por la mañana quería dormir hasta tarde, pero alguien me llamó a las ocho.
4. Por la tarde el equipo de Bruno jugó un partido de fútbol muy importante y perdieron.
5. El sábado por la noche fuimos a ver una película de horror y no me gustó para nada.
6. En el cine compramos palomitas, pero estaban muy saladas.
7. El domingo Bruno fue a una cena en casa de unos amigos, pero no pude ir porque estaba enferma.
8. Cuando regresaba a casa un policía le dio una multa *(ticket)* a Bruno porque conducía demasiado rápido.

6.18 **Me arrepiento** Con un compañero compartan sus arrepentimientos y completen las oraciones.

1. Ojalá que (yo) hubiera tomado una clase de…
2. Ojalá que hubiera podido…
3. Ojalá que hubiera tenido…
4. Ojalá que hubiera asistido…
5. Ojalá que hubiera visto…
6. Ojalá que hubiera ido…
7. Ojalá que hubiera…
8. Ojalá que no hubiera…

6.19 **Películas de niños** Las siguientes descripciones son de escenas de películas para niños. Completa las oraciones de una forma original, usando el pluscuamperfecto del subjuntivo.

Modelo A la gente del pueblo le sorprendió que…

A la gente del pueblo le sorprendió que el dragón hubiera destruido el castillo.

1. A la princesa Rapunzel no le gustó que su madre…
2. A la bruja *(witch)* le molestó que la Bella Durmiente…
3. Los animales del bosque *(forest)* tenían miedo de que Blancanieves…
4. A la Bestia le enojó que la Bella…
5. El príncipe *(prince)* dudaba que la princesa…
6. Al hada madrina *(fairy godmother)* le alegró que Cenicienta *(Cinderella)*…
7. Al lobo *(wolf)* le gustó que Caperucita Roja…
8. A los osos les sorprendió que alguien…

6.20 **El fin de semana** Con un compañero túrnense para explicar lo que pasó, usando el pretérito y el imperfecto, y luego hablen sobre la reacción de las personas usando el pluscuamperfecto del subjuntivo.

6.21 **Avancemos** Habla con un compañero sobre los siguientes temas. Explícale algo que hiciste. Luego, usando la expresión **ojalá** dile lo que te habría gustado *(you would have liked)* que hubiera pasado.

Modelo una clase

El semestre pasado tomé una clase de literatura inglesa. Fue muy difícil y saqué una C. Ojalá hubiera tomado una clase de arte.

1. una película
2. un concierto
3. una comida
4. un deporte
5. unas vacaciones
6. un examen
7. una cita romántica
8. ¿?

Cultura y comunidad

Antes de leer

1. ¿Te gusta ver películas? ¿Por qué?
2. ¿Has visto alguna película producida en Latinoamérica o España? ¿Cuál?

El nuevo cine latinoamericano

2-17 Algunas formas de entretenimiento siempre han sido populares en los países hispanoparlantes, como es el caso de los deportes, la música y el cine. Gracias a los medios de comunicación, el público cada vez tiene acceso más fácil a todas estas formas de entretenimiento. Por ejemplo, un estudio en México encontró que más de un 60% de los encuestados ve al menos una película a la semana. Un 73% del público ve películas en televisión, un 63% las ve en el cine, un 33% las alquila[1], y un 34% las compra (en formatos DVD o Blu-ray), mientras que un 16% las descarga por Internet.

Brasil, Argentina y México producen 90% de las películas filmadas en Latinoamérica.

Mientras que es evidente que el interés del público por las películas ha crecido gracias a la tecnología, no es tan evidente el entusiasmo latinoamericano por producir un cine propio, con nuevas propuestas, y dejar de ser solamente espectadores de películas producidas en otros países.

Durante muchos años Brasil, Argentina y México han dominado la producción cinematográfica, produciendo casi el 90% de las películas filmadas en Latinoamérica. Además estos países producen un número importante de filmes co-producidos con España, otro país muy activo en la creación de películas.

Para entender la explosión que ha tenido este medio artístico en Hispanoamérica se puede citar el caso de Argentina, en donde hay en la actualidad más de 12 000 estudiantes de cine —una cantidad mayor al número de estudiantes que hay en toda la Unión Europea (Pablo Gasparini, *The Century Review,* 2012). De acuerdo a Gasparini, en Argentina se producen entre 50 y 60 películas al año con menos dinero del que a Hollywood le cuesta hacer solamente una película. A pesar del bajo costo, un número importante de estas películas argentinas recibe reconocimientos en los premios internacionales.

La explosión de la producción cinematográfica ha resultado en la creación de múltiples festivales de cine para estrenar estas películas. Sobresalen por su tradición el Festival de San Sebastián (España), el Festival de Cine de la Habana (Cuba), el Festival de Cartagena (Colombia) y el Festival de Viña del Mar (Chile), el que con su inicio en 1967 marcó lo que se conoce como el comienzo del nuevo cine latinoamericano.

Así como la tecnología ha influenciado la manera en que el público accede a las películas, es muy probable que nuevos canales de difusión como Internet también tengan un efecto profundo en la difusión y en las oportunidades de darse a conocer al mundo entero. Hoy en día se puede filmar un corto hasta con una cámara fotográfica, y

[1]rent

subirlo fácilmente a Internet para su difusión. Si bien se seguirá necesitando de las salas cinematográficas para disfrutar al máximo de esta forma de entretenimiento, es muy probable que sea gracias a Internet que se den a conocer los nuevos directores y talentos del porvenir *(future)*, de Latinoamérica y de todo el mundo.

> Si te gusta el cine internacional, busca alguna de las películas más populares producidas en Latinoamérica. Aquí hay algunos títulos para ayudarte.
>
> | | | |
> |---|---|---|
> | *Amores Perros* | *El ratón Pérez* | *La misma luna* |
> | *El secreto de sus ojos* | *El hijo de la novia* | *Valentín* |
> | *El crimen del Padre Amaro* | *El laberinto del Fauno* | *La Nana* |
> | *Nueve reinas* | *Diarios de motocicleta* | *Mi abuelo, mi papá y yo* |

Después de leer

1. ¿Cómo prefieren los espectadores ver películas en México?
2. ¿Qué países dominan la producción de películas en Latinoamérica?
3. ¿Por qué dice el cineasta Gasparini que el cine producido en Argentina es de alta calidad?
4. ¿Por qué crees que el cine sea tan popular en tantos países?
5. ¿Has visto un cortometraje en español en clase o en Internet? ¿Te gustan los cortometrajes? ¿Por qué?

Comunidad

Busca una persona en tu comunidad que sea de un país hispanohablante y hazle una entrevista con las siguientes preguntas: ¿Cómo le gusta entretenerse a la gente en tu país? ¿Hay diferencias en la forma en que le gusta entretenerse a la gente de diferentes edades? ¿Quiénes son algunos artistas populares y por qué? ¿Qué películas son populares? ¿Las películas extranjeras se doblan *(dub)* al español para exhibirse?

© withGod/Shutterstock

A analizar

Después de ir al cine, todo el mundo les recomienda películas a sus amigos. Marcos habla de una recomendación que le hizo una amiga. Mientras escuchas el audio, lee el párrafo y observa los verbos en negritas y en letra cursiva. Luego, contesta las preguntas que siguen.

¿Qué película les recomiendas a tus amigos?

🔊 Bueno, estaba hablando con Sandra porque estaba buscando películas para que se puedan
2-18 presentar en una exhibición. Yo **le dije** que *tenía* que poner *El secreto de sus ojos*. Ella **me respondió** que no la *había visto*. Entonces la invité y la vimos juntos ella, su marido, yo y otros amigos. A ella le gustó mucho y **me dijo** que la *iba* a poner como una de las películas que se iban a ofrecer. Lo que a ella le impactó más que nada fue el final. Ella **me comentó** que no se lo *esperaba*. No lo voy a contar porque quiero que todos la vean, pero es una película bárbara *(terrific)* y me gusta mucho.

—Marcos, Argentina

1. ¿Qué tienen en común todos los verbos en negritas?

2. ¿En qué formas están los verbos en letra cursiva? ¿Por qué aparecen estas dos formas?

A comprobar

Estilo indirecto

1. Reporting what someone said is known as indirect speech or reported speech.

Direct speech Efraín: Consuelo, voy a ver la nueva película de Cuarón. ¿Quieres ir conmigo? Ha recibido muy buenas críticas.

Indirect speech Consuelo: Efraín me dijo que iba a ver la nueva película de Cuarón y me preguntó si quería ir con él. Me dijo que había recibido muy buenas críticas.

2. These are some of the more common reporting verbs.

añadir que	*to add that*
comentar que	*to comment that*
contar que	*to tell that*
contestar que	*to answer that*
decir que	*to say that*
explicar que	*to explain that*
mencionar que	*to mention that*
pedir que	*to ask that*
preguntar si (cuándo, dónde, qué, etc.)	*to ask if (when, where, what, etc.)*
responder que	*to respond that*

3. When the reporting verb is in the present, the verb tense of the action or state being reported does not change.

> "No puedo ir porque estoy enfermo." ⟶ Dice que no puede ir porque está enfermo.
> *"I can't go because I am sick."* ⟶ *He says he can't go because he is sick.*

> "Fui a un baile." ⟶ Dice que fue a un baile.
> *"I went to a dance."* ⟶ *He says he went to a dance.*

4. It is more common to use the reporting verb in the preterite. In this case, the reported action or state is usually in the imperfect or the past perfect.

a. Use the imperfect for narration in the present, with **ir a** + *infinitive*, or in the imperfect.

> "Ulises **canta** en el club los viernes."
> Mencionó que Ulises **cantaba** en el club los viernes.

> "Mi hermana **va a estar** en el teatro el sábado."
> Me dijo que su hermana **iba a estar** en el teatro el sábado.

> "Los niños **tenían** miedo del payaso."
> Explicó que los niños **tenían** miedo del payaso.

b. Use the past perfect when the narration is in the preterite, the present perfect, or the past perfect.

"**¿Has asistido** a un concierto de Maná?"
Me preguntó si **había asistido** a un concierto de Maná.

"Sí, los **vi** el año pasado."
Respondió que los **había visto** el año pasado.

"Nunca **había estado** en una peña."
Comentó que nunca **había estado** en una peña.

c. Use the present when the event in the narration is still going on or has not yet happened at the time of reporting.

"**Me gustan** las películas de terror."
Me dijo que **le gustan** las películas de terror.

"**Vamos a ir** al circo el próximo viernes."
Mencionó que **van a ir** al circo el próximo viernes.

5. When using indirect speech, time references will often change.

hoy ⟶ ese día, el lunes, el martes, etc.
mañana ⟶ el día siguiente

"Voy al cine **hoy**." ⟶ Dijo que iba al cine **ese día**.
"Hay un concierto **mañana**." ⟶ Mencionó que iba a haber un concierto el día siguiente.

INVESTIGUEMOS EL VOCABULARIO

Just as in English, speakers sometimes use the present when narrating a past conversation or event; this is known as the historical present. This is generally done to create an effect of immediacy or vividness.

A practicar

6.22 **¿Cierto o falso?** Escucha la información y decide si las oraciones son ciertas o falsas.

🔊 2-19

1. Dijo que le gustan mucho las películas de horror.
2. Comentó que un amigo le había recomendado la película "Desaparecido".
3. Mencionó que había ido a ver una película con su hija.
4. Explicó que había sido una película sobre una mujer que buscaba a su esposo.
5. Comentó que la película era muy triste.
6. Añadió que creía que la película iba a recibir un premio.

6.23 **Chismoso** Lee la siguiente conversación. Imagina que vas a contarle a alguien lo que dijeron Leandro y Gustavo. Cambia la conversación al estilo indirecto.

LEANDRO: ¿Vas a ir a la fiesta de Lupe el sábado?
GUSTAVO: No, no puedo porque tengo que trabajar.
LEANDRO: ¿Alguna vez has ido a una fiesta en su casa?
GUSTAVO: Sí, fui a la fiesta de su cumpleaños y me la pasé muy bien.
LEANDRO: No pude ir a su fiesta de cumpleaños porque estaba enfermo.
GUSTAVO: ¡Lupe tuvo un grupo de música fantástico!
LEANDRO: ¡No quiero perderme la fiesta el sábado!
GUSTAVO: Espero poder ir a su próxima fiesta.

6.24 **¿Qué dijo?** Miguel recibió un correo electrónico de su amigo Jacinto. Él le cuenta a su novia todo lo que Jacinto le dijo en el correo. ¿Qué le dijo a su novia?

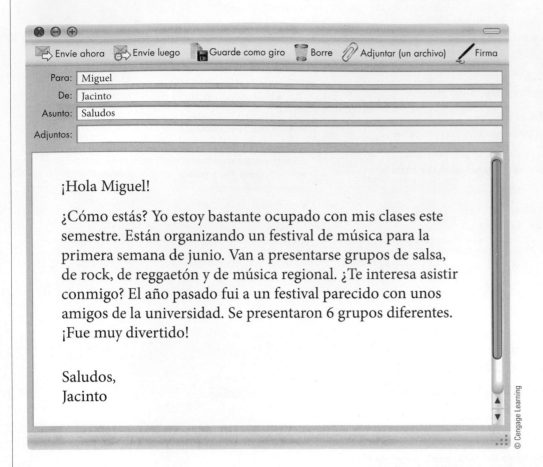

⊗ ⊖ ⊕

→ Envíe ahora   → Envíe luego   💾 Guarde como giro   🗑 Borre   📎 Adjuntar (un archivo)   ✏ Firma

Para: Miguel

De: Jacinto

Asunto: Saludos

Adjuntos:

¡Hola Miguel!

¿Cómo estás? Yo estoy bastante ocupado con mis clases este semestre. Están organizando un festival de música para la primera semana de junio. Van a presentarse grupos de salsa, de rock, de reggaetón y de música regional. ¿Te interesa asistir conmigo? El año pasado fui a un festival parecido con unos amigos de la universidad. Se presentaron 6 grupos diferentes. ¡Fue muy divertido!

Saludos,
Jacinto

© Cengage Learning

6.25 **A reportar** Entrevista a un compañero con las siguientes preguntas. Luego cambia de pareja y con el estilo indirecto repórtale lo que te dijo el primer compañero.

1. ¿Prefieres ir al cine o ver películas en casa?

2. ¿Qué tipo de películas te gusta?

3. ¿Tienes un actor o una actriz favorito? ¿Quién es?

4. ¿Tienes una película favorita? ¿Cuál es?

5. ¿Cuándo fue la última vez que viste una película?

6. ¿Qué película viste?

7. ¿Dónde viste la película?

8. ¿Te gustó la película?

Benicio del Toro, actor puertorriqueño

© Miguel Campos/ Shutterstock.com

6.26 **Una conversación telefónica** Imagina que escuchas a Ricardo hablando por teléfono con Flor. Con un compañero túrnese para suponer lo que dijo la otra persona en esta conversación telefónica. El primer reporte está hecho para darte un ejemplo. **¡OJO!** Tienes que prestar atención a la siguiente *(following)* línea para saber lo que dijo Flor.

RICARDO: ¡Hola, Flor! ¿Cómo estás?

FLOR: . . .

ESTUDIANTE: *Flor dijo que había estado enferma, pero que ya estaba mejor.*

RICARDO: Me alegra que ya no estés enferma. ¿Quieres salir el sábado?

FLOR: . . .

RICARDO: ¡Qué bueno!

FLOR: . . .

RICARDO: Si quieres podemos ir a un club para bailar.

FLOR: . . .

RICARDO: Hay un club en el centro donde ponen música salsa.

FLOR: . . .

RICARDO: Sí, estuve en ese club la semana pasada.

FLOR: . . .

RICARDO: Me gustó mucho.

FLOR: . . .

RICARDO: Nos vemos el sábado a las diez.

6.27 **Avancemos** A continuación aparecen dos tiras cómicas. Cuéntale a un compañero lo que pasó y lo que dijeron en una de las secuencias. Luego escucha mientras tu compañero te explica la otra secuencia.

Redacción

La reseña

Paso 1 Select a film that you would like to write a review for. Find out some basic information about the film: director, actors, year, and any awards it might have won.

Paso 2 Jot down a basic outline of the plot. Do <u>not</u> go into great detail.

Paso 3 Did you like the movie or not? Think about the details of the film such as plot, characters, actors, effects, etc. Then jot down a couple of the details from the film that support your view.

Paso 4 Using the information you generated in **Paso 1,** write a brief introductory paragraph in which you introduce your reader to the film you plan to review.

Paso 5 Write a second paragraph in which you tell what type of film it is and then summarize the plot of the film. Remember, this is only a <u>brief</u> summary. It should not be more than a few sentences and should not give away the ending.

Paso 6 Write a third paragraph in which you give your opinion of the movie and the reasons for your opinion. Be careful to maintain a mature tone and to use the specifics about the film that you generated in **Paso 3.**

Paso 7 Write a concluding statement in which you give your final opinion as to the value of the film as well as whether or not you recommend the film to your reader.

Paso 8 Edit your review.

    1. Is the information clearly organized in a logical sequence?

    2. Did you include ample details to support your opinion?

    3. Do adjectives agree with the nouns they describe?

    4. Do verbs agree with the subject?

    5. Did you use verb tenses (present, preterite, imperfect, past perfect) accurately?

 Share It!

Paso 1 Find a short film on the Internet that was made in a Spanish-speaking country. You might use some of the following words in your search: **cortometraje, Conaculta, premio.**

Paso 2 Watch the short film, and then write a short review of it on your blog. Give your opinion of the short film: Did you like it or not? Why? See **Paso 3** of the **Redacción** for ideas as to how to approach this.

Paso 3 Post a link to the film on your blog for your classmates to watch as well.

A escuchar 🔊

La censura española y el cine americano

Antes de escuchar

👥 En parejas, hablen de lo siguiente.

1. ¿Qué es la censura? ¿Qué métodos puede emplear un gobierno para censurar a su gente?
2. ¿Saben algo del cine negro *(film noir)*? ¿Qué características tienen estas películas?
3. ¿Es posible que el cine de un país tenga influencia a nivel social y a nivel político?

A escuchar

🔊 **2-20** Salvador va a describir la censura en España durante la dictadura de Franco (1936–1975) y la reacción de la gente hacia el cine americano. Toma apuntes sobre lo que dice. Compara tus apuntes con los de un compañero y organiza tu información para contestar las siguientes preguntas.

1. ¿Cómo era la televisión cuando Salvador era niño?
2. ¿Por qué fueron importantes las películas del cine negro? ¿Por qué les gustaban a los españoles?
3. ¿Cómo influyeron las películas de Doris Day? ¿Cómo era diferente esta influencia de la del cine negro?
4. ¿Por qué considera Salvador que España es "pro-americana"?

Después de escuchar

1. ¿Por qué piensan que durante la dictadura la televisión y el cine eran tan populares en España, a pesar de que *(even though)* estuvieran censurados?
2. ¿Es bueno que se exporten "mensajes culturales" cuando se estrenan películas estadounidenses en otros países? ¿Cuáles son los efectos positivos? ¿y los negativos?

© Arman Zhenikeyev/Shutterstock

Las películas en blanco y negro de los Estados Unidos eran muy populares en España durante la época de la dictadura.

Ana y Manuel

Un cortometraje de Manuel Calvo

Ana y Manuel

Dirigido por Manuel Calvo

Ana decide comprarse un perro después de que su novio Manuel rompe con ella. ¿Será una buena decisión?

(España, 2004, 10 min)

Antes de ver

Habla con un compañero sobre las siguientes preguntas.

1. *Ana y Manuel* es como una versión corta de una comedia romántica. ¿Te gustan las comedias románticas? ¿Por qué? ¿Cuáles son algunas de las características de una comedia romántica?

2. Cuando una relación de pareja termina, ¿qué se hace para olvidar a la otra persona o para salir adelante *(to move on)*?

Vocabulario útil

echar de menos   *to miss*   **regalar**   *to give as a gift*
hartarse   *to get tired of*   **la venganza**   *revenge*
El Rastro   *a flea market in Madrid, Spain*

Comprensión

Decide si las siguientes oraciones son ciertas o falsas. Corrige las oraciones falsas.

1. A Ana le había *(had)* parecido una mala idea tener animales en la casa.
2. Ana había tenido pesadillas *(nightmares)* sobre la tortuga que tenían ella y Manuel en casa.
3. Manuel liberó *(freed)* a la tortuga porque no le gustaba la idea de tener mascota.
4. Le puso el nombre Man a su perro porque es parte del nombre de su exnovio.
5. Con el paso del tiempo Ana empezó a cansarse de tener el perro.
6. Ana decidió regalarle una colonia a su hermano para la Navidad.
7. Cuando bajó por el regalo, el perro ya no estaba en el auto.
8. Ana estaba feliz cuando ya no tenía que preocuparse por el perro.
9. El perro llevó a Manuel a la casa de Ana.
10. Ana decidió cambiar el nombre del perro a Max.

Después de ver

1. En tu opinión ¿qué hace que una película sea buena?
2. Imagina que eres crítico de cine. ¿Cuántas estrellas *(stars)* le das a la película *Ana y Manuel*? ¿Por qué?

Nota biográfica

Rosario Castellanos (1925–1974) fue una escritora mexicana muy reconocida del siglo XX. Trabajó como profesora de literatura y filosofía en varias universidades en México y sirvió por tres años como embajadora mexicana en Israel, donde murió electrocutada. Aunque es más conocida como poeta, fue también autora de ensayos, tres novelas y un drama. Mucha de su obra critica a la sociedad y el tiempo en que vivía, a veces enfocándose en la opresión de la mujer y en la del pueblo indígena de México. Aquí se presenta un poema en el que discute el fenómeno cultural de la telenovela y simultáneamente critica la influencia de la televisión.

APROXIMÁNDONOS A UN TEXTO

When reading a poem, look at how the poet divided the text into verses. In this poem, each verse represents a different aspect of the situation being described. Looking at how the poet structured the poem will help you understand how she communicates her message.

Antes de leer

Con un compañero respondan las siguientes preguntas.

1. El poema que vas a leer se llama "Telenovela" *(soap opera)*. En tu opinión ¿hay tramas típicos o problemas que se repitan en la vida de los personajes de las telenovelas? ¿Hay personajes típicos? ¿Quiénes miran las telenovelas? ¿Por qué se asocian las telenovelas con este público televidente?

2. ¿Hay algún programa en la televisión que toda la familia mire junta? ¿Por qué les gusta a todos?

3. ¿Cómo nos afecta el mirar mucho la televisión? ¿Afecta las relaciones personales? ¿Cómo? ¿Afecta otros aspectos de la vida?

4. ¿Prestas atención a los anuncios cuando miras la televisión? ¿Has comprado algo después de verlo en un anuncio? ¿Qué tipos de productos suelen patrocinar *(to sponsor)* las telenovelas?

¿Hay algún programa en la televisión que toda la familia mire junta?

© dotshock/Shutterstock

Telenovela

1   El sitio que dejó vacante Homero,
    el centro que ocupaba Scherezada
    (o antes de la invención del lenguaje, el lugar
    en que se congregaba la gente de la tribu
5   para escuchar al fuego)
    ahora está ocupado por la Gran Caja Idiota.

    Los hermanos olvidan sus rencillas*   *quarrels*
    y fraternizan en el mismo sofá; señora y sierva*   *servant*
    declaran abolidas diferencias de clase
10 y ahora son algo más que iguales: cómplices.

    La muchacha abandona
    el balcón que le sirve de vitrina*   *display window*
    para exhibir disponibilidades*   *availability*
    y hasta el padre renuncia a la partida
15 de dominó y pospone
    los otros vergonzantes merodeos* nocturnos.   *snooping, prowling*

    Porque aquí, en la pantalla, una enfermera
    se enfrenta con la esposa frívola del doctor
    y le dicta una cátedra*   *lecture*
20 en que habla de moral profesional
    y las interferencias de la vida privada.

    Porque una viuda cosa* hasta perder la vista   *sews*
    para costear el baile de su hija quinceañera
    que se avergüenza de ella y de su sacrificio
25 y la hace figurar* como una criada.   *appear*

    Porque una novia espera al que se fue;
    porque una intrigante* urde* mentiras: *schemer / devises*
    porque se falsifica un testamento;
    porque una soltera da un mal paso*   da... *makes a bad choice*
30 y no acierta* a ocultar las consecuencias.   no... *doesn't manage*

    Pero también porque la debutante
    ahuyenta* a todos con su mal aliento* .   *frightens / breath*
    Porque la lavandera entona una aleluya
    en loor* del poderoso detergente.   *praise*
35 Porque el amor está garantizado
    por un desodorante
    y una marca especial de cigarrillos,
    y hay que brindar* por él con alguna bebida   *offer a toast*
    que nos hace felices y distintos.

40 Y hay que comprar, comprar, comprar, comprar.
    Porque compra es sinónimo de orgasmo,   *saintliness*
    porque comprar es igual que beatitud*,
    porque el que compra se hace semejante a dioses.
    No hay en ello herejía* .   *heresy*

45 Porque en la concepción y en la creación del hombre
    se usó como elemento la carencia*.   *shortage*
    Se hizo de él un ser menesteroso*,   *needy*
    una criatura a la que le hace falta
    lo grande y lo pequeño.

50 Y el secreto teológico, el murmullo*   *murmur*
    murmurado al oído del poeta,
    la discusión del aula del filósofo
    es ahora potestad* del publicista.   *authority*

    Como dijimos antes no hay nada malo en ello.
55 Se está siguiendo un orden natural
    y recurriendo a su canal idóneo*.   *ideal*

    Cuando el programa acaba
    la reunión se disuelve.
    Cada uno va a su cuarto
60 mascullando* un —apenas— "buenas noches".   *mumbling*

    Y duerme. Y tiene hermosos sueños prefabricados.

© Neon Fizz/Shutterstock

Terminología literaria

la estrofa   *verse, stanza*
el verso   *line*
el verso libre   *free verse*

Comprensión

1. ¿Cuál es la opinión de Rosario Castellanos en cuanto a la televisión? ¿Es positiva o negativa? ¿Qué evidencia de esta perspectiva hay en la primera estrofa?

2. ¿En qué estrofas describe a la familia? ¿Quiénes son los miembros de esta familia? ¿Qué actividad estaba haciendo cada persona antes de ver la telenovela? ¿Eran actividades individuales o en familia?

3. En las estrofas 4–6, se menciona a varios personajes "típicos" de la telenovela. ¿Quiénes son? ¿En qué situación o problema se encuentra cada personaje?

4. En las estrofas 7–8, Castellanos describe unos anuncios presentados durante la telenovela. ¿Qué productos se mencionan? ¿Qué efecto tendrán los productos en las situaciones de las personas en los anuncios? ¿Cuál es el mensaje general de estos anuncios publicitarios?

5. Después de ver la telenovela, ¿qué hace la familia?

Análisis

1. En la primera estrofa, Castellanos dice que Scherezada (la narradora en *Las mil y una noches*) y Homero (poeta griego que escribió la Ilíada y la Odisea) han sido reemplazados por la Gran Caja Idiota. ¿Por qué introduce estas referencias clásicas? ¿Qué efecto tienen? ¿Cómo contribuyen a comunicar su opinión hacia la televisión?

2. ¿Cómo caracteriza Castellanos a la familia antes, durante y después de ver la telenovela? ¿Es una imagen positiva o negativa? Usa ejemplos del poema para apoyar tus conclusiones.

3. ¿Qué efecto tienen en la familia la telenovela y los anuncios (y la televisión en general)? El último verso es "Y duerme. Y tiene hermosos sueños prefabricados". ¿Qué son "sueños prefabricados"? ¿Por qué son "hermosos"? ¿Es apropiada esta imagen? ¿Por qué?

A profundizar

1. ¿Cómo se relaciona la ilustración que aparece con el poema con el mensaje de Castellanos? ¿Por qué aparece la pantalla en blanco?

2. Castellanos escribió este poema hace unos cuarenta años. ¿Cómo han cambiado la televisión y los anuncios durante este tiempo? ¿Su mensaje todavía tiene validez? Explica tu respuesta.

3. ¿Piensas que otras tecnologías más recientes (por ejemplo, Hulu, Facebook, Twitter o los mensajes de texto) entretienen e invitan a la comunicación al mismo tiempo? ¿Cuál te parece más efectivo en lograr esto? ¿Por qué?

Enlaces

Ahora vas a practicar las formas verbales que se usan para narrar en el pasado. Te vas a enfocar en seleccionar el tiempo y aspecto correcto (pretérito, imperfecto, pluscuamperfecto) y el modo verbal (subjuntivo o indicativo). Recuerda que:

- El **indicativo** se usa para expresar hechos o información.
  - **El pretérito** se usa para acciones del pasado que empiezan o terminan, y para narrar eventos que ocurren en secuencia.
  - **El imperfecto** se usa para acciones, condiciones o estados del pasado que están en progreso, que son habituales o que tienen función descriptiva. Se usa también para reportar lo que dijo una persona cuando lo original se expresó en presente, futuro o imperfecto.
  - **El pluscuamperfecto** se usa para acciones o estados que ocurrieron antes de otro evento en el pasado; también se usa para reportar lo que dijo una persona cuando la idea original se expresó en pretérito, presente perfecto o pluscuamperfecto.
- El **subjuntivo** se usa después de verbos de influencia, verbos que expresan duda, opiniones o emociones, y después de expresiones impersonales, en cláusulas adverbiales o en cláusulas adjetivales cuando el hablante no sabe si existe el sustantivo descrito.
  - **El imperfecto del subjuntivo** se usa en contextos del pasado que ocurren en el mismo tiempo del verbo de la cláusula principal.
  - **El pluscuamperfecto del subjuntivo** se usa en contextos del pasado que ocurren antes que el tiempo del verbo en la cláusula principal.

6.28 **El estreno** Miguel le cuenta a su amigo Jaime sobre un drama que vio la semana pasada con su novia Ana María. Completa su relato usando la forma apropiada del verbo indicado.

El lunes pasado Ana María me (1.) _____ (decir) que (2.) _____ (querer) ver una nueva obra de teatro, *El secreto,* que iban a estrenar el viernes. Nuestro amigo Jorge (3.) _____ (tener) el papel del protagonista y (4.) _____ (querer) por mucho tiempo que nosotros lo (5.) _____ (ver) actuar en una obra. Yo (6.) _____ (decidir) acompañarla y (7.) _____ (ofrecer) ir a la taquilla a comprar boletos para el estreno, pero ella ya los (8.) _____ (comprar) en línea. Entonces, le (9.) _____ (responder) que yo (10.) _____ (pensar) invitarla a cenar.

La noche del estreno Ana María y yo (11.) _____ (llegar) a nuestras butacas unos quince minutos antes de la actuación, pero no pudimos ver a Jorge. Jorge (12.) _____ (interpretar) el papel de una manera excelente, y el público (13.) _____ (reconocer) su gran talento. Lo único que le molestó a Ana María fue que no (14.) _____ (venir) más personas. Tengo que admitir que me sorprendí de que Jorge (15.) _____ (poder) prepararse tan bien para un papel tan riguroso. Lo discutimos después y los dos (16.) _____ (ser/estar) muy emocionados de conseguir boletos para ver otra actuación de *El secreto.* ¡Lo pasamos súper bien!

MOMENTO METALINGÜÍSTICO

Para cada verbo del segundo párrafo de la actividad 6.28, explica por qué escogiste la forma verbal que empleaste.

6.29 **La "crítica" de _El secreto_** Miguel les hizo varios comentarios a ti y a tu compañero. En parejas, túrnense usando el estilo indirecto (experimenta con verbos diferentes) para reportar lo que dijo Miguel y después digan si el comentario les parece justo. **¡OJO!** Usen el subjuntivo cuando sea necesario para apoyar su opinión.

Modelo Este teatro es un lugar demasiado pequeño para tener buen público.

Estudiante 1: _Miguel me dijo que el teatro era demasiado pequeño para tener buen público. Creo que tiene razón porque si hay más gente, el ambiente es más eléctrico._

Estudiante 2: _No creo que el tamaño del teatro afecte la actuación de una obra. Si son actores buenos, el público va a responder._

1. Obviamente los otros actores no se habían preparado tanto como Jorge.
2. La obra _El secreto_ va a ser un clásico en unos años.
3. El vestuario de los personajes ayudaba a entender su caracterización.
4. La música todavía necesita un poco de atención, falta algo.
5. Espero que hayan podido subir los precios de los boletos después de tan buen resultado.

Jack.Q / Shutterstock.com

El vestuario de los actores crea el ambiente apropiado para la obra.

6.30 **Avancemos más** Vas a ir a ver una película con unos compañeros de clase y tienen que decidir qué película van a ver.

Paso 1 Escribe una lista de tres o cuatro películas que te gusten. No es necesario que las estén exhibiendo en el cine ahora.

Paso 2 En un grupo de tres o cuatro estudiantes, cada uno va a seleccionar una película de su lista e intentar convencer a los otros de ver esa película. Deben mencionar qué tipo de película es, dar una descripción corta y explicar por qué deben verla. Luego entre todos, elijan _(choose)_ una película para ver.

Paso 3 Explíquenle a la clase qué película van a ver y por qué la eligieron.

◀) Entretenimiento... ¡de película!

El entretenimiento

el acto *act*
la actuación *performance*
el (la) aficionado(a) *fan*
el (la) aguafiestas *party pooper*
el anfitrión/la anfitriona *host*
el baile *dance*
la balada *ballad*
la banda sonora *soundtrack*
la butaca *seat (at a theater or movie theater)*
la canción *song*
el (la) cantante *singer*
la cartelera *billboard*
el chiste *joke*
el circo *circus*
el (la) comediante *comedian*
el cortometraje *short film*
la crítica *review of a film*
el (la) crítico(a) *critic*
el (la) director(a) *director*
los efectos especiales *special effects*
la escena *scene*
el espectáculo *show, performance*
el estreno *premiere*
el éxito *success*

el final *ending*
la fotografía *photography*
el fracaso *failure*
la función *show*
las golosinas *sweets, snacks*
el intermedio *intermission*
el largometraje *feature-length film*
el medio tiempo *half time*
las palomitas de maíz *popcorn*
la pantalla *screen*
el parque de diversiones *amusement park*
el partido *game (sport), match*
el payaso *clown*
la peña *a venue to eat and listen to folk and
    traditional music*
el premio *prize, award*
el protagonista *protagonist*
el público *audience*
el salón de baile *ballroom*
el talento *talent*
la taquilla *box office, ticket office*
la trama *plot*
la velada *soirée*

Adjetivos

emocionante *exciting, thrilling*

gracioso(a) *funny*

Verbos

actuar *to act*
añadir (que) *to add (that)*
comentar (que) *to comment (that)*
conmover (ue) *to move (emotionally)*
contar (ue) (que) *to tell (someone) that*
contestar (que) *to answer (that)*
decir (que) *to say (that)*
entretener *to entertain*
estrenar *to premiere, to show (or use
    something) for the first time*
exhibir *to show (a movie)*

explicar (que) *to explain (that)*
filmar *to film*
innovar *to innovate*
mencionar (que) *to mention (that)*
pasársela bien/mal *to have a good/bad time*
pedir que *to ask that*
preguntar si (cuándo, dónde, qué, etc.) *to ask if
    (when, where, what, etc.)*
producir *to produce*
responder (que) *to respond (that)*

Clasificación de películas

la película... *movie, film*
    animada / de animación *animated*
    clásica *classic*
    cómica *funny*
    de acción *action*
    de aventuras *adventure*
    de ciencia ficción *science fiction*

    de horror *horror*
    de misterio *mystery*
    de suspenso *suspense*
    documental *documentary*
    dramática *drama*
    romántica *romantic*

Terminología literaria

la estrofa *verse, stanza*
el verso *line*

el verso libre *free verse*

Diccionario personal

_____

_____

_____

_____

_____

_____

_____

_____

_____

_____

_____

_____

_____

_____

_____

_____

_____

_____

_____

_____

CAPÍTULO 7

Estrategia para avanzar

Distinguishing register (the difference between formal and informal contexts) is linguistically complicated. Although **tú** and **usted** are introduced in beginning Spanish, using the correct pronoun at the correct time and using them consistently takes time. However, advanced speakers convey register through many means beyond simple **tú/usted** use. As you work to become an advanced speaker, listen to how speakers convey politeness, respect, or social distance in different situations using other linguistic elements, such as the use of the conditional.

In this chapter you will learn how to:

- Discuss work and finances
- Talk about what might happen

Ganarse la vida

El mejor trabajo para una persona es uno que le guste.

Estructuras

A perfeccionar: Future tense

Conditional tense

Future Perfect and Conditional Perfect

Conexiones y comparaciones

El trabajo en España y Latinoamérica

Cultura y comunidad

El Nacional Monte de Piedad

Literatura

La pobreza, por Pablo Neruda

Redacción

Una carta de solicitud de empleo

🔊 A escuchar

¿Cómo serán los trabajos del futuro?

▶ Video

La carrera de los restaurantes privados en Cuba

▶ Cortometraje

La lista

¿Qué días son los más ocupados en un banco?

En el trabajo

el aguinaldo *bonus paid at the end of the year*
el bono *bonus*
el (la) cliente *client*
la competencia *competition*
el contrato *contract*
el curriculum vitae *resumé*
el desempleo *unemployment*
el (la) empleado(a) *employee*
la empresa *company*
el (la) gerente *manager*
la gráfica *chart*
la jubilación *retirement*
los negocios *business*
las prestaciones *benefits*
el puesto *position, job*
la solicitud de trabajo *job application*
el sueldo *salary*
el trabajo de tiempo completo *full-time job*
el trabajo de tiempo parcial *part-time job*

Las finanzas

el billete *bill (money)*
la bolsa de valores *stock market*
la caja *service window*
el cajero *cashier*
el cajero automático *automatic teller machine*
el cambio de moneda extranjera *foreign currency exchange*
la chequera *checkbook*
la comisión *commission*
la cuenta *bill (statement showing amount owed)*
la cuenta corriente *checking account*
la cuenta de ahorros *savings account*
el depósito *deposit*
el dinero *money*
el efectivo *cash*
las ganancias *earnings*
la hipoteca *mortgage*
la moneda *coin*
el pago *payment*
por ciento *percent*
el porcentaje *percentage*

el préstamo *loan*
el recibo *receipt*
la tarjeta de crédito *credit card*
la tarjeta de débito *debit card*

Verbos

cargar *to charge (to a credit/debit card)*
cobrar *to charge (for merchandise, for work, a fee, etc.)*
contratar *to hire*
depositar *to deposit*
despedir (i, i) *to fire*
disminuir *to decrease*
firmar *to sign*
hacer fila/cola *to form a line*
invertir (ie, i) *to invest*
jubilarse *to retire*
pagar a plazos *to pay in installments*
renunciar *to quit*
retirar fondos *to withdraw funds*
solicitar *to apply, to request*
trabajar horas extras *to work overtime*
transferir (ie, i) fondos *to transfer funds*

A practicar

7.1 **Escucha y responde** Observa la ilustración y decide si las ideas que vas a escuchar son ciertas o falsas.

3-2

7.2 **La palabra lógica** Completa las ideas con una palabra del vocabulario que sea lógica.

1. En el banco puedo abrir _____ y depositar dinero en ella.

2. Pedí _____ para comprar una casa.

3. Estoy buscando trabajo, por eso actualicé *(updated)* mi _____ y completé _____ para enseñar en una escuela primaria.

4. Me interesa _____ en la bolsa de valores.

5. Las vacaciones son _____ que todas las empresas ofrecen porque es la ley.

6. _____ es un documento en el que se establecen condiciones para hacer un negocio.

7. ¿Dónde está mi _____? Necesito escribir un cheque para la compañía del gas.

8. Desafortunadamente, hay _____ muy alto de desempleo.

9. Fui a cenar con mi novia, pero no aceptaban tarjetas. En mi cartera *(wallet)* tenía solamente _____ de cien pesos. Afortunadamente mi novia también llevaba dinero, porque _____ fue de casi 400 pesos.

10. Hoy en día es difícil encontrar un buen trabajo porque hay mucha _____ ya que muchas personas buscan empleo.

7.3 **Diferencias y semejanzas** Túrnense para explicar las semejanzas y las diferencias entre cada grupo de palabras. Después, elijan una de las palabras y úsenla en una oración.

1. tarjeta de crédito   tarjeta de débito   cheque
2. cobrar   pagar   cargar
3. cajero   vendedor   el gerente
4. retirar   depositar   invertir
5. aguinaldo   sueldo   prestación
6. dinero   billete   moneda

Expandamos el vocabulario

The following words are listed in the vocabulary. They are nouns, verbs, or adjectives. Complete the table using the roots of the words to convert them to the different categories.

Verbo	Sustantivo	Adjetivo
ahorrar		
	pago	
		despedido
depositar		

7.4 Prioridades Pon en orden de prioridad los diferentes aspectos de un trabajo: 1 es el más importante y 9 es el menos importante. Luego, en un grupo de tres o cuatro estudiantes, comparen sus listas y expliquen sus decisiones.

_____ el sueldo

_____ el horario

_____ las prestaciones

_____ el ambiente y los compañeros de trabajo

_____ el aguinaldo

_____ la seguridad

_____ la satisfacción

_____ la oportunidad de aprender

_____ las oportunidades de ascenso

7.5 Experiencias personales Trabaja con un compañero para conversar sobre las siguientes preguntas. Den mucha información.

1. ¿Qué servicios bancarios usas? ¿Con qué frecuencia?

2. ¿Prefieres las tarjetas de crédito o de débito? ¿Por qué?

3. ¿Piensas que sea importante ahorrar una parte del sueldo? ¿Por qué? ¿Qué porcentaje?

4. ¿Qué prestaciones crees que sean muy importantes en cualquier trabajo?

5. ¿Trabajas? ¿Prefieres un trabajo de tiempo completo o de tiempo parcial?

6. ¿Alguna vez renunciaste a un trabajo? ¿Por qué?

7. ¿Qué piensas hacer después de jubilarte?

7.6 El banco desde tu perspectiva Observa la ilustración inicial y habla con un compañero de las siguientes preguntas.

1. ¿Se parece el banco de la ilustración a los bancos que hay en tu comunidad? ¿Observas alguna diferencia? ¿Cuál?

2. ¿Crees que es común contratar a guardias de seguridad para los bancos?

3. En la escena hay muchas personas esperando usar un cajero automático. ¿Te parece lógico? ¿Por qué?

4. ¿Con qué frecuencia necesitas ir a un banco? ¿Qué opinas del costo de usar los servicios de un banco?

7.7 ¿De acuerdo? Con un compañero, túrnense para decir si están de acuerdo o no con las siguientes afirmaciones. Expliquen por qué.

1. El pago de aguinaldos es una buena idea.

2. El dinero en efectivo desaparecerá en el futuro cercano.

3. Las tarifas (*fees*) que cobran los bancos y las tarjetas de crédito son injustas.

4. La semana de trabajo de 40 horas debe reducirse.

5. El secreto de encontrar un trabajo es escribir un curriculum vitae excelente.

6. Lo peor de ir al banco es hacer fila.

7. Pagar a plazos es una mala idea. Es mejor comprar solo cuando se tiene todo el dinero necesario.

8. En mi experiencia, el porcentaje que cobran por cambiar moneda extranjera es muy pequeño.

Monedas de Panamá

© Hernan H. Hernandez A./Shutterstock

7.8 **Citas** Habla con un compañero. ¿Están de acuerdo sobre las siguientes citas acerca del trabajo? Expliquen sus opiniones.

INVESTIGUEMOS LA MÚSICA

Busca la canción "Pobre de mi patrón" de Fecundo Cabral en Internet. ¿Por qué dice que su patrón es pobre?

- Quien no ama su trabajo, aunque trabaje todo el día es un desocupado *(unemployed)*. (Facundo Cabral, cantante y compositor argentino, 1937–2011)

- No aprovechan *(take full advantage of)* los trabajos si no han de enseñarnos algo. (José Hernández, escritor, argentino, 1835–1886)

- Nunca la persona llega a tal grado de perfección como cuando rellena un impreso *(fill out a form)* de solicitud de trabajo. (Anónimo)

- Así como no existen personas pequeñas ni vidas sin importancia, tampoco existe trabajo insignificante. (Elena Bonner, activista de derechos humanos soviética, 1923–2011)

- No sabe lo que es descanso quien no sabe lo que es trabajo. (Refrán)

- Lo que importa es cuanto amor ponemos en el trabajo que realizamos. (Madre Teresa de Calcuta, religiosa nacida en Albania, 1910–1997)

- Algo malo debe tener el trabajo, o los ricos ya lo habrían acaparado *(hoarded)*. (Mario Moreno, "Cantinflas", comediante mexicano, 1911–1993)

- Poderoso *(Powerful)* caballero es don Dinero. (Dicho popular)

7.9 **¿Quién soy?** Las personas de las ilustraciones tienen diferentes situaciones financieras y laborales. Trabaja con un compañero para elegir a dos de las personas y escribir una pequeña biografía en primera persona. Escriban por lo menos cuatro ideas para cada una de las dos personas. Después léanle su descripción a la clase, que deberá adivinar quién lo dice.

Modelo *Empecé a trabajar muy joven. Trabajaba muchas horas extras para ganar dinero e invertirlo en la bolsa de valores. Después abrí un negocio, pero tuve que declarar bancarrota porque no funcionó. Ahora quiero jubilarme, pero necesito trabajar.*

© TijanaM/Shutterstock

© D.J.McGee/Shutterstock

© Schotter Studio/Shutterstock

La carrera de los restaurantes privados en Cuba

Antes de ver

Antiguamente todos los restaurantes de Cuba eran propiedad del estado. Aunque a los cubanos se les ha permitido abrir restaurantes en Cuba desde hace muchos años, la competencia ha aumentado desde que el gobierno empezó a eliminar empleos y los cubanos han tenido que trabajar por cuenta propia. Se calcula que una cuarta parte de los cubanos trabajan en el sector de la alimentación. ¿Cuáles son 3 o 4 estrategias que los dueños de los restaurantes pueden utilizar para sobresalir (to standout)?

Vocabulario útil

asiduo(a)   *frequent, regular*
comensales   *fellow diners, guests*
el (la) dueño(a)   *owner*
emprender   *to undertake*
el hueco   *hole*

el paisaje   *landscape*
por cuenta propia   *on their own*
prohibido(a)   *forbidden*
promocionarse   *to promote one's self*
surgir   *to emerge*

Video supplied by BBC Motion Gallery

¿Quiénes crees que son las personas de la foto? ¿Dónde trabajan?

Comprensión

1. ¿Por qué han surgido nuevos negocios en Cuba?
2. ¿Cuántas personas han solicitado entrar al sector privado?
3. ¿Qué son los "paladares"?
4. ¿Cómo se promociona el restaurante La Casa?
5. ¿Qué opina el dueño de La Casa sobre la competencia?

Después de ver

 Habla con un compañero sobre las siguientes preguntas.

1. ¿Piensas que hay diferencias entre los restaurantes cubanos y los de los Estados Unidos? Explica.

2. ¿Qué factores son importantes para que un restaurante tenga éxito?

3. Observa la foto en esta sección de un restaurante cubano. ¿Se parece a un restaurante típico de los Estados Unidos? ¿Cuáles son las semejanzas y las diferencias?

La Bodeguita del Medio es un restaurante muy popular en La Habana Vieja.

© Robert Harding Picture Library / SuperStock

Más allá

Piensa en otros negocios que una persona puede abrir. ¿Cuáles crees que tienen mejores posibilidades de tener éxito? ¿Qué negocios son más difíciles? ¿Por qué?

A investigar

Como puedes ver, muchos restaurantes en Cuba tienen información en Internet. Busca uno de estos restaurantes y observa la información que dan. ¿Es efectiva la página en el Internet? ¿Encontraste toda la información que necesitas para ir a este restaurante? ¿Qué comida se sirve? Después busca comentarios de personas que hayan visitado este lugar y compara la información que da el restaurante con las opiniones. ¿Las opiniones de los usuarios son positivas? ¿Te interesa visitar este restaurante? ¿Por qué?

A perfeccionar

A analizar

Elena describe cómo cambiarán los trabajos en el futuro. Mientras escuchas el audio, lee el párrafo e identifica los verbos que expresan el futuro. Luego contesta las preguntas que siguen.

¿Cómo serán diferentes los trabajos del futuro?

🔊
3-3 Yo pienso que en el futuro todo será sistematizado. Se necesitarán menos personas para hacer el trabajo. Entonces, conseguir trabajo será mucho más complicado para la mayoría de las personas. Sin embargo, pienso que trabajos como limpiar la casa, construcción, trabajos que no requieren demasiada educación seguirán prevaleciendo. Y pues, se necesitará mano de obra barata. Pero, para los trabajos más calificados las computadoras y las máquinas seguirán reemplazándonos. Entonces, se va a necesitar gente que sea un poco más especializada. También pienso que en el futuro las personas van a poder trabajar más en casa porque, pues, por el uso del Internet. Entonces, podrán trabajar más en casa, pero eso, yo pienso, que afectará las relaciones familiares porque la gente estará trabajando más. Entonces no podrá separar la casa del trabajo.

—Elena, Colombia

1. ¿Cuáles son las dos maneras de expresar acciones en el futuro? ¿Cómo se construyen las dos formas?
2. ¿Cuáles de los verbos en el párrafo en el futuro simple son irregulares?

A comprobar

El futuro

1. Advanced Spanish speakers clearly and consistently communicate the time (past, present, or future) of events. The future construction *ir* + *a* + **infinitive** is quite frequently used to express future actions. It is also common to use the present tense to express near future.

   Voy a retirar el dinero mañana.
   I'm going to withdraw the money tomorrow.

   Salgo para la oficina a las cuatro.
   I'm leaving for the office at four o'clock.

2. Another way to express what will happen is to use the simple future tense; however, it tends to be a little more formal and appears more frequently in writing. To form the future tense, add the following endings to the infinitive (rather than to the verb stem, as is done with most other verb tenses). Note that -**ar**, -**er,** and -**ir** verbs take the same endings.

volver	
yo	volver**é**
tú	volver**ás**
él, ella, usted	volver**á**
nosotros(as)	volver**emos**
vosotros(as)	volver**éis**
ellos, ellas, ustedes	volver**án**

ir	
yo	ir**é**
tú	ir**ás**
él, ella, usted	ir**á**
nosotros(as)	ir**emos**
vosotros(as)	ir**éis**
ellos, ellas, ustedes	ir**án**

hablar			
yo	hablar**é**	nosotros(as)	hablar**emos**
tú	hablar**ás**	vosotros(as)	hablar**éis**
él, ella, usted	hablar**á**	ellos, ellas, ustedes	hablar**án**

The following are irregular stems for the future tense:

decir	**dir-**
haber	**habr-**
hacer	**har-**
poder	**podr-**
poner	**pondr-**
salir	**saldr-**
tener	**tendr-**
venir	**vendr-**
querer	**querr-**
saber	**sabr-**

Al final del mes, **tendré** el dinero en mi cuenta.
*At the end of the month, I **will have** the money in my account.*

Ricardo **se jubilará** después de veinte años.
*Ricardo **will retire** after twenty years.*

Los nuevos empleados **comenzarán** el lunes.
*The new employees **will begin** on Monday.*

3. The future form of **haber** is **habrá**. You will remember that there is only one form of the verb regardless of whether it is followed by a singular or a plural noun.

¿**Habrá** ganancias este mes?
Will there be earnings this month?

4. The simple future form is also used to express probability or to speculate. In some cases, it serves as an equivalent for the English *might* or *I wonder*. When speculating about present conditions, it is common to use the verbs **ser, estar, haber,** and **tener.** When speculating about present actions, use the future tense of **estar** with the present participle.

Si Marta no está aquí, **estará** enferma.
*If Marta is not here, **she might be** sick.*

¿Cuántas personas **habrá**?
*How many people **might be** there?*

No contesta. ¿**Estará** trabajando?
*He doesn't answer. **Might he be** working?*

A practicar

7.10 **Predicciones** Se supone que habrá muchos cambios en los próximos cincuenta años. Lee las siguientes predicciones para el futuro y decide si estás de acuerdo o no. Explica tu respuesta.

1. Solo se usarán tarjetas de crédito o de débito y no habrá dinero en efectivo.

2. Muchos de los trabajos que hay hoy no existirán porque las computadoras y los robots harán el trabajo.

3. La gente podrá hacer su trabajo sin salir de casa usando la tecnología.

4. La mayoría de las compañías serán internacionales y los empleados tendrán que hablar otro idioma.

5. No habrá diferentes sistemas monetarios; todo el mundo usará el mismo dinero.

6. La gente se jubilará más tarde por los avances médicos.

7.11 **Un nuevo trabajo** Lucinda habla con un amigo sobre un nuevo trabajo. Lee las oraciones y complétalas con el futuro de los verbos indicados.

1. Yo _____ (trabajar) en una compañía grande y (ellos) me _____ (dar) muchas responsabilidades.

2. Me dicen que nosotros _____ (poder) negociar el contrato el viernes y que yo _____ (comenzar) a trabajar el próximo mes.

3. Estoy segura de que mis nuevos compañeros de trabajo _____ (ser/estar) muy simpáticos y que ellos me _____ (ayudar) a conocer la compañía.

4. Mi jefe me _____ (permitir) trabajar horas extras y yo _____ (ganar) un buen sueldo.

5. Creo que me _____ (gustar) el nuevo puesto y que yo _____ (ser/estar) muy feliz.

6. ¿Y tú? ¿Qué trabajo _____ (tener) en el futuro?

7.12 ¿Qué harás? Habla con un compañero sobre sus planes para el futuro usando las preguntas como guía.

1. ¿Adónde vas a ir para divertirte este fin de semana? ¿Con quién vas a salir? ¿Qué harás?

2. ¿Adónde irás en tu próximo viaje? ¿Por qué viajarás? ¿Irás con alguien?

3. ¿Qué vas a hacer al final del semestre? ¿Seguirás con tus estudios el próximo semestre? ¿Qué clases tendrás?

4. ¿Qué vas a hacer cuando termines de estudiar? ¿Buscarás un nuevo trabajo? ¿Qué tipo de trabajo?

7.13 Después de la graduación Entrevista a un compañero para saber si hará las siguientes actividades cuando se gradúe. Si tu compañero responde positivamente, pídele información adicional.

Modelo seguir estudiando español (¿Dónde?)

> Estudiante 1: *¿Seguirás estudiando español después de graduarte?*
> Estudiante 2: *Sí, seguiré estudiando español.*
> Estudiante 1: *¿Dónde?*
> Estudiante 2: *Quiero ir a estudiar a España.*

1. buscar un trabajo (¿En qué área?)

2. mudarse (¿Adónde?)

3. empezar estudios avanzados (¿En qué área?)

4. comprarse un regalo para celebrar (¿Qué?)

5. celebrar (¿Cómo?)

6. casarse (¿Cuándo?)

7. descansar (¿Qué harás?)

8. hacer otro cambio a su vida (¿Cuál?)

¿Qué harás después de la graduación?

© Tom Wang/Shutterstock

7.14 **¿Qué pasará?** Mira los dibujos. Con un compañero expresen conjeturas sobre las circunstancias (quiénes serán, por qué estarán allí, cuál será la situación y cómo se sentirán). Luego, mencionen lo que pasará después.

7.15 **Avancemos** Con un compañero van a hablar sobre cómo han cambiado los trabajos y sobre los cambios que habrá en el futuro.

Paso 1 Haz una lista de algunos trabajos que existen hoy y que no existían hace 30 años, y una lista de trabajos que existían hace 30 años pero que ya no existen. Luego compara tu lista con la de un compañero. Hablen sobre las razones por las cuales han cambiado los trabajos.

Paso 2 Habla con tu compañero sobre los cambios que habrá en el futuro. Piensen en lo siguiente: ¿Qué trabajos dejarán de existir? ¿Qué tipo de nuevos trabajos habrá? ¿Cambiará la forma en que se hace el trabajo? ¿Por qué ocurrirán estos cambios?

Antes de leer

1. Piensa en dos ejemplos de negocios exitosos ¿Cuáles son? ¿Por qué tuvieron éxito?

2. ¿Te gustaría empezar un negocio? ¿De qué?

El alquiler de lavadoras a domicilio genera ganancias

No hay duda de que el ingenio y la creatividad pueden crear un buen negocio en cualquier lugar. Este es el caso de Ricardo Pérez, un ecuatoriano que alquila[1] lavadoras a domicilio[2]. Pérez transporta en su bicicleta sus lavadoras para llevarlas a viviendas donde se las alquilan por unas horas para hacer el trabajo de lavado más fácil. Los ingresos de Pérez por este trabajo son de entre U$A15–20 diarios.

> **INVESTIGUEMOS LA CULTURA**
>
> The symbol for the **peso** is very similar to the symbol for the US dollar; therefore, some countries use the symbol U$A to refer to dollars and the symbol $ for **pesos**.

Ricardo Pérez inició su negocio con siete lavadoras, y tan solo unas semanas después compró tres más. El negocio ha ido creciendo[3], pero también la competencia, ya que otras personas han empezado a ofrecer el mismo servicio.

La familia Vélez es uno de esos competidores. Cuando empezaron el negocio, ganaban hasta 50 dólares diarios, pero ahora ganan entre 15 y 25 debido a la competencia. Cabe señalar, que la familia Vélez comenzó con 20 lavadoras y tras poco tiempo aumentaron a 40, aunque muchas se han descompuesto[4].

El servicio tiene un costo de entre un dólar y 1,50 por hora, y por lo general se ofrecen promociones por el alquiler de tres horas en adelante, dejando el precio entre 2,50 y 3 dólares. La ganancia mensual que deja el negocio es de hasta 1200 dólares mensuales, y los días con más demanda son los fines de semana.

Para tener éxito en un negocio hay que ser emprendedor.

© Martin Herrera / El Universo

---

[1]*rent* [2]*residence* [3]*growing* [4]*broken down*

Source: *El Universo* (Ecuador)

Después de leer

1. ¿Cuáles son algunos trabajos originales que se pueden ver en tu comunidad?

2. ¿Qué se necesita para abrir un negocio?

3. Haz una lista de tres ventajas y tres desventajas de iniciar un negocio propio.

Comparaciones

Antes de leer

1. ¿Es el desempleo un problema en tu comunidad?
2. En tu experiencia ¿para quiénes es más difícil encontrar un trabajo?

El desempleo y la juventud

Según un informe de las Naciones Unidas del 2012, el desempleo es la mayor preocupación de la juventud de hoy. No es una declaración sorprendente. Las tasas de desempleo para los jóvenes en muchos países del mundo son más del doble que las de otros segmentos de la población. Las siguientes fueron las cifras[1] de desempleo para algunas naciones a principios del 2012:

Los Indignados protestan contra el sistema político y bancario.

	Jóvenes	Población general
Brasil	13,4%	5,7%
Chile*	16,3%	4,9%
Colombia	20,9%	10,9%
España	52%	24,1%
Estados Unidos	16,4%	8,1%
Japón*	7,1%	4,6%
México	10%	5,1%
República Dominicana	30%	5,9%

*2013

Las cifras anteriores, sin embargo, no incluyen a los jóvenes que están subempleados o a las personas que trabajan en la llamada economía informal, la cual se define como la economía oculta[2], ya sea para evadir impuestos, por cuestiones administrativas, o por ser ilegales. Todos los países del mundo participan de ella en menor y mayor medida. Ejemplos de trabajos de la economía informal son los empleos domésticos, el tráfico de substancias prohibidas y la venta de productos piratas.

---

[1]figures [2]hidden

Source: OCDE; ElComercio.com; *Juventud Rebelde* (Cuba); *La Jornada*.

Después de leer

1. ¿Cuáles piensan que sean causas del desempleo? ¿y las consecuencias? ¿Cuál es la tasa de desempleo en tu comunidad?
2. ¿Cómo afecta el desempleo a la economía de un país?
3. ¿Por qué crees que el desempleo afecta más a los jóvenes? ¿Qué deben hacer los jóvenes para tener mejores oportunidades de encontrar un empleo?

 A investigar

Investiga en Internet qué tipo de ayuda existe para las personas desempleadas en un país hispanohablante. ¿Cómo se compara esta ayuda a la que se ofrece en los Estados Unidos?

A analizar

Lucía da algunos consejos para las personas que quieren trabajar en Latinoamérica. Mientras escuchas el audio, lee el párrafo y observa los verbos en negritas. Luego, contesta las preguntas que siguen.

¿Qué tendría que hacer una persona si quiere conseguir trabajo en Latinoamérica?

🔊 Yo pienso que lo primero que **tendría** que hacer **sería** averiguar a qué país quiere ir. Si no está
3-4 pensando en el país, **podría** también averiguar con qué tipo de empresa quiere trabajar, o en qué tipo de circunstancias le **gustaría** trabajar. Siendo yo la persona que iba a hacer este trabajo en el extranjero **leería** información en el Internet, y también **buscaría** información a través de conocidos porque establecer contactos personales funciona muy bien en Latinoamérica. **Escribiría** cartas de presentación. Y **tendría** mucho cuidado en el proceso de elaborar esas cartas de presentación para que dieran toda la información precisa para este tipo de trabajo. Yo **haría** un estudio muy minucioso, muy cuidadoso de cuáles son los objetivos de las empresas, en qué forma mis habilidades, mis talentos o mi educación **podrían** contribuir al crecimiento de esa empresa y **tendría** una visión muy clara de la manera en que mis estudios se complementan con el tipo de trabajo que se hace en esa empresa.

—Lucía, Colombia

1. Los verbos en el párrafo están en el condicional. ¿A qué otra forma verbal se parece la conjugación del condicional?

2. ¿Cómo se forma el condicional?

3. ¿Qué expresa el condicional?

A comprobar

El condicional

1. The conditional allows speakers to express possible outcomes or actions in response to events. To form the conditional, add the following endings to the infinitive. Notice that all verbs take the same endings.

	hablar	volver	ir
yo	hablaría	volvería	iría
tú	hablarías	volverías	irías
él, ella, usted	hablaría	volvería	iría
nosotros(as)	hablaríamos	volveríamos	iríamos
vosotros(as)	hablaríais	volveríais	iríais
ellos, ellas, ustedes	hablarían	volverían	irían

2. The irregular stems for the conditional are the same as the irregular stems for the future tense. The endings for these verbs are the same as those for the regular forms.

decir	dir-
hacer	har-
poder	podr-
poner	pondr-
salir	saldr-
tener	tendr-
venir	vendr-
querer	querr-
saber	sabr-

3. The conditional is sometimes equivalent to the English construction *would* + verb. However, it does not communicate "habitual events" as *would* sometimes does in English. Habitual events are expressed with the imperfect.

Yo no **invertiría** en esa compañía.
*I **wouldn't invest** in that company.*

Me dijo que el gerente **estaría** en la oficina hoy.
*He told me the manager **would be** in the office today.*

4. The conditional form of **haber** is **habría**. You will remember that there is only one form of the verb regardless of whether it is followed by a singular or a plural noun.

Pensé que **habría** más clientes.
*I thought **there would be** more customers.*

5. The conditional is also used for conjecture about past activities. Past conjectures in English are sometimes expressed with *must have.*

¿Por qué **no firmaría** el contrato?
*Why **wouldn't he sign** the contract? (I wonder why **he didn't sign** the contract.)*

Tendría un préstamo.
*He **must have had** a loan.*

6. The conditional may also be used to demonstrate politeness or to soften a request.

Me gustaría depositar un cheque.
I would like to deposit a check.

¿**Irías** al banco conmigo?
Would you go to the bank with me?

A practicar

7.16 **Una encuesta** En grupos de cuatro o cinco hagan una encuesta para saber lo que harían los estudiantes en los siguientes casos. Luego repórtenle a la clase cuáles son las respuestas más populares.

1. Tienes un trabajo que no te gusta, pero que paga muy bien.
   a. Buscaría un nuevo trabajo.
   b. Me quedaría en el trabajo.

2. Tus amigos van a salir a divertirse el viernes, pero tú tienes que trabajar ese día.
   a. Llamaría al jefe para decirle que estoy enfermo.
   b. No saldría con mis amigos y trabajaría.

3. Recibes un bono de mil dólares en el trabajo.
   a. Pondría el dinero en una cuenta de ahorros.
   b. Iría de compras.

4. Un compañero de trabajo siempre llega tarde y sale temprano.
   a. Hablaría con el jefe.
   b. Estaría molesto pero no diría nada.

7.17 **Al perder el trabajo** Alicia habla de lo que haría si perdiera su trabajo. Completa las oraciones con la forma apropiada del condicional del verbo entre paréntesis.

1. Mis padres me _____ (apoyar) y yo _____ (mudarse) con ellos.

2. Mi hermana _____ (compartir – *to share*) su cuarto conmigo; seguro que no _____ (estar) muy contenta.

3. Yo _____ (buscar) un nuevo trabajo y mis amigos me _____ (decir) si saben de un trabajo.

4. Yo no _____ (ir) de compras porque no _____ gastar mucho dinero.

5. Mis amigos y yo no _____ (salir) mucho porque yo no _____ (tener) dinero.

6. ¿Qué _____ (hacer) tú en esta situación?

7.18 **Por favor** Trabajas en una oficina y tienes mucho que hacer hoy. Usa el condicional para pedirle a tu asistente que te ayude.

Modelo buscar el contrato del Sr. Gómez

¿Buscarías el contrato del Sr. Gómez?

1. depositar el cheque
2. cancelar la cita con la Sra. Martínez
3. mandarle el cheque al Sr. Pérez
4. hacer una fotocopia del contrato de la Srta. Castillo
5. llevarle la solicitud de trabajo al supervisor
6. devolverle la llamada al Sr. Hernández
7. confirmar la cita con la Sra. Núñez
8. contestar todas las llamadas

7.19 **En busca de...** Pregúntales a diferentes personas si harían las siguientes cosas si fueran millonarios. Pídeles información adicional para reportársela a la clase después.

1. tener una mansión (¿Dónde?)
2. donar dinero (¿Para qué causas?)
3. conducir un auto muy caro (¿Cuál?)
4. hacer muchos viajes (¿Adónde?)
5. ir de compras mucho (¿Para qué?)
6. salir a comer en restaurantes muy caros (¿Cuáles?)
7. ser estudiante (¿Qué estudiarías?)
8. trabajar como voluntario (¿Dónde?)

INVESTIGUEMOS LA GRAMÁTICA

When using an "if clause" to express what would happen in a hypothetical situation or a situation that is not likely or is impossible, it is necessary to use the imperfect subjunctive and the conditional. You will learn more about this concept in **Capítulo 8**.

Si yo **fuera** millonario, **estaría** muy feliz.
*If I **were** a millionaire, I **would be** happy.*

¿Qué harías si fueras millonario?

© Minerva Studio/Shutterstock

7.20 ¿Qué harías? Con un compañero hablen de lo que harían en las siguientes situaciones.

Modelo Pierdes tu trabajo.

Estudiante 1: *Iría a vivir con mis padres y buscaría un nuevo trabajo. ¿Qué harías tú?*
Estudiante 2: *Yo vendería mi moto y buscaría a alguien para vivir conmigo.*

1. Cuando recibes el cambio en un restaurante, te dan $20 más de lo debido *(than they should)*.

2. Ves a una persona robar un chocolate en una tienda.

3. Encuentras una billetera *(wallet)* sin identificación en el baño en la universidad.

4. Cuando sales de un estacionamiento dañas *(damage)* el auto de otra persona, pero no hay testigos *(witnesses)*.

5. No te gusta tu trabajo pero recibes un buen sueldo.

6. Recibes un cheque de $800 del gobierno después de presentar tu declaración de impuestos.

7.21 Avancemos Con un compañero túrnense para explicar lo que pasó en las siguientes escenas y cómo estarían las personas. Atención al uso del pretérito y del imperfecto.

Cultura y comunidad

Antes de leer

¿Qué puede hacer una persona que necesita dinero urgentemente? Haz una lista de tres ideas diferentes. ¿Cuáles son las ventajas y las desventajas de estas tres soluciones?

El Nacional Monte de Piedad

🔊
3-5
Hay muchas circunstancias que pueden hacer que una persona necesite dinero que no tiene disponible inmediatamente. Por ejemplo, podría perder su trabajo, tener un gasto inesperado, o podría descomponérsele[1] un artículo.

Una institución mexicana creada para ayudar a personas en esta situación es el Nacional Monte de Piedad (NMP), fundado en 1775 en la Ciudad de México por el Conde de Santa María de Regla, Don Pedro Romero de Terreros. En la actualidad es la institución de préstamo prendario[2] más grande de América Latina.

Desde su fundación, su objetivo ha sido ayudar a personas que necesitan dinero ofreciéndoles efectivo a cambio de alguna prenda[3] de su propiedad. El objeto se le regresa a su dueño después de que este ha pagado en abonos mensuales[4] la cantidad prestada. Por ejemplo, una persona traería alhajas[5] de su familia. Después de valuarla, un trabajador del Monte de Piedad le ofrecería una cantidad —por ejemplo, mil pesos. La persona recibiría también un plan de pagos. En este ejemplo, podría pagar

El Nacional Monte de Piedad fue creado para ayudar a las personas con necesidades económicas.

Courtesy of Leigh Thelmadatter

50 pesos mensuales hasta pagar el préstamo original y una tasa de interés del 4%. Si la persona no pudiera pagar, el objeto pasaría a ser propiedad del Monte de Piedad.

Hoy en día, en una sociedad moderna y con muchas otras opciones para conseguir préstamos, el Nacional Monte de Piedad continúa siendo una institución importante, realizando un promedio de 9 millones de contratos anuales y prestando aproximadamente 11 mil millones de pesos al año. El Monte de Piedad cuenta con 150 sucursales[6] en todo México, y se calcula que ayuda a aproximadamente 7 millones de familias anualmente. Es importante señalar que el 95% de las personas que empeña prendas, las recupera. Los objetos que el Nacional Monte de Piedad acepta incluyen alhajas como joyería y relojes, brillantes[7], monedas, aparatos electrodomésticos, computadoras, herramientas[8], automóviles y motocicletas. El 97% de las personas que usa los servicios de NMP empeña[9] alhajas y relojes.

Para realizar el trámite[10], el solicitante deberá identificarse con documentos oficiales, y entregar otra documentación que depende del objeto que desee empeñar.

Los artículos que no se paguen según las condiciones del contrato se considerarán abandonados y pasarán a la almoneda[11]. El Monte de Piedad organiza subastas[12] para vender estos objetos y conseguir dinero que vuelve a usarse para dar otros préstamos. Estas subastas son un lugar popular para comprar alhajas a precios muy accesibles.

---

[1] to breaks down [2] préstamo… pawn broking [3] security [4] abonos… monthly payments [5] pieces of jewelry
[6] branches [7] diamonds [8] tools [8] pawn [10] process [11] auction [12] auctions

Los siguientes son algunos otros datos curiosos sobre el Monte de Piedad:

- Algunas de sus sucursales aceptan tarjetas de crédito.
- Para empeñar objetos, estos se pueden considerar como antigüedades si tienen más de cien años de antigüedad.
- Entre los artículos que no se pueden empeñar figuran armas, arte sacro y teléfonos celulares.

Como una importante institución que se ha adaptado a los nuevos tiempos, el Monte de Piedad es una fuente de trabajo para muchas personas y además se ha aliado con otras instituciones para participar en campañas sociales como dotar[13] de equipo de cómputo a las escuelas.

---

[13]*provide*

Después de leer

1. En tus palabras ¿cuál es el objetivo del Nacional Monte de Piedad?

2. ¿Qué debe hacer una persona para recuperar la prenda que empeñó?

3. ¿Qué hace el Nacional Monte de Piedad con los objetos que no recobran sus propietarios?

4. ¿Qué documentos hay que presentar para empeñar una prenda?

5. ¿Existe alguna institución parecida al Nacional Monte de Piedad en tu comunidad? ¿Comprarías objetos de NMP? ¿Por qué?

Comunidad

Busca a una persona en tu comunidad que sea de un país hispanohablante y hazle una entrevista con las siguientes preguntas: ¿En qué trabaja? ¿Qué le gusta de su trabajo? ¿Qué no le gusta? ¿Qué educación o entrenamiento *(training)* hizo antes de empezar su trabajo?

Lo mejor de mi trabajo es aprender algo nuevo todos los días.

A analizar

Vero intenta predecir *(predict)* cómo será su trabajo en el futuro. Mientras escuchas el audio, lee el párrafo y observa los verbos en negritas. Luego contesta las preguntas que siguen.

Para el año 2025, ¿cómo habrá cambiado tu trabajo?

🔊 Considerando que hay muchos cambios tecnológicos, muchos cambios que nos están afectando a
3-6 todos, yo creo que, especialmente en mi trabajo, **habrá cambiado** en una manera en la que tenga que hacer las cosas más eficientes, en la que tenga que utilizar mucho la nueva tecnología. Para ese entonces yo ya **habré aprendido** a utilizar nuevos programas de computación, especialmente en mi rama de la economía. Nosotros ya **habremos innovado** muchas cosas y eso es muy importante tomar en cuenta ahora.

—Vero, Ecuador

1. ¿Se refiere Vero al pasado, al presente o al futuro? ¿Qué significan las formas en negritas?
2. ¿Cómo se construye esta forma?

A comprobar

El futuro perfecto y el condicional perfecto

Perfect tenses are used to communicate that an action has occurred or begun prior to a particular point in time that the speaker mentions. You will recall that each perfect tense consists of the verb **haber** (conjugated in different tenses) and a past participle, and that the past participle does not agree in number or gender with the subject because it is functioning as a verb, not as an adjective. To review the past participles, see **A perfeccionar** in **Capítulo 6.**

1. The future perfect is used to express an action that will be completed prior to a specific point in time in the future. The verb **haber** is conjugated in the simple future.

yo	**habré**	
tú	**habrás**	
él, ella, usted	**habrá**	
nosotros(as)	**habremos**	+ participle
vosotros(as)	**habréis**	
ellos, ellas, ustedes	**habrán**	

Cuando se jubile, mi padre **habrá trabajado** por 20 años en la compañía.
*When he retires, my father **will have worked** in the company for 20 years.*

Para el año 2025 **habrán eliminado** algunos trabajos.
*By the year 2025 they **will have eliminated** some jobs.*

2. The conditional perfect expresses actions that would have been completed prior to a point in time in the past had circumstances been different. The verb **haber** is conjugated in the conditional.

yo	**habría**	
tú	**habrías**	
él, ella, usted	**habría**	
nosotros(as)	**habríamos**	+ participle
vosotros(as)	**habríais**	
ellos, ellas, ustedes	**habrían**	

Habríamos depositado el cheque, pero no tuvimos tiempo para ir al banco.
*We **would have deposited** the check, but we didn't have time to go to the bank.*

Mi hermana gastó todo su dinero; yo lo **habría ahorrado**.
*My sister spent all her money; I **would have saved** it.*

3. Just as the simple future and the conditional can be used to express probability, so can the future and conditional perfect.

¿Qué **habrá dicho** para que su jefe reaccionara así?
*What **do you suppose he said** for his boss to react that way?*

Habrían hecho todo lo posible para evitar la bancarrota.
*They **must have done** everything possible to avoid bankruptcy.*

A practicar

7.22 **La jubilación** Leonardo va a jubilarse este año. Mira la gráfica y decide si las oraciones son ciertas o falsas.

Antes de que se jubile...

1. Leonardo y su esposa habrán terminado de pagar la casa.
2. su hija se habrá graduado.
3. su esposa se habrá jubilado.
4. su hija se habrá casado.
5. habrá recibido su bono.

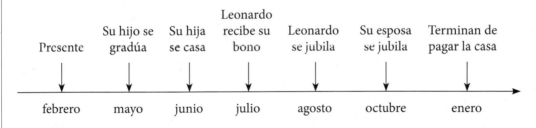

Presente	Su hijo se gradúa	Su hija se casa	Leonardo recibe su bono	Leonardo se jubila	Su esposa se jubila	Terminan de pagar la casa
febrero	mayo	junio	julio	agosto	octubre	enero

7.23 **En el futuro** Con un compañero hablen de lo que habrán hecho antes de los eventos indicados. Piensen en varios aspectos de su vida: la educación, el trabajo y lo personal.

Modelo casarse

Estudiante 1: *¿Qué habrás hecho antes de casarte?*
Estudiante 2: *Habré terminado mis estudios y habré conocido a la persona perfecta. ¿Y tú?*
Estudiante 1: *Habré encontrado un mejor trabajo y habré comprado una casa.*

1. acostarse esta noche
2. venir a la próxima clase de español
3. terminar el semestre
4. graduarse
5. ir de vacaciones
6. buscar un nuevo trabajo
7. comprar un nuevo auto
8. jubilarse

Antes de casarme habré viajado a Santiago de Chile.

© Israel Hervas Bengochea/Shutterstock

7.24 **Para el año 2050** Habla con un compañero sobre los cambios que piensas que habrán ocurrido antes del año 2050.

Modelo en el medio ambiente

> Estudiante 1: *Para el año 2050 creo que habremos destruido mucha de la naturaleza.*
> Estudiante 2: *Yo creo que para el año 2050 habremos encontrado nuevas soluciones para el problema de la energía.*

1. en tu vida personal
2. en el mundo de trabajo
3. en la tecnología
4. en la educación
5. en las ciencias
6. en las relaciones internacionales

7.25 **Excusas** No cumpliste con algunas de tus obligaciones en el trabajo y tu jefe te pregunta por qué. Con un compañero túrnense para hacer el papel del empleado y explicar por qué no cumpliste con ellas. Deben usar el perfecto del condicional como en el modelo.

Modelo ¿Por qué no llegó (usted) a tiempo? (haber mucho tráfico)

> Estudiante 1: *¿Por qué no llegó a tiempo?*
> Estudiante 2: *Habría llegado a tiempo, pero hubo mucho tráfico esta mañana.*

1. ¿Por qué no depositó el cheque? (perderlo)
2. ¿Por qué no llamó al cliente? (no poder encontrar su número de teléfono)
3. ¿Por qué no escribió el reporte? (no tener toda la información)
4. ¿Por qué no fue a la reunión? (estar enfermo)
5. ¿Por qué no hizo la presentación? (llegar tarde a la conferencia)
6. ¿Por qué no trabajó horas extras ayer? (tener una cita con mi médico)
7. ¿Por qué no despidió al señor Jiménez? (sentirse mal por él)
8. ¿Por qué no volvió a la oficina después del almuerzo ayer? (tener un accidente)

7.26 **A suponer** Usando el perfecto del condicional explica lo que crees que pasó en las diferentes situaciones laborales.

Modelo Bruno no pagó las cuentas *(bills)* el mes pasado.

> *Se habría olvidado.*

1. Daniel no llegó al trabajo ayer.
2. Victoria recibió un bono del jefe.
3. Marcela despidió a su secretaria.
4. Francisco y Marisol no terminaron el proyecto.
5. Alicia renunció.
6. Adrián y Laura trabajaron horas extra la semana pasada.
7. Ronaldo aceptó un nuevo trabajo.
8. Florencia no recibió su cheque el viernes.

Ronaldo aceptó un nuevo trabajo.

7.27 Avancemos Con un compañero describan lo que pasó en los dibujos. Luego, comenten lo que habrían hecho ustedes en la misma situación.

Una carta de solicitud de empleo

You plan to apply for the job in the following ad. Write a cover letter to accompany your resumé. Keep in mind that cover letters should be written in a formal style.

> **Recepcionista** Requisitos: responsable y trabajador, trato amable, buena presentación, manejo de PC, buen conocimiento de español e inglés, preferentemente con experiencia. Buen sueldo y vacaciones pagadas. Interesados enviar curriculum vitae y carta de solicitud al señor Félix Martínez, Director de Recursos Humanos, Empresas Herrera, calle García Lorca 947, 18060 Granada

Paso 1 Brainstorm your skills, qualities, and experiences that would make you a good candidate for this position.

Paso 2 In the upper right-hand corner, provide your city and the date on one line. Then to the left, put the person and address given in the job announcement.

Paso 3 Begin your letter with **Estimado señor:** Then, write your initial paragraph in which you express your interest in the position.

Paso 4 Write a second paragraph in which you describe your academic background: where you studied, what you studied, and the date of your graduation.

Paso 5 Write a third paragraph in which you discuss the qualifications that you generated in **Paso 1.**

Paso 6 Write a final paragraph in which you restate your interest in the opportunity to interview for the position.

Paso 7 Conclude your letter with an expression such as **Atentamente** or **Un saludo cordial** and your name.

Paso 8 Edit your letter.

1. Did you use the **usted** form throughout your letter?
2. Did you use the appropriate verb tenses?
3. Do adjectives agree with the person or object they describe?
4. Do verbs agree with their subjects?
5. Did you check your spelling, including accents?

Share It!

Paso 1 Find the classifieds for a city in the country you have chosen and find a job ad that interests you.

Paso 2 Create the first paragraph of your blog entry in which you tell your readers about the new position you'd like to have. Tell them as much about the position as you can and why you are interested in it.

Paso 3 Write a second paragraph in which you discuss what you will need to do in order to get the position.

A escuchar 🔊

¿Cómo serán los trabajos del futuro?

Antes de escuchar

En **A perfeccionar** en la página 218, Elena habló de cómo cambiarán los trabajos en el futuro. ¿Qué cambios ocurrirán según Elena?

A escuchar

🔊 Escucha los comentarios de Lucía sobre el mismo tema y después, usando las siguientes
3-7 preguntas como guía, habla de las ideas principales con un compañero.

1. Según Lucía, ¿cómo afectará la tecnología del futuro a la gente y su horario de trabajo?

2. ¿Qué otras áreas del trabajo cambiarán?

Después de escuchar

1. ¿Lucía y Elena expresaron ideas semejantes sobre este tema? ¿Hay aspectos en que difieren? ¿Es una más optimista que la otra en algún aspecto?

2. ¿Qué opinas sobre los trabajos en el futuro? ¿Estás de acuerdo con Elena o con Lucía?

En tu opinión ¿tiene el teletrabajo (*telecommuting*) más ventajas o desventajas?

© Monkey Business Images/Dreamstime

Cortometraje ▶

La lista

Dirigido por Álvaro de la Hoz

Los ingresos de la empresa se han reducido y Emma está preocupada por su trabajo. ¿Lo perderá?

(España, 2011, 6 min.)

Antes de ver

👥 Habla con un compañero sobre las siguientes preguntas.

1. Si una compañía tiene que recortar personal, ¿cómo deben decidir a quiénes despedir?

2. Imagínate que existe la posibilidad de que pierdas tu trabajo. ¿Qué harías?

Vocabulario útil

el apellido	*last name*	**madrugador(a)**	*early riser*
la aprobación	*approval*	**el pasillo**	*hallway*
la edad	*age*	**prescindible**	*expendable*
en todos lados	*everywhere*		

Comprensión

Ve el cortometraje y decide si las siguientes oraciones son ciertas o falsas. Corrige las oraciones falsas.

1. Emma ha llegado a la oficina muy temprano.

2. Emma no debe firmar los papeles.

3. El jefe le pregunta a Emma sobre la ortografía *(spelling)* de su apellido.

4. Hay rumores de que la empresa va a despedir a algunas personas.

5. Emma piensa que sería difícil encontrar un nuevo trabajo.

6. El jefe es completamente honesto con Emma.

Después de ver

1. ¿Qué opinas de la respuesta del jefe sobre la lista? ¿Por qué crees que lo dijo?

2. ¿Cómo piensas que reaccionará Emma cuando reciba la noticia?

Literatura

Nota biográfica

Pablo Neruda (1904–1973), chileno, fue poeta, dipomático y activista político. Escribió más de 35 libros de poesía, incluído *Veinte poemas de amor y una canción desesperada,* el cual se publicó cuando Neruda tenía solo diecinueve años. Conocido como "el poeta del pueblo chileno", ganó el Premio Nobel de Literatura en 1971.

APROXIMÁNDONOS A UN TEXTO

Literary texts almost always incorporate cultural information—be it social norms, political or historical contexts, or simply everyday routines. When you read a text, watch for details that broaden your cultural knowledge.

Antes de leer

Con un compañero, comenten las siguientes preguntas.

1. El poema que se presenta en este capítulo se llama "La pobreza". En los Estados Unidos, ¿se puede clasificar a las personas como "pobres" o "ricas"?

2. ¿Cuándo se considera que una persona es "pobre"? ¿Cuándo se considera "rica"?

3. ¿Cómo se puede identificar la pobreza?

La pobreza

1 Ay, no quieres,
te asusta
la pobreza,
no quieres
5 ir con zapatos rotos al mercado
y volver con el viejo vestido.

Amor, no amamos,
como quieren los ricos,
poverty   la miseria*. Nosotros
we will extract   10 la extirparemos* como diente maligno
ha… has bitten   que hasta ahora ha mordido* el corazón
del hombre.

Pero no quiero
fear   que la temas*.
residence   15 Si llega por mi culpa a tu morada*,…
si la pobreza expulsa
tus zapatos dorados,
laugh   que no expulse tu risa*que es el pan
de mi vida.
20 Si no puedes pagar el alquiler
step   sal al trabajo con paso* orgulloso,
y piensa, amor, que yo te estoy mirando
y somos juntos la mayor riqueza
que jamás se reunió sobre la tierra.

© Lisa S./Shutterstock

Pablo Neruda, "La Pobreza," *Los Versos del Capitan.* © Fundación Pablo Neruda, 2013. Used with permission.

Terminología literaria
el análisis *analysis, deeper reading of text*
la voz poética *poetic voice*

Comprensión

1. ¿Cuántos versos tiene el poema? ¿Cuántas estrofas?

2. La voz poética es la "persona que habla" en un poema. ¿Quién es la voz poética en este poema? ¿Es hombre o mujer? ¿A quién se dirige? ¿Qué relación existe entre las dos personas?

3. En las estrofas 1 y 2, ¿por qué tiene miedo de ser pobre? ¿Quién tiene miedo?

4. En la estrofa 3, ¿con qué se compara la pobreza?

5. ¿Cómo son diferentes las dos personas en cuanto a su actitud hacia la pobreza?

6. En la estrofa 4, la voz poética le pide a la otra persona que tome ciertas medidas (acciones) si se considera pobre. ¿Cuáles son?

Análisis

1. En tu opinión ¿cuál es el mensaje del poeta? ¿Estás de acuerdo con él?

2. ¿Qué palabras o frases son más efectivas para comunicar diferentes aspectos de su mensaje?

3. ¿Se pueden aplicar estas ideas acerca de la pobreza a otras dificultades en la vida? ¿Cómo?

A profundizar

Neruda compuso muchos poemas llamados "odas". Entre sus odas, se encuentra *Oda a la pobreza*. Búscala en Internet y léela. Después responde las siguientes preguntas.

1. ¿Quién es la voz poética? ¿A quién se dirige?

2. ¿Cuál es el mensaje del poeta?

3. ¿Qué elementos comparten los dos poemas? ¿Cómo difieren?

4. ¿Cuál te gusta más? Explica tu opinión.

En esta sección, vas a usar múltiples formas verbales al mismo tiempo: el futuro, el futuro perfecto, el condicional perfecto, el presente del subjuntivo y el condicional. Recuerda que cada forma cumple una función diferente.

- Futuro —indica que un evento ocurrirá en el futuro
- Futuro perfecto —indica que un evento habrá ocurrido <u>antes</u> de una fecha específica del futuro
- Condicional perfecto —indica que un evento podría haber ocurrido bajo <u>otras condiciones</u> (que no existen)
- Presente del subjuntivo —indica la <u>falta de certeza</u> o duda acerca de un evento del futuro cuando se presenta en una cláusula adverbial (ve el **Capítulo 3**)
- Condicional —indica que un evento ocurriría bajo <u>otras condiciones</u> (que no existen)

7.28 **No se sabe lo que pasará en el futuro.** Marta escribe un ensayo para su clase de español en el cual describe sus planes para empezar su carrera y pagar sus préstamos estudiantiles. Completa su ensayo, usando el verbo indicado en la forma apropiada.

Cuando yo (1.) _____ (terminar) con mi programa de estudios en dos años, (2.) _____ (necesitar) buscar un trabajo en mi campo con un buen sueldo. Me quedan dos años más de clases, pero cuando me gradúe, (3.) _____ (acumular) unos $20 000 en préstamos estudiantiles. (4.) _____ (ser/estar) urgente que yo (5.) _____ (empezar) a pagarlos y que (6.) _____ (comprar) la ropa necesaria para mi nuevo puesto profesional, tan pronto como (7.) _____ (recibir) mi primer cheque. Probablemente (8.) _____ (mudarse) a un apartamento (¡o a un nuevo estado!) y (9.) _____ (tener) muchos gastos inesperados. (10.) _____ (buscar) un auto usado y barato porque no quiero comprometerme a un presupuesto *(budget)* que no sea viable. Ahora me doy cuenta de que sin estos préstamos universitarios, mis finanzas (11.) _____ (ser/estar) más flexibles y yo (12.) _____ (poder) vivir como quisiera. Sin embargo no puedo cambiar el hecho de que soy responsable por los préstamos y los (13.) _____ (pagar) según un plan acelerado de pago. En menos de diez años los (14.) _____ (cancelar *[to pay off]*) y (15.) _____ (ser/estar) preparada para ahorrar para una casa. Claro que no se sabe si (16.) _____ (seguir) en el mismo trabajo todo este tiempo, pero yo sé que (17.) _____ (trabajar) en el mismo campo.

© Warren Goldswain/Shutterstock

¿Encontrar trabajo implica más responsabilidad o más libertad?

7.29 **¿Qué habrías hecho en su lugar?** Marta tiene una deuda de $20 000 por sus préstamos estudiantiles. Usando el condicional perfecto, explica lo que (no) habrías hecho en cada caso y por qué.

1. Le tomó seis años terminar su programa de estudios porque decidió tomar más clases opcionales.

2. Tuvo que repetir cuatro clases el año que trabajó tiempo completo.

3. Decidió tomar clases de tiempo parcial el semestre que tuvo una pasantía *(internship)*.

4. Los últimos dos años necesitó más dinero porque vivía sola.

5. Cargó un viaje a Florida a su tarjeta de crédito y usó el préstamo del siguiente semestre para pagarlo.

No sé cómo recortar mi presupuesto.

> **MOMENTO METALINGÜÍSTICO**
>
> ¿Por qué se usa el condicional perfecto para hablar de las situaciones en la actividad 7.29?

7.30 **Avancemos más** Con un compañero, hablen sobre lo que harían para cortar *(to cut)* su presupuesto *(budget)*.

Paso 1 El costo de la vida es alto y todos tenemos gastos que son esenciales y otros que son lujos *(luxuries)* que nos damos. Con un compañero hablen sobre sus opiniones acerca de cuáles son los gastos esenciales.

Paso 2 Si por razones económicas tu compañero y tú tuvieran que cortar $350 de sus gastos, ¿cómo lo harían? Antes de hablar con tu compañero, toma un minuto para decidir cómo reducirías tus gastos.

Gastos por mes

el alquiler *(rent)* ($650)   la ropa ($50)
la comida ($200)   salir con amigos ($200)
comer en restaurantes ($140)   el seguro *(insurance)* del auto ($65)
el corte de pelo ($20)   el servicio del teléfono celular ($60)
la gasolina ($125)   la conexión a Internet ($50)
la luz y el agua ($35)   la televisión por satélite ($30)

Paso 3 Compara tus preferencias con las de tu compañero y expliquen sus selecciones. ¿En qué coinciden y en qué se diferencian? Pónganse de acuerdo sobre cómo van a cortar $350 de su presupuesto. Hagan un resumen y preséntenle sus resultados a la clase.

◀)) Ganarse la vida

En el trabajo

el aguinaldo *bonus paid at the end of the year*
el bono *bonus*
el (la) cliente *client*
la competencia *competition*
el contrato *contract*
el currículum vitae *resumé*
el desempleo *unemployment*
el (la) empleado(a) *employee*
la empresa *company*
el (la) gerente *manager*

la gráfica *chart*
la jubilación *retirement*
los negocios *business*
las prestaciones *benefits*
el puesto *position, job*
la solicitud de trabajo *job application*
el sueldo *salary*
el trabajo de tiempo completo *full-time job*
el trabajo de tiempo parcial *part-time job*

Las finanzas

el billete *bill (money)*
la bolsa de valores *stock market*
la caja *service window*
el cajero *cashier*
el cajero automático *automatic teller machine*
el cambio de moneda extranjera *foreign currency exchange*
la chequera *checkbook*
la comisión *commission*
la cuenta *bill (statement showing amount owed)*
la cuenta corriente *checking account*
la cuenta de ahorros *savings account*
el depósito *deposit*

el dinero *money*
el efectivo *cash*
las ganancias *earnings*
la hipoteca *mortgage*
la moneda *coin*
el pago *payment*
por ciento *percent*
el porcentaje *percentage*
el préstamo *loan*
el recibo *receipt*
la tarjeta de crédito *credit card*
la tarjeta de débito *debit card*

Verbos

cargar *to charge (to a credit/debit card)*
cobrar *to charge (for merchandise, for work, a fee, etc.)*
contratar *to hire*
depositar *to deposit*
despedir (i, i) *to fire*
disminuir *to decrease*
firmar *to sign*
hacer fila/cola *to form a line*

invertir (ie, i) *to invest*
jubilarse *to retire*
pagar a plazos *to pay in installments*
renunciar *to quit*
retirar fondos *to withdraw funds*
solicitar *to apply, to request*
trabajar horas extras *to work overtime*
transferir (ie, i) fondos *transfer funds*

Terminología literaria

el análisis *analysis, deeper reading of text*

la voz poética *poetic voice*

Diccionario personal

_____
_____
_____
_____
_____
_____
_____
_____
_____
_____
_____
_____
_____
_____
_____
_____
_____
_____
_____
_____
_____
_____
_____

CAPÍTULO 8

Estrategia para avanzar

In **Capítulo 2,** linguistic breakdown was briefly mentioned. Breakdown is when a speaker does not have the linguistic capability to express his thoughts or to complete a task. It is a normal occurrence when learning a language. One strategy to "fix" breakdown is to simplify the task so that it is within your linguistic abilities. This might mean that you cannot convey the level of detail that you would like. When talking about abstract concepts, such as societal issues or politics, you may need to talk about personal experiences in order to contribute opinions about these abstract ideas. As you work to become an advanced speaker, you'll encounter increasingly difficult topics. Try not to become frustrated if breakdown occurs.

In this chapter you will learn how to:

- Compare and contrast rural and urban life
- Discuss hypothetical situations

El campo y la ciudad

Los retos de vivir en el campo son muy diferentes a los de vivir en la ciudad.

Estructuras

A perfeccionar: Comparisons

Si clauses (possible)

Si clauses (hypothetical)

Conexiones y comparaciones

Ciudades latinoamericanas

Cultura y comunidad

El grafiti: arte y voces urbanas

Literatura

Algo muy grave va a suceder en este pueblo, por
  Gabriel García Márquez

Redacción

Comparación y contraste

◀)) A escuchar

La industrialización de las zonas rurales en España

▶ Video

Los peligros de ser peatón en Lima

▶ Cortometraje

A la otra

Vocabulario

¿Qué prefieres: el campo o la ciudad? ¿Por qué?

El campo

el abandono abandonment
el abono fertilizer, manure
la agricultura agriculture
el asentamiento settlement, shantytown
la carencia lack, shortage, scarcity
el cultivo crop
la ganadería cattle raising
el ganado cattle
la granja farm
el huerto vegetable garden, orchard
la pesca fishing
la población population
el pueblo town
el rancho small farm, ranch

La ciudad

las afueras outskirts
la aglomeración crowd, mass of people
el asfalto asphalt
el barrio district, neighborhood

el cemento cement
la colonia residential subdivision
el crimen crime
la densidad demográfica population density
el embotellamiento traffic jam
la fábrica factory
la fuente fountain
la gente people
la mano de obra labor force
el monumento monument
la parada bus stop
el quiosco kiosk, stand
el rascacielos skyscraper
el ruido noise
el sistema de transporte público public transportation system
el tráfico traffic
la urbanización urbanization, housing development
el (la) vecino(a) neighbor

Verbos

ahuyentar to scare away
atraer to attract
cosechar to harvest
cultivar to cultivate
habitar to inhabit
sembrar (ie) to sow
urbanizar to develop, to urbanize

Adjetivos

arriesgado(a) risky
callejero(a) from the streets, stray
cosmopolita cosmopolitan
hispanohablante Spanish-speaking
local local
pintoresco(a) picturesque
rural rural
tranquilo(a) calm, peaceful, quiet
urbano(a) urban

INVESTIGUEMOS EL VOCABULARIO

Throughout the Spanish-speaking world, there are numerous words used to talk about farms, in addition to **la granja**. However, there might be small variations in the meanings and connotations of these words. The term **la hacienda** is used in Mexico. Historically **haciendas** were extremely large farming properties, and although nowadays they can be smaller, the connotation of wealth remains with the word. **La finca** is also commonly used to refer to a property in the countryside used for farming, but not of the great proportions of **la hacienda**. **El rancho** is commonly used to refer to a place where cattle are raised; however, in Argentina and Uruguay, it is referred to as **la estancia**. Nowadays, many **estancias** are also used for lodging and often combine agriculture with raising cattle. Finally, **la quinta** refers to a property in the countryside that is used only for recreational purposes.

A practicar

8.1 **Escucha y responde.** Observa la ilustración y responde las preguntas.

3-8

8.2 **¿Lógico?** Con un compañero lean con atención las ideas y túrnense para decidir si son lógicas. Si la idea es ilógica, corríjanla.

1. En las granjas hay quioscos.
2. La agricultura es una actividad importante del campo.
3. Las aglomeraciones en las ciudades causan embotellamientos.
4. En una ciudad cosmopolita se cultiva la mano de obra.
5. El asfalto y el cemento son dos materiales que se usan en los huertos.
6. La densidad demográfica de un pueblo es mayor que la de una ciudad.
7. El abono se usa para urbanizar en el campo.
8. La carencia de perros callejeros es un problema de muchos barrios.

8.3 **Diferencias y semejanzas** Túrnense para explicar las semejanzas y las diferencias entre cada pareja de palabras.

1. barrio   pueblo
2. rural   urbano
3. obrero   campesino
4. asfalto   cemento
5. cosmopolita   local
6. atraer   ahuyentar
7. densidad demográfica   aglomeración
8. el centro   las afueras

Montevideo es la zona urbana más grande de Uruguay, y una ciudad cosmopolita.

© Chaikovskiy Igor/Shutterstock

INVESTIGUEMOS EL VOCABULARIO

There are many variations in words that refer to different types of transportation. Here are some of the most common ones:

car: **el auto, el coche** (Spain), **el carro** (Mexico, Central America, Andes, Caribbean)

subway: **el subterráneo** (Argentina, Uruguay), **el subte** (Argentina, short for **subterráneo**), **el metro** (Chile, Colombia, Spain, Mexico), **el tren ligero**

bus: **el autobús, el colectivo** (Argentina, Colombia), **el micro** (Chile), **el camión** (Mexico), **el guagua** (Caribbean)

taxi: **el taxi, el remis** (Argentina)

In addition, in Mexico **el pesero** or **el combi** refers to a car or van used like a taxi, but with a specific route and stops for as many passengers as can fit, while **el tram** or **el tranvía** is used to refer to a streetcar.

Expandamos el vocabulario

The following words are listed in the vocabulary. They are nouns, verbs, or adjectives. Complete the table using the roots of the words to convert them to the different categories.

Verbo	Sustantivo	Adjetivo
cultivar		
	urbe/urbanización	
		pescado
	abandono	
habitar		

8.4 **La comunidad desde tu perspectiva** Comenta con un compañero sus respuestas a las preguntas acerca de las escenas en la ilustración. Recuerden que el objetivo es tener una pequeña conversación, dando información adicional cuando sea posible.

1. ¿Cuál de las escenas se parece más al lugar en donde vives? ¿Cuál prefieres y por qué?

2. Observen la primera y la cuarta escenas y túrnense para describirlas.

3. ¿Cuáles son los problemas de vivir en una comunidad como la de la segunda ilustración? ¿Y cuáles son los problemas de vivir en una ciudad como la de la cuarta ilustración?

4. ¿Piensas que el carácter de las personas es diferente en comunidades como las de las diferentes escenas? Explica.

8.5 **Ideas para explorar** En grupos, hablen sobre sus opiniones acerca de las preguntas.

1. ¿Crees que la ciudad dependa del campo? ¿y el campo de la ciudad? Explica.

2. En tu opinión ¿qué es más difícil: que una persona del campo se adapte a una gran ciudad, o que una persona de una gran ciudad se adapte al campo? Explica.

3. ¿Sería mejor el medio ambiente si todos viviéramos en el campo? ¿Por qué?

4. ¿Cuáles son las diferencias entre la cultura urbana y la rural? ¿Cuáles son las características de cada una?

5. ¿Por qué piensas que ha habido mucha migración del campo hacia las ciudades?

6. ¿Dónde crees que sea más arriesgado vivir: en el campo o en la ciudad? ¿Por qué?

7. En tu opinión ¿es mejor vivir en el centro de una ciudad, o en las afueras?

8. ¿Piensas que la gente coma de forma diferente en el campo que en la ciudad? ¿Cuáles son las diferencias y cuáles son las semejanzas?

8.6 **Ideas incompletas** Con un compañero, túrnense para completar las siguientes ideas y para explicarlas con sus opiniones personales.

1. (No) Me (gusta/encanta) el campo porque...

2. (No) Me (gusta/encanta) la ciudad porque...

3. De la ciudad me (molesta/preocupa)...

4. Del campo me (sorprende/preocupa) que...

5. El mayor problema (del campo / de la ciudad) es...

6. Lo que más me gusta (del campo / de la ciudad) es que...

Cartagena, en Colombia, es una de mis ciudades favoritas porque hay historia en cada esquina.

© Luiz Rocha/Shutterstock

8.7 **¿Cómo se hace?** Habla con un compañero sobre cómo se hace cada una de las siguientes actividades en un pueblo pequeño y en una gran ciudad.

1. reciclar
2. estudiar en la universidad
3. divertirse con los amigos
4. buscar pareja
5. comprar ropa
6. hacer una fiesta

8.8 **Citas** Habla con un compañero. ¿Están de acuerdo con las siguientes citas sobre las ciudades? Expliquen sus opiniones.

- Ciudad grande, soledad (*loneliness*) grande. (Estrabón de Amasia, historiador griego, circa 64 a.C.–24 d.C.)

- Dios hizo el campo, y el hombre la ciudad. (William Cowper, poeta inglés, 1731–1800)

- El verdadero objeto de la gran ciudad es hacernos desear el campo. (Eduardo Marquina, escritor catalán, 1879–1946)

- Las ciudades son el abismo de la especie humana. (Jean-Jacques Rousseau, escritor francés, 1712–1778)

- Todos tenemos nuestra casa, que es el hogar (*home*) privado, y la ciudad, que es el hogar público. (Enrique Tierno Galván, político y escritor español, 1918–1986)

- Un lugar para aparcar el automóvil es un lugar que los que tienen automóvil encuentran siempre que van a pie. (Anónimo)

- Una gran ciudad es, por desgracia (*unfortunately*) para muchos, un gran desierto. (Thomas Fuller, historiador inglés, 1608–1661)

8.9 **Un día en la vida de...** Elige una de las fotos y trabaja con un compañero para describir el día típico de una de las personas, usando el vocabulario de este capítulo. Después compartan su descripción con la clase.

Modelo *Vivo en una ciudad grande y trabajo muy duro todos los días. Necesito dos horas para llegar a mi trabajo porque siempre hay mucho tráfico. Debería usar el transporte público, pero hay demasiada gente y no me gustan las aglomeraciones...*

> **INVESTIGUEMOS LA MÚSICA:**
>
> "Del campo a la ciudad" del grupo Exterminador narra las experiencias de alguien que se muda del campo a la ciudad. Busca la canción en Internet y escúchala. ¿Cuáles son las ventajas (*advantages*) y desventajas de la vida en cada lugar?

Los peligros de ser peatón en Lima

Antes de ver

Lima, la capital peruana, está localizada en la costa del océano Pacífico. Como todas las grandes ciudades, y con una población de aproximadamente 8 millones de habitantes, enfrenta retos para facilitar el transporte público y la convivencia de conductores, ciclistas y peatones. ¿Qué reglas *(rules)* debe seguir un peatón para cruzar una calle en la ciudad? ¿Todos siguen estas reglas? ¿Y cuáles son las reglas para los automovilistas? ¿Cómo debe ser el transporte público ideal en una ciudad?

Vocabulario útil

acabar (con) *to end, to solve (a problem)*
la alcaldesa *mayor (female)*
caótico(a) *chaotic*
contener *to contain*
el coraje *bravery*

el corredor (vial) *freeway*
la estructura vial *road structure*
manejar *to drive*
el (la) pasajero(a) *passenger*
el peatón *pedestrian*

Video supplied by BBC Motion Gallery

¿Dónde están las personas en la foto? ¿Cruzan la calle en el lugar apropiado?

Comprensión

Ve el video y decide si las ideas son ciertas o falsas. Corrige las ideas falsas.

1. Es necesario tener coraje para ser peatón en Lima.
2. El transporte público ayuda a resolver los problemas de tráfico.
3. La alcadesa quiere unir los diferentes sistemas de transporte.
4. El metropolitano es un tipo de tren.
5. El principal medio de transporte es el autobús público.
6. La mayoría de las muertes de peatones son por accidentes con autobuses.

Después de ver

Habla con un compañero sobre las siguientes preguntas.

1. ¿Cómo piensas que se pueden resolver los problemas mencionados en el reportaje?
2. ¿Crees que el problema desaparecería si los autobuses fueran una empresa del gobierno?
3. ¿Qué recomendaciones le darías a alguien que va a visitar Lima?

Más allá

Habla con un compañero sobre lo siguiente.

1. ¿Hay muchos peatones donde vives? ¿Por qué?
2. ¿Es difícil ser peatón en el lugar en donde vives? ¿Por qué? ¿Y es difícil ser ciclista? ¿Por qué?
3. ¿Cómo se podrían hacer las calles más seguras para los peatones, ciclistas y automovilistas?
4. ¿Es eficiente el transporte público en tu comunidad? ¿Qué opciones existen? ¿Cómo se puede mejorar?

¿Es difícil ser peatón o ciclista en donde tú vives?

© Pan Xunbin/Shutterstock

A investigar

En varias ciudades hispanohablantes se han hecho campañas (*campaigns*) para enseñarles a los peatones a cruzar las calles de grandes ciudades de forma segura. Investiga en Internet sobre una de estas campañas. ¿Qué se hizo? ¿Dónde? ¿Qué opinas de estos programas?

A perfeccionar

A analizar

Salvador compara las zonas rurales en España con las urbanas. Mientras escuchas el audio, lee el párrafo y observa las frases en negritas. Luego contesta las preguntas que siguen.

¿Cómo son diferentes las zonas rurales de las urbanas en España?

🔊 Bueno, voy a comparar la ciudad de Málaga, que es una ciudad grande que tiene más de medio 3-9 millón de habitantes, y zonas rurales que están como a unos cuarenta kilómetros de Málaga. Lo primero que hay que decir es que hoy en día el campo está **tan conectado como** la ciudad. Hay conexiones de Internet, de cable, de teléfono móvil, etcétera. El campo es **más tranquilo que** la ciudad, hay **menos estrés que** en la ciudad. En la ciudad hay **más facilidades y más entretenimientos que** en el campo. En el campo hay **más vida natural**, hay **más cercanía a la naturaleza que** en la ciudad. Si yo tuviera dinero, viviría en el campo hoy en día porque las conexiones de carretera son buenas y hay **tantas conexiones a Internet, teléfono, televisión como** en la ciudad.

—Salvador, España

1. ¿Qué aspectos del campo y de la ciudad compara Salvador?
2. ¿Qué expresiones usa para expresar las semejanzas? ¿Y cuáles usa para expresar las diferencias?
3. ¿Qué clase de palabra aparece después de **tan**? ¿Qué clase de palabra aparece después de **tantas**? ¿Por qué **tantas** es femenina y plural?

A comprobar

Comparaciones

1. Comparisons of equality

   The following construction is used to compare two people or things that have equal qualities.

   > **tan** *(as)* + adjective/adverb + **como** *(as)*

   Puebla es **tan bonita como** Antigua.
   *Puebla is **as pretty as** Antigua.*

   La avenida de la Independencia no se ha conservado **tan bien como** la calle Bolívar.
   Independence Avenue has not been preserved as well as Bolivar Street.

   The following construction is used to compare two people or things of equal quantity.

   > **tanto(s)** *(as much, many)* **tanta(s)** + noun + **como** *(as)*

   Esta ciudad ofrece **tantas oportunidades como** aquella.
   *This city offers **as many opportunities as** that one.*

   Él encontró hoy **tanto tráfico como** ayer.
   *Today he encountered **as much traffic as** yesterday.*

   The following construction is used to compare equal actions.

   > verb + **tanto como**

   Quito atrae a los turistas ahora **tanto como** en el pasado.
   *Quito attracts tourists now **as much as** in the past.*

2. Comparisons of inequality

   The following constructions are used to compare two people or things that have unequal qualities.

   > **más** *(more)* **menos** *(less)* + adjective/noun/adverb + **que** *(than)*

   El campo es **más tranquilo que** la ciudad.
   *The countryside is **more peaceful than** the city.*

Esta calle tiene **menos ruido que** la otra.
*This street has **less noise than** the other.*

Lima creció **más rápido que** Cuzco.
*Lima grew **faster than** Cuzco.*

The following construction is used to compare unequal actions.

verb	+	**más/menos que**

Una casa en la ciudad cuesta **más que** una en el campo.
*A house in the city costs **more than** one in the countryside.*

The following adjectives and adverbs do not use **más** or **menos** in their comparative constructions.

bueno/bien	→	**mejor**	*better*
joven	→	**menor**	*younger*
malo/mal	→	**peor**	*worse*
viejo (age of a person)	→	**mayor**	*older*

Madrid tiene un **mejor sistema de transporte que** Valencia.
*Madrid has a **better transportation system than** Valencia.*

Manu Ginóbili es **menor que** su hermano Leandro.
*Manu Ginóbili is **younger than** his brother Leandro.*

Más de 30% de la población argentina, vive en Buenos Aires.
***More than** 30% of the Argentine population lives in Buenos Aires.*

Menos de la mitad de los vecinos llegó a la reunión.
***Less than** half of the neighbors came to the meeting.*

3. Superlatives

Superlatives are used to compare more than two people or things and to indicate that a quality in one person or thing is greater than that quality in the others (in English *the most, the least, the best,* etc.). In Spanish this is expressed through the following construction.

article (**el, la, los, las**)	+ (noun) +	**más/ menos**	+ adjective

San Juan es **la ciudad más grande** de Puerto Rico.
*San Juan is **the largest city** in Puerto Rico.*

Este rancho es **el más productivo**.
*This ranch is **the most productive**.*

As with the other comparisons, when using **bueno/ bien, malo/mal**, **joven**, and **viejo** (age), you must use the irregular constructions **mejor, peor, menor,** and **mayor.**

Este quiosco tiene **los mejores** precios.
*This kiosk has **the best** prices.*

The preposition **de** is used with superlatives to express *in* or *of*.

Esta ciudad es la más bonita **de** todas.
*This city is the prettiest **of** all.*

Fueron las mejores cosechas **de** la década.
*They were the best harvests **of** the decade.*

> **INVESTIGUEMOS LA GRAMÁTICA**
>
> When **más** or **menos** is used with numbers or quantities, it is followed by **de** rather than **que.**
>
> Estuve en un embotellamiento por más **de** dos horas.
> *I was in a traffic jam for more **than** two hours.*

A practicar

8.10 **¿Cierto o falso?** Lee las oraciones y decide si son ciertas o falsas.

1. Buenos Aires tiene tantos habitantes como Nueva York.
2. Madrid es más antigua que Boston.
3. San Juan es tan grande como Los Ángeles.
4. La Habana tiene menos tráfico que Miami.
5. La Paz es la ciudad más alta de Latinoamérica.
6. La Ciudad de México es la ciudad más grande del mundo.

8.11 Comparemos. Mira la escena de la granja y haz comparaciones usando las expresiones **más… que, menos… que, tan… como** y **tanto… como.** Puedes usar estos adjetivos o seleccionar otros: **activo, alto, bajo, corto, delgado, gordo, largo, limpio, perezoso, sucio, viejo.**

> **Modelo** *La camioneta* (truck) *azul es más bonita que la camioneta verde.*

8.12 ¿Qué opinas? Con un compañero hablen de sus opiniones usando expresiones de comparación.

> **Modelo** atracciones turísticas (popular)
>
> Estudiante 1: *Disneylandia es más popular que Six Flags.*
> Estudiante 2: *Creo que la Estatua de la Libertad es más popular que el edificio Empire State.*

1. ciudades (interesante)
2. edificios (bonito)
3. autos (elegante)
4. productos (importante)
5. animales (inteligente)
6. universidades (bueno)
7. monumento (impresionante)
8. calles (malo)

8.13 ¿Cómo se comparan? Trabaja con un compañero para hacer comparaciones entre la ciudad y el campo en las siguientes áreas.

> **Modelo** el tránsito
>
> Estudiante 1: *Hay más embotellamientos en la ciudad que en el campo.*
> Estudiante 2: *Hay menos tráfico en el campo.*

1. el estilo de vida
2. la gente
3. las casas
4. la comida
5. el trabajo
6. el entretenimiento
7. la ropa
8. ¿?

8.14 **Donde vivo yo** Con un compañero hablen sobre el lugar donde viven. Usen las palabras indicadas y el superlativo, como en el modelo.

Modelo el parque / bonito

Estudiante 1: *El parque más bonito es el Parque Flores.*
Estudiante 2: *No estoy de acuerdo. El parque más bonito es el Parque Mill.*

1. el restaurante / malo
2. la calle / transitado
3. el hotel / bonito
4. el club / divertido

5. el edificio / importante
6. el supermercado / cerca de la casa
7. el museo / interesante
8. la tienda / bueno

Bogotá es la ciudad más grande de Colombia.

© Jess Kraft/Shutterstock

8.15 **Avancemos** Con un compañero van a decidir cuál es el mejor lugar para vivir.

Paso 1 Haz una lista de los diferentes lugares donde se puede vivir mientras se asiste a tu universidad. (Si tu universidad requiere que los estudiantes vivan en el campus, imagina que puedes vivir en otro lugar.) Considera las diferentes áreas de la ciudad o la zona donde está la universidad.

Paso 2 Compara tu lista con la de un compañero y escojan los dos o tres lugares que más les gusten. Luego comparen los lugares que escogieron. Piensen en lo siguiente: el costo, la ubicación (*location*), la seguridad (*security*), el ambiente (*environment*), el transporte y los servicios (restaurantes, supermercados, tiendas, gasolineras, etcétera).

Paso 3 Con tu compañero decidan cuál es la mejor opción para vivir. Compartan su decisión con la clase y expliquen por qué.

Antes de leer

1. ¿Conoces alguna ciudad colonial? ¿Qué características las distinguen?
2. ¿Por qué reciben el nombre de ciudades coloniales?

Arte en las ciudades

Muchos artistas han encontrado su inspiración en la naturaleza, pero las ciudades también pueden ser fuente de inspiración. La arquitectura es una forma de arte y muchos países latinoamericanos son reconocidos por sus hermosas ciudades, muchas de ellas coloniales, como Guanajuato en México, Lima y Arequipa en Perú y Cartagena en Colombia.

Pero ¿qué significa exactamente ser una ciudad colonial? Como el nombre lo dice, se trata de la arquitectura que surgió en la época de la Colonia. El estilo surgió a consecuencia de la mezcla de las técnicas y usos del espacio traídos por los europeos, y los materiales, técnicas e interpretaciones que les dieron los artistas indígenas locales. Cabe señalar[1] que muchos conceptos de la arquitectura española habían sido a su vez influenciados por la arquitectura árabe.

Las ciudades coloniales tienen edificios y casas hechos con planos[2] españoles, en los que generalmente hay grandes patios interiores. Más allá de los edificios, en la arquitectura colonial las calles y los barrios fueron trazados siguiendo reglas concretas impuestas por la Corona[3] española. Aunque hubo varios modelos de urbanización, el "Modelo de Felipe II" es uno de los que quedan más ejemplos. Este plan urbano de 1573 plantea como base de una ciudad la construcción de una Plaza Mayor (o Plaza de Armas), con definición de calles a su alrededor y de cuadras[4]. Este plan también disponía que de la Plaza salieran cuatro calles principales para facilitar el comercio.

© Walter Quirtmair/Shutterstock

Una calle colonial en el centro de Quito

En el caso de los asentamientos de la costa o de otros lugares cálidos, se disponía la construcción de un embarcadero[5], de calles muy angostas[6] para que se lograra un sombreado[7] rápido. Lo contrario ocurría en los asentamientos de zonas muy frías, donde se requería la construcción de calles amplias que permitieran llegar la luz del sol.

Estos planes decretados por los españoles originaron muchas de las ciudades coloniales por las que tan famosa es Latinoamérica hoy en día, y muchas de ellas han sido declaradas Patrimonio de la Humanidad por la UNESCO*.

---

[1]*Cabe… It is worth mentioning* [2]*blueprints* [3]*Crown* [4]*blocks* [5]*pier* [6]*narrow* [7]*shading*
UNESCO stands for the United Nations Educational, Scientific and Cultural Organization. Since 1972, they have officially helped all countries to identify irreplaceable sites that should be preserved for future generations because of their cultural value, uniqueness, and history.

Después de leer

1. ¿Hay monumentos o edificios que consideres arte en tu comunidad o en tu campus? ¿Cuáles son? ¿Los encuentras interesantes? ¿Por qué?
2. ¿Has estado en alguna ciudad colonial? ¿Cuáles son algunas ciudades coloniales en los Estados Unidos?
3. ¿Crees que sea importante preservar los edificios antiguos de las ciudades? ¿Por qué? ¿Qué pasaría si no existieran?

Comparaciones

Antes de leer

¿Cómo están organizadas las ciudades en Estados Unidos? ¿Qué hay en "el centro" de las ciudades?

La organización de las ciudades

En una típica ciudad de los Estados Unidos existe un centro y suburbios que lo rodean, en donde vive la gente. Las ciudades de este tipo fueron fundadas recientemente en comparación a muchas de las ciudades de España y Latinoamérica, donde algunos centros urbanos han estado habitados hasta por dos mil años. Durante la época de la Colonia muchas ciudades fueron fundadas y algunas de las ciudades más antiguas recibieron nuevos nombres y fueron modificadas, basándose en un plan cuyo *(whose)* lugar más importante era la Plaza de Armas, en la que se encontraban los edificios gubernamentales más importantes, como el Ayuntamiento[1], así como la catedral o iglesia más prominente. También en esta se encontraban las organizaciones sociales más importantes, como hospitales, mercados y escuelas. Rodeando esta zona estaban las viviendas de las personas prominentes. Las casas de aquellos con trabajos menos importantes o con menos estatus social se iban alejando de la Plaza de Armas, creándose así anillos[2] concéntricos basados en rangos sociales decrecientes. En las afueras de la ciudad se encontraban casas más sencillas, a veces con huertos, con cada vez menos iglesias y comercios, hasta llegar a las zonas rurales.

¿Qué edificios importantes piensas que rodean la Plaza de Armas de Arequipa?

El paso del tiempo, la llegada del automóvil y la creciente aglomeración en las ciudades trajeron cambios importantes a estos centros urbanos: se crearon accesos más dinámicos como calles más amplias, alamedas[3] y bulevares. También aparecieron los barrios (o colonias, como se les llama en México y Centroamérica) como distritos característicos, muchas veces distinguidos por la ocupación de sus habitantes o por su arquitectura. Debido a la evolución de estas ciudades, en ellas no se habla de suburbios, sino de barrios y colonias. La gente vive y trabaja en todas partes de una ciudad y las áreas modernas (donde se concentran trabajos y centros comerciales) no están en el centro histórico, el cual se preserva con orgullo como testimonio de la historia de la ciudad.

---

[1]*town hall* [2]*rings* [3]*tree-lined avenues*

Después de leer

1. ¿Se parece el plano de una ciudad colonial al de la ciudad o al del pueblo donde vives? ¿Cuáles son las semejanzas y cuáles son las diferencias?

2. ¿Crees que haya grandes diferencias entre vivir en una ciudad colonial y una típica ciudad de Estados Unidos?

3. Busca en Internet un mapa del centro de alguna ciudad colonial. ¿Qué otras semejanzas o diferencias encuentras con las ciudades típicas estadounidenses?

A analizar

Las vacaciones en una ciudad son diferentes a las del campo. Lucía comenta sus posibles planes para vacaciones. Mientras escuchas el audio, lee el párrafo y nota las tres observaciones que hace Lucía. Luego contesta las preguntas que siguen.

> ### ¿Qué haces típicamente para las vacaciones en el verano?
>
> 🔊 3-10 Si **paso** vacaciones en el campo, generalmente **salgo** a caminar todos los días y **tomo** fotografías del paisaje. Pero si **estoy** de vacaciones cerca del mar, **tomo** el sol, **conozco** a gente en la playa y **visito** lugares turísticos. Por otra parte, si no **tengo** dinero este verano, **me quedaré** en casa y **voy a leer** libros.
>
> —Lucía, Colombia

1. ¿Son posibles las opciones que presenta Lucia para sus vacaciones?
2. ¿Qué tiempo verbal emplea Lucía en la cláusula con **si**? ¿Cuáles son las condiciones que menciona?
3. ¿Qué tiempos verbales emplea en la otra cláusula?

A comprobar

Cláusulas *si* (posibles)

When discussing a situation that may occur in the future, the present indicative is used in the clause with **si**. There are several options for the verb in the main clause:

subordinate clause	main clause
Si + present indicative, +	future
	present indicative
	imperative

1. the simple future or periphrastic future (**ir** + **a** + infinitive)

   Si él **quiere** vivir en la ciudad, **tendrá** más variedad de restaurantes.
   *If he **wants** to live in the city, he **will have** more variety of restaurants.*

   Si ellos **viven** en una casa, no les **va a gustar** mudarse a un apartamento.
   *If they **live** in a house, they **are** not **going to like** moving to an apartment.*

2. the present indicative

   Puedes ir en autobús si no **tienes** un auto.
   *You **can** go by bus if you don't **have** a car.*

   Si **hay** mucho ruido, **debes** buscar un lugar más tranquilo.
   *If **there is** a lot of noise, you **should** look for a quieter place.*

3. the imperative

   Múdense al campo si **prefieren** una vida más tranquila.
   ***Move** to the countryside if you **prefer** a calmer life.*

   Si no te **gusta** tu barrio, **busca** uno en otra zona.
   *If you don't **like** your neighborhood, **look for** one in another area.*

Notice that the subordinate clause (**si** clause) can come at the beginning or the end of the sentence.

A practicar

8.16 **¿Dónde?** Trabaja con un compañero para escoger el final más apropiado para cada oración. Usen un poco de lógica y el proceso de eliminación.

1. Si viajo a La Ciudad de México...
2. Si viajo a Cuzco, Perú...
3. Si viajo a La Habana, Cuba...
4. Si viajo a El Sunzal, El Salvador...
5. Si viajo a Asunción, Paraguay...
6. Si viajo a Guayaquil, Ecuador...
7. Si viajo a Córdoba, Argentina...
8. Si viajo a Sevilla, España...

a. haré surf.
b. iré a Machu Picchu.
c. bailaré sevillanas.
d. aprenderé guaraní.
e. compraré unos puros *(cigars)*.
f. subiré a los pirámides.
g. podré ir a las islas Galápagos.
h. comeré buena carne.

8.17 **Un cambio** Yamilet va a mudarse del campo a la ciudad y sus amigos le quieren dar consejos. Completa los siguientes consejos, usando la forma apropiada del mandato del verbo entre paréntesis.

1. Si tienes que vivir en un apartamento, (buscar) uno que sea grande.
2. Si hay mucho tráfico, (usar) el transporte público.
3. Si tienes miedo de caminar sola por la calle, (tomar) una clase de defensa propia.
4. Si tienes que caminar mucho, (ponerse) zapatos cómodos.
5. Si hay mucha gente en la calle, no (llevar) mucho dinero en tu cartera.
6. Si quieres conocer a tus nuevos vecinos, (invitarlos) a tu casa.
7. Si extrañas a tus amigos, (venir) a visitarnos.
8. Si es difícil encontrar estacionamiento *(parking)*, no (tener) un auto grande.

8.18 **¿Lo harás?** Habla con un compañero sobre las siguientes situaciones con respecto al futuro. Expliquen sus respuestas.

Modelo   Si en el futuro vives en una gran ciudad... tener miedo

Estudiante 1: *Si en el futuro vives en una gran ciudad, ¿tendrás miedo?*
Estudiante 2: *No, no tendré miedo porque estoy acostumbrado a la ciudad.*

1. Si en el futuro vives en una gran ciudad...
   a. estar contento
   b. vivir en un apartamento
   c. usar el transporte público
   d. ir a los museos y teatros
2. Si en el futuro vives en el campo...
   a. comprar un rancho
   b. cultivar un huerto
   c. aburrirse
   d. tener muchos animales

Si en el futuro vivo en una gran ciudad saldré más con mis amigas para divertirme.

© Konstantin Sutyagin/Shutterstock

8.19 Qué hacer Hay muchas maneras de mejorar tu uso del español. Con un compañero túrnense para completar las oraciones de una forma personal.

Modelo   Si quiero tener buenas notas en la clase de español...

    Estudiante 1: *Si quiero tener buenas notas en la clase de español, tengo que*
            estudiar más.
    Estudiante 2: *Si quiero tener buenas notas en la clase de español, debo hacer la tarea.*

1. Si quiero hablar español mejor...
2. Si no conozco a nadie que hable español...
3. Si quiero saber más de la cultura latinoamericana...
4. Si quiero escuchar música en español...
5. Si decido estudiar en un país hispanohablante...
6. Si no tengo suficiente dinero para estudiar en un país hispanohablante...

8.20 Consejos Con un compañero túrnense para explicar el problema y para recomendar una solución, usando el imperativo como en el modelo.

Modelo   No puedo dormir porque hay mucho ruido en la calle.

    Estudiante 1: *No puedo dormir porque hay mucho ruido en la calle.*
    Estudiante 2: *Si no puedes dormir porque hay mucho ruido en la calle, busca otro*
            apartamento.

1. Mi esposo quiere que nos mudemos al campo, pero yo no quiero.
2. Siempre llego tarde al trabajo porque hay mucho tráfico.
3. Hay un perro callejero que siempre me sigue cuando camino a casa.
4. El autobús siempre viene muy lleno cuando salgo de trabajar.
5. No hay estacionamiento disponible en el centro de la ciudad.
6. Quiero cultivar frutas y verduras frescas, pero vivo en un apartamento.
7. Quiero mudarme a otra ciudad, pero no puedo vender mi casa.
8. Vivo en una zona rural y no hay mucho que hacer los fines de semana.

Quiero mudarme a otra ciudad, pero no puedo vender mi casa.

8.21 Avancemos Con un compañero túrnense para describir los dibujos. Incluyan lo siguiente: (1) la situación, (2) lo que ocurrió antes y (3) lo que puede pasar en el futuro usando una cláusula con **si**.

Modelo *El policía está corriendo detrás de un hombre que robó algo. Una familia estaba de vacaciones y el hombre entró en la casa para robar. Un vecino vio cuando él entró y llamó a la policía. Cuando llegó la policía, salió por una ventana y empezó a correr. Si el policía lo arresta, va a ir a la cárcel, pero si el hombre es muy rápido puede escapar del policía.*

Antes de leer

1. ¿Qué es el grafiti? ¿Quiénes lo hacen?
2. ¿Hay mucho grafiti en tu ciudad? ¿Cómo son?

El grafiti: arte y voces urbanas

3-11
Cuando se escucha la palabra "grafiti", la mayoría de las personas se imagina una pared cubierta con signos difíciles de interpretar, pintados con aerosol por una pandilla[1] y con mensajes cifrados[2] para que pocos los entiendan. Sin embargo, el grafiti puede ser mucho más que una advertencia[3] territorial de una pandilla a otra o un ataque a la propiedad privada. En Latinoamérica abunda un tipo de grafiti anti-status quo con mensajes claros y directos para la sociedad. Los siguientes son algunos ejemplos de estos mensajes hallados en ciudades latinoamericanas.

"¿Pago pa' estudiar? ¿Estudio pa' pagar? Algo no me cuadra[4]".

"Si hubiera más escuelas de música que militares en la calle, habría más guitarras que metralletas[5] y más artistas que asesinos".

"Si avanzo, sígueme; si me detengo, empújame[6]; si retrocedo, mátame. Ché".

"Queremos un mundo donde quepan[7] muchos mundos".

"Soy América Latina, un pueblo sin piernas pero que camina[8]".

"¡Lo imposible solo tarda un poco más!!!".

"Si quieres que tus sueños se hagan realidad ¡despierta!"

"Vale más un minuto de pie que una vida de rodillas. Martí".

"¿Robar es un delito? —solo para los pobres".

"Muros blancos, pueblo sin voz".

"Mientras los medios sigan mintiendo, las paredes seguirán hablando".

"No soy un criminal, soy un graffitero".

En las grandes ciudades el grafiti de protesta se mezcla y hasta se confunde con el tercer tipo de grafiti del que hablaremos: del arte en los muros de la ciudad. En los Estados Unidos, la comunidad chicana ha encontrado en las paredes un medio de expresión artístico y social que se puede apreciar en ciudades como Los Ángeles, Chicago y Nueva York. El arte dominicano también aparece en las calles neoyorquinas, como lo demuestran Dister y Alta Berri, dos jóvenes artistas de la República Dominicana que participaron en una edición reciente de Hennessy Artistry, un evento que reúne a artistas visuales y exponentes de música urbana.

Con esta exhibición, las calles de Washington Heights, el centro de la comunidad dominicana en Nueva York, exhibieron varios murales de Dister Rondón. Estos coloridos murales exhíben la leyenda[9] "I love my Hood" y a la vez muestran la herencia cultural dominicana del artista.

Por otra parte está Altagracia Berrios, nacida en los Estados Unidos, de madre dominicana y padre puertorriqueño. En sus obras se observa la experiencia dominicana en los Estados Unidos y su amor por el Caribe. Podría decirse que su obra es la intersección de esos dos mundos. En una entrevista que Altagracia Berrios le dio a diariolibre.com, la artista habló de lo

© Alta Berri

Una obra de Alta Berri exhibida durante un evento de Hennessy Artistry

A investigar

"Chicano" es un término que algunos ciudadanos estadounidenses de descendencia mexicana usan para identificarse. Nació de un movimiento político en los Estados Unidos en los 1960s. ¿Por qué surgió este movimiento? ¿Qué querían lograr?

[1]gang [2]encoded [3]warning [4]fit [5]machine guns [6]push me [7]fit [8]"Soy...camina" lyric from "Latinoamérica", a song by the Puerto Rican group Calle 13 [9]slogan

importante que es ser auténtico y mantener la identidad: "En una ciudad como esta, donde existen millones de artistas, lo primero es definir quién eres (soy latina y dominicana) y a quién representas en términos culturales (represento a la segunda generación de dominicanos en Estados Unidos). Las respuestas te ayudarán a abrirte camino; después hay que ser el mejor en lo que hagas y donde te sitúes".

Queda claro que para muchos habitantes de la ciudad los muros en sus calles son mucho más que una pared.

Source: *DiarioLibre.com, Taringa!*

En el arte de Altagracia Berrios se puede ver la experiencia dominicana en Estados Unidos.

Después de leer

1. ¿Cuáles son los tres tipos de grafiti que se mencionan en el artículo?

2. ¿Qué es evidente en los murales de Dister Rondón y qué se puede ver en la obra de Altagracia Berrios?

3. En el artículo aparecen varios ejemplos de grafiti. ¿Qué comunica cada mensaje? ¿Estás de acuerdo con lo que dicen? ¿Por qué?

4. ¿Estás de acuerdo en que un artista debe definir su identidad para tener éxito?

5. ¿Has visto grafiti en tu comunidad? ¿Es contra la ley hacer grafiti en donde tú vives?

Comunidad

Busca una persona en tu comunidad que sea de un país hispanohablante y hazle una entrevista con las siguientes preguntas: ¿Eres de una ciudad grande, o de un pueblo pequeño? ¿Cómo se compara con el lugar donde vives ahora?

La vista de Santo Domingo, en la República Dominicana, desde la casa de Colón

Estructuras 2

A analizar

Elena imagina cómo sería su vida si volviera a vivir a la ciudad de Bogotá. Mientras escuchas el audio, lee el párrafo y observa los verbos en negritas y en cursiva. Luego contesta las preguntas que siguen.

¿Cómo sería diferente tu vida si volvieras a Colombia?

🔊 Yo crecí en Bogotá, Colombia, una ciudad grande, cosmopolita, pero con todos los problemas
3-12 de una ciudad grande. Ahora, vivo en una ciudad pequeña en el centro de los Estados Unidos. A veces, me gusta imaginarme cómo **sería** mi vida si *viviera* en Bogotá con mi esposo y mi pequeña hija. Si *nos mudáramos* a Bogotá, mi hija **podría** ir a un colegio bilingüe muy bueno, pero probablemente **tendría** que pasar muchas horas en el bus escolar porque las distancias son más largas y hay mucho tráfico. Si *viviéramos* en Bogotá, **podríamos** estar cerca de mi familia y Luna **pasaría** más tiempo con su abuela, sus tíos y sus primos, pero mi esposo **estaría** muy aburrido porque no **podría** comunicarse con ellos ya que no sabe español muy bien. Si algún día *tuviera* la posibilidad de volver a Colombia, creo que lo **pensaría** muy bien en volver o no porque la adaptación **sería** demasiado difícil para mi esposo, mi hija, y también, para mí.

—Elena, Colombia

1. ¿Describe Elena una situación que posiblemente ocurra?
2. ¿Qué tiempo verbal se usa en la cláusula con **si**? ¿Qué otro tiempo verbal se emplea para presentar las consecuencias de la situación?

A comprobar

Cláusulas *si* (hipotécticas)

1. In **Estructuras 1,** you learned to use **si** clauses to express things that might happen. In order to express hypothetical situations that are either unlikely to happen or are not possible, the following structure is used.

subordinate clause	main clause
Si + imperfect subjunctive, +	conditional

Si no **hubiera** un sistema de transporte público, **tendría** que comprar un auto.
*If **there were** not a public transportation system, I **would have** to buy a car.*

Podríamos tener una casa si **viviéramos** en las afueras.
*We **could** have a house if we lived in the suburbs.*

Notice that the subordinate clause (**si** clause) can come at the beginning or the end of the sentence.

2. It is possible to make hypothetical statements about past events, stating what would have happened had circumstances been different. To do so, use the following structure.

subordinate clause	main clause
Si + past perfect subjunctive, +	conditional perfect

Si **hubiera crecido** en un pueblo, **habría conocido** a más personas.
*If I **had grown up** in a small town, I **would have known** more people.*

Él **se habría divertido** si **hubiera podido** ir a la ciudad.
*He **would have had fun** if he **had been able** to go to the city.*

In many parts of the Spanish-speaking world, it is common to use the past perfect subjunctive in both the main clause as well as the subordinate clause in spoken Spanish.

Él **hubiera ido** en autobús si **hubiera tenido** cambio.
*He **would have gone** by bus if he **had had** change.*

Si **hubiera vivido** en un rancho me **hubiera gustado** tener un caballo.
*If I **had lived** on a ranch, **I would have liked** to have a horse.*

3. Compare the following sentences.

a. Si **tengo** la oportunidad, **voy a visitar** la ciudad.

*If I **have** the opportunity, I'm **going to visit** the city.* (Possible – I may have the opportunity.)

b. Si **tuviera** la oportunidad, **visitaría** la ciudad.

*If I **had** the opportunity, I **would visit** the city.* (Contrary-to-fact (present) – I won't have the opportunity.)

c. Si **hubiera tenido** la oportunidad, **habría visitado** la ciudad.

*If I **had had** the opportunity, I **would have visited** the city.* (Contrary-to-fact (past) – I did not have the opportunity.)

4. The expression **como si** (*as if*) also expresses an idea that is contrary-to-fact, and therefore requires the imperfect subjunctive or the past perfect subjunctive.

Conoce la ciudad como si **fuera** taxista.
*He knows the city as if he **were** a taxi driver.*

Lo miró como si nunca **hubiera visto** un rascacielos.
*He looked at it as if he **had** never **seen** a skyscraper.*

A practicar

8.22 **Si fuera diferente** Completa las oraciones con tus ideas personales.

1. Si no viviera en esta ciudad/este pueblo...
   a. viviría en...
   b. estaría...
   c. podría...

2. Si no hubiera asistido a esta universidad este semestre...
   a. habría asistido a...
   b. no habría conocido a...
   c. me habría gustado...

3. Si mi familia hubiera vivido en una ciudad más grande/pequeña cuando era niño...
   a. yo no habría podido...
   b. mis padres habrían tenido que...
   c. mis amigos y yo habríamos...

8.23 **¿Qué pasaría?** Completa las siguientes oraciones con la forma apropiada del verbo entre paréntesis. Debes usar el imperfecto del subjuntivo y el condicional.

Si Esperanza (1.) _____ (vivir) en Madrid, le (2.) _____ (gustar) tener un apartamento cerca de la Plaza Mayor. Si (3.) _____ (tener) un apartamento cerca de la Plaza Mayor, (4.) _____ (poder) comer en el restaurante Botín. Si (5.) _____ (comer) en el restaurante Botín, (6.) _____ (pedir) el gazpacho. Si (7.) _____ (poder) comer el gazpacho, (8.) _____ (estar) muy feliz. Si (9.) _____ (estar) muy feliz en Madrid, nunca (10.) _____ (mudarse) de allí. Si no (11.) _____ a su país, su familia la (12.) _____ (extrañar *to miss*).

8.24 **¿Cómo sería la vida?** Habla con un compañero y explica lo que harías en las siguientes situaciones. Da mucha información.

Modelo poder convertirse en un animal

Si pudiera convertirme en un animal, sería un gato porque son independientes.

1. ser rico
2. poder volar *(to fly)*
3. ser presidente
4. no tener electricidad
5. no vivir en este país
6. tener muchos hijos
7. ser invisible
8. vivir en otra época

INVESTIGUEMOS LA GRAMÁTICA

Busca en Internet la canción "Si el norte fuera el sur" del cantante guatemalteco Ricardo Arjona. Según la canción, ¿cómo serían diferentes el continente americano si el norte fuera el sur?

8.25 **La historia** Imagina cómo habría sido diferente la historia si los eventos hubieran sido diferentes y completa las oraciones usando el condicional perfecto.

Modelo Si la reina Isabel y el rey Fernando no hubieran tenido hijos... *España no habría sido un gran imperio.*

1. Si Cristóbal Colón no hubiera llegado a América...
2. Si los aztecas hubieran derrotado a los españoles...
3. Si México no hubiera firmado el Tratado de Guadalupe *(peace treaty relinquishing northwestern Mexican territory to the U.S.)* al final de la guerra con Estados Unidos...
4. Si Darwin no hubiera llegado a las islas Galápagos...
5. Si el Che Guevara no hubiera viajado por Latinoamérica...
6. Si los árabes no hubieran ocupado España por más de 700 años...

8.26 **En la granja** Un amigo pasó una semana trabajando en una granja y te cuenta lo que pasó. Explica lo que tú hubieras hecho o cómo hubieras reaccionado en las siguientes situaciones.

Modelo Trabajé en una granja la semana pasada.

Si hubiera trabajado en una granja la semana pasada, habría estado muy feliz.

1. Viví en condiciones muy simples.
2. Me levantaba a las 4 de la mañana todos los días.
3. Tuve que trabajar todo el día bajo el sol.
4. Comí verduras frescas todos los días.
5. Un día vi un coyote.
6. Maté una gallina *(hen)* para nuestra cena.
7. No vi a nadie más que los granjeros en toda la semana.
8. Estábamos muy cansados al final del día.

Tuve que trabajar todo el día bajo el sol.

8.27 Avancemos Con un compañero túrnense para explicar lo que pasó en las siguientes situaciones. Den muchos detalles. Después mencionen lo que habrían hecho ustedes.

Redacción

Comparación y contraste

A comparison/contrast essay shows the similarities and differences between two objects or ideas.

Paso 1 For this essay, you will analyze one element of urban and rural life. Pick one aspect that you would like to compare and contrast such as food, people, housing, safety, or entertainment.

Paso 2 Create a Venn diagram like the one shown here. Then brainstorm different ideas related to your topic, writing those that are common to both urban and rural life in the center and those that are different in the outer halves of the circles.

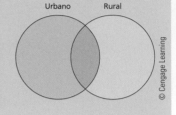

Paso 3 Decide how you would like to organize your paper. You can either compare and contrast a different characteristic in each paragraph, or discuss all of the similarities in the first half of the paper and the differences in the second half.

Paso 4 Write an introductory paragraph with a thesis statement that introduces the lifestyle aspect that you intend to compare and contrast and makes clear why you think it is important to consider when comparing and contrasting urban and rural living. *Voy a comparar cómo se come en un área urbana con cómo se come en un área rural porque...* is not an appropriate thesis.

Paso 5 Using the information you generated in **Paso 2,** write the body of your paper. Be sure to give plenty of details when comparing and contrasting the different characteristics of your topic.

Paso 6 Write a concluding paragraph. In this paragraph, you may express your preference, referencing the information you have given in the body of your essay. Remember, this is not the place to introduce any new ideas.

Paso 7 Edit your essay.

1. Does the introduction clearly state the aspect of urban and rural living that you compare and contrast?
2. Is your paper clearly organized?
3. Do you transition smoothly from one idea to the next?
4. How well have you elaborated on the similarities and differences?
5. Do adjectives agree with the object they describe? Do verbs agree with the subject?
6. Did you check your spelling, including accents?
7. Did you use subjunctive where necessary?

INVESTIGUEMOS EL VOCABULARIO

When comparing and contrasting, some of the following expressions can be helpful.

al igual que *just like*	**en cambio** *on the other hand*
a pesar de *despite*	**por otra parte** *on the other hand*
aun así *even so*	**por el contrario** *on the contrary*
al mismo tiempo *at the same time*	**por un lado... por el otro** *on one hand . . . on the other*
así mismo *likewise*	**sin embargo** *however*

 Share It!

Paso 1 Imagine that you are going to take a weekend trip to some place (large city or small town) in the country you have chosen for your blog. Do a little research and choose a destination that offers something interesting to a tourist.

Paso 2 Write a short paragraph in which you tell your readers about your plans. Think about the following: Where are you going? Why did you choose that particular place?

Paso 3 Give a brief description of your destination. Think about the following: Where is it? What is its history? What can one see and do there? Be sure to give plenty of details.

Paso 4 Edit your blog for grammar and content.

A escuchar 🔊

La industrialización de las zonas rurales en España

Antes de escuchar

👥 Con un compañero de clase compartan información sobre su conocimiento de las zonas rurales para contestar las preguntas.

1. ¿Es semejante el acceso a servicios en las zonas rurales al de las zonas urbanas?

2. ¿Qué tipo de trabajos existen en las zonas rurales que no existen en las urbanas?

3. ¿Qué productos agrícolas crecen en tu región? ¿Son cultivos industrializados o son cultivos pequeños de granjeros locales?

A escuchar

🔊 Salvador va a hablar de los cambios traídos por la industrialización a la vida rural en
3-13 España. Toma apuntes sobre lo que dice. Después compara tus apuntes con los de un compañero y organiza tu información para contestar las siguientes preguntas.

1. ¿Cuáles son algunos cambios en las zonas rurales que se pueden considerar positivos?

2. ¿Cómo ha cambiado la agricultura desde la entrada de España a la Unión Europea? ¿Se conserva la agricultura tradicional?

3. ¿Qué población ya no existe en las zonas rurales? ¿Qué les ha pasado? ¿Volverán en el futuro?

4. ¿Quiénes trabajan en la cosecha?

Después de escuchar

1. ¿Es inevitable la industrialización? ¿Cuáles son las ventajas y las desventajas?

2. ¿Quiénes se benefician de estos cambios? ¿Quiénes sufren?

3. Si fuera posible cambiar la situación, ¿cómo se podría mejorar?

Las zonas rurales en España están muy bien conectadas.

© topora/Shutterstock

A la otra

Dirigido por Sandra Solares

Deborah conoce a José en una parada de autobuses y empiezan a hablar. ¿Las apariencias engañan (deceive)**?**

(México, 2001, 5 min)

Antes de ver

👥 Habla con un compañero sobre las siguientes preguntas.

1. ¿Hay un buen sistema de transporte público donde vives? ¿Con qué frecuencia lo usas?

2. Cuando estás en un autobús, el metro o un avión, ¿te gusta hablar con la persona a tu lado? ¿De qué hablas con esa persona? ¿De qué no hablarías con alguien que acabas de conocer?

> **Vocabulario útil**
>
> **bajar**   *to get off (a bus, train, etc.)*
> **el camión**   *bus (Mexico)*
> **dedicarse (a)**   *to do (something) for a living*
> **empapado(a)**   *soaked*

Comprensión

Escoge la conclusión correcta para las siguientes oraciones.

1. Cuando llega a la parada, la muchacha...
   a. pide instrucciones.   b. pregunta por el autobús.

2. La muchacha dice que...
   a. va a visitar a un amigo.   b. tiene que darle algo a un amigo.

3. Para pasar el tiempo los jóvenes hablan...
   a. del clima.   b. de la ciudad.

4. La muchacha dice que vive...
   a. en la Ciudad de México.   b. cerca del cine México.

5. La muchacha es...
   a. estudiante   b. bailarina

6. Cuando el muchacho va a bajar del autobús, le dice a la muchacha...
   a. que tenga cuidado.   b. donde debe bajar.

Después de ver

1. ¿Cuál es la ironía al final?

2. ¿Por qué el muchacho no se llevó la caja *(box)* de la muchacha?

Literatura

Nota biográfica

Gabriel García Márquez (1927–), colombiano, es conocido en todo el mundo por sus cuentos, novelas y guiones *(screenplays),* y por su trabajo como periodista. En 1982 ganó el Premio Nobel de Literatura. Su novela *Cien años de soledad* es considerada una obra clásica moderna de la literatura latinoamericana; ha sido traducida a casi 40 idiomas y se han vendido más de 25 millones de copias. En varios cuentos y novelas García Márquez emplea el género del realismo mágico, en el cual se mezclan elementos mágicos con la realidad para crear una realidad nueva.

Antes de leer

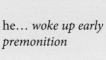 Con un compañero contesten las siguientes preguntas.

1. ¿Alguna vez has tenido un presentimiento *(premonition)* de que un evento iba a pasar. ¿Pasó el evento? ¿Conoces a alguien que tenga presentimientos?

2. Mira la foto. ¿Por qué piensas que no hay nadie en este pueblo?

3. ¿Les cuentas rumores o chismes *(gossip)* a tus amigos o tu familia? ¿De qué hablan? ¿Piensas que los rumores son peores en una ciudad o un pueblo? ¿Por qué?

Algo muy grave va a suceder* en este pueblo

happen

1 Imagínese usted un pueblo muy pequeño donde hay una señora vieja que tiene dos hijos, uno de 17 y una hija de 14. Está sirviéndoles el desayuno y tiene una

5 expresión de preocupación. Los hijos le preguntan qué le pasa y ella les responde:

he… woke up early
premonition

—No sé, pero he amanecido* con el presentimiento* de que algo muy grave va a sucederle a este pueblo.

© Valery Shanin/Shutterstock

10 Ellos se ríen de la madre. Dicen que esos son presentimientos de vieja, cosas que pasan. El hijo se va a jugar al billar*, y

billiards
carambola… an easy shot
bet

en el momento en que va a tirar una carambola sencillísima*, el otro jugador le dice:
—Te apuesto* un peso a que no la haces.

15 Todos se ríen. Él se ríe. Tira la carambola y no la hace. Paga su peso y todos le preguntan qué pasó, si era una carambola sencilla. Contesta:
—Es cierto, pero me ha quedado la preocupación de una cosa que me dijo mi madre esta mañana sobre algo grave que va a suceder a este pueblo.
Todos se ríen de él, y el que se ha ganado su peso regresa a su casa, donde está con su

20 mamá o una nieta o en fin, cualquier pariente. Feliz con su peso, dice:
—Le gané este peso a Dámaso en la forma más sencilla porque es un tonto.
—¿Y por qué es un tonto?

bothered

—Hombre, porque no pudo hacer una carambola sencillísima estorbado* con la idea de que su mamá amaneció hoy con la idea de que algo muy grave va a suceder en este pueblo.

25 Entonces le dice su madre:

burles… make fun of
butcher

—No te burles de* los presentimientos de los viejos porque a veces salen.
La pariente lo oye y va a comprar carne. Ella le dice al carnicero*:
—Véndame una libra de carne —y en el momento que se la están cortando, agrega—: Mejor véndame dos, porque andan diciendo que algo grave va a pasar y lo mejor es estar preparado.

30 El carnicero despacha su carne y cuando llega otra señora a comprar una libra de carne, le dice:
—Lleve dos porque hasta aquí llega la gente diciendo que algo muy grave va a pasar, y se están preparando y comprando cosas.

Entonces la vieja responde:

—Tengo varios hijos, mire, mejor deme cuatro libras.

Se lleva las cuatro libras; y para no hacer largo el cuento, diré que el carnicero en media
35 hora agota la carne, mata otra vaca, se vende toda y se va esparciendo* el rumor. Llega el *spreading*
momento en que todo el mundo*, en el pueblo, está esperando que pase algo. Se paralizan *todo… everyone*
las actividades y de pronto, a las dos de la tarde, hace calor como siempre. Alguien dice:

—¿Se ha dado cuenta del calor que está haciendo?

—¡Pero si en este pueblo siempre ha hecho calor!
40 (Tanto calor que es pueblo donde los músicos tenían instrumentos remendados* con *mended*
brea* y tocaban siempre a la sombra porque si tocaban al sol se les caían a pedazos*.) *tar / pieces*

—Sin embargo —dice uno—, a esta hora nunca ha hecho tanto calor.

—Pero a las dos de la tarde es cuando hay más calor.

—Sí, pero no tanto calor como ahora.
45 Al pueblo desierto, a la plaza desierta, baja de pronto un pajarito y se corre la voz:

—Hay un pajarito en la plaza.

Y viene todo el mundo, espantado*, a ver el pajarito. *scared*

—Pero señores, siempre ha habido pajaritos que bajan.

—Sí, pero nunca a esta hora.
50 Llega un momento de tal tensión para los habitantes del pueblo, que todos están
desesperados por irse y no tienen el valor de hacerlo.

—Yo sí soy muy macho —grita uno—. Yo me voy.

Agarra* sus muebles, sus hijos, sus animales, los mete en una carreta y atraviesa la calle *He gathers*
central donde está el pobre pueblo viéndolo. Hasta el momento en que dicen:
55 —Si éste se atreve, pues nosotros también nos vamos.

Y empiezan a desmantelar literalmente el pueblo. Se llevan las cosas, los animales, todo.
Y uno de los últimos que abandona el pueblo, dice:

—Que no venga la desgracia a caer sobre lo que queda de nuestra casa —y entonces la
incendia* y otros incendian también sus casas. *set fire*
60 Huyen en un tremendo y verdadero pánico, como en un éxodo de guerra, y en medio de
ellos va la señora que tuvo el presagio*, clamando: *premonition*

—Yo dije que algo muy grave iba a pasar, y me dijeron que estaba loca.

Gabriel García Márquez, excerpt from "Cómo comencé a escribir," *Yo No Vengo a Decir un Discurso*.
© Gabriel García Márquez, 2010. Used with permission.

Terminología literaria

el diálogo *dialogue*

el realismo mágico *magic realism, literary genre in which magical
or exaggerated elements are presented as if they were real*

Comprensión

1. ¿El cuento tiene lugar en un pueblo o una ciudad? ¿Por qué es importante esto?

2. ¿Cómo empieza el rumor? ¿Cómo se esparce durante el día?

3. ¿Cómo reacciona la gente a la tensión resultante? ¿Qué hacen al final para escaparla?

Análisis

1. El rumor crece por el pánico del pueblo. ¿El narrador comparte este pánico? ¿Por qué?

2. ¿Por qué crees que García Márquez empleó tanto el diálogo en este cuento?

3. ¿Qué elementos mágicos notaste en el cuento? ¿Cómo contribuyen a la historia?

A profundizar

1. ¿Critica García Márquez a las personas que escuchan los rumores? ¿Cuál es su crítica?

2. ¿Es posible esparcir un rumor o un chisme positivo/bueno? ¿En qué circunstancias?

Enlaces

El enfoque de este capítulo es seguir practicando el uso de los tiempos (pasado —pretérito e imperfecto, pluscuamperfecto— y presente) y de los modos (indicativo, subjuntivo) además de las situaciones hipotéticas. Recuerda que las situaciones hipotéticas se presentan:

- con el **presente** en la cláusula con **si** y el **presente/futuro/imperativo** en la cláusula principal, cuando son situaciones posibles.
- con el **imperfecto del subjuntivo** en la cláusula con **si** y el **condicional** en la cláusula principal, cuando son situaciones imposibles.
- con el **pluscuamperfecto del subjuntivo** en la cláusula con **si** y el **condicional perfecto** en la cláusula principal, cuando describen un evento del **pasado** si las circunstancias hubieran sido diferentes.

8.28 **El legado del pasado** Eliseo reflexiona sobre las experiencias de su familia y cómo estas experiencias han cambiado su forma de pensar. Completa el texto, usando la forma apropiada del verbo indicado.

Mi vida ahora (1.) _____ (ser/estar/haber) muy diferente a la de mis abuelos en los años setenta. Ellos eran campesinos en el departamento de Cuscatlán, en El Salvador, y mi abuelo (2.) _____ (cultivar) maíz y frijol y (3.) _____ (cosechar) caña (*sugar cane*) para el propietario (*owner*) de una hacienda grande. Él y sus hijos (4.) _____ (ser/estar/haber) en el campo desde muy temprano todos los días. No (5.) _____ (ser/estar/haber) ninguna escuela en su pueblo. Aun si (6.) _____ (poder) llevar a sus hijos a la escuela en Suchitoto, mi abuelo nunca (7.) _____ (lograr) pagar la inscripción. Por eso, mi papá nunca (8.) _____ (asistir) a la escuela hasta que comenzó la Guerra Civil y su familia (9.) _____ (refugiarse) en un campamento en Honduras. Allí los refugiados ya (10.) _____ (organizar) clases especiales para todos los que querían aprender a leer. Consideraban importante que todos (11.) _____ (tener) la oportunidad de superarse.

   Cuando pienso en las experiencias de mi abuelo y de mi padre, (12.) _____ (ser/estar/haber) orgulloso de que mi papá (13.) _____ (hacer) tanto esfuerzo para aprender y de que mi abuelo (14.) _____ (mostrar) la fortaleza para trabajar tan duro y luego escapar con su familia. Si hubiera estado en su lugar, es dudoso que yo (15.) _____ (superar) estas circunstancias tan arriesgadas. Afortunadamente no tengo que enfrentarlas. Cuando la familia volvió a El Salvador después de la guerra, se estableció en San Salvador y mi papá (16.) _____ (conseguir) trabajo de mecánico. Cuando tuvo hijos, nos mandó a la escuela y nos dio una vida muy buena. Si me fuera posible recompensar a mi papá y a mi abuelo, (yo) lo (17.) _____ (hacer) inmediatamente. Les (18.) _____ (comprar) una quinta en el campo y mi abuelo (19.) _____ (jubilarse). En realidad, nunca podré comprarles una casa, pero si mi programa de estudios sigue bien, (20.) _____ (graduarse) en dos años con mi licenciatura. Si puedo encontrar un puesto con buen sueldo en San Salvador, (21.) _____ (esperar) compartir mi buena fortuna con mi familia.

> **MOMENTO METALINGÜÍSTICO**
>
> Vuelve a mirar el segundo párrafo en la actividad 8.28 y explica cómo elegiste las formas de los verbos.

doscientos setenta y cuatro | **Capítulo 8**

8.29 **¿Qué opinan?** Eliseo habla sobre varias situaciones en El Salvador. Decidan si cada idea se refiere al presente o al pasado, y si se refiere a la vida en el campo o en la ciudad. Túrnense para completar las oraciones y hacer comentarios.

Modelo   Si hay carencia de agua...

Estudiante 1: *Si hay carencia de agua en el campo, no se puede cultivar el maíz.*
Estudiante 2: *Es importante que haya una cosecha porque si no la hay, los campesinos no tienen nada que comer ni vender.*

1. Si su casa no hubiera tenido agua potable...
2. Si hay más crimen...
3. Si se pudiera atraer turistas...
4. Si se valorara más la mano de obra...
5. Si unos niños sufren de abandono...
6. Si hubiera habido más transporte público...
7. Si las escuelas fueran más accesibles...

Si no llueve, el cultivo de maíz puede morir.

© afoto6267/Shutterstock

8.30 **Avancemos más** Con un compañero van a decidir donde vivirían si pudieran elegir cualquier pueblo o ciudad en el mundo.

Paso 1 Escribe tres ciudades o pueblos en cualquier parte del mundo donde te gustaría vivir, excepto el lugar donde vives actualmente. Luego habla con un compañero y explica por qué elegiste los tres lugares en tu lista.

Paso 2 Seleccionen dos de los seis lugares y hagan comparaciones, escribiendo una lista de las ventajas y las desventajas de cada lugar. Piensen en lo que podrían y no podrían hacer si vivieran en los dos lugares.

Paso 3 Decidan en cuál de los dos lugares vivirían. Compartan su decisión con la clase y expliquen por qué.

🔊 El campo o la ciudad

El campo

el abandono   *abandonment*
el abono   *fertilizer, manure*
la agricultura   *agriculture*
el asentamiento   *settlement, shantytown*
la carencia   *lack, shortage, scarcity*
el cultivo   *crop*
la ganadería   *cattle raising*

el ganado   *cattle*
la granja   *farm*
el huerto   *vegetable garden, orchard*
la pesca   *fishing*
la población   *population*
el pueblo   *town*
el rancho   *small farm, ranch*

La ciudad

las afueras   *outskirts*
la aglomeración   *crowd, mass of people*
el asfalto   *asphalt*
el barrio   *district, neighborhood*
el cemento   *cement*
la colonia   *residential subdivision*
el crimen   *crime*
la densidad demográfica   *population density*
el embotellamiento   *traffic jam*
la fábrica   *factory*
la fuente   *fountain*
la gente   *people*

la mano de obra   *labor force*
el monumento   *monument*
la parada   *bus stop*
el quiosco   *kiosk, stand*
el rascacielos   *skyscraper*
el ruido   *noise*
el sistema de transporte público   *public transportation system*
el tráfico   *traffic*
la urbanización   *urbanization, housing development*
el (la) vecino(a)   *neighbor*

Verbos

ahuyentar   *to scare away*
atraer   *to attract*
cosechar   *to harvest*
cultivar   *to cultivate*

habitar   *to inhabit*
sembrar (ie)   *to sow*
urbanizar   *to develop, to urbanize*

Adjetivos

arriesgado(a)   *risky*
callejero(a)   *from the streets, stray*
cosmopolita   *cosmopolitan*
hispanohablante   *Spanish-speaking*
local   *local*

pintoresco(a)   *picturesque*
rural   *rural*
tranquilo(a)   *calm, peaceful, quiet*
urbano(a)   *urban*

Expresiones adicionales

más... que   *more . . . than*
mayor   *older*
mejor   *better*
menor   *younger*

menos... que   *less . . . than*
peor   *worse*
tan... como   *as . . . as*
tanto(a)... como   *as many/much . . . as*

Terminología literaria

el diálogo   *dialogue*

el realismo mágico   *magic realism, literary genre in which magical or exaggerated elements are presented as if they were real*

Diccionario personal

_____

_____

_____

_____

_____

_____

_____

_____

_____

_____

_____

_____

_____

_____

_____

_____

_____

_____

_____

_____

_____

_____

_____

_____

_____

CAPÍTULO 9

Estrategia para avanzar

Learners often become frustrated by a lack of fluidity or speed in their speech. Music can help you increase your speed, particularly if you have a copy of the lyrics. You can hear and see how the artist puts phrases together. As you work to become an advanced speaker, try to sing along and match the speed of the singer. You can also study music for its use of grammatical forms (for instance, preterite vs. imperfect), to learn new vocabulary, or to explore figurative language.

In this chapter you will learn how to:
- Discuss music preferences
- Change the focus of a sentence using a passive structure
- Distinguish conditions that are results of an action from passive structures

Sigue el ritmo

La música es un idioma que comunica más que las palabras.

Estructuras

A perfeccionar: Uses of **se** (passive, impersonal, and accidental)

Passive voice

Resultant state vs. passive voice

Conexiones y comparaciones

La música en Latinoamérica

Cultura y comunidad

Música para el cambio

Literatura

El violinista, por Felipe Fernández

Redacción

Un poema

A escuchar

La función de la música

Video

Los nuevos sonidos de la música indígena latinoamericana: el ritmo combativo del hip hop mapuche

Cortometraje

El árbol de la música

Vocabulario

¿Qué tipos de música te gustan más?

La música

el álbum   *album*
la apreciación   *appreciation*
la armonía   *harmony*
la balada   *ballad*
el cantautor   *singer-songwriter*
el canto   *singing*
el concierto   *concert*
el conservatorio   *conservatory*
la coreografía   *choreography*
el coro   *choir*
el disco   *record*
el disco compacto (CD)   *compact disc*
el ensayo   *rehearsal, practice*
el estribillo   *chorus, refrain*
el éxito   *musical hit, success*
el género   *genre*
la gira   *tour*
la grabación   *recording*
la letra   *lyrics*
el oído   *ear (for music)*
la ópera   *opera*
la orquesta   *orchestra*
el público   *audience*
el radio / la radio   *radio (device) / radio (transmission)*
la serenata   *serenade*

el sonido   *sound*
la voz   *voice*

Los instrumentos musicales y su clasificación

el arpa   *harp*
el bajo   *bass*
la batería   *drum set*
el clarinete   *clarinet*
el cuatro   *four-stringed guitar*
la cuerda   *string*
la flauta   *flute*
la guitarra   *guitar*
el instrumento de cuerda/percusión/viento   *string/percussion/wind instrument*
el piano   *piano*
la quena   *Andean reed flute*
el tambor   *drum*
los timbales   *small drums, kettledrums*
la trompeta   *trumpet*
el violín   *violin*
el violonchelo   *cello*

Tipos de música

el blues   *blues*
el hip hop   *hip hop*

el jazz   *jazz*
la música clásica   *classical music*
la música country   *country music*
la música folclórica   *traditional folk music*
la música pop   *pop music*
el rap   *rap*
el reggaetón   *reggaeton*

Adjetivos

culto(a)   *educated, cultured*
desafinado(a)   *out of tune*
entonado(a)   *in tune*
exitoso(a)   *successful*
pegajoso(a)   *catchy*
popular   *popular*

Verbos

componer   *to compose*
dirigir   *to conduct, to lead*
ensayar   *to rehearse*
interpretar   *to perform, to interpret, to play (a role)*
presentarse   *to perform*
tararear   *to hum*
tocar   *to play*

A practicar

9.1 **Escucha y responde.** Observa la ilustración y responde las preguntas.

3-14

9.2 **Identificaciones** Relaciona las definiciones con la palabra a la que se refieren. Elige de entre las palabras de la lista. No las necesitarás todas.

arpa	desafinado	género	pegajosa
balada	ensayar	gira	quena
cantautor	estribillo	grabación	sonido
componer	éxito	interpretar	voz

1. Es el sonido que una persona hace cuando habla o canta.
2. Es una palabra para clasificar tipos diferentes de música.
3. Es un instrumento de cuerda.
4. Es el verbo para describir cuando un cantante canta una canción o la toca.
5. Es la acción de practicar música o cantarla para interpretarla mejor.
6. Es un tipo de música popular, de ritmo lento y con temas generalmente románticos.
7. Es la parte de una canción que se repite.
8. Es el cantante que también compone sus melodías.

9.3 **En mi opinión** Trabaja con un compañero para completar las siguientes ideas con sus opiniones personales.

1. Yo (no) escucho música mientras estudio porque...
2. Cuando manejo yo (no) escucho música porque...
3. Si estoy triste prefiero escuchar... pero cuando me siento alegre, oigo...
4. En las fiestas (no) me gusta cuando tocan...
5. La música que (no) me gusta bailar es...
6. Una vez fui a un concierto de...
7. De niño siempre escuchaba... pero ahora...
8. Si no hubiera música...

Expandamos el vocabulario

The following words are listed in the vocabulary. They are nouns, verbs, or adjectives. Complete the table using the roots of the words to convert them to the different categories.

Verbo	Sustantivo	Adjetivo
ensayar		
	grabación	
cantar		
	composición	

INVESTIGUEMOS LA CULTURA

In Mexico, it is common for a man to serenade a woman to woo her or to ask for forgiveness if they have had a fight. He will contract a group of mariachis, and arrive with them at her house at night to sing a few ballads. When she hears the music, she goes to the window and opens it to let him know she appreciates it. However, if she does not want to accept his advances or his apology, she will not open the window. It is also common to send a group of mariachis to serenade someone for Mother's Day or for a birthday.

9.4 **Músicos famosos** La siguiente es una lista de músicos hispanohablantes. En parejas, túrnense para hablar sobre los que conozcan, hablando sobre el tipo de música que tocan o cantan, si conocen alguna canción, etcétera.

1. Carlos Santana
2. Enrique Iglesias
3. Pitbull
4. Selena

5. Plácido Domingo
6. Marc Anthony
7. Paulina Rubio
8. Los Lobos

9.5 **La música desde tu perspectiva** Con un compañero, observen las escenas del inicio y contesten las preguntas.

1. ¿En dónde creen que están los músicos de la primera imagen? ¿Por qué? ¿Saben algo sobre la música de esta región?

2. En la segunda imagen se muestra a una banda en un club. ¿Qué tipo de música crees que interpretan? ¿Por qué? ¿Sabes bailar este tipo de música?

3. ¿Por qué crees que la gente cante en la tercera ilustración? ¿Piensas que todas las religiones usan la música?

4. ¿Qué música crees que escucha la chica de la última ilustración? ¿Por qué piensas que muchas personas escuchan música mientras hacen otras labores? ¿Crees que la chica de la imagen canta de una forma agradable? ¿Por qué?

9.6 **Conversemos** En grupos, hablen sobre sus respuestas a las preguntas.

1. ¿Tocas algún instrumento musical? ¿Cuál? ¿Dónde aprendiste a tocarlo?

2. ¿Para ti es importante la música? ¿Por qué?

3. ¿Con qué frecuencia escuchas música? ¿Cómo la escuchas (por ejemplo, por radio, por computadora, etcétera)?

4. ¿Has escuchado música en español? ¿Tienes algún cantante o grupo favorito?

9.7 **Los talentos de la clase** Busca a compañeros diferentes que hagan o hayan hecho las actividades de la lista. Pídeles información adicional para reportársela a la clase.

Modelo   Comprar música en Internet (¿por qué?)

Estudiante 1: *¿Has comprado música en Internet?*
Estudiante 2: *Sí, he comprado mucha música. Me gusta comprar música digital porque no tengo que pagar por todo el álbum. Ayer compré una canción.*

1. Interpretar una canción frente a un público (¿cuándo? ¿dónde?)
2. Participar en un coro (¿dónde?)
3. Tararear (¿dónde? ¿por qué? ¿qué?)
4. Tocar un instrumento musical (¿cuál?)
5. Escuchar música vieja (¿qué tipo?)
6. Asistir a un concierto (¿de quién?)
7. Comprar música de autores de España o Latinoamérica (¿quiénes?)
8. Cantar karaoke (¿qué canción?)

Yo toco un instrumento musical: la guitarra española.

9.8 **Frases célebres y citas sobre la música** En parejas, lean las siguientes citas sobre la música y digan si están de acuerdo o no, y por qué.

- La música es para el alma *(soul)* lo que la gimnasia es para el cuerpo. (Platón, filósofo griego, 427 AC-347 AC)

- La música es el arte más directo, entra por el oído y va al corazón. (Magdalena Martínez, flautista española, 1963–)

- El infierno *(hell)* está lleno de aficionados a la música. (George Bernard Shaw, escritor irlandés, 1856–1950)

- Error funesto *(grave)* es decir que hay que comprender la música para gozar *(enjoy)* de ella. La música no se hace, ni debe jamás hacerse para que se comprenda, sino para que se sienta. (Manuel de Falla, compositor español, 1876–1946)

- Quien canta, sus males espanta *(scares away)*. (Miguel de Cervantes Saavedra, escritor español, 1547–1616)

- La música debe brotar *(release)* fuego del corazón del hombre, y lágrimas de los ojos de la mujer. (Ludwig van Beethoven, compositor y músico, 1770–1827)

- Cuando un pueblo trabaja, Dios lo respeta. Pero cuando un pueblo canta, Dios lo ama. (Facundo Cabral, cantautor argentino, 1937–2011)

9.9 **Músicos** Trabaja con un compañero para elegir una de las ilustraciones e inventar una nota autobiográfica sobre la persona de la foto. Incluyan detalles del pasado de la persona, de su rutina actual y de sus planes para el futuro.

Los nuevos sonidos de la música indígena latinoamericana: el ritmo combativo del hip hop mapuche

Antes de ver

El grupo Wechekeché fue creado en un centro comunitario de Santiago de Chile. Sus miembros quieren rescatar *(rescue)* el idioma mapuche entre los jóvenes del país y lo hacen a través de su música. ¿Cómo se pueden preservar las tradiciones? ¿Piensas que es importante preservarlas? Explica.

Vocabulario útil

agradecido(a) *thankful*
defender *to defend*
la fuerza espiritual *spiritual strength*
el mapudungun *the Mapuche language, meaning "the talk of Earth"*

la mezcla *mixture*
la reivindicación *recognition*
la tierra *land*

Still from video supplied by BBC Motion Gallery

¿Qué edad tienen aproximadamente las personas de la fotografía? ¿Qué géneros de música son populares en tu país entre las personas de esta edad? ¿Por qué?

Comprensión

1. ¿Por qué hace Wechekeché música de hip hop?
2. ¿Qué otros estilos de música dicen que mezclan en sus canciones?
3. ¿De qué temas canta Wechekeché?
4. ¿De qué tipo de reivindicaciones hablan con su música?

Después de ver

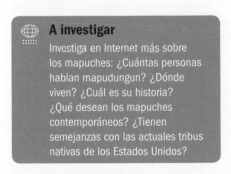 Habla con un compañero sobre las siguientes preguntas.

1. Observa a los jóvenes del grupo Wechekeché Ñi Trawün. ¿Se visten de manera semejante a los intérpretes de hip hop de los Estados Unidos? ¿Cuáles son las semejanzas o las diferencias?

2. ¿De qué temas habla en general el hip hop de los Estados Unidos?

3. ¿Piensas que estos jóvenes sean típicos de la juventud chilena? ¿Por qué?

Estaremos siempre muy agradecidos por este conocimiento

BBC MUNDO

Wechekeché Ñi Trawün significa "la gente joven en reunión".

Still from video supplied by BBC Motion Gallery

Más allá

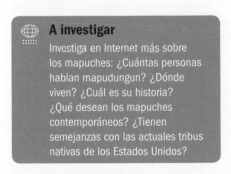 Se calcula que se hablan más de seis mil idiomas en el mundo, pero es casi un hecho que más de la mitad desaparecerán dentro del próximo siglo *(century)*. Habla con un compañero sobre cuáles crees que sean las consecuencias de que desaparezcan estas lenguas y lo que se puede hacer para evitar su extinción.

🌐 A investigar

Investiga en Internet más sobre los mapuches: ¿Cuántas personas hablan mapudungun? ¿Dónde viven? ¿Cuál es su historia? ¿Qué desean los mapuches contemporáneos? ¿Tienen semejanzas con las actuales tribus nativas de los Estados Unidos?

A perfeccionar

A analizar

Milagros explica cómo uno consigue música nueva en su país. Mientras escuchas el audio, lee el párrafo y observa las frases en negritas. Luego contesta las preguntas que siguen.

¿Cuáles son las opciones más populares para escuchar o conseguir música en tu país?

🔊 En mi país, Perú, hay muchas opciones para escuchar música. La música **se graba** directamente
3-15 de la radio, o **se descarga** de Internet. **Se puede** conseguir el disco prestado de un amigo. Es muy fácil salir a comprar la música en el mercado. La música **se vende** en el mercado en discos y **se compran** por cincuenta centavos de dólar. **Se encuentra** muy barata y se puede pedir la música que uno desea escuchar y seleccionar. **Se seleccionan** los temas y estos temas **se colocan** en un disco. Es algo muy oportuno para la persona que quiere escuchar cierto tipo de música. La música que **se escucha** en Perú —bueno, hay de todo. **Se escucha** mucha salsa de Puerto Rico, de Colombia, de Cuba. Se escucha también el Reggaetón y la música criolla de Perú.

—Milagros, Perú

1. ¿Qué tienen en común todos los verbos en negritas?
2. ¿Es posible identificar el sujeto de cada verbo?
3. ¿Por qué algunas formas están en plural?

A comprobar

Los usos de *se*

El *se* pasivo

1. The pronoun **se** is used when the person or thing performing an action is either unknown or unimportant and the object affected by the action is used as the subject. This is known as a passive sentence. The verb is conjugated in the third person form to agree with the object. The singular form is used with singular nouns and the plural form with plural nouns. Notice that the subject can either precede or follow the verb.

> **Se escucha** el jazz aquí.
> *Jazz is listened to here.*

> Los discos compactos ya no **se compran** mucho.
> *Compact discs are not bought much anymore.*

2. When using an auxiliary verb such as **deber, poder,** or **necesitar** that is followed by an infinitive and a noun, the verb is conjugated in agreement with the noun because it is the subject.

> No **se puede entender** la letra.
> *The lyrics can't be understood.*

Las canciones **se deben bajar** de este sitio.
The songs should be downloaded from this site.

Se impersonal

3. Similar to the passive **se,** the impersonal **se** is also used when the subject is unknown, unimportant, or not specified; however, the impersonal **se** is not used with a noun. As a result, the verb is always conjugated in the singular form. The pronoun **se** translates to *one, you,* or *they* in English.

> No **se puede** entrar tarde al concierto.
> *You can't get in late to the concert.*

> **Se dice** que es un buen concierto.
> *They say it's a good concert.*

4. When the noun receiving the action is a specific person or persons, it becomes the direct object and must have a personal **a.** The verb is then conjugated in the singular form (impersonal **se**). Otherwise, the personal **a** is not necessary, and the noun acts as a subject (passive **se**); the verb must then be conjugated in agreement with the noun.

En Argentina **se conoce** a los artistas colombianos.
In Argentina they know the Colombian artists.

Se buscan cantantes.
Singers (are) wanted.

INVESTIGUEMOS LA GRAMÁTICA

When using the impersonal **se,** any possessive adjectives must be in the third person (**su/sus**), since the subject is equivalent to the English *one.*

Se debe proteger **su** colección de música.
*One should protect **his/her** music collection.*

Se **accidental**

5. When expressing unplanned or accidental occurrences, it is common to use a passive structure, similar to the passive **se.** The verb is conjugated in third person (singular or plural) and is used with the indirect object pronoun (**me, te, le, nos, os,** and **les**).

> **Se nos quedaron** los instrumentos en el autobús.
> *We **(accidentally) left** the instruments on the bus.*

> **Se me olvidó** el nombre de la canción.
> *I **(unintentionally) forgot** the name of the song.*

Notice that the verb agrees with the subject (**los instrumentos** and **el nombre**) and that the person affected by the action becomes the indirect object (**nos** and **me**).

6. When you want to clarify or emphasize the indirect object, use the personal **a** + noun/pronoun.

> **Al cantante** se le cayó el micrófono.
> *The singer (accidentally) dropped the microphone.*

> **A él** se le perdió la guitarra.
> *He (unintentionally) lost his guitar.*

7. The following are common verbs used with this construction.

acabar	*to finish, to run out of*
apagar	*to turn off, to shut down*
caer	*to fall, to drop*
descomponer	*to break down (a machine)*
olvidar	*to forget*
perder	*to lose*
quedar	*to remain (behind), to be left*
romper	*to break*

No pudieron ensayar porque **se les apagaron** las luces.
*They couldn't practice because **the lights went out**.*

Al baterista **se le cayó** la baqueta.
*The drummer **dropped** the drumstick.*

A practicar

9.10 **¿Cierto o falso?** Decide si las siguientes oraciones son ciertas o falsas.

1. La salsa se baila en muchas partes del mundo.

2. En Latinoamérica se oyen canciones en inglés.

3. El tango se escucha pero no se baila.

4. Algunos artistas latinos se conocen en Asia.

5. Se prohíbe transmitir rap en muchas estaciones de radio de El Salvador.

6. No se escucha el jazz fuera de los Estados Unidos.

A veces se baila salsa con música en vivo.

© lev radin/ Shutterstock.com

9.11 ¿Por qué? Osvaldo toca con un grupo musical y ayer tuvo un ensayo, pero todo le salió *(turned out)* mal. Usando el **se** accidental y el verbo entre paréntesis explica por qué.

Modelo   No pudo abrir la puerta de su auto. (perder las llaves)
   Se le perdieron las llaves.

1. Llegó tarde al ensayo. (descomponer el auto)
2. No tenía su guitarra y sus compañeros tuvieron que prestarle una. (quedar la guitarra en casa)
3. Rompió la guitarra de su compañero. (caer la guitarra)
4. No pudo leer la música. (perder los lentes)
5. No pudo cantar su parte. (olvidar la letra)
6. Al terminar el ensayo, salió para su casa pero se quedó a medio camino. (acabar la gasolina)

9.12 ¿Dónde? Menciona dónde se hacen las siguientes actividades, usando el **se** pasivo.

1. interpretar canciones de jazz afrocubano   a. México
2. tocar la quena   b. España
3. escuchar tangos   c. la República Dominicana
4. oír serenatas de mariachis   d. Cuba
5. ver bailar flamenco   e. Bolivia
6. bailar merengue y bachata   f. Argentina
7. componer vallenatos   g. Colombia

9.13 ¿Para qué son? Con un compañero hagan una lista para explicar lo que se hace con las siguientes cosas. Deben usar el **se** pasivo.

1. los instrumentos   5. la letra de una canción
2. las canciones   6. el estribillo de una canción
3. la radio   7. los premios
4. los grupos musicales   8. un éxito musical

¿Qué ropa se lleva a una ceremonia de entrega de premios?

9.14 **¿Qué se hace?** Con un compañero túrnense para explicar algo que es aceptable hacer y algo que no es aceptable hacer en las siguientes situaciones. Deben usar el **se** pasivo y/o el **se** impersonal.

1. en una fiesta
2. en un concierto
3. al comprar música de Internet
4. en un club
5. al formar un grupo musical
6. al llevarle una serenata a alguien
7. al escuchar a un músico en la calle
8. cuando le molesta la música de alguien más (en su apartamento, la calle, etcétera)

9.15 **Avancemos** Tomás no tuvo una buena noche. Con un compañero túrnense para explicar lo que pasó. Deben usar el pretérito, el imperfecto y el **se** accidental. Den muchos detalles.

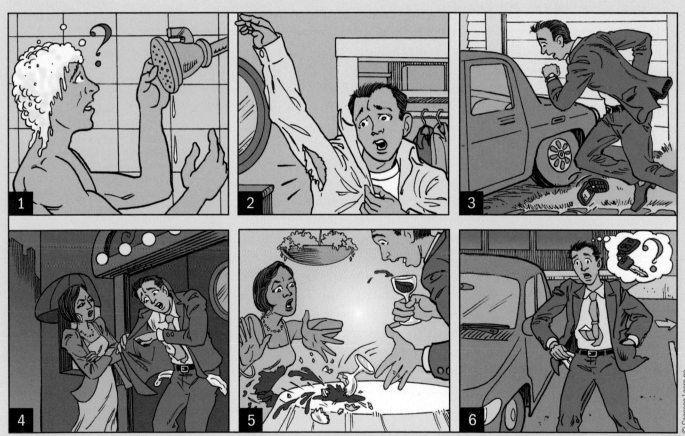

© Cengage Learning

Conexiones . . . a la música

Antes de leer

¿Has escuchado música latina? ¿Y música latinoamericana?
¿Sabes la diferencia entre estos dos géneros?

¿Música latina o música latinoamericana?

La diferencia entre la música latina y la música
latinoamericana puede ser muy ambigua. Empecemos
por definir el término "latinoamericano". Latinoamérica
es una región geográfica y cultural. Los países latinos son
aquellos en los que se habla un idioma que surgió del
latín, como el español, el francés, el italiano, el portugués
y el rumano. Aunque la gente distingue fácilmente entre
Hispanoamérica y Latinoamérica, en la música no se
hace esta distinción. En los Estados Unidos se le llama
música latina a muchos géneros musicales simplemente
porque las letras están en alguno de los idiomas latinos,
ignorando el hecho de que hay canciones sin letras. En
este país también se le llama música latina a la fusión entre los varios géneros de
música tradicional nacidos en regiones latinoamericanas, particularmente la música
influenciada por ritmos africanos del Caribe, en la cual abundan las percusiones,
como en la salsa, la cumbia y la rumba.

Un grupo peruano de música tradicional

La música tradicional tiene un importante carácter étnico, ya que tiende a
transmitirse de generación en generación, como parte de la cultura. Algunos
ejemplos son el flamenco y la jota española, la samba brasileña y el tango argentino.
Cuando los latinoamericanos hablan de música latinoamericana, no hablan de la
fusión de ritmos, sino de las músicas tradicionales. Entre la música autóctona[1] de
cada región, están la música andina y géneros más modernos como el canto nuevo
chileno y la nueva trova cubana. La música andina agrupa a varios géneros de la
región de los Andes. Su sonido es inconfundible gracias al uso de instrumentos
de esta región, como las quenas y las zampoñas[2]. Por su parte, el canto nuevo se
caracterizó por las letras de sus canciones, que fueron una respuesta musical a las
dictaduras represivas de los años 70 y 80 en Latinoamérica. La nueva trova cubana
tiene características similares al canto nuevo, pero con ritmos cubanos y letras
claramente comprometidas con la Revolución cubana.

---

[1]*native* [2]*panpipes*

Source: MusicaPopular.cl

> **INVESTIGUEMOS EL VOCABULARIO**
>
> In contrast to the term **latino**, the term **hispano** refers to someone from a country or culture where Spanish is spoken. Someone from the Dominican Republic would be both **latino** and **hispano**; whereas someone from Haiti where French and Creole are spoken would be **latino** but not **hispano**.

Después de leer

1. ¿Qué géneros musicales son tradicionales de los Estados Unidos?

2. ¿Quiénes son intérpretes famosos? ¿Qué piensas de su música y de la letra de sus canciones?

3. ¿Hay un equivalente cultural al "canto nuevo" en tu país?

Comparaciones

Antes de leer

¿Qué habilidades piensas que se necesiten para ser músico o poeta?

Música y poesía

Dice el adagio popular que "de músico, poeta y loco todos tenemos un poco". Sin embargo, no todos escriben poesía ni crean música. Algunos afortunados saben escribir poesía y ponerle música. Otros más saben escuchar la música de la poesía, y gracias a ellos tenemos canciones bellísimas basadas en algunas de las poesías más destacadas[1] de la lengua española. Ejemplos los hay de todas las regiones hispanas. He aquí tres de las más conocidas en el mundo:

Parte de la canción Guantanamera incluye la poesía más famosa del poeta, escritor y filósofo cubano, considerado padre de la Patria: José Martí. El poema se llama "Versos Sencillos", y el siguiente es el verso más reconocido:

> Yo soy un hombre sincero
>
> De donde crece la palma
>
> Y antes de morir yo quiero
> echar[2] mis versos del alma[3]

Pablo Neruda es uno de los poetas latinoamericanos más homenajeados por los músicos.

Otras dos canciones inmortalizadas son "Como yo lo siento" y "Cantares", ambas creadas por el cantautor español Joan Manuel Serrat con poemas de Antonio Machado, un autor importantísimo dentro de la poesía ibérica.

Varios álbumes le han rendido tributo a la poesía hispana. Entre los poetas homenajeados[4] están Federico García Lorca, Nicolás Guillén, Pablo Neruda, Jorge Luis Borges y Rosalía de Castro. En particular, Neruda recibió un gran homenaje en el centenario de su nacimiento, cuando un grupo de músicos grabó un álbum en el que participaron más de cuarenta artistas de diversos países. En este álbum los músicos recitan y cantan la poesía de Neruda. El álbum lleva el nombre de *Marinero en Tierra: Un tributo a Pablo Neruda*.

Los músicos hispanos no se han conformado con rendir homenaje a sus grandes autores, sino que también se lo han rendido a escritores de otras lenguas, como es el caso del homenaje que le hizo Radio Futura a Edgar Allan Poe con su canción "Anabel Lee". Cuando los artistas del mundo se rinden homenaje los unos a los otros, todos salimos ganando.

---

[1]*distinguished* [2]*throw* [3]*soul* [4]*honored*

INVESTIGUEMOS LA MÚSICA

"E-ungenio Salvador Dalí" del grupo español Mecano es un homenaje al gran pintor. Busca la canción en Internet y escúchala. ¿Qué adjetivos se usan para describir a Dalí?

Después de leer

1. ¿Conoces alguna canción en inglés basada en una poesía o dedicada a un escritor? ¿Cuál?

2. ¿Qué poetas son los más conocidos y queridos dentro de la literatura escrita en inglés? ¿A qué artista (poeta, pintor o escritor) te gustaría que se le dedicara una canción? ¿Qué se debería decir en esa canción?

3. ¿Estás de acuerdo con el refrán popular de que "de músico, poeta y loco todos tenemos un poco"?

 A investigar

En el mundo hispanohablante muchos artistas reciben homenajes más allá de la música. Por ejemplo, en los billetes y en las monedas. Elige un país hispanohablante e investiga sobre sus monedas y billetes. ¿Hay artistas? ¿Quiénes más aparecen? ¿Cómo se comparan estos homenajes con los de los billetes y monedas de los Estados Unidos?

A analizar

Milagros habla de la influencia del cantante Arturo Cavero en Perú. Mientras escuchas el audio, lee el párrafo y observa las frases en negritas. Luego contesta las preguntas que siguen.

¿Qué cantante ha tenido impacto en tu país?

🔊 En Perú el 31 de octubre celebramos dos cosas: Halloween y la música criolla. El Día de la
3-16 Música Criolla lo celebran las personas mayores y los jóvenes, y Halloween lo celebran más los niños. Cuando menciono la canción criolla, es difícil no mencionar a un intérprete de la música criolla que **fue muy querido** y **conocido,** el señor Arturo "Zambo" Cavero. **Fue muy conocido** porque interpretó una canción muy famosa que **fue compuesta** por el señor Augusto Polo Campos hace ya mucho tiempo. Fue un cantante que **fue muy requerido** en las celebraciones de la Independencia de Perú todos los años y las celebraciones el 31 de octubre. Creo que nadie ha interpretado el tema "Contigo Perú" de la manera en que él lo hizo.

—Milagros, Perú

1. ¿Qué verbo se usa en cada caso? ¿Puedes identificar a qué se refiere el verbo?
2. ¿Por qué es femenino el participio pasado en la forma **compuesta**?

A comprobar

La voz pasiva

INVESTIGUEMOS LA CULTURA

Música criolla originated during the colonial period in Peru, combining musical instruments and influences from African slaves, Andean indigenous groups, and the colonizing Spaniards.

1. In Spanish, passive sentences can be formed in two ways: the passive **se** and **ser** + past participle. The passive construction with the verb **ser** is very similar to the English passive structure. It is most frequently used in a historical context where the emphasis is on the event rather than the agent (the one performing the action). This form is used very little in spoken Spanish; instead it is more common to use the passive **se**.

> **ser** + past participle + (**por** + agent)

> La canción "Recuérdame" **fue interpretada por** Natalia Jiménez.
> *The song "Recuérdame" **was performed by** Natalia Jiménez.*

> El grupo mexicano Maná **fue formado** en 1986.
> *The Mexican group Maná **was formed** in 1986.*

> *For a list of irregular past participles see the **A perfeccionar** section in **Capítulo 5.**

2. With the passive voice, the past participle functions as an adjective; therefore, it must agree with the noun it describes.

> La canción **fue dedicada** a su hijo.
> *The song **was dedicated** to his son.*

> Los miembros del grupo **fueron entrevistados** para un artículo.
> *The members of the group **were interviewed** for an article.*

3. The passive voice with the verb **ser** can be used in any tense or mood; however, it is not common to use it in the present indicative. In that case, the passive **se** is generally used.

> Ricky Martin **ha sido nominado** para los Latin Grammys varias veces.
> *Ricky Martin **has been nominated** for the Latin Grammys various times.*

> El disco **será grabado** durante el concierto.
> *The record **will be recorded** during the concert.*

> Ojalá que en el futuro Moderatto **sea contratado** para un concierto aquí.
> *I hope that in the future Moderatto **will be contracted** for a concert here.*

A practicar

9.16 **¿Quién?** Completa las oraciones con el nombre del artista al que se refiere cada idea.

Marc Anthony   **Enrique Iglesias**   **Juanes**   **Jennifer López**   **Pitbull**   **Shakira**

1. La canción "Waka waka" de _____ fue seleccionada como la canción oficial de la Copa Mundial de 2010.

2. El papel del cantante puertorriqueño Héctor Lavoe en la película *El Cantante* fue interpretado por _____ en 2007.

3. El álbum *Euforia* de _____ fue nominado para el Álbum del Año en los Latin Grammys en 2010.

4. Las canciones "On the Floor" y "Dance Again" de _____ fueron grabadas con Pitbull en 2011.

5. La compañía discográfica Bad Boy Latino fue formada por _____ y Sean "Diddy" Combs.

6. A parte de su música, _____ también es conocido por su trabajo humanitario, como su labor con las víctimas de minas terrestres *(landmines)* en Colombia.

9.17 **Somos el mundo** Completa el siguiente párrafo con las formas apropiadas de la voz pasiva.

El 10 de enero de 2010 el país de Haití (1.) _____ (devastar) por un terremoto *(earthquake)*. Poco después una grabación de la canción "Somos el mundo" (2.) _____ (organizar) por Emilio Estefan para recaudar fondos *(to collect funds)* para ayudar a los haitianos que (3.) _____ (afectar). Se reunieron más de 50 artistas latinos para la grabación, y el 1º de marzo el video de la canción (4.) _____ (transmitir) en el Show de Cristina, en Univisión.

El tema original "We are the World" (5.) _____ (escribir) por Michael Jackson y Lionel Richie y (6.) _____ (producir) por Quincy Jones en 1985. (7.) _____ (grabar) por varios cantantes, como Bruce Springsteen y Stevie Wonder, para recaudar fondos para combatir la hambruna *(hunger)* en África. Más de 10 millones de dólares (8.) _____ (recaudar) por la venta de la canción, y otro millón (9.) _____ (donar) por el público estadounidense.

9.18 **¿Quién lo hizo?** Busca la información en Internet para responder las siguientes preguntas. Luego contesta usando la voz pasiva.

Modelo ¿Quiénes construyeron La Alhambra en Granada, España?
Fue construida por los moros.

1. ¿Quién dirigió la película *Harry Potter and the Prisoner of Azkaban*?

2. ¿Quién escribió la novela *La casa de los espíritus*?

3. ¿Quién diseñó el Parque Güell en Barcelona?

4. ¿Quién recibió el Premio Nobel de la Paz en 1992?

5. ¿Quién interpretó el papel de Che Guevara en la película *The Motorcycle Diaries*?

6. ¿Quién compuso la pieza de música clásica "El amor brujo"?

7. ¿Quién grabó las canciones "Pelo suelto" y "Esa hembra es mala"?

8. ¿Quién pintó los murales en el Palacio Nacional de México?

9.19 **Mis favoritos** Habla con un compañero sobre tus cosas favoritas. Usando la voz pasiva expliquen cuándo o por quién fue hecha la acción y añadan información adicional. ¡OJO! El verbo **ser** no siempre estará en el pretérito.

Modelo clase favorita / enseñar

Estudiante 1: *Mi clase favorita fue enseñada por el señor Gómez. Fue una clase de arte.*
Estudiante 2: *Mi clase favorita fue enseñada por la señora Díaz. Fue una clase de español.*

1. canción favorita / interpretar
2. libro favorito / escribir
3. cuadros favoritos / pintar
4. programa favorito / transmitir
5. película favorita / estrenar
6. álbum favorito / grabar

9.20 **¿Quién sabe?** Circula por la clase para encontrar un compañero que te pueda dar la respuesta.

Modelo dirigir la película *Volver*

Estudiante 1: *¿Sabes quién dirigió la película **Volver**?*
Estudiante 2: *Sí, fue dirigida por Pedro Almodóvar.*

¿Sabes quién...?

1. escribir la novela *Don Quijote*
2. construir la ciudad de Machu Picchu
3. pintar los cuadros *Guernica* y *Les desmoiselles d'Avignon*
4. interpretar los papeles del Zorro y el gato en *Shrek*
5. invadir España en 711
6. conquistar a los aztecas
7. pagar los viajes de Cristóbal Colón
8. dirigir la Revolución cubana

¿Sabes quién diseñó la Casa Batlló?

9.21 **Avancemos** Con un compañero narren los eventos de la carrera de Horacio, un músico joven. Deben usar el pretérito y el imperfecto e incluir algunos verbos en la voz pasiva.

Antes de leer

¿De qué hablan las letras de tus cantantes favoritos?

Música para el cambio

🔊
3-17
Hay canciones que hacen época y épocas que hacen canciones. Gracias al ritmo de la música, sus letras trascienden, impactan, se recuerdan y se popularizan entre ciertos grupos. En los años setenta se popularizó en Latinoamérica la llamada música de protesta, para pronunciarse[1] contra las dictaduras de la época, o a favor de varios movimientos sociales e incluso a favor de la Revolución cubana. Entre las canciones clásicas de esa época se cuentan "La Maza", de Silvio Rodríguez (Cuba) y "Solo le pido a Dios", de León Gieco.

Hoy en día continúa la tradición de los artistas hispanos de hablar con su música sobre temas sociales, intentando promover cambios. Entre los grupos modernos cabe mencionar a Calle 13, un grupo boricua[2] que obtuvo atención mundial en el 2011 con su tema "Latinoamérica", una canción sobre la condición social de muchos pueblos de esta región del mundo.

A continuación presentamos una breve lista de otros músicos que promueven cambios a través de su arte y de sus acciones.

Manu Chao: Hijo de padres españoles emigrados a Francia, se ha comprometido con varias causas sociales y se ha solidarizado con diversos movimientos. Inició su carrera como músico callejero y se hizo famoso originalmente como parte del grupo Mano Negra. Posteriormente ha seguido una carrera de solista. Manu Chau ha sido un defensor de la libertad y se ha manifestado contra la globalización. En sus canciones toca temas como la inmigración (su familia emigró de España durante los años de la dictadura de Francisco Franco), e incluye ocasionalmente frases dichas en discursos de varios líderes. También se ha solidarizado al participar en conciertos para favorecer las causas en las que él cree.

> **INVESTIGUEMOS LA MÚSICA**
>
> Busca en Internet la canción "Latinoamérica", del grupo puertorriqueño Calle 13. ¿Qué imágenes presentan de Latinoamérica?

Calle 13, un grupo puertorriqueño muy talentoso y ganador de varios Grammys

Juanes: Este conocido cantante colombiano se ha destacado por el alto contenido social de sus canciones y por su preocupación por la paz *(peace)*. Además, Juanes estableció una fundación para asegurar que los niños de Colombia puedan vivir en una sociedad de paz. Las letras de muchas de sus canciones revelan este interés personal del artista. Juanes ha luchado activamente contra las minas[3], y recientemente se ha sumado[4] a la lucha para prevenir el SIDA[5] .

---

[1] *speak out* [2] *puertorriqueño* [3] *landmines* [4] *has joined* [5] *AIDS*

Juan Luis Guerra: El cantante dominicano y ganador de 18 Grammys, es uno de los músicos latinoamericanos mejor conocidos. Ha vendido más de 30 millones de discos. Su música es un estilo propio que mezcla salsa, merengue, jazz y bolero. Juan Luis Guerra creó una fundación para ayudar a personas con problemas de salud. Su album *Areíto* (1992) maneja[6] temas de interés social en sus canciones "El costo de la vida" y "Si de aquí saliera petróleo", en las que habla de las condiciones de pobreza de mucha gente en la República Dominicana. Su fundación, llamada "Fundación Juan Luis Guerra", fue creada en 1991 con el objetivo de ayudar a los grupos más necesitados de su país. También ha participado en muchos conciertos o teletones para ayudar a la gente afectada por la pobreza o la guerra.

[6]*deals with*

Juan Luis Guerra es uno de los músicos latinoamericanos mejor conocidos.

Source: Juanes.net, Musica.about.com

Después de leer

1. ¿Qué es la música de protesta y cuál fue su objetivo? ¿Conoces alguna canción que haya influenciado a la sociedad o a la opinión pública en un momento dado?

2. ¿Cómo se solidariza Manu Chau con las causas en las que cree? ¿Y qué causas defienden Juanes y Juan Luis Guerra?

3. ¿Conoces algún otro artista que tenga una fundación para apoyar una causa que le importe?

4. ¿Has comprado algún álbum o alguna canción para apoyar una causa? Explica.

🌐 A investigar

Otros artistas conocidos que tienen fundaciones para ayudar a otros son Ricky Martin, Ricardo Arjona, Ricardo Montaner, Maná y Shakira. Busca en Internet información sobre los objetivos de sus fundaciones y sus logros.

Comunidad

Entrevista a un estudiante de un país hispanohablante y pregúntale quiénes son sus cantantes o grupos favoritos, qué tipo de música interpretan y de qué hablan sus canciones.

Julieta Venegas, cantante y música mexicana

Estructuras 2

A analizar

La influencia de los músicos va más allá de su música. Elena habla de la fundación caritativa *(charitable)* de Shakira. Mientras escuchas el audio, lee el párrafo y observa los verbos en negritas. Luego contesta las preguntas que siguen.

¿A qué artista admiras, tanto por su música como su carácter?

🔊 Shakira es una artista colombiana muy importante, no solo por su fama como cantante y 3-18 compositora, sino también porque ella **está muy involucrada** con la educación de los niños víctimas de la pobreza y el desplazamiento *(displacement)* a causa de la violencia en Colombia. Su fundación *Pies Descalzos* **está dedicada** a brindar *(award)* educación gratuita a niños pobres en varias ciudades como Bogotá, Quibdó, Barranquilla y Cartagena. Esta fundación *fue establecida* en 1997, cuando Shakira apenas tenía 18 años. Hasta la fecha, seis colegios *han sido inaugurados*. La fundación *Pies Descalzos* y las personas que allí trabajan no solo **están comprometidas** a brindar educación pública de calidad a los niños, sino también a hacer de cada colegio un centro comunitario cuyas puertas **están abiertas** a la comunidad para ofrecer actividades extracurriculares formativas, recreativas, culturales y productivas.

—Elena, Colombia

1. ¿Con qué verbo aparecen los adjetivos en negritas? ¿Y los que están en cursiva?
2. Identifica a qué se refiere cada adjetivo. ¿Concuerda cada adjetivo *(Does each adjective agree)* con la persona o el objeto que describe?

A comprobar

El participio pasado con *estar* y contrastado con la voz pasiva

1. In **Estructuras 1**, you learned to form the passive voice using the verb **ser** and the past participle to create passive sentences.

> El contrato **fue firmado** por todos.
> *The contract **was signed** by everyone.*

The past participle is used with the verb **estar** to indicate a condition or the result of an action. Because the past participle functions as an adjective, it must agree in gender and number with the noun it describes.

> Todos **están aburridos** porque el concierto no ha empezado.
> *Everyone **is bored** because the concert hasn't started.*

> Todas **están acostumbradas** a escuchar la música fuerte.
> *Everyone is **accustomed to (used to)** listening to loud music.*

Note that when forming a participle from a reflexive verb, the pronoun is not used. For example, the participle of the verb **acostumbrarse** is **acostumbrado.**

INVESTIGUEMOS LA GRAMÁTICA

As is common with other adjectives, the past participle can be placed after the noun it describes.

Es una cantante muy **conocida**.
*She is a **well-known** singer.*

El concierto **patrocinado** por el restaurante fue un éxito.
*The concert **sponsored** by the restaurant was successful.*

---

2. When describing a past condition, the focus is generally not on the beginning or the end of the condition; therefore, the verb **estar** is often conjugated in the imperfect.

> Creí que mi MP3 **estaba perdido**.
> *I thought my MP3 **was lost**.*

> Las luces en el estudio **estaban apagadas**.
> *The lights in the studio **were turned off**.*

3. The use of **ser** and **estar** with the past participle is determined by whether the focus is on the action or the result of an action. If the focus is on whether or not something was done (or when, how, by whom, etc.), then the sentence is passive and the verb **ser** is used. However, if the participle describes a condition (the result of an action), then the verb **estar** is used.

Remember that the passive voice is not commonly used in Spanish, so not all verbs will be appropriate in both forms. In many cases the passive **se** will be used rather than the passive voice.

Action	Condition
La taquilla **fue cerrada** tan pronto como se agotaron las entradas. *The ticket window **was closed** as soon as the tickets ran out.*	La entrada al concierto ya estaba **cerrada** cuando llegué. *The entrance to the concert **was** already **closed** when I arrived.*
El escenario **fue preparado** la noche anterior. *The stage **was prepared** the night before.*	El escenario **estaba preparado** cuando llegaron los músicos. *The stage **was prepared** when the musicians arrived.*

A practicar

9.22 **Mi cuarto** Lee las siguientes oraciones y decide si son ciertas o falsas, según hayas dejado tu cuarto hoy.

1. La cama está hecha.
2. Una planta está muerta.
3. La puerta está cerrada.
4. Las cortinas están abiertas.
5. Toda la ropa está colgada.
6. La computadora está encendida.
7. El radio está apagado.

9.23 **¿Ya lo hiciste?** El agente de un músico le pregunta si hizo lo necesario. Responde al agente usando el verbo **estar** y el participio pasado. Atención a la concordancia *(agreement)*.

Modelo ¿Guardó usted los instrumentos?
　　　　　Sí, están guardados.

1. ¿Firmó el contrato?
2. ¿Escribió la letra para una nueva canción?
3. ¿Compuso la música?
4. ¿Grabó las canciones?
5. ¿Reservó los hoteles para la gira *(tour)*?
6. ¿Hizo las reservaciones de avión?
7. ¿Preparó sus maletas?
8. ¿Apagó las luces en el estudio?

¿Preparó sus maletas?

© racorn/Shutterstock

9.24 ¿Qué tienes? Túrnense para preguntar y responder acerca de los objetos que tienen. Atención a la concordancia.

Modelo algo pintado de rojo

Estudiante 1: *¿Tienes algo pintado de rojo?*
Estudiante 2: *Sí, mi coche está pintado de rojo. ¿Y tú?*
Estudiante 1: *No tengo nada pintado de rojo.*

1. algo perdido
2. algo roto
3. algo hecho a mano
4. algo escrito en español
5. algo firmado por alguien conocido
6. algo importado
7. algo prestado *(borrowed)*
8. algo descompuesto

¿Qué hay colgado en las paredes de tu dormitorio?

© Kolobrod/Shutterstock

9.25 Wisin y Yandel Lee acerca del dúo puertorriqueño Wisin y Yandel y decide si se debe usar el verbo **ser** o **estar** con el participio. Después conjuga el verbo en la forma apropiada. Atención al uso del pretérito y del imperfecto.

1. El dúo puertorriqueño Wisin y Yandel _____ formado en 1998, pero no fue hasta 2007 que _____ reconocido mundialmente.

2. Su álbum *Líderes* _____ lanzado *(launched)* en julio de 2012.

3. El dúo _____ interesado en grabar con otros artistas, entonces Jennifer López _____ invitada a participar en el álbum.

4. El primer sencillo *(single)* "Follow the Leader", que _____ escrito en inglés y en español, _____ presentado por primera vez en American Idol.

5. El video para la canción _____ grabado en Acapulco, México.

6. En el video Jennifer López _____ vestida de negro y dorado *(gold)*, y tatuada con la palabra "líderes".

7. El público _____ entusiasmado con la canción, la cual llegó al #1 en el Billboard de los Estados Unidos.

9.26 Entrevista Decide qué verbo completa mejor la oración y usa la forma apropiada. ¡Atención a los tiempos verbales! Después usa las preguntas para entrevistar a un compañero.

1. ¿(Tú) (Ser/Estar) acostumbrado a escuchar música cuando estudias? ¿Qué música escuchas?

2. ¿Tienes música que (ser/estar) grabada en español? ¿De quién?

3. ¿Cuándo fue la última vez que fuiste a un concierto? ¿Dónde (ser/estar) (tú) sentado?

4. ¿Conoces a alguien que (ser/estar) interesado en una carrera relacionada con la música? ¿Cuál?

5. Cuando eras niño ¿(ser/estar) obligado a tomar clases de música? ¿Qué tipo de clases?

6. ¿Alguna vez (ser/estar) despertado por la música de un vecino? ¿Qué hiciste?

9.27 Avancemos Cuando el músico regresó a su camerino *(dressing room)* esto fue lo que encontró. Con un compañero describan lo que vio al entrar. Luego expliquen lo que piensan que pasó.

Redacción

Un poema

A **haiku** is a poem that consists of 17 syllables divided into three lines. The first line contains 5 syllables, the second 7, and the third 5. A **haiku** may present two images or ideas that are juxtaposed for contrast or to show how they're related or simply a series of ideas that convey the essential nature of the topic.

Paso 1 Choose a topic or image that interests you and can be represented in a few words. A wide range of topics can be adapted for haiku (love, friendship, war, a particular food, a type of music, a social problem, a natural object, etc.). This topic or image might be a good title for your poem.

Paso 2 Jot down emotions that you associate with your topic or image. Also, identify and make a list of the essential elements that would allow your reader to identify your topic without having a title as the clue. You will not use the entire list, but it will help you decide which ideas to juxtapose or combine to create the best effect.

> **Modelo** El sol ⟶ *luz, calor, tranquilidad, enojo, rojo, brillante, rayos, cielo, da vida a la Tierra, día y noche, verano, fuego*

Paso 3 Using the passive and/or impersonal **se,** write a list of actions that you associate with your topic. For example, what does one do in the sun?

> **Modelo** *No se ve al sol directamente. Se broncea si se queda por mucho tiempo en el sol. Se necesita el sol para que crezcan las plantas. Los rayos se pueden ver entre las nubes. La luz se puede usar para generar energía o electricidad.*

Paso 4 Look at your list of emotions, essential elements, and actions associated with your topic. Choose the ideas that you wish to include. Remember that you are limited to 17 syllables, so you may need to work on how to word each idea best, yet convey it clearly.

Paso 5 Select the order in which you're going to present your ideas, and write your haiku.

> **Modelo** **El sol**
>
> Luz, calor, fuego.
> Los rayos se pueden ver
> entre las nubes.

Paso 6 Edit your poem.

1. Does it have only 17 syllables and follow the prescribed form (5-7-5 syllables)?
2. Does the poem represent your topic as fully as possible?
3. Are the key elements apparent or would another item from your list work better?
4. Does it convey the essential idea of the topic?
5. Do adjectives agree with the nouns they describe?
6. Do verbs agree with their subjects?

Share It!

Paso 1 Search online for a musical artist from the country you have chosen. Then find out a little about the artist and his/her music.

Paso 2 Create the first paragraph of your blog entry with a short bio of the artist you have selected. In a second paragraph, describe the artist's music and give your opinion. Simply telling whether or not you like the music is not sufficient. Be sure to explain what it is you like or don't like about the music.

Paso 3 Suggest a website where your readers could see a video or listen to the artist's music.

Paso 4 Edit your blog entry for both grammar and content.

A escuchar 🔊

La función de la música

Antes de escuchar

👥 Con un compañero de clase respondan las preguntas.

1. ¿Por qué escuchan música? ¿Les gustaban diferentes tipos de música en otras etapas de su vida?

2. ¿Qué funciones tiene la música en una sociedad?

3. ¿Hay cantantes que son conocidos por más que su música? ¿Quiénes? ¿Por qué son conocidos?

A escuchar

🔊 Elena va a hablar de la música en Colombia. Toma apuntes sobre lo que dice. Después
3-19 compara tus apuntes con un compañero y organiza la información para contestar las siguientes preguntas.

1. ¿Qué tipos de música latina son conocidos por todo el mundo? ¿Cuántos ritmos diferentes se tocan en Colombia?

2. ¿Qué música escuchaba Elena en su adolescencia? ¿Por qué le gustaba? ¿Quiénes eran algunos de sus artistas favoritos?

3. ¿Por qué fueron conocidos Los prisioneros? ¿Hay grupos semejantes ahora? ¿Por qué sigue siendo popular esta tradición musical?

4. Para Elena, ¿qué función tiene la música? ¿Qué ha hecho Juanes que ejemplifica esta función?

Después de escuchar

1. ¿Piensan que la música (o los músicos) puede(n) lograr cambios a nivel mundial?

2. ¿Qué motivación tienen los músicos que intentan lograr la transformación de una situación?

3. ¿Tienen la responsabilidad los músicos y otras personas famosas de promover una causa o intentar efectuar un cambio? ¿Por qué?

¿Tienen los músicos la responsabilidad de promover el cambio social?

© Ferenc Szelepcsenyi / Shutterstock.com

El árbol de la música

Dirigido por Sabine Berman e Isabelle Tardán

Al escuchar a un músico tocar el violín, una niña decide que quiere aprender a tocar. ¿Qué aprenderá ella al final?

(México, 1994, 15 min)

Antes de ver

Con un compañero respondan las siguientes preguntas.

1. ¿Cuándo prefieres escuchar música? ¿Qué música te gusta más?

2. ¿Conoces a alguien que toque un instrumento? ¿Cuál? ¿Lo toca profesionalmente o simplemente por gusto (*pleasure*)?

3. ¿Alguna vez tomaste clases para aprender a tocar un instrumento? ¿Cuál? ¿Te gustaron?

Comprensión

Ve el cortometraje y después contesta las siguientes preguntas.

1. ¿Adónde fue la niña ya que no tenía escolta ese día?
2. ¿Con quién recomienda el músico que tome clases de violín la niña?
3. ¿Por qué el músico no puede darle clases a la niña?
4. ¿Qué comen cuando llegan al árbol?
5. Según el músico ¿qué es el viento? ¿y el mundo?
6. ¿Cómo explica el músico que puede adivinar los pensamientos de la niña?
7. Según la niña ¿por qué iba a estar enojada su mamá?

Después de ver

1. El músico le dice a la niña que "es bueno cruzar puentes... porque uno siempre llega a otro lado". ¿Qué quiere decir (*to mean*) el músico?

2. Al final ¿qué aprendió la niña? ¿Cómo lo sabes?

3. El realismo mágico es un género donde se ven elementos mágicos o exagerados presentados como si fueran reales. ¿Qué elementos en la película parecen ser del realismo mágico?

Literatura

Nota biográfica

Felipe Fernández (1956–) es un escritor argentino y profesor de Letras. También ha trabajado en varias editoriales y en el periódico argentino *La Nación*. Su primer libro se publicó en 1987. En 2008 obtuvo el primer premio en el Concurso Victoria Ocampo por su libro de cuentos, *La sala de los Napoleones*. El cuento *El violinista* pertenece a esta colección.

> **APROXIMÁNDONOS A UN TEXTO**
>
> The narrator in a short story often provides a perspective that the characters do not have. He/She may simply supply additional information about the setting or events; however, he/she can contribute to the overall tone of the story through his/her manner of describing them. The narrator may also actively provide commentary (often slanted to sway the reader to his/her perspective). While you're reading, try to determine the narrator's role in this story.

Antes de leer

 Con un compañero comenten las siguientes preguntas.

1. ¿Tocas algún instrumento musical? ¿Por qué te gusta o no?

2. ¿Tomaste lecciones para aprender a tocarlo o aprendiste solo? ¿Te gustó tocarlo? ¿Fue difícil aprender a hacerlo bien?

3. ¿Alguna vez has cambiado un aspecto de tu personalidad o has intentado algo nuevo para complacer *(to please)* a otra persona?

4. Si alguien tiene un don (talento innato), ¿necesita usarlo? ¿Debe dedicarse a este don o seguir otro camino más lucrativo?

El violinista

1   —¿Usted qué es? —le preguntó el hombre.

—Soy violinista —dijo.

—Nosotros necesitamos guitarristas.

—Puedo aprender.

5   Y aprendió. Guardó su violín en un armario y durante unos años tocó la guitarra. Hasta que ya no necesitaron más guitarristas y el hombre que lo había contratado se fue. Y vino otro hombre y le preguntó.

—¿Usted qué es?

Habló con amabilidad. Él dudó. Todavía tenía la guitarra en las manos, pero entonces

10   recordó con cariño el violín encerrado en el armario y contestó:

—Violinista.

—Qué interesante —dijo el otro hombre—. ¿Y qué tipo de violín toca?

made   —Un violín de bronce que yo mismo fabriqué*. Tiene cinco cuerdas y está afinado en
D minor   re menor*.

15   —Qué interesante. Así que no es un violín como los demás.

—No.

El hombre parecía interesado. Mantuvo su mirada de curiosidad unos segundos y después le explicó que no necesitaban esa clase de violinistas.

—El problema es el número de cuerdas. Nosotros preferimos violinistas que toquen
20 instrumentos de cuatro cuerdas. Si fueran dos o tres, haríamos una excepción. Pero
cinco es intolerable. Que el violín sea de bronce podemos aceptarlo. Y la afinación puede
cambiarse, pero lo de las cuerdas es algo serio.

—Entiendo. También toco la guitarra. Cualquier clase de guitarra —agregó* para que   *added*
el otro hombre no pensara nada raro.
25 El otro hombre no pensó nada raro. Parecía entristecido*.   *saddened*

—Nosotros ya no necesitamos guitarristas. Ahora necesitamos escaladores*.   *climbers*

—¿Y para qué necesitan escaladores?

—No sé —el otro hombre quería demostrarle que él no controlaba todo—. Yo sólo me
ocupo de contratar escaladores. La empresa que me ofreció el trabajo no me dio detalles.
30 A propósito, ¿sabe escalar?

—Puedo aprender.

Y aprendió. Durante años escaló montones de cosas. En la copa* de un árbol, la   *top*
cima* de una montaña o la terraza de un edificio siempre lo esperaba un hombre que   *summit*
le entregaba un sobre* con dinero. Y el dinero nunca era proporcional a la altura. Por   *envelope*
35 llegar a la cumbre* del Aconcagua* le pagaron menos que por subirse a un jacarandá*.   *summit* / la montaña
Y su mejor paga la obtuvo subiendo al Monumento de la Bandera* en Rosario. Ellos   más alta de las
no le decían por qué y él tampoco preguntaba. Sólo seguía escalando. Hasta que ya no   Américas / planta
necesitaron escaladores y el hombre que lo había contratado se fue. Y vino otro y otro.   con flores indígena
Vinieron muchos hombres y cada uno le preguntó qué era. Y él se acostumbró a responder   a la Argentina /
40 con su último oficio*. Nunca más mencionó el violín. Y lo último que hizo antes de   monumento histórico
morirse fue enlazar*. Montones de cosas: estatuas, rocas, gente con cara de palangana*,   nacional / *job* / *to
animales disecados*. Incluso dragones, pero nunca basiliscos. Los enlazaba de a pie, a   lasso* or *rope* / *basin
caballo, en bicicleta o en moto. Incluso en helicóptero, pero nunca desde pirámides. Un   preserved, stuffed*
enlazador excelente.

45 Sin embargo, cuando murió no lo enterraron* con un lazo ni una guitarra, sino con   *buried*
su violín y a los pocos días vinieron a buscarlo de urgencia. Porque ahora necesitaban un
violinista y uno de esos hombres se había acordado de él. Como no quería comprometerse
ni crear falsas expectativas, ni bien le golpearon la lápida* de su tumba les aclaró lo del *tombstone*
violín: de bronce, cinco cuerdas y afinado en re menor.

50 —Exactamente la clase de violinista que necesitamos —dijo el hombre que lo había
venido a buscar.

Él percibió su ansiedad. Desde la vibrante oscuridad de la muerte podía escuchar y
hablar casi como un fantasma: Así que consideró oportuno aclararle:

—Pero mire que estoy muerto.
55 —¿Sabe resucitar?

—Puedo aprender.

Y aprendió. Sí, resucitó en menos que ladra un perro, porque no había gallos en ese
cementerio. Una resurrección prolija*, sin estridencias*, que no molestó a nadie. Después   *detailed* / *shrillness*
tuvo que aprender a vivir otra vez, porque en unos días de muerto se había olvidado
60 de cómo respirar, comer o caminar. Incluso de pensar. Sobre todo de pensar que estaba
muerto. O del tiempo. Porque ya no había más tiempo que perder o ganar. Ya no había
más tiempo. Había estado fuera del tiempo y ahora estaba otra vez en el tiempo. Y por
último creyó que debía aprender de nuevo a tocar el violín. Pero eso fue distinto porque

talent   había nacido con ese don*, y había vivido y muerto con ese don. Así que resucitó con él.
65 Bastó con que se acordara que lo tenía. Y se acordó rápido porque lo estaban esperando.
Impacientes por escucharlo tocar su violín de bronce, de cinco cuerdas, y afinado en re
menor.

Felipe Fernández, "El violinista," *La sala de los Napoleones*. Ediciones Fundación Victoria Ocampo,
2009. Used with permission of the publisher.

© Elnur/Shutterstock

Terminología literaria

la estructura (circular,   **el lenguaje**   *language (actual forms*
   lineal)   *organization of text*   *author uses to convey ideas)*
   (circular, linear)

Comprensión

1. ¿Por qué aprendió el personaje a tocar la guitarra?

2. ¿Qué otros trabajos aprendió a hacer? ¿Por qué decidió aceptarlos?

3. Cuando murió, ¿con qué objeto lo enterraron? ¿Por qué escogieron este objeto?

4. ¿Qué pasó después de que se murió? ¿Qué tuvo que aprender de nuevo? ¿Qué no tuvo que
aprender?

Análisis

1. ¿Este cuento es más realista o más mágico? Mirando el lenguaje que emplea el autor, ¿pueden encontrar detalles que ejemplifican a los dos? ¿Cómo contribuyen estos dos elementos a hacer que el cuento sea más interesante?

2. ¿Es circular o lineal la estructura del cuento? ¿Por qué?

3. ¿Qué papel hace el narrador? ¿simplemente describe el escenario o los eventos? ¿contribuye al tono fantástico del cuento? ¿trae una perspectiva u opinión al trabajo que quiere comunicar al lector?

A profundizar

1. ¿Qué dice el autor de los dones? ¿Es posible ignorarlos? ¿Se debe hacerlo?

2. ¿Es posible ejercer bien una profesión sin sentir una pasión por ella? ¿Por qué? ¿Es aconsejable adaptarse a nuevas circunstancias económicas y olvidarse de los talentos innatos?

3. ¿Significa algo que el protagonista tenga tantos trabajos? ¿Es una crítica o más una lección o moraleja? ¿Por qué?

© Galyna Andrushko/Shutterstock

Escalar fue un trabajo, no su pasión

El enfoque de este capítulo es seguir practicando el uso de los tiempos (pasado —pretérito, imperfecto, pluscuamperfecto—, presente, etcétera), otros usos de los participios y los usos de **se**. Recuerda que **se** puede indicar:

- una observación impersonal y general usando el *se* **impersonal** (con un verbo en tercera persona singular)
- que algo fue un accidente, usando el *se* **accidental** (con un verbo en tercera persona singular o plural y un objeto indirecto)
- que el agente de una acción no es importante o necesaria y que el enfoque está en el objeto afectado de las siguientes maneras:
  - usando el *se* **pasivo** (con un verbo en tercera persona singular o plural)
  - usando una forma de *ser* + **participio**
  - usando *estar* + **participio** para describir el estado que resulta de una acción

---

9.28 **La fusión y la difusión de la música** Elena describe las influencias en la música colombiana y las varias maneras de escucharla. Escoge la forma lógica para completar el relato.

En la música de Colombia (1.) _____ (fueron/estaban) mezclados y fusionados elementos, instrumentos y ritmos españoles, africanos e indígenas. Por la posición estratégica de Colombia, la música de este país también (2.) _____ (ha sido/ era) muy influenciada por la música caribeña y la de Norteamérica, principalmente la de México y la de los Estados Unidos. Esto (3.) _____ (hacía/ha hecho) de la música colombiana una de las más variadas y ricas de la región, y (4.) _____ (se destacarán/se han destacado) artistas de talla internacional como Shakira, Juanes, Carlos Vives, Fonseca, etcétera. A mí me gusta mucho Carlos Vives porque (5.) _____ (había sabido/supo) combinar muy bien el rock, el pop y el vallenato tradicional creando una versión más moderna de esta música tradicional colombiana. Gracias a este hecho y a Carlos Vives, nuestro vallenato (6.) _____ (fue/estaba) conocido a nivel mundial.

Creo que en Colombia siempre (7.) _____ (se escucha/se escuchan) música a toda hora. Un medio muy popular es la radio porque (8.) _____ (se puede/se podía) escuchar en cualquier lado. En los autobuses de transporte público siempre se escucha la estación de radio favorita del conductor. Esto muchas veces resulta molesto porque a muchas personas que van en el bus no (9.) _____ (les gustan/les gusta) el mismo tipo de música.

Antes de la invención de los CD, la música (10.) _____ (se obtiene/se obtenía) comprando un acetato *(acetate record)* o un casete, o grabando las canciones favoritas que (11.) _____ (se escuchaban/se escucharían) en la radio en un casete utilizando el estéreo de su casa. El problema con los acetatos (12.) _____ (fue/era) que (13.) _____ (se habían rayado/se rayaban – **rayar** *to scratch*) fácilmente y (14.) _____ (se perdía/se perdería) la calidad del sonido. Un día (15.) _____ (se me cayeron/se me cayó) al piso el acetato favorito de mi mamá, pero afortunadamente no (16.) _____ (se le rayó/se me rayó). Actualmente (17.) _____ (se puede/se podía) conseguir música por Internet o (18.) _____ (se compra/se compran) un CD en una tienda de discos.

MOMENTO METALINGÜÍSTICO

Vuelve a mirar los verbos en la actividad 9.28 y explica por qué eligió Elena la forma que usó. También para los casos con **ser** y **estar**, explica por qué escogió la forma del adjetivo que usó.

9.29 ¿Qué opinan? Con un compañero comenten las siguientes ideas sobre la música y ofrezcan sus opiniones. Cuidado con el uso del subjuntivo, del indicativo y de los tiempos necesarios.

1. La música es influenciada por la geografía de la región o el país en que se origina.
2. Antes la música pertenecía a la élite, pero ahora es accesible a todo el mundo.
3. Cuando las letras de una canción están censuradas, se protege a los niños.
4. Una canción que es pasada de una generación a otra refleja mejor la cultura de una sociedad que las canciones de moda.
5. En el futuro la globalización llevará a nuevos estilos de música, pero menos variedad en general.
6. Un cantautor puede cantar sus canciones mejor que otro cantante.
7. En el pasado la música rock se consideraba atrevida *(risqué)*.
8. Las canciones que se transmiten más en las emisoras de radio se hacen más irritantes.
9. Si no existiera la piratería de música, los discos se venderían más baratos.
10. A medida que los músicos se convierten en estrellas, tienen mayor influencia para promover las causas que apoyan.

Juanes, cantautor colombiano

s_bukley / Shutterstock.com

9.30 Avancemos más En grupos de tres y cuatro van a seleccionar al ganador del premio Artista del Año.

Paso 1 En grupos van a decidir las características que hacen que un artista sea sobresaliente *(outstanding)*. Piensen en otros factores además de su música, como su presencia, su carácter, etcétera. Sean específicos. Al final deben estar de acuerdo con una lista de tres o cuatro características.

Paso 2 Individualmente cada uno debe escribir en un papel el nombre del artista que piensa que merece *(deserves)* el título. Luego todos los miembros del grupo van a nominar a su artista y explicar por qué lo nominaron.

Paso 3 Entre todos deben decidir quién va a recibir el premio según el criterio que decidieron. Después repórtenle su selección a la clase y expliquen por qué seleccionaron a ese artista.

🔊 Sigue el ritmo

La música

el álbum   *album*
la apreciación   *appreciation*
la armonía   *harmony*
la balada   *ballad*
el (la) cautor(a)   *singer-songwriter*
el canto   *singing*
el concierto   *concert*
el conservatorio   *conservatory*
la coreografía   *choreography*
el coro   *choir*
el disco   *record*
el disco compacto (CD)   *compact disc*
el ensayo   *rehearsal, practice*
el estribillo   *chorus, refrain*

el éxito   *musical hit, success*
el género   *genre*
la gira   *tour*
la grabación   *recording*
la letra   *lyrics*
el oído   *ear (for music)*
la ópera   *opera*
la orquesta   *orchestra*
el público   *audience*
el radio / la radio   *radio (device) / radio (transmission)*
la serenata   *serenade*
el sonido   *sound*
la voz   *voice*

Los instrumentos musicales y su clasificación

el arpa   *harp*
el bajo   *bass*
la batería   *drum set*
el clarinete   *clarinet*
el cuatro   *four-stringed guitar*
la cuerda   *string*
la flauta   *flute*
la guitarra   *guitar*

el instrumento de cuerda/percusión/viento   *string/percussion/wind instrument*
el piano   *piano*
la quena   *Andean reed flute*
el tambor   *drum*
los timbales   *small drums, kettledrums*
la trompeta   *trumpet*
el violín   *violin*
el violonchelo   *cello*

Tipos de música

el blues   *blues*
el hip hop   *hip hop*
el jazz   *jazz*
la música clásica   *classical music*
la música country   *country music*

la música folclórica   *traditional folk music*
la música pop   *pop music*
el rap   *rap*
el reggaetón   *reggaeton*

Adjetivos

culto(a)   *educated, cultured*
desafinado(a)   *out of tune*
entonado(a)   *in tune*

exitoso(a)   *successful*
pegajoso(a)   *catchy*
popular   *popular*

Verbos

acabar   *to finish, to run out of*
apagar   *to turn off, to shut down*
caer   *to fall, to drop*
componer   *to compose*
descomponer   *to break down (a machine)*
dirigir   *to conduct, to lead*
ensayar   *to rehearse*
interpretar   *to perform, to interpret, to play (a role)*

olvidar   *to forget*
perder (ie)   *to lose*
presentarse   *to perform*
quedar   *to remain (behind), to be left*
romper   *to break*
tararear   *to hum*
tocar   *to play*

Terminología literaria

circular *circular*
la estructura *organization of text*

el lenguaje *language (actual forms author uses to convey ideas)*
lineal *linear*

Diccionario personal

CAPÍTULO 10

Estrategia para avanzar

In **Capítulo 3,** advanced speakers were characterized as functioning at the "paragraph" level. This means not only connected speech, but also a greater level of detail and control of a larger vocabulary that allows them to express more specific ideas in a greater range of contexts. As you work to become an advanced speaker, focus on building your vocabulary. Take 5 to 10 minutes each day and try to describe what you see happening around you (for example, the appearance of people, their activities, and their possible emotions). Take note of what words you do not know or cannot precisely express and then look them up later.

In this chapter you will learn how to:

- Discuss literary texts
- Build interpretation and analysis skills
- Develop longer, complex sentences by integrating related ideas

El mundo literario

En muchos países hispanohablantes, las bibliotecas ocupan un espacio principal en la vida cultural.

Estructuras

A perfeccionar: Relative pronouns

Cuyo and **lo que**

Stressed forms of possessive pronouns

Conexiones y comparaciones

La literatura y la lengua

Cultura y comunidad

El día mundial del libro y la lectura entre los hispanohablantes

Literatura

XXIX y *XLIV*, por Antonio Machado

Redacción

Una narración

🔊 A escuchar

La función de la literatura

▶ Video

Argentina: la cárcel abre las puertas a la literatura

▶ Cortometraje

Un producto revolucionario

¿Te gusta leer? ¿Tienes un libro o un autor favorito?

La literatura

la antología *anthology*
el (la) autor(a) *author*
el capítulo *chapter*
el círculo de lectura *book club*
el desenlace *ending*
la editorial *publisher*
el guion *screenplay*
el (la) guionista *screenplay writer*
la historia *story, history*
el (la) lector(a) *reader*
la lectura *text, reading*
el libro de bolsillo *paperback*
el libro de pasta dura *hardbound book*
el libro electrónico *e-book*
el libro impreso *printed book*
el libro rústico *paperback*
el (la) narrador(a) *narrator*
la narrativa *narrative*
la novedad *novelty*

la novela *novel*
la obra *work (of art or literature)*
la ortografía *spelling*
el personaje *character*
el poemario *book of poems*
la portada *cover*
la publicación *publication*
el relato *story, tale*
la revista *magazine*
la secuela *sequel*
el taller (de literatura) *(writing) workshop*
el tema *theme, topic*
la traducción *translation*

Clasificación de literatura

el cuento *short story (fictional)*
el drama *drama*
el ensayo *essay*

el libro/la literatura... *book/literature . . .*
biográfico(a) *biographical*
de consulta *reference*
didáctico(a) *didactic, instructive*
de ficción *fiction*
infantil *children's (literature)*
juvenil *young adult (literature)*
de superación
personal *self-improvement*

Verbos

aportar *to contribute*
catalogar *to catalog*
editar *to edit*
imprimir *to print*
publicar *to publish*
superarse *to improve oneself*
tener lugar *to take place*

© Cengage Learning

A practicar

10.1 **Escucha y responde.** Observa la ilustración y decide si las afirmaciones son ciertas o falsas. Después corrige las falsas.

🔊 3-20

10.2 **Ideas incompletas** Completa las siguientes ideas con una palabra lógica del vocabulario.

1. Un libro sobre la vida de una persona es una _____.
2. La persona que transforma un libro en un guion para hacer una película es el _____.
3. Cuando se escribe una continuación a un libro, el segundo libro es una _____.
4. Un libro que es una colección de poemas es un _____.
5. Un libro que es una colección de obras de diferentes autores es una _____.
6. Un diccionario se cataloga como un libro de _____.
7. La persona que escribe un libro es un _____.
8. Los libros escritos para los lectores adolescentes son libros _____.

10.3 **Los regalos** Imagina que un compañero y tú quieren comprar libros para regalarles a las siguientes personas. Decidan qué tipos de libros deben comprar y expliquen por qué.

1. al profesor de la clase
2. al presidente
3. a su sobrino (de 8 años) y a una prima (de 15 años)
4. a Oprah
5. para ustedes (tu compañero y tú)
6. a su abuela

10.4 **La literatura desde tu perspectiva** Con un compañero comenten sus respuestas a las preguntas acerca de las escenas en la ilustración. Recuerden que el objetivo es tener una pequeña conversación, dando información adicional cuando sea posible.

1. ¿Qué están haciendo las personas en la primera imagen? ¿Por qué? ¿Qué tipo de libro leen? ¿Alguna vez has participado en un círculo de lectura? ¿Por qué? ¿Qué se necesita para crear un círculo de lectura? Si tuvieras tu círculo de lectura, ¿qué libros sugerirías y por qué?

2. Observa la escena de dos estudiantes. ¿Qué piensas que están haciendo? En las universidades hay muchas clases donde se debe analizar literatura. ¿Por qué crees que sea importante analizarla?

3. En una de las escenas un hombre lee un libro electrónico. ¿Por qué es conveniente viajar con un libro electrónico? ¿Te gusta leer cuando viajas? ¿Prefieres llevar un libro impreso o un libro electrónico? ¿Por qué?

4. En una de las escenas unos niños leen. ¿Qué tipo de libros piensas que están leyendo? ¿Te gustaba leer cuando eras niño? ¿Qué libros preferías?

Expandamos el vocabulario

The following words are listed in the vocabulary. They are nouns, verbs, or adjectives. Complete the table using the roots of the words to convert them to the different categories.

Verbo	Sustantivo	Adjetivo
editar		
	publicación	
		superado
aportar		

10.5 **Experiencias personales** Habla con un compañero sobre tus experiencias con la literatura, usando las siguientes preguntas.

1. ¿Quiénes son tus autores favoritos? ¿Qué tipo de literatura escriben? ¿Por qué te gustan sus obras?

2. Piensa en un libro que hayas leído recientemente: ¿Cuál es el título? ¿Dónde tiene lugar la trama? ¿Quiénes son los personajes principales? ¿De qué se trata?

3. ¿Has escrito un poema, un cuento o un ensayo alguna vez? ¿Cuál fue el tema?

4. ¿Cuáles son los libros más populares entre tus amigos? ¿Qué libros se venden más en general? ¿Por qué?

10.6 **Libros electrónicos** Vivimos en un mundo cambiante. Piensa en el futuro de los libros y contesta estas preguntas con un compañero.

1. ¿Tiene alguien en tu familia un libro electrónico? ¿Por qué?

2. ¿Cuáles son las ventajas de los libros electrónicos? ¿y las desventajas?

3. ¿Crees que los libros impresos terminarán por desaparecer? ¿Por qué?

4. ¿Alguna vez has bajado libros electrónicos gratuitos de fuentes como una biblioteca, el proyecto Gutenberg o Google Libros? ¿Piensas que sean importantes estos proyectos?

10.7 **Los libros y las ideas** A través de la historia los libros han sido comparados con las ideas innovadoras y el progreso, pero también han sido atacados. Con un compañero hablen de los siguientes temas y después compartan con la clase sus opiniones.

1. ¿Por qué la Inquisición quemó libros en Europa durante la Edad Media? ¿Cuáles fueron algunas consecuencias de estos actos? ¿Crees que haya acciones equivalentes a las de la Inquisición hoy en día? Explica tu respuesta.

2. En tu opinión ¿hay razones válidas para censurar libros? Da un ejemplo concreto de un libro o autor censurado. ¿Quién lo censuró y por qué?

3. Así como algunos autores han sido censurados, otros han sido premiados. ¿Cuáles son razones para premiar a un autor? ¿Cuáles son premios famosos en la literatura? ¿Conoces a algún autor hispanohablante que haya ganado un premio importante? ¿Conoces otros autores hispanohablantes? ¿Quiénes son y qué más sabes de ellos?

10.8 **Citas** Con un compañero, lean las siguientes citas sobre los libros y digan si están de acuerdo con ellas. Expliquen por qué.

- Los libros son como los amigos, no siempre es el mejor el que más nos gusta. (Jacinto Benavente, *Obras Completas*, v. IX. Aguilar, 1951)

- Leer es pensar con el cerebro ajeno (*another person's brain*) en lugar de hacerlo con el propio. (Arthur Schopenhauer, filósofo alemán, 1788–1860)

- He firmado tantos ejemplares (*copies*) de mis libros que el día que me muera va a tener un gran valor uno que no lleve mi firma. (Jorge Luis Borges, *En Torno a Borges*. Hachette Groupe Livre, 1984)

- La vida es muy traicionera (*treacherous*), y cada uno se las ingenia (*manages*) como puede para mantener a raya (*to keep at bay*) el horror, la tristeza y la soledad (*loneliness*). Yo lo hago con mis libros. (Arturo Pérez Reverte, periodista y escritor español, 1951–)

- Todos los buenos libros tienen en común que son más verdaderos que si hubieran sucedido (*happened*) realmente. (Ernest Hemingway, "Old Newsman Writes: A Letter from Cuba," *Esquire*, 1934)

- Hay libros cortos que, para entenderlos como se merecen (*deserve*), se necesita una vida muy larga. (Francisco de Quevedo, escritor español, 1580–1645)

- Nunca se debe juzgar (*judge*) un libro por su portada. (Anónimo, refrán popular)

10.9 **El microcuento** Un género muy popular entre escritores latinoamericanos es el cuento corto o microcuento, una historia contada en menos de 1000 palabras. Con un compañero, elijan una de las ilustraciones para escribir un cuento corto. Recuerden que su cuento debe tener personajes, trama y desenlace.

©Félix Mizioznikov/Shutterstock

© Everett Collection/Shutterstock

© pio3/Shutterstock

©JacintaPhoto/Shutterstock

Argentina: la cárcel abre las puertas a la literatura

Antes de ver

Generalmente ¿qué tipos de programas se ofrecen en las prisiones para ayudar a los presos *(prisoners)*?

Vocabulario útil

alta peligrosidad *high security*	**encuadernar** *to bind*
ambicionar *to aspire, to seek*	**el (la) recluso(a)** *inmate*
animarse (a) *to be encouraged (to do something)*	**una salida económica** *a way to make a living*
dar una mano *to help*	**sin fines de lucro** *nonprofit*
el disparador *trigger*	**trajinar** *to bustle about*
distribuir *to distribute*	**tras las rejas** *behind bars*

¿Qué piensas que están haciendo las personas en la fotografía? ¿Por qué? ¿Quiénes crees que son? ¿Dónde están?

Video supplied by BBC Motion Gallery

Comprensión

1. ¿Qué es y qué hace "Eloísa Cartonera"?
2. ¿Cuál es el objetivo de "Eloísa Cartonera"?
3. Además de leer ¿qué hacen los reclusos?
4. ¿Qué otro objetivo tienen los responsables del taller?

Después de ver

👥 Habla con un compañero sobre las siguientes preguntas.

1. Mira la foto de una de las sesiones del taller de literatura. ¿Cuántas personas participan? ¿Parecen interesados en el taller? ¿Quiénes están en la habitación, además de los reclusos?

2. ¿Has participado tú en un taller de literatura? ¿Cuál es la diferencia entre un taller de literatura y un círculo de lectura?

3. ¿Te parece una buena idea este programa? ¿Por qué? ¿Piensas que tendría éxito en cárceles de los Estados Unidos? Explica por qué.

4. ¿Qué otros programas se usan en las prisiones para ayudar a los reclusos de un país a tener una vida mejor cuando salgan de la prisión?

Video supplied by BBC Motion Gallery

Más allá

1. ¿Crees que el hábito de la lectura sea importante? ¿Por qué?

2. ¿Cuáles son los beneficios de la lectura?

3. ¿Qué se puede hacer para motivar a leer a los niños?

🌐 A investigar

Investiga en Internet lo que se hace en los países hispanohablantes para enseñarles a leer a los adultos que no han aprendido, o para motivar a los niños a leer. Después compara esta información con los programas que hay para incentivar la lectura en tu comunidad.

A perfeccionar

A analizar

La literatura latinoamericana experimentó un auge *(boom)* conocido como el Boom en el siglo XX. Elena describe una novela de su escritor favorito, Gabriel García Márquez, miembro de dicho Boom. Mientras escuchas el audio, lee el párrafo y observa las frases en negritas. Después contesta las preguntas que siguen.

¿Quién es tu escritor favorito?

🔊 Mi escritor favorito es Gabriel García Márquez, **quien** es un escritor colombiano muy reconocido
3-21 mundialmente porque él se ganó el Premio Nobel de Literatura en 1982. Ha escrito muchos libros
en **los cuales** siempre trata de criticar la historia y la sociedad colombianas, pero sus libros a veces
son un poco difíciles de entender porque usa muchos términos propios a Colombia **que** no toda la
gente entiende. Mi libro favorito es *El amor en los tiempos de cólera,* **que** es un libro diferente a los
otros porque es una historia de amor en **la que** él cuenta el amor **que** siente el personaje principal por
una chica **que** no le presta atención. Al final de la historia el personaje principal logra conquistar a esta
chica, **la cual** es de más o menos unos cincuenta años cuando él finalmente logra convencerla de **que**
él está muy enamorado de ella.

—Elena, Colombia

1. ¿Qué función tienen en común todas las palabras en negritas?
2. ¿Por qué son femeninos los pronombres relativos **la que** y **la cual**? ¿Por qué la frase **los cuales** es masculina y plural?

A comprobar

Los pronombres relativos

1. The relative pronouns **que** and **quien(es)** are used to combine two sentences with a common noun or pronoun into one sentence.

   > Este es un <u>poema</u> de Bécquer. Me gusta mucho el <u>poema</u>.
   >
   > *This is a poem by Bécquer. I like the poem a lot.*
   >
   > ↓
   >
   > Este es un poema de Bécquer **que** me gusta mucho.
   >
   > *This is a poem by Bécquer that I like a lot.*

2. **Que** is the most commonly used relative pronoun. It can be used to refer to people or things.

   > El poema **que** leímos tiene un tema muy bonito.
   > *The poem **that** we read has a beautiful theme.*
   >
   > El hombre **que** lo escribió es chileno.
   > *The man **who** wrote it is Chilean.*

3. **Quien(es)** refers only to people and is used after a preposition (**a, con, de, para,** etc.) or the personal **a.**

   > La mujer **a quien** conociste es escritora.
   > *The woman (**whom**) you met is an author.*
   >
   > Las personas **con quienes** hablé eran inteligentes.
   > *The people **with whom** I spoke were intelligent.*
   >
   > Notice that in English, the relative pronoun can sometimes be omitted; however, in Spanish it must be used.

4. When referring to people, **quien(es)** usually replaces **que** when the dependent clause is set off by commas. Notice that the clause functions almost as a parenthetical reference providing additional information as an aside.

   > Los autores, **quienes** fueron premiados, participarán en un programa de televisión.
   > *The authors, **who** received awards, will participate in a television program.*

5. The constructions **el que** and **el cual** can be used for either people or objects after a preposition or between commas and must agree in gender and number with the noun they modify. They are used more commonly in writing or formal situations; however, they are sometimes used for clarification, such as in the following sentences.

> El análisis de sus poemas, **el cual** es muy interesante, no es fácil de leer. (refers to the analysis)

> El análisis de sus poemas, **los cuales** son muy interesantes, no es fácil de leer. (refers to the poems)

Note that in the previous examples, the relative pronoun is the subject of the clause, and therefore the verb must agree.

6. You will remember from **Capítulo 5** that when referring to places the relative pronoun **donde** is used.

> La historia tiene lugar en un pueblo **donde** viven muy pocas personas.
> *The story takes place in a village **where** very few people live.*

A practicar

10.10 **Identificaciones** Lee las descripciones de los protagonistas de varias obras de la literatura e identifica a quiénes se refieren.

1. Es la persona que dedicó su vida a conquistar mujeres.
2. Es la persona con quien viajó Sancho Panza.
3. Estas personas, quienes viven en Missouri, encuentran un tesoro.
4. Son los novios que se suicidaron.
5. Es la persona de quien se enamoró Rhett Butler.
6. Es la persona que escapa de una mala vida con Jean Valjean.

a. Romeo y Julieta
b. Don Juan
c. Colette
d. Don Quijote
e. Scarlett O'Hara
f. Sherlock Holmes
g. Tom Sawyer y Huckleberry Finn

10.11 **La clase de literatura** Elige la respuesta apropiada.

1. La clase de literatura en (la que / cual) estoy interesada es a las diez.
2. El profesor (quien / que) enseña la clase es muy bueno.
3. Los otros estudiantes con (quienes / que) tomo la clase son muy simpáticos.
4. Hay diez novelas (cuales / que) tenemos que leer.
5. Una de las novelas, (la que / las que) estamos leyendo ahora, es de un autor a (quien / que) admiro mucho.
6. La novela trata de una familia española (que / quienes) inmigra a Argentina.
7. El protagonista, (la que / quien) se siente responsable por la familia, tiene que tomar decisiones difíciles.
8. Me encanta la técnica (que / el cual) usa el autor porque hace que la novela sea fácil de leer.

10.12 Mario Vargas Llosa Combina las oraciones usando el pronombre relativo apropiado (**que, quien(es), el que** o **el cual**). Atención a la posición de la preposición en algunas de las oraciones.

1. Mario Vargas Llosa es uno de los escritores más importantes de Latinoamérica. Vargas Llosa nació en Arequipa, Perú.

2. *La ciudad y los perros* fue su primera novela y fue publicada en 1963. *La ciudad y los perros* está basada en su experiencia personal en el Colegio Militar Leonicio Prado.

3. Uno de sus modelos ha sido el autor colombiano Gabriel García Márquez. Vargas Llosa escribió su tesis doctoral sobre Gabriel García Márquez.

4. En 1977 Vargas Llosa fue elegido a la Academia Peruana de la Lengua y más tarde a la Real Academia Española. La Academia Peruana de la Lengua forma parte de la Asociación de Academias de la Lengua Española.

5. Vargas Llosa inició una carrera política en 1990 y se presentó como candidato presidencial compitiendo contra Alberto Fujimori. En una segunda vuelta *(run-off)* Alberto Fujimori ganó.

6. En 2010 Vargas Llosa fue galardonado *(awarded)* con el Premio Nobel de la Literatura en una ceremonia en Estocolmo y después asistió a un banquete de gala. Durante el banquete de gala pronunció un discurso en forma de cuento.

10.13 Oraciones incompletas Con un compañero completen las siguientes oraciones de forma original. Usen los pronombres relativos (**que, quien(es)** y **el que/el cual**) como en el modelo. Atención al uso del subjuntivo.

Modelo Tuve una clase de literatura...

> Estudiante 1: *Tuve una clase de literatura que fue muy difícil. ¿Y tú?*
> Estudiantes 2: *Tuve una clase de literatura en la que saqué una muy buena nota.*

1. Leí un libro...
2. No me gusta leer poemas...
3. Para una clase de literatura prefiero un profesor...
4. (Nombre) es un autor...
5. Prefiero comprar revistas...
6. Me encanta un protagonista...
7. Una vez leí la biografía de un escritor...
8. Me gustaría conocer a un escritor...

10.14 Hablando de las clases En parejas túrnense para responder las siguientes preguntas. Comiencen sus respuestas con la frase entre paréntesis y usen los pronombres relativos como en el modelo. Expliquen sus respuestas.

Modelo ¿Qué día de la semana es el más ocupado para ti? (el día de la semana)

> Estudiante 1: *¿Qué día de la semana es el más ocupado para ti?*
> Estudiante 2: *El día de la semana que es el más ocupado para mí es el lunes porque tengo cuatro clases.*

1. ¿Qué materia te gusta más? (la materia)
2. ¿Qué materia es más difícil para ti? (la materia)
3. ¿Qué clase recomiendas que tome el próximo semestre? (la clase)
4. ¿Qué profesor te parece más competente? (el profesor)
5. ¿En qué clase tienes mucha tarea? (la clase)
6. ¿En qué clase tienes las mejores notas? (la clase)
7. ¿Con quién prefieres trabajar en proyectos? (la persona)
8. ¿Con quién hablas cuando necesitas ayuda con tus clases? (la persona)

10.15 Avancemos Las personas en los dibujos son protagonistas de diferentes novelas. Con un compañero túrnense para explicar de qué tipo de historia son (drama, histórica, etcétera), quiénes son, cómo son, qué hacen. Deben crear oraciones complejas usando pronombres relativos.

Modelo *La mujer es la protagonista de una novela dramática. Se llama Patricia y tiene una hija que tiene 5 años. Está casada con un hombre que es muy celoso y con quien siempre pelea. Conoce a un buen hombre que se enamora de ella y que quiere casarse con ella. Ella tiene que decidir con quién quiere quedarse.*

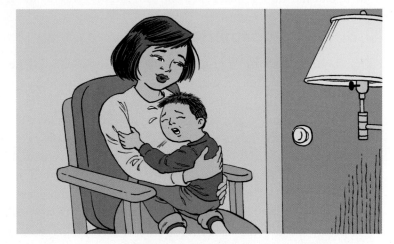

© Cengage Learning

Antes de leer

¿Qué tipo de literatura se vende bien entre los jóvenes actualmente? ¿Era igual en el pasado?

El Boom latinoamericano

Al igual que la literatura en inglés, la literatura en español tiene una larga historia y muchos momentos de esplendor. Durante la época de la colonia la literatura española se mezcló con influencias nativas de América. Sin embargo, por mucho tiempo se siguieron las corrientes literarias europeas como el romanticismo, el naturalismo y el realismo, a pesar de que llegaban a América con algunos años de retraso. Fue en el siglo XIX cuando finalmente nació la primera corriente impulsada por autores latinoamericanos, el modernismo, movimiento encabezado por el nicaragüense Rubén Darío.

Gracias al Boom latinoamericano se dieron a conocer en el mundo múltiples escritores hispanos.

A pesar de este gran paso, no fue sino hasta los años sesenta que llegó el movimiento del "Boom", una corriente que dio a conocer al mundo entero el gran talento de los escritores hispanoamericanos. Una de las circunstancias que permitió dar a conocer al mundo esta explosión de talentos fue el interés de la editorial española Seix Barral en publicar los trabajos de muchos de los jóvenes escritores de esa época. Gracias a esto se les conoció primero en España y posteriormente en el resto del mundo, a través de traducciones.

En general, los estilos y temas del Boom se caracterizaron por crear una literatura experimental, tratar el concepto del tiempo de manera no lineal, y tratar de temas políticos. Dentro del Boom se distinguió el llamado realismo mágico, un tipo de literatura que borra la frontera entre lo fantástico y lo real. Entre los autores más famosos del Boom están Gabriel García Márquez (Colombia), Julio Cortázar (Argentina), Mario Vargas Llosa (Perú), Carlos Fuentes (México), José Donoso (Chile) y Miguel Ángel Asturias (Guatemala).

Aunque los detractores del movimiento lo criticaron por ser elitista, el Boom le dio fuerza a la literatura latinoamericana y trajo reconocimiento a la gran oleada[1] de talento hispanoamericano, cambiando la percepción del resto del mundo hacia esta región. Así mismo, este auge[2] literario le abrió la puerta a una nueva oleada de escritores modernos.

---

[1]*wave* [2]*Boom*

Después de leer

1. ¿Qué autores de la lengua inglesa crees que son conocidos en todo el mundo? ¿Por qué? ¿Cuáles son sus libros más famosos?

2. ¿Has leído algún libro escrito por un latinoamericano? ¿Qué libro? ¿De qué trataba?

3. En tu opinión ¿cuál ha sido el mejor período para la literatura de tu país? Explica tu opinión.

Antes de leer

Con respecto al idioma inglés ¿qué grupo (o grupos) establece lo que es correcto y lo que es incorrecto?

Las academias de la lengua y la preservación del idioma

La Real Academia Española (RAE) fue fundada en 1713 con el objetivo de estabilizar el idioma[1], es decir, fijar reglas[2] sobre el uso correcto y el significado de las palabras. Su propósito[3] fue el de "fijar las voces y vocablos[4] de la lengua castellana en su mayor propiedad, elegancia y pureza".

En 1870 se crearon academias en cada una de las 19 naciones hispanoamericanas, y posteriormente surgieron la Academia Filipina de la Lengua Española y la Academia Norteamericana de la Lengua Española. Las veintidós academias se asociaron en 1951, naciendo así la Asociación de Academias de la Lengua Española, una institución que promueve proyectos de trabajo conjunto.

Uno de los cambios más grandes que ha tenido la RAE desde sus inicios, es que se dejó de lado el enfoque[5] prescriptivo de definir lo que era correcto o incorrecto, y se pasó a crear diccionarios que documentaban los diferentes usos en las varias regiones donde se habla español. Así, tácitamente, se pasó a aceptar la validez y corrección de algunas variantes del idioma.

Diccionario panhispánico de dudas

REAL ACADEMIA ESPAÑOLA   ASOCIACIÓN DE ACADEMIAS DE LA LENGUA ESPAÑOLA

Las diferentes Academias de la Lengua han publicado numerosas obras de referencia.

Tradicionalmente, los diccionarios de la RAE cambiaban lentamente, reconociendo el uso de palabras muchos años después de que se extendiera su uso entre los hablantes. Sin embargo, recientemente, la Asociación de Academias ha recomendado cambios en el idioma, a pesar de que algunas de estas reglas se oponen al uso actual. Algunos ejemplos de estos cambios son las siguientes:

1. La "y", llamada "i griega" se denominará[6] ahora "ye".
2. El adverbio "sólo" ya no llevará acento.
3. El prefijo "ex" ya no se separará con un guion. Así, palabras como "ex-marido" pasan a escribirse como "exmarido".

Estos cambios no han sido muy bien recibidos por todos los hispanohablantes. El escritor español Gustavo Martín Garzo resume el sentir de muchos cuando dice que "no hay que dar demasiada importancia a los cambios, porque la lengua es una especie de organismo vivo y son los hablantes los que crean la lengua y la renuevan".

---

[1]*language* [2]*rules* [3]*purpose* [4]*words* [5]*focus* [6]*will be called*

Source: *Real Academia Española, El mundo*

Después de leer

1. ¿Cuáles crees que sean las ventajas y las desventajas de tener una organización como la Real Academia Española? ¿Piensas que sea necesario que los idiomas tengan una institución de este tipo?
2. ¿Juzgas tú *(Do you judge)* a las personas por su ortografía? ¿Por qué?
3. Con la llegada de la tecnología, algunas personas se quejan de que las nuevas generaciones no saben escribir, pues han simplificado la ortografía para escribir mensajes en sus teléfonos más fácilmente. ¿Piensas que esto puede ser un problema? ¿Por qué?

A analizar

Como en los Estados Unidos, los estudiantes de colegios latinoamericanos leen la literatura de su país. Milagros describe su texto favorito. Mientras escuchas el audio, lee el párrafo y observa las palabras en negritas. Después contesta las preguntas que siguen.

¿Qué literatura estudiaste en el colegio?

🔊 Unas de las historias que podíamos escoger en la escuela para leer eran de escritores **cuyos**
3-22 nombres no eran muy conocidos, pero ahora son renombrados. Uno de ellos fue Alfredo Bryce Echenique, **cuyo** libro se titula *Un mundo para Julius*. Se trata de un niño **cuya** familia tenía mucho dinero, pero, sin embargo, **lo que** le pone triste a Julius es que su hermana, **cuyo** nombre era Cinthia, se muere de tuberculosis, y la familia, que tenía dinero, que viajaba a todas partes, la familia a la que Julius quería mucho, no pudo hacer nada para salvar a Cinthia, **lo que** causó mucho dolor a Julius y se convirtió en un niño solitario.

—Milagros, Perú

1. ¿Qué tipo de sustantivo siempre precede la palabra **cuyo?**
2. ¿Por qué cambia la forma (masculino/femenino, singular/plural) de **cuyo** en cada caso?
3. ¿A qué se refiere **lo que** en las dos oraciones?

A comprobar

Los pronombres *cuyo* y *lo que*

1. You reviewed the uses of the relative pronouns **que** and **quien**(es) in the **A perfeccionar** section of this chapter. The pronoun **cuyo** is used to indicate possession and translates as *whose*.

> El autor **cuyo** libro acabo de leer va a visitar mi universidad.
> *The author **whose** book I just read is going to visit my university.*

2. **Cuyo** functions as an adjective and therefore must agree in gender and number with the noun it precedes.

> El profesor, **cuya** clase me gusta, enseña la literatura moderna.
> *The professor **whose** class I like teaches modern literature.*

> Compré una colección de poesías de Neruda, **cuyos** poemas siempre me han gustado.
> *I bought a collection of poems by Neruda, **whose** poems I have always liked.*

Note that unlike the other relative pronouns, **cuyo** appears between two nouns (the person who owns something and the thing he/she owns).

3. **Lo que** is used to refer to a situation or an abstract idea and often translates to *which* or *what*.

> **Lo que** quiero es encontrar una novela de ciencia ficción.
> *What (**The thing that**) I want is to find a science fiction novel.*

> No entiendo **lo que** quiere decir el poeta.
> *I don't understand **what** the poet means.*

4. **Lo cual** is also used to refer to a situation or an abstract concept; however, unlike **lo que** the idea it refers to <u>must</u> immediately precede it.

> Rafael nunca trae su libro a clase, **lo cual** me molesta.
> *Rafael never brings his book to class, **which** bothers me.*

A practicar

10.16 **Autores** Lee las oraciones y decide a qué autores se refieren.

Isabel Allende   Ernest Hemingway   Gabriel García Márquez

Sandra Cisneros   Mario Vargas Llosa   Pablo Neruda

1. Es la autora cuyo tío fue presidente de Chile.
2. Es el autor cuya novela *El viejo y el mar* tiene lugar en Cuba.
3. Es el autor cuya obra más famosa es *Cien años de soledad*.
4. Es el autor cuya visita a Machu Picchu fue la inspiración de un poema.
5. Es la autora cuyas experiencias de niña en la calle Mango son el tema de su primera novela.
6. Es el autor cuyos premios incluyen el Premio Nobel y el Premio Nacional de la Novela de Perú.

10.17 **¿Quién sabe?** Circula por la clase y busca a ocho compañeros diferentes que sepan las respuestas a las siguientes preguntas. Cuando hagas las preguntas tendrás que usar la forma apropiada del pronombre **cuyo.** Luego repórtale la información a la clase.

¿Cómo se llama...?

1. el autor (cuyo) nombre verdadero es Samuel Langhorne Clemens?
2. el autor (cuyo) protagonista más famoso es Ebenezer Scrooge?
3. el autor (cuyo) novela se titula *Don Quijote de la Mancha*?
4. el autor (cuyo) poemas incluyen "The Raven" y "The Telltale Heart"?
5. el autor (cuyo) esposa era la poetisa Elizabeth Barrett Browning?
6. el autor (cuyo) obras incluyen *Hamlet, Othello* y *Macbeth*?
7. la autora (cuyo) serie de libros narra su vida en la pradera *(prairie)* en Estados Unidos?
8. la autora en (cuyo) diario cuenta sus experiencias en un escondite *(hiding place)* mientras los Nazis ocupaban Holanda?

10.18 **¿Qué opinas?** En parejas expresen sus opiniones usando las palabras indicadas y la forma apropiada del pronombre **cuyo.**

Modelo profesor / clase

> Estudiante 1: *El profesor cuya clase me interesa más es el Sr. Vargas.*
> Estudiante 2: *La profesora cuya clase es difícil es la Sra. Moreno.*

1. artista / obras
2. grupo / música
3. película / tema
4. escritor / libros
5. actor / películas
6. revista / artículos
7. restaurante / comida
8. tienda / ropa

Los quioscos, cuyas revistas se venden bien, son muy populares.

10.19 **Opiniones** En parejas expresen sus opiniones sobre la universidad y sus clases, usando las expresiones indicadas.

Modelo lo que me frustra

> Estudiante 1: *Lo que me frustra es que tengo mucha tarea en todas mis clases.*
> Estudiante 2: *A mí lo que me frustra es que tengo todas mis clases en edificios diferentes.*

1. lo que me gusta
2. lo que no me gusta
3. lo que entiendo mejor
4. lo que no entiendo
5. lo que quiero hacer
6. lo que no quiero hacer
7. lo que cambiaría
8. lo que no cambiaría

10.20 **¿Que o lo que?** Varios estudiantes están haciendo comentarios sobre lo que leyeron en su clase de literatura. Decide cuál de los pronombres deben usar.

1. Me gustan los poemas (que / lo que) ese poeta escribió.
2. No puedo creer (que / lo que) el protagonista le dijo.
3. Cuando leo un poema, (que / lo que) quiero es entender el mensaje.
4. Rigoberto es el personaje (que / lo que) más me gusta en la novela.
5. Quiero saber (que / lo que) pasa al final de la novela.
6. (Que / Lo que) el protagonista busca es la paz.
7. La novela (que / lo que) leímos primero fue la más fácil.
8. No entendí (que / lo que) el autor quería decir.

Lo que les encanta a algunas personas es leer los chismes de los famosos.

© vgstudio/Shutterstock

10.21 Avancemos Con un compañero túrnense para explicar en el pasado de qué se tratan las siguientes obras literarias. Si no conocen la historia, invéntenla. Usen el pronombre relativo **lo que** y expliquen lo que los protagonistas buscaban, necesitaban o querían.

1 *Don Quijote de la Mancha*, por Miguel de Cervantes
2 *Romeo y Julieta*, por William Shakespeare
3 *La leyenda de Sleepy Hollow*, por Washington Irving
4 *Las aventuras de Alicia en el país de las maravillas*, por Lewis Carroll

INVESTIGUEMOS LA ORTOGRAFÍA

Notice that in book titles in Spanish, only the first word and proper nouns are capitalized. The same is true for movie titles.

© Cengage Learning

Cultura y comunidad

Antes de leer

1. ¿Quiénes piensas que son las personas que más leen en tu país? ¿Quiénes crees que lean menos? ¿Por qué?

2. ¿Sabes cuándo se festeja el día del libro? ¿Cuál crees que sea el propósito de esta celebración?

El día mundial del libro y la lectura entre los hispanohablantes

🔊
3-23 El Día Mundial del Libro fue instituido por la Organización de las Naciones Unidas para la Educación, la Ciencia y la Cultura (UNESCO) en 1995 a fin de fomentar[1] la lectura, la industria editorial y honrar a tres autores universales: Miguel de Cervantes Saavedra, William Shakespeare y el Inca Garcilaso de la Vega. Se festeja el 23 de abril, fecha en que supuestamente murieron o fueron enterrados estos escritores. En la actualidad el día del libro se festeja en más de cien países. Otras actividades para fomentar la lectura incluyen ferias[2] de libros que tienen lugar en varios países. Entre las más destacadas están la Feria del libro de Buenos Aires (Argentina), la de Bogotá (Colombia) y la de Guadalajara (México). Típicamente las ferias de libros son eventos de varios días en los que las editoriales venden sus

Leer libros es más popular en algunos países que en otros.

libros a precios especiales. Además, muchos escritores presentan sus últimos libros, se dan a conocer ganadores de concursos literarios y se hacen talleres para fomentar el interés en la lectura, una labor muy necesaria en algunos países.

Según un estudio difundido durante la Feria del Libro de Bogotá (2012), los latinoamericanos que más leen son los chilenos y los argentinos. Uno de los hallazgos[3] del estudio es que aproximadamente la mitad de los habitantes de la región no lee libros.

Algunos resultados interesantes del estudio son la cantidad de libros que leen los latinos según su nacionalidad: En promedio los españoles leen aproximadamente 10 libros al año, los chilenos 5,3 y los argentinos 4,6, seguidos por los brasileños, quienes leen 4, los mexicanos y los peruanos se quedan atrás con solo 3 libros al año.

El estudio reveló también las razones por las que los latinoamericanos y los españoles leen, encontrando que "el placer o gusto por la lectura marca la diferencia entre un lector asiduo y uno esporádico" *(Comercio y justicia, 2012)*. En España, por ejemplo, el 86 por ciento de las personas lee por gusto, y el 70 por ciento en Argentina. Otras razones por las que la gente lee son superación personal, razones académicas, recomendación de un libro, o incluso por curiosidad sobre el título de una obra.

Por el contrario, en varios países se citaron entre las razones para no leer que no les interesa, la falta de tiempo, el elevado precio de los libros, e incluso problemas con la vista.

---

[1]*to promote* [2]*fairs* [3]*findings*

En Hispanoamérica, México y Chile son los países donde la gente lee más por razones de actualización profesional[4] y conocimientos generales, es decir, por motivaciones académicas.

Según datos específicos para México, las personas que más leen son los jóvenes entre 12 y 22 años, aunque el hábito de la lectura se incrementa con la escolaridad (el nivel de estudios). Otro factor importante es el nivel socioeconómico, ya que solo el 37% de las personas de las clases bajas leen, pero este número aumenta a casi el 80% para las personas de clase media. Resultados muy semejantes se han encontrado en otros países hispanohablantes a través de estudios anteriores, como es el caso de Argentina y Colombia.

---

[4]actualización… *keeping current in one's field*

Source: *Comercio y justicia, Universia México, Elespectador.com*

Después de leer

1. ¿Desde cuándo se festeja El Día Mundial del Libro y cuáles son sus objetivos?
2. Según el estudio difundido durante la Feria del Libro de Bogotá ¿quiénes leen más entre los hispanohablantes? ¿Quiénes leen menos?
3. ¿Qué factores demográficos influyen para que una persona lea?
4. ¿Por qué lee la gente que conoces? ¿Por qué no lee?
5. ¿Cuántos libros lees aproximadamente al año? ¿Qué tipos de libros lees, además de libros de texto? ¿Tus amigos leen más o menos que tú? ¿y tu familia?

 A investigar

Averigua en Internet cuáles son algunos de los autores más populares en algún país hispanohablante. ¿Qué tipo de literatura escriben? ¿Son autores modernos o clásicos?

Comunidad

Entrevista a un hispanohablante de tu comunidad y pregúntale qué tipo de libros prefiere leer la gente en su país. Pregúntale también sobre sus hábitos personales: si le gusta leer, qué tipo de libros lee, cuántos lee al año y cómo los consigue.

© iofoto/Shutterstock

A analizar

Salvador y Elena hablan de cómo la literatura expresa temas universales. Mientras escuchas el audio, lee su conversación y observa las frases en negritas. Después contesta las preguntas que siguen.

🔊 **¿Se lee la literatura de un país en los otros países hispanos?**
3-24

Salvador: La literatura de Colombia es conocida por el mundo entero gracias a Gabriel García Márquez. **La suya**, la colombiana, es una literatura ya universal.

Elena: Sí, Gabriel García Márquez es el más conocido. Mi libro favorito de él es *El amor en los tiempos de cólera.* ¿Cuál es **el suyo**?

Salvador: **El mío** es *El coronel no tiene a quien le escriba.* Lo que es importante es que esta literatura es ya nuestra literatura, es **la nuestra** porque estos libros se enfocan en temas universales, no son propios de Colombia solamente, y entonces todos los países se apoderan *(claim)* de esa literatura.

—Salvador, España / —Elena, Colombia

1. ¿Cómo son diferentes estos pronombres posesivos de las otras formas que conoces?

2. ¿Por qué son **la suya** y **la nuestra** formas femeninas?

A comprobar

Adjetivos posesivos tónicos y pronombres posesivos

1. You have learned that possessive adjectives must agree in number, and some agree in gender, and that they come before the noun.

> **Mi** novela está en la mochila.
> *My novel is in the backpack.*

> **Nuestras** hijas leen todas las noches.
> *Our daughters read every night.*

Stressed possessive adjectives also accompany a noun; however, they are placed either after the noun to show emphasis or after the verb **ser.** All stressed possessive adjectives show both gender and number.

mío(s) / mía(s)	*mine*
tuyo(s) / tuya(s)	*yours*
suyo(s) / suya(s)	*his, hers, its, yours (formal)*
nuestro(s) / nuestra(s)	*ours*
vuestro(s) / vuestra(s)	*yours (plural, Spain)*
suyo(s) / suya(s)	*theirs, yours (plural)*

Esa revista es **mía.**
That magazine is mine.

Las ideas fueron **nuestras.**
The ideas were ours.

No es problema **tuyo.**
It not your problem.

2. As is the case with all pronouns, possessive pronouns replace nouns. The forms are the same as the stressed adjectives, and they are preceded by the definite article.

> Esta es nuestra clase, y esa es **la suya.**
> *This is our class, and that one is yours.*

> Guillén es mi poeta favorito. ¿Quién es **el tuyo?**
> *Guillén is my favorite poet. Who is yours?*

A practicar

10.22 **¿De quién son?** Al final de la clase hay varias novelas en la mesa y el profesor quiere saber de quiénes son. Decide quién lee las novelas.

Cien años de soledad	*Frankenstein*	*La letra escarlata*	*1984*
El Hobbit	*Huckleberry Finn*	*Los tres mosqueteros*	*Mujercitas*

1. Isadora: La mía es de un autor francés.
2. Alonso: La mía es de Mark Twain.
3. Mariano: La mía es de un autor colombiano.
4. Camila: La mía es sobre una mujer que tiene que llevar una **A**.
5. Ximena: La mía es sobre un hombre que crea un monstruo.
6. Natalia: La mía es sobre cuatro hermanas.
7. La mía es sobre la búsqueda de Bilbo Baggins del tesoro guardado por un dragón.
8. La mía fue escrita por George Orwell.

10.23 **Mis favoritos** Con un compañero túrnense para completar las oraciones y preguntarse sobre sus preferencias.

Modelo Mi obra de arte favorita es... ¿Cuál es la tuya?

Estudiante 1: *Mi obra de arte favorita es* Guernica, *por Picasso. ¿Cuál es la tuya?*
Estudiante 2: *La mía es* La familia presidencial, *por Botero.*

1. Mi clase favorita es... ¿Cuál es la tuya?
2. Mi autor favorito es... ¿Cuál es el tuyo?
3. Mi libro favorito es... ¿Cuál es el tuyo?
4. Mi artista favorito es... ¿Cuál es el tuyo?
5. Mi cantante favorito es... ¿Cuál es el tuyo?
6. Mi canción favorita es... ¿Cuál es la tuya?
7. Mi revista favorita es... ¿Cuál es la tuya?
8. Mis programas favoritos son... ¿Cuáles son los tuyos?

10.24 **Hablan los protagonistas** Completa las oraciones con el adjetivo posesivo apropiado.

1. Ebenezer Scrooge: El negocio y el dinero son _____ y las cadenas *(chains)* son de Jacob Marley, o sea *(in other words)*, son _____.
2. Scarlett O'Hara: La plantación Tara es de mi familia y mía, o sea, es _____.
3. Ismael: El capitán Ahab está decidido a que un día la ballena *(whale)* Moby Dick sea _____.
4. Sherlock Holmes: La pipa es _____ y la lupa *(magnifying glass)* es del doctor Watson, o sea, es _____.
5. Macbeth: El trono es de mi esposa y mío, o sea, es _____.
6. Don Quijote: Sancho Panza es mi ayudante, y ese burro es _____.
7. El cerdo Napoleón: Las camas son para mí y para los otros cerdos, o sea, son _____.
8. El Coronel: No tengo a nadie que me escriba, ninguna carta es _____.

10.25 **El maravilloso mago de Oz** El mago de Oz habla con Dorothy y quiere clarificar de quién son los diferentes objetos. Túrnense para preguntar y responder. Completen las respuestas de Dorothy, usando los pronombres posesivos.

> **Modelo** la vara (*wand*) mágica / Glinda, la bruja buena del sur
>
> Estudiante 1: *¿De quién es la vara mágica?*
> Estudiante 2: *Es suya.*

1. los zapatos plateados / yo
2. el corazón / el hombre de hojalata (*tin*)
3. los monos voladores / la bruja mala del oeste
4. la Ciudad Esmeralda / tú
5. el cerebro / el espantapájaros (*scarecrow*)
6. el perrito / yo
7. la valentía / el león
8. la aventura / nosotros

10.26 **¿Cómo son?** Trabaja con un compañero y túrnense para hablar sobre los siguientes temas y después preguntarle a su compañero sobre los suyos.

> **Modelo** el trabajo
>
> Estudiante 1: *Mi trabajo es divertido. Trabajo en un restaurante todos los fines de semana. Soy mesero y recibo buenas propinas. ¿Cómo es el tuyo?*
> Estudiante 2: *El mío no es muy divertido. Yo limpio oficinas por la noche.*

1. la familia
2. el mejor amigo
3. la casa
4. el auto
5. las clases
6. los profesores

Mi trabajo es divertido. ¿Y el tuyo?

© Aaron Amat/Shutterstock

10.27 **Avancemos** Las ilustraciones representan una escena de la novela *Como agua para chocolate*, por Laura Esquivel. Hay algunas diferencias entre las dos escenas. Mira solo una de las escenas y tu compañero mirará la otra. Describan las ilustraciones sin mirar la de su compañero para descubrir las diferencias. Usen los pronombres posesivos.

Modelo *En mi ilustración hay... ¿y en la tuya?*
En la mía hay...

Redacción

Una narración

A narrative tells a story and has three components: the introduction (sets the stage), the climax (the high point of the story), and the conclusion.

Paso 1 Come up with a topic for your narrative. Find an interesting picture that might inspire a good story or think of something interesting or unusual that happened to you or someone you know. Remember, you can always embellish the true event to make it more interesting!

Paso 2 Using the picture or the incident as the basis for your story, jot down the details: the characters, the setting, what led up to the incident, and how it ended. You might want to use a mind map like the one below to organize your thoughts. Try to keep it simple with only a few characters and the necessary details.

Paso 3 Using some of the information you generated in **Paso 2,** write your initial paragraph in which you set the scene and introduce the characters.

Paso 4 Narrate the story using the events you generated in **Paso 2.** Be sure to include enough detail so that the story will be clear for your reader without including unnecessary details.

Paso 5 Write the conclusion to your story.

Paso 6 Edit your narrative.

1. Is your paper clearly organized?
2. Did you narrate the events in detail? Are there unnecessary details you can eliminate?
3. If you looked up any words, did you double-check in the Spanish-English section of your dictionary for accuracy of meaning?
4. Do adjectives agree with the person or object they describe?
5. Did you use the past tenses (preterite, imperfect, past perfect, imperfect subjunctive) appropriately?

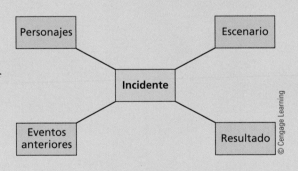

© Cengage Learning

Share It!

Paso 1 Find an author from the country that you have chosen and do a little research on his/her life.

Paso 2 Create your blog entry with a short bio of the author you have selected. Be sure to include a list of his/her works. Then tell your readers which of his/her works you'd like to read and why.

Paso 3 Edit your blog entry for both grammar and content.

La función de la literatura

Antes de escuchar

👥 Con un compañero de clase respondan las preguntas.

1. ¿Has leído muchos textos literarios? ¿Hay un escritor en particular que te guste? ¿Por qué? ¿Aprendiste algo de sus textos?

2. ¿Tiene la literatura una función en una sociedad? ¿Cuál(es)?

A escuchar

🔊 Vas a escuchar a varias personas expresar sus opiniones sobre el valor de la literatura. 3-25 Toma apuntes sobre lo que dice cada persona. Después compara tus apuntes con los de un compañero y organiza la información para contestar las siguientes preguntas.

1. ¿Cómo puede ayudar la lectura para mejorar las habilidades lingüísticas?

2. ¿Qué otras ideas sobre la literatura fueron compartidas por varias personas?

3. ¿Quiénes pueden beneficiarse leyendo literatura?

4. ¿Hay ideas que mencione solo una persona? ¿Quién las menciona?

Después de escuchar

1. ¿Con quién(es) estás de acuerdo? ¿Por qué?

2. Si uno lee la literatura de su propio país, ¿es posible aprender más de su cultura? ¿Qué tipo de información se puede aprender?

© Andresr/Shutterstock

¿Qué se puede aprender de la literatura?

Un producto revolucionario

Dirigido por Enrique Collado

Todo el tiempo salen al mercado nuevos productos. ¿Será original el de este anuncio?

(España, 2010, 3 min.)

Antes de ver

Habla con un compañero sobre las siguientes preguntas.

1. ¿Cuáles son algunos productos revolucionarios que ha producido la tecnología en los últimos años? ¿Por qué son revolucionarios?

2. El título del cortometraje es "Un producto revolucionario". ¿De qué tipo de producto piensas que va a tratar?

Vocabulario útil

el atril   *lectern*
carecer   *to lack, not have*
la carpeta   *cover; binding*
el cerebro   *brain*
disponible   *available*

el dispositivo   *device*
el fabricante   *manufacturer*
recargar   *to recharge*
la ruptura   *breakthrough*

Comprensión

Ve el cortometraje y completa las siguientes oraciones.

1. El producto no necesita…
2. En cada página es posible tener…
3. La carpeta sirve para…
4. Para localizar la información se puede usar…
5. Es posible usar notas personales con…
6. El producto no afecta negativamente al medio ambiente porque…

Después de ver

1. ¿Cuál es la ironía en este cortometraje?
2. ¿Por qué piensas que el director hizo este cortometraje?
3. Con la modernización del libro en su formato electrónico, ¿prefieres un libro electrónico o tradicional? ¿Por qué?

Literatura

Nota biográfica

Antonio Machado (1875–1939) fue un poeta y dramaturgo español. Pertenecía a la "Generación del 98", un grupo de escritores y poetas activos en España durante y después de la guerra entre España y los Estados Unidos, en la cual España perdió control de sus últimas colonias: Cuba, Puerto Rico y las islas Filipinas. Los dos poemas presentados aquí son parte de una serie de poemas llamada "Proverbios y cantares" que se publicaron en el libro *Campos de Castilla* en 1912. Estos poemas son muy conocidos y han sido adaptados a la música popular.

APROXIMÁNDONOS A UN TEXTO

When reading a poem, try to place the author's ideas within the context of your own experiences. Does the message apply to your life? Why or why not? This type of analysis can help you remember key images and how the author communicated his/her message.

Antes de leer

Con un compañero comenten las siguientes preguntas.

1. ¿Tienes un plan para tu vida? ¿Cuáles son tus metas principales para el futuro?

2. ¿Piensas que puedes controlar el rumbo de tu vida (tu destino)? ¿Qué factores afectan la dirección de tu vida?

3. ¿Cuál es el legado de una persona cuando se muere? ¿Es necesario hacer algo importante o ser famosa para ser recordada?

4. Cuando miras la foto, ¿en qué piensas? ¿Qué emoción evoca la foto?

XXIX

Wanderer / footprints, traces / path

1   Caminante*, son tus huellas*
el camino*, y nada más;
caminante, no hay camino,
se hace camino al andar.
5   Al andar se hace camino,
y al volver la vista atrás

path
to walk upon

se ve la senda* que nunca
se ha de volver a pisar*.
Caminante, no hay camino,

wake or tracks of a ship

10   sino estelas* en la mar.

XLIV

Todo pasa y todo queda;
pero lo nuestro es pasar,
pasar haciendo camino,
caminos sobre la mar.

Antonio Machado, *Campos de Castilla* (1912)

INVESTIGUEMOS LA MÚSICA

Busca en Internet la canción "Cantares" de Joan Manuel Serrat. ¿Qué versos vienen del poema? ¿Qué versos nuevos se incluyen? ¿Qué comunican estos versos?

Terminología literaria

el encabalgamiento *enjambment;
when the lack of punctuation at
the end of the line signals that
the idea continues with the next
line (and the lines should be read
as one)*

el receptor *the person to whom a
poem is directed*
la repetición *repetition*

Comprensión

1. ¿Quién es el receptor de *XXIX*, el primer poema? (¿A quién se dirige la voz poética?)

2. ¿Quién hace "el camino"? ¿La voz poética se refiere a calles o carreteras? ¿Hay otras personas que construyen "el camino"?

3. Mientras el caminante camina, ¿qué ve detrás de él?

4. ¿En qué versos se emplea el encabalgamiento?

5. En el segundo poema, *XLIV*, ¿dónde hace el camino?

Análisis

1. Machado emplea varias metáforas en estos dos poemas. ¿Qué representan "las huellas"? ¿"el camino"? ¿"el acto de andar"? ¿Cómo "se hace el camino"?

2. En los versos 5–8 la voz poética dice "se ve la senda que nunca se ha de volver a pisar". ¿Qué simboliza la senda? ¿Por qué no se puede caminar en la senda otra vez?

3. ¿Por qué al final se compara "el camino" con "estelas en la mar" (en el verso 10)? ¿Qué características comparten? ¿Qué nos dice del "camino"?

4. *XLIV* repite varias de las imágenes del *XXIX*. ¿Qué idea nueva comunica el primer verso? ¿Se puede conectar esta idea con una(s) idea(s) del primer poema?

5. Machado emplea mucho la repetición en estos dos poemas. ¿Qué palabras se repiten más? ¿Qué función tiene esta repetición? ¿Qué función tiene el uso del encabalgamiento?

A profundizar

1. En tu opinión, ¿el poeta presenta una imagen realista de la vida? ¿Por qué? ¿Hay algo que cambiarías?

2. ¿A qué sentido apela Machado en estos poemas? ¿Por qué es apropiado? ¿Sería posible comunicar semejantes ideas apelando a otro sentido?

3. Estos dos poemas muchas veces se presentan juntos aunque no se presentaron juntos en la publicación original. ¿Por qué piensas que ocurre esto? ¿Sería posible presentar solo uno de los dos y comunicar el mismo mensaje? ¿Hay uno que te guste más que el otro?

Enlaces

El enfoque de este capítulo es emplear los pronombres relativos en la formación de oraciones más complejas, conectando así ideas relacionadas dentro de una oración.

- Se puede usar **que** con toda clase de sustantivo (personas, cosas, conceptos, etcétera).
- Se usa **donde** con los lugares.
- **El que, el cual** y **quien(es)** aparecen después de una preposición o cuando la cláusula dependiente se encierra con comas. Concuerdan (*agree*) en número y género (los que aparecen con un artículo) con el sustantivo que describen.
  - **Quien(es)** se emplea para referirse a una persona.
  - **El que** y **el cual** se pueden usar con toda clase de sustantivos.
- **Cuyo** indica la posesión; concuerda con el sustantivo poseído.
- **Lo que** y **lo cual** no se refieren a un sustantivo, sino a una situación o a un concepto.
  - **Lo cual** aparece inmediatamente después de la idea a la cual se refiere.

10.28 **Unos escritores influyentes** Magdalena escribe sobre algunos escritores que se destacan en la historia de la literatura. Para completar el texto escoge el pronombre relativo apropiado. Cuidado con la concordancia de género y número.

Todo el mundo reconoce los nombres de los grandes escritores mundiales. Miguel de Cervantes Saavedra, (1.) _____ (cuyo/quien) fue contemporáneo de William Shakespeare, **publicó** *Don Quijote* en dos tomos en 1605 y 1615. Cervantes y Shakespeare, (2.) _____ (quien/cuyo) obras se **siguen** estudiando hoy, **eran** escritores prolíficos (3.) _____ (que/quien) dejaron una gran variedad de textos, muchos de (4.) _____ (lo que / el cual) **se consideran** clásicos de la época.

Pero para cada persona en el mundo (5.) _____ (que/quien) reconoce a Cervantes y a Shakespeare, hay diez para (6.) _____ (que/quien) los nombres de Antonio de Nebrija y Sor Juana Inés de la Cruz, por mencionar dos personalidades diversas, no significan nada. ¿Quién puede decir (7.) _____ (que/donde) sus contribuciones literarias no **merezcan** la misma atención?

Consideremos el caso de Antonio de Nebrija, (8.) _____ (quien/cuyo) escribió la primera gramática del idioma español, (9.) _____ (el que / el cual) fue dedicada a la reina Isabel cuando **se publicó** en 1492. Con su *Gramática de la lengua castellana*, Nebrija intentó estandarizar la lengua para que el Imperio Español **pudiera** enseñar su lengua a medida que **extendiera** sus territorios, (10.) _____ (donde / lo cual) era una meta (*goal*) de los Reyes Católicos. La lucha por conseguir un español estándar, (11.) _____ (lo que / la cual) comenzó con el texto de Nebrija, continúa hoy en día.

O pensemos en Sor Juana Inés de la Cruz, (12.) _____ (donde/quien) **vivió** en el México colonial y a (13.) _____ (quien/que) se le negó asistir a la universidad. (14.) _____ (lo cual / lo que) **se enfatiza** en sus textos es la importancia de desarrollar el intelecto individual. Sor Juana es considerada la primera escritora hispanoamericana. Aunque vivía en una sociedad (15.) _____ (donde / el que) los hombres **controlaban** el discurso, fue ella (16.) _____ (cuyo / el que) más se distinguió de entre todos los escritores de su época.

Aunque Nebrija y Sor Juana no **sean** tan famosos como Cervantes y Shakespeare, sus textos **sirvieron** de inspiración para varias tradiciones literarias y lingüísticas de hoy. La gramática de Nebrija, (17.) _____ (donde / el que) escribió para asegurar el futuro del idioma español, **ha tenido** como legado los esfuerzos de la Real

Academia Española. Por su parte, con sus textos, Sor Juana Inés de la Cruz empezó (18.) _____ (lo que / el que) en su tiempo **habría parecido** imposible: comenzar la tradición de las grandes escritoras latinoamericanas.

> **MOMENTO METALINGÜÍSTICO**
>
> Vuelve a mirar los verbos en negritas de la actividad 10.28 y explica por qué eligió Magdalena la forma que usó.

10.29 **¿Qué opinan?** En parejas completen las oraciones con una idea lógica y después túrnense para ofrecer su opinión. Cuidado con el uso del subjuntivo y del indicativo y con el tiempo verbal necesario.

1. Los textos literarios reflejan las normas sociales de la época, especialmente las que...

2. En el pasado se publicaban menos libros, los cuales...

3. Cuando la literatura se censura, los escritores son los que...

4. El escritor tiene un compromiso con sus lectores, quienes...

5. La biblioteca ideal es un lugar donde...

6. La literatura del siglo XX representaba frecuentemente a la mujer moderna, lo cual...

7. Probablemente algunos escritores admiran a otros escritores cuyos(as)...

8. Los escritores de las novelas clásicas escribían textos que...

Miguel de Cervantes Saavedra (1547–1616)

Georgios Kollidas/Shutterstock

10.30 **Avancemos más** En parejas van a seleccionar el próximo libro que se va a leer en un círculo de lectura.

Paso 1 Escribe una lista de tres libros que te gustaría que se leyeran en un círculo de lectura. Pueden ser libros que ya has leído o que te gustaría leer.

Paso 2 Comparte tu lista con tu compañero y explícale la trama de los libros de tu lista y por qué crees que sería una buena selección para el círculo de lectura.

Paso 3 Entre los dos decidan qué libro se va a leer. Luego compartan su decisión con la clase y expliquen por qué lo seleccionaron.

🔊 El mundo literario

La literatura

la antología *anthology*	la narrativa *narrative*
el (la) autor(a) *author*	la novedad *novelty*
el capítulo *chapter*	la novela *novel*
el círculo de lectura *book club*	la obra *work (of art or literature)*
el desenlace *ending*	la ortografía *spelling*
la editorial *publisher*	el personaje *character*
el guion *screenplay*	el poemario *book of poems*
el (la) guionista *screenplay writer*	la portada *cover*
la historia *story, history*	la publicación *publication*
el (la) lector(a) *reader*	el relato *story, tale*
la lectura *text, reading*	la revista *magazine*
el libro de bolsillo *paperback*	la secuela *sequel*
el libro de pasta dura *hardbound book*	el taller (de literatura) *(writing) workshop*
el libro electrónico *e-book*	el tema *theme, topic*
el libro impreso *printed book*	la traducción *translation*
el libro rústico *paperback*	
el (la) narrador(a) *narrator*	

Clasificación de literatura

el cuento *short story (fictional)*	didáctico(a) *didactic, instructive*
el drama *drama*	(de) ficción *fiction*
el ensayo *essay*	infantil *children's (literature)*
el libro/la literatura... *book/literature . . .*	juvenil *young adult (literature)*
biográfico(a) *biographical*	(de) superación personal *self-improvement*
(de) consulta *reference*	

Verbos

aportar *to contribute*	publicar *to publish*
catalogar *to catalog*	superarse *to improve oneself*
editar *to edit*	tener lugar *to take place*
imprimir *to print*	

Pronombres relativos

cuyo *whose*	el (la) cual *which*
donde *where*	los (las) cuales *which*
que *that, who*	lo cual *which*
quien(es) *who, whom, that*	lo que *what, the thing*

Adjetivos posesivos y pronombres posesivos tónicos

mío(s) / mía(s) *mine*	nuestro(s) / nuestra(s) *ours*
tuyo(s) / tuya(s) *yours*	vuestro(s) / vuestra(s) *yours (plural, Spain)*
suyo(s) / suya(s) *his, hers, its, yours (formal)*	suyo(s) / suya(s) *theirs, yours (plural)*

Terminología literaria

el encabalgamiento *enjambment; when the lack of punctuation at the end of the line signals that the idea continues with the next line (and the lines should be read as one)*

el receptor *the person to whom a poem is directed*

la repetición *repetition*

Diccionario personal

_____

_____

_____

_____

_____

_____

_____

_____

_____

_____

_____

_____

_____

_____

_____

_____

_____

_____

_____

_____

_____

_____

Argentina ▶

INFORMACIÓN GENERAL

Nombre oficial: República Argentina

Nacionalidad: argentino(a)

Área: 2 780 400 km² (el país de habla hispana más grande del mundo, aproximadamente 2 veces el tamaño de Alaska)

Población: 42 611 000

Capital: Buenos Aires (f. 1580) (2 891 000 hab.)

Otras ciudades importantes: Córdoba, Rosario, Mar del Plata

Moneda: peso (argentino)

Idiomas: español (oficial), guaraní, inglés, italiano, alemán, francés

(iLrn™ Para aprender más sobre Argentina, mira el video cultural en la mediateca (*Media Library*).

DEMOGRAFÍA

Alfabetismo: 97,2%

Religiones: católicos (92%), protestantes (2%), judíos (2%), otros (4%)

ARGENTINOS CÉLEBRES

Eva Perón
primera dama (1919–1952)

Jorge Luis Borges
escritor (1899–1986)

Julio Cortázar
escritor (1914–1984)

Adolfo Pérez Esquivel
activista, Premio Nobel de la Paz (1931–)

Diego Maradona
futbolista (1960–)

Charly García
músico (1951–)

Joaquín "Quino" Salvador Lavado
caricaturista (1932–)

Ernesto "Che" Guevara
revolucionario (1928–1967)

Cristina Fernández
primera mujer presidenta (1953–)

© Pablo H Caridad/Shutterstock

Puerto Madero es el antiguo puerto de la ciudad. Fue remodelado y ahora es un barrio moderno y popular entre los porteños.

Investiga en internet

La geografía: las cataratas del Iguazú, la Patagonia, las islas Malvinas, las pampas

La historia: la inmigración, los gauchos, la Guerra Sucia, la Guerra de las Islas Malvinas, Carlos Gardel, Mercedes Sosa, José de San Martín

Películas: *Valentín*, *La historia oficial*, *Quién toca a mi puerta*, *El secreto de sus ojos*, *Cinco amigas*

Música: el tango, la milonga, la zamba, la chacarera, Fito Páez, Soda Stereo

Comidas y bebidas: el asado, los alfajores, las empanadas, el mate, los vinos cuyanos

Fiestas: Día de la Revolución (25 de mayo), Día de la Independencia (9 de julio)

El obelisco, símbolo de la ciudad de Buenos Aires

El Glaciar Perito Moreno, en la Patagonia argentina, es el más visitado del país.

CURIOSIDADES

- Argentina es un país de inmigrantes europeos. A partir de *(As of)* la última parte del siglo XIX hubo una fuerte inmigración, especialmente de Italia, España e Inglaterra. Estas culturas se mezclaron y ayudaron a crear la identidad argentina.

- Argentina se caracteriza por la calidad de su carne vacuna *(cattle)* y por ser uno de los principales exportadores de carne en el mundo.

- El instrumento musical característico del tango, la música tradicional argentina, se llama *bandoneón* y es de origen alemán.

INFORMACIÓN GENERAL

Nombre oficial: Estado Plurinacional de Bolivia

Nacionalidad: boliviano(a)

Área: 1 098 581 km² (aproximadamente 4 veces el área de Wyoming, o la mitad de México)

Población: 10 461 000

Capital: Sucre (poder judicial) (284 000 hab.) y La Paz (sede del gobierno) (f. 1548) (835 000 hab.)

Otras ciudades importantes: Santa Cruz de la Sierra, Cochabamba, El Alto

Moneda: peso (boliviano)

Idiomas: español (oficial), quechua, aymará

DEMOGRAFÍA

Alfabetismo: 86,7%

Religiones: católicos (95%), protestantes (5%)

BOLIVIANOS CÉLEBRES

María Luisa Pacheco
pintora (1919–1982)

Jaime Escalante
ingeniero y profesor de matemáticas (1930–2010)

Evo Morales
primer indígena elegido presidente de Bolivia (1959–)

Edmundo Paz Soldán
escritor (1967–)

iLrn Para aprender más sobre Bolivia, mira el video cultural en la mediateca (*Media Library*).

El Altiplano de Bolivia

© MP cz/Shutterstock

Investiga en internet

La geografía: el lago Titikaka, Tihuanaco, el salar de Uyuni

La historia: los incas, los aymará, la hoja de coca, Simón Bolívar

Música: la música andina, las peñas, la lambada, Los Kjarkas, Ana Cristina Céspedes

Comidas y bebidas: las llauchas, la papa (más de dos mil variedades), la chicha

Fiestas: Día de la Independencia (6 de agosto), Carnaval de Oruro (febrero o marzo), Festival de la Virgen de Urkupiña (14 de agosto)

La ciudad de Potosí fue muy importante, pues fue el principal abastecedor *(supplier)* de plata para España durante la Colonia.

El Salar de Uyuni

CURIOSIDADES

- Bolivia tiene dos capitales. Una de ellas, La Paz, es la más alta del mundo a 3640 metros sobre el nivel del mar.
- El lago Titikaka es el lago navegable más alto del mundo con una altura de más de 3800 metros (12 500 pies) sobre el nivel del mar.
- El Salar de Uyuni es el desierto de sal más grande del mundo.
- En Bolivia se consumen las hojas secas de la coca para soportar mejor los efectos de la altura extrema.
- Bolivia es uno de los dos países de Sudamérica que no tiene costa marina.

Chile ▶

INFORMACIÓN GENERAL

Nombre oficial: República de Chile

Nacionalidad: chileno(a)

Área: 756 102 km² (un poco más grande que Texas)

Población: 17 217 000

Capital: Santiago (f. 1541) (5 883 000 hab.)

Otras ciudades importantes: Valparaíso, Viña del Mar, Concepción

Moneda: peso (chileno)

Idiomas: español (oficial), mapuche, mapudungun, alemán, inglés

iLrn™ Para aprender más sobre Chile, mira el video cultural en la mediateca (*Media Library*).

DEMOGRAFÍA

Alfabetismo: 95,7%

Religiones: católicos (70%), evangélicos (15%), testigos de Jehová (1%), otros (14%)

CHILENOS CÉLEBRES

Pablo Neruda
poeta, Premio Nobel de Literatura (1904–1973)

Gabriela Mistral
poetisa, Premio Nobel de Literatura (1889–1957)

Isabel Allende
escritora (1942–)

Michelle Bachelet
primera mujer presidente de Chile (1951–)

Violeta Parra
poetisa, cantautora (1917–1967)

Santiago está situada muy cerca de los Andes.

© Tifonimages/Shutterstock

Investiga en internet

La geografía: Antofagasta, el desierto de Atacama, la isla de Pascua, Tierra del Fuego, el estrecho de Magallanes, los pasos andinos

La historia: los indígenas mapuches, Salvador Allende, Augusto Pinochet, Bernardo O'Higgins, Pedro de Valdivia

Películas: *Obstinate Memory, La nana*

Música: el Festival de Viña del Mar, Víctor Jara, Quilapayún, La Ley, Inti Illimani, Francisca Valenzuela

Comidas y bebidas: las empanadas, los pescados y mariscos, el pastel de choclo, los vinos chilenos

Fiestas: Día de la Independencia (18 de septiembre), Carnaval Andino Con la Fuerza del Sol (enero o febrero)

La pintoresca ciudad de Valparaíso es Patrimonio de la Humanidad.

© jorisvo/Shutterstock

© Tomaz Kunst/Shutterstock

Los famosos moais de la Isla de Pascua

CURIOSIDADES

- Chile es uno de los países más largos del mundo, pero también es muy angosto *(narrow)*. En algunas partes del país se necesitan solo 90 km para atravesarlo. Gracias a su longitud, en el sur de Chile hay glaciares y fiordos, mientras que en el norte está el desierto más seco del mundo: el desierto de Atacama. La cordillera de los Andes también contribuye a la gran variedad de zonas climáticas y geográficas de este país.

- Es un país muy rico en minerales, en particular el cobre, que se exporta a nivel mundial.

- En febrero del 2010, Chile sufrió uno de los terremotos *(earthquakes)* más fuertes registrados en el mundo, con una magnitud de 8,8. Chile también es el escenario del terremoto más violento desde que se tiene registro: ocurrió en 1960 y tuvo una magnitud de 9,4.

Colombia ▶

INFORMACIÓN GENERAL

Nombre oficial: República de Colombia

Nacionalidad: colombiano(a)

Área: 1 139 914 km² (aproximadamente 4 veces el área de Arizona)

Población: 45 746 000

Capital: Bogotá D.C. (f. 1538) (7 674 000 hab.)

Otras ciudades importantes: Medellín, Cali, Barranquilla

Moneda: peso (colombiano)

Idiomas: español (oficial), chibcha, guajiro y apróximadamente 90 lenguas indígenas

iLrn Para aprender más sobre Colombia, mira el video cultural en la mediateca (*Media Library*).

DEMOGRAFÍA

Alfabetismo: 90,4%

Religiones: católicos (90%), otros (10%)

COLOMBIANOS CÉLEBRES

Gabriel García Márquez
escritor, Premio Nobel de Literatura (1928–)

Fernando Botero
pintor y escultor (1932–)

Lucho Herrera
ciclista y ganador del Tour de Francia y la Vuelta de España (1961–)

Shakira
cantante y benefactora (1977–)

Tatiana Calderón Noguera
automovilista (1994–)

Sofía Vergara
actriz (1972–)

© rm/Shutterstock

Colombia tiene playas en el Caribe y en el océano Pacífico.

Cartagena es una de las ciudades con más historia en Colombia.

 Investiga en internet

La geografía: los Andes, el Amazonas, las playas de Santa Marta y Cartagena

La historia: los araucanos, Simón Bolívar, la leyenda de El Dorado, el Museo del Oro, las FARC

Películas: *María llena de gracia, Rosario Tijeras, Mi abuelo, mi papá y yo*

Música: la cumbia, el vallenato, Juanes, Carlos Vives, Aterciopelados

Comidas y bebidas: el ajiaco, las arepas, la picada, el arequipe, las cocadas, el café, el aguardiente

Fiestas: Día de la Independencia (20 de julio), Carnaval de Blancos y Negros en Pasto (enero), Carnaval del Diablo en Riosucio (enero, cada año impar)

Bogotá, capital de Colombia

CURIOSIDADES

- El 95% de la producción mundial de esmeraldas se extrae del subsuelo colombiano. Sin embargo, la mayor riqueza del país es su diversidad, ya que incluye culturas del Caribe, del Pacífico, del Amazonas y de los Andes.
- Colombia, junto con Costa Rica y Brasil, es uno de los principales productores de café en Latinoamérica.
- Colombia tiene una gran diversidad de especies de flores. Es el primer productor de claveles *(carnations)* y el segundo exportador mundial de flores después de Holanda.
- Colombia es uno de los países con mayor biodiversidad del mundo.

Costa Rica ▶

INFORMACIÓN GENERAL

Para aprender más sobre Costa Rica, mira el video cultural en la mediateca (*Media Library*).

Nombre oficial: República de Costa Rica

Nacionalidad: costarricense

Área: 51 100 km² (aproximadamente 2 veces el área de Vermont)

Población: 4 696 000

Capital: San José (f. 1521) (1 356 442 hab.)

Otras ciudades importantes: Alajuela, Cartago

Moneda: colón

Idiomas: español (oficial), inglés

DEMOGRAFÍA

Alfabetismo: 94,9%

Religiones: católicos (76,3%), evangélicos y otros protestantes (15,7%), otros (4,8%), ninguna (3,2%)

COSTARRICENCES CÉLEBRES

Óscar Arias
político y presidente, Premio Nobel de la Paz (1949–)

Carmen Naranjo
escritora (1928–)

Claudia Poll
atleta olímpica (1972–)

Laura Chinchilla
primera mujer presidenta (1959–)

Franklin Chang Díaz
astronauta (1950–)

El Teatro Nacional en San José es uno de los edificios más famosos de la capital.

© Joe Ferrer/Shutterstock

Investiga en internet

La geografía: Monteverde, Tortuguero, el Bosque de los Niños, el volcán Poás, los Parques Nacionales

La historia: las plantaciones de café, Juan Mora Fernández, Juan Santamaría

Música: El Café Chorale, Escats, Akasha

Comidas y bebidas: el gallo pinto, el café

Fiestas: Día de la Independencia (15 de septiembre), Fiesta de los Diablitos (febrero)

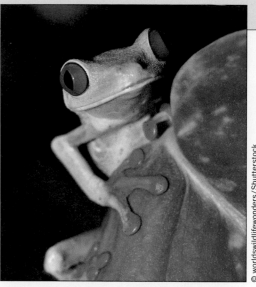

© worldswildlifewonders/Shutterstock

Costa Rica se conoce por su biodiversidad y respeto al medio ambiente.

© Olaf Speier/Shutterstock

El Volcán Poás es un volcán activo de fácil acceso para el visitante.

CURIOSIDADES

- Costa Rica es uno de los pocos países del mundo que no tiene ejército *(army)*. En noviembre de 1949, 18 meses después de la Guerra Civil, abolieron el ejército en la nueva constitución.

- Se conoce como un país progresista gracias a su apoyo a la democracia, el alto nivel de vida de los costarricenses y la protección de su medio ambiente.

- Costa Rica posee una fauna y flora sumamente ricas. Aproximadamente una cuarta parte del territorio costarricense está protegido como reserva o parque natural.

- Costa Rica produce y exporta cantidades importantes de café, por lo que este producto es muy importante para su economía. Además, el café costarricense es de calidad reconocida en todo el mundo.

Cuba ▶

INFORMACIÓN GENERAL

Nombre oficial: República de Cuba

Nacionalidad: cubano(a)

Área: 110 860 km² (aproximadamente el área de Tennessee)

Población: 11 062 000

Capital: La Habana (f. 1511) (2 142 000 hab.)

Otras ciudades importantes: Santiago, Camagüey

Moneda: peso (cubano)

Idiomas: español (oficial)

iLrn™ Para aprender más sobre Cuba, mira el video cultural en la mediateca (*Media Library*).

DEMOGRAFÍA

Alfabetismo: 99,8%

Religiones: católicos (85%), santería y otras religiones (15%)

CUBANOS CÉLEBRES

José Martí
político, periodista, poeta
(1853–1895)

Alejo Carpentier
escritor (1904–1980)

Wifredo Lam
pintor (1902–1982)

Alicia Alonso
bailarina, fundadora del Ballet
Nacional de Cuba (1920–)

Silvio Rodríguez
poeta, cantautor (1946–)

Nicolás Guillén
poeta (1902–1989)

© Kamira/Shutterstock

Catedral de la Habana

Investiga en internet

La geografía: las cavernas de Bellamar, la Ciénaga de Zapata, la península de Guanahacabibes

La historia: los taínos, los ciboneyes, Fulgencio Batista, Bahía de Cochinos, la Revolución cubana, Fidel Castro

Películas: *Vampiros en La Habana, Fresa y chocolate, La última espera, Azúcar amargo*

Música: el son, Buena Vista Social Club, Celia Cruz, Pablo Milanés, Santiago Feliú, Alex Cuba

Comidas y bebidas: la ropa vieja, los moros y cristianos, el ron

Fiestas: Día de la Independencia (10 de diciembre), Día de la Revolución (1° de enero)

Los autos viejos son una vista típica en toda la isla.

Peeter Viisimaa/IStockphotos

© Kamira/Shutterstock

El Morro, construído en 1589, para proteger la isla de invasores

CURIOSIDADES

- Cuba se distingue por tener uno de los mejores sistemas de educación del mundo, por su sistema de salud y por su apoyo *(support)* a las artes.

- La población de la isla es una mezcla de los pobladores nativos (taínos), descendientes de esclavos africanos y europeos, mezcla que produce una cultura única.

- A principios de la década de 1980, un movimiento musical conocido como la nueva trova cubana presentó al mundo entero la música testimonial.

- La santería es una religión que se originó en las islas del Caribe, especialmente en Cuba, y mezcla elementos religiosos de la religión yorubá (traída de África por los esclavos), y elementos de la religión católica. El nombre de "santería" viene de un truco *(trick)* que los esclavos utilizaron para seguir adorando a los dioses en los que creían, burlando *(outsmarting)* la prohibición de los españoles. Así los esclavos fingían *(pretended)* que adoraban a los santos católicos, pero en realidad les rezaban a los dioses africanos.

Ecuador ▶

INFORMACIÓN GENERAL

Nombre oficial: República del Ecuador

Nacionalidad: ecuatoriano(a)

Área: 283 561 km² (aproximadamente el área de Colorado)

Población: 15 439 000

Capital: Quito (f. 1556) (1 840 000 hab.)

Otras ciudades importantes: Guayaquil, Cuenca

Moneda: dólar (estadounidense)

Idiomas: español (oficial), quechua

DEMOGRAFÍA

Alfabetismo: 91%

Religiones: católicos (95%), otros (5%)

ECUATORIANOS CÉLEBRES

Jorge Carrera Andrade
escritor (1903–1978)

Rosalía Arteaga
abogada, política, ex vicepresidenta (1956–)

Oswaldo Guayasamín
pintor (1919–1999)

Jorge Icaza
escritor (1906–1978)

iLrn™ Para aprender más sobre Ecuador, mira el video cultural en la mediateca (*Media Library*).

Las Peñas es un barrio muy conocido de la ciudad de Guayaquil.

Marcos Aspiazu/Shutterstock

Investiga en internet

La geografía: La selva amazónica, las islas Galápagos, el volcán Cotopaxi

La historia: José de Sucre, la Gran Colombia, los indígenas tagaeri

Música: música andina, la quena, la zampoña, Fausto Miño, Daniel Betancourt, Michelle Cordero

Comida: la papa, el plátano frito, el ceviche, la fanesca

Fiestas: Día de la Independencia (10 de agosto), Fiestas de Quito (6 de diciembre)

El parque nacional más famoso de Ecuador es el de las Islas Galápagos.

La Basílica en Quito

CURIOSIDADES

- Este país cuenta con una gran diversidad de zonas geográficas como costas, montañas y selva. Las famosas islas Galápagos le pertenecen y presentan una gran diversidad biológica. A principios *(At the beginning)* del siglo XX, estas islas fueron utilizadas como prisión.

- Ecuador toma su nombre de la línea ecuatorial, que divide el globo en dos hemisferios: norte y sur.

- La música andina es tradicional en Ecuador, con instrumentos indígenas como el charango, el rondador y el bombo.

- Ecuador es famoso por sus tejidos *(weavings)* de lana de llama y alpaca, dos animales de la región andina.

El Salvador ▶

INFORMACIÓN GENERAL

Nombre oficial: República de El Salvador

Nacionalidad: salvadoreño(a)

Área: 21 041 km² (un poco más grande que Nueva Jersey)

Población: 6 109 000

Capital: San Salvador (f. 1524) (2 442 000 hab.)

Otras ciudades importantes: San Miguel, Santa Ana

Moneda: dólar (estadounidense)

Idiomas: español (oficial), náhuatl, otras lenguas amerindias

iLrn™ Para aprender más sobre El Salvador, mira el video cultural en la mediateca (*Media Library*).

DEMOGRAFÍA

Alfabetismo: 80,2%

Religiones: católicos (57%), protestantes (21%), otros (22%)

SALVADOREÑOS CÉLEBRES

Óscar Arnulfo Romero
arzobispo, defensor de los derechos
humanos (1917–1980)

Claribel Alegría
escritora (nació en Nicaragua pero se considera
salvadoreña) (1924–)

Alfredo Espino
poeta (1900–1928)

Cristina López
atleta, medallista olímpica (1982–)

El volcán de San Vicente

Investiga en internet

La geografía: el bosque lluvioso (Parque Nacional Montecristo), el puerto de Acajutla, el volcán Izalco, los planes de Renderos

La historia: Tazumal, Acuerdos de Paz de Chapultepec, José Matías Delgado, FMLN, Ana María

Películas: *Romero, Voces inocentes*

Música: Taltipac, la salsa y la cumbia (fusión), Shaka y Dres

Comidas y bebidas: las pupusas, los tamales, la semita, el atole

Fiestas: Día del Divino Salvador del Mundo (6 de agosto), Día de la Independencia (15 de septiembre)

© moxelotle/iStockphoto

Una de las numerosas cascadas en el área de Juayua

© Keith Levit Photography/Shutterstock

La catedral en San Salvador

CURIOSIDADES

- El Salvador es el país más pequeño de Centroamérica pero el más denso en población.
- Hay más de veinte volcanes y algunos están activos.
- El Salvador está en una zona sísmica, por lo que ocurren terremotos *(earthquakes)* con frecuencia. En el pasado, varios sismos le causaron muchos daños al país.
- Entre 1979 y 1992, El Salvador vivió una guerra civil. Durante esos años, muchos salvadoreños emigraron a los Estados Unidos.
- La canción de U2 "Bullet the Blue Sky" fue inspirada por el viaje a El Salvador que hizo el cantante Bono en los tiempos de la Guerra Civil.

INFORMACIÓN GENERAL

iLrn™ Para aprender más sobre España, mira el video cultural en la mediateca (*Media Library*).

Nombre oficial: Reino de España

Nacionalidad: español(a)

Área: 505 370 km² (aproximadamente 2 veces el área de Oregón)

Población: 47 371 000

Capital: Madrid (f. siglo X) (6 271 000 hab.)

Otras ciudades importantes: Barcelona, Valencia, Sevilla, Toledo

Moneda: euro

Idiomas: español (oficial), catalán, vasco, gallego

DEMOGRAFÍA

Alfabetismo: 97,9%

Religiones: católicos (94%), otros (6%)

ESPAÑOLES CÉLEBRES

Miguel de Cervantes Saavedra
escritor (1547–1616)

Federico García Lorca
poeta (1898–1936)

Rosalía de Castro
escritora (1837–1885)

Pedro Almodóvar
director de cine (1949–)

Antonio Gaudí
arquitecto (1852–1926)

Rafael Nadal
tenista (1986–)

Penélope Cruz
actriz (1974–)

Pablo Picasso
pintor y escultor (1881–1973)

Lola Flores
cantante y bailarina de flamenco
(1923–1995)

La Plaza Mayor es un lugar lleno de historia en el centro de Madrid.

Vinicius Tupinamba/Shutterstock

Investiga en internet

La geografía: las islas Canarias, las islas Baleares

La historia: la conquista de América, la Guerra Civil, el rey Fernando y la reina Isabel, la Guerra de la Independencia Española, Carlos V, Francisco Franco

Películas: *Ay, Carmela*, *Mala educación*, *Hable con ella*, *Mar adentro*, *Volver*, *El orfanato*

Música: las tunas, el flamenco, Paco de Lucía, Mecano, Rosario, Joaquín Sabina, Ana Belén, La Oreja de Van Gogh, Plácido Domingo

Comidas y bebidas: paella valenciana, tapas, tortilla española, crema catalana, vinos, sangría, horchata

Fiestas: Festival de la Tomatina (agosto), San Fermín (7 de julio), Semana Santa (marzo o abril)

Arquitectura gótica en Barcelona

El Alcázar en la ciudad de Toledo

CURIOSIDADES

- España se distingue por tener una gran cantidad de pintores y escritores. En el siglo XX se destacaron los pintores Pablo Picasso, Salvador Dalí y Joan Miró. Entre los clásicos figuran Velázquez, El Greco y Goya.

- El Palacio Real de Madrid presenta una arquitectura hermosa. Contiene pinturas de algunos de los artistas mencionados arriba. Originalmente fue un fuerte construido por los musulmanes en el siglo IX. Más tarde, los reyes de Castilla construyeron allí el Alcázar. En 1738 el rey Felipe V ordenó la construcción del Palacio Real, que fue residencia de la familia real hasta 1941.

- Aunque el castellano se habla en todo el país, cada región de España mantiene vivo su propio idioma. De todos, el más interesante quizás sea el vasco, que es el único idioma que no deriva del latín y cuyo origen no se conoce.

- En la ciudad de Toledo se fundó la primera escuela de traductores en el año 1126.

- En Andalucía, región al sur de España, se ve una gran influencia árabe por los moros que la habitaron desde 711 a 1492 cuando finalmente los Reyes Católicos los expulsaron durante la Reconquista.

Guatemala ▶

INFORMACIÓN GENERAL

iLrn™ Para aprender más sobre Guatemala, mira el video cultural en la mediateca (*Media Library*).

Nombre oficial: República de Guatemala

Nacionalidad: guatemalteco(a)

Área: 108 890 km² (un poco más grande que el área de Ohio)

Población: 14 373 000

Capital: Guatemala (f. 1524) (2 945 000 hab.)

Otras ciudades importantes: Mixco, Villa Nueva

Moneda: quetzal

Idiomas: español (oficial), lenguas mayas y otras lenguas amerindias

DEMOGRAFÍA

Alfabetismo: 70,6%

Religiones: católicos (94%), protestantes (2%), otros (4%)

GUATEMALTECOS CÉLEBRES

Augusto Monterroso
escritor (1921–2003)

Miguel Ángel Asturias
escritor (1899–1974)

Carlos Mérida
pintor (1891–1984)

Rigoberta Menchú
activista por los derechos humanos,
Premio Nobel de la Paz (1959–)

Ricardo Arjona
cantautor (1964–)

Mujer tejiendo en la región del departamento de Sololá

SUETONE Emilio/age fotostock

Investiga en internet

La geografía: el lago Atitlán, Antigua

La historia: los mayas, Efraín Ríos Mont, la matanza de indígenas durante la dictadura, quiché, el Popul Vuh, Tecun Uman

Películas: *El norte*

Música: punta, Gaby Moreno

Comida: los tamales, la sopa de pepino, fiambre, pipián

Fiestas: Día de la Independencia (15 de septiembre), Semana Santa (marzo o abril), Día de los Muertos (1 de noviembre)

© Zai Aragon/Shutterstock

Tikal, ciudad construida por los mayas

© VanHart/Shutterstock

Vista del lago Atitlán

CURIOSIDADES

- Guatemala es famosa por la gran cantidad de ruinas mayas y por las tradiciones indígenas, especialmente los tejidos *(weavings)* de vivos colores.

- Guatemala es el quinto exportador de plátanos en el mundo.

- Antigua es una famosa ciudad que sirvió como la tercera capital de Guatemala. Es reconocida mundialmente por su bien preservada arquitectura renacentista y barroca. También es reconocida como un lugar excelente para ir a estudiar español.

- En Guatemala se encuentra Tikal, uno de los más importantes conjuntos arqueológicos mayas.

Guinea Ecuatorial

INFORMACIÓN GENERAL

Nombre oficial: República de Guinea Ecuatorial

Nacionalidad: ecuatoguineano(a)

Área: 28 051 km² (aproximadamente el área de Maryland)

Población: 704 000

Capital: Malabo (f. 1827) (156 000 hab.)

Otras ciudades importantes: Bata, Ebebiyín

Moneda: franco CFA

Idiomas: español y francés (oficiales), lenguas bantúes (fang, bubi)

DEMOGRAFÍA

Alfabetismo: 87%

Religiones: católicos y otros cristianos (95%), prácticas paganas (5%)

ECUATOGUINEANOS CÉLEBRES

Eric Moussambani
nadador olímpico (1978–)

Leoncio Evita
escritor del primer libro guineano y primera
novela africana en español (1929–1996)

María Nsué Angüe
escritora (1945–)

Leandro Mbomio Nsue
escultor (1938–2012)

Donato Ndongo-Bidyogo
escritor (1950–)

Niños jugando frente a una iglesia en Malabo

Christine Nesbitt/AP Images

Investiga en internet

La geografía: la isla de Bioko, el río Muni

La historia: los Bantú, los Igbo, los Fang

Música: Las Hijas del Sol, Betty Akna, Anfibio

Comidas y bebidas: la sopa banga, el pescado a la plancha, el puercoespín, el antílope, los vinos de palma, la malamba (aguardiente de caña de azúcar)

Fiestas: Día de la Independencia (12 de octubre)

Ian Nichols/National Geographic/Getty Images

Mujeres pescando en la playa

Pablo Galán Cela/age fotostock

Un río en un bosque de la isla de Bioko

CURIOSIDADES

- Se piensa que los primeros habitantes de esta región fueron pigmeos.
- Guinea Ecuatorial obtuvo su independencia de España en 1968 y es el único país en África en donde el español es un idioma oficial.
- Parte de su territorio fue colonizado por los portugueses y por los ingleses.
- Macías Nguema fue dictador de Guinea Ecuatorial hasta 1979.
- El país cuenta con una universidad, la Universidad Nacional de Guinea Ecuatorial, situada en la capital.
- Con el descubrimiento de reservas de petróleo y gas en la década de los años 90 se fortaleció considerablemente la economía.
- Guinea Ecuatorial tiene el más alto ingreso per cápita en África: 19,998 dólares. Sin embargo, la distribución del dinero se concentra en unas pocas familias.

Honduras ▶

INFORMACIÓN GENERAL

Nombre oficial: República de Honduras

Nacionalidad: hondureño(a)

Área: 112 090 km² (aproximadamente el área de Pennsylvania)

Población: 8 448 000

Capital: Tegucigalpa (f. 1762) (1 324 000 hab.)

Otras ciudades importantes: San Pedro Sula, El Progreso

Moneda: lempira

Idiomas: español (oficial), garífuna, lenguas amerindias

iLrn™ Para aprender más sobre Honduras, mira el video cultural en la mediateca (*Media Library*).

DEMOGRAFÍA

Alfabetismo: 80%

Religiones: católicos (97%), protestantes (3%)

HONDUREÑOS CÉLEBRES

Lempira
héroe indígena (1499–1537)

José Antonio Velásquez
pintor (1906–1983)

Ramón Amaya Amador
escritor (1916–1966)

David Suazo
futbolista (1979–)

Carlos Mencia
comediante (1967–)

Copán, declarado Patrimonio Universal por la UNESCO

© Dave Rock/Shutterstock

Investiga en internet

La geografía: islas de la Bahía, Copán

La historia: los mayas, los garífunas, los misquitos Ramón Villedas Morales, José Trinidad Cabañas

Música: punta, Café Guancasco, Delirium, Yerbaklan

Comidas y bebidas: el arroz con leche, los tamales, las pupusas, el atol de elote, la chicha, el ponche de leche

Fiestas: Día de la Independencia (15 de septiembre)

El snorkel es popular en Honduras.

Vista aérea de la isla Roatán en el Caribe hondureño

CURIOSIDADES

- Los hondureños reciben el apodo *(nickname)* de "catrachos", palabra derivada del apellido Xatruch, un famoso general que combatió en Nicaragua contra el filibustero William Walker.

- El nombre original del país fue Comayagua, el mismo nombre que su capital. A mediados del siglo XIX adoptó el nombre República de Honduras, y en 1880 la capital se trasladó a Tegucigalpa.

- Honduras basa su economía en la agricultura, especialmente en las plantaciones de banana, cuya comercialización empezó en 1889 con la fundación de la Standard Fruit Company.

- Se dice que en la región de Yoro ocurre el fenómeno de la lluvia de peces, es decir que, literalmente, los peces caen del cielo. Por esta razón, desde 1998 se celebra en el Yoro el Festival de Lluvia de Peces.

- En 1998, el huracán Mitch golpeó severamente la economía nacional, destruyendo gran parte de la infraestructura del país y de los cultivos. Se calcula que el país retrocedió 25 años a causa del huracán.

México

Para aprender más sobre México, mira el video cultural en la mediateca (*Media Library*).

INFORMACIÓN GENERAL

Nombre oficial: Estados Unidos Mexicanos

Nacionalidad: mexicano(a)

Área: 1 964 375 km² (aproximadamente 4 1/2 veces el área de California)

Población: 116 221 000

Capital: México D.F. (f. 1521) (21 163 000 hab.)

Otras ciudades importantes: Guadalajara, Monterrey, Puebla

Moneda: peso (mexicano)

Idiomas: español (oficial), náhuatl, maya, zapoteco, mixteco, otomi, totonaca y aproximadamente 280 otras lenguas amerindias

DEMOGRAFÍA

Alfabetismo: 92,2%

Religiones: católicos (90,4%), protestantes (3,8%), otros (5,8%)

MEXICANOS CÉLEBRES

Octavio Paz
escritor, Premio Nobel de Literatura (1914–1998)

Diego Rivera
pintor (1886–1957)

Frida Kahlo
pintora (1907–1954)

Emiliano Zapata
revolucionario (1879–1919)

Armando Manzanero
cantautor (1935–)

Rafa Márquez
futbolista (1979–)

Gael García Bernal
actor (1978–)

Elena Poniatowska
periodista y escritora (1932–)

Carmen Aristegui
periodista (1964–)

Guillermo del Toro
cineasta (1964–)

© f9photos/Shutterstock

Teotihuacán, ciudad precolombina declarada Patrimonio de la Humanidad por la UNESCO.

Investiga en internet

La geografía: el cañón del Cobre, el volcán Popocatépetl, las lagunas de Montebello, la sierra Tarahumara, Acapulco

La historia: mayas, aztecas, toltecas, la conquista, la colonia, Pancho Villa, Porfirio Díaz, Hernán Cortés, Miguel Hidalgo, los Zapatistas

Películas: *Amores perros, Frida, Y tu mamá también, Babel, El laberinto del fauno, La misma luna*

Música: mariachis, ranchera, Pedro Infante, Vicente Fernández, Luis Miguel, Maná, Jaguares, Thalía, Lucero, Julieta Venegas

Comidas y bebidas: los chiles en nogada, el mole poblano, el pozole, los huevos rancheros, el tequila (alimentos originarios de México: chocolate, tomate, vainilla)

Fiestas: Día de la Independencia (16 de septiembre), Día de los Muertos (1 y 2 de noviembre)

© Colman Lerner Gerardo/Shutterstock

La Torre Latinoamericana, en la Ciudad de México, fue el primer rascacielos del mundo construído exitosamente en una zona sísmica.

© karamysh/Shutterstock

Puerto Vallarta

CURIOSIDADES

- La Ciudad de México es la segunda ciudad más poblada del mundo, después de Tokio. Los predecesores de los aztecas fundaron la Ciudad sobre el lago de Texcoco. La ciudad recibió el nombre de Tenochtitlán, y era más grande que cualquier capital europea cuando ocurrió la Conquista.

- Millones de mariposas monarcas migran todos los años a los estados de Michoacán y México de los Estados Unidos y Canadá.

- La Pirámide de Chichén Itzá fue nombrada una de las siete maravillas del mundo moderno.

- Los olmecas (1200 a.C-400 a.C) desarrollaron el primer sistema de escritura en las Américas.

Nicaragua ▶

INFORMACIÓN GENERAL

Nombre oficial: República de Nicaragua

Nacionalidad: nicaragüense

Área: 130 370 km² (aproximadamente el área del estado de Nueva York)

Población: 5 789 000

Capital: Managua (f. 1522) (2 132 000 hab.)

Otras ciudades importantes: León, Chinandega

Moneda: córdoba

Idiomas: español (oficial), misquito, inglés y lenguas indígenas en la costa atlántica

iLrn™ Para aprender más sobre Nicaragua, mira el video cultural en la mediateca (*Media Library*).

DEMOGRAFÍA

Alfabetismo: 67,5%

Religiones: católicos (58%), evangélicos (22%), otros (20%)

NICARAGÜENSES CÉLEBRES

Rubén Darío
poeta, padre del Modernismo (1867–1916)

Ernesto Cardenal
sacerdote, poeta (1925–)

Violeta Chamorro
periodista, presidenta (1929–)

Bianca Jagger
activista de derechos humanos (1945–)

© rchphoto/iStockphoto

Ometepe, isla formada por dos volcanes

Investiga en internet

La geografía: el lago Nicaragua, la isla Ometepe

La historia: los misquitos, Anastasio Somoza, Augusto Sandino, Revolución sandinista, José Dolores Estrada

Películas: *Ernesto Cardenal*

Música: polca, mazurca, Camilo Zapata, Carlos Mejía Godoy, Salvador Cardenal, Luis Enrique Mejía Godoy, Perrozompopo

Comidas y bebidas: los tamales, la sopa de pepino, el triste, el tibio, la chicha

Fiestas: Día de la Independencia (15 de septiembre)

Catedral de Granada

© Pablo H Caridad/Shutterstock

© rj lerich/Shutterstock

Isla del Maíz

CURIOSIDADES

- Nicaragua se conoce como tierra de poetas y volcanes.
- La capital, Managua, fue destruída por un terremoto (earthquake) en 1972. A causa de la actividad sísmica no se construyen edificios altos.
- Las ruinas de León Viejo fueron declaradas Patrimonio de la Humanidad en el año 2000. Es la ciudad más antigua de América Central.
- Es el país más grande de Centroamérica, y también cuenta con el lago más grande de la región, el lago Nicaragua, con más de 370 islas. La isla más grande, Ometepe, tiene dos volcanes.

Panamá ▷

INFORMACIÓN GENERAL

Nombre oficial: República de Panamá

Nacionalidad: panameño(a)

Área: 75 420 km^2 (aproximadamente la mitad del área de Florida)

Población: 3 559 000

Capital: Panamá (f. 1519) (1 273 000 hab.)

Otras ciudades importantes: San Miguelito, David

Moneda: balboa, dólar (estadounidense)

Idiomas: español (oficial), inglés

DEMOGRAFÍA

Alfabetismo: 91,9%

Religiones: católicos (85%), protestantes (15%)

PANAMEÑOS CÉLEBRES

Rubén Blades
cantautor, actor, abogado, político (1948–)

Omar Torrijos
militar, presidente (1929–1981)

Joaquín Beleño
escritor y periodista (1922–1988)

Ricardo Miró
escritor (1883-1940)

iLrn™ Para aprender más sobre Panamá, mira el video cultural en la mediateca (*Media Library*).

El canal de Panamá es una de las principales fuentes de ingresos para el país.

© Manja/Shutterstock

Investiga en internet

La geografía: el canal de Panamá

La historia: los Kuna Yala, la construcción del canal de Panamá, la dictadura de Manuel Noriega, Victoriano Lorenzo

Películas: *El plomero, Los puños de una nación*

Música: salsa, Rubén Blades, Danilo Pérez, Edgardo Franco "El General", Nando Boom

Comidas y bebidas: el chocao panameño, el sancocho de gallina, las carimaolas, la ropa vieja, los jugos de fruta, el chicheme

Fiestas: Día de la Independencia (3 de noviembre)

Courtesy of Margarita Casas

Una isla en el archipiélago de San Blas, lugar donde habitan los Kuna Yala

© Alfredo Maiquez/Shutterstock

La Ciudad de Panamá es famosa por sus rascacielos.

CURIOSIDADES

- El canal de Panamá se construyó entre 1904 y 1914. Mide 84 kilómetros de longitud y funciona con un sistema de esclusas *(locks)* que elevan y bajan los barcos *(boats)* (los océanos Atlántico y Pacífico tienen diferentes elevaciones). Cada año cruzan unos 14 000 barcos o botes por el canal, el cual estuvo bajo control de los Estados Unidos hasta el 31 de diciembre de 1999. En promedio, cada embarcación paga 54 000 dólares por cruzar el canal. La tarifa más baja la pagó un aventurero estadounidense, quien pagó 36 centavos por cruzar nadando en 1928.

- En la actualidad está construyéndose una ampliación al canal que permitirá que transiten por él barcos hasta tres veces más grandes que la máxima capacidad del canal actual.

- El territorio de los Kuna Yala se considera independiente. Para entrar a su territorio es necesario pagar una cuota (fee) y mostrar su pasaporte.

Paraguay ▷

INFORMACIÓN GENERAL

Nombre oficial: República del Paraguay

Nacionalidad: paraguayo(a)

Área: 406 750 km² (aproximadamente el área de California)

Población: 6 623 000

Capital: Asunción (f. 1537) (2 329 000 hab.)

Otras ciudades importantes: Ciudad del Este, San Lorenzo

Moneda: guaraní

Idiomas: español y guaraní (oficiales)

DEMOGRAFÍA

Alfabetismo: 94%

Religiones: católicos (90%), protestantes (6%), otros (4%)

PARAGUAYOS CÉLEBRES

Augusto Roa Bastos
escritor, Premio Cervantes de
Literatura (1917–2005)

Olga Bliner
pintora (1921–)

Arsenio Erico
futbolista (1915–1977)

Berta Rojas
guitarrista (1966–)

iLrn Para aprender más sobre Paraguay, mira el video
cultural en la mediateca (*Media Library*).

Ruinas de Misiones Jesuitas en Trinidad

© Lukasz Kurbiel/Shutterstock

El palacio presidencial en Asunción

Las cataratas de Iguazú, una de las siete maravillas naturales del mundo

CURIOSIDADES

- Por diversas razones históricas, Paraguay es un país bilingüe. Se calcula que el 90% de sus habitantes hablan español y guaraní, el idioma de sus pobladores antes de la llegada de los españoles. En particular, la llegada de los jesuitas tuvo importancia en la preservación del idioma guaraní. Actualmente se producen novelas y programas de radio. Por otra parte, el guaraní ha influenciado notablemente el español de la región.

- Paraguay, igual que Bolivia, no tiene salida al mar.

- La presa (dam) de Itaipú es la mayor del mundo en cuanto a producción de energía. Está sobre el río Paraná y abastace (*provides*) el 90% del consumo de energía eléctrica de Paraguay y el 19% de Brasil.

Perú ▶

INFORMACIÓN GENERAL

iLrn Para aprender más sobre Perú, mira el video cultural en la mediateca (*Media Library*).

Nombre oficial: República del Perú

Nacionalidad: peruano(a)

Área: 1 285 216 km² (aproximadamente 2 veces el área de Texas)

Población: 29 849 000

Capital: Lima (f. 1535) (8 473 000 hab.)

Otras ciudades importantes: Callao, Arequipa, Trujillo

Moneda: nuevo sol

Idiomas: español y quechua (oficiales), aymará y otras lenguas indígenas

DEMOGRAFÍA

Alfabetismo: 92,9%

Religiones: católicos (82%), evangélicos (13%), otros (5%)

PERUANOS CÉLEBRES

Mario Vargas Llosa
escritor, político, Premio Nobel de Literatura (1936–)

César Vallejo
poeta (1892–1938)

Javier Pérez de Cuellar
secretario general de las Naciones Unidas (1920–)

Tania Libertad
cantante (1952–)

Alberto Fujimori
político y presidente (1938–)

María Julia Mantilla
empresaria y presentadora de TV, ex Miss Universo (1984–)

Mario Testino
fotógrafo (1954–)

Claudia Llosa
cineasta (1976–)

Fernando de Szyszlo
pintor (1925–)

Machu Picchu

© Mark Skalny/Shutterstock

Investiga en internet

La geografía: los Andes, el Amazonas, Machu Picchu, el lago Titikaka, Nazca

La historia: los incas, los aymará, el Inti Raymi, los uros, José de San Martín

Películas: *Todos somos estrellas*, *Madeinusa*, *La teta asustada*

Música: música andina, valses peruanos, jaranas, Gian Marco

Comidas y bebidas: la papa (más de 2000 variedades), la yuca, la quinoa, el ceviche, el pisco, anticuchos

Fiestas: Día de la Independencia (28 de julio)

Las calles de Cuzco

La Plaza de Armas en Lima

CURIOSIDADES

- En Perú vivieron muchas civilizaciones diferentes que se desarrollaron entre el año 4000 a.C hasta principios del siglo XVI. La más importante fue la civilización de los incas, que dominaba la región a la llegada de los españoles.

- Otra civilización importante fueron los nazcas, quienes trazaron figuras de animales que solo se pueden ver desde el aire. Hay más de 2000 km de líneas. Su origen es un misterio y no se sabe por qué las hicieron.

- Perú es el país del mundo que cuenta con más platos típicos: 491.

- Probablemente la canción folclórica más conocida del Perú es "El Cóndor Pasa".

Puerto Rico ▶

INFORMACIÓN GENERAL

Nombre oficial: Estado Libre Asociado de Puerto Rico (*Commonwealth of Puerto Rico*)

Nacionalidad: puertorriqueño(a)

Área: 13.790 km² (un poco menos que el área de Connecticut)

Población: 3 674 000

Capital: San Juan (f. 1521) (2 479 000 hab.)

Otras ciudades importantes: Ponce, Caguas

Moneda: dólar (estadounidense)

Idiomas: español, inglés (oficiales)

ilrn™ Para aprender más sobre Puerto Rico, mira el video cultural en la mediateca (*Media Library*).

DEMOGRAFÍA

Alfabetismo: 94,1%

Religiones: católicos (85%), protestantes y otros (15%)

PUERTORRIQUEÑOS CÉLEBRES

Francisco Oller y Cestero
pintor (1833–1917)

Esmeralda Santiago
escritora (1948–)

Rosario Ferré
escritora (1938–)

Rita Moreno
actriz (1931–)

Raúl Juliá
actor (1940–1994)

Ricky Martin
cantante, benefactor (1971–)

Roberto Clemente
beisbolista (1934–1972)

Lori Froeb/Shutterstock

Una calle en el viejo San Juan

Investiga en internet

La geografía: el Yunque, Vieques, El Morro

La historia: los taínos, Juan Ponce de León, la Guerra Hispanoamericana, Pedro Albizu Campos

Películas: *Lo que le pasó a Santiago, 12 horas, Talento de barrio*

Música: salsa, bomba y plena, Gilberto Santa Rosa, Olga Tañón, Daddy Yankee, Tito Puente, Calle 13, Carlos Ponce, Ivy Queen

Comidas y bebidas: el lechón asado, el arroz con gandules, el mofongo, los bacalaítos, la champola de guayaba, el coquito, la horchata de ajonjolí

Fiestas: Día de la Independencia de EE.UU. (4 de julio), Día de la Constitución de Puerto Rico (25 de julio)

La cascada de La Mina en el Bosque Nacional El Yunque

Colin D. Young/Shutterstock

Colin D. Young/Shutterstock

Una playa en Fajardo

CURIOSIDADES

- A los puertorriqueños también se los conoce como "boricuas", ya que antes de la llegada de los europeos la isla se llamaba Borinquen.

- A diferencia de otros países, los puertorriqueños también son ciudadanos estadounidenses, con la excepción de que no pueden votar en elecciones presidenciales de los Estados Unidos, a menos que sean residentes de un estado.

- El gobierno de Puerto Rico está encabezado por un gobernador.

- El fuerte de El Morro fue construido en el siglo XVI para defender el puerto de los piratas. Gracias a esta construcción, San Juan fue el lugar mejor defendido del Caribe.

República Dominicana ▶

INFORMACIÓN GENERAL

Nombre oficial: República Dominicana

Nacionalidad: dominicano(a)

Área: 48 670 km² (aproximadamente 2 veces el área de Vermont)

Población: 10 220 000

Capital: Santo Domingo (f. 1492) (4 124 000 hab.)

Otras ciudades importantes: Santiago de los Caballeros, La Romana

Moneda: peso (dominicano)

Idiomas: español

DEMOGRAFÍA

Alfabetismo: 87%

Religiones: católicos (95%), otros (5%)

DOMINICANOS CÉLEBRES

Juan Pablo Duarte
héroe de la independencia (1808–1876)

Juan Bosch
escritor (1909–2001)

David Ortiz
beisbolista (1975–)

Juan Luis Guerra
músico (1957–)

Charytín
cantante y conductora (1949–)

Óscar de la Renta
diseñador (1932–)

iLrn Para aprender más sobre República Dominicana, mira el video cultural en la mediateca (*Media Library*).

La plaza principal en Santo Domingo

© e2dan/Shutterstock

Investiga en internet

La geografía: Puerto Plata, Pico Duarte, Sierra de Samaná

La historia: los taínos, los arawak, la dictadura de Trujillo, las hermanas Mirabal, Juan Pablo Duarte

Películas: *Nueba Yol, Cuatro hombres y un ataúd*

Música: merengue, bachata, Wilfrido Vargas, Johnny Ventura, Milly Quezada

Comidas y bebidas: el mangú, el sancocho, el asopao, el refresco rojo, la mamajuana

Fiestas: Día de la Independencia (27 de febrero), Día de la Señora de la Altagracia (21 de enero)

Un vendedor de cocos en Boca Chica

Construido en 1976, Altos de Chavón es una recreación de un pueblo medieval de Europa.

CURIOSIDADES

- La isla que comparten la República Dominicana y Haití, La Española, estuvo bajo control español hasta 1697, cuando la parte oeste pasó a ser territorio francés.

- La República Dominicana tiene algunas de las construcciones más antiguas dejadas por los españoles.

- Se piensa que los restos de Cristóbal Colón están enterrados en Santo Domingo, pero Colón también tiene una tumba en Sevilla, España.

- En Santo Domingo se construyeron la primera catedral, el primer hospital, la primera aduana y la primera universidad del Nuevo Mundo.

- Santo Domingo fue declarada Patrimonio de la Humanidad por la UNESCO.

Uruguay ▶

INFORMACIÓN GENERAL

Nombre oficial: República Oriental del Uruguay

Nacionalidad: uruguayo(a)

Área: 176 215 km² (casi exactamente igual al estado de Washington)

Población: 3 324 000

Capital: Montevideo (f. 1726) (1 973 000 hab.)

Otras ciudades importantes: Salto, Paysandú

Moneda: peso (uruguayo)

Idiomas: español

iLrn Para aprender más sobre Uruguay, mira el video cultural en la mediateca (*Media Library*).

DEMOGRAFÍA

Alfabetismo: 98%

Religiones: católicos (47%), protestantes (11%), otros (42%)

URUGUAYOS CÉLEBRES

Horacio Quiroga
escritor (1878–1937)

Julio Sosa
cantor de tango (1926–1964)

Mario Benedetti
escritor (1920–2009)

Diego Forlán
futbolista (1979–)

Alfredo Zitarrosa
compositor (1936–1989)

Delmira Agustini
poetisa (1886–1914)

Plaza Independencia, Montevideo (Palacio Salvo)

© VojtechVlk/Shutterstock

Investiga en internet

La geografía: Punta del Este, Colonia

La historia: el Carnaval de Montevideo, los tablados, José Artigas

Películas: *Whisky, 25 Watts, Una forma de bailar, Joya, El baño del Papa, El Chevrolé, El viaje hacia el mar*

Música: tango, milonga, candombe, Jorge Drexler, Rubén Rada, La vela puerca

Comidas y bebidas: el asado, el dulce de leche, la faina, el chivito, el mate

Fiestas: Día de la Independencia (25 de agosto), Carnaval (febrero)

Carnaval de Montevideo

Colonia del Sacramento

CURIOSIDADES

- En guaraní, "Uruguay" significa "río de las gallinetas". La gallineta es un pájaro de esta región.

- La industria ganadera *(cattle)* es una de las más importantes del país. La bebida más popular es el mate. Es muy común ver a los uruguayos caminando con el termo bajo el brazo, listo para tomar mate en cualquier lugar.

- Los descendientes de esclavos africanos que vivieron en esa zona dieron origen a la música típica de Uruguay: el candombe.

- Uruguay fue el anfitrión y el primer campeón de la Copa Mundial de Fútbol en 1930.

Venezuela ▶

INFORMACIÓN GENERAL

Nombre oficial: República Bolivariana de Venezuela

Nacionalidad: venezolano(a)

Área: 912 050 km^2 (2800 km de costas) (aproximadamente 6 veces el área de Florida)

Población: 28 459 000

Capital: Caracas (f. 1567) (2 763 000 hab.)

Otras ciudades importantes: Maracaibo, Valencia, Maracay

Moneda: bolívar

Idiomas: español (oficial), araucano, caribe, guajiro

(iLrn™ Para aprender más sobre Venezuela, mira el video cultural en la mediateca (*Media Library*).

DEMOGRAFÍA

Alfabetismo: 93%

Religiones: católicos (96%), protestantes (2%), otros (2%)

VENEZOLANOS CÉLEBRES

Simón Bolívar
libertador (1783–1830)

Rómulo Gallegos
escritor (1884–1969)

Andrés Eloy Blanco
escritor (1897–1955)

Gustavo Dudamel
músico y director de orquesta (1981–)

Carolina Herrera
diseñadora (1939–)

Lupita Ferrer
actriz (1947–)

Hugo Chávez
militar y presidente (1954–2013)

El Salto Ángel, la catarata más alta del mundo

Vadim Petrakov/Shutterstock

Investiga en internet

La geografía: El Salto del Ángel, la isla Margarita, el Amazonas

La historia: los yanomami, el petróleo, Simón Bolívar, Francisco de la Miranda

Películas: *Punto y Raya, Secuestro Express*

Música: el joropo, Ricardo Montaner, Franco de Vita, Chino y Nacho, Carlos Baute, Óscar de León

Comidas y bebidas: el ceviche, las hallacas, las arepas, el carato de guanábana, el guarapo de papelón

Fiestas: Día de la Independencia (5 de julio), Nuestra Señora de la Candelaria (2 de febrero)

El Obelisco, en el centro de Plaza Francia en la ciudad de Caracas, fue en su momento el monumento la construcción más alta de la ciudad.

Isla Margarita, popular destino turístico

CURIOSIDADES

- El nombre de Venezuela ("pequeña Venecia") se debe a Américo Vespucio, quien llamó así a una de las islas costeras en 1499, debido a su aspecto veneciano.

- La isla Margarita es un lugar turístico muy popular. Cuando los españoles llegaron hace más de 500 años, los indígenas de la isla, los guaiqueríes, pensaron que eran dioses y les dieron regalos y una ceremonia de bienvenida. Gracias a esto, los guaiqueríes fueron los únicos indígenas del Caribe que tuvieron el estatus de "vasallos libres".

- En la época moderna Venezuela se destaca por sus concursos (*contests*) de belleza y por su producción internacional de telenovelas.

- En Venezuela hay tres sitios considerados Patrimonio de la Humanidad por la UNESCO: Coro y su puerto, el Parque Nacional de Canaima, y la Ciudad Universitaria de Caracas.

- En Venezuela habita un roedor (*rodent*) llamado chigüire, que llega a pesar hasta 60 kilos.

INFORMACIÓN GENERAL

i⎣rn™ Para aprender más sobre Los Latinos en los Estados Unidos, mira el video cultural en la mediateca (*Media Library*).

Nombre oficial: Estados Unidos de América

Nacionalidad: estadounidense

Área: 9 826 675 km² (aproximadamente el área de China o 3,5 veces el área de Argentina)

Población: 310 232 863 (2010) (aproximadamente el 15% son latinos)

Capital: Washington, D.C. (f. 1791) (6 000 000 hab.)

Otras ciudades importantes: Nueva York, Los Ángeles, Chicago, Miami

Moneda: dólar (estadounidense)

Idiomas: inglés, español y otros

DEMOGRAFÍA

Alfabetismo: 97%

Religiones: protestantes (51,3%), católicos (23,9%), mormones (1,7%), judíos (1,7%), budistas (0,7%), musulmanes (0,6%), otros (14%), no religiosos (4%)

LATINOS CÉLEBRES DE ESTADOS UNIDOS

Ellen Ochoa
astronauta (1958–)

César Chávez
activista por los derechos de los trabajadores (1927–1993)

Eva Longoria
actriz (1975–)

Sandra Cisneros
escritora (1954–)

Edward James Olmos
actor (1947–)

Marc Anthony
cantante (1969–)

Christina Aguilera
cantante (1980–)

Sonia Sotomayor
Juez Asociada de la Corte Suprema de Justicia de EE.UU. (1954–)

Soledad O'Brien
periodista y presentadora (1966–)

Julia Álvarez
escritora (1950–)

©Jeff Greenberg/The Image Works

La Pequeña Habana en Miami, Florida

Investiga en internet

La geografía: regiones que pertenecieron a México, lugares con arquitectura de estilo español, Plaza Olvera, Calle 8, La Pequeña Habana

La historia: el Álamo, la Guerra México-Americana, la Guerra Hispanoamericana, Antonio López de Santa Anna

Películas: *A Day without Mexicans, My Family, Stand and Deliver, Tortilla Soup*

Música: salsa, tejano (Tex-Mex), merengue, hip hop en español, Jennifer López, Selena

Comidas y bebidas: los tacos, las enchiladas, los burritos, los plátanos fritos, los frijoles, el arroz con gandules, la cerveza con limón

Fiestas: Día de la Batalla de Puebla (5 de mayo)

FRILET Patrick/age fotostock

Un mural de Benito Juárez en Chicago, Illinois

© Brardon Seidel/Shutterstock

El Álamo, donde Santa Anna derrotó *(defeated)* a los tejanos en una batalla de la Revolución de Texas.

CURIOSIDADES

- Los latinos son la primera minoría de Estados Unidos (más de 46 millones). Este grupo incluye personas que provienen de los veintiún países de habla hispana y a los hijos y nietos de estas que nacieron en los Estados Unidos. Muchos hablan español perfectamente y otros no lo hablan para nada. El grupo más grande de latinos es el de mexicanoamericanos, ya que territorios como Texas, Nuevo México, Utah, Nevada, California, Colorado y Oregón eran parte de México.

- Actualmente casi toda la cultura latinoamericana está presente en los Estados Unidos. Las tradiciones dominicanas son notables en la zona de Nueva Inglaterra. Los países sudamericanos, cuya presencia no era tan notable hace algunos años, cuentan con comunidades destacadas, como es el caso de la Pequeña Buenos Aires, una fuerte comunidad argentina en South Beach, Miami.

Acentuación

In Spanish, as in English, all words of two or more syllables have one syllable that is stressed more forcibly than the others. In Spanish, written accents may be used to show what syllable in a word is the stressed one.

Words without written accents

Words without written accents are pronounced according to the following rules:

A. Words that end in a vowel (**a, e, i, o, u**) or the consonants **n** or **s** are stressed on the next to last syllable.

tardes   capi**ta**les   **gran**de   estu**dia**   **no**ches   **co**men

B. Words that end in a consonant other than **n** or **s** are stressed on the last syllable.

bus**car**   ac**triz**   espa**ñol**   liber**tad**   ani**mal**   come**dor**

Words with written accents

C. Words that do not follow the two preceding rules require a written accent to indicate where the stress is placed.

ca**fé**   sim**pá**tico   fran**cés**   na**ción**   José **Pé**rez

Words with a strong vowel (a, o, u) next to a weak vowel (e, i)

D. Diphthongs, the combination of a weak vowel (**i, u**) and a strong vowel (**e, o, a**), or two weak vowels, next to each other, form a single syllable. A written accent is required to separate diphthongs into two syllables. Note that the written accent is placed on the weak vowel.

seis	estu**dia**	inte**rior**	**ai**re	**au**to	ciu**dad**
re**ír**	**dí**a	**rí**o	ma**íz**	ba**úl**	veinti**ún**

Monosyllable words

E. Words with only one syllable never have a written accent unless there is a need to differentiate it from another word spelled exactly the same. The following are some of the most common words in this category.

Unaccented	Accented	Unaccented	Accented
como (*like, as*)	cómo (*how*)	que (*that*)	qué (*what*)
de (*of*)	dé (*give*)	si (*if*)	sí (*yes*)
el (*the*)	él (*he*)	te (*you D.O., to you*)	té (*tea*)
mas (*but*)	más (*more*)	tu (*your*)	tú (*you informal*)
mi (*my*)	mí (*me*)		

F. Keep in mind that in Spanish, the written accents are an extremely important part of spelling since they not only change the pronunciation of a word, but may change its meaning and/or its tense.

publico (*I publish*)   **público** (*public*)   **publicó** (*he/she/you published*)

Los verbos regulares

Simple tenses

	Present Indicative	Imperfect	Preterite	Future	Conditional	Present Subjunctive	Past Subjunctive	Commands
hablar (to speak)	hablo	hablaba	hablé	hablaré	hablaría	hable	hablara	
	hablas	hablabas	hablaste	hablarás	hablarías	hables	hablaras	habla (no hables)
	habla	hablaba	habló	hablará	hablaría	hable	hablara	hable
	hablamos	hablábamos	hablamos	hablaremos	hablaríamos	hablemos	habláramos	hablemos
	habláis	hablabais	hablasteis	hablaréis	hablaríais	habléis	hablarais	hablad (no habléis)
	hablan	hablaban	hablaron	hablarán	hablarían	hablen	hablaran	hablen
aprender (to learn)	aprendo	aprendía	aprendí	aprenderé	aprendería	aprenda	aprendiera	
	aprendes	aprendías	aprendiste	aprenderás	aprenderías	aprendas	aprendieras	aprende (no aprendas)
	aprende	aprendía	aprendió	aprenderá	aprendería	aprenda	aprendiera	aprenda
	aprendemos	aprendíamos	aprendimos	aprenderemos	aprenderíamos	aprendamos	aprendiéramos	aprendamos
	aprendéis	aprendíais	aprendisteis	aprenderéis	aprenderíais	aprendáis	aprendierais	aprended (no aprendáis)
	aprenden	aprendían	aprendieron	aprenderán	aprenderían	aprendan	aprendieran	aprendan
vivir (to live)	vivo	vivía	viví	viviré	viviría	viva	viviera	
	vives	vivías	viviste	vivirás	vivirías	vivas	vivieras	vive (no vivas)
	vive	vivía	vivió	vivirá	viviría	viva	viviera	viva
	vivimos	vivíamos	vivimos	viviremos	viviríamos	vivamos	viviéramos	vivamos
	vivís	vivíais	vivisteis	viviréis	viviríais	viváis	vivierais	vivid (no viváis)
	viven	vivían	vivieron	vivirán	vivirían	vivan	vivieran	vivan

Compound tenses

Present progressive

estoy	estamos	
estás	estáis	hablando
está	están	aprendiendo
		viviendo

Present perfect indicative

he	hemos	
has	habéis	hablado
ha	han	aprendido
		vivido

Past perfect indicative

había	habíamos	
habías	habíais	hablado
había	habían	aprendido
		vivido

Los verbos con cambios en la raíz

Infinitive / Present Participle / Past Participle	Present Indicative	Imperfect	Preterite	Future	Conditional	Present Subjunctive	Past Subjunctive	Commands
pensar *to think* e → ie pensando pensado	pienso piensas piensa pensamos pensáis piensan	pensaba pensabas pensaba pensábamos pensabais pensaban	pensé pensaste pensó pensamos pensasteis pensaron	pensaré pensarás pensará pensaremos pensaréis pensarán	pensaría pensarías pensaría pensaríamos pensaríais pensarían	piense pienses piense pensemos penséis piensen	pensara pensaras pensara pensáramos pensarais pensaran	piensa (no pienses) piense pensemos pensad (no penséis) piensen
acostarse *to go to bed* o → ue acostándose acostado	me acuesto te acuestas se acuesta nos acostamos os acostáis se acuestan	me acostaba te acostabas se acostaba nos acostábamos os acostabais se acostaban	me acosté te acostaste se acostó nos acostamos os acostasteis se acostaron	me acostaré te acostarás se acostará nos acostaremos os acostaréis se acostarán	me acostaría te acostarías se acostaría nos acostaríamos os acostaríais se acostarían	me acueste te acuestes se acueste nos acostemos os acostéis se acuesten	me acostara te acostaras se acostara nos acostáramos os acostarais se acostaran	acuéstate (no te acuestes) acuéstese acostémonos acostaos (no os acostéis) acuéstense
sentir *to feel* e → ie, i sintiendo sentido	siento sientes siente sentimos sentís sienten	sentía sentías sentía sentíamos sentíais sentían	sentí sentiste sintió sentimos sentisteis sintieron	sentiré sentirás sentirá sentiremos sentiréis sentirán	sentiría sentirías sentiría sentiríamos sentiríais sentirían	sienta sientas sienta sintamos sintáis sientan	sintiera sintieras sintiera sintiéramos sintierais sintieran	siente (no sientas) sienta sintamos (no sintáis) sentid sientan
pedir *to ask for* e → i, i pidiendo pedido	pido pides pide pedimos pedís piden	pedía pedías pedía pedíamos pedíais pedían	pedí pediste pidió pedimos pedisteis pidieron	pediré pedirás pedirá pediremos pediréis pedirán	pediría pedirías pediría pediríamos pediríais pedirían	pida pidas pida pidamos pidáis pidan	pidiera pidieras pidiera pidiéramos pidierais pidieran	pide (no pidas) pida pidamos pedid (no pidáis) pidan
dormir *to sleep* o → ue, u durmiendo dormido	duermo duermes duerme dormimos dormís duermen	dormía dormías dormía dormíamos dormíais dormían	dormí dormiste durmió dormimos dormisteis durmieron	dormiré dormirás dormirá dormiremos dormiréis dormirán	dormiría dormirías dormiría dormiríamos dormiríais dormirían	duerma duermas duerma durmamos durmáis duerman	durmiera durmieras durmiera durmiéramos durmierais durmieran	duerme (no duermas) duerma durmamos dormid (no durmáis) duerman

Los verbos con cambios de ortografía

Infinitive / Present Participle / Past Participle	Present Indicative	Imperfect	Preterite	Future	Conditional	Present Subjunctive	Past Subjunctive	Commands
comenzar (e → ie) *to begin* z c before e comenzando comenzado	comienzo comienzas comienza comenzamos comenzáis comienzan	comenzaba comenzabas comenzaba comenzábamos comenzabais comenzaban	**comencé** comenzaste comenzó comenzamos comenzasteis comenzaron	comenzaré comenzarás comenzará comenzaremos comenzaréis comenzarán	comenzaría comenzarías comenzaría comenzaríamos comenzaríais comenzarían	**comience** **comiences** **comience** **comencemos** **comencéis** **comiencen**	comenzara comenzaras comenzara comenzáramos comenzarais comenzaran	comienza (no comiences) comience comencemos comenzad (no comencéis) comiencen
conocer *to know* c → zc before a, o conociendo conocido	**conozco** conoces conoce conocemos conocéis conocen	conocía conocías conocía conocíamos conocíais conocían	conocí conociste conoció conocimos conocisteis conocieron	conoceré conocerás conocerá conoceremos conoceréis conocerán	conocería conocerías conocería conoceríamos conoceríais conocerían	**conozca** **conozcas** **conozca** **conozcamos** **conozcáis** **conozcan**	conociera conocieras conociera conociéramos conocierais conocieran	conoce (no conozcas) conozca conozcamos conoced (no conozcáis) conozcan
pagar *to pay* g → gu before e pagando pagado	pago pagas paga pagamos pagáis pagan	pagaba pagabas pagaba pagábamos pagabais pagaban	**pagué** pagaste pagó pagamos pagasteis pagaron	pagaré pagarás pagará pagaremos pagaréis pagarán	pagaría pagarías pagaría pagaríamos pagaríais pagarían	**pague** **pagues** **pague** **paguemos** **paguéis** **paguen**	pagara pagaras pagara pagáramos pagarais pagaran	paga (no pagues) pague paguemos pagad (no paguéis) paguen
seguir (e → i, i) *to follow* gu → g before a, o siguiendo seguido	**sigo** sigues sigue seguimos seguís siguen	seguía seguías seguía seguíamos seguíais seguían	seguí seguiste siguió seguimos seguisteis siguieron	seguiré seguirás seguirá seguiremos seguiréis seguirán	seguiría seguirías seguiría seguiríamos seguiríais seguirían	**siga** **sigas** **siga** **sigamos** **sigáis** **sigan**	siguiera siguieras siguiera siguiéramos siguierais siguieran	sigue (no sigas) siga sigamos seguid (no sigáis) sigan
tocar *to play, to touch* c → qu before e tocando tocado	toco tocas toca tocamos tocáis tocan	tocaba tocabas tocaba tocábamos tocabais tocaban	**toqué** tocaste tocó tocamos tocasteis tocaron	tocaré tocarás tocará tocaremos tocaréis tocarán	tocaría tocarías tocaría tocaríamos tocaríais tocarían	**toque** **toques** **toque** **toquemos** **toquéis** **toquen**	tocara tocaras tocara tocáramos tocarais tocaran	toca (no toques) toque toquemos tocad (no toquéis) toquen

Los verbos irregulares

Infinitive / Present Participle / Past Participle	Present Indicative	Imperfect	Preterite	Future	Conditional	Present Subjunctive	Past Subjunctive	Commands
andar *to walk* andando andado	ando / andas / anda / andamos / andáis / andan	andaba / andabas / andaba / andábamos / andabais / andaban	**anduve** / **anduviste** / **anduvo** / **anduvimos** / **anduvisteis** / **anduvieron**	andaré / andarás / andará / andaremos / andaréis / andarán	andaría / andarías / andaría / andaríamos / andaríais / andarían	ande / andes / ande / andemos / andéis / anden	anduviera / anduvieras / anduviera / **anduviéramos** / anduvierais / anduvieran	anda (no andes) / ande / andemos / andad (no andéis) / anden
*dar *to give* dando dado	**doy** / das / da / damos / dais / dan	daba / dabas / daba / dábamos / dabais / daban	**di** / **diste** / **dio** / **dimos** / **disteis** / **dieron**	daré / darás / dará / daremos / daréis / darán	daría / darías / daría / daríamos / daríais / darían	**dé** / des / **dé** / demos / deis / den	diera / dieras / diera / diéramos / dierais / dieran	da (no des) / **dé** / demos / dad (no deis) / den
*decir *to say, tell* diciendo **dicho**	**digo** / **dices** / **dice** / decimos / decís / **dicen**	decía / decías / decía / decíamos / decíais / decían	**dije** / **dijiste** / **dijo** / **dijimos** / **dijisteis** / **dijeron**	**diré** / **dirás** / **dirá** / **diremos** / **diréis** / **dirán**	**diría** / **dirías** / **diría** / **diríamos** / **diríais** / **dirían**	diga / digas / diga / digamos / digáis / digan	dijera / dijeras / dijera / dijéramos / dijerais / dijeran	di (no digas) / diga / digamos / decid (no digáis) / digan
*estar *to be* estando estado	**estoy** / **estás** / **está** / estamos / estáis / **están**	estaba / estabas / estaba / estábamos / estabais / estaban	**estuve** / **estuviste** / **estuvo** / **estuvimos** / **estuvisteis** / **estuvieron**	estaré / estarás / estará / estaremos / estaréis / estarán	estaría / estarías / estaría / estaríamos / estaríais / estarían	esté / estés / esté / estemos / estéis / estén	estuviera / estuvieras / estuviera / estuviéramos / estuvierais / estuvieran	está (no estés) / esté / estemos / estad (no estéis) / estén
haber *to have* habiendo habido	**he** / **has** / **ha [hay]** / **hemos** / **habéis** / **han**	había / habías / había / habíamos / habíais / habían	**hube** / **hubiste** / **hubo** / **hubimos** / **hubisteis** / **hubieron**	**habré** / **habrás** / **habrá** / **habremos** / **habréis** / **habrán**	**habría** / **habrías** / **habría** / **habríamos** / **habríais** / **habrían**	haya / hayas / haya / hayamos / hayáis / hayan	hubiera / hubieras / hubiera / hubiéramos / hubierais / hubieran	he (no hayas) / haya / hayamos / habed (no hayáis) / hayan
*hacer *to make, to do* haciendo **hecho**	**hago** / haces / hace / hacemos / hacéis / hacen	hacía / hacías / hacía / hacíamos / hacíais / hacían	**hice** / **hiciste** / **hizo** / **hicimos** / **hicisteis** / **hicieron**	**haré** / **harás** / **hará** / **haremos** / **haréis** / **harán**	**haría** / **harías** / **haría** / **haríamos** / **haríais** / **harían**	haga / hagas / haga / hagamos / hagáis / hagan	hiciera / hicieras / hiciera / hiciéramos / hicierais / hicieran	haz (no hagas) / haga / hagamos / haced (no hagáis) / hagan

*Verbs with irregular *yo* forms in the present indicative

(continued)

Infinitive / Present Participle / Past Participle	Present Indicative	Imperfect	Preterite	Future	Conditional	Present Subjunctive	Past Subjunctive	Commands
ir *to go* yendo ido	voy vas va vamos vais van	iba ibas iba íbamos ibais iban	fui fuiste fue fuimos fuisteis fueron	iré irás irá iremos iréis irán	iría irías iría iríamos iríais irían	vaya vayas vaya vayamos vayáis vayan	fuera fueras fuera fuéramos fuerais fueran	ve (no vayas) vaya vamos (no vayamos) id (no vayáis) vayan
*oír *to hear* oyendo oído	oigo oyes oye oímos oís oyen	oía oías oía oíamos oíais oían	oí oíste oyó oímos oísteis oyeron	oiré oirás oirá oiremos oiréis oirán	oiría oirías oiría oiríamos oiríais oirían	oiga oigas oiga oigamos oigáis oigan	oyera oyeras oyera oyéramos oyerais oyeran	oye (no oigas) oiga oigamos oíd (no oigáis) oigan
poder (o → ue) *can, to be able* pudiendo podido	puedo puedes puede podemos podéis pueden	podía podías podía podíamos podíais podían	pude pudiste pudo pudimos pudisteis pudieron	podré podrás podrá podremos podréis podrán	podría podrías podría podríamos podríais podrían	pueda puedas pueda podamos podáis puedan	pudiera pudieras pudiera pudiéramos pudierais pudieran	
*poner *to place, to put* poniendo puesto	pongo pones pone ponemos ponéis ponen	ponía ponías ponía poníamos poníais ponían	puse pusiste puso pusimos pusisteis pusieron	pondré pondrás pondrá pondremos pondréis pondrán	pondría pondrías pondría pondríamos pondríais pondrían	ponga pongas ponga pongamos pongáis pongan	pusiera pusieras pusiera pusiéramos pusierais pusieran	pon (no pongas) ponga pongamos poned (no pongáis) pongan
querer (e → ie) *to like* queriendo querido	quiero quieres quiere queremos queréis quieren	quería querías quería queríamos queríais querían	quise quisiste quiso quisimos quisisteis quisieron	querré querrás querrá querremos querréis querrán	querría querrías querría querríamos querríais querrían	quiera quieras quiera queramos queráis quieran	quisiera quisieras quisiera quisiéramos quisierais quisieran	quiere (no quieras) quiera queramos quered (no queráis) quieran
*saber *to know* sabiendo sabido	sé sabes sabe sabemos sabéis saben	sabía sabías sabía sabíamos sabíais sabían	supe supiste supo supimos supisteis supieron	sabré sabrás sabrá sabremos sabréis sabrán	sabría sabrías sabría sabríamos sabríais sabrían	sepa sepas sepa sepamos sepáis sepan	supiera supieras supiera supiéramos supierais supieran	

*Verbs with irregular *yo* forms in the present indicative

(continued)

Infinitive Present Participle Past Participle	Present Indicative	Imperfect	Preterite	Future	Conditional	Present Subjunctive	Past Subjunctive	Commands
*salir to go out saliendo salido	salgo sales sale salimos salís salen	salía salías salía salíamos salíais salían	salí saliste salió salimos salisteis salieron	saldré saldrás saldrá saldremos saldréis saldrán	saldría saldrías saldría saldríamos saldríais saldrían	salga salgas salga salgamos salgáis salgan	saliera salieras saliera saliéramos salierais salieran	sal (no salgas) salga salgamos salid (no salgáis) salgan
ser to be siendo sido	soy eres es somos sois son	era eras era éramos erais eran	fui fuiste fue fuimos fuisteis fueron	seré serás será seremos seréis serán	sería serías sería seríamos seríais serían	sea seas sea seamos seáis sean	fuera fueras fuera fuéramos fuerais fueran	sé (no seas) sea seamos sed (no seáis) sean
*tener (e → ie) to have teniendo tenido	tengo tienes tiene tenemos tenéis tienen	tenía tenías tenía teníamos teníais tenían	tuve tuviste tuvo tuvimos tuvisteis tuvieron	tendré tendrás tendrá tendremos tendréis tendrán	tendría tendrías tendría tendríamos tendríais tendrían	tenga tengas tenga tengamos tengáis tengan	tuviera tuvieras tuviera tuviéramos tuvierais tuvieran	ten (no tengas) tenga tengamos tened (no tengáis) tengan
*traer to bring trayendo traído	traigo traes trae traemos traéis traen	traía traías traía traíamos traíais traían	traje trajiste trajo trajimos trajisteis trajeron	traeré traerás traerá traeremos traeréis traerán	traería traerías traería traeríamos traeríais traerían	traiga traigas traiga traigamos traigáis traigan	trajera trajeras trajera trajéramos trajerais trajeran	trae (no traigas) traiga traigamos traed (no traigáis) traigan
*venir (e → ie, i) to come viniendo venido	vengo vienes viene venimos venís vienen	venía venías venía veníamos veníais venían	vine viniste vino vinimos vinisteis vinieron	vendré vendrás vendrá vendremos vendréis vendrán	vendría vendrías vendría vendríamos vendríais vendrían	venga vengas venga vengamos vengáis vengan	viniera vinieras viniera viniéramos vinierais vinieran	ven (no vengas) venga vengamos venid (no vengáis) vengan
ver to see viendo visto	veo ves ve vemos veis ven	veía veías veía veíamos veíais veían	vi viste vio vimos visteis vieron	veré verás verá veremos veréis verán	vería verías vería veríamos veríais verían	vea veas vea veamos veáis vean	viera vieras viera viéramos vierais vieran	ve (no veas) vea veamos ved (no veáis) vean

*Verbs with irregular yo forms in the present indicative

Supplemental Structures

1. Preterite verbs with spelling changes

A. -**Ir** verbs that have stem changes in the present tense also have stem changes in the preterite. The third person singular and plural (**él, ella, usted, ellos, ellas,** and **ustedes**) change **e → i** and **o → u**.

pedir	
pedí	pedimos
pediste	pedisteis
pidió	pidieron

dormir	
dormí	dormimos
dormiste	dormisteis
durmió	durmieron

Other common verbs with stem changes: conseguir, divertirse, mentir, morir, preferir, reír, repetir, seguir, servir, sonreír, sugerir, vestir(se)

B. Similar to the imperative and the subjunctive, verbs ending in -**car**, -**gar,** and -**zar** have spelling changes in the first person singular (**yo**) in the preterite. Notice that the spelling changes preserve the original sound of the infinitive for -**car** and -**gar** verbs.

-car	c → qué	tocar	yo **toqué**
-gar	g → gué	jugar	yo **jugué**
-zar	z → cé	empezar	yo **empecé**

C. An unaccented **i** always changes to **y** when it appears between two vowels; therefore, the third person singular and plural of **leer** and **oír** also have spelling changes. Notice the use of accent marks on all forms except the third person plural.

leer	
leí	leímos
leíste	lcísteis
leyó	**leyeron**

oír	
oí	oímos
oíste	oísteis
oyó	**oyeron**

D. There are a number of verbs that are irregular in the preterite.

The verbs **ser** and **ir** are identical in this tense, and **dar** and **ver** are similar.

ser/ir	
fui	**fuimos**
fuiste	**fuisteis**
fue	**fueron**

dar	
di	**dimos**
diste	**disteis**
dio	**dieron**

ver	
vi	**vimos**
viste	**visteis**
vio	**vieron**

Other irregular verbs can be divided into three groups. Notice that they all take the same endings and that there are no accents on these verbs.

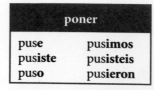

poner		hacer		decir	
puse	pusimos	hice	hicimos	dije	dijimos
pusiste	pusisteis	hiciste	hicisteis	dijiste	dijisteis
puso	pusieron	hizo	hicieron	dijo	dijeron

Other verbs like **poner** with **u** in the stem: **andar (anduv-)**, **estar (estuv-)**, **poder (pud-)**, **saber (sup-)**, **tener (tuv-)**

Other verbs like **hacer** with **i** in the stem: **querer (quis-)**, **venir (vin-)**

Other verbs like **decir** with **j** in the stem: **conducir (conduj-)**, **producir (produj-)**, **traducir (traduj-)**, **traer (traj-)**

E. The preterite of **hay** is **hubo** (*there was, there were*). There is only one form in the preterite regardless of whether it is used with a plural or singular noun.

2. Past progressive tense

You have learned that the present progressive tense is formed with the present indicative of **estar** and a present participle. The past progressive tense is formed with the imperfect of **estar** and a present participle.

The past progressive tense is used to express or describe an action that was in progress at a particular moment in the past.

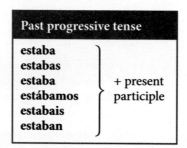

Past progressive tense	
estaba	
estabas	
estaba	+ present
estábamos	participle
estabais	
estaban	

Estábamos comiendo cuando llamaste.   *We were eating when you called.*
¿Quién **estaba hablando** por teléfono?   *Who was talking on the phone?*

Another past progressive tense can also be formed with the preterite of **estar** and the present participle. However, its use is of much lower frequency in Spanish.

3. Past participles

A. To form the regular past participles, you need to add **–ado** to the end of the stem of **–ar** verbs, and **–ido** to the stem of **–er** and **–ir** verbs. The past participles of verbs with changes in the stem in either the present tense or the preterite, do not have stem changes.

hablar	habl**ado**
beber	beb**ido**
vivir	viv**ido**

B. The following verbs have accents in the past participles:

creer	**creído**
leer	**leído**
oír	**oído**
traer	**traído**

C. The following are the irregular past participles:

abrir	**abierto**	morir	**muerto**
decir	**dicho**	romper	**roto**
devolver	**devuelto**	poner	**puesto**
escribir	**escrito**	ver	**visto**
hacer	**hecho**	volver	**vuelto**

4. Present subjunctive of stem-changing verbs

A. Stem-changing **-ar** and **-er** verbs follow the same stem changes in the present subjunctive as in the present indicative. Note that the stems of the **nosotros** and **vosotros** forms do not change.

contar (ue)	
cuente	contemos
cuentes	contéis
cuente	**cuenten**

perder (ie)	
pierda	perdamos
pierdas	perdáis
pierda	pierdan

B. Stem-changing **-ir** verbs follow the same pattern in the present subjunctive, except for the **nosotros** and **vosotros** forms. These change **e → i** or **o → u.**

morir (ue)	
muera	muramos
mueras	muráis
muera	mueran

preferir (ie)	
prefiera	prefiramos
prefieras	prefiráis
prefiera	prefieran

pedir (i)	
pida	pidamos
pidas	pidáis
pida	pidan

5. Present subjunctive of verbs with spelling changes

As in the preterite, verbs that end in **-car, -gar,** and **-zar** undergo a spelling change in the present subjunctive in order to maintain the consonant sound of the infinitive.

A. -car: c changes to **qu** in front of **e**

buscar: bus**que**, bus**ques**, bus**que**, bus**quemos**, bus**quéis**, bus**quen**

B. -zar: z changes to **c** in front of **e**

almorzar: almuer**ce**, almuer**ces**, almuer**ce**, almor**cemos**, almor**céis**, almuer**cen**

C. -gar: g changes to **gu** in front of **e**

jugar: jue**gue**, jue**gues**, jue**gue**, ju**guemos**, jue**guéis**, jue**guen**

D. -ger: g changes to **j** in front of **a**

proteger: prote**ja**, prote**jas**, prote**ja**, prote**jamos**, prote**jáis**, prote**jan**

6. Irregular verbs in the present subjunctive

The following verbs are irregular in the present subjunctive:

dar	dé, des, dé, demos, deis, den
haber	haya, hayas, haya, hayamos, hayáis, hayan
ir	vaya, vayas, vaya, vayamos, vayáis, vayan
saber	sepa, sepas, sepa, sepamos, sepáis, sepan
ser	sea, seas, sea, seamos, seáis, sean

7. Past subjunctive and Conditional *si* clauses

The past subjunctive of *all* verbs is formed by removing the -**ron** ending from the **ustedes** form of the preterite and adding the past subjunctive verb endings: -**ra, -ras, -ra, -ramos, -rais, -ran.** Thus, any irregularities in the **ustedes** form of the preterite will be reflected in all forms of the past subjunctive. Note that the **nosotros** form requires a written accent.

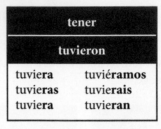

comprar		tener		ser	
compraron		tuvieron		fueron	
comprara	compra**ramos**	tuviera	tuvié**ramos**	fuera	fué**ramos**
compraras	compra**rais**	tuvieras	tuvie**rais**	fueras	fue**rais**
comprara	compra**ran**	tuviera	tuvie**ran**	fuera	fue**ran**

An alternate form of the past subjunctive uses the verb endings -**se, -ses, -se, -semos, -seis, -sen.** This form is used primarily in Spain and in literary writing.

A. The past subjunctive has the same uses as the present subjunctive, except that it generally applies to past events or actions.

Insistieron en que **fuéramos.**	*They insisted that we go.*
Era imposible que lo terminaran a tiempo.	*It was impossible for them to finish it on time.*

B. In Spanish, as in English, conditional sentences express hypothetical conditions usually with an *if*-clause: *I would go if I had the money.* Since the actions are hypothetical and one does not know if they will actually occur, the past subjunctive is used in the *if*-clause.

Iría a Perú si **tuviera** el dinero.	*I would go to Peru if I had the money.*
Si **fuera** necesario, pediría un préstamo.	*If it were necessary, I would ask for a loan.*

C. Conditional sentences in the present use either the present indicative or the future tense. The present subjunctive is never used in *if*-clauses.

Si me **invitas,** iré contigo.	*If you invite me, I'll go with you.*

Grammar Glossary

For more detailed explanations of these grammar points, consult the Index on pages 434–444 to find the places where these concepts are presented.

ACTIVE VOICE (La voz activa) A sentence written in the active voice identifies a subject that performs the action of the verb.

Juan	cantó	la canción.
Juan	*sang*	*the song.*
subject	verb	direct object

In the sentence above Juan is the performer of the verb **cantar**.

(*See also* **Passive Voice.**)

ADJECTIVES (Los adjetivos) are words that modify or describe **nouns** or **pronouns** and agree in **number** and generally in **gender** with the nouns they modify.

Las casas **azules** son **bonitas.**
*The **blue** houses are **pretty.***

Esas mujeres **mexicanas** son mis **nuevas** amigas.
*Those **Mexican** women are my **new** friends.*

- **Demonstrative adjectives (Los adjetivos demostrativos)** point out persons, places, or things relative to the position of the speaker. They always agree in **number** and **gender** with the **noun** they modify. The forms are: **este, esta, estos, estas / ese, esa, esos, esas / aquel, aquella, aquellos, aquellas.** There are also neuter forms that refer to generic ideas or things, and hence have no gender: **esto, eso, aquello.**

Este libro es fácil.	***This** book is easy.*
Esos libros son difíciles.	***Those** books are hard.*
Aquellos libros son pesados.	***Those** books **(over there)** are boring.*
Eso es impotante.	***That** is important.*

Demonstratives may also function as **pronouns**, replacing the **noun** but still agreeing with it in **number** and **gender:**

Me gustan esas blusas verdes.	*I like those green blouses.*
¿Cuáles, **estas?**	*Which ones, **these?***
No. Me gustan **esas.**	*No. I like **those.***

- **Stressed possessive adjectives (Los adjetivos posesivos tónicos)** are used for emphasis and follow the noun that they modifiy. These adjectives may also function as pronouns and always agree in **number** and in **gender.** The forms are: **mío, tuyo, suyo, nuestro, vuestro, suyo.** Unless they are directly preceded by the verb **ser**, stressed possessives must be preceded by the **definite article.**

Ese perro pequeño es **mío.**	*That little dog is **mine.***
Dame el **tuyo;** el **nuestro** no funciona.	*Give me **yours; ours** doesn't work.*

- **Possessive adjectives (Los adjetivos posesivos)** demonstrate ownership and always precede the **noun** that they modify.

La señora Elman es **mi** profesora.	*Mrs. Elman is **my** professor.*
Debemos llevar **nuestros** libros a clase.	*We should take **our** books to class.*

ADVERBS (Los adverbios) are words that modify **verbs, adjectives,** or other adverbs and, unlike **adjectives,** do not have **gender** or **number.** Here are examples of different classes of adverbs:

Practicamos **diariamente.**	*We practice **daily.** (adverb of frequency)*
Ellos van a salir **pronto.**	*They will leave **soon.** (adverb of time)*
Jennifer está **afuera.**	*Jennifer is **outside.** (adverb of place)*
No quiero ir **tampoco.**	*I don't want to go **either.** (adverb of negation)*
Paco habla **demasiado.**	*Paco talks **too much.** (adverb of quantity)*
Esta clase es **extremadamente** difícil.	*This class is **extremely** difficult. (modifies adjective)*
Ella habla **muy** poco.	*She speaks **very** little. (modifies adverb)*

AGREEMENT (La concordancia) refers to the correspondence between parts of speech in terms of **number, gender,** and **person.** Subjects agree with their verbs; articles and adjectives agree with the nouns they modify, etc.

Todas las lenguas son interesantes.	*All languages are interesting.* (number)
Ella es bonita.	*She is pretty.* (gender)
Nosotros somos de España.	*We are from Spain.* (person)

ARTICLES (Los artículos) precede nouns and indicate whether they are definite or indefinite persons, places, or things.

- **Definite articles (Los artículos definidos)** refer to particular members of a group and are the equivalent of *the* in English. The definite articles are: **el, la, los, las.**

El hombre guapo es mi padre.	*The handsome man is my father.*
Las mujeres de esta clase son inteligentes.	*The women in this class are intelligent.*

- **Indefinite articles (Los artículos indefinidos)** refer to any unspecified member(s) of a group and are the equivalent of *a(n)* and *some.* The indefinite articles are: **un, una, unos, unas.**

Un hombre vino a nuestra casa anoche.	*A man came to our house last night.*
Unas niñas jugaban en el parque.	*Some girls were playing in the park.*

CLAUSES (Las cláusulas) are subject and verb combinations; for a sentence to be complete it must have at least one main clause.

- **Main clauses** (Independent clauses) **(Las cláusulas principales)** communicate a complete idea or thought.

Mi hermana va al hospital.	*My sister goes to the hospital.*

- **Subordinate clauses** (Dependent clauses) **(Las cláusulas subordinadas)** depend upon a main clause for their meaning to be complete.

Mi hermana va al hospital	cuando está enferma.
My sister goes to the hospital	*when she is ill.*
main clause	**subordinate clause**

In the sentence above, *when she is ill* is not a complete idea without the information supplied by the main clause.

COMMANDS (Los mandatos) (*See* **Imperatives.**)

COMPARISONS (Las comparaciones) are statements that describe one person, place, or thing relative to another in terms of quantity, quality, or manner.

- **Comparisons of equality (Las formas comparativas de igualdad)** demonstrate an equal share of a quantity or degree of a particular characteristic. These statements use a form of **tan** or **tanto(a)(s)** and **como.**

Ella tiene **tanto** dinero **como** Elena.	*She has **as much** money **as** Elena.*
Fernando trabaja **tanto como** Felipe.	*Fernando works **as much as** Felipe.*
Jim baila **tan** bien **como** Anne.	*Jim dances **as well as** Anne.*

- **Comparisons of inequality (Las formas comparativas de desigualdad)** indicate a difference in quantity, quality, or manner between the compared subjects. These statements use **más/menos... que** or comparative **adjectives** such as **mejor/peor, mayor/menor.**

México tiene **más** playas **que** España.	*Mexico has **more** beaches **than** Spain.*
Tú hablas español **mejor que** yo.	*You speak Spanish **better than** I.*

(*See also* **Superlative statements.**)

CONJUGATIONS (Las conjugaciones) are the forms of the verb as they agree with a particular subject or person.

Yo bailo los sábados.	***I dance** on Saturdays.* (1st-person singular)
Tú bailas los sábados.	***You dance** on Saturdays.* (2nd-person singular)
Ella baila los sábados.	***She dances** on Saturdays.* (3rd-person singular)
Nosotros bailamos los sábados.	***We dance** on Saturdays.* (1st-person plural)
Vosotros bailáis los sábados.	***You dance** on Saturdays.* (2nd-person plural)
Ellos bailan los sábados.	***They dance** on Saturdays.* (3rd-person plural)

CONJUNCTIONS (Las conjunciones) are linking words that join two independent clauses together.

Fuimos al centro **y** mis amigos compraron muchas cosas.
*We went downtown, **and** my friends bought a lot of things.*

Yo quiero ir a la fiesta, **pero** tengo que estudiar.
*I want to go to the party, **but** I have to study.*

CONTRACTIONS (Las contracciones) in Spanish are limited to preposition/article combinations, such as **de + el = del** and **a + el = al,** or preposition/pronoun combinations such as **con + mí = conmigo** and **con + ti = contigo.**

DIRECT OBJECTS (Los objetos directos) in sentences are the direct recipients of the action of the verb. Direct objects answer the questions *What?* or *Whom?*

¿Qué hizo?	*What did she do?*
Ella hizo **la tarea.**	*She did her **homework.***
Y luego llamó **a su amiga.**	*And then called **her friend.***

(*See also* **Pronoun, Indirect Object, Personal *a*.**)

EXCLAMATORY WORDS (Las palabras exclamativas) communicate surprise or strong emotion. Like interrogative words, exclamatory words also carry accents.

¡Qué sorpresa!	***What** a surprise!*
¡Cómo canta Miguel!	***How well** Miguel sings!*

(*See also* **Interrogatives.**)

GERUNDS (Los gerundios) in Spanish refer to the present participle. In English gerunds are verbals (based on a verb and expressing an action or a state of being) that function as nouns. In most instances where the gerund is used in English, the infinitive is used in Spanish.

(El) **Ser** cortés no cuesta nada.	***Being** polite is not hard.*
Mi pasatiempo favorito es **viajar.**	*My favorite pasttime is **traveling.***
Después de **desayunar,** salió de la casa.	*After **eating** breakfast, he left the house.*

(*See also* **Present Participle.**)

IDIOMATIC EXPRESSIONS (Las frases idiomáticas) are phrases in Spanish that do not have a literal English equivalent.

Hace mucho frío.	*It is very cold.* (Literally, *It makes a lot of cold.*)

IMPERATIVES (Los imperativos) represent the mood used to express requests or commands. It is more direct than the **subjunctive** mood. Imperatives are commonly called commands and fall into two categories: affirmative and negative. Spanish speakers must also choose between using formal commands and informal commands based upon whether one is addressed as **usted** (formal) or **tú** (informal).

Habla conmigo.	**Talk** to me. (informal, affirmative)
No me hables.	**Don't talk to me.** (informal, negative)
Hable con la policía.	**Talk** to the police. (formal, singular, affirmative)
No hable con la policía.	**Don't talk** to the police. (formal, singular, negative)
Hablen con la policía.	**Talk** to the police. (formal, plural, affirmative)
No hablen con la policía	**Don't talk** to the police. (formal [Spain], plural, negative)
Hablad con la policía.	**Talk** to the police. (informal [Spain], plural, affirmative)
No habléis con la policía.	**Don't talk** to the police. (informal [Spain], plural, negative)

(*See also* **Mood.**)

IMPERFECT (El imperfecto) The imperfect tense is used to make statements about the past when the speaker wants to convey the idea of 1) habitual or repeated action, 2) two actions in progress simultaneously, or 3) an event that was in progress when another action interrupted. The imperfect tense is also used to emphasize the ongoing nature of the middle of the event, as opposed to its beginning or end. Age and clock time are always expressed using the imperfect.

Cuando María **era** joven, ella **cantaba** en el coro.
*When María **was** young, she **used to sing** in the choir.*

Aquel día **llovía** mucho y el cielo **estaba** oscuro.
*That day **it was raining** a lot and the sky **was** dark.*

Juan **dormía** cuando sonó el teléfono.
*Juan **was sleeping** when the phone rang.*

(*See also* **Preterite**.)

IMPERSONAL EXPRESSIONS (Las expresiones impersonales) are statements that contain the impersonal subjects of *it* or *one*.

Es necesario estudiar.	*It is necessary to study.*
Se necesita estudiar.	*One needs to study.*

(*See also* **Passive Voice**.)

INDEFINITE WORDS (Las palabras indefinidas) are **articles, adjectives, nouns** or **pronouns** that refer to unspecified members of a group.

Un hombre vino.	*A man came.* (indefinite article)
Alguien vino.	*Someone came.* (indefinite noun)
Algunas personas vinieron.	*Some people came.* (indefinite adjective)
Algunas vinieron.	*Some came.* (indefinite pronoun)

(*See also* **Articles**.)

INDICATIVE (El indicativo) The indicative is a mood, rather than a tense. The indicative is used to express ideas that are considered factual or certain and, therefore, not subject to speculation, doubt, or negation.

Josefina **es** española.	*Josefina **is** Spanish.*
(present indicative)	
Ella **vivió** en Argentina.	*She lived in Argentina.*
(preterite indicative)	

(*See also* **Mood**.)

INDIRECT OBJECTS (Los objetos indirectos) are the indirect recipients of an action in a sentence and answer the questions *To whom?* or *For whom?* In Spanish it is common to include an indirect object **pronoun** along with the indirect object.

Yo **le** di el libro **a Sofía**.	*I gave the book **to Sofía**.*
Sofía **les** guardó el libro **a sus padres**.	*Sofía kept the book **for her parents**.*

(*See also* **Direct Objects** *and* **Pronouns**.)

INFINITIVES (Los infinitivos) are verb forms that are uninflected or **not conjugated** according to a specific **person**. In English, infinitives are preceded by *to: to talk, to eat, to live*. Infinitives in Spanish end in -**ar (hablar)**, -**er (comer)**, and -**ir (vivir)**.

INTERROGATIVES (Las formas interrogativas) are used to pose questions and carry accent marks to distinguish them from other uses. Basic interrogative words include: **quién(es), qué, cómo, cuánto(a)(s), cuándo, por qué, dónde, cuál(es)**.

¿**Qué** quieres?	***What** do you want?*
¿**Cuándo** llegó ella?	***When** did she arrive?*
¿De **dónde** eres?	***Where** are you from?*

(*See also* **Exclamatory Words**.)

MOOD (El modo) is like the word *mode*, meaning *manner* or *way*. It indicates the way in which the speaker views an action, or his/her attitude toward the action. Besides the **imperative** mood, which is simply giving commands, there are two moods in Spanish: the **subjunctive** and the **indicative**. Basically, the subjunctive mood communicates an attitude of uncertainty toward the action, while the indicative indicates that the action is certain or factual. Within each of these moods there are many **tenses**. Hence you have the present indicative and the present subjunctive, the present perfect indicative and the present perfect subjunctive, etc.

- **Indicative mood (El indicativo)** is used to talk about actions that are regarded as certain or as facts: things that happen all the time, have happened, or will happen. It is used in contrast to situations where the speaker is voicing an opinion, doubts, or desires. (*See* **Mood** and **Subjunctive**.)

Yo **quiero** ir a la fiesta.	*I **want** to go to the party.*
¿**Quieres** ir conmigo?	***Do you want** to go with me?*

- **Subjunctive mood (El subjuntivo)** indicates a recommendation, a statement of uncertainty, or an expression of opinion or emotion.

Yo recomiendo que tú **vayas** a la fiesta.	*I recommend that **you go** to the party.*
Dudo que **vayas** a la fiesta.	*I doubt that **you'll go** to the party.*
No creo que **vayas** a la fiesta.	*I don't believe that **you'll go** to the party.*
Si **fueras** a la fiesta, te divertirías.	*If **you were to go** to the party, you would have a good time.*

- **Imperative mood (El imperativo)** is used to make a command or request.

¡**Ven** conmigo a la fiesta!	***Come** with me to the party!*

(*See also* **Indicative, Imperative,** *and* **Subjunctive.**)

NEGATION (La negación) takes place when a negative word, such as **no,** is placed before an affirmative sentence. In Spanish, double negatives are common.

Yolanda va a cantar esta noche.	*Yolanda will sing tonight.* (affirmative)
Yolanda **no** va a cantar esta noche.	*Yolanda will **not** sing tonight.* (negative)
Ramón quiere algo.	*Ramón wants something.* (affirmative)
Ramón **no** quiere **nada.**	*Ramón **doesn't** want **anything.*** (negative)

NOUNS (Los sustantivos) are persons, places, things, or ideas. Names of people, countries, and cities are proper nouns and are capitalized.

Alberto	*Albert* (person)
el pueblo	*town* (place)
el diccionario	*dictionary* (thing)

ORTHOGRAPHY (La ortografía) refers to the spelling of a word or anything related to spelling such as accentuation.

PASSIVE VOICE (La voz pasiva), as compared to **active voice (la voz activa),** places emphasis on the action itself rather than the subject (the person or thing that is responsible for doing the action). The passive **se** is used when there is no apparent subject.

Luis vende los coches.	*Luis sells the cars.* (active voice)
Los coches **son vendidos por** Luis.	*The cars **are sold by** Luis.* (passive voice)
Se venden los coches.	*The cars **are sold.*** (passive voice)

(*See also* **Active Voice.**)

PAST PARTICIPLES (Los participios pasados) are verb forms used in compound tenses such as the **present perfect.** Regular past participles are formed by dropping the **-ar** or **-er/-ir** from the **infinitive** and adding **-ado** or **-ido.** Past participles are the equivalent of verbs ending in *-ed* in English. They may also be used as **adjectives,** in which case they agree in **number** and **gender** with their nouns. Irregular past participles include: **escrito, roto, dicho, hecho, puesto, vuelto, muerto, cubierto.**

Marta ha **subido** la montaña.	*Marta has **climbed** the mountain.*
Hemos **hablado** mucho por teléfono.	*We have **talked** a lot on the phone.*
La novela **publicada** en 1995 es su mejor novela.	*The novel **published** in 1995 is her best novel.*

PERFECT TENSES (Los tiempos perfectos) communicate the idea that an action has taken place before now (present perfect) or before a moment in the past (past perfect). The perfect tenses are compound tenses consisting of the auxiliary verb **haber** plus the **past participle** of a second verb.

Yo **he comido.**	*I have eaten.* (present perfect indicative)
Antes de la fiesta, yo ya **había comido.**	*Before the party **I had already eaten.*** (past perfect indicative)
Yo espero que **hayas comido.**	*I hope that **you have eaten.*** (present perfect subjunctive)
Yo esperaba que **hubieras comido.**	*I hoped that **you had eaten.*** (past perfect subjunctive)

PERSON (La persona) refers to changes in the subject pronouns that indicate if one is speaking (first person), if one is spoken to (second person), or if one is spoken about (third person).

Yo hablo.	*I speak.* (1st-person singular)
Tú hablas.	*You speak.* (2nd-person singular)
Ud./Él/Ella habla.	*You/He/She speak(s).* (3rd-person singular)
Nosotros(as) hablamos.	*We speak.* (1st-person plural)
Vosotros(as) habláis.	*You speak.* (2nd-person plural)
Uds./Ellos/Ellas hablan.	*They speak.* (3rd-person plural)

PERSONAL A (La _a_ personal) The personal **a** refers to the placement of the preposition **a** before a person or a pet when it is the **direct object** of the sentence.

Voy a llamar **a** María.	_I'm going to call María._
El veterinario curó **al** perro.	_The veterinarian treated the dog._

PREPOSITIONS (Las preposiciones) are linking words indicating spatial or temporal relations between two words.

Ella nadaba **en** la piscina.	_She was swimming **in** the pool._
Yo llamé **antes de** las nueve.	_I called **before** nine o'clock._
El libro es **para** ti.	_The book is **for** you._
Voy **a** la oficina.	_I'm going **to** the office._
Jorge es **de** Paraguay.	_Jorge is **from** Paraguay._

PRESENT PARTICIPLE (El participio del presente) is the Spanish equivalent of the _-ing_ verb form in English. Regular participles are created by replacing the infinitive endings (**-ar, -er/-ir**) with **-ando** or **-iendo.** They are often used with the verb **estar** to form the present progressive tense. The present progressive tense places emphasis on the continuing or progressive nature of an action. In Spanish, the participle form is referred to as a gerund.

Miguel está **cantando** en la ducha.	_Miguel is **singing** in the shower._
Los niños están **durmiendo** ahora.	_The children are **sleeping** now._

(_See also_ **Gerunds**)

PRETERITE (El pretérito) The preterite tense, as compared to the **imperfect tense,** is used to talk about past events with specific emphasis on the beginning or the end of the action, or emphasis on the completed nature of the action as a whole.

Anoche yo **empecé** a estudiar a las once y **terminé** a la una.
Last night I **began** to study at eleven o'clock and **finished** at one o'clock.

Esta mañana **me desperté** a las siete, **desayuné, me duché** y **vine** al campus para las ocho.
This morning I **woke up** at seven, I **ate** breakfast, I **showered,** and I **came** to campus by eight.

PRONOUNS (Los pronombres) are words that substitute for **nouns** in a sentence.

Yo quiero **este.**	_I want **this one.** (demonstrative—points out a specific person, place, or thing)_
¿Quién es tu amigo?	_**Who** is your friend? (interrogative—used to ask questions)_
Yo voy a llamar**la.**	_I'm going to call **her.** (direct object—replaces the direct object of the sentence)_
Ella va a dar**le** el reloj.	_She is going to give **him** the watch. (indirect object—replaces the indirect object of the sentence)_
Juan **se** baña por la mañana.	_Juan bathes **himself** in the morning. (reflexive—used with reflexive verbs to show that the agent of the action is also the recipient)_
Es la mujer **que** conozco.	_She is the woman **that** I know. (relative—used to introduce a clause that describes a noun)_
Nosotros somos listos.	_**We** are clever. (subject—replaces the noun that performs the action or state of a verb)_

SUBJECTS (Los sujetos) are the persons, places, or things which perform the action of a verb, or which are connected to a description by a verb. The **conjugated** verb always agrees with its subject.

Carlos siempre baila solo.	_**Carlos** always dances alone._
Colorado y **California** son mis estados preferidos.	_**Colorado** and **California** are my favorite states._
La cafetera produce el café.	_The **coffee pot** makes the coffee._

(_See also_ **Active Voice.**)

SUBJUNCTIVE (El subjuntivo) The subjunctive mood is used to express speculative, doubtful, or hypothetical situations. It also communicates a degree of subjectivity or influence of the main clause over the subordinate clause.

No creo que **tengas** razón.	_I don't think that **you're** right._
Si yo **fuera** el jefe, les pagaría más a mis empleados.	_If I **were** the boss, I would pay my employees more._
Quiero que **estudies** más.	_I want **you to study** more._

(_See also_ **Mood, Indicative.**)

SUPERLATIVE STATEMENTS (Las frases superlativas) are formed by adjectives or adverbs to make comparisons among three or more members of a group. To form superlatives, add a definite article (**el, la, los, las**) before the comparative form.

Juan es **el más alto** de los tres.	*Juan is **the tallest** of the three.*
Este coche es **el más rápido** de todos.	*This car is **the fastest** of them all.*
En mi opinión, ella es **la mejor** cantante.	*In my opinion, she is **the best** singer.*

(*See also* **Comparisons.**)

TENSES (Los tiempos) refer to the manner in which time is expressed through the verb of a sentence.

Yo estudio.	*I study.* (present tense)
Yo estoy estudiando.	*I am studying.* (present progressive)
Yo he estudiado.	*I have studied.* (present perfect)
Yo había estudiado.	*I had studied.* (past perfect)
Yo estudié.	*I studied.* (preterite tense)
Yo estudiaba.	*I was studying.* (imperfect tense)
Yo estudiaré.	*I will study.* (future tense)

VERBS (Los verbos) are the words in a sentence that communicate an action or state of being.

Helen **es** mi amiga y ella **lee** muchas novelas.	*Helen **is** my friend and she **reads** a lot of novels.*

- **Auxiliary verbs** (Los verbos auxiliares) or helping verbs **haber, ser,** and **estar** are used to form the passive voice, compound tenses, and verbal periphrases.

Estamos estudiando mucho para el examen mañana.	***We are** studying a lot for the exam tomorrow. (verbal periphrases)*
Helen **ha** trabajado mucho en este proyecto.	*Helen **has** worked a lot on this project. (compound tense)*
La ropa **fue** hecha en Guatemala.	*The clothing **was** made in Guatemala (passive voice)*

- **Reflexive verbs** (Los verbos reflexivos) use reflexive **pronouns** to indicate that the person initiating the action is also the recipient of the action.

Yo **me afeito** por la mañana.	***I shave (myself)** in the morning.*

- **Stem-changing verbs** (Los verbos con cambios de raíz) undergo a change in the main part of the verb when conjugated. To find the stem, drop the **-ar, -er,** or **-ir** from the **infinitive: dorm-, empez-, ped-.** There are three types of stem-changing verbs: **o** to **ue, e** to **ie** and **e** to **i.**

dormir: Yo **duermo** en el parque.	*I sleep in the park. (**o** to **ue**)*
empezar: Ella siempre **empieza** su trabajo temprano.	*She always starts her work early. (**e** to **ie**)*
pedir: ¿Por qué no **pides** ayuda?	*Why don't you ask for help? (**e** to **i**)*

Functional Glossary

Asking questions
Question words

¿Adónde? To where?
¿Cómo? How?
¿Cuál(es)? Which? What?
¿Cuándo? When?
¿Cuánto/¿Cuánta? How much?
¿Cuántos/¿Cuántas? How many?
¿Dónde? Where?
¿Para qué? For what reason?
¿Por qué? Why?
¿Qué? What?
¿Quién(es)? Who? Whom?

Requesting information

¿Cómo es su (tu) profesor/profesora favorito/favorita? What's your favorite professor like?
¿Cómo se (te) llama(s)? What's your name?
¿Cómo se llama? What's his/her name?
¿Cuál es su (tu) facultad? What's your school/college?
¿Cuál es su (tu) número de teléfono? What's your telephone number?
¿De dónde es (eres)? Where are you from?
¿Dónde hay...? Where is/are there . . .?
¿Qué estudia(s)? What are you studying?

Asking for descriptions

¿Cómo es...? What is . . . like?
¿Cómo son...? What are . . . like?

Asking for clarification

¿Cómo? What?
Dígame (Dime) una cosa. Tell me something.
¿Qué significa...? What does . . . mean?

Asking about and expressing likes and dislikes

¿Te (le) gusta(n)? Do you like it (them)?
No me gusta(n). I don't like it (them).
Sí, me gusta(n). Yes, I like it (them).

Asking for confirmation

... ¿de acuerdo? . . . agreed? (*Used when some type of action is proposed.*)
... ¿no? . . . isn't that so? (*Not used with negative sentences.*)
... ¿no es así? . . . isn't that right?
... ¿vale? . . . okay?
... ¿verdad? ¿cierto? . . . right?
... ¿está bien? . . . okay?

Complaining

Es demasiado caro/cara (costoso/costosa). It's too expensive.
Esto es el colmo. This is the last straw.
No es justo. It isn't fair.
No puedo esperar más. I can't wait anymore.
No puedo más. I can't take this anymore.
Pero, por favor... But, please . . .

Expressing belief

Es cierto/verdad. That's right/true.
Estoy seguro/segura. I'm sure.
Lo creo. I believe it.
No cabe duda de que... There can be no doubt that . . .
No lo dudo. I don't doubt it.
No tengo la menor duda. I haven't the slightest doubt.
Tiene(s) razón. You're right.

Expressing disbelief

Dudo si... I doubt/I'm doubtful whether . . .
Es poco probable. It's doubtful/unlikely.
Lo dudo. I doubt it.
No lo creo. I don't believe it.
No tienes razón. You're wrong. (You are not correct)
Tengo mis dudas. I have my doubts.

Expressing frequency of actions and length of activities

¿Con qué frecuencia...? How often . . .?
de vez en cuando from time to time
durante la semana during the week
frecuentemente frequently
los fines de semana on the weekends
nunca never
por la mañana/por la tarde/por la noche in the morning/afternoon/evening
siempre always
todas las tardes/todas las noches every afternoon/evening
todos los días every day
Hace un año/dos meses/tres semanas que... it's been a year/two months/three weeks that . . .

Listening for instructions in the classroom

Abran los libros en la página... Open your books to page . . .
Cierren los libros. Close your books.
Complete (Completa) (Completen) la oración. Complete the sentence.
Conteste (Contesta) (Contesten) en español. Answer in Spanish.
Escriba (Escribe) (Escriban) en la pizarra. Write on the board.
Formen grupos de...estudiantes. Form groups of . . . students.
¿Hay preguntas? Are there any questions?
Lea (Lee) en voz alta. Read aloud.
Por ejemplo... For example . . .
Practiquen en parejas. Practice in pairs.
Prepare (Prepara) (Preparen)...para mañana. Prepare . . . for tomorrow.
Repita (Repite) (Repitan) por favor. Please repeat.
Saque (Saca) (Saquen) el libro (el cuaderno, una hoja de papel). Take out the book (the notebook, a piece of paper).

Greeting and conversing
Greetings

Bien, gracias. Fine, thanks.
Buenas noches. Good evening.
Buenas tardes. Good afternoon.
Buenos días. Good morning.
¿Cómo está usted (estás)? How are you?
¿Cómo le (te) va? How is it going?
Hola. Hi.
Mal. Bad./Badly.
Más o menos. So so.
Nada. Nothing.
No muy bien. Not too well.
¿Qué hay de nuevo? What's new?
¿Qué tal? How are things?
Regular. Okay.
¿Y usted (tú)? And you?

Entering into a conversation

Escuche (Escucha). Listen.
(No) Creo que... I (don't) believe that . . .
(No) Estoy de acuerdo porque... I (don't) agree because . . .
Pues, lo que quiero decir es que... Well, what I want to say is . . .
Quiero decir algo sobre... I want to say something about . . .

Saying good-bye

Adiós. Good-bye.
Chao. Good-bye.
Hasta la vista. Until we meet again.
Hasta luego. See you later.
Hasta mañana. Until tomorrow.
Hasta pronto. See you soon.

Chatting

(Bastante) bien. (Pretty) well, fine.
¿Cómo está la familia? How's the family?
¿Cómo le (te) va? How's it going?
¿Cómo van las clases? How are classes going?
Fenomenal. Phenomenal.

Horrible. Horrible.
Mal. Bad(ly).
Nada de nuevo. Nothing new.
¿Qué hay de nuevo? What's new?
¿Qué tal? How's it going?

Reacting to comments

¡Caray! Oh! Oh no!
¡Dios mío! Oh, my goodness!
¿En serio? Seriously? Are you serious?
¡Estupendo! Stupendous!
¡Fabuloso! Fabulous!
¡No me digas! You don't say!
¡Qué barbaridad! How unusual! Wow!
    That's terrible!
¡Qué bárbaro! (Argentina) / **¡Qué bacán!**
    (Chile, Cuba) / **¡Que chévere!** (Ven-
    ezuela, Colombia, Peru) / **¡Que guay!**
    (Spain) That's cool!
¡Qué bien! That's great!
¡Qué desastre! What a disaster!
¡Qué gente más loca! What crazy people!
¡Qué horrible! That's horrible!
¡Qué increíble! That's amazing!
¡Qué lástima! That's a pity! That's too bad!
¡Qué mal! That's really bad!
¡Qué maravilla! That's marvelous!
¡Qué pena! What a shame! That's too bad!

Extending a conversation using fillers and hesitations

A ver... Let's see . . .
Buena pregunta... That's a good question . . .
Bueno... Well . . .
Es que... It's that . . .
No creo. I don't think so.
Pues...no sé. Well . . . I don't know.
Sí, pero... Yes, but . . .

Expressing worry

¡Ay, Dios mío! Good grief!
¡Es una pesadilla! It's a nightmare!
¡Eso debe ser horrible! That must be
    horrible!
¡Pobre! Poor thing!
¡Qué espanto! What a scare!
¡Qué horror! How horrible!
¡Qué lástima! What a pity!
¡Qué mala suerte/pata! What bad luck!
¡Qué terrible! How terrible!
¡Qué triste! How sad!
¡Qué pena! What a shame!

Expressing agreement

Así es. That's so.
Cierto./Claro (que sí)./Seguro. Certainly.
    Sure(ly).
Cómo no./Por supuesto. Of course.
Correcto. That's right.
Es cierto/verdad. It's true.
Eso es. That's it.
(Estoy) de acuerdo. I agree.
Exacto. Exactly.
Muy bien. Very good. Fine.

Perfecto. Perfect.
Probablemente. Probably.

Expressing disagreement

Al contrario. On the contrary.
En absoluto. Absolutely not. No way.
Es poco probable. It's doubtful/not likely.
Incorrecto. That's not right.
No es así. That's not so.
No es cierto. It's not so.
No es eso. That's not it.
No es verdad. It's not true.
No está bien. It's no good/not right.
No estoy de acuerdo. I don't agree.
Todo lo contrario. Just the opposite./
    Quite the contrary.

Expressing sympathy

Es una pena. It's a pity.
Le doy mi pésame. You have my
    sympathy.
Lo siento mucho. I'm very sorry.
Mis condolencias. My condolences.
¡Qué lástima! What a pity!

Expressing encouragement

¡A mí me lo dice(s)! You're telling me!
¿De veras?/¿De verdad? Really? Is that so?
¿En serio? Seriously? Are you serious?
¡No me diga(s)! You don't say!
¿Qué hizo (hiciste)? What did you do?
¿Qué dijo (dijiste)? What did you say?
¡Ya lo creo! I (can) believe it!

Expressing obligation

Necesitar + *infinitive* To need to . . .
(No) es necesario + *infinitive* It's (not)
    necessary to . . .
(No) hay que + *infinitive* One must(n't) . . .,
    One does(n't) have to . . .
(Se) debe + *infinitive* (One) should
    (ought to) . . .
Tener que + *infinitive* To have to . . .

In the hospital
Giving instructions

Aplicar una pomada. Apply cream/
    ointment.
Bañarse con agua fría/caliente. Take a
    bath in cold/hot water.
Lavar la herida. Wash the wound.
Llamar al médico. To call the doctor.
Pedir información. To ask for information.
Poner hielo. To put on ice.
Poner una tirita/una venda. To put on a
    Band-Aid®/a bandage.
Quedarse en la cama. To stay in bed.
Sacar la lengua. To stick out your tongue.
**Tomar la medicina/las pastillas después
    de cada comida (dos veces al día/antes
    de acostarse).** To take medicine/pills
    after each meal (two times a day/before
    going to bed).

Describing symptoms

Me duele la cabeza/la espalda, etc.
    I have a headache/backache, etc.
Me tiemblan las manos. My hands are
    shaking.
**Necesito pastillas (contra la fiebre,
    mareos, etc.).** I need pills (for fever,
    dizziness, etc.).
**Necesito una receta para (unas aspirinas,
    un antibiótico, unas gotas, un jarabe).**
    I need a prescription for (aspirin,
    antibiotics, drops, cough syrup).

Invitations
Extending invitations

¿Le (Te) gustaría ir a...conmigo? Would
    you like to go to . . . with me?
¿Me quiere(s) acompañar a...? Do you
    want to accompany me to . . .?
¿Quiere(s) ir a...? Do you want to go
    to . . .?
Si tiene(s) tiempo, podemos ir a... If you
    have time, we could go to . . .

Accepting invitations

Sí, con mucho gusto. Yes, with pleasure.
Sí, me encantaría. Yes, I'd love to.
Sí, me gustaría mucho. Yes, I'd like to
    very much.

Declining invitations

Lo siento mucho, pero no puedo. I'm very
    sorry, but I can't.
Me gustaría, pero no puedo porque... I'd
    like to, but I can't because . . .

Making reservations and asking for information

¿Dónde hay...? Where is/are there . . .?
¿El precio incluye...? Does the price
    include . . .?
Quisiera reservar una habitación...
    I would like to reserve a room . . .

Opinons and suggestions
Asking for opinions

¿Cuál prefiere(s)? Which do you prefer?
¿Le (Te) gusta(n)...? Do you like . . .?
¿Le (Te) interesa(n)...? Are you interested
    in . . .?
¿Qué opina(s) de...? What's your opinion
    about . . .?
¿Qué le (te) parece(n)? How does/
    do . . . seem to you?
¿Qué piensa(s)? What do you think?

Giving opinions

Creo que... I believe that . . .
Me gusta(n)... I like . . .
Me interesa(n)... I am interested in . . .
Me parece(n)... It seems . . . to me.
    (They seem . . . to me.)

Opino que... It's my opinion that . . .
Pienso que... I think that . . .
Prefiero... I prefer . . .

Adding information

A propósito/De paso... By the way . . .
Además... In addition . . .
También... Also . . .

Giving suggestions

Es bueno. It's good.
Es conveniente. It's convenient.
Es importante. It's important.
Es imprescindible. It's indispensable.
Es mejor. It's better.
Es necesario./Es preciso. It's necessary.
Es preferible. It's preferable.

Negating and contradicting

¡Imposible! Impossible!
¡Jamás!/¡Nunca! Never!
Ni hablar. Don't even mention it.
No es así. It's not like that.
No está bien. It's not all right.

Making requests

¿Me da(s)...? Will you give me . . .?
¿Me hace(s) el favor de...? Will you do me the favor of . . .?
¿Me pasa(s)...? Will you pass me . . .?
¿Me puede(s) dar...? Can you give me . . .?
¿Me puede(s) traer...? Can you bring me . . .?
¿Quiere(s) darme...? Do you want to give me . . .?
Sí, cómo no. Yes, of course.

In a restaurant
Ordering a meal in a restaurant

¿Está incluida la propina? Is the tip included?
Me falta(n)... I need . . .

¿Me puede traer..., por favor? Can you please bring me . . .?
¿Puedo ver la carta/el menú/la lista de vinos? May I see the menu/the wine list?
¿Qué recomienda usted? What do you recommend?
¿Qué tarjetas de crédito aceptan? What credit cards do you accept?
Quisiera hacer una reserva para... I would like to make a reservation for . . .
¿Se necesitan reservaciones? Are reservations needed?
¿Tiene usted una mesa para...? Do you have a table for . . .?
Tráigame la cuenta, por favor. Please bring me the check/bill.

Describing food

Contiene... It contains . . .
Es como... It's like . . .
Huele a... It smells like . . .
Parece a... It looks like . . .
Sabe a... It tastes like . . .
Su textura es blanda/dura/cremosa, etc. Its texture is soft/hard/creamy, etc.

Shopping
Asking how much something costs and bargaining

¿Cuál es el precio de...? What's the price of . . .?
El precio es... The price is . . .
Cuesta alrededor de... al mes. It costs around . . . per month.
¿Cuánto cuesta(n)? How much does it (do they) cost?
¿Cuánto vale(n)? How much is it (are they) worth?
De acuerdo. Agreed. All right.
Es demasiado. It's too much.

Es una ganga. It's a bargain.
No más. No more.
No pago más de... I won't pay more than . . .
solo only
última oferta final offer

Describing how clothing fits

Me queda bien./Me quedan bien. It fits me well./They fit me well.
Le queda bien./Le quedan bien. It fits him/her/you well. They fit him/her/you well.
Te queda mal./Te quedan mal. It fits you badly. They fit you badly.

Getting someone's attention

con permiso excuse me
discúlpeme excuse me
oiga listen
perdón pardon

Thanking

De nada./Por nada./No hay de qué. It's nothing. You're welcome.
¿De verdad le (te) gusta? Do you really like it?
Estoy muy agradecido/agradecida. I'm very grateful.
Gracias. Thanks./Thank you.
Me alegro que le (te) guste. I'm glad you like it.
Mil gracias. Thanks a lot.
Muchas gracias. Thank you very much.
Muy amable de su (tu) parte. You're very kind.

This vocabulary includes all the words and expressions listed as active vocabulary as well as words glossed in the chapters. The number following the definition refers to the chapter in which the word or phrase was first used actively.

All words are alphabetized according to the 1994 changes made by the Real Academia: **ch** and **ll** are no longer considered separate letters of the alphabet.

A

a cambio de in exchange for (4)
a costa de lo que sea at all cost (4)
a fin de que in order that, so that (5)
a menos que unless (5)
abandono *(m.)* abandonment (8)
abnegado(a) selfless (4)
abono *(m.)* fertilizer, manure (8); **abono mensual** monthly payment (7)
abrazar to hug, to embrace (1)
aburrirse to become bored (1)
acabar to finish, to run out of (9); **acabar (con)** to end, to solve (a problem) (8)
acariciar to caress (6)
acción *(f.)* action (6)
acercarse to get close to, to approach (6)
acertar to manage (6)
aconsejar to advise (2)
acostar(se) to put to bed; (to go to bed) (1)
acostumbrarse (a) to get used (to) (1)
acto *(m.)* act (6)
actuación *(f.)* performance (6)
actual current (5)
actualización *(f.)* **profesional** keeping current in one's field (10)
actuar to act (6)
acudir to attend (6)
adelgazar to lose weight (3)
adjuntar to attach (5)
adopción *(f.)* adoption (1)
advertencia *(f.)* warning (8)
afear to criticize (4)
afeitar(se) to shave (oneself) (1)
aficionado(a) fan (6)
afueras *(f.)* outskirts (8)
agarrar to gather (8); **agarrarse** to hold on (6)
aglomeración *(f.)* crowd, mass of people (8)
agradecido(a) thankful (9)
agregar to add (9)
agricultura *(f.)* agriculture (8)
aguafiestas *(m., f.)* party pooper (6)
aguinaldo *(m.)* bonus paid at the end of the year (7)
ahuyentar to scare away (8); **ahuyentar a todos con su mal aliento** to frighten all with his/her bad breath (6)
ajetreo *(m.)* bustle (3)
ajustado(a) tight (4)
alameda *(f.)* tree-lined avenue (8)
alarido *(m.)* howl (5)
álbum *(m.)* album (9)
alcade (alcadesa) mayor (8)
alegrar to make happy (3); **alegrarse** to become happy (1)

alentando encouraging (1)
alguna vez ever (5)
alhaja *(f.)* piece of jewelry (7)
alma *(m.)* soul (9)
almoneda *(f.)* auction (7)
alondra *(f.)* skylark (4)
alquilar to rent (6)
alta peligrosidad high security (10)
amanecer to wake up early (8)
amargado(a) bitter (2)
ambicionar to aspire, to seek (10)
amistad *(f.)* friendship (1)
añadir to add (6)
análisis *(m.)* analysis, deeper reading of text (7)
anfitrión/anfitriona host (6)
angloparlante English-speaking (1)
angosto(a) narrow (8)
anillo *(m.)* ring (8)
animado(a) animated; **de animación** animated (6)
animarse (a) to be encouraged (to do something) (10)
antepasado *(m.)* ancestor (2)
antes (de) que before (5)
antología *(f.)* anthology (10)
apagar to turn off, to shut down (9)
aparecer to appear (2, 3)
apellido *(m.)* last name (7)
apodo *(m.)* nickname (2)
aportar to contribute (10)
apostarse bet (8)
apoyar to support (4)
apreciación *(f.)* appreciation (9)
aprobación *(f.)* approval (7)
apuesta *(f.)* bet (6)
árbitro *(m.)* referee (4)
archivo *(m.)* file (5)
armonía *(f.)* harmony (9)
arpa *(m.)* harp (9)
arrancar to start (a machine) (2)
arreglar(se) to get (oneself) ready (1)
arrepentirse to be sorry (4)
arriesgado(a) risky (8)
arruga *(f.)* wrinkle (2)
arrumbado(a) abandoned (2)
artesanía *(f.)* handicraft (2)
arzobispo *(m.)* archbishop (4)
asado *(m.)* barbecue (2)
asar to grill (3)
asentamiento *(m.)* settlement, shantytown (8)
asesinar to assassinate, to murder (4)
asesinato *(m.)* murder (4)

asesor(a) advisor (4)

asfalto *(m.)* asphalt (8)

asiduo(a) frequent, regular (7)

asilo *(m.)* **de ancianos** retirement home (1)

asustar to scare (3); **asustarse** to get scared (1)

atole *(m.)* a thick, hot drink made with corn starch (3)

atraer to attract (8)

atril *(m.)* lectern (10)

atropellado(a) run over (2)

auge *(m.)* boom (10)

aumentar to increase (3)

auto *(m.)* car (Spain) (8)

autobus *(m.)* bus (8)

autóctono(a) native (9)

autodidacta self-taught (6)

autor(a) author (1, 10)

aventuras, de adventure (6)

ayuntamiento *(m.)* town hall (8)

azotar to beat, to lash (4)

B

baile *(m.)* dance (6)

bajar to get off (a bus, train, etc.) (8); **bajar archivos** to download files (5)

bajo *(m.)* bass (9)

balada *(f.)* ballad (6, 9)

bañar(se) to bathe (oneself) (1)

banda sonora soundtrack (6)

barato(a) cheap (2)

barrio *(m.)* district, neighborhood (8)

barro *(m.)* mud (2)

batería *(f.)* drum set (9)

beatificar to beatify (4)

beatitud *(f.)* saintliness (6)

belleza *(f.)* beauty (3)

besado(a) kissed (1)

besar to kiss (1)

beso *(m.)* kiss (1)

billete *(m.)* bill (money) (7)

biográfico(a) biographical (10)

bisabuelo(a) great-grandparent (1)

bisnieto(a) great-grandchild (1)

blog *(m.)* blog (5)

blues *(m.)* blues (9)

bolsa *(f.)* bag (3); **bolsa de valores** stock market (7)

bombilla *(f.)* straw (3)

bombos *(m.)* drums (5)

bono *(m.)* bonus (7)

boricua Puerto Rican (colloquial) (9)

borrar to delete, to erase (5)

botella *(f.)* bottle (3)

brasas *(f.)* coals (2)

brea *(f.)* tar (8)

brecha *(f.)* **generacional** generation gap (1)

brillante *(m.)* diamond (7)

brindar to toast, to offer a toast (6)

bruja *(f.)* witch (4)

burlarse (de) to make fun (of) (1, 8)

butaca *(f.)* seat (at a theater or movie theater) (6)

C

caber to fit (8); **caber señalar** to be worth mentioning (8)

caer to fall, to drop (9)

caja *(f.)* box, coffin (1); service window (7)

cajero(a) cashier (7); **cajero automático** *(m.)* automatic teller machine (7)

calabaza *(f.)* gourd (3)

callar(se) to quiet (to be quiet) (1)

callejero(a) from the streets, stray (8)

caloría *(f.)* calorie (3)

calvo(a) bald (1)

cambiado(a) changed (1)

cambiar to change (1)

cambio *(m.)* change (1); **cambio de moneda extranjera** foreign currency exchange (7)

caminante *(m., f.)* wanderer (10)

camino *(m.)* path (10)

camión *(m.)* bus (Mexico) (8)

campanilla *(f.)* ring (5)

canas *(f.)* white hairs (2)

canción *(f.)* song (6)

cantante *(m., f.)* singer (6)

cantautor(a) singer-songwriter (9)

canto *(m.)* singing (9)

caótico(a) chaotic (8)

capítulo *(m.)* chapter (10)

caracterización *(f.)* characterization (2)

caracterizar to characterize (2)

carambola *(f.)* shot (8)

carbohidrato *(m.)* carbohydrate (3)

cárcel *(f.)* jail (5)

carecer to lack, to not have (10)

carencia *(f.)* lack, shortage (6), scarcity (8)

cargar to charge (to a credit/debit card) (7)

Carnaval *(m.)* carnival (similar to Mardi Gras) (2)

carnicero(a) butcher (8)

carpa *(f.)* tent (5)

carpeta *(f.)* cover; binding (10)

carretilla *(f.)* cart (2)

carro *(m.)* car (Mexico, Central America, Andes, Caribbean) (8)

cartelera *(f.)* billboard (6)

casado(a) married (1)

casamiento *(m.)* wedding (2)

casarse (con) to marry (1)

catalogar to catalog (10)

cátedra *(f.)* lecture (6)

causa *(f.)* cause (5)

cauteloso(a) cautious (5)

celebración *(f.)* celebration

celebrado(a) celebrated

celebrar to celebrate (2)

cemento *(m.)* cement (8)

cepillar(se) to brush (onself) (1)

cereal *(m.)* grain (3)

cerebro *(m.)* brain (10)

chapulín *(m.)* cricket (4)

charlando chatting (1, 3)

chatear to chat online (5)

chequera *(f.)* checkbook (7)

chiste *(m.)* joke (6)
ciencia ficción *(f.)*, **(de)** science fiction (6)
cierto, ser to be certain (3)
cifra *(f.)* figure (7)
cifrado(a) encoded (8)
cima *(f.)* summit (9)
circo *(m.)* circus (6)
círculo *(m.)* **de lectura** book club (10)
cirujano(a) surgeon (3)
cita *(f.)* date, appointment (1)
clarinete *(m.)* clarinet (9)
clase *(f.)* class; **clase baja** lower class; **clase media**
    middle class; **clase alta** upper class (5)
clásico(a) classic (6)
cliente *(m., f.)* client (7)
cloruro de sodio *(m.)* sodium chloride (3)
cobarde cowardly (4)
cobertura *(f.)* (satellite) coverage (5)
cobrar to charge (7)
coche *(m.)* car (Spain) (8)
cocina *(f.)* cuisine (2)
colectivo *(m.)* bus (Argentina, Colombia) (8)
colesterol *(m.)* cholesterol (3)
colgar to hang up (5)
colonia *(f.)* residential subdivision (8)
combi *(f.)* car or van used like a taxi (Mexico) (8)
comediante *(m., f.)* comedian (6)
comensal *(m.)* guest at the table (3)
comentar to comment (6)
comenzar to begin (2)
comerse to eat up (1)
cómico(a) funny (6)
comida chatarra *(f.)* junk food (3)
comisión *(f.)* commission (7)
competencia *(f.)* competition (7)
componer to compose (9)
comprometerse to make a commitment (5)
compromiso *(m.)* engagement, commitment (1)
computadora *(f.)* **portátil** laptop (5)
con tal (de) que as long as; in order that, so that (5)
conceder to grant (3)
concierto *(m.)* concert (9)
confiarse to trust (2)
conflicto *(m.)* conflict (5)
congelado(a) frozen (3)
conmemorar to commemorate (2)
conmover to move (emotionally) (6)
Conquista, la the Conquest (4)
conseguir to get, to obtain (5)
consejo *(m.)* advice (3)
conservatorio *(m.)* conservatory (9)
constar to be apparent (having witnessed something) (3)
consulta: (de) consulta reference (10)
consumir to consume (3)
contar to tell (someone) (6)
contemporáneo(a) contemporary (5)
contener to contain (8)
contento(a), estar to be pleased (3)
contestar to answer (6)
contraseña *(f.)* password (5)

contratar to hire (7)
contrato *(m.)* contract (7)
convencional conventional (5)
convivir to live together in harmony (1)
copa *(f.)* top (9)
coquetear to flirt (1)
coraje *(m.)* bravery (8)
coreografía *(f.)* choreography (9)
coro *(m.)* choir (9)
corona *(f.)* crown (8)
corredor (vial) *(m.)* freeway (8)
correo electrónico *(m.)* e-mail (5)
cortometraje *(m.)* short film (6)
cosechar to harvest (8)
coser to sew (6)
cosmopolita cosmopolitan (8)
costumbre *(f.)* habit, tradition, custom (2)
cotidiano(a) everyday, daily (5)
crecer to grow up (1); to grow (7)
crecimiento económico *(m.)* economic development (4)
creencia *(f.)* belief (2)
creer to believe (3)
criado(a) servant, maid (2)
criar to raise, to bring up (1)
crimen *(m.)* crime (8)
criminal *(m., f.)* criminal (4)
crítica *(f.)* review of a film (6)
crítico(a) critic (6)
cuadrarse to fit (8)
cuadras *(f.)* blocks (8)
cuando when (5)
cuatro *(m.)* four-stringed guitar (9)
cuchitril *(m.)* small and dirty room (2)
cuenta *(f.)* bill (statement showing amount owed) (7);
    cuenta corriente checking account (7); **cuenta**
    de ahorros savings account (7)
cuento *(m.)* short story (1)
cuerda *(f.)* string (9)
cultivar to cultivate (8)
cultivo *(m.)* crop (8)
culto(a) educated, cultured (9)
cumbre *(f.)* summit (9)
cuñado(a) brother/sister-in-law (1)
curriculum vitae *(m.)* résumé (7)
cuyo(s) / cuya(s) whose (10)

D

damnificado(a) victim (5)
dar tregua to provide a respite or rest (5); **dar un mal**
    paso to make a bad choice (6); **dar una mano** to
    help (10); **darse cuenta (de)** to realize (1)
débil weak (4)
decidirse to make one's mind up (1)
decir to say (6)
dedicado(a) dedicated (4)
dedicarse (a) to do (something) for a living (8)
defender to defend (9)
defensa *(f.)* defense (4)
dejar to allow (2)

democracia *(f.)* democracy (4)
demoler demolish (2)
denominarse to be called (10)
densidad *(f.)* **demográfica** population density (8)
departamento *(m.)* neighborhood (2)
depositar to deposit (7)
depósito *(m.)* deposit (7)
derecha *(f.)* right wing (4)
derecho *(m.)* right (4); **derecho al voto** right to vote (5)
derrama económica *(f.)* earnings (6)
derramar to spill (4)
derrocar to overthrow (4)
derrota *(f.)* defeat (4)
desafinado(a) out of tune (9)
desaparecidos, los disappeared people (4)
desarrollo *(m.)* development (4)
descargar archivos to download files (5)
descomponer to break down (a machine) (9); **descomponerse** to break down (7)
descremado(a) skimmed (3)
desear to desire (2)
desechable disposable (3)
desempleo *(m.)* unemployment (7)
desenlace *(m.)* ending (10)
deserción escolar *(f.)* dropping out of school (5)
desfile *(m.)* parade (2)
deshacerse to get rid of (4)
desintegrado(a) broken (1)
despedir to fire (7); **despedirse** to say good-bye (1)
despertar(se) to wake (oneself) up (1)
después (de) que after (5)
destacado(a) distinguished (9)
deuda *(f.)* debt (2)
Día *(m.)* **de los Muertos** Day of the Dead (2)
diálogo *(m.)* dialogue (8)
dictadura *(f.)* dictatorship (4)
didáctico(a) didactic, instructive (10)
dieta *(f.)* diet (3)
difundir to spread (6)
dinero *(m.)* money (7)
director(a) director (6)
dirigir to conduct, to lead (9)
disco *(m.)* record (9); **disco compacto** (CD) compact disc (9)
díscola disobedient (2)
disecado(a) preserved, stuffed (9)
disfrazarse to dress up for a masquerade, to disguise oneself (2)
disfrutar to enjoy (3)
disgustar to dislike, to upset (3)
disminuir to decrease (7)
disparador *(m.)* trigger (10)
disponibilidad *(f.)* availability (6)
disponible available (10)
dispositivo *(m.)* device (10)
distribución *(f.)* **de ingresos** income distribution (5)
distribuir to distribute (10)
divertirse to have fun (1)
divorciado(a) divorced (1)
divorciarse (de) to get divorced (from) (1)
divorcio *(m.)* divorce (1)
documental *(m.)* documentary (6)

domicilio *(m.)* residence (7)
dominar (el inglés) to speak (English) proficiently (5)
donar to donate (5)
donde where (10)
dormirse to fall asleep (1)
dotado(a) gifted (4)
dotar to provide (7)
drama *(m.)* drama (10)
dramático(a) dramatic (6)
ducharse to shower (1)
dudar to doubt (3)
dueño(a) owner (7)
dulce sweet (3)
durar to last (4)

E

echar to throw (9); **echar de menos** to miss (6)
edad *(f.)* age (7)
edición *(f.)* edition (10)
editar to edit (10)
editorial *(f.)* publisher (10)
efectivo *(m.)* cash (7)
efecto especial *(m.)* special effect (6)
egoísta selfish (4)
ejercer to exercise (a right, an influence), to practice (a profession) (5)
ejército *(m.)* army (4)
el (la) cual which, the one which (10)
elección *(f.)* election (4)
elegir to elect (4)
eliminar to eliminate (3)
embarcadero *(m.)* pier (8)
embotellado(a) bottled (3)
embotellamiento *(m.)* traffic jam (8)
embotellar to bottle (3)
emocionante exciting, thrilling (6)
emocionar to thrill, to excite (3)
empapado(a) soaked (8)
empeñar to pawn (7)
empeorar to get worse, to deteriorate (5)
empezar to begin (2)
empleado(a) employee (7)
empleo *(m.)* job, employment (5)
emprender to undertake (4, 7)
empresa *(f.)* company (7)
empujar(se) to push (oneself) (8)
en caso de que in case (5)
en cuanto as soon as (5)
en promedio on average (6)
en todos lados everywhere (7)
en vez de instead of (4)
enamorado(a) (de) in love with (1)
encabalgamiento *(m.)* enjambment (10)
encantar to love (3)
encomendar to entrust (5)
encuadernar to bind (10)
endulzar to sweeten (3)
enfermarse to get sick (1)

enfoque (m.) focus (10)
engordar to gain weight (3)
enlatado(a) canned (3)
enlatar to can (3)
enlazar to lasso or rope (9)
enojar to make angry (3); enojarse to become angry (1)
ensayar to rehearse (9)
ensayo (m.) rehearsal, practice (9); essay (10)
enterarse to find out (4, 5)
enterrar to bury (2, 9)
entonado(a) in tune (9)
entrenador(a) coach (4)
entretener to entertain (6)
entristecido(a) saddened (9)
envejecer to age, to get old (1)
equivocación (f.) error (4)
escalador(a) climber (9)
escena (f.) scene (6)
escenario (m.) setting (2)
esclavo(a) slave (4)
esclavitud (f.) slavery (5)
escritor(a) writer (1)
escudo (m.) emblem (4)
escuela (f.) de párvulos pre-school (2)
esmero (m.) careful effort (2)
espantado(a) scared (8)
esparcir to spread (8)
espectáculo (m.) show, performance (6)
esperanza (f.) de vida life expectancy (1)
esperar to hope, to wish (2)
estabilidad (f.) stability (4)
estela (f.) wake or tracks of a ship (10)
estorbado(a) bothered (8)
estrenar to premiere, to show (or use something) for the first time (6)
estreno (m.) premiere (6)
estrépito (m.) din, noise (5)
estribillo (m.) chorus, refrain (9)
estridencias (f.) shrillness (9)
estrofa (f.) verse, stanza (6)
estructura (f.) (circular, lineal) organization of text (circular, linear) (9); estructura vial road structure (8)
ética (f.) ethics (4)
evidente, ser to be evident (3)
evitar to avoid (3)
evolución (f.) evolution (5)
evolucionar to evolve (5)
exhibir to show (a movie) (6)
éxito (m.) success (6); musical hit (9)
exitoso(a) successful (9)
explicar to explain (6)
extirpar to extract (7)

F

fábrica (f.) factory (8)
fabricante (m. f.) manufacturer (10)
fabricar to make (9)
fallar to fail (4)
feminismo (m.) feminism (5)

feria (f.) fair (10)
festejar to celebrate (1, 2)
fibra (f.) fiber (3)
ficción (f.) fiction (10)
los fieles the faithful, the believers (4)
fiesta (f.) holiday (2)
figurar to appear (6)
fijarse to notice (2); fijar reglas to set rules (10)
filmar to film (6)
final (m.) ending (6)
firmar to sign (5, 7)
flaco(a) skinny (3)
flauta (f.) flute (9)
folclor (m.) folklore (2)
fomentar to promote (10)
fortalecimiento (m.) strengthening (4)
fosa (f.) grave (2)
fotografía (f.) photography (6)
fracaso (m.) failure (6)
frasco (m.) jar (3)
Fray (religious) Brother (5)
freír to fry (3)
frustrado(a), estar to be frustrated (3)
frustrar to frustrate (3); frustrarse to become frustrated (1)
fuego (m.) fire (2)
fuente (f.) fountain (8)
fuerte strong (4)
fuerza (f.) strength (5); fuerza espiritual spiritual strength (9)
función (f.) show (6)
fusilado(a) shot (4)

G

galas (f.) best clothes (1)
ganadería (f.) cattle raising (8)
ganado (m.) cattle (8)
ganancias (f.) earnings (6)
gasto (m.) expense (2)
gaucho (m.) cowboy from Argentina and Uruguay (2)
generación (f.) generation (1)
género (m.) genre (9)
gente (f.) people (8)
gerente (m., f.) manager (7)
gira (f.) tour (9)
globalización (f.) globalization (5)
gobierno (m.) government (4)
golosinas (f.) sweets, snacks (6)
golpe de estado (m.) coup d'état (4)
grabación (f.) recording (9)
grabar to record, to burn (a DVD or CD) (5)
gracioso(a) funny (6)
grados (m.) [Spanglish] grades (5)
gráfica (f.) chart (7)
gramo (m.) gram (3)
granja (f.) farm (8)
grasa (f.) fat (3)
guagua (m.) bus (Caribbean) (8)
guerra (f.) war (5)
guijarro (m.) stone (4)
guion (m.) screenplay (10)

guionista *(m., f.)* screenplay writer (10)
guitarra *(f.)* guitar (9)
gustar to like (3)
gusto *(m.)* taste (5)

H

habitar to inhabit (8)
hábito *(m.)* habit (2)
hacer clic (en) to click (on) (5); **hacer fila/cola** to form a line (7); **hacerse a la idea de** to get used to the idea of (1)
hacerse to become (1)
hada fairy (4); **el hada madrina** *(f.)* the fairy godmother (3)
hallazgo *(m.)* finding (10)
harina *(f.)* flour (3)
hartarse to get tired of (6)
hasta que until (5)
heredado(a) inherited (2)
heredar to inherit (2)
herejía *(f.)* heresy (6)
herencia *(f.)* **cultural** cultural heritage (2)
hermanastro(a) stepbrother / stepsister (1)
héroe *(m.)* hero (4)
heroíco(a) heroic (4)
heroína *(f.)* heroine (4)
herramienta *(f.)* tool (7)
hijastro(a) stepson / stepdaughter (1)
hilera *(f.)* row (6)
hip hop *(m.)* hip hop (9)
hipoteca *(f.)* mortgage (7)
hispanohablante Spanish-speaking (8)
historia *(f.)* story, history (10)
hombre de negocios/mujer de negocios businessman/ businesswoman (7)
homenajeado(a) honored (9)
honda *(f.)* slingshot (4)
honesto(a) honest (4)
hornear to bake (3)
horror: (de) horror horror (6)
hoy en día nowadays (1)
hueco *(m.)* hole (7)
huelga *(f.)* strike; **huelga de hambre** hunger strike (5)
huella *(f.)* footprint, trace (10)
huérfano(a) orphan (1)
huerto *(m.)* vegetable garden, orchard (8)
humilde humble (4)
hundirse to sink (oneself) (2)

I

idealista idealist (4)
identidad *(f.)* identity (2)
idóneo(a) ideal (6)
igualitario(a) egalitarian (5)
imagen *(f.)* image (5)
importar to be important (3)
imprimir to print (10)
impuestos *(m.)* taxes (5)
incendiar to set fire (8)
incinerar to incinerate (2)
independizarse to become independent (2)

infantil, literatura children's literature (10)
injusticia *(f.)* injustice (4)
innovación *(f.)* innovation (5)
innovar to innovate (6)
insistir (en) to insist (2)
instrumento *(m.)* **de cuerda/percusión/viento** string/ percussion/wind instrument (9)
intermedio *(m.)* intermission (6)
interpretar to perform, to interpret, to play (a role) (9)
intrigante *(m. f.)* schemer (6)
invertir to invest (7)
involucrado(a) involved (3)
involucrarse (en) to get involved (in) (5)
ironía *(f.)* irony (4)
irónico(a) ironic (4)
irse to go away, to leave (1)
izquierda *(f.)* left wing (4)

J

jazz *(m.)* jazz (9)
jilguero *(m.)* goldfinch (4)
jubilación *(f.)* retirement (7)
jubilarse to retire (7)
jugar al billar to play billiards (8)
juntar to gather, to stack (3)
justicia *(f.)* justice (4)
justo(a) fair (4)
juvenil, literatura young adult literature (10)

K

kermes *(f.)* outdoor fair/festival (2)
kilo *(m.)* kilo (3)

L

lácteos *(m.)* dairy (3)
lados, en todos everywhere (7)
lana *(f.)* **de oveja** lamb's wool (2)
lápida *(f.)* tombstone (9)
largometraje *(m.)* feature-length film (6)
lastimar(se) to hurt (oneself) (1)
lata *(f.)* can (3)
lavar(se) to wash (oneself) (1)
lazo *(m.)* bond (2)
leal loyal (4)
lector(a) reader (6,10); **lector electrónico** e-book reader (5)
lectura *(f.)* text, reading (10)
legado *(m.)* legacy (2)
legumbres *(f.)* legumes (3)
lema *(m.)* motto (4)
lenguaje *(m.)* language (2)
letra *(f.)* lyrics (9)
levantar(se) to get (oneself) up (1)
ley *(f.)* law (4)
leyenda *(f.)* legend (5)
libra *(f.)* pound (3)
libro *(m.)* book; **libro de bolsillo** paperback (10); **libro de pasta dura** hardbound book (10); **libro electrónico** e-book (10); **libro impreso** printed book (10); **libro rústico** paperback (10)

líder *(m., f.)* leader (4)
liderazgo *(m.)* leadership (4)
limitar to limit (3)
litro *(m.)* liter (3)
llevarse (bien/mal/regular) to get along (well/ poorly/okay) (1)
lo cual which (10)
lo que what, the thing which/that (10)
lobo *(m.)* wolf (4)
local local (8)
lograr to achieve (6)
loor *(m.)* praise (6)
los (las) cuales which (10)
luchar to struggle, to work hard in order to achieve something (4)

M

madera *(f.)* wood (2)
madrastra *(f.)* stepmother (1)
madrugador(a) early riser (7)
magro(a) lean (3)
mal repartido(a) poorly distributed (2)
malgenioso(a) ill-tempered (2)
mandar to order (2)
manejar to drive (8); to deal (9)
manía *(f.)* obsession, fixation (5)
manifestación *(f.)* demonstration (5)
mano *(f.)* **de obra** labor force (8)
manteca *(f.)* fat (2)
mapudungun *(m.)* the Mapuche language, meaning "the talk of Earth" (9)
marcar to signal (4)
marcha *(f.)* march (protest) (5)
mariscos *(m.)* seafood (3)
más... que more . . . than (8)
mascullando mumbling (6)
matar to kill (4)
mate *(m.)* a tea popular in Argentina and other South American countries (3)
matrimonio *(m.)* marriage; married couple (1)
mayor older (2, 8)
media luna *(f.)* croissant (3)
medio tiempo *(m.)* half time (6)
mejor better (8)
mejorar to improve (5)
mencionar (que) to mention (that) (6)
menesteroso(a) needy (6)
menor younger (8)
menos... que less . . . than (8)
mercadotecnia *(f.)* marketing (5)
merendar to have a light snack or meal (3)
merienda *(f.)* light snack or meal (3)
merodeos *(m.)* snooping, prowling (6)
meter to put; **meterse (en)** to go (in), to get (in), to meddle (1)
metralleta *(f.)* machine gun (8)
mezcla *(f.)* mixture (9)
micro *(m.)* bus (Chile) (8)
mientras que as long as (5)
migración *(f.)* migration (5)

mina *(f.)* minefield (9)
mineral *(m.)* mineral (3)
mío(s)/mía(s) mine (10)
misa *(f.)* mass (4)
miseria *(f.)* poverty (7)
misterio: (de) misterio mystery (6)
modernidad *(f.)* modernity (5)
moderno(a) modern (1)
molestar to bother (3)
moneda *(f.)* coin (7)
monólogo *(m.)* monologue (2)
Monseñor *(m.)* Monsignor (4)
monumento *(m.)* monument (8)
morada *(f.)* residence (7)
morder to bite (7)
mortífero(a) lethal (1)
movimiento *(m.)* **ecologista** environmental movement (5); **movimiento pacifista** pacifist movement (5); **movimiento social** social movement (5)
muchedumbre *(f.)* crowd (5)
mudarse to move (residences) (1)
murmullo *(m.)* murmur (6)
música clásica *(f.)* classical music (9); **música country** country music (9); **música folclórica** traditional folk music (9); **música pop** pop music (9)

N

nacer to be born (1)
nacionalismo *(m.)* nationalism (2)
nacionalización *(f.)* nationalization (4)
nalgas *(f.)* buttocks (vulgar) (3)
narcotraficante *(m., f.)* drug dealer (4)
narrador(a) narrator (2, 10)
narrativa *(f.)* narrative (10)
necesitar to need (2)
negar to deny (3)
negocios *(m.)* business (7)
niñez *(f.)* childhood (1)
Noche *(f.)* **de Brujas** Halloween (2)
Nochebuena *(f.)* Christmas Eve (5)
nombre *(m.)* **de pila** first name (2)
novedad *(f.)* novelty (10)
novela *(f.)* novel (10)
noviazgo *(m.)* relationship between a boyfriend and a girlfriend
novio(a) boyfriend / girlfriend (1)
nuera *(f.)* daughter-in-law (1)
nuestro(s)/nuestra(s) ours (10)

O

obra *(f.)* collection of work during a writer's career (3); work (of art or literature) (10)
obsoleto(a) obsolete, out of date (1)
obvio: es obvio it is obvious (3)
oculto(a) hidden (7)
odiar to hate (1)
oficio *(m.)* job (9)
ofrenda *(f.)* offering (altar) (2)
oído *(m.)* hearing (5); ear (for music), inner ear (9)

oleada *(f.)* wave (10)
olfato *(m.)* smell (5)
olvidar to forget (9)
ópera *(f.)* opera (9)
opinión *(f.)* **pública** public opinion (5)
orquesta *(f.)* orchestra (9)
ortografía *(f.)* spelling (10)

P

padrastro *(m.)* stepfather (1)
pagar a plazos to pay in installments (7)
pago *(m.)* payment (7)
paisaje *(m.)* landscape (7)
palangana *(f.)* basin (9)
paloma *(f.)* **mensajera** messenger pigeon (4)
palomitas *(f.)* **de maíz** popcorn (6)
pañal *(m.)* diaper (5)
pandilla *(f.)* gang (5, 8)
pantalla *(f.)* screen (6)
panteón *(m.)* cemetery (2)
papada *(f.)* double chin (2)
papel *(m.)* role (1)
paquete *(m.)* packet, box (3)
parada *(f.)* bus stop (8)
pardillo *(m.)* linnet (4)
parecer (bien/mal) to seem (good/bad) (3)
pareja *(f.)* couple, partner (1)
parentesco *(m.)* relationship (family) (2)
pariente *(m.)* relative (1)
parque *(m.)* **de diversiones** amusement park (6)
participación *(f.)* participation, involvement (5)
partido *(m.)* game (sport), match (6); **partido (político)** (political) party (4)
pasajero(a) passenger (8)
pasársela bien/mal to have a good/bad time (6)
pasillo *(m.)* hallway (7)
paso *(m.)* step (7)
patria *(f.)* homeland, motherland (4)
payaso(a) clown (6)
peatón/peatona pedestrian (8)
pedazo *(m.)* piece (8)
pedir to ask for, to request (2); **pedir que** to ask that (6)
pedrada *(f.)* blow from stone (4)
pegajoso(a) catchy (9)
peli (short for **película**) *(f.)* movie [slang] (5)
película *(f.)* movie, film (6)
peligrosidad *(f.)*: **alta peligrosidad** high security (10)
pelota *(f.)* **tatá** burning ball (2)
peña *(f.)* a venue to eat and listen to folk and traditional music (6)
pensar to think (3)
peor worse (8)
percatarse to notice (2)
perder to lose (9)
permanecer ajeno(a) to remain unaware (5)
permitir to permit, to allow (2)
persistencia *(f.)* perseverance (5)
personaje *(m.)* character (10)
pertenecer to belong (5)

pesado(a) heavy, difficult (1)
pesca *(f.)* fishing (8)
pesero *(m.)* car or van used like a taxi (Mexico) (8)
pestañas postizas *(f.)* false eyelashes (2)
petición *(f.)* petition (5)
piano *(m.)* piano (9)
picante spicy (3)
pintoresco(a) picturesque (8)
pisar to walk upon (10)
piso *(m.)* flat, apartment (2)
plaga *(f.)* plague (3)
planos *(m.)* blueprints (8)
platicar to talk (3)
población *(f.)* population (8)
poderoso(a) powerful (4)
poema *(m.)* poem (3)
poemario *(m.)* book of poems (10)
poesía *(f.)* poetry, poem (3)
poeta/poetisa poet (3)
poner(se) to put on (clothing) (1); **ponerse (feliz, triste, nervioso, furioso, etc.)** to become (happy, sad, nervous, furious, etc.) (1); **ponerse a dieta** to put oneself on a diet (3)
popular popular (9)
por ciento percent (7)
por cuenta propia on their own (7)
porcentaje *(m.)* percentage (7)
porción *(f.)* portion (3)
portada *(f.)* cover (10)
portero(a) goalie (4)
posiblemente possibly (3)
potaje *(m.)* vegetable and legume-based stew (3)
potestad *(f.)* authority (6)
práctica *(f.)* practice (2)
preferir to prefer (2)
preguntar si (cuándo, dónde, qué, etc.**)** to ask if (when, where, what, etc.) (6); **preguntarse** to wonder (1)
premio *(m.)* prize, award (6)
prenda *(f.)* security (7)
preocupado(a), estar to be worried (3)
preocupar to worry (3)
presagio *(m.)* premonition (8)
prescindible expendable (7)
prescindir to do without (3)
presentarse to perform (9)
presentimiento *(m.)* premonition (8)
prestaciones *(f.)* benefits (7)
préstamo *(m.)* loan (7); **préstamo prendario** pawn broking (7)
probar to taste (3)
producir to produce (6)
progreso *(m.)* progress (5)
prohibido(a) forbidden (7)
prohibir to prohibit, to forbid (2)
prolijo(a) detailed (9)
prometido(a) fiance(é) (1)
promocionar(se) to promote (oneself) (7)
pronunciarse to speak out (9)
propósito *(m.)* purpose (10)
protagonista *(m.)* protagonist (6)

proteína *(f.)* protein (3)
próximo(a) next (4)
publicación *(f.)* publication (10)
publicar to publish (10)
público *(m.)* audience (6, 9)
pueblo *(m.)* people (2); town (8)
puede (ser) it might be (3)
puesto *(m.)* position, job (7)
púlpito *(m.)* pulpit (4)
puntería *(f.)* marksmanship (4)

Q

que that, who (10)
quedar to remain behind, to be left behind (9), **quedarse** to stay (1)
quejarse to complain (1)
quemar to burn (2)
quena *(f.)* Andean reed flute (9)
querer (a) to love (a person) (1)
quien(es) who, whom, that (10)
quiosco *(m.)* kiosk, stand (8)
quitar(se) to take off (of onself) (1)
quizá(s) maybe (3)

R

radio *(m.)* radio (device) (9); *(f.)* radio (transmission) (9)
rancho *(m.)* small farm, ranch (8)
rap *(m.)* rap (9)
rascacielos *(m.)* skyscraper (8)
Rastro, el a flea market in Madrid, Spain (6)
re menor D minor (9)
realismo mágico *(m.)* magic realism (8)
recargar to recharge (10)
recaudado(a) gathered, obtained (5)
receptor(a) the person to whom a poem is directed (10)
recibo *(m.)* receipt (7)
recluso(a) inmate (10)
recomendar to recommend (2)
reconciliarse (con) to make up (with) (1)
recordar to remember (2)
recursos *(m.)* resources (4); **recursos limitados** limited resources (5)
red *(f.)* **social** social network (5)
reducir to reduce (3)
referencia *(f.)* reference (4)
referirse a to refer to (4)
reforma *(f.)* change, reform (5)
regalar to give away (4); to give (as a gift) (6)
reggaetón *(m.)* reggaeton (9)
regla *(f.)* rule (3)
reírse (de) to laugh (at) (1)
reivindicación *(f.)* recognition (9)
relacionarse to get to know, to spend time with socially (1)
relación *(f.)* relationship (2)
relajación *(f.)* relaxation (6)
relato *(m.)* story, tale (10)
remendado(a) mended (8)
remis *(m.)* taxi (Argentina) (8)
rencilla *(f.)* quarrel (6)

renunciar to quit (7)
repetición *(f.)* repetition (10)
reproductor *(m.)* **de DVD** DVD player (5)
resortera *(f.)* slingshot (4)
respetado(a) respected (2)
respetar to respect (1, 2)
respeto *(m.)* respect (2)
responder to respond (6)
resucitar to resurrect, to rise from the dead (4)
retirar fondos to withdraw funds (7)
reto *(m.)* challenge (1)
reunirse to get together (1)
revista *(f.)* magazine (10)
revolución *(f.)* revolution (5)
rímel *(m.)* mascara (2)
risa *(f.)* laugh (7)
risotada *(f.)* guffaw (5)
romántico(a) romantic (6)
romper to break up (1), to break (9)
rueda *(f.)* wheel (6); **ruedas macizas** solid wheels (2)
ruido *(m.)* noise (8)
ruiseñor *(m.)* nightingale (4)
ruptura *(f.)* breakthrough (10)
rural rural (8)

S

sacrificarse to sacrifice oneself (2)
sacudir to shake (3)
salado(a) salty (3)
salida *(f.)* **económica** a way to make a living (10)
salir con (una persona) to go out with (1)
salón de baile *(m.)* ballroom (6)
salud *(f.)* health, **¡Salud!** To your health! (2)
saludable healthy (food, activity) (3)
saludar to greet (1)
secar(se) to dry (oneself) (1)
secuela *(f.)* sequel (10)
seguro(a), estar to be sure (3)
sembrar to sow (8)
sencillísimo(a) very easy (8)
senda *(f.)* path (10)
sentarse to sit down (1)
sentidos *(m.)*: **los (cinco) sentidos** the (five) senses (5)
sentir to be sorry, to regret (3), **sentirse (bien, mal, triste, feliz, etc.)** to feel (good, bad, sad, happy, etc.) (1)
separado(a) separated (1)
separarse (de) to separate (from) (1)
sepultado(a) buried (2)
ser cierto to be certain (3)
ser evidente to be evident (3)
ser humano *(m.)* human being (2)
ser obvio to be obvious (3)
ser verdad to be true (3)
serenata *(f.)* serenade (9)
SIDA *(m.)* AIDS (9)
siervo(a) servant (6)
simulacro *(m.)* simulation, farce (5)
sin fines de lucro nonprofit (10)
sino but (rather) (3)

sistema *(m.)* **de transporte público** public transportation system (8)

situación *(f.)* **de paro** (Spain) unemployed (2)

sobre *(m.)* envelope (9)

sodio *(m.)* sodium (3)

solicitar to apply, to request (7)

solicitud *(f.)* **de trabajo** job application (7)

soltero(a) single (1)

solterona *(f.)* old maid (2)

sombreado *(m.)* shading (8)

sonido *(m.)* sound (9)

sorprender to surprise (3); **sorprenderse** to be surprised (1)

subasta *(f.)* auction (7)

subir archivos to upload files (5)

subte *(m.)* (short for **subterráneo**) subway (Argentina) (8)

subterráneo *(m.)* subway (Argentina, Uruguay) (8)

suceder to happen (8)

sucursal *(f.)* branch (7)

suegro(a) father/mother-in-law (1)

sueldo *(m.)* salary (7)

sugerir to suggest (2)

sumar(se) to join (9)

superarse to improve oneself (10)

superación *(f.)* **personal** self-improvement (10)

suplente *(m., f.)* substitute (4)

suponer to suppose (3)

surgir to emerge (7)

suspenso: (de) suspenso suspense (6)

susto *(m.)* fright (4)

suyo(s)/suya(s) his, hers, its, yours (formal) (10)

suyo(s)/suya(s) theirs, yours (plural) (10)

T

tacto *(m.)* touch (5)

tal vez maybe (3)

talento *(m.)* talent (6)

taller *(m.)* **(de literatura)** (writing) workshop (10)

tamaño *(m.)* size (3)

tambor *(m.)* drum (9)

tan... como as . . . as (8)

tanto(a)... como as many/much . . . as (8)

tapar to cover (3)

taquilla *(f.)* box office, ticket office (6)

tararear to hum (9)

tarjeta *(f.)* **de crédito** credit card (7); **tarjeta de débito** debit card (7)

tasa *(f.)* **de desempleo juvenil** unemployment rate among youth (2); **tasa de nupcialidad** *(f.)* marriage rate (2)

tatarabuelo(a) great-great-grandparent (1)

tataranieto(a) great-great-grandchild (1)

taxi *(m.)* taxi (8)

tebeos *(m.)* comics (4)

tema *(m.)* theme, topic (10)

temer to fear (3)

tener miedo (de) to be afraid (of) (3); **tener lugar** to take place (10)

tercera edad *(f.)* old age (1)

testigo *(m., f.)* witness (2)

tierra *(f.)* land (9)

timbales *(m.)* small drums, kettledrums (9)

timbre *(m.)* doorbell (2)

tiro al blanco *(m.)* target shooting (4)

tirón, de un all at once, in one go (3)

tocar to play (9)

todavía still (5); **todavía no** not yet (5)

todo el mundo everyone (8)

tono *(m.)* tone (4)

toro candil burning bull (2)

tortuga *(f.)* turtle (5)

trabajar horas extras to work overtime (7)

trabajo *(m.)* **de tiempo completo** full-time job (7)

tradicional traditional (1)

traducción *(f.)* translation (10)

tráfico *(m.)* traffic (8); **tráfico de drogas** drug trafficking (4)

traidor(a) traitorous (4)

trajinar to bustle about (10)

trama *(f.)* plot (4, 6)

trámite *(m.)* process (7)

tranquilo(a) calm (5), calm, peaceful, quiet (8)

transferir fondos to transfer funds (7)

tranvía *(m.)* streetcar, tram (Mexico) (8)

tras las rejas behind bars (10)

tren ligero *(m.)* light rail

trigo *(m.)* wheat (3)

triste, estar to be sad (3)

trolebús *(m.)* trolley bus (6)

trompeta *(f.)* trumpet (9)

tuyo(s)/tuya(s) yours (10)

U

unido(a) tight, close (family) (1)

unión *(f.)* union (1); **unión civil** civil union (1); **unión libre** a couple living together, but without legal documentation (1)

unir to unite (1)

urbanización *(f.)* urbanization, housing development (8)

urbanizar to develop, to urbanize (8)

urbano(a) urban (8)

urdir to devise (6)

V

valiente brave (4)

valor *(m.)* value (2); bravery (4)

valorar to value (5)

vaquero *(m.)* cowboy (2)

várices *(f.)* varicose veins (2)

vecino(a) neighbor (8)

vegetariano(a) vegetarian (3)

vejez *(f.)* old age (1)

vela *(f.)* candle (2)

velada *(f.)* soirée (6)

vencer to defeat (4)

venganza *(f.)* revenge (6)

ver(se) to see (oneself), to look at (oneself) (1)

verdad, ser to be true (3)

verso *(m.)* line (6); **verso libre** free verse (6)

vestir(se) to dress (oneself) (1)

vez *(f.)* **time, una vez a la semana** once a week (1)
vigente current, updated (1)
villano(a) villain (4)
violento(a) violent (4)
violín *(m.)* violin (9)
violonchelo *(m.)* cello (9)
vitamina *(f.)* vitamin (3)
vitrina *(f.)* display window (6)
viudo(a) widower/widow (1)
vivienda *(f.)* housing (2)
vocablo *(m.)* word (10)
vocerío *(m.)* clamor, noise (5)

volverse to become (1)
votar to vote (4)
voz *(f.)* voice (9); **voz poética** *(f.)* poetic voice (7)
vuestro(s)/vuestra(s) yours, (plural, Spain) (10)

W
yerno *(m.)* son-in-law (1)

Z
zampoñas *(f.)* panpipes (9)
zarpa *(f.)* claw (2)

A

abandoned arrumbado(a) (2)
abandonment abandono *(m.)* (8)
achieve, to lograr (4, 6)
act acto *(m.)*; **to act** actuar (6)
action (de) acción *(f.)* (6)
add, to añadir, (6) agregar (9)
adoption adopción *(f.)* (1)
adventure (de) aventuras *(f.)* (6)
advice consejo *(m.)* (3)
advise, to aconsejar (2)
advisor el (la) asesor(a) (4)
afraid (of), to be tener miedo (de) (3)
after después (de) que (5)
age edad *(f.)* (7); **to age** envejecer (1)
agree formally comprometerse (5)
agriculture agricultura *(f.)* (8)
AIDS SIDA *(m.)* (9)
album álbum *(m.)* (9)
all at once de un tirón (3)
allow, to dejar, permitir (2)
amusement park parque *(m.)* de diversiones (6)
analysis análisis *(m.)* (7)
ancestor antepasado *(m.)* (2)
Andean reed flute quena *(f.)* (9)
angry, to become enojarse (1); **to make angry** enojar (3)
animated animado(a), de animación (6)
answer, to contestar (6)
anthology antología *(f.)* (10)
apartment piso *(m.)* (2)
apparent, to be (having witnessed something) constar (3)
appear, to aparecer (2, 3); figurar (6)
apply, to solicitar (7)
appointment cita *(f.)* (1)
appreciation apreciación *(f.)* (9)
approach, to acercarse (6)
approval aprobación *(f.)* (7)
archbishop arzobispo *(m.)* (4)
army ejército *(m.)* (4)
as . . . as tan... como (8)
as long as con tal (de) que, mientras que (5)
as many/much . . . as tanto(a)... como (8)
as soon as en cuanto (5)
ask for, to pedir (2); **to ask if (when, where, what, etc.)** preguntar si (cuándo, dónde, qué, etc.) (6); **to ask that** pedir que (6)
asphalt asfalto *(m.)* (8)
aspire, to ambicionar (10)
assassinate, to asesinar (4)
at all cost a costa de lo que sea (4)
attach, to adjuntar to (5)
attend, to acudir (6)
attract, to atraer (8)
auction almoneda *(f.)*; subasta *(f.)* (7)
audience público *(m.)* (6, 9)
author autor(a) (1, 10)
authority potestad *(f.)* (6)
automatic teller machine cajero automático (7)
availability disponibilidad *(f.)* (6)

available disponible (10)
avoid, to evitar (3)
award premio *(m.)* (6)

B

bad, to feel sentirse mal (1)
bag bolsa *(f.)* (3)
bake, to hornear (3)
bald calvo (1)
ballad balada *(f.)* (6, 9)
ballroom salón de baile *(m.)* (6)
barbecue asado *(m.)* (2)
basin palangana *(f.)* (9)
bass bajo *(m.)* (9)
bathe, to bañar(se) (1)
beat, to azotar (4)
beatify, to beatificar (4)
beauty belleza *(f.)* (3)
become, to volverse (1); **to become (happy, sad, nervous, furious, etc.)** (1) ponerse (feliz, triste, nervioso, furioso, etc.) (1); **to become independent** independizarse (2); **to become angry** enojarse (1); **to become bored** aburrirse (1); **to become frustrated** frustrarse (1); **to become happy** alegrarse (1); **to become frightened** asustarse (1)
before antes (de) que (5)
begin, to empezar (2); comenzar (2)
behind bars tras las rejas (10)
belief creencia *(f.)* (2)
believe, to creer (3)
believer fiel *(m.)* (4)
belong, to pertenecer (5)
benefits prestaciones *(f.)* (7)
best clothes galas *(f.)* (1)
bet apuesta *(f.)* (6); **to bet** apostarse (8)
better mejor (8)
bill (money) billete *(m.)*, (statement showing amount owed) cuenta *(f.)* (7)
billboard cartelera *(f.)* (6)
bind, to encuadernar (10)
binding carpeta *(f.)* (10)
biographical biográfico(a) (10)
bite, to morder (7)
bitter amargado(a) (2)
block cuadra *(f.)* (8)
blog blog *(m.)* (5)
blow from a stone pedrada *(f.)* (4)
blueprint plano *(m.)* (8)
blues blues *(m.)*
bond lazo *(m.)* (2)
bonus bono *(m.)* (7); **bonus paid at the end of the year** aguinaldo *(m.)* (7)
book club círculo *(m.)* de lectura (10)
book of poems poemario *(m.)* (10)
boom auge *(m.)* (10)
bored aburrido(a) (1)
born, to be nacer (1)
bother, to molestar (3)
bothered estorbado(a) (8)
bottle botella *(f.)* (3); **to bottle** embotellar (3)
bottled embotellado(a) (3)

box caja *(f.)* (1); paquete *(m.)* (3)
brain cerebro *(m.)* (10)
branch sucursal *(f.)* (7)
brave valiente (4)
bravery coraje *(m.)* (8); valor *(m.)* (4)
break down, to (a machine) descomponer (7)
break up, to romper (1, 9)
breakthrough ruptura *(f.)* (10)
bring up, to criar (1)
broken desintegrado(a) (1)
Brother Fray (religious) *(m.)* (5)
brother-in-law cuñado (1)
brush, to cepillar(se) (1)
buried sepultado(a) (2)
burn, to (a DVD or CD) grabar (5); quemar (2)
burning ball pelota tatá *(f.)* (2); **burning bull** toro candil *(m.)* (2)
bury, to enterrar (2, 9)
bus autobús *(m.)*, colectivo *(m.)* (Argentina, Colombia), micro *(m.)* (Chile), camión *(m.)* (Mexico), guagua *(m.)* (Caribbean) (8)
bus stop parada *(f.)* (8)
business negocios *(m.)* (7)
businessman/businesswoman hombre de negocios/ mujer de negocios (7)
bustle about, to trajinar (10)
bustle ajetreo *(m.)* (3)
but (rather) sino (3)
butcher carnicero *(m.)* (8)
buttocks nalgas *(f.)* (vulgar) (3)

C

calm tranquilo(a) (5, 8)
calorie caloría *(f.)* (3)
can lata *(f.)* (3); **to can** enlatar (3)
canned enlatado(a) (3)
candle vela *(f.)* (2)
car auto, coche *(m.)* (España), carro *(m.)* (Mexico, Central America, Andes, Caribbean) (8); **car or van used like a taxi** pesero *(m.)* (Mexico), combi *(f.)* (Mexico) (8)
carbohydrate carbohidrato *(m.)* (3)
careful effort esmero *(m.)* (2)
caress, to acariciar (6)
carnival (similar to Mardi Gras) Carnaval *(m.)* (2)
cart carretilla *(f.)* (2)
cash efectivo *(m.)* (7)
cashier cajero(a) (7)
catalog, to catalogar (10)
catchy pegajoso(a) (9)
cattle ganado *(m.)* (8); **cattle raising** ganadería *(f.)* (8)
cause causa *(f.)* (5)
cautious cauteloso(a) (5)
celebrate, to festejar, celebrar (1, 2)
celebrated celebrado(a) (2)
celebration celebración *(f.)* (2)
cello violonchelo *(m.)* (9)
cement cemento *(m.)* (8)
cemetery panteón *(m.)* (2)
certain, to be ser cierto (3)
challenge reto *(m.)* (1)
change cambio *(m.)* (1); reforma *(f.)* (5); **to change** cambiar (1)
changed cambiado(a) (1)
chaotic caótico(a) (8)
chapter capítulo *(m.)* (10)
character personaje *(m.)* (10)
characterization caracterización *(f.)* (2)

characterize, to caracterizar (2)
charge, to (credit/debit card) cargar; (for work, merchandise, a fee, etc.) cobrar (7)
chart gráfica *(f.)* (7)
chat online, to chatear (5)
chatting charlando (1, 3)
cheap barato(a) (2)
checkbook chequera *(f.)* (7)
checking account cuenta corriente *(f.)* (7)
childhood niñez *(f.)* (1)
choice, to make a bad dar un mal paso (6)
choir coro *(m.)* (9)
cholesterol colesterol *(m.)* (3)
choreography coreografía *(f.)* (9)
chorus estribillo *(m.)* (9)
Christmas Eve Nochebuena *(f.)* (5)
circus circo *(m.)* (6)
civil union union *(f.)* civil (1)
clamor vocerío *(m.)* (5)
clarinet clarinete *(m.)*
class clase *(f.)*; **lower class** clase baja; **middle class** clase media; **upper class** clase alta (5)
classic clásico(a) (6)
classical music música *(f.)* clásica
claw zarpa *(f.)* (2)
click (on), to hacer clic (en) (5)
client cliente *(m., f.)* (7)
climber escalador *(m.)* (9)
close (family) unido(a) (1)
clown payaso(a) (6)
coach entrenador(a) (4)
coals brasas *(f.)* (2)
cobarde cowardly (4)
coffin caja *(f.)* (1)
coin moneda *(f.)* (7)
comedian comediante *(m., f.)* (6)
comics tebeos *(m.)* (4)
commemorate, to conmemorar (2)
commemorated conmemorado(a) (2)
commemoration conmemoración *(f.)* (2)
comment, to comentar (6)
commission comisión *(f.)* (7)
commitment compromiso *(m.)* (1); **to make a commitment to** comprometerse (5)
compact disc (CD) disco compacto *(m.)* (9)
company empresa *(f.)* (7)
competition competencia *(f.)* (7)
complain, to quejarse (1)
compose, to componer
concert concierto *(m.)* (9)
conduct, to dirigir
conflict conflicto *(m.)* (5)
Conquest, the la Conquista (4)
conservatory conservatorio *(m.)* (9)
consume, to consumir (3)
contain, to contener (8)
contemporary contemporáneo(a) (5)
content, to be estar contento(a) de (3)
contract contrato *(m.)* (7)
contribute, to aportar (10)
conventional convencional (5)
cosmopolitan cosmopolita (8)
country music música *(f.)* country
coup d'état golpe *(m.)* de estado (4)
couple pareja *(f.)* (1)
cover carpeta *(f.)* (10); portada *(f.)* (10); **to cover** tapar (3)
coverage (satellite) cobertura *(f.)* (de satélite) (5)

cowboy (from Argentina and Uruguay) gaucho *(m.)* (2); vaquero *(m.)* (2)
credit card tarjeta *(f.)* de crédito (7)
cricket chapulín *(m.)* (4)
crime crimen *(m.)* (8)
criminal criminal *(m., f.)* (4)
critic crítico(a) (6)
criticize, to afear (4)
croissant media luna *(f.)* (3)
crop cultivo *(m.)* (8)
crowd aglomeración *(f.)* (5, 8)
crown corona *(f.)* (8)
cuisine cocina *(f.)* (2)
cultivate, to cultivar (8)
cultural heritage herencia *(f.)* cultural (2)
cultured culto(a)
current vigente (1); actual (5)
custom costumbre *(f.)* (2)

D

D minor re menor (9)
dairy lácteos *(m.)* (3)
dance baile *(m.)* (6)
date cita *(f.)* (1)
daughter-in-law nuera *(f.)* (1)
Day of the Dead Día *(m.)* de los Muertos (2)
deal, to manejar (9)
debit card tarjeta *(f.)* de débito (7)
debt deuda *(f.)* (2)
decrease, to disminuir (7)
dedicated dedicado(a) (4)
defeat derrota *(f.)* (4); **to defeat** vencer (4)
defend, to defender (9)
defense defensa *(f.)* (4)
delete, to borrar (5)
democracy democracia *(f.)* (4)
demolish, to demoler (2)
demonstration manifestación *(f.)* (5)
deny, to negar (3)
deposit depósito *(m.)* (7); **to deposit** depositar (7)
desire, to desear (2)
detailed prolijo(a) (9)
deteriorate, to empeorar (5)
develop, to urbanizar (8)
development desarrollo *(m.)* (4)
device dispositivo *(m.)* (10)
devise, to urdir (6)
dialogue diálogo *(m.)* (8)
diamonds brillantes *(m.)* (7)
diaper pañal *(m.)* (5)
dictatorship dictadura *(f.)* (4)
didactic didáctico(a) (10)
diet dieta *(f.)* (3)
diet, to put oneself on ponerse a dieta (3)
difficult pesado(a) (1)
din estrépito *(m.)* (5)
director director(a) (6)
disappeared people desaparecidos *(m.)* (4)
disguise oneself, to disfrazarse (2)
dislike, to disgustar (3)
disobedient díscolo(a) (2)
display window vitrina *(f.)* (6)
disposable desechable (3)
distinguished destacado(a) (9)
distribute, to distribuir (10)
district barrio *(m.)* (8)

divorce divorcio *(m.)* (1)
divorced divorciado(a) (1); **divorced (from), to get** divorciarse (de) (1)
do (something) for a living, to dedicarse (a) (8); **to do without** prescindir (3)
documentary documental *(m.)* (6)
donate, to donar (5)
doorbell timbre *(m.)* (2)
double chin papada *(f.)* (2)
doubt, to dudar (3)
download files, to bajar archivos, descargar archivos (5)
drama drama *(m.)* (10); película dramática (6)
dress up for a masquerade, to disfrazarse (2); **to get dressed** vestir(se) (1)
drive, to manejar (8)
drop, to dejar, caer (5)
dropping out of school deserción escolar *(f.)* (5)
drug dealer narcotraficante *(m. f.)*(4)
drug trafficking tráfico *(m.)* de drogas (4)
drum set batería *(f.)*
drum tambor *(m.)* (9); bombo *(m.)* (5)
dry, to secar(se) (1)
DVD player reproductor de DVD *(m.)* (5)

E

ear (for music) oído *(m.)* (9); **ear, inner** oído *(m.)* (9)
early riser madrugador(a) (7)
earnings ganancias *(f.)* (6, 7)
easy sencillo(a); **very easy** sencillísimo(a) (8)
eat up, to comerse (1)
e-book libro electrónico *(m.)* (10); **e-book reader** lector electrónico *(m.)* (5)
economic development crecimiento económico *(m.)* (4)
edit, to editar (10)
educated culto(a) (9)
egalitarian igualitario(a) (5)
elect, to elegir (4)
election elección *(f.)* (4)
eliminate, to eliminar (3)
e-mail correo electrónico *(m.)* (5)
emblem escudo *(m.)* (4)
embrace, to abrazar (1)
emerge, to surgir (7)
employee empleado(a) (7)
encoded cifrado(a) (8)
encourage, to (to do something) animarse(a) (10)
encouraging alentando (1)
end, to (a problem) acabar (con) (8)
ending final *(m.)* (6); desenlace *(m.)* (10)
engagement compromiso *(m.)* (1)
English-speaking angloparlante (1)
enjambment encabalgamiento *(m.)* (10)
enjoy, to disfrutar (3)
entertain, to entretener (6)
entrust, to encomendar (5)
envelope sobre *(m.)* (9)
environmental movement movimiento *(m.)* ecologista (5)
erase, to borrar (5)
errors equivocaciones *(f.)* (4)
essay ensayo *(m.)* (10)
ethics ética *(f.)* (4)
ever alguna vez (5)
everyday cotidiano(a) (5)
everyone todo el mundo (8)
everywhere en todos lados (7)

evident, to be ser evidente (3)
evolution evolución *(f.)* (5)
evolve, to evolucionar (5)
exchange for, in a cambio de (4)
excite, to emocionar (3)
exciting emocionante (6)
exercise (a right, an influence), **to** ejercer (5)
expendable prescindible (7)
expense gasto *(m.)* (2)
explain that, to explicar (que) (6)
extract extirpar (7)

F

factory fábrica *(f.)* (8)
fail, to fallar (4)
failure fracaso *(m.)* (6)
fair feria *(f.)* (10); **fair/festival, outdoor** kermes *(f.)* (2);
    justo(a) (4);
fairy godmother el hada madrina *(f.)* (3)
faithful, the los fieles (4)
fall, to caer; **fall asleep, to** dormirse (1)
false eyelashes pestañas *(f.)* postizas (2)
fan aficionado(a) (6)
farm granja *(f.)* (8); **small farm** rancho *(m.)* (8)
fat grasa *(f.)* (3); manteca *(f.)* (2)
father-in-law suegro *(m.)* (1)
fear, to temer (3)
feature-length film largometraje *(m.)* (6)
feel, to sentirse (1)
feminism feminismo *(m.)* (5)
fertilizer abono *(m.)* (8)
festival/fair, outdoor kermes *(f.)* (2)
fiance(é) prometido(a) (1)
fiber fibra *(f.)* (3)
fiction (de) ficción *(f.)* (10)
figure cifra *(f.)* (7)
file archivo *(m.)* (5)
film, to filmar (6); **film** película *(f.)* (6);
    feature-length film largometraje *(m.)* (6); **short film**
    cortometraje *(m.)* (6)
find out, to enterarse (4, 5)
finding hallazgo *(m.)* (10)
finish, to acabar (9)
fire fuego *(m.)* (2); **to fire** despedir (7)
first name nombre *(m.)* de pila (2)
fishing pesca *(f.)* (8)
fit, to cuadrarse, caber (8)
fixation mania *(f.)* (5)
flat piso *(m.)* (2)
flea market (in Madrid, Spain) el Rastro (6)
flirt, to coquetear (1)
flour harina *(f.)* (3)
flute flauta *(f.)*
focus enfoque *(m.)* (10)
folk music, traditional música *(f.)* folclórica (9)
folklore folclor *(m.)* (2)
footprint huella *(f.)* (10)
forbid, to prohibir (2)
forbidden prohibido(a) (7)
foreign currency exchange cambio *(m.)* de moneda extranjera (7)
forget, to olvidar (9)
form a line, to hacer fila/cola (7)
fountain fuente *(f.)* (8)
free verse verso libre *(m.)* (6)
freedom libertad *(f.)* (5)
freeway corredor (vial) *(m.)* (8)
frequent asiduo(a) (7)

friendship amistad *(f.)* (1)
fright susto *(m.)* (4)
frighten, to asustar (4)
frozen congelado(a) (3)
frustrate, to frustrar (3)
frustrated, to be estar frustrado(a) (3); **to become**
    frustrated frustrarse (1)
fry, to freír (3)
full-time job trabajo *(m.)* de tiempo completo (7)
fun, to have divertirse (1); **to make fun of**
    burlarse (de) (1)
funny cómico(a), gracioso(a) (6)
furious, to become ponerse furioso(a) (1)

G

gain weight, to engordar (3)
game (sport) partido *(m.)* (6)
gang pandilla *(f.)* (5, 8)
gather, to agarrar, juntar (3); **gathered** recaudado(a) (5)
generation generación *(f.)* (1); **generation gap** brecha *(f.)*
    generacional (1)
genre género *(m.)* (9)
get, to conseguir (5)
get along (well/poorly/okay) llevarse (bien/
    mal/regular) (1); **to get close to** acercarse (6);
    to get dressed vestir(se) (1); **to get off** (a bus, train,
    etc.) bajar (8); **to get old** envejecer (1); **to get ready**
    arreglar(se) (1); **to get rid of** deshacerse (4); **to get**
    scared asustarse (1); **to get sick** enfermarse (1); **to get**
    tired of hartarse (6); **to get to know** relacionarse (1);
    to get together reunirse (1); **to get up** levantar(se) (1);
    to get used (to) acostumbrarse (a) (1); **to get used to**
    the idea of hacerse a la idea de (1); **to get worse**
    empeorar (5)
gift, to regalar (6)
gifted dotado(a) (4)
give (as a gift), to regalar (6); **to give away** regalar (4)
globalization globalización *(f.)* (5)
go away, to irse (1); **to go out with** salir con (una persona) (1);
    to go to bed acostar(se) (1); **go, in one** de un tirón (3)
goalie portero(a) (4)
goldfinch jilguero *(m.)* (4)
good, to feel sentirse bien (1)
good/bad time, to have a pasársela bien/mal (6)
good-bye, to say despedirse (i, i) (1)
gourd calabaza *(f.)* (3)
government gobierno *(m.)* (4)
grade nota *(f.)*, calificación *(f.)*, [Spanglish] grado *(m.)* (5)
grain cereal *(m.)* (3)
gram gramo *(m.)* (3)
grant, to conceder (3)
grave fosa *(f.)* (2)
great-grandchild bisnieto(a) (1)
great-grandparent bisabuelo(a) (1)
great-great-grandchild tataranieto(a) (1)
great-great-grandparent tatarabuelo(a) (1)
greet, to saludar (1)
grill, to asar (3)
grow, to crecer (7); **to grow up** crecer (1)
guest (at the table) comensal *(m.)* (3)
guffaw risotada *(f.)* (5)
guitar guitarra *(f.)*; **guitar, four-stringed** cuatro *(m.)*

H

habit costumbre *(f.)* (2); hábito *(m.)* (2)
half time medio tiempo *(m.)* (6)

Halloween Noche de Brujas *(f.)* (2)
hallway pasillo *(m.)* (7)
handicraft artesanía *(f.)* (2)
hang up, to colgar (5)
happen, to suceder (8)
happy, to become ponerse feliz (1); **to feel happy** sentirse feliz (1); **to make happy** alegrar (3)
hardbound (book) (libro de) pasta dura (10)
harmony armonía *(f.)* (9)
harp arpa *(f.)* (9)
harvest, to cosechar (8)
hate, to odiar (1)
have a good/bad time, to pasársela bien/mal (6); **to have fun** divertirse (1)
healthy (food, activity) saludable (3)
hearing oído *(m.)* (5)
heavy pesado(a) (1)
help, to dar una mano (10)
heresy herejía *(f.)* (6)
hero héroe *(m.)* (4)
heroic heroico(a) (4)
heroine heroína *(f.)* (4)
her suyo(s)/suya(s) (10)
hidden oculto(a) (7)
high security alta peligrosidad (10)
hip hop hip hop *(m.)*
hire, to contratar (7)
his suyo(s)/suya(s) (10)
history historia *(f.)* (10)
hold on, to agarrarse (6)
hole hueco *(m.)* (7)
holiday fiesta *(f.)* (2)
homeland patria *(f.)* (4)
honest honesto(a) (4)
honored homenajeado(a) (9)
hope, to esperar (2)
horror (de) horror (6)
host anfitrión/anfitriona (6)
housing development urbanización *(f.)* (8)
housing vivienda *(f.)* (2)
howl alarido *(m.)* (5)
hoy en día nowadays (1)
hug, to abrazar (1)
hum, to tararear (9)
human being ser humano *(m.)* (2)
humble humilde (4)
hunger strike huelga de hambre *(f.)* (5)
hurt (oneself), to lastimar(se) (1)

I

ideal idóneo(a) (6)
idealist idealista (4)
identity identidad *(f.)* (2)
ill-tempered malgenioso(a) (2)
image imagen *(f.)* (5)
important, to be importar (3)
improve, to mejorar (5); **to improve oneself** superarse (10)
in case en caso de que (5)
in order that a fin de que, con tal (de) que (5)
in tune entonado(a) (9)
incinerate, to incinerar (2)
income distribution distribución *(f.)* de ingresos (5)
increase, to aumentar (3)
inhabit, to habitar (8)
inherited heredado(a) (2); **to inherit** heredar (2)

injustice injusticia *(f.)* (4)
inmate recluso(a) (10)
innovate, to innovar (6)
innovation innovación *(f.)* (5)
insist, to insistir (en) (2)
instead of en vez de (4)
instructive didáctico(a) (10)
instrument instrumento *(m.)*; **percussion** de percusión; **wind** de viento; **string** de cuerda (9)
intermission intermedio *(m.)* (6)
interpret, to (a role) interpretar
invest, to invertir (i, i) (7)
involved (in), to get involucrarse (en) (5); **involved** involucrado(a) (3)
involvement participación *(f.)* (5)
ironic irónico(a) (4)
irony ironía *(f.)* (4)
its suyo(s)/suya(s) (10)

J

jail cárcel *(f.)* (5)
jar frasco *(m.)* (3)
jazz jazz *(m.)*
job application solicitud *(f.)* de trabajo (7)
job empleo *(m.)* (5); oficio *(m.)* (9)
join, to sumar(se) (9)
joke chiste *(m.)* (6)
junk food comida chatarra *(f.)* (3)
justice justicia *(f.)* (4)

K

kettledrums timbales *(m.)* (9)
kill, to matar (4)
kilo kilo *(m.)* (3)
kiosk quiosco *(m.)* (8)
kiss beso *(m.)* (1); **to kiss** besar (1)
kissed besado(a) (1)

L

labor force mano *(f.)* de obra (8)
lack carencia *(f.)* (6, 8); **to lack** carecer (10)
land tierra *(f.)* (9)
landscape paisaje *(m.)* (7)
language lenguaje *(m.)* (2)
laptop computadora *(f.)* portátil (5)
lash, to azotar (4)
lasso, to enlazar (9)
last name apellido *(m.)* (7)
last, to durar (4)
laugh risa *(f.)* (7); **laugh (at), to** reírse (de) (1)
law ley *(f.)* (4)
lead, to dirigir (9)
leader líder *(m., f.)* (9)
leadership liderazgo *(m.)* (4)
lean magro(a) (3)
leave, to irse (1)
lectern atril *(m.)* (10)
lecture cátedra *(f.)* (6)
left wing izquierda *(f.)* (4)
legacy legado *(m.)* (2)
legumes legumbres *(f.)* (3)
less . . . than menos... que (8)
lethal mortífero(a) (1)
life expectancy esperanza *(f.)* de vida (1)
like, to gustar (3)
limit, to limitar (3); **limited resources** recursos limitados (5)

line verso *(m.)* (6)
linnet pardillo *(m.)* (4)
liter litro *(m.)* (3)
literature, children's literatura *(f.)* infantil (10)
live together in harmony, to convivir (1)
loan préstamo *(m.)* (7)
local local (8)
look at oneself, to ver(se) (1)
lose, to perder (9); **to lose weight** adelgazar (3)
love, to encantar (3); **to love (a person)** querer (a) (1); **in love (with)** enamorado(a) (de) (1)
loyal leal (4)
lyrics letra *(f.)* (9)

M

machine gun metralleta *(f.)* (8)
magazine revista *(f.)* (10)
magical realism realismo *(m.)* mágico (8)
maid criada *(f.)* (2); **old maid** solterona *(f.)* (2)
make, to fabricar (9); **to make a bad choice** dar un mal paso (6); **a way to make a living** salida económica (10); **to make fun of** burlarse de (1, 8); **to make one's mind up** decidirse (1); **to make up (with)** reconciliarse (con) (1)
manager gerente *(m., f.)* (7)
manufacturer fabricante *(m., f.)* (10)
manure abono *(m.)* (8)
Mapuche language [meaning "the talk of Earth"] mapudungun *(m.)* (9)
march (protest) marcha *(f.)* (5)
marketing mercadotecnia *(f.)* (5)
marksmanship puntería *(f.)* (4)
marriage rate tasa *(f.)* de nupcialidad (2)
marry, to casarse (con) (1)
married casado(a) (1); **married couple** matrimonio *(m.)* (1)
mascara rímel *(m.)* (2)
mass misa *(f.)* (4)
mass (of people) aglomeración *(f.)* (8)
match (game) partido *(m.)* (6)
maybe quizá(s), tal vez (3)
mayor alcade (alcadesa) (8)
meddle, to meter(se) (en) (1)
mended remendado(a) (8)
mention, to mencionar (6)
messenger pigeon paloma mensajera *(f.)* (4)
migration migración *(f.)* (5)
mine mío(s)/mía(s) (10)
minefield mina *(f.)* (9)
mineral mineral *(m.)* (3)
miss, to echar de menos (6)
mixture mezcla *(f.)* (9)
modern moderno(a) (1)
modernity modernidad *(f.)* (5)
money dinero *(m.)* (7)
monologue monólogo *(m.)* (2)
Monsignor Monseñor *(m.)* (4)
monthly payment abono mensual *(m.)* (7)
monument monumento *(m.)* (8)
more . . . than más... que (8)
mortgage hipoteca *(f.)* (7)
mother-in-law suegra *(f.)* (1)
motherland patria *(f.)* (4)
motto lema *(m.)* (4)
move, to (emotionally) conmover (6); **to move (residences)** mudarse (1)
movie película *(f.)* (6); [slang] peli (short for película) *(f.)* (5)

mud barro *(m.)* (2)
mumbling mascullando (6)
murder asesinato *(m.)* (4); **to murder** asesinar (4)
murmur murmullo *(m.)* (6)
musical hit éxito *(m.)* (9)
mystery (de) misterio (6)

N

name, first nombre de pila *(m.)* (2)
narrative narrativa *(f.)* (10)
narrator narrador(a) (2, 10)
narrow angosto(a) (8)
nationalism nacionalismo *(m.)* (2)
nationalization nacionalización *(f.)* (4)
native autóctona (9)
need, to necesitar (2)
needy menesteroso(a) (6)
neighbor vecino(a) (8)
neighborhood barrio *(m.)* (8); departamento *(m.)* (2)
nervous, to become ponerse nervioso(a) (1)
next próximo(a) (4)
nickname apodo *(m.)* (2)
nightingale ruiseñor *(m.)* (4)
noise estrépito *(m.)* (5); vocerio *(m.)* (5); ruido *(m.)* (8)
nonprofit sin fines de lucro (10)
not have, to carecer (10)
not manage, to no acertar (6)
not yet todavía no (5)
notice, to fijar; percatarse (2)
novel novela *(f.)* (10)
novelty novedad *(f.)* (10)

O

obsession mania *(f.)* (5)
obsolete; out of date obsoleto(a) (1)
obtain, to agarrar (tomar) (5); conseguir (5)
obtained recaudado(a) (5)
obvious, to be ser obvio (3)
offer a toast, to brindar (6)
offering (altar) ofrenda *(f.)* (2)
old age tercera edad *(f.)* (1); vejez *(f.)* (1)
older mayor (2, 8)
on average en promedio (6)
on their own por cuenta propia (7)
once a week una vez a la semana (1)
only nada más (5); nomás (colloquial) (5)
opera ópera *(f.)* (9)
orchard huerto *(m.)* (8)
orchestra orquesta *(f.)* (9)
order, to mandar (2)
organization of text (circular, linear) estructura *(f.)* (circular, lineal) (9)
orphan huérfano(a) (1)
ours nuestro(s)/nuestra(s) (10)
out of tune desafinado(a) (9)
outdoor fair/festival kermes *(f.)* (2)
outskirts afueras *(f.)* (8)
overthrow, to derrocar (4)
owner dueño(a) (7)

P

pacifist movement movimiento *(m.)* pacifista (5)
packet paquete *(m.)* (3)
panpipes zampoñas *(f.)* (9)
paperback libro *(m.)* de bolsillo, libro rústico (10)

parade desfile (*m.*) (2)
participation participación (*f.*) (5)
partner pareja (*f.*) (1)
party (political) partido (político) (4)
party pooper aguafiestas (*m., f.*) (6)
passenger pasajero(a) (8)
password contraseña (*f.*) (5)
path camino (*m.*), senda (*f.*) (10)
pawn broking préstamo prendario (*m.*) (7)
pawn, to empeñar (7)
pay in installments, to pagar a plazos (7)
payment pago (*m.*) (7)
peaceful tranquilo(a) (8)
pedestrian peatón/peatona (8)
people gente (*f.*) (8); pueblo (*m.*) (2)
percent por ciento (7)
percentage porcentaje (*m.*) (7)
perform, to (a role) interpretar, presentarse (9)
performance actuación (*f.*), espectáculo (*m.*) (6)
permit, to permitir (2)
perseverance persistencia (*f.*) (5)
petition petición (*f.*) (5)
photography fotografía (*f.*) (6)
piano piano (*m.*) (9)
picturesque pintoresco(a) (8)
piece pedazo (*m.*) (8); **piece of jewelry** alhaja (*f.*) (7)
pier embarcadero (*m.*) (8)
pigeon, messenger paloma (*f.*) mensajera (4)
plague plaga (*f.*) (3)
play, to tocar (9); **to play billiards** jugar al billar (8); **to play (a role)** interpretar
pleased, to be estar contento(a) (3)
plot trama (*f.*) (4, 6)
poem poema (*m.*) (3)
poet poeta/poetisa (3)
poetic voice voz poética (*f.*) (7)
poetry poesía (*f.*) (3)
poorly distributed mal repartido(a) (2)
pop music música (*f.*) pop (9)
popcorn palomitas (*f.*) de maíz (6)
popular popular (9)
population población (*f.*) (8); **population density** densidad (*f.*) demográfica (8)
portion porción (*f.*) (3)
position puesto (*m.*); job (*m.*) (7)
possibly posiblemente (3)
pound libra (*f.*) (3)
poverty miseria (*f.*) (7)
powerful poderoso(a) (4)
practice práctica (*f.*) (2); ensayo (*m.*) (9); **to practice (a profession)** ejercer (5)
praise loor (*m.*) (6)
prefer, to preferir (2)
premiere estreno (*m.*) (6); **to premiere** estrenar (6)
premonition presagio (*m.*); presentimiento (*m.*) (8)
pre-school escuela (*f.*) de párvulos (2)
preserved disecado(a) (9)
print, to imprimir (10)
printed book libro (*m.*) impreso (10)
prize premio (*m.*) (6)
process trámite (*m.*) (7)
produce, to producir (6)
progress progreso (*m.*) (5)
prohibit, to prohibir (2)
promise, to comprometerse (5)
promote, to fomentar (10); **to promote one's self** promocionarse (7)

protagonist protagonista (*m., f.*) (6)
protein proteína (*f.*) (3)
provide, to dotar (7)
prowling merodeos (*m.*) (6)
public opinion opinión (*f.*) pública (5)
publication publicación (*f.*) (10)
publish to publicar (10)
publisher editorial (*f.*) (10)
Puerto Rican boricua, puertorriqueño(a) (9)
púlpito pulpit (*m.*) (4)
purpose propósito (*m.*) (10)
push oneself, to empujarse (8)
put, to meter(se) (en) (1); **to put on (clothing)** poner(se) (1)

Q
quarrel rencilla (*f.*) (6)
quiet tranquilo(a) (8); **quiet, to (to be quiet)** callar(se) (1)
quit, to renunciar (7)

R
radio (device) radio (*m.*) (9); **radio** (transmission) radio (*f.*) (9)
raise, to criar (1)
ranch rancho (*m.*) (8)
rap rap (*m.*) (9)
reader lector(a) (6, 10)
reading lectura (*f.*) (10)
realize, to darse cuenta (de) (1)
receipt recibo (*m.*) (7)
recharge, to recargar (10)
recognition reivindicación (*f.*) (9)
recommend, to recomendar (2)
record disco (*m.*) (9); **to record** (a DVD or CD) grabar (5)
recording grabación (*f.*) (9)
reduce, to reducir (3)
refer to, to referirse a (4)
referee árbitro (*m.*) (4)
reference de consulta (10); referencia (*f.*) (4)
reform reforma (*f.*) (5)
refrain estribillo (*m.*) (9)
reggaeton reggaetón (*m.*) (9)
regret, to sentir (3)
regular asiduo(a) (7)
rehearsal ensayo (*m.*) (9)
rehearse, to ensayar (9)
relationship (family) parentesco (*m.*) (2); **relationship between a boyfriend and a girlfriend** noviazgo (*m.*) (1); **relationship** relación (*f.*) (2)
relatives parientes (*m.*) (1)
relaxation relajación (*f.*) (6)
remain behind, to quedar (9)
remember, to recordar (2)
rent, to alquilar (1)
repetition repetición (*f.*) (10)
request, to pedir (2); solicitar (7)
residence domicilio (*m.*), morada (*f.*) (7)
residential subdivision colonia (*f.*) (8)
resources recursos (*m.*) (4)
respect, to respetar (1, 2); **respected** respetado(a); **respect** respeto (*m.*) (2)
respite tregua (*f.*) (5)
respond, to responder (6)
rest tregua (*f.*) (5)
résumé curriculum vitae (*m.*) (7)
resurrect, to resucitar (4)
retire, to jubilarse (7)

retirement home asilo *(m.)* de ancianos (1); jubilación *(f.)* (7)
revenge venganza *(f.)* (6)
review (of a film) crítica *(f.)* (6)
revolution revolución *(f.)* (5)
rid of, to get deshacerse (de) (4)
right derecho *(m.)* (4); **right to vote** derecho al voto (5); **right wing** derecha *(f.)* (4)
ring anillo *(m.)* (8); campanilla *(f.)* (5)
rise from the dead, to resucitar (4)
risky arriesgado(a) (8)
road structure estructura *(f.)* vial (8)
role papel *(m.)* (1)
romantic romántico(a) (6)
rope, to enlazar (9)
row hilera *(f.)* (6)
rule regla *(f.)* (3, 10)
run out of, to acabar (9); **run over** atropellado(a) (2)
rural rural (8)

S

sacrifice oneself, to sacrificarse (2)
sad, to be estar triste (3); **to become sad** ponerse triste (1); **to feel sad** sentirse triste (1)
saddened entristecido(a) (9)
saintliness beatitud *(f.)* (6)
salary sueldo *(m.)* (7)
salty salado(a) (3)
savings account cuenta *(f.)* de ahorros (7)
say, to decir (6); **to say good-bye** despedirse (1)
scarcity carencia *(f.)* (8)
scare, to asustar (3); **to scare away** ahuyentar (8)
scared espantado(a) (8)
scene escena *(f.)* (6)
schemer intrigante (6)
science fiction de ciencia ficción *(f.)* (6)
screen pantalla *(f.)* (6)
screenplay guion *(m.)* (10); **screenplay writer** guionista *(m., f.)* (10)
seafood mariscos *(m.)* (3)
seat (at a theater or movie theater) butaca *(f.)* (6)
security prenda *(f.)* (7)
see (oneself), to ver(se) (1)
seek, to ambicionar (10)
seem (good/bad), to parecer (bien/mal) (3)
selfish egoísta (4)
selfless abnegado(a) (4)
self-improvement (de) superación personal (10)
self-taught autodidacta (6)
senses (five) sentidos *(m.)* (5)
separate (from), to separarse (de) (1)
separated separado(a) (1)
sequel secuela *(f.)* (10)
serenade serenata *(f.)* (9)
servant siervo(a) (6)
service window caja *(f.)* (7)
set fire to, to incendiar (8)
setting escenario *(m.)* (2)
settlement asentamiento *(m.)* (8)
sew, to coser (6)
shading sombreado *(m.)* (8)
shake, to sacudir (3)
shantytown asentamiento *(m.)* (8)
shave, to afeitar(se) (1)
short story cuento *(m.)* (1)
shortage carencia *(f.)* (6, 8)
shot carambola *(f.)* (8); fusilado(a) (4)

show espectáculo *(m.)*; función *(f.)* (6); **to show (a movie)** exhibir (6); **to show (or use something) for the first time** estrenar (6)
shower, to ducharse (1)
shrillness estridencias *(f.)* (9)
shut down, to apagar **sign, to** firmar (5, 7)
signal, to marcar (4)
singer cantante *(m., f.)* (6); **singer-songwriter** cantautor(a)(9)
singing canto *(m.)* (9)
single soltero(a) (1)
sink, to (oneself) hundir(se) (2)
sister-in-law cuñada *(f.)* (1)
size tamaño *(m.)* (3)
skimmed descremado(a) (3)
skinny flaco(a) (3)
skylark alondra *(f.)* (4)
skyscraper rascacielos *(m.)* (8)
slave esclavo(a) (5);
slavery esclavitud *(f.)* (5)
slingshot honda *(f.)*; resortera *(f.)* (4)
slogan leyenda *(f.)* (8)
small drums timbales *(m.)* (9)
smell olfato *(m.)* (5)
snack, to have a light merendar (3); **snack, light** merienda *(f.)*; **snacks** golosinas (6)
snooping merodeos *(m.)* (6)
so that a fin de que, con tal (de) que (5)
soaked empapado(a) (8)
social movement movimiento *(m.)* social (5)
social network red social *(f.)* (5)
sodium sodio *(m.)* (3); **sodium chloride** cloruro *(m.)* de sodio *(m.)* (3)
soirée velada *(f.)* (6)
solve, to (a problem) acabar (con un problema) (8)
song canción *(f.)* (6)
son-in-law yerno *(m.)* (1)
sorry, to be arrepentirse (4); sentir (3)
soul alma *(m.)* (9)
sound sonido *(m.)* (9)
soundtrack banda sonora *(f.)* (6)
sow, to sembrar (8)
Spanish-speaking hispanohablante (8)
speak (proficiently), to dominar (5); **to speak out** pronunciarse (9)
special effects efectos *(m.)* especiales (6)
spelling ortografía *(f.)* (10)
spicy picante (3)
spill, to derramar (4)
spiritual strength fuerza *(f.)* espiritual (9)
spread, to difundir (6); esparcir (8)
stability estabilidad *(f.)* (4)
stack, to juntar (3)
stand quiosco *(m.)* (8)
stanza estrofa *(f.)* (6)
start, to (a machine) arrancar (2)
stay, to quedarse (1)
step paso *(m.)* (1, 7)
stepbrother hermanastro *(m.)* (1)
stepdaughter hijastra *(f.)* (1)
stepfather padrastro *(m.)* (1)
stepmother madrastra *(f.)* (1)
stepsister hermanastra *(f.)* (1)
stepson hijastro *(m.)* (1)
still todavía (5)
stock market bolsa *(f.)* de valores (7)
stone guijarro *(m.)* (4)

story historia *(f.)*; relato *(m.)* (10)
straw bombilla *(f.)* (3)
stray callejero(a) (8)
streetcar tram *(m.)*; tranvía *(m.)* (Mexico) (8)
streets, from the callejero(a) (8)
strength fuerza *(f.)* (5)
strengthening fortalecimiento *(m.)* (4)
strike huelga *(f.)* (5)
string cuerda *(f.)* (9)
strong fuerte (4)
struggle, to luchar (4)
stuffed disecado(a) (9)
substitute suplente *(m., f.)* (4)
subway subterráneo *(m.)* (Argentina, Uruguay),
    subte *(m.)* (Argentina, short)
success éxito *(m.)* (6)
successful exitoso(a) (9)
suggest, to sugerir (2)
summit cima *(f.)*, (9)
support, to apoyar (4)
suppose, to suponer (3)
sure, to be estar seguro(a) (3)
surgeon cirujano(a) (3)
surprise, to sorprender (3); **surprised, to be** sorprenderse (1)
suspense (de) suspenso (6)
sweet dulce *(m.)* (3); **sweets** golosinas *(f.)* (6)
sweeten, to endulzar (3)

T
take off, to (clothing) quitar(se) (1); **to take place**
    tener lugar (10)
tale relato *(m.)* (10)
talent talento *(m.)* (6)
talk, to platicar (3)
tar brea *(f.)* (8)
target shooting tiro *(m.)* al blanco (4)
taste gusto *(m.)* (5); **to taste** probar (3)
taxes impuestos *(m.)* (5)
taxi taxi *(m.)*, remis *(m.)* (Argentina) (8)
tea (popular in Argentina and other South American
    countries) mate *(m.)* (3)
tell (someone), to contar (6)
tent carpa *(f.)* (5)
text lectura *(f.)* (10)
thankful agradecido(a) (9)
that lo que (10); que, quien(es) (10); **those which** (plural) los
    (las) cuales (10); **the one which** el (la) cual (10)
theirs suyo(s)/suya(s) (10)
theme tema *(m.)* (10)
think, to pensar (3)
thrill, to emocionar (3); **thrilling** emocionante (6)
throw, to echar (9)
ticket office taquilla *(f.)* (6)
tight ajustado(a) (4)
tired of, to get hartarse (6)
To your health! ¡Salud! (2)
toast, to brindar (6)
tombstone lápida *(f.)* (9)
tone tono *(m.)* (4)
tool herramienta *(f.)* (7)
top copa *(f.)* (9)
topic tema *(m.)* (10)
touch tacto *(m.)* (5)
tour gira *(f.)* (9)
town pueblo *(m.)* (8)
town hall ayuntamiento *(m.)* (8)
trace huella *(f.)* (10)

tradition costumbre *(f.)* (2)
traditional tradicional (1)
traffic jam embotellamiento *(m.)* (8)
traffic tráfico *(m.)* (8)
traitorous traidor(a) (4)
transfer funds, to transferir fondos (7)
translation traducción *(f.)* (10)
transportation system, public sistema *(m.)*
    de transporte público (8)
tree-lined avenues alamedas *(f.)* (8)
trigger disparador *(m.)* (10)
trolley bus trolebús *(m.)* (6)
true, to be ser verdad (3)
trumpet trompeta *(f.)* (9)
trust confiarse (2)
turn off, to apagar
turtle tortuga *(f.)* (5)
twice a month dos veces al mes (1)

U
undertake, to emprender (4, 7)
unemployed (Spain) situación *(f.)* de paro (2)
unemployment desempleo *(m.)* (7); **unemployment**
    rate among youth tasa *(f.)* de desempleo juvenil (2)
union unión *(f.)* (1)
unite, to unir (1)
unless a menos que (5)
until hasta que (5)
updated vigente (1)
upload files, to subir archivos (5)
upset, to disgustar (3)
urban urbano(a) (8)
urbanization urbanización *(f.)* (8)
urbanize, to urbanizar (8)
used to the idea of, to get hacerse a la idea de (1)

V
value valor *(m.)* (2); **to value** valorar (5)
vegetable garden huerto *(m.)* (8)
vegetarian vegetariano(a) (3)
veins, varicose várices *(f.)* (2)
verse estrofa *(f.)* (6)
victim damnificado(a) (5)
villain villano(a) (4)
violent violento(a) (4)
violin violín *(m.)* (9)
vitamin vitamina *(f.)* (3)
voice voz *(f.)* (9)
vote, to votar (4)

W
wake estelas (10); **to wake up** despertar(se) (1);
    to wake up early amanecer (8)
walk upon, to pisar (10)
wanderer caminante *(m., f.)* (10)
war guerra *(f.)* (5)
warning advertencia *(f.)* (8)
wash, to lavar(se) (1)
wave oleada *(f.)* (10)
weak débil (4)
wedding casamiento *(m.)* (2)
weight, to lose adelgazar (3)
wheat trigo *(m.)* (3)
wheel rueda *(f.)* (6); **solid wheels** ruedas macizas (2)
when cuando (5)

where donde (10)
which lo cual (10)
white hairs canas *(f.)* (2)
who que, quien(es) (10)
whom quien(es) (10)
whose cuyo (10)
widow viuda *(f.)* (1)
widower viudo *(m.)* (1)
window, display vitrina *(f.)* (6)
wish, to esperar (2)
witch bruja *(f.)* (4)
withdraw funds, to retirar fondos (7)
witness testigo *(m.)* (2)
wolf lobo *(m.)* (4)
wonder, to preguntarse (1)
wood madera *(f.)* (2)
wool, lamb's lana *(f.)* de oveja (2)

word vocablo *(m.)* (10)
work (of art or literature) obra (3, 10); **to work hard in order to achieve something** luchar (4); **to work overtime** trabajar horas extras (7)
worried, to be estar preocupado(a) (3)
worry, to preocupar(se) (3)
worse peor (8)
worth mentioning cabe señalar (8)
wrinkle arruga *(f.)* (2)
writer escritor(a) (1)

Y

younger menor (8)
yours (formal) suyo(s)/suya(s); (plural) suyo(s)/suya(s); (plural, Spain) vuestro(s)/vuestra(s) (10); tuyo(s)/tuya(s) (10)

Index

A

a
+ **quien**, 322
personal **a**, 16, 286
a fin de (que), 160, 161
"A la otra" (Solares, director), 270–271
a menos que, 160
a pesar de, 268
abrir, past participle, 149, 182, 401
"Abuelos chilenos bailan porque burlaron a la muerte", 8–9
aburrido, 81
acabar, 287
"Las academias de la lengua y la preservación del idioma", 327
accented words, 392
accidental **se**, 287, 310
aconsejar, 57
acostarse, 394
adjective clauses, subjunctive with, 126
adjectives
comparisons, 252–253
in impersonal expressions, 52
past participle as, 298
possessive adjectives, 287, 334, 346
ser and **estar** with, 81, 298–299
superlatives, 253
vocabulary, 4, 34, 34–35, 74, 104, 108, 138, 142, 172, 176, 208, 246, 276, 280, 312
adolescence, 56
adverbial clauses, subjunctive with, 160–161
adverbial conjunctions, 160, 161
adverbs, comparisons, 252–253
affirmative commands, 45, 46
affirming a belief, expressing, 86
age, expressing, 115
aging, 27, 28–29
agreement
of **el que** and **el cual**, 323
of past participle in passive voice, 292
of possessive adjectives, 334
of reflexive pronoun, 17
stressed possessive adjectives, 334
Aguilar, Gerónimo de, 114
al igual que, 268
al mismo tiempo, 268
alegrar(se) de, 93
alegre, 81
Algo muy grave va a suceder en este pueblo (García Márquez), 272–273
alguien, 127
alguna vez, 149
Almazán, Marco Antonio, 7
"El alquiler de lavadoras a domicilio genera ganancias", 222

Amasia, Estrabón, 139
El amor en los tiempos de cólera (García Márquez), 322
"Ana y Manuel" (Calvo, director), 200–201
"Anabel Lee" (song), 291
añadir que, 194
"Los ancianos y su papel en la familia", 27
andar, 396
Anderson Imbert, Enrique, 30
antes (de) que, 160, 161
anthropology, 49
apagar, 287
"Los apellidos: tradición y cultura", 50
aprender, 393
-ar verbs
command forms, 44, 45
conditional tense, 224
future tense, 218
imperfect subjunctive, 120
imperfect tense, 11
past participle, 148, 400
present subjunctive, 51
preterite tense, 10
stem-changing verbs, 51
"El árbol de la música" (Berman and Tardán, directors), 304–305
architecture, 256
Areíto (album), 297
Argentina, 15, 40, 75, 84, 90, 113, 148, 153, 165, 168, 187, 194, 246, 247, 287, 320, 332, 348–349
"Argentina: la cárcel abre las puertas a la literatura", 320–321
"Arte en la ciudades", 256
"Artesanías del mundo hispanohablante", 54–55
así mismo, 268
Asturias, Miguel Ángel, 326
asustar(se) de, 93
aun así, 268
ayudar, 45

B

Barfield, Mike, 179
beber, 45, 400
Beethoven, Ludwig van, 283
Benavente, Jacinto, 318
Berman, Sabine, 304
Berrios, Altagracia, 262–263
bien, 253
biography, 130
bizcocho, 84
blended families, 34
blogging, 26
Bolívar, Simón, 110
Bolivia, 54, 97, 350–351
Bonner, Elena, 215

"El Boom latinoamericano", 326
Borges, Jorge Luis, 318
Botero, Fernando, 40
Brazil, 90, 153, 183, 192, 223
bueno, 81, 253
buscar, 44, 126, 401

C

c → **que** stem-changing verbs, 10, 399
Cabral, Facundo, 215, 283
caer, 287
café, 85, 90
Calle 13, 96
Calvo, Manuel, 200
"Cambia el mapa de familias mexicanas", 20–21
Campos de Castilla (Machado), 342
-**car**, verbs ending in
 formal command form, 44
 present subjunctive, 52
 preterite tense, 10, 399
Cárdenas, Lázaro, 110
carnaval, 38
"La carrera de los restaurantes privados en Cuba",
 216–217
carretilla, 54
Castellanos, Rosario, 202
Castro, Fidel, 110
Cavero, Arturo "Zambo", 292
celebrar, 45
celebrations, 38, 40, 41, 44, 51, 53, 61, 70
cell phones, 187
"La censura española y el cine Americano", 199
cerrar, 45
certainty, expressing, 86
Cervantes, Miguel de, 283, 332, 344, 345
César, Julio, 179
Chao, Manu, 296
"El Chapulín Colorado", 125
characteristics, describing, 80, 81
Chávez, Hugo, 110
chicano, use of term, 258
Chile, 9, 40, 84, 158, 192, 223, 231, 238, 247, 284, 332, 333,
 352–353
Christmas Eve, 44
Cien años de soledad (García Márquez), 272
circumlocution, 36, 168
cities, 246, 250, 252, 256, 257, 269, 276
clauses
 adjective clauses, 125–127
 adverbial clauses, 160–161
 dependent clauses, 92, 120
 "if" clause, 226, 258–259, 264–265, 274, 402
 main clause, 92, 120, 274
 si clauses, 258, 264–265, 274
 subordinate clause, 258, 264
coffee, 85, 90
Collado, Enrique, 340

Colombia, 9, 10, 40, 54, 56, 80, 92, 118, 120, 182,
 188, 192, 218, 223, 247, 248, 251, 255, 256,
 258, 264, 272, 298, 303, 322, 332, 333, 334,
 354–355
coloquial expressions, 146, 176
comentar que, 194
comenzar, 395
comer, 51
"La comida y los valores culturales", 90–91
comma, use in numbers, 223
command forms
 formal forms, 44–45
 informal **tú** commands, 45
 nosotros commands, 45
 summary of, 393–398
 vosotros commands, 46
"¿Cómo es la nueva generación de hispanos en EE.UU.?",
 146–147
"¿Cómo serán los trabajos del futuro?", 235
como si, 265
"¿Cómo son las dietas de otros países?", 97
"¿Cómo son las fiestas?", 61
comparison/contrast essay, 268
comparisons, 252–253
compound tenses, 393
con + quien, 322
con tal (de) que, 160, 161
condition, indicating, 80, 81
conditional perfect tense, 230, 231, 240
conditional sentences, 402
conditional **si** clauses, 258, 264–265, 274, 402
conditional tense, 224–225, 226, 240,
 264–265, 274
 summary of, 393–398
conducir, 45
conjecture, expressing, 225
"Connecting People" (de la Hoz, director),
 166–167
conocer, 115, 395
contar (que), 86, 87, 194, 401
contestar que, 194
contrary-to-fact idea, 265
Córdoba, Fray Pedro de, 112
Córdova, Rudy, 14
Cortázar, Julio, 326
Cortés, Hernán, 110, 114, 120, 131
Costa Rica, 40, 54, 356–357
courtship, 16
Cowper, William, 249
crecer, 11
creer (que), 86, 87, 148, 401
Cristiani, 113
cuando, 161
Cuba, 192, 216–217, 290, 291, 334, 358–359
"La cultura de la comida", 84–85
"La cultura de los antihéroes", 124
customs and traditions, vocabulary, 38, 70

cuyo(a), 328, 344
cybercafes, 153

D

daily routine, verbs for, 16
Dalí, Salvador, 291
dar, 45, 52, 396, 399, 402
Darío, Rubén, 326
dates, expressing, 80, 115
de + quien, 322
de todos modos, 72
deber, passive **se** with, 286
decir
  conditional tense, 224
  future tense, 219
  informal **tú** command, 45
  past participle, 149, 182, 401
  preterite tense, 400
  tenses reviewed, 396
decir que, 194
definite article, 81
dejar, 57
dependent clause, 92, 120
descriptive writing, 96
desear, 57
"El desempleo y la juventud", 223
desire, verbs of, 56–57
desires, expressing, 121, 154
después (de) que, 161
devolver, past participle, 149, 182, 401
Día de los Muertos, 38, 46
"El día mundial del libro y la lectura entre los hispanohablantes", 332–333
Díaz del Castillo, Bernal, 119
dictionary use, 60
direct object, placement in present perfect tense, 149
direct speech, 194
disgustar, 93
"La diversión sobre ruedas en Ciudad de México", 180–181
Dominican Republic, 223, 262, 263, 290, 384–385
donde, 323, 344
Donoso, José, 326
dormir, 11, 45, 394, 399
doubt, subjunctive to express, 86, 121, 154, 188, 240
Duarte, Juan, 62
dudar, 86

E

Echenique, Alfredo Bryce, 328
Ecuador, 222, 230, 256, 360–361
education, 10
Eimbcke, Fernando, 98–99
el cual, 323, 344
el mío/la mía, 334
el que, 323, 344

El Salvador, 40, 112, 113, 362–363
"El Salvador no olvida a Romero", 112
emocionar, 93
emotional condition, indicating, 81
emotional reaction, expressing, 52, 121
emotions, subjunctive with expressions of emotion, 92–93, 154
empezar, 10, 44
en cambio, 268
en caso de (que), 160, 161
en cuanto, 161
en fin, 72
encantar, 93
encomienda, 158
enojar(se) de, 93
entertainment, 176, 180, 186
  movies, 174, 176, 180, 192–193, 194, 199, 208
  music, 85, 249, 250, 280, 284–285, 286, 290, 291, 292, 296–297, 298, 303, 304–305
  technology and, 187
  television, 188
  vocabulary, 176, 208
entonces, 72
"El entretenimiento y las nuevas generaciones", 187
equality, comparisons of, 252
Equatorial Guinea, 368–369
-er verbs
  command forms, 44, 45
  conditional tense, 224
  future tense, 218
  imperfect subjunctive, 120
  imperfect tense, 11
  past participle, 148, 400
  present subjunctive, 51
  preterite tense, 10
  stem-changing verbs, 51
es posible, 120
Escobar, Pablo, 118
escoger, formal command form, 44
escribir, 10, 149, 192, 401
"España: ¿el ocaso de los matrimonios?", 42–43
esperar, 57, 120
estadounidense, use of term, 146
estancia, 246
estar
  + past participle, 298–299
  command form, 45
  future tense, 219
  past progressive tense formed with, 400
  present subjunctive, 52
  tenses reviewed, 396
  using, 80–81
estar contento(a), 92
estar seguro(a) de que, 86
explicar que, 194
extended families, 34

F

Facebook, 158
Falla, Manuel de, 283
family, 4, 20–21, 27, 34, 56
Federación Internacional de Fútbol Asociado
    (FIFA), 183
feelings, subjunctive with expressions of emotion, 92–93
feliz, 81
Fernández, Felipe, 306
festivals, 38, 40, 41, 44, 51, 53, 61, 70
finance, 212, 242
finca, 246
Flax, Hjalmar, 100
foods
    ajiaco, 80
    coffee, 85, 90
    Colombian foods, 80
    guascas, 80
    merienda, 75
    pan dulce, 84
    potaje, 86
    Spanish foods, 86
    tapas, 90–91
    vocabulary, 74, 104
    yerba mate, 90
Ford, Henry, 145
formal commands, 44–45
La foto (Anderson Imbert), 30
Franco, Francisco, 199
frustar(se) de, 93
"¿Fue heroína o villana la Malinche?", 131
Fuentes, Carlos, 326
Fujimori, Alberto, 136, 137
Fuller, Thomas, 249
"La función de la literatura", 339
"La función de la música", 303
"El fútbol y la industria del entretenimiento", 186
future perfect tense, 230–231, 240
future tense
    forming, 218–219, 240
    ir + **a** + infinitive, 115, 218, 258
    summary of, 393–398
    using, 274

G

g → gue stem-changing verbs, 10, 399
-gar, verbs ending in
    formal command form, 44
    present subjunctive, 52
    preterite tense, 10, 399
García Márquez, Gabriel, 272, 322, 326, 334
Garzo, Gustavo Martín, 327
"De generación en generación", 15
"El grafiti: arte y voces urbanas", 262–263
granja, 246
greetings, 22, 49
group identity, 49

guapo, 81
Guatemala, 40, 134, 366–367
Guerra, Juan Luis, 85, 297
Guevara, Ernesto Che, 110
gustar, 93

H

haber
    conditional perfect formed with, 230
    conditional tense, 225
    future perfect formed with, 230
    future tense, 219
    imperfect subjunctive, 120
    pluperfect formed with, 182–183
    pluperfect subjunctive formed with, 188
    present perfect formed with, 148
    present perfect subjunctive formed with,
        154–155
    present subjunctive, 52, 402
    preterite tense, 11
    tenses reviewed, 396
    using, 80, 81, 115
habitual actions, expressing, 115, 224–225
hablar
    conditional tense, 224
    formal command form, 44
    future tense, 218
    imperfect subjunctive, 121
    past participle, 148, 400
    present subjunctive, 51
    preterite tense, 10
    tenses reviewed, 393
hace + period of time (+ **que**), 11
hacer
    command forms, 44, 45
    conditional tense, 224
    future tense, 219
    past participle, 149, 182, 401
    preterite tense, 400
    tenses reviewed, 396
hacerse, 17
hacienda, 246
haiku, 302
hasta que, 161
Hemingway, Ernest, 318
Hernández, José, 215
"¿Héroes o villanos?", 118
Hidalgo, Miguel, 112
Hispanic culture
    architecture, 256
    artisans, 54–55
    café, 85, 90
    celebrations and holidays, 38, 40, 41, 44, 51, 53,
        61, 79
    cell phones, 187
    customs and traditions, 38, 70
    education, 10

entertainment, 176, 180, 186, 187, 208
family life, 20, 21, 27
food, 74, 75, 80, 84, 86, 90–91, 97
government, 126
graffiti, 262–263
greetings, 22, 49
history and politics, 108, 138
immigration, 147, 148, 152, 165
independence days, 40
indigenous people, 158, 284
last names, 50
literature, 320, 326, 332–333, 334, 339, 342
media 15
merienda, 75
money notation, 222
movies, 174, 176, 180, 192–193, 194, 199, 208
murals, 262–263
music, 85, 249, 250, 280, 284–285, 286, 290, 291, 292,
    296–297, 298, 303, 304–305
older people, 9, 27
restaurants, 216
sports, 183
superheroes, 111, 124
table manners, 82
technology, 142, 153, 158, 159, 160, 172, 187
television, 188
traditions, 8–9
urban planning, 256
hispano, use of term, 146, 290
historical present, 195
history and politics, 108, 138
holidays, 38, 40, 41, 44, 51, 53, 61, 70
La honda de David (Monterroso), 134–135
Honduras, 40, 370–371
"La hora del café", 85
Hoz, Álvaro de, 166, 236
hypothetical, 226, 264–265

I

Ibsen, Henrik, 145
idiomatic expressions, 96
"if" clause, 226, 258–259, 264–265, 274, 402
immigration, 147, 148, 152, 165
imperative form, 44, 258
imperfect subjunctive, 120–121, 129, 136, 170, 206,
    226, 265, 274
imperfect tense
    preterite vs., 114–115
    of regular verbs, 11
    summary of, 393–398
    using, 11–12, 32, 115, 136, 206
impersonal expressions, 51, 70
impersonal **se**, 286–287, 310
importar, 93
Imposible escribir con tanto ruido (Requeni),
    168–169
indefinite, expressing, 154, 161, 188

indicative
    to express certainty, 86
    temporal adverbial conjunctions with, 161
    using, 86, 136, 206
indigenous people, 158, 284
indirect object
    clarifying or emphasizing, 287
    placement in present perfect tense, 149
indirect object pronouns, 86, 93, 287
indirect speech, 194–195
"La industrialización de las zonas rurales en España", 269
inequality, comparisons of, 252–253
infinitive
    ir + **a** +, 115, 218, 258
    placement of reflexive pronoun with, 17, 22
influence, verbs of, 56–57, 154
informal **tú** commands, 45
informative essays, 60
Ingenieros, José, 145
"La inmigración en la Argentina", 165
insistir (en), 57
Internet, 153, 158, 159, 187
ir, 17
    command forms, 45
    conditional tense, 224
    future tense, 218
    imperfect tense, 11
    present subjunctive, 52, 402
    preterite tense, 399
    tenses reviewed, 397, 399
ir + **a** + infinitive, 115, 218, 258
-ir verbs
    command forms, 44, 45
    conditional tense, 224
    future tense, 218
    imperfect subjunctive, 120
    imperfect tense, 11
    past participle, 148, 400
    present subjunctive, 51
    preterite tense, 10, 399
    stem-changing, 52, 399
irregular command forms, 45
irregular verbs
    conditional tense, 224
    future tense, 219
    past participles, 149, 182
    present perfect, 149
    present subjunctive, 51, 52, 402
    preterite tense, 399–400
    tenses reviewed, 396–398
irse, 17

J

Jaramillo, Juan, 119
Jardiel Poncela, Enrique, 7
job application, 234
joven, 253

Juanes, 296, 311
Juárez, Benito, 110
jugar, 10, 401

L

language, 106
    circumlocution, 36, 168
    connecting words, 72
    dictionary use, 60, 64
    idiomatic expressions, 96
    linguistic breakdown, 244
    making a mistake, 140
    music to help in learning, 278
    narration, 106, 114, 174, 195, 206
    Real Academia Española, 327
    register, 210
    roots of words, 5, 39, 75, 109
    self-correction, 140
    time expressions, 2
    timeframes, 174
    tú/usted use, 210
    vocabulary, 314
    vocabulary differences between countries, 5, 246, 247
    word class, 134
last names, 50
latinoamericano, use of term, 146
latinos
    in the United States, 390–391
    use of term, 146, 290
leer, 148, 399, 401
"La lengua como parte fundamental de una cultura", 49
linguistic breakdown, 244
"La lista" (de la Hoz, director), 236–237
listo, 81
literature, 320, 326, 332–333, 334, 339, 342
    Día Mundial del Libro, 332
    haiku, 302
    short stories, 319
    summarizing main theme, 202
    terminology, 31, 67, 70, 101, 105, 135, 138, 169, 173, 204, 209, 239, 242, 273, 276, 343, 347
    vocabulary, 316, 346
llegar, formal command form, 44
Lleras Camargo, Alberto, 40
lo cual, 328, 344
"Lo importante" (Ruiz de Azúa), 132–133
lo que, 328, 344
location, indicating, 80
Loi, Isidoro, 179

M

Machado, Antonio, 291, 342
Madre Teresa 215
main clause, 92, 120, 274
mal, 253
la Malinche (Malintzín), 114, 119, 120, 131
malo, 81, 253

mandar, 57
mariachis, 281
"Marinero en Tierra: Un tributo a Pablo Neruda", 291
Marquina, Eduardo, 249
marriage, 42, 43
marriage status, 4, 34
Martí, José, 291
Martínez, Magdalena, 283
Marx, Karl, 40
más ... de (que) 252–253
mayor, 253
measurements, 74, 104
media, 15
mejor, 253
mencionar que, 194
menor, 253
menos ... de (que), 252–253
mental condition, indicating, 81, 115
merienda, 75
mes del adulto mayor, 9
Mexican Americans, 14, 268
Mexico, 5, 20–21, 22, 27, 40, 75, 84, 114, 116, 119, 120, 125, 131, 134, 153, 176, 180, 183, 187, 192, 202, 223, 228, 246, 247, 251, 256, 281, 332, 333, 372–373
microcuentos, 319
mientras (que), 160, 161
"Los migrantes y las nuevas generaciones", 152
Mingote, Antonio, 179
mío(s)/mía(s), 334
Misa de Gallo, 44
Moctezuma, 114
modern society, 142, 172
molas, 55
molestar, 93
money, notation for, 222
monosyllable words, accents in, 392
Montaigne, 40
Monterroso, Augusto, 134
Moreno, Mario, 215
morir, 149, 182, 401
"Mortadelo y Filemón", 124
Mother Teresa, 215
movie reviews, 198
movies, 174, 176, 180, 192–193, 194, 199, 208
movimiento del "Boom", 326
Un mundo para Julius (Echenique), 328
murals, 262–263
music, 85, 249, 250, 286, 290, 292, 296–297, 298, 303, 304–305
    hip hop mapuche, 284–285
    of indigenous people, 284
    mariachis, 281
    poetry and, 291
    vocabulary, 280, 312
"¿Música latina o música latinoamericana?", 290
"Música para el cambio", 296–297
"Música y poesía", 291
musical instruments, 280, 312

N

"El Nacional Monte de Piedad", 228–229
nadie, 127
narration, 106, 114, 174, 195, 206
narratives, 338
nationality, expressing, 80
necesitar, 57, 126, 286
negar, 86
negative commands
   formal commands, 44
   informal tú commands, 45
   pronoun placement in, 46, 68
Neruda, Pablo, 238, 291
Nicaragua, 40, 54–55, 374–375
no dudar, 86
no negar, 86
nos, 16–17, 32
no ... todavía, 149
nuestro(s)/nuestra(s), 334
"El nuevo cine latinoamericano", 192–193
"Los nuevos sonidos de la música indígena
     latinoamericana: El ritmo combativo del hip hop
     mapuche", 284–285
numbers
   más or menos with, 253
   period and comma in, 223
nunca, 149
"Nutrición: el secreto de la mejor dieta", 78–79
nutrition, vocabulary, 74, 78, 104

O

occupation, expressing, 80
oír, 148, 397, 399, 401
ojalá (que), 57, 189
Ojalá llueva café (Guerra), 85
olvidar, 287
opinions, expressing, 52, 121
"La organización de las ciudades", 257
origin, expressing, 80

P

Pacheco, José Emilio, 64
pagar, 395
Palerm-Artis, Arcadi, 28
pan dulce, 84
Panama, 40, 55, 214, 376–377
Panama Canal, 377
para (que), 160, 161
para quien, 322
Paraguay, 40, 53, 90, 378–379
parecer bien/mal, 93
parecer que, 86, 87
"Participación social y evolución de la sociedad",
    158–159
passive se, 286, 292, 310
passive sentence, 286, 292
passive voice, 292, 298, 299

past
   hypothetical statement about, 264
   narrating, 106, 114, 195, 206, 274
   past perfect, 182
past participle
   conditional perfect formed with, [add page ref.]
   estar +, 298–299
   forming, 148, 400–401
   future perfect formed with, 230
   irregular, 149, 182
   passive sentences formed with, 292
   pluperfect formed with, 182–183
   pluperfect subjunctive formed with, 188
   present perfect formed with, 148
   present perfect subjunctive formed with, 154–155
   of reflexive verb, 298
   regular, 148, 400
   ser +, 299, 310
past perfect subjunctive, 188, 265, 274
past perfect tense. See pluperfect tense
past progressive tense, 400
past subjunctive, 121, 393–398, 402
pedir
   imperfect subjunctive, 121
   nosotros commands, 45
   present subjunctive, 57, 401
   preterite tense, 399
   tenses reviewed, 394, 399
pedir que, 194
"Los peligros de ser peatón en Lima", 250–251
pensar (que), 86, 87, 394
peor, 253
Perasso, Valeria, 14
perder, 287, 401
Pérez Reverte, Arturo, 318
perfect tenses, 230, 240
period, use in numbers, 223
periphrastic future, 115
permitir, 57
pero, 82
Perón, Eva, 110
personal a, 16, 286
personal pronouns, in commands, 44
personal relationships, 4, 16, 34, 42, 43
persuasive essay, 164
Peru, 5, 16, 126, 136, 137, 250, 251, 256, 257, 286, 290, 292,
    324, 328, 380–381
physical condition, indicating, 81, 115
Pies Descalzos (foundation), 298
placement
   of haber in present perfect tense, 149
   of pronouns in affirmative commands, 46, 68
   of reflexive pronoun with verb or infinitive, 17, 22
   of reflexive pronouns in past perfect tense, 183
Platón, 283
Plaza de Armas, 256, 257
pluperfect subjunctive, 188–189, 206

pluperfect tense, 182–183, 206
La pobreza (Neruda), 238
Pocahontas, 119
poder
    conditional tense, 224
    future tense, 219
    passive **se** with, 286
    tenses reviewed, 397
    using, 115
Poe, Edgar Allan, 291
poetry, music and, 291
politeness, using conditional for, 225
poner
    conditional tense, 224
    future tense, 219
    informal **tú** command, 45
    past participle, 149, 182, 401
    preterite tense, 400
    tenses reviewed, 397
ponerse, 17
por el contrario, 268
por otra parte, 268
por un lado, 268
porque, 161
posiblemente, 87
possession, expressing, 80, 328
possessive adjectives, 287, 334, 346
possessive pronouns, 334
possibility, expressing, 87
potaje, 86
Powhatan, Chief, 119
preferir, 56, 57, 401
preguntar si, 194
preocupar, 93
present participle, past progressive tense
       formed with, 400
present perfect subjunctive, 154–155, 170
present perfect tense, 148–149, 393
present progressive, 81, 393
present subjunctive, 68, 136, 170
    of irregular verbs, 51, 52, 402
    of stem-changing verbs, 51–52, 401
    summary of, 393–398
present tense, 32, 102, 136, 258, 393–398
preterite tense
    imperfect vs., 114–115
    of irregular verbs, 399–400
    present perfect vs., 149
    of regular verbs, 10
    for reporting verbs, 194
    of stem-changing verbs, 10, 399–400
    summary of, 393–398
    using, 11–12, 32, 114, 136, 206
primero, 72
probability, expressing, 219, 231
"Un producto revolucionario" (Collado, director), 340–341
prohibir, 57

pronominal verbs, 16
pronouns
    indirect object pronouns, 86, 93, 287
    personal pronouns, 44
    placement in affirmative commands, 46, 68
    possessive pronouns, 334
    reflexive pronouns, 16, 17, 22, 32, 149, 183
    relative pronouns, 322–323, 328, 344, 346
    usted/tú use, 210
puede (ser) que, 87
Puerto Rico, 100, 382–383
puesto que, 161

Q
quantities, **más** or **menos** with, 253
que, 322, 344
que + subjunctive, 56
quedar, 287
querer
    conditional tense, 224
    followed by **que** + subjunctive, 56
    future tense, 219
    subjunctive used with, 126
    tenses reviewed, 397
    using, 115
questions, subjunctive used in, 87
Quevedo, Francisco de, 318
quien(es), 322, 344
quinoa, 88
quinta, 246
quizá(s), 87

R
rancho, 246
Real Academia Española (RAE), 327
realismo mágico, 272
recientemente, 149
reciprocal verbs, 22
recomendar, 57
"Las redes sociales en Hispanoamérica", 153
reflexive pronouns, 16, 32
    placement in past perfect tense, 183
    placement in present perfect tense, 149
    placement in present tense, 17, 22
    with reciprocal verbs, 22, 32
    with reflexive verbs, 16–17, 32
reflexive verbs, 16–17, 298
regular verbs
    command forms, 44–45
    conditional perfect, 230
    conditional tense, 224, 240
    future perfect, 230
    future tense, 218, 240
    imperfect subjunctive, 120
    imperfect tense, 11
    past participles, 148
    pluperfect, 182

pluperfect subjunctive, 188
present perfect, 148
present perfect subjunctive, 51
preterite tense, 10
tenses reviewed, 393
relationship, expressing, 80
relative pronouns, 322–323, 328, 344, 346
reported speech, 194
reporting verbs, 194
Requeni, Antonio, 168
requests, softening, 225
respetar, 11
responder que, 194
restaurants, 216
rico, 81
"**Rogelio**" (Duarte, director), 62–63
Rolfe, John, 119
romantic relationships, 16
Romero, Óscar, 112, 113
Rondón, Dister 262–263
romper, 149, 182, 287, 401
roots of words, 5, 39, 75, 109
Rousseau, Jean-Jacques, 249
Ruiz de Azúa, Alauda, 132
rural zones, 246, 252, 269, 275, 276

S

saber
command form, 45
conditional tense, 224
future tense, 219
present subjunctive, 52, 402
tenses reviewed, 397
using, 115
sacar, 45
salir
conditional tense, 224
future tense, 219
informal **tú** command, 45
tenses reviewed, 398
San Martín, José de, 110
Sarmiento, Domingo, 145
Savater, Fernando, 145
Schopenhauer, Arthur, 318
se, 16–17, 32, 286–287, 292, 310
seguir, 395
sentir, 394
sentirse, 92
ser
+ past participle, 299, 310
command form, 45
future tense, 219
imperfect tense, 11
passive voice formed with, 292
past subjunctive, 402
present subjunctive, 52, 402
preterite tense, 399

tenses reviewed, 398, 399
using, 80, 81
ser cierto (evidente, obvio) que, 86
servir, 44, 45, 148
Shakespeare, William, 332
Shakira, 298
Shaw, George Bernard, 283
short stories, 319
si clauses, 226, 258–259, 264–265, 274, 402
siempre y cuando, 160
simple tenses, 393
simultaneous actions, expressing, 115
sin (que), 160, 161
sin embargo, 72, 268
sino, 82
"**Sirenas de fondo**" (Palerm-Artis), 28–29
Smith, John, 119
Sobrecitos de azúcar (Flax), 100
social networks, 153, 158, 159
Solares, Sandra, 270
sorprender(se) de, 93
Spain, 40, 42, 43, 44, 46, 50, 51, 75, 86, 90, 91, 124, 149, 152,
153, 154, 160, 187, 192, 199, 223, 247, 252, 269, 332,
364–365
speculation, expressing, 219
spell-changing verbs
formal command form, 44
tenses reviewed, 395
sports, 183
stem-changing verbs
nosotros commands, 45
past participles, 148
present subjunctive, 51–52, 401
preterite tense, 10, 399–400
tenses reviewed, 394
stressed possessive adjectives, 334, 346
strong vowels/weak vowels, 342
subjunctive mood, 51
with adjective clauses, 126–127
with adverbial clauses, 160–161
to express doubt and uncertainty, 86, 121,
154, 188, 240
with expressions of emotion, 92–93
imperfect subjunctive, 120–121, 129, 136, 170, 206,
265, 274
past perfect (pluperfect) subjunctive, 188–189, 206,
265, 274
imperfect subjunctive, 121, 393–398, 402
present perfect subjunctive, 154–155, 170
present subjunctive, 51–52, 68, 136, 170, 393–398, 401
in questions, 87
temporal adverbial conjunctions with, 161
using, 56–57, 86–87, 92–93, 102, 136, 154, 188,
206, 240
with verbs of desire or influence, 56–57
subordinate clause, 258, 264
subordinating conjunction, 160

"La suerte de la fea a la bonita no le importa"
(Eimbcke), 98–99
sugerir, 57
superheroes, 111, 124
superlatives, 253
suponer que, 86
suyo(s)/suya(s), 334

T
table manners, 82
tal vez, 87
tan pronto (como), 161
tan ... como, 252
tanto/a(s) ... como, 252
tapas, 90–91
Tardán, Isabelle, 304
technology, 160
    social networks, 153, 158, 159
    vocabulary, 142, 172
    work and, 230
Telenovela (Castellanos), 206–208
television, 188
tener
    conditional tense, 224
    future tense, 219
    imperfect subjunctive, 121
    informal **tú** command, 45
    past participle, 148
    past subjunctive, 402
    tenses reviewed, 398
tener miedo de, 92
tener que, using, 115
"**Los tiempos cambian**", 14
Tierno Galván, Enrique, 249
time, expressing, 80, 106, 115
time expressions
    adverbial conjunctions, 161
    how long ago, 11
    how often something is done, 18
    in indirect speech, 195
    strategies for, 2
tocar, 10, 395
Toro, Benicio del, 196
traditions, 8
traer, 148, 398, 401
transportation, 247, 270–271
tú/usted use, 210
tuyo(s)/tuya(s), 334

U
un, 80
Unamuno, Miguel de, 145
uncertainty, subjunctive to express, 86, 121, 154, 188, 240
unemployment, 223
UNESCO, 256, 332
unplanned occurrences, expressing, 287
urban planning, 256

urban renewal, 14
Uruguay, 40, 75, 90, 183, 246, 247, 386–387
usted/tú use, 210
ustedes commands, 46

V
Vargas Llosa, Mario, 324, 326
Vega, Garcilaso de la, 332
Venegas, Julieta, 297
Venezuela, 40, 251, 388–389
venir, 45, 219, 224, 398
ver, 11, 149, 182, 398, 399, 401
verbs
    + **más/menos que**, 253
    + **tanto como**, 252
    of desire or influence, 56–57
    placement of reflexive pronoun with, 17
    pronominal verbs, 16
    reciprocal verbs, 22
    reflexive verbs, 16–17, 298
    reporting verbs, 194
    vocabulary, 4, 31, 34–35, 38, 70, 74, 104, 108, 138, 142, 172–173, 176, 208, 212, 242, 246, 276, 280, 316, 346
video games, 187
viejo, 253
Villa, Pancho, 110
El violinista (Fernández), 306–308
Vives, Juan Luis, 5
vivir, 51, 393, 400
vocabulary
    adjectives, 4, 34, 34–35, 74, 104, 108, 138, 142, 172, 176, 208, 246, 276, 280, 312
    blended families, 34
    city living, 246, 276
    colloquial expressions, 146, 176
    comparing and contrasting expressions, 268
    customs and traditions, 38, 70
    differences between countries, 5, 246, 247
    entertainment, 176, 208
    family, 4, 34
    finance, 212, 242
    foods, 74, 104
    history and politics, 108, 138
    impersonal expressions, 70
    literary terminology, 31, 67, 70, 101, 105, 135, 138, 169, 173, 204, 209, 239, 242, 273, 276, 343, 347
    literature, 316, 346
    marriage status, 4, 34
    measurements, 74, 104
    modern society, 142, 172
    movies, 176, 208
    music, 280, 312
    musical instruments, 280, 312
    nutrition, 74, 78, 104
    personal relationships, 4
    rural zones, 246, 276
    technology, 142, 172

transportation, 247
work, 212, 242
See also language
volver
    conditional tense, 224
    future tense, 218
    nosotros commands, 45
    past participle, 149, 182, 401
    preterite tense, 10
volverse, 17
vosotros commands, 46
vowels, 342
vuestro(s)/vuestra(s), 334

W

weak vowels/strong vowels, 342
Wechekeché (musical group), 284–285
work, 216, 218, 222, 223, 229, 230, 235, 266
    job application, 234
    technology and, 230
    vocabulary, 212, 242
writing forms
    biography, 130
    blogging, 26
    comparison/contrast essay, 268
    descriptive writing, 96
    haiku, 302
    informative essay, 60
    job application, 234
    movie review, 198
    narratives, 338
    persuasive essay, 164

Y

ya (que), 161
yerba mate, 90
yuyo, 90

Z

z → cé stem-changing verbs, 10, 399
Zapata, Emiliano, 116
-zar, verbs ending in
    formal command form, 44
    present subjunctive, 52
    preterite tense, 10, 399
La zarpa (Pacheco), 64–67

CAPÍTULO 1

Vocabulario ◀))

La familia y las relaciones personales

la adopción	*adoption*
la amistad	*friendship*
antaño	*in the old days (adv.)*
el asilo de ancianos	*retirement home*
el (la) bisabuelo(a)	*great-grandfather*
el (la) bisnieto(a)	*great-grandchild*
la brecha generacional	*generation gap*
el cambio	*change*
la cita	*date, appointment*
el compromiso	*engagement, commitment*
el divorcio	*divorce*
la generación	*generation*
hoy en día	*nowadays*
el (la) huérfano(a)	*orphan*
el matrimonio	*marriage; married couple*
el noviazgo	*relationship between a boyfriend and a girlfriend*
el (la) novio(a)	*boyfriend/ girlfriend*
el papel	*role*
la pareja	*couple, partner*
los parientes	*relatives*
el (la) prometido(a)	*fiancé(e)*
el reto	*challenge*
el (la) tatarabuelo(a)	*great-great-grandfather*
el (la) tataranieto(a)	*great-great-grandchild*
la tercera edad	*old age*
la vejez	*old age*

La familia política/modificada

el (la) cuñado(a)	*brother/sister-in-law*
el (la) hermanastro(a)	*stepbrother/stepsister*
el (la) hijastro(a)	*stepson/stepdaughter*
la madrastra	*stepmother*
la nuera	*daughter-in-law*
el padrastro	*stepfather*
el (la) suegro(a)	*father/mother-in-law*
el yerno	*son-in-law*

Adjetivos

desintegrado(a)	*broken (family)*
enamorado(a) (de)	*in love (with)*
moderno(a)	*modern*
obsoleto(a)	*obsolete, out of date*
tradicional	*traditional*
unido(a)	*tight, close (family)*
vigente	*current, updated*

Estados civiles

casado(a)	*married*
divorciado(a)	*divorced*

A perfeccionar

El pretérito y el imperfecto I

1. When narrating in the past, the preterite is used to express an action that is *beginning* or *ending* while the imperfect is used to express an action *in progress (middle)*.

Preterite

a. A past action or series of actions that are completed as of the moment of reference
Lucía y Alfredo **se enamoraron** y **se casaron.**

b. An action that is beginning or ending
La boda **comenzó** a las dos y **terminó** a las tres.

c. A change of condition or emotion
Me puse feliz cuando me propuso matrimonio.

Imperfect

a. An action in progress with no emphasis on the beginning or end of the action
Llovía y **hacía** viento.

b. A habitual action
Siempre **peleaba** con sus hermanos.

c. A description of a physical or mental condition
Era soltero y no **tenía** hijos.
Estaban contentos de ver a sus nietos.

d. Other descriptions, such as time, date, and age
Eran las cinco de la tarde.
Era el tres de febrero.
Tenía sesenta años.

2. To talk about how long ago something happened, use the preterite with the following structure:

hace + period of time (+ **que**)
Se casaron **hace dos años.**
*They got married **two years ago.***

Estructuras 1

Verbos pronominales

1. Pronominal verbs are verbs that are conjugated with a reflexive pronoun. Reflexive pronouns are often used when the subject performing the action also receives the action of the verb. In other words, they are used with verbs to describe actions we do to ourselves. It is very common to use reflexive pronouns when discussing your daily routine.

Ella **se pone** un vestido azul.
*She **puts on** (herself) a blue dress.*

Yo **me levanto** temprano.
*I **get** (myself) **up** early.*

2. Verbs used to discuss your daily routine, as well as many other verbs, can be used with or without a reflexive pronoun, depending on who (or what) receives the action.

Él **se separó** de su esposa después de 8 años de matrimonio.
*He **separated** from his wife after 8 years of marriage.*

La madre **separó** a sus dos hijos.
*The mother **separated** her two children.*

3. The reflexive pronoun is placed in front of a conjugated verb or attached to the end of an infinitive. The pronoun can also be attached to the present participle, but you must add an accent to maintain the original stress. The reflexive pronoun always agrees with the subject of the verb, regardless of whether the verb is conjugated.

Nos estamos divorciando. / Estamos divorciándo**nos.**
We are divorcing.

Cuidado, vas a meter**te** en problemas. / Cuidado, **te** vas a meter en problemas.
Careful, you're going to get into trouble.

4. Some Spanish verbs need reflexive pronouns, although they do not necessarily indicate that the action is performed on the subject. In some cases, the reflexive pronoun changes the meaning of the verb, for example, **ir** *(to go)* and **irse** *(to leave, to go away).*

5. Reflexive pronouns can also be used with verbs to indicate the process of physical, emotional, or mental changes. In English, this is often expressed with the verbs *to become* or *to get.*

Vocabulario 🔊

separado(a)	*separated*
soltero(a)	*single*
la unión civil	*civil union*
la unión libre	*a couple living together, but without legal documentation*
viudo(a)	*widow*

Verbos

abrazar	*to hug*
aburrirse	*to become bored*
acostumbrarse (a)	*to get used (to)*
alegrarse	*to become happy*
asustarse	*to get scared*
besar	*to kiss*
burlarse (de)	*to make fun (of)*
cambiar	*to change*
casarse (con)	*to marry*
comerse	*to eat up*
convivir	*to live together in harmony*
coquetear	*to flirt*
crecer	*to grow up*
criar	*to raise, to bring up*
decidirse	*to make one's mind up*
despedirse (i, i)	*to say good-bye*
darse cuenta (de)	*to realize*
divorciarse (de)	*to get divorced (from)*
divertirse (ie, i)	*to have fun*
dormirse (ue, u)	*to fall asleep*
enamorarse (de)	*to fall in love (with)*
enfermarse	*to get sick*
enojarse	*to become angry*
envejecer	*to age, to get old*
frustrarse	*to become frustrated*
hacerse	*to become*
irse	*to go away, to leave*
llevarse (bien/mal/ regular)	*to get along (well/ poorly/okay)*
mudarse	*to move (residences)*
nacer	*to be born*
odiar	*to hate*
preguntarse	*to wonder*
ponerse (feliz, triste, nervioso, furioso, etc.)	*to become (happy, sad, nervous, furious, etc.)*
quedarse	*to stay*
quejarse	*to complain*
querer (ie)	*to love (someone)*
reconciliarse (con)	*to make up (with)*
reírse (de) (i, i)	*to laugh (at)*
relacionarse	*to get to know, to spend time with socially*
respetar	*to respect*
reunirse	*to get together*
romper	*to break up*
salir con (una persona)	*to go out with*
saludar	*to greet*
sentarse (ie)	*to sit down*
sentirse (ie, i) (bien, mal, triste, feliz, etc.)	*to feel (good, bad, sad, happy, etc.)*
separarse (de)	*to separate (from)*
sorprenderse	*to be surprised*
volverse (ue)	*to become*

Estructuras 2

Verbos recíprocos

1. The reflexive pronouns are used in order to communicate the English expressions *each other* and *one another*. These are known as reciprocal verbs. Only the plural forms (**nos, os,** and **se**) are used to express reciprocal actions as the action must involve more than one person.

> Ellos **se miraron** con amor.
> They ***looked at each other*** with love.

> **Nos comprendemos.**
> *We understand each other.*

2. It is usually evident by context whether the verb is reflexive or reciprocal. However, if there is need for clarification, **el uno al otro** can be used. The expression must agree with the subject(s); however, if there are mixed gender groups, the masculine form is used.

> Se cortan el pelo **la una a la otra.**
> They cut ***each other's*** hair.

José y Ana se presentaron **el uno a la otra.**
*José and Ana introduced themselves to **each other.***

Todos se respetan **los unos a los otros.**
*They all respect **each other.***

3. With infinitives, the reflexive pronoun may be placed before the conjugated verb or be attached to the infinitive.

> **Nos** vamos a **amar** para **siempre.**
> *We will love each other forever.*

> Quieren **conocerse.**
> *They want to meet each other.*

Terminología literaria

el (la) autor(a)	*author*
el cuento	*short story*
el (la) escritor(a)	*writer*
la metáfora	*metaphor*
los personajes	*characters*

CAPÍTULO 2

Vocabulario 🔊

Costumbres, tradiciones y valores

los antepasados	ancestors
las artesanías	handicrafts
el asado	barbecue
el Carnaval	Carnival (similar to Mardi Gras)
la celebración	celebration
la cocina	cuisine
la costumbre	habit, tradition, custom
la creencia	belief
el desfile	parade
el Día de los Muertos	Day of the Dead
la fiesta	holiday
el folclor	folklore
el gaucho	cowboy from Argentina or Uruguay
el hábito	habit
la herencia cultural	cultural heritage
la identidad	identity
los lazos	bonds
el legado	legacy
el lenguaje	language
el nacionalismo	nationalism
la Noche de Brujas	Halloween
la ofrenda	offering (altar)
el parentesco	relationship (family)
la práctica	practice
el pueblo	people
las relaciones	relationships
el ser humano	human being
el valor	value
el vaquero	cowboy
la vela	candle

Verbos

aconsejar	to advise
celebrar	to celebrate
conmemorar	to commemorate
dejar	to allow
desear	to desire
disfrazarse	to dress up for a masquerade, to disguise (oneself)
esperar	to hope, to wish
festejar	to celebrate
heredar	to inherit
insistir (en)	to insist
mandar	to order
necesitar	to need
pedir (i, i)	to ask for, to request
permitir	to permit, to allow
preferir (ie, i)	to prefer
prohibir	to prohibit, to forbid
recomendar (ie)	to recommend

A perfeccionar

El imperativo

1. When you tell someone to do something, you use commands known as **imperativos** or **mandatos.** To form formal commands (for people you would address with **usted** and **ustedes**) drop the **-o** from the present tense first person (**yo** form) and add the opposite ending (**-e(n)** for **-ar** verbs and **-a(n)** for **-er** and **-ir** verbs). As in English, personal pronouns (**tú, usted, ustedes, nosotros**) are omitted when using commands in Spanish.

> **Decore** la sala.
> ***Decorate*** the room.

> **No encienda** las velas ahora.
> ***Don't light*** the candles now.

2. Verbs that are irregular in the first person present indicative have the same stem in formal commands.

> **Pongan** las flores en el altar.
> **Recuerde** que es un día importante.

For irregular command forms see p. 45.

3. Infinitives that end in **-car** and **-gar** have spelling changes in order to maintain the same sound as the infinitive. Infinitives that end in **-zar** also have a spelling change.

> **-car** buscar → bus**que**(n)
> **-gar** llegar → lle**gue**(n)
> **-zar** empezar → empie**ce**(n)

4. Informal commands (for people you would address with **tú**) have two forms, one for negative commands and one for affirmative commands. For negative informal commands, use the formal **usted** command and add an **-s.**

> **No llegues** tarde.

5. To form the affirmative informal (**tú**) commands, use the third person singular (**él/ella**) of the present indicative.

> **Llega** temprano y **trae** las flores.

Estructuras 1

El subjuntivo con expresiones impersonales

1. The present subjunctive verb forms are very similar to formal commands (see above).

> **hablar:** hable, hables, hable, hablemos, habléis, hablen
> **comer:** coma, comas, coma, comamos, comáis, coman
> **vivir:** viva, vivas, viva, vivamos, viváis, vivan

2. In the present subjunctive, stem-changing **-ar** and **-er** verbs follow the same pattern as in the present indicative, changing in all forms except the **nosotros** and **vosotros** forms.

> Es bueno que **quieran** preservar sus tradiciones.

3. Stem-changing **-ir** verbs follow the same pattern as in the present indicative, but there is a change in the **nosotros** and **vosotros** forms, similar to that in the third person preterite (**e → i** and **o → u**).

> Es probable que no **durmamos** mucho esta noche, pero quiero que mis hijos se **duerman** a las doce.

4. These verbs are irregular in the present subjunctive: **dar (dé), estar (esté), haber (haya), ir (vaya), saber (sepa),** and **ser (sea).** Notice that once again the subjunctive forms are similar to the formal command forms.

5. Impersonal expressions, such as **es bueno, es difícil, es importante, es triste,** etc., do not have a specific subject and can include a large number of adjectives. They can be negative or affirmative.

6. When using an impersonal expression to convey an opinion or an emotional reaction, it is necessary to use the subjunctive with it. While in English the conjunction *that* is often optional, in Spanish it is necessary to use the conjunction **que** between the clauses.

> **Es una lástima que** no **puedas** participar.
> *It is a shame (that) you can't participate.*
> **No es necesario que saques** tantas fotos.
> *It isn't necessary (that) you take so many pictures.*

Vocabulario ◀))

recordar (ue)	*to remember*
respetar	*to respect*
sacrificarse	*to sacrifice oneself*
sugerir(ie, i)	*to suggest*

Expresiones con el subjuntivo

es buena/mala idea	*it's a good/bad idea*
es horrible	*it's horrible*
es imposible	*it's impossible*
es increíble	*it's incredible*
es justo	*it's fair*
es mejor	*it's better*
es necesario	*it's necessary*
es posible	*it's possible*
es probable	*it's probable*
es raro	*it's rare*
es recomendable	*it's recommended*
es ridículo	*it's ridiculous*
es terrible	*it's terrible*
es una lástima	*it's a shame*
es urgente	*it's urgent*
Ojalá (que)	*I hope (that), Let's hope (that)*

Terminología literaria

la caracterización	*characterization*
caracterizar	*to characterize*
el escenario	*setting*
el monólogo	*monologue*
el (la) narrador(a)	*narrator*

Estructuras 2

El subjuntivo con expresiones de deseo e influencia

1. When expressing the desire to do something, you use a verb of desire or influence such as **querer** or **preferir** followed by an infinitive.

> **Prefiero ir** a la procesión contigo.
> *I prefer to go to the procession with you.*

> **Él quiere reunirse** con su familia.
> *He wants to get together with his family.*

2. When expressing the desire for someone else to do something, you use a verb of influence plus **que** followed by the subjunctive. You will notice that when there are two different subjects, the verb in the main clause is in the indicative, and the verb in the second clause (the dependent clause) is in the subjunctive.

> **Prefiero que** no **vayas** a la procesión.
> *I prefer (that) you don't go to the procession.*

> **Él quiere que** su familia se **reúna.**
> *He wants his family to get together.*

3. Other verbs besides **querer** and **preferir** express desire or influence. These verbs also require the use of the subjunctive when there are different subjects in the two clauses.

aconsejar	**pedir**
dejar	**permitir**
desear	**preferir**
esperar	**prohibir**
insistir (en)	**recomendar**
mandar	**sugerir**
necesitar	

4. **Ojalá** is another way to express hope. This expression is not preceded by a subject and therefore does not change forms. It always requires the use of the subjunctive in the dependent clause; however, the use of **que** is optional.

> **Ojalá (que)** tus valores no **cambien.**
> *I hope (that) your values don't change.*

CAPÍTULO 3

Vocabulario 🔊

la alimentación	food, diet
las calorías	calories
los carbohidratos	carbohydrates
los cereales	grains
el colesterol	cholesterol
la comida chatarra	junk food
la dieta	diet
la fibra	fiber
la grasa	fat
las harinas	flour
los lácteos	dairy
las legumbres	legumes
los mariscos	seafood
el mate	a tea popular in Argentina and other South American countries
la merienda	light snack or meal
los minerales	minerals
la porción	portion
las proteínas	proteins
el sodio	sodium
las vitaminas	vitamins

Medidas para comprar productos

la bolsa	bag
la botella	bottle
el frasco	jar
el gramo	gram
el kilo	kilo
la lata	can
la libra	pound
el litro	liter
el paquete	packet, box

Adjetivos

congelado(a)	frozen
descremado(a)	skimmed
dulce	sweet
embotellado(a)	bottled
magro(a)	lean
picante	spicy
salado(a)	salty
saludable	healthy (food, activity)
vegetariano(a)	vegetarian

Verbos

adelgazar	to lose weight
alegrar	to make happy
asar	to grill
asustar	to scare
aumentar	to increase
constar	to be apparent (having witnessed something)

A perfeccionar

Ser, estar y hay

1. **Hay,** a form of the verb **haber,** is used to mean *there is* or *there are*. It indicates the existence of something.

> **Hay** muchas calorías en ese pastel.
> ***There are** a lot of calories in that cake.*

2. The verb **ser** is used in the following ways:
   a. to describe general characteristics of people, places, and things
   b. to identify something or someone
   c. to identify a relationship or occupation
   d. to express origin and nationality
   e. to express possession
   f. to give time and dates
   g. to tell where or when an event is taking place

3. The verb **estar** is used in the following ways:
   a. to indicate location
   b. to express an emotional, mental, or physical condition
   c. to form the present progressive

4. It is important to remember that the use of **ser** and **estar** with some adjectives can change the meaning of the adjective. The use of **ser** indicates a characteristic or a trait, while the use of **estar** indicates a condition. Some common adjectives that change meaning are **aburrido, alegre, feliz, bueno, malo, guapo, listo,** and **rico.**

Estructuras 1

El subjuntivo con expresiones de duda

1. When expressing doubt or uncertainty about an action or a condition, you must use the subjunctive. The following are some common expressions of doubt that require the use of the subjunctive. **¡OJO!** The expressions **negar** *(to deny)* and **dudar** *(to doubt)* always require the subjunctive; however, there is some variation in the use of **no negar** and **no dudar.** With these expressions, most speakers will use the subjunctive (indicating a margin of doubt), but some will use the indicative (indicating certainty), depending upon their intention.

(no) dudar que	no pensar que
(no) negar que	no suponer que
no creer que	no estar seguro(a) que
no parecer que	no ser cierto/verdad/ obvio/evidente que

> **Dudo que tenga** muchas calorías.
> *I **doubt that** it **has** a lot of calories.*

> **No pienso que sea** una buena idea.
> *I **don't think that** it **is** a good idea.*

2. When using the following expressions to affirm a belief or to express certainty, you must use the indicative:

constar que	suponer que
creer que	estar seguro(a) de que

parecer que	ser cierto/verdad/
pensar que	obvio/evidente que

> **Creo que** la comida **tiene** mucha grasa.
> *I **believe that** the food **has** a lot of fat.*

3. When using the verbs **pensar, creer,** and **parecer** in a question, it is possible to use the subjunctive in the dependent clause as you are not affirming a belief.

> **¿Crees que sea** muy picante?
> ***Do you think** it **is** very spicy?*

4. The following words and phrases are used to express possibility. Because they express doubt rather than an affirmation, they should be followed by a verb in the subjunctive.

posiblemente	quizá(s)
puede (ser) que	tal vez

> **Tal vez** Carlota **deba** ponerse a dieta.
> ***Maybe** Carlota **should** go on a diet.*

Vocabulario ◄))

consumir	to consume
creer	to believe
disfrutar	to enjoy
disgustar	to dislike, to upset
dudar	to doubt
eliminar	to eliminate
emocionar	to thrill, to excite
encantar	to love
engordar	to gain weight
enojar	to make angry
evitar	to avoid
freír (i, i)	to fry
frustrar	to frustrate
gustar	to like
hornear	to bake
importar	to be important
limitar	to limit
molestar	to bother
negar (ie)	to deny
parecer (bien/mal)	to seem (good/bad)
pensar (ie)	to think
ponerse a dieta	to put oneself on a diet
preocupar	to worry
prescindir	to do without
probar (ue)	to taste
reducir	to reduce
sentir (ie, i)	to be sorry, to regret
sorprender	to surprise
suponer	to suppose
temer	to fear
tener miedo (de)	to be afraid (of)

Expresiones adicionales

estar contento (triste, frustrado, preocupado, etc.)	to be pleased; to be content (sad, frustrated, worried, etc.)
estar seguro(a)	to be sure
posiblemente	possibly
puede (ser) que	it might be
quizá(s)	maybe
ser (cierto/verdad/ obvio/evidente)	to be (certain/true/ obvious/evident)
tal vez	maybe

Terminología literaria

la obra	work (of art or literature)
el poema	poem
la poesía	poetry
el poeta/la poetisa	poet

Estructuras 2

El subjuntivo con expresiones de emoción

1. When expressing an emotion or feeling about something, it is necessary to use the subjunctive if the subject in the first clause is different from the subject in the second clause. As with the other uses of the subjunctive you have learned, the verb in the main clause is in the indicative, and the verb in the second (dependent) clause is in the subjunctive.

> Me alegra que mis hijos **coman** bien.
> El doctor teme que su paciente no **siga** su dieta.

2. The following are some common ways to express emotions:

> **estar contento (triste, frustado, preocupado, etc.) de**
>
> **sentir**
> **temer / tener miedo de**
>
> **Siento** que no haya más sopa.
> *I am sorry* that there isn't any more soup.
>
> **Están cansados de** que su doctor les prohíba el sodio.
> *They are tired of* their doctor forbidding them sodium.

3. The following verbs are used with an indirect object pronoun to express an emotion or a reaction:

> | | |
> |---|---|
> | **alegrar** | **gustar** |
> | **asustar** | **importar** |

disgustar	**molestar**
emocionar	**parecer bien/mal**
encantar	**preocupar**
enojar	**sorprender**
frustrar	

A la gente **le encanta** que el nuevo producto **tenga** más proteínas.
*People **love** that the new product **has** more protein.*

Me parece bien que quieras comer mejor.
It seems good (a good idea) to me that you want to eat better.

4. If there is only one subject, the **que** is not necessary and the infinitive is used with the expression of emotion rather than the subjunctive.

> **Sentimos no poder** asistir a la cena.
> *We regret not being able to attend the dinner.*
>
> **Me sorprende ver** cuántos productos tienen mucha azúcar.
> *It surprises me to see how many products have a lot of sugar.*

CAPÍTULO 4

Vocabulario 🔊

La historia y la política

el (la) asesor(a)	*advisor*
la Conquista	*Conquest*
el crecimiento económico	*economic development*
el (la) criminal	*criminal*
la defensa	*defense*
la democracia	*democracy*
la derecha	*right wing*
el derecho	*right*
la derrota	*defeat*
los desaparecidos	*disappeared people*
el desarrollo	*development*
la dictadura	*dictatorship*
el ejército	*army*
las elecciones	*elections*
la estabilidad	*stability*
la ética	*ethics*
el fortalecimiento	*strengthening*
el gobierno	*government*
el golpe de estado	*coup d'état*
el héroe	*hero*
la heroína	*heroine*
la injusticia	*injustice*
la izquierda	*left wing*
la justicia	*justice*
la ley	*law*
el (la) líder	*leader*
el liderazgo	*leadership*
la nacionalización	*nationalization*
el narcotraficante	*drug dealer*
el partido (político)	*(political) party*
la patria	*homeland, motherland*
el tráfico de drogas	*drug trafficking*
el valor	*bravery*
el (la) villano(a)	*villain*

Adjetivos

abnegado(a)	*selfless*
cobarde	*cowardly*
débil	*weak*
dedicado(a)	*dedicated*
egoísta	*selfish*
fuerte	*strong*
heroico(a)	*heroic*
honesto(a)	*honest*
humilde	*humble*
idealista	*idealist*
justo(a)	*fair*
leal	*loyal*
poderoso(a)	*powerful*
traidor(a)	*traitorous*
valiente	*brave*
violento(a)	*violent*

A perfeccionar

El pretérito y el imperfecto II

1. The verbs **conocer, saber, haber, poder, querer,** and **tener que** are commonly used to express mental or physical states. Notice that the English meanings of the verbs in the preterite (p) focus on the beginning and/or end of the state, while the meanings of the imperfect (i) verbs are considered ongoing conditions.

   conocer (i) *to know, to be acquainted with*
   (p) *to meet (for the first time)*

   saber (i) *to know (about)*
   (p) *to find out*

   haber (i) *there was/were (descriptive)*
   (p) *there was/were (occurred)*

   poder (i) *was able to (circumstances)*
   (p) *succeeded in (completed successfully)*

   no poder (i) *was not able to (circumstances)*
   (p) *failed to (do something)*

   querer (i) *wanted (mental state)*
   (p) *tried to (do something)*

   no querer (i) *didn't want (mental state)*
   (p) *refused to (and did not do something)*

   tener que (i) *was supposed to (but didn't necessarily) do something*
   (p) *had to do something (and did it)*

2. The imperfect of the periphrastic future (**ir + a** + infinitive) is used to express past plans or intentions that were not completed.

   Iba a votar, pero no llegué a tiempo por el tráfico.

Estructuras 1

El imperfecto del subjuntivo

1. In the last two chapters, you learned to use the present subjunctive. You will notice in the following examples that the verb in the main clause is in the present indicative and that the verb in the dependent clause is in the present subjunctive.

Main clause		Dependent clause
Espero	que	Villaba **gane** las elecciones.
Es posible	que	la situación del país **cambie.**

2. When the verb in the main clause is in the past (preterite or imperfect), the verb in the dependent clause must be in the imperfect subjunctive.

Main clause		Dependent clause
El presidente les **pidió**	que	**llegaran** a un acuerdo.
Era necesario	que	el ejército **entrara.**

3. The imperfect subjunctive is formed using the third person plural (**ellos, ellas, ustedes**) of the preterite. Eliminate the **-on** and add the endings. The endings are the same, regardless of whether the verb ends in **-ar, -er,** or **-ir.** Verbs that are irregular in the preterite are also irregular in the imperfect subjunctive.

   hablar: hablara, hablaras, hablara, habláramos, hablarais, hablaran
   tener: tuviera, tuvieras, tuviera, tuviéramos, tuvierais, tuvieran

4. In general, the same rules that apply to the usage of the present subjunctive also apply to the imperfect subjunctive. Remember that, except with expressions of doubt, there must be two subjects.

   To express an opinion using impersonal expressions:
   Era importante que **habláramos** con el pueblo.
   It was important that we talk with the people.

   To express desire:
   Él **esperaba** que el líder **lograra** un cambio.
   He hoped that the leader would achieve a change.

   To express doubt:
   Yo **dudaba** que muchos **llegaran** a votar.
   I doubted many would arrive to vote.

   To express an emotional reaction:
   Me **gustó** que al final el bueno **triunfara.**
   I liked that in the end good triumphed.

Vocabulario ◀))

Verbos

apoyar	to support
asesinar	to assassinate, to murder
derrocar	to overthrow
durar	to last
elegir (i, i)	to elect
lograr	to achieve
luchar	to struggle, to work hard in order to achieve something
vencer	to defeat
votar	to vote

Expresiones adicionales

tener/gobernar con mano dura	to be strict, to govern with a firm hand
a costa de lo que sea	at all cost

Terminología literaria

la ironía	irony
irónico(a)	ironic
la referencia	reference
referirse (ie, i) a	to refer to
el tono	tone
la trama	plot

Estructuras 2

El subjuntivo con cláusulas adjetivales

1. Adjective clauses are dependent clauses used to describe a noun. They often begin with **que** or **quien.** When using an adjective clause to describe something that the speaker knows exists, the indicative is used.

> Tenemos un gobierno que **es** corrupto.
> *We have a government that is corrupt.*

2. However, when using an adjective clause to describe something that the speaker does not know exists or believes does not exist, the subjunctive is used. The subjunctive is also used when the speaker does not have something specific in mind.

> Quiero tener un gobierno que **sea** justo.
> *I want to have a government that is fair.*

3. Some common verbs used with adjective clauses that can require either the subjunctive or the indicative are **buscar, necesitar,** and **querer.**

> Queremos un candidato que **sea** honesto.
> *We want a candidate who is honest.*

> Queremos al candidato que **es** honesto.
> *We want the candidate who is honest.*

In the first sentence the person does not have a specific person in mind and does not necessarily know if one exists (note the use of the indefinite article **un**), while in the second sentence he/she has a specific person in mind (using the definite article **el**).

4. When asking about the existence of something or someone, it is necessary to use the subjunctive, as you do not know whether or not it exists.

> ¿Conocías a alguien que **fuera** un criminal?
> *Did you know anyone who was a criminal?*

> ¿Hay dictaduras que **sean** necesarias?
> *Are there dictatorships that are necessary?*

5. When using a negative statement in the main clause to express the belief that something does not exist, it is also necessary to use the subjunctive in the adjective clause.

> No conocía a nadie que **fuera** un criminal.
> *I didn't know anyone who was a criminal.*

> No hay ninguna dictadura que **sea** necesaria.
> *There is no dictatorship that is necessary.*

6. When you do not have a specific person in mind or do not know if someone exists, it is not necessary to use the personal **a** in the main clause, except with **alguien** or **nadie.**

> El pueblo buscaba un líder que **fuera** honesto.
> *The people were looking for a leader who was honest.*

> No encontraron a nadie que **pudiera** ayudar.
> *They didn't find anyone that could help.*

CAPÍTULO 5

Vocabulario 🔊

La sociedad moderna

la cárcel	jail
la causa	cause
la clase baja/media /alta	lower/middle/upper class
el conflicto	conflict
la distribución de ingresos	income distribution
el empleo	job, employment
la esclavitud	slavery
el (la) esclavo(a)	slave
la evolución	evolution
el feminismo	feminism
la globalización	globalization
la guerra	war
la huelga	strike
la huelga de hambre	hunger strike
los impuestos	taxes
la innovación	innovation
la libertad	freedom
la manifestación	demonstration
la marcha	march (protest)
la migración	migration
la modernidad	modernity
el movimiento ecologista	environmental movement
el movimiento pacifista	pacifist movement
el movimiento social	social movement
la muchedumbre	crowd
la opinión pública	public opinion
la participación	participation, involvement
la petición	petition
el progreso	progress
la reforma	change, reform
la revolución	revolution

La tecnología

el archivo	file
el blog	blog
la computadora portátil	laptop
la contraseña	password
el correo electrónico	e-mail
el lector electrónico	e-book reader
las redes sociales	social networks
el reproductor de DVD	DVD player

Adjetivos

actual	current
contemporáneo(a)	contemporary
convencional	conventional
igualitario(a)	egalitarian

Verbos

adjuntar	to attach
bajar archivos	to download files

A perfeccionar

El presente perfecto

1. The present perfect is used to express actions that you have or have not done. It combines the present tense of the verb **haber** with the past participle.

> **haber:** he, has, ha, hemos, habéis, han

2. To form the regular* past participles, you need to add **-ado** to the end of the stem of **-ar** verbs, and **-ido** to the stem of **-er** and **-ir** verbs. The past participles of verbs with changes in the stem in either the present tense or the preterite do not have stem changes.

> | | |
> |---|---|
> | hablar | habl**ado** |
> | beber | beb**ido** |
> | vivir | viv**ido** |

> Las víctimas **han pedido** justicia.
> *The victims **have asked for** justice.*

*For irregular participles, see pp. 148–149.

3. When using the participle with **haber**, it is part of the verb and does not agree with the subject.

> Ellos **han firmado** el contrato.

4. Direct-object, indirect-object, or reflexive pronouns are placed in front of the conjugated form of **haber.**

> No **se** han comprometido todavía.

5. In Spanish, the present perfect is generally used as it is in English to talk about something that has happened or something that someone has done. It is usually either unimportant when it happened or it has some relation to the present.

> Las condiciones **han mejorado.**
> *The conditions **have gotten better.***

Estructuras 1

El presente perfecto del subjuntivo

1. Just as there is a present and an imperfect form of the subjunctive, there is also a present perfect form of the subjunctive. It consists of using the subjunctive form of the verb **haber** along with the past participle.

> | | | | |
> |---|---|---|---|
> | yo | **haya** | nosotros(as) | **hayamos** |
> | tú | **hayas** | vosotros(as) | **hayáis** |
> | él, ella, usted | **haya** | ellos, ellas, ustedes | **hayan** |

> Me alegra que él **haya acoptado** ayudarnos.
> *I am happy that he **has agreed** to help us.*

2. You have learned to use the subjunctive to indicate doubt or a lack of certainty; to express emotions, desires, and influence; and to indicate that something is indefinite (nonspecific). The present subjunctive is used to refer to an action that either takes place in the present or in the future.

> Esperamos que les **guste** el cambio.
> *We hope they **will like** the change.*

> No creo que todos **voten** este año.
> *I don't believe everyone **will vote** this year.*

> Me sorprende que **haya** tanta gente.
> *It surprises me that **there are** so many people.*

The present perfect subjunctive is used in these same circumstances; however, it is used when the main clause expresses doubt, emotions, desires, opinions, and uncertainty about something that has already happened or that someone has already done. Notice that the verb in the main clause is in the present indicative.

> Esperamos que **les haya gustado** el cambio.
> *We hope that **they liked** the change.*

> No creo que todos **hayan votado** este año.
> *I don't believe everyone **voted** this year.*

> Me sorprende que tanta gente **haya llegado.**
> *It surprises me that so many people **came.***

Vocabulario 🔊

borrar	to delete, to erase
chatear	to chat online
comprometerse	to compromise, to agree formally, to promise
conseguir (i, i)	to get, to obtain
descargar archivos	to download files
donar	to donate
ejercer	to exercise (a right, an influence), to practice (a profession)
empeorar	to get worse, to deteriorate
enterarse	to find out
evolucionar	to evolve
firmar	to sign
grabar	to burn (a DVD or CD)
hacer clic (en)	to click (on)
involucrarse (en)	to get involved (in)
mejorar	to improve
subir archivos	to upload files
valorar	to value

Adverbios

a fin de que	in order that, so that
alguna vez	ever
a menos que	unless
antes (de) que	before
con tal (de) que	as long as; in order that, so that
cuando	when
después (de) que	after
en caso de que	in case
en cuanto	as soon as
hasta que	until
mientras que	as long as
nunca	never
para que	in order that, so that
porque	because
puesto que	since, as
recientemente	recently
siempre y cuando	as long as, provided that
sin que	without
tan pronto (como)	as soon as
todavía	still
todavía no	not yet
ya	already
ya que	since, as

Terminología literaria

los (cinco) sentidos	the (five) senses
el gusto	taste
el oído	hearing
el olfato	smell
el tacto	touch
la vista	sight
la imagen	image

Estructuras 2

El subjuntivo con cláusulas adverbiales

1. The following adverbial conjunctions always require the subjunctive: **a fin de que, a menos que, antes (de) que, con tal (de) que, en caso de que, mientras que, para que, siempre y cuando,** and **sin que,** because the outcome is contingent upon another action, and therefore unknown.

2. Note that the expressions **con tal de que, mientras que,** and **siempre y cuando** translate to *as long as* in English, yet their uses differ. While **con tal de que** and **siempre y cuando** both communicate that a condition must be met in order to obtain a positive end result, **con tal de que** generally implies that the subject doesn't really want to do it but is willing to because of the end result. **Mientras que,** however, generally refers to a situation that currently exists.

3. With the exception of a **menos que,** the preceding adverbial conjunctions are often used with the infinitive if there is no change of subject and the **que** is omitted.

> **Antes de votar** debes informarte.
> ***Before voting,*** *you should become informed.*

4. The adverbial conjunctions **porque, puesto que,** and **ya que** require the indicative because they communicate something that is perceived as a fact.

> **Ya que** tienes Internet, puedes leer mi blog.
> *Since you have Internet, you can read my blog.*

5. The following temporal (time) adverbial conjunctions require the subjunctive when referring to future events or actions that have not yet occurred: **cuando, después (de) que, en cuanto, hasta que,** and **tan pronto (como).** When referring to actions that already took place or that are habitual, they require the indicative. If there is no change of subject, it is possible to omit the **que** from the expressions **después (de) que** and **hasta que** and use the infinitive.

> **Indicative**
> **Tan pronto como llega** a casa, mi hermano prende su computadora.
> ***As soon as he arrives*** *home, my brother turns on his computer.*

> **Subjunctive**
> **En cuanto llegues** a casa puedes mirar tu correo.
> ***As soon as you arrive home,*** *you can check your e-mail.*

6. The adverbial conjunctions **aunque, como,** and **(a)donde** require the indicative when referring to something that is known or definite. However, when referring to something that is unknown or indefinite, they require the subjunctive.

> Quiero ir **aunque es** peligroso.
> *I want to go **even though** it **is** dangerous.*

> Quiero ir **aunque sea** peligroso.
> *I want to go **even if** it **may be** dangerous.*

CAPÍTULO 6

Vocabulario 🔊

El entretenimiento

el acto	act
la actuación	performance
el (la) aficionado(a)	fan
el (la) aguafiestas	party pooper
el anfitrión /	host
la anfitriona	
el baile	dance
la balada	ballad
la banda sonora	sound track
la butaca	seat (at a theater or movie theatre)
la canción	song
el (la) cantante	singer
la cartelera	billboard
el chiste	joke
el circo	circus
el (la) comediante	comedian
el cortometraje	short film
la crítica	review of a film
el (la) crítico(a)	critic
el (la) director(a)	director
los efectos especiales	special effects
la escena	scene
el espectáculo	show, performance
el estreno	premiere
el éxito	success
el final	ending
la fotografía	photography
el fracaso	failure
la función	show
las golosinas	sweets, snacks
el intermedio	intermission
el largometraje	feature-length film
el medio tiempo	halftime
las palomitas de maíz	popcorn
la pantalla	screen
el parque de diversiones	amusement park
el partido	game (sport), match
el (la) payaso(a)	clown
la peña	a venue to eat and listen to folk and traditional music
el premio	prize, award
el (la) protagonista	protagonist
el público	audience
el salón de baile	ballroom
el talento	talent
la taquilla	box office, ticket office
la trama	plot
la velada	soirée

Adjetivos

emocionante	exciting, thrilling
gracioso(a)	funny

A perfeccionar

El pluscuamperfecto

1. Similar to the present perfect, the past perfect (also known as the pluperfect, or **el pluscuamperfecto** in Spanish) combines the imperfect form of the verb **haber** with the past participle, such as **cantado, comido, vivido**.

yo	**había**	nosotros(as)	**habíamos**
tú	**habías**	vosotros(as)	**habíais**
él, ella, usted	**había**	ellos, ellas, ustedes	**habían**

¿**Habías visto** la película antes?
Had you seen the movie before?

2. The past perfect is used to express a past action that already took place before another past action.

La película ya se **había estrenado** cuando la nominaron para un premio.

*The movie **had** already **premiered** when they nominated it for an award.*

3. Remember the irregular past participles from **Capítulo 5**.

abrir	**abierto**	morir	**muerto**
decir	**dicho**	poner	**puesto**
devolver	**devuelto**	romper	**roto**
escribir	**escrito**	ver	**visto**
hacer	**hecho**	volver	**vuelto**

4. As done with the present perfect, direct object, indirect object, and reflexive pronouns are placed in front of the conjugated form of **haber**.

No **se** habían ido cuando llegué.
They hadn't left when I arrived.

Ya **lo** habíamos visto.
We had already seen it.

Estructuras 1

El pluscuamperfecto del subjuntivo

1. You have learned the present perfect form of the subjunctive. There is also a past perfect, or pluperfect, form of the subjunctive. It consists of using the imperfect subjunctive form of the verb **haber** along with the past participle.

yo	**hubiera**	nosotros(as)	**hubiéramos**
tú	**hubieras**	vosotros(as)	**hubierais**
él, ella, usted	**hubiera**	ellos, ellas, ustedes	**hubieran**

No creía que lo **hubieran hecho**.
*I didn't believe that they **had done** it.*

Era posible que se **hubieran quedado**.
*It was possible that they **had stayed**.*

2. You have learned to use the subjunctive to indicate a lack of certainty or doubt about an event, as well as to indicate that something is indefinite or is dependent on a condition. The imperfect subjunctive is used to refer to an action that takes place in the past, but at the same time or after the action in the main clause.

Me molestaba que ella siempre **llegara** tarde.
*It bothered me that she always **arrived** late.*

Era posible que nos **dieran** el premio.
*It was possible that they **would give** us the prize.*

The past perfect subjunctive or pluperfect subjunctive is used in these same circumstances when talking about something that occurred prior to the action in the main clause. Notice that the verb in the main clause is in the preterite or the imperfect indicative.

Me molestó que **hubiera llegado** tarde.
*It bothered me that she **had arrived** late.*

Era posible que **hubieran ido** a ver otra película.
*It was possible that they **had gone** to see another movie.*

3. **Ojalá** is used with the past perfect subjunctive to express a wish that something had happened differently (contrary to fact) in the past.

Ojalá nuestro equipo **hubiera ganado**.
*I wish our team **had won**.*

Vocabulario ◀))

Verbos

actuar	to act
añadir (que)	to add (that)
comentar (que)	to comment (that)
conmover (ue)	to move (emotionally)
contar (ue) (que)	to tell (someone) (that)
contestar (que)	to answer (that)
decir (que)	to say (that)
entretener	to entertain
estrenar	to premiere, to show (or use something) for the first time
exhibir	to show (a movie)
explicar (que)	to explain (that)
filmar	to film
innovar	to innovate
mencionar (que)	to mention (that)
pasársela bien/mal	to have a good/bad time
pedir (que) (i, i)	to ask that
preguntar (si, cuándo, dónde, qué, etc.)	to ask (if, when, where, what, etc.)
producir	to produce
responder (que)	to respond (that)

Clasificación de películas

la película...	
animada/de animación	animated
clásica	classic
cómica	funny
de acción	action
de aventuras	adventure
de ciencia ficción	science fiction
de horror	horror
de misterio	mystery
de suspenso	suspense
documental	documentary
dramática	drama
romántica	romantic

Terminología literaria

la estrofa	verse, stanza
el verso	line
el verso libre	free verse

Estructuras 2

Estilo indirecto

1. Telling what someone said is known as indirect speech or reported speech.

> **Direct speech** Efraín: Consuelo, voy a ver la nueva película de Cuarón. ¿Quieres ir conmigo? Ha recibido muy buenas críticas.

> **Indirect speech** Consuelo: Efraín me dijo que iba a ver la nueva película de Cuarón y me preguntó si quería ir con él. Me dijo que había recibido muy buenas críticas.

2. Some common reporting verbs are:

> **añadir que**
> **comentar que**
> **contar que**
> **contestar que**
> **decir que**
> **explicar que**
> **mencionar que**
> **pedir que**
> **preguntar (si, cuándo, dónde, qué, etc.)**
> **responder que**

3. When the reporting verb is in the present, the action or state of being reported does not change the verbal tense.

> "No puedo ir." → Dice que no puede ir.
> *"I can't go. → He says he can't go.*

> "Fui a un baile." → Dice que fue a un baile.
> *"I went to a dance." → He says he went to a dance.*

4. It is more common to report speech using the preterite. In this case, the reported action or state is usually in the imperfect or the past perfect.

a. Use the imperfect when the narration is in the present, the future, or the imperfect.

> "Ulises **canta** en el club los viernes, pero no **va a cantar** este viernes."
> Mencionó que Ulises **cantaba** en el club los viernes, pero que no **iba a cantar** este viernes.

> "Los niños **tenían** miedo del payaso."
> Explicó que los niños **tenían** miedo del payaso.

b. Use the past perfect when the narration is in the preterite, the present perfect, or the past perfect.

> "¿**Has asistido** a un concierto de Maná?"
> Me preguntó si **había asistido** a un concierto de Maná.

> "Sí, los **vi** el año pasado."
> Respondió que los **había visto** el año pasado.

> "Nunca **había estado** en una peña."
> Comentó que nunca **había estado** en una peña.

5. When using indirect speech, time references will often change.

> hoy → ese día, el lunes, el martes, etc.
> mañana → el día siguiente

> "La película se estrena en el cine **hoy**." → Dijo que se estrenaba en el cine **ese día.**

> "Voy a un concierto **mañana**." → Mencionó que iba a un concierto **el día siguiente**.

CAPÍTULO 7

Vocabulario ◀))

En el trabajo

el aguinaldo	bonus paid at the end of the year
el bono	bonus
el (la) cliente	client
la competencia	competition
el contrato	contract
el curriculum vitae	résumé
el desempleo	unemployment
el (la) empleado(a)	employee
el (la) gerente	manager
la gráfica	chart
la jubilación	retirement
los negocios	business
las prestaciones	benefits
el puesto	position, job
la solicitud de trabajo	job application
el sueldo	salary
el trabajo de tiempo completo	full-time job
el trabajo de tiempo parcial	part-time job

Las finanzas

el billete	bill (money)
la bolsa de valores	stock market
la caja	service window
el cajero	cashier
el cajero automático	automatic teller machine
el cambio de moneda extranjera	foreign currency exchange
la chequera	checkbook
la comisión	comission
la cuenta	bill (statement showing amount owed)
la cuenta corriente	checking account
la cuenta de ahorros	savings account
el depósito	deposit
el dinero	money
el efectivo	cash
la empresa	company
las ganancias	earnings
la hipoteca	mortgage
la moneda	coin
el pago	payment
por ciento	percent
el porcentaje	percentage
el préstamo	loan
el recibo	receipt
la tarjeta de crédito	credit card
la tarjeta de débito	debit card

A perfeccionar

El futuro

1. The future construction *ir* + *a* + infinitive is quite frequently used to express future actions. It is also common to use the present tense to express near future.

> **Voy a retirar** el dinero mañana.
> *I'm going to withdraw the money tomorrow.*

> **Salgo** para la oficina a las cuatro.
> *I'm leaving for the office at four o'clock.*

2. Another way to express what will happen is to use the simple future tense; however, it tends to be a little more formal and appears more frequently in writing. To form the future tense, add the following endings to the infinitive. Note that -ar, -er, and -ir verbs take the same endings. (For irregular stems, see **El condicional** below.)

> **hablar:** hablaré, hablarás, hablará, hablaremos, hablaréis, hablarán

> **volver:** volveré, volverás, volverá, volveremos, volveréis, volverán

> **ir:** iré, irás, irá, iremos, iréis, irán

> Ricardo **se jubilará** después de veinte años.
> *Ricardo will retire after twenty years.*

3. The simple future form is also used to express probability or to speculate. When speculating about present conditions it is common to use the verbs **ser, estar, haber,** and **tener.** When speculating about present actions, use the future tense of **estar** with the present participle.

> Si Marta no está aquí, **estará** enferma.
> *If Marta is not here, **she might be** sick.*

> ¿**Estarán trabajando** ahora?
> *Might they be working now?*

Estructuras 1

El condicional

1. The conditional allows speakers to express possible outcomes or actions in response to events. To form the conditional, add the following endings to the infinitive. Notice that all verbs take the same endings.

> **hablar:** hablaría, hablarías, hablaría, hablaríamos, hablaríais, hablarían
> **volver:** volvería, volverías, volvería, volveríamos, volveríais, volverían
> **ir:** iría, irías, iría, iríamos, iríais, irían

2. The irregular stems for the conditional are the same as the irregular stems for the future tense. The endings for these verbs are the same as those for the regular forms.

decir	dir-	saber	sabr-
hacer	har-	salir	saldr-
poder	podr-	tener	tendr-
poner	pondr-	venir	vendr-
querer	querr-		

3. The conditional form of **hay** is **habría.**

> Pensé que **habría** más clientes.
> *I thought **there would be** more customers.*

4. The conditional is sometimes equivalent to the English construction *would* + verb. However, it does not communicate "habitual events" as *would* sometimes does in English.

> Yo **no invertiría** en esa compañía.
> *I **wouldn't invest** in that company.*

> Me dijo que el gerente **estaría** en la oficina.
> *He told me the manager **would be** in the office.*

5. The conditional is also used for conjecture about past activities. Past conjectures in English are sometimes expressed with *must have.*

> ¿Por qué **no firmaría** el contrato?
> *Why **wouldn't he sign** the contract?*
> *(I **wonder** why he didn't sign the contract.)*

> **Tendría** un préstamo.
> *He **must have had** a loan.*

6. The conditional may also be used to demonstrate politeness or to soften a request.

> Me **gustaría** depositar un cheque.
> *I **would like** to deposit a check.*

> ¿**Irías** al banco conmigo?
> *Would you go to the bank with me?*

Vocabulario ◄))

Verbos

cargar	to charge (to a credit/debit card)
cobrar	to charge (for merchandise, work, fee, etc.)
contratar	to hire
depositar	to deposit
despedir (i, i)	to fire
disminuir	to decrease
firmar	to sign
hacer fila/cola	to form a line
invertir (i, i)	to invest
jubilarse	to retire
pagar a plazos	to pay in installments
renunciar	to quit
retirar fondos	to withdraw funds
solicitar	to apply, to request
trabajar horas extras	to work overtime
transferir (ie, i) fondos	to transfer funds

Terminología literaria

el análisis	analysis, deeper reading of text
la voz poética	poetic voice

Estructuras 2

El futuro perfecto y el condicional perfecto

Perfect tenses are used to communicate that an action has occurred or begun prior to a particular point in time that the speaker mentions. You will recall that each perfect tense consists of the verb **haber** (conjugated in different tenses) and a past participle, and that the past participle does not agree in number or gender with the subject because it is functioning as a verb, not as an adjective. To review the past participles, see **A perfeccionar** in **Capítulo 6.**

1. The future perfect is used to express an action that will be completed prior to a specific point in time in the future. The verb **haber** is conjugated In the simple future.

yo	**habré**	nosotros(as)	**habremos**
tú	**habrás**	vosotros(as)	**habréis**
él, ella, usted	**habrá**	ellos, ellas, ustedes	**habrán**

Cuando se jubile, mi padre **habrá trabajado** por 20 años en la compañía.
*When he retires, my father **will have worked** in the company for 20 years.*

Para el año 2025 **habrán eliminado** algunos trabajos.
*By the year 2025 they **will have eliminated** some jobs.*

2. The conditional perfect expresses actions that would have been completed prior to a point in time in the past had circumstances been different. The verb **haber** is conjugated in the conditional.

yo	**habría**	nosotros(as)	**habríamos**
tú	**habrías**	vosotros(as)	**habríais**
él, ella, usted	**habría**	ellos, ellas, ustedes	**habrían**

Habríamos depositado el cheque, pero no tuvimos tiempo para ir al banco.
*We **would have deposited** the check, but we didn't have time to go to the bank.*

Mi hermana gastó todo su dinero; yo lo **habría ahorrado**.
*My sister spent all her money; **I would have saved** it.*

3. Just as the simple future and the conditional can be used to express probability, so can the future and conditional perfect.

¿Qué **habrá dicho** para que su jefe reaccionara así?
*What **do you suppose he said** for his boss to react that way?*

Habrían hecho todo lo posible para evitar la bancarrota.
*They **must have done** everything possible to avoid bankruptcy.*

CAPÍTULO 8

Vocabulario 🔊

El campo

el abandono	abandonment
el abono	fertilizer, manure
la agricultura	agriculture
el asentamiento	settlement, shantytown
la carencia	lack, shortage, scarcity
el cultivo	crop
la ganadería	cattle raising
el ganado	cattle
la granja	farm
el huerto	vegetable garden, orchard
la pesca	fishing
la población	population
el pueblo	town
el rancho	small farm, ranch

La ciudad

las afueras	outskirts
la aglomeración	crowd, mass of people
el asfalto	el asfalto
el barrio	district, neighborhood
el cemento	cement
la colonia	residential subdivision
el crimen	crime
la densidad demográfica	population density
el embotellamiento	traffic jam
la fábrica	factory
la fuente	fountain
la gente	people
la mano de obra	labor force
el monumento	monument
la parada	bus stop
el quiosco	kiosk, stand
el rascacielos	skyscraper
el ruido	noise
el sistema de transporte público	public transportation system
el tráfico	traffic
la urbanización	urbanization, housing development
el (la) vecino(a)	neighbor

Verbos

ahuyentar	to scare away
atraer	to attract
cosechar	to harvest
cultivar	to cultivate
habitar	to inhabit
sembrar (ie)	to sow
urbanizar	to develop, to urbanize

A perfeccionar

Comparaciones

1. Comparisons of equality

To compare two people or things that have equal qualities use:

tan (as) + adjective/adverb + **como** (as)

To compare two people or things of equal quantity:

tanto(a)(s) + noun + **como** (as)

To compare equal actions use:

verb + **tanto como**

2. Comparisons of inequality

To compare two people or things that have unequal qualities use:

más (more)/**menos** (less) + adjective/noun/adverb + **que** (than)

To compare unequal actions use:

verb + **más/menos que**

The following adjectives and adverbs do not use **más** or **menos** in their comparative constructions.

bueno/bien	→ **mejor**	better
joven	→ **menor**	younger
malo/mal	→ **peor**	worse
viejo (age of a person)	→ **mayor**	older

3. Superlatives

To compare more than two people or things and to indicate that a quality in one person or thing is greater than that quality in the others (in English the most, the least, the best, etc.) use:

el/la/ + **más/** + (noun) + adjective
los/las **menos**

The preposition **de** is used with superlatives to express in or of.

Estructuras 1

Cláusulas si (posibles)

When discussing a situation that may occur in the future, the present indicative is used in the clause with **si**. There are several options for the verb in the main clause: future (simple future or **ir** + **a** + infinitive), present indicative, or imperative.

subordinate clause	main clause
Si + present indicative, +	future present indicative imperative

1. the simple future or periphrastic future (**ir** + **a** + infinitive)

Si él **quiere** vivir en la ciudad, **tendrá** más variedad de restaurantes.
*If he **wants** to live in the city, he **will have** more variety of restaurants.*

No les **va a gustar** mudarse a un apartamento si ellos **viven** en una casa.
*They **are** not **going to like** moving to an apartment if they **live** in a house.*

2. the present indicative

Puedes ir en autobús si no **tienes** un coche.
*You **can** go by bus if you don't **have** a car.*

Si **hay** mucho ruido, **debes** buscar un lugar más tranquilo.
*If **there is** a lot of noise, you **should** look for a quieter place.*

3. the imperative

Múdense al campo si **prefieren** una vida más tranquila.
***Move** to the countryside if you **prefer** a calmer life.*

Si no te **gusta** tu barrio, **busca** uno en otra zona.
*If you don't **like** your neighborhood, **look for** one in another area.*

Notice that the subordinate clause (**si** clause) can come at the beginning or the end of the sentence.

Vocabulario 🔊

Adjetivos

arriesgado(a)	*risky*
callejero(a)	*from the streets, stray*
cosmopolita	*cosmopolitan*
hispanohablante	*Spanish-speaking*
local	*local*
pintoresco(a)	*picturesque*
rural	*rural*
tranquilo(a)	*calm, peaceful, quiet*
urbano(a)	*urban*

Expresiones adicionales

más... que	*more . . . than*
mayor	*older*
mejor	*better*
menor	*younger*
menos ... que	*less . ., than*
peor	*worse*
tan ... como	*as . . . as*
tanto(a) ... como	*as many/much . . . as*

Terminología literaria

el diálogo	*dialogue*
el realismo mágico	*magical realism, literary genre in which magical or exaggerated elements are presented as if they were real*

Estructuras 2

Cláusulas *si* (hipotéticas)

1. In **Estructuras 1,** you learned to use **si** clauses to express things that might happen. In order to express hypothetical situations that are either unlikely to happen or are not possible, the following structure is used.

subordinate clause	main clause
Si + imperfect + subjunctive,	conditional

   Si no **hubiera** un sistema de transporte público, **tendrías** que comprar un coche.
   *If **there were** not a public transportation system, you **would have** to buy a car.*

   Podría tener una casa si **viviera** en las afueras.
   *I **could** have a house if I lived in the suburbs.*

   Notice that the subordinate clause (**si** clause) can come at the beginning or the end of the sentence.

2. It is possible to make hypothetical statements about past events, stating what would have happened had circumstances been different. To do so, use the following structure.

subordinate clause	main clause
Si + past perfect + subjunctive,	conditional perfect

   Si **hubiera crecido** en un pueblo, **habría conocido** a más personas.
   *If I **had grown up** in a small town, I **would have known** more people.*

3. Compare the following sentences.
   a. Si **tengo** la oportunidad, **voy a visitar** la ciudad.

      *If I **have** the opportunity, I'm **going to visit** the city. (Possible—I may have the opportunity.)*
   b. Si **tuviera** la oportunidad, **visitaría** la ciudad.

      *If I **had** the opportunity, I **would visit** the city. (Contrary-to-fact (present)—I won't have the opportunity.)*
   c. Si **hubiera tenido** la oportunidad, **habría visitado** la ciudad.

      *If I **had had** the opportunity, I **would have visited** the city. (Contrary-to-fact (past)—I did not have the opportunity.)*

4. The expression **como si** *(as if)* also expresses an idea that is contrary-to-fact, and therefore requires the imperfect subjunctive or the past perfect subjunctive.

   Conoce la ciudad como si **fuera** taxista.
   *He knows the city as if he **were** a taxi driver.*

   Lo miró como si nunca **hubiera visto** un rascacielos.
   *He looked at it as if he **had** never **seen** a skyscraper.*

CAPÍTULO 9

Vocabulario ◄))

La música

el álbum	album
la apreciación	apreciation
la armonía	harmony
la balada	balad
el (la) cantautor (a)	singer-songwriter
el canto	singing
el concierto	concert
el conservatorio	conservatory
la coreografía	choreography
el coro	choir
el disco	record
el disco compacto (CD)	compact disc
el ensayo	rehearsal, practice
el estribillo	chorus, refrain
el éxito	musical hit, success
el género	genre
la gira	tour
la grabación	recording
la letra	lyrics
el oído	ear (for music)
la ópera	opera
la orquesta	orchestra
el público	audience
el radio / la radio	radio (device) / radio (transmission)
la serenata	serenade
el sonido	sound
la voz	voice

Los instrumentos musicales y su clasificación

el arpa	harp
el bajo	bass
la batería	drum set
el clarinete	clarinet
el cuatro	four-stringed guitar
la flauta	flute
la guitarra	guitar
el instrumento de cuerda/percusión/viento	string/percussion/wind instrument
el piano	piano
la quena	Andean reed flute
el tambor	drum
los timbales	small drums, kettledrums
la trompeta	trumpet
el violín	violin
el violonchelo	cello

Tipos de música

el blues	blues
el hip hop	hip hop
el jazz	jazz

A perfeccionar

Los usos de se

1. Se pasivo The pronoun **se** is used when the person or thing performing an action is either unknown or unimportant and the object affected by the action is used as the subject. This is known as a passive sentence. The verb is conjugated in the third person form to agree with the object. The singular form is used with singular nouns and the plural form with plural nouns. Notice that the subject can either precede or follow the verb.

> Se escucha el jazz aquí.
> *Jazz is listened to here.*

> Las canciones **se deben bajar** de este sitio.
> *The songs should be downloaded from this site.*

2. Se impersonal Similar to the passive **se**, the impersonal **se** is also used when the subject is unknown, unimportant, or not specified; however, the impersonal **se** is not used with a noun. As a result, the verb is always conjugated in the third person singular form. The pronoun **se** translates to *one, you,* or *they* in English.

> **Se dice** que es un buen concierto.
> *They say it's a good concert.*

3. Se accidental When expressing unplanned or accidental occurrences, it is common to use a structure similar to the passive **se.** The verb is conjugated in third person (singular or plural) and is used with the indirect object pronoun (**me, te, le, nos, os,** and **les**). The verb agrees with the subject, not the person affected by the action (indirect object pronoun).

> **Se nos quedaron** los instrumentos en el autobús.
> *We (accidentally) left the instruments on the bus.*

> **Se me olvidó** el nombre de la canción.
> *I (unintentionally) forgot the name of the song.*

4. When you want to clarify or emphasize the indirect object, use the personal **a** + noun/pronoun.

> **Al cantante** se le cayó el micrófono.
> *The singer (accidentally) dropped the microphone.*

Estructuras 1

La voz pasiva

1. In Spanish, passive sentences can be formed in two ways: the passive **se** and **ser** + past participle. The passive construction with the verb **ser** is very similar to the English passive structure. It is most frequently used in a historical context where the emphasis is on the event rather than the agent (the one performing the action). This form is used very little in spoken Spanish; instead it is more common to use the passive **se.**

> **ser** + past participle + (**por** + agent)

> La canción "De mí" **fue interpretada por** Camila.
> *The song "De mí" was performed by Camila.*

2. With the passive voice, the past participle functions as an adjective; therefore, it must agree with the noun it describes.

> La canción **fue dedicada** a su hijo.
> *The song was dedicated to his son.*

Los miembros del grupo **fueron entrevistados**.
The members of the group were interviewed.

3. The passive voice with the verb **ser** can be used in any tense or mood; however, it is not common to use it in the present indicative. In that case, the passive **se** is generally used.

> Ricky Martin **ha sido nominado** para los Latin Grammys varias veces.
> *Ricky Martin has been nominated for the Latin Grammys various times.*

> El disco **será grabado** durante el concierto.
> *The record will be recorded during the concert.*

> Ojalá Moderatto **sea contratado** para el concierto.
> *I hope Moderatto will be contracted for the concert.*

Vocabulario ◀))

la música clásica	classical music
la música country	country music
la música folclórica	traditional folk music
la música pop	pop music
el rap	rap
el reggaetón	reggaeton

Adjetivos

culto(a)	educated, cultured
desafinado(a)	out of tune
entonado(a)	in tune
exitoso(a)	successful
pegajoso(a)	catchy
popular	popular

Verbos

acabar	to finish, to run out of
apagar	to turn off, to shut down
caer	to fall, to drop
componer	to compose
descomponer	to break down (a machine)
dirigir	to conduct, to lead
ensayar	to rehearse
interpretar	to perform, to interpret, to play (a role)
olvidar	to forget
perder (ie, e)	to lose
presentarse	to perform
quedar	to remain (behind), to be left
romper	to break
tararear	to hum
tocar	to play

Terminología literaria

circular	circular
la estructura	organization of text
el lenguaje	language (actual forms author uses to convey ideas)
lineal	linear

Estructuras 2

El participio pasado con *estar* y contrastado con la voz pasiva

1. In **Estructuras 1,** you learned to form the passive voice using the verb **ser** and the past participle to create passive sentences.

> El contrato **fue firmado** por todos.
> *The contract **was signed** by everyone.*

The past participle is used with the verb **estar** to indicate a condition or the result of an action. Because the past participle functions as an adjective, it must agree in gender and number with the noun it describes.

> Todas **están aburridas** porque el concierto no ha empezado.
> *Everyone **is bored** because the concert hasn't started.*

> Los jóvenes **están acostumbrados** a escuchar la música fuerte.
> *Young people **are accustomed to (used to)** listening to loud music.*

2. When describing a past condition, the focus is generally not on the beginning or the end of the condition; therefore, the verb **estar** is often conjugated in the imperfect.

> Creí que mi MP3 estaba perdido.
> *I thought my MP3 **was lost.***

> Las luces en el estudio **estaban apagadas.**
> *The lights in the studio **were turned off.***

3. The use of **ser** and **estar** with the past participle is determined by whether the focus is on the action or the result of an action. If the focus is on whether or not something was done (or when, how, by whom, etc.), then the sentence is passive and the verb **ser** is used. However, if the participle describes a condition (the result of an action), then the verb **estar** is used.

> La taquilla **fue cerrada** tan pronto como se agotaron las entradas.
> *The ticket window **was closed** as soon as the tickets ran out.*

> La entrada al concierto ya **estaba cerrada** cuando llegué.
> *The entrance to the concert **was** already **closed** when I arrived.*

> El escenario **fue preparado** la noche anterior.
> *The stage **was prepared** the night before.*

> El escenario **estaba preparado** cuando llegaron los músicos.
> *The stage **was prepared** when the musicians arrived.*

CAPÍTULO 10

Vocabulario 🔊

La literatura

la antología	anthology
el (la) autor(a)	author
el capítulo	chapter
el círculo de lectura	book club
el desenlace	ending
la editorial	publisher
el guion	screenplay
el (la) guionista	screenplay writer
la historia	story, history
el (la) lector(a)	reader
la lectura	text, reading
el libro de bolsillo	paperback
el libro de pasta dura	hardbound book
el libro electrónico	e-book
el libro impreso	printed book
el libro rústico	paperback
el (la) narrador(a)	narrator
la narrativa	narrative
la novedad	novelty
la novela	novel
la obra	work (of art or literature)
la ortografía	spelling
el personaje	character
el poemario	book of poems
la portada	cover
la publicación	publication
el relato	story, tale
la revista	magazine
la secuela	sequel
el taller (de literatura)	(writing) workshop
el tema	theme, topic
la traducción	translation

Clasificación de literatura

el cuento	short story
el drama	drama
el ensayo	essay
el libro / la literatura...	book/literature ...
biográfico(a)	biographic
de consulta	reference
didáctico(a)	didactic, instructive
de ficción	fiction
infantil	children's (literature)
juvenil	youth's (literature)
de superación personal	self-improvement

A perfeccionar

Los pronombres relativos

1. The relative pronouns **que** and **quien(es)** are used to combine two sentences with a common noun or pronoun into one sentence.

> Este es un <u>poema</u> de Bécquer. Me gusta mucho el <u>poema</u>.
> *This is a poem by Bécquer. I like the poem a lot.*
>
> ↓
>
> Este es un poema de Bécquer **que** me gusta mucho.
> *This is a poem by Bécquer **that** I like a lot.*

2. **Que** is the most commonly used relative pronoun. It can be used to refer to people or things.

> El poema **que** leímos tiene un tema muy bonito.
> *The poem **that** we read has a beautiful theme.*

3. **Quien(es)** refers only to people and is used after a preposition (**a, con, de, para, etc.**) or a personal **a.**

> La mujer **a quien** conociste es escritora.
> *The woman (**whom**) you met is an author.*

4. When referring to people, **quien(es)** may replace **que** when the dependent clause is set off by commas. Notice that the clause functions almost as a parenthetical reference.

> Los autores, **quienes** fueron premiados, participarán en un programa de televisión.
> *The authors, **who** received awards, will participate in a television program.*

5. The constructions **el que** and **el cual** can be used for either people or objects after a preposition or between commas and must agree in gender and number with the noun they modify. They are used more commonly in writing or formal situations; however, they are sometimes used for clarification.

6. You will remember from **Capítulo 5** that, when referring to places, the relative pronoun **donde** is used.

Estructuras 1

Los pronombres *cuyo* y *lo que*

1. The pronoun **cuyo** is used to indicate possession and translates as *whose.*

> El autor **cuyo** libro acabo de leer va a visitar mi universidad.
>
> *The author **whose** book I just read is going to visit my university.*

2. Unlike the other relative pronouns, **cuyo** functions as an adjective and therefore must agree in gender and number with the noun it precedes.

> El profesor **cuya** clase me gusta enseña literatura moderna.
> *The professor **whose** class I like teaches modern literature.*

> Compré una colección de poesías de Neruda, **cuyos** poemas siempre me han gustado.
> *I bought a collection of poems by Neruda, **whose** poems I have always liked.*

Note that, unlike the other relative pronouns, **cuyo** appears between two nouns, the person who owns something and the thing he/she owns.

3. **Lo que** is used to refer to a situation or an abstract idea and often translates to *which* or *what.*

> **Lo que** quiero es encontrar una novela de ciencia ficción.
> ***What (The thing that)** I want is to find a science fiction novel.*

> No entiendo **lo que** quiere decir el poeta.
> *I don't understand **what** the poet means.*

4. **Lo cual** is also used to refer to a situation or an abstract concept; however, unlike **lo que** the idea it refers to <u>must</u> immediately precede it.

> Rafael nunca trae su libro a clase, **lo cual** me molesta.
> *Rafael never brings his book to class, **which** bothers me.*

Vocabulario 🔊

Verbos

aportar	*to contribute*
catalogar	*to catalog*
editar	*to edit*
imprimir	*to print*
publicar	*to publish*
superarse	*to better oneself*
tener lugar	*to take place*

Pronombres relativos

cuyo	*whose*
donde	*where*
que	*that, who*
quien(es)	*who, whom, that*
el (la) cual	*which*
los (las) cuales	*which*
lo cual	*which*
lo que	*what, the thing*

Adjetivos posesivos y pronombres posesivos tónicos

mío(s) / mía(s)	*mine*
tuyo(s) / tuya(s)	*yours*
suyo(s) / suya(s)	*his, hers, its, yours (formal)*
nuestro(s) / nuestra(s)	*ours*
vuestro(s) / vuestra(s)	*yours (plural, Spain)*
suyo(s) / suya(s)	*theirs, yours (plural)*

Terminología literaria

el encabalgamiento	*enjambment; when the lack of punctuation at the end of the line signals that the idea continues with the next line (and the lines should be read as one)*
el receptor	*the person to whom a poem is directed*
la repetición	*repetition*

Estructuras 2

Adjetivos posesivos tónicos y pronombres posesivos

1. You have learned that possessive adjectives must agree in number, and some agree in gender, and that they come before the noun.

   > **Mi** novela está en la mochila.
   > ***My** novel is in the backpack.*

   > **Nuestras** hijas leen todas las noches.
   > ***Our** daughters read every night.*

   Stressed possessive adjectives also accompany a noun; however, they are placed either after the noun to show emphasis or after the verb **ser.** All stressed possessive adjectives show both gender and number.

   > **mío(s) / mía(s)**
   > **tuyo(s) / tuya(s)**
   > **suyo(s) / suya(s)**
   > **nuestro(s) / nuestra(s)**
   > **vuestro(s) / vuestra(s)**
   > **suyo(s) / suya(s)**

   > Esa revista es **mía.**
   > *That magazine is **mine.***

   > Las ideas fueron **nuestras.**
   > *The ideas were **ours.***

   > No es problema **tuyo.**
   > *It is not **your** problem.*

2. As is the case with all pronouns, possessive pronouns replace nouns. The forms are the same as the stressed adjectives, and they are preceded by the definite article.

   > Esta es nuestra clase y esa es **la suya.**
   > *This is our class and that one is **yours.***

   > Guillén es mi poeta favorito. ¿Quién es **el tuyo?**
   > *Guillén is my favorite poet. Who is **yours?***

CAPÍTULO 1 Generaciones y relaciones humanas

In this chapter I have learned how to:

- Discuss personal relations and cultural values
- Improve my ability to narrate past events

I need to review:

_____

_____

_____

CAPÍTULO 2 Costumbres, tradiciones y valores

In this chapter I have learned how to:

- Discuss traditions and celebrations
- Describe cultural values and aspects of relationships
- Express opinions
- Express desires and give recommendations

I need to review:

_____

_____

_____

CAPÍTULO 3 A la mesa

In this chapter I have learned how to:

- Discuss eating habits
- Express my opinions on what is healthy
- Express preferences and make food recommendations in regard to food
- Compare and contrast eating habits across cultures

I need to review:

_____

_____

_____

CAPÍTULO 4   Héroes y villanos

In this chapter I have learned how to:

- Discuss and analyze the role of historical figures from different perspectives
- Narrate and describe past events

I need to review:

_____

_____

_____

CAPÍTULO 5   Sociedades en transición

In this chapter I have learned how to:

- Discuss contemporary issues
- Talk about what I have done
- Discuss opinions and emotional reactions to current and prior events

I need to review:

_____

_____

_____

CAPÍTULO 6   Entretenimiento... ¡de película!

In this chapter I have learned how to:

- Narrate and report past actions with more accuracy
- Express and support opinions and experiences about films and other forms of entertainment

I need to review:

_____

_____

_____

CAPÍTULO 7   Ganarse la vida

In this chapter I have learned how to:
- Discuss work and finances
- Talk about what might happen

I need to review:

_____

_____

_____

CAPÍTULO 8   El campo y la ciudad

In this chapter I have learned how to:
- Compare and contrast rural and urban life
- Discuss hypothetical situations

I need to review:

_____

_____

_____

CAPÍTULO 9   Sigue el ritmo

In this chapter I have learned how to:
- Discuss music preferences
- Change the focus of a sentence using a passive structure
- Distinguish conditions that are results of an action from passive structures

I need to review:

_____

_____

_____

CAPÍTULO 10   El mundo literario

In this chapter I have learned how to:

- Discuss literary texts
- Build interpretation and analysis skills
- Develop longer, complex sentences by integrating related ideas

I need to review:

_____

_____

_____